U0945552

长篇小说

首席智囊③

任振华／著

图书在版编目（CIP）数据

首席智囊.3/任振华著.--南昌：二十一世纪出版社集团，2015.6

ISBN 978-7-5568-0737-6

Ⅰ.①首… Ⅱ.①任… Ⅲ.①长篇小说—中国—当代 Ⅳ.①I247.5

中国版本图书馆 CIP 数据核字 (2015) 第 094165 号

首席智囊.3　　任振华 著

责任编辑　张秋林
出版发行　二十一世纪出版社集团
（江西省南昌市子安路75号　330009）
www.21cccc.com　cc21@163.net
出 版 人　张秋林
经　　销　新华书店
印　　刷　北京建泰印刷有限公司
版　　次　2015年6月第1版　2015年6月第1次印刷
开　　本　710mm×1000mm　1/16
印　　张　24
字　　数　330千
书　　号　ISBN 978-7-5568-0737-6
定　　价　39.80元

赣版权字—04—2015—303

目录

第一章　赵长风暗度陈仓直捣黄龙，高胜强一马当先冲锋陷阵

邙北市矿山设备厂是市里的老牌企业，出品的黄金专用采矿设备在国内黄金采掘业中有着很好的口碑，但就是这么一个老牌企业，在半年多前忽然改制，被厂长出资买断。新上任的审计局局长高胜强弄到了一份报表，指出里面的猫腻。赵长风趁蔡国洪不在邙北的时候，凌厉出手，一举端掉了邙北市矿山设备厂，抓住了蔡国洪的死穴。

柴刚川的跳楼自杀事件，引发了一连串的动荡。这一天，邙北市党群书记付罡庭和组织部长路大为聚在一起，讨论着这件事给邙北市政局带来的影响和变化。

路大为摸出打火机为付罡庭点上烟，笑道："付书记，这对我们来说也不见得是件坏事。栾市长活动了这么久，这次终于抓住了机会。"

栾俊杰和付罡庭是儿女亲家。这次柴刚川自杀事件，栾俊杰意外受益，他从主管农业的副市长成为天阳市市委常委、副书记，手中的权力比当副市长时不知道大了多少。这对付罡庭来说当然是非常有利的。

当初在付罡庭和蔡国洪的争斗中，栾俊杰虽然是天阳市副市长，却没有机会为付罡庭说话，眼睁睁地看着付罡庭被蔡国洪压制。可是现在情况不同了，蔡国洪在邙北市市委常委中失去了林同兆和柴刚川两大常委，副书记钱兆均又和蔡国洪决裂，蔡国洪势力大减，而栾俊杰又出任天阳市主管政法的副书记，这两大势力一增一减之间，付罡庭几乎可以和蔡国洪抗衡了。还有刘光辉一系，也和蔡国洪斗得你死我活，作为付罡庭的嫡系，组织部长路大

为怎能不喜笑颜开？

付罡庭摇了摇头说：“大为，不能盲目乐观啊！俗话说马死架子不倒，再怎么说，蔡国洪也在邙北市苦心经营这么多年，更何况他在省里还有一个大哥撑腰呢。这次他虽然损失了柴刚川和林同兆两员大将，却保存了自身的实力，假以时日，卷土重来也不是什么难事。如果我们不小心应对，说不定将来邙北市还是蔡国洪的天下。”

路大为向来就听付罡庭的，此时不由得也忧心忡忡起来：“付书记，那我们该怎么办？”

付罡庭沉吟了一下，说道：“联合刘光辉，对付蔡国洪！”

“功亏一篑啊！”市长办公室里，刘光辉惋惜地说。

赵长风摇了摇头，心中也是有些懊恼。在这样的情况下，还是让蔡国洪钻了空子，得以脱身，真是出乎他的意料。不过这也没有办法，事情已经超出了赵长风所能控制的范围。再说，赵长风也实在没想到，柴刚川竟然会采用自杀这么极端的方式来保住蔡国洪。看来不得不重新评价一下蔡国洪了，能让自己的心腹心甘情愿地保全自己，了不得啊。

“市长，是挺可惜的！”赵长风说，“不过我们也并不是没有收获，虽然现在蔡国洪脱了身，也还是焦头烂额，邙北市再也不是蔡国洪一言堂的天下了。林同兆和柴刚川两大常委一去，钱兆均又反了蔡国洪的水，市委常委会上，蔡国洪已经控制不住局面了。”

刘光辉笑了起来，点头赞道：“长风，这件事你出力不小啊。没有天阳市公安局抓住了那个小偷，事情还不会有这么一个结局。”

赵长风这次来刘光辉的办公室，正是要谈这一件事。在整件事中，公安局副局长韩加森和审计局局长高胜强出力最多，陈钢、张国强和李卫东三个民警也出了不小力气。高胜强是审计局局长，暂时不用管他，陈钢、张国强和李卫东已经恢复了公安干警的身份，也算是得偿所愿。现在关键是韩加森，韩加森既然过来投靠他，目前事情算是告一段落了，如果不给韩加森一点甜头，那以后谁还会实心实意地为他卖力呢？

可是怎么奖赏韩加森，却让赵长风颇为踌躇，最大的障碍就是韩加森级别不够，只是副科级。首先公安局局长是不用想了，邙北市公安局局长一般都是市委常委、政法委书记来兼任，是副处级，让韩加森以副科级别出任不可能。更何况副处级干部的提名权在天阳市市委书记魏新强手里，任免要通过天阳市市委常委会，赵长风不过是邙北市市委常委、常务副市长，要运作这件事虽然说不是绝对没有可能，但是难度太大，说不定还要得罪某些虎视眈眈盯着这个肥缺的势力。

那么其他部门呢？赵长风还真是为韩加森看中了一个职位，这个职位就是邙北市检察院检察长。检察长的职位，重要性一点都不逊色于邙北市公安局局长。前一段时间，邙北市检察院检察长调任到平原市去了，职位出现了空缺，因为邙北市发生了一连串的事件，暂时没顾得上增补，现在赵长风觉得机会来了。

不过让韩加森出任邙北市检察院检察长，也有个障碍，检察长也是副处级。不过检察长是由邙北市人大选举产生，并报上级人大常委会批准，所以在邙北市就有了运作空间。而现在，蔡国洪势力大减，正在全力求自保，肯定没有心思来争夺这个检察长的位子，只要刘光辉点头，再做通付罡庭一派的工作，那么韩加森上位就理所当然了。当然，由于副科级和副处级之间的差距，赵长风还必须采取一些相应的步骤。

此时听到刘光辉提起这个话题，赵长风自然不会放过机会。他笑道：“市长，其实天阳市公安局皇城分局之所以能抓住乔四儿，全是邙北市一个干部的功劳。”

“哦?”刘光辉眉毛挑了一下，他其实也很想知道这个内线，此时见赵长风主动提起，当然很感兴趣，“是谁?”

“公安局副局长韩加森同志。”赵长风笑道，“市长你应该有印象。”

“哦，老韩啊！我知道，我知道！”刘光辉连连点头，“如果是他就没错了。他在公安系统内部威望很高，只是因为柴刚川的排挤，被边缘化了。”

“市长，我们不能亏待有功之臣啊！”赵长风说，“市检察院检察长不是还空缺着吗?”

刘光辉沉吟了一下，说：“检察长可是副处级啊！”

赵长风说：“可以先让韩加森接任副检察长、代检察长，后面的程序可以慢慢来。”

刘光辉还在犹豫。

赵长风说：“市长，公安局局长的位子我们肯定掌握不住，那么检察长的位子对我们来说就至关重要了。在政法系统内，我们必须有一个能和公安局局长制衡的人选。”

刘光辉终于动心了，他点头道：“也好，这件事就由我来安排吧！”

邙北市检察院副检察长、代检察长韩加森站在黄金酒楼前，他身后站满了检察官，他们身穿检察官制服，按照职位的高低，笔挺地站在路边。韩加森心中暗笑，也不知道谁通知他们的，邙北市检察院的大小官员都到齐了，还有一些普通的工作人员只能乖乖地站在后排，黑压压挤成一片，仿佛是邙北市检察院在拍集体合影。

今天是韩加森上任的第一天，他出尽了风头。市长刘光辉亲自送他上任，现在检察院摆接风宴，常务副市长赵长风又亲自光临，市政府一二把手这种姿态，对韩加森在检察院打开工作局面非常有利。

十多个身穿警服的人走了过来，韩加森一看，是他的老部下，他们都是邙北市公安局各科室大队的正职或者副职，还有几个是下属派出所的所长或者指导员。柴刚川任公安局局长期间，这些老部下在公开场合虽然不敢多和韩加森来往，但是私下里的交往却从来没有断过。现在柴刚川已经不在了，这些老部下当然没有顾忌了。他们这次过来参加韩加森的接风宴，就是替韩加森助威来了。为的是让检察院的人看一看，韩局长在公安局内有多大的势力、多高的威望。

韩加森脸上浮现出无奈的笑容。昨天在公安局为他举行的送行宴上，这些老部下就说今天要过来为他助威，当时韩加森就一口拒绝了，他到检察院去，就是检察院的人了，无论检察院的人欢迎也好，排斥也罢，他都是检察院副检察长、代检察长。如果公安局去了一大帮子人，算怎么回事？会不会让检察院的干部们产生不好的印象？

正想着，老部下们已经走到韩加森的面前。

“检察长好！”“老局长好！”老部下们纷纷上来围着韩加森亲热地打

招呼。

韩加森狠狠瞪了他们一眼，这才换上一副笑脸说：“好好，先在外边等一等，赵市长一会儿就过来。”

这些老部下们嘻嘻哈哈，对韩加森的瞪眼视若无睹。他们纷纷和韩加森身后的检察院干部打着招呼，和他们挤在一起。

韩加森又往东边望去，这时，远远有一辆黑色的小车驶了过来，身后的人群就一阵骚动，韩加森微微一笑，这些检察官的见识果然浅了一些，这时距宴会开始还有十多分钟，赵市长是不会这个时候就来的。况且这辆黑色的小车是拉达，而赵市长的座驾却是桑塔纳。韩加森甚至不用看车号，就知道这辆车一定是审计局局长高胜强的车。

小车越驶越近，已经能看清楚车号，果然是审计局局长的车。小车停下来，高胜强从车里走出来，老远就伸出双手，发出爽朗的笑声：“检察长，恭喜恭喜啊！”

韩加森也伸出手道：“高局长，多谢多谢啊！”两个人的手握在一起足足有半分钟，这才相视一笑，分开了。韩加森出任代检察长，对高胜强来说，也是一个天大的好消息。

时针指向七点，一辆黑色的桑塔纳飞快地驶了过来，在楼前稳稳停下。刘俊康抢先下了车，弓着腰拉开了车门。

赵长风笑着下了车，高胜强和韩加森满脸堆笑，一起热情地迎了上去。高胜强略微领先小半步，韩加森稍稍落后。高胜强是审计局局长，韩加森不过是今天刚刚升任代检察长，论起资历，自然是要让高胜强一分，更重要的是，韩加森知道，高胜强和赵市长是校友。韩加森让了小半步，更显得他通达人情世故。

隔着老远，赵长风的手就和高胜强的手亲热地握在了一起。

赵长风笑道：“不好意思，开了一天会，这才抽出身来。”然后又摇头叹息道，“本来会后还有一个宴会，我硬是推掉了。会上的同志意见很大啊！”

高胜强哈哈一笑，恭敬地说：“赵市长公务繁忙，今天能屈尊大驾参加我们的便宴，就是对审计局和检察院两大系统干部职工最大的关心和支持。”

韩加森毕恭毕敬地站在一旁，目光热切地望着赵长风。

赵长风转过身来，笑着伸出了手："检察长，祝贺你啊！"

韩加森连忙伸出双手，紧紧握住了赵长风的手，说："多谢赵市长的栽培！我一定不辜负赵市长的期望，听从您的指挥，在检察院打开新的局面，让检察系统的工作迈上一个新台阶。"

赵长风显然对韩加森的表态非常满意，他用力握住韩加森的双手摇了一摇，亲切地说："加森是个好同志啊！"

韩加森满心欢喜地领前小半步，给赵长风引路。赵长风气度雍容地负手而行，刘俊康和高胜强一左一右地跟在他后面。

酒楼前的人群不由自主地让开了一条通道，他们看着这位邙北市有史以来最年轻的副市长，目光里满是敬畏。有三个副检察长想上前和赵长风打招呼，可是移动了小半步，又觉得心里发虚，就停了下来。赵长风径直进了酒楼，对三位副检察长热切的眼光视若无睹。赵长风进去后，身后这些检察院干部和公安局干警立刻跟在后面。

韩加森在前面带路，准备把赵长风往楼上领。赵长风到了楼梯口，却停下了脚步，他扫了一眼身后黑压压六七十个人，沉吟了一下，说："这么多同志，楼上包间肯定嫌小。要不我们干脆在一楼大厅吧，人多热闹嘛！"

高胜强和韩加森连忙说好。

酒楼经理招呼着，在一楼大厅中间摆了九张桌子，韩加森、高胜强、还有检察院的两个副检察长就簇拥着赵长风到正中间的大桌子上分主次落座。检察院其他干部按各自职务和科室分别就座，公安系统的十几个人也分了两桌。

赵长风扫了一眼桌子，发现加上刘俊康才坐了六个人，还有两个空位，就对韩加森说："检察长，再请两位同志过来吧！"

三个副检察长听到赵市长称呼韩加森为检察长，心中不由得一叹，不过他们随即就把心态调整了过来。升任检察长，他们几个人级别本来就不够，现在韩加森既然已经是代检察长，又有刘光辉和赵长风两位政府一号二号市长的鼎力支持，检察长的位置是唾手可得了。他们与其空怀羡慕和嫉妒，还不如接受现实，讨得韩加森的欢心，这样在检察院内部的竞争中就能夺得先机啊！

韩加森本来也有这个意思，只是不敢提出来。这时候听赵长风开了口，连忙笑着站了起来，招呼纪检组组长和政治处主任过来就座。政治处主任和纪检组组长早就想过来，又担心级别不够，就跟着那些比他们低半级的科长们坐在一起，眼神却期期艾艾地望着中间的这张大桌子，此时听到韩加森代检察长喊他们俩，不由得喜出望外，连忙一路小跑地凑了过来。

“赵市长好!”他们脸上堆满殷勤的笑容，和赵长风打着招呼。

赵长风微微一笑，和他们碰了个眼神，算是一个回应。今天赵长风是过来为韩加森打气助威的，怎么样都要给足韩加森面子。这样韩加森在检察院的工作才会顺利地开展。

酒楼经理是一个很有丰韵的女子，年龄三十出头。她站在桌边，笑着问道：“各位领导今天点些什么?”口中说的是各位领导，目光却只落在赵长风的脸上。

赵长风淡淡一笑，说：“加森，你看着安排吧。”

韩加森心想，如果他按照赵市长的交代去安排菜，高胜强还坐在一边，似乎有点不礼貌；如果去征求高胜强的意见，赵市长又已经交代有话，这样做显得对领导有点不敬。他把眼光落在酒楼经理史晓春的脸上，笑道：“史经理，这个光荣的任务就交给你了，你今天一定要把我们赵老板照顾好。”

史晓春嫣然一笑道：“检察长既然把任务交给我了，我就尽力完成，不过我没见过这样的大场面，照顾不周，领导们可要多担待啊!”说着美目往赵长风脸上一扫，飘然而去。

高胜强望着史晓春袅袅娜娜的背影，笑着打趣韩加森道：“检察长，你和史老板很熟嘛！是不是有什么故事，老实交代。”他看出赵长风对史晓春不感兴趣，所以才拿韩加森和史晓春开涮。

韩加森没有高胜强和赵长风那么密切的关系，此时又是第一次和检察院下属们一起吃饭，一时间放不开脸面，尴尬着不知道怎么回应。

赵长风看着韩加森的样子，就知道他还是有点拘谨，没有完全进入角色，就微笑着替他解围，对高胜强说：“高局长，我看你才对史经理感兴趣吧？你这一招在军事上有个说法，叫做火力侦察!”

满桌人都笑了起来。高胜强嘿嘿一笑，也不觉得害臊，觍着脸说：“赵市长真的觉得我和史经理合适？那我一会儿就和史经理喝一杯交杯酒。”众人哄笑起来。

赵长风微笑着摇头道：“胜强，你呀……”语气中透着亲昵。

酒桌上几个副检察长就交换了一下眼神，心里对高胜强和赵长风的关系重新评估了一番。

正在闲聊，已经开始上菜了，头一道菜是黄金酒楼的招牌名菜，金牌烤乳猪。据说烤乳猪的大师傅是史晓春花重金从广东佛山请过来的。第二道菜也是粤式名菜，秘制烧鹅皇。两道菜是一起上来的，取好事成双之意。

韩加森就请示赵长风：“赵市长，今天喝什么酒?”

刘俊康笑着接话道：“茅台酒吧，拿四十三度的。”赵长风微微一笑，其实对他来说，喝什么酒都没有区别，但是作为领导，如果在喝酒上没有一个偏好，那就会让身边的人非常为难。所以赵长风就固定喝四十三度的茅台酒，为的就是在喝酒应酬时，让秘书刘俊康有一个表现体贴领导的机会。

一个漂亮的小服务员就跑过去拿酒，一会儿工夫，双手捧着一瓶茅台过来了。刘俊康笑着招了招手，他接过酒瓶在手里看了看，就亲自打开，倒了一小杯在嘴里尝了尝，点点头，对服务员说：“好了，就这一瓶吧。”

一阵香风袭来，史晓春又恰到好处地出现了，她从小服务员的手里接过酒来，亲自把赵长风面前的酒杯斟满，然后又为高胜强和韩加森倒上酒，这才把酒瓶递给小服务员，示意她继续为其他人斟酒。等小服务员把在座每个人的酒杯都斟满了，史晓春又让服务员取过来一只酒杯，往杯中倒满了酒，对赵长风风情万种地一笑，说道：“赵市长，您大驾光临黄金酒楼，我深感荣幸。今天我就大着胆子敬您一杯酒，您可要给我一点薄面哦。”

赵长风看着史晓的俏脸，心想，邙北市这小地方有此等人物，也算少见。他笑着举起酒杯道：“史老板话都说到这儿了，这杯酒我不喝是不行了。干了。”他一饮而尽，微笑着看着史晓春。

史晓春早已练就了好酒量，她白嫩的手端着酒杯送到樱唇旁，俏脸轻仰，也是一饮而尽。桌上众人凑趣，纷纷叫好。

史晓春把酒杯朝赵长风亮了一下，嫣然一笑，轻声道：“赵市长，各位领导，你们尽兴，我就不打扰了。我就在那边，有什么需要，随时吩咐。”

赵长风笑了笑，没有说话。韩加森看了一眼赵长风的脸色，点头道："好，史老板去吧。有事我叫你。"

史晓春走后，高胜强冲韩加森微微一笑。韩加森明白，这是示意他向赵长风敬酒。按照职务来说，应该高胜强先敬赵长风酒，韩加森虽然是代检察长，但是代字没有去掉之前，他终究比高胜强弱一些。可是今天这酒宴是检察院给韩加森摆的接风宴，韩加森算是东道主，由他先敬也未尝不可。高胜强这样做，是向他示好。

韩加森回了高胜强一个微笑，站起来双手捧着酒杯，对赵长风说："赵市长，感谢你的栽培，我敬你一杯。"

"坐下坐下，"赵长风笑着说，"往起一站，喝了不算。"韩加森就红着脸坐了下来，依旧是双手捧着酒杯。

赵长风端起酒杯和韩加森的酒杯轻轻一碰："加森同志不错!"

韩加森顿时觉得热血上涌，仰着脖子一口把酒干了。赵长风头微微一仰，杯也见底了。

高胜强那边已经做好了准备，等服务员替赵长风把酒杯又斟满后，他立刻双手端起酒杯，恭敬地说："赵市长，我敬你一杯。"

赵长风端起酒杯亲切地与高胜强碰了一下，微笑道："胜强同志在审计局，加森同志在检察院，你们两个可要加强联系啊。"审计局和检察院两大系统控制在赵长风手里，邙北市有多少干部见了他要胆战心惊?

高胜强连忙说："赵市长，你放心，我会密切配合检察长工作的。"

韩加森也说："赵市长，我会大力支持高局长的审计工作。"

赵长风满意地点了点头，含笑把酒杯凑到唇前。高胜强连忙举起酒杯一饮而尽。

高胜强和韩加森敬过酒，这桌上检察院的其他几个干部都要过来敬酒。赵长风淡淡一笑，举着杯子说："我和大家共同碰一杯，就不一个一个来了。"两相比较之下，赵长风对韩加森和高胜强的态度与对这几个干部的态度就大有区别了。

赵市长既然发话了，大家怎敢有异议？于是赵长风举起酒杯，同桌的人一同举杯，几个副检察长、纪检组长、政治处主任，一起喝了一杯酒。

这时其他桌的检察院正副科长中有几个人不知深浅，壮着胆子端着酒杯过来，想敬赵市长。韩加森脸色一变，想喝退他们，那边刘俊康却端着酒杯站了起来。今天是韩加森的接风宴，这几个人虽然不懂规矩，但是如果韩加森发了脾气，不但会破坏气氛，而且有损他在检察院的形象。刘俊康心思灵巧，自然知道该如何应对。

“呵呵，赵市长待会儿还有公事，这杯我就替他喝了。”他举着酒杯，和几个科长碰杯。刘俊康虽然只是一个秘书，但是级别也是副科长，和检察院这几个科长也算平级。

这几个科长见刘俊康站出来，也不敢怠慢，忙举着酒杯笑着说：“刘秘书代喝，和赵市长亲自喝也是一样的。”

刘俊康举起酒杯碰了一下，看着他们一饮而尽，这才把酒杯靠近唇边比划了一下，连嘴唇都没有湿，算是碰过酒了。

这几个人看了，这才醒悟自己的行为有些孟浪，也不敢多纠缠，灰溜溜地回去了。

赵长风微笑地看着刘俊康退回来，心中赞赏，刘俊康越来越成熟了，假以时日，可以放到外边当一个局长了。

高胜强在一旁凑趣道：“赵市长，你在省政府里待了四五年，大地方的规矩肯定和我们下边小地方的不一样，你给我们讲一讲，让我们也开开眼、长长见识。”韩加森和几个副检察长都跟着起哄，非让赵长风讲一讲省政府里酒宴的规矩。

赵长风明白，这是领导参加酒宴的必备节目。在宴会上领导就是中心，讲两句笑话，谈几件逸闻，发表一两个高论，是很自然的事。如果领导在宴会上沉默寡言，下属们难免就会惴惴不安。入乡随俗，赵长风既然在这个位置上，当然要按照这个规矩办事。

于是赵长风就讲了几个省城里酒宴上的规矩，并说了一两件省里领导的逸闻，当然这些逸闻无伤大雅，而且逸闻中的领导已经调到别的省任职。

这些规矩，韩加森、高胜强以及那几个副检察长都听人说起过，但此时听赵长风讲来，却依旧像第一次听到一样，觉得特别有意思。而当赵长风说起那两件他们不曾听过的逸闻时，他们更是瞪大了眼睛，半张着嘴巴，全神贯注地望着赵长风。

赵长风讲完后，见全桌的人听得入迷，就笑着说："别光听我说啊。来，大家吃菜!"

众人这才纷纷醒悟过来，拿起筷子，见赵市长的筷子点过哪道菜，大家的筷子才去动那道菜，那些赵长风没有去碰的菜，其他人也都不去碰。

赵长风笑了笑，把桌上每盘菜上都虚点了一下。众人这才除去了心中的顾忌，拿着筷子随意夹菜，顿时酒桌上的气氛热烈起来。

在官场中，流行在喝酒的时候讲荤段子，这就好比请人喝酒，就必须点几个肉菜。在官场上喝酒，没有荤段子助兴，酒桌上的气氛就不够热闹，不利于同志们交流感情，更不利于领导和同志们打成一片。赵长风虽然不喜欢这样的习惯，但是既然身在官场，就不能不按照这一套规矩来办。

又喝了几杯酒，赵长风笑道："今天我和好几个同志是第一次在一起喝酒，这样吧，我们来活跃一下气氛，大家每个人讲一个笑话，谁讲得不好笑，罚酒三杯，大家看如何?"

酒桌上除了高胜强、韩加森、刘俊康三个人之外，其他人都是第一次和赵长风坐在一个桌上喝酒。他们摸不清赵长风的脾气，担心这个年轻的市长不肯与民同乐，所以肚子里虽然憋了很多荤段子，却不敢讲出来。此时见赵长风开口，他们才松了一口气，响应赵长风的号召。

赵长风的目光落在韩加森身上，说："检察长，今天是你的接风宴，就从你开始吧。"

韩加森是老公安了，这种场面自然不会怯场，他端起茶杯润了一下嗓子，煞有介事地讲了起来："有一个女孩子买了一包盒装牛奶，在等公共汽车，刚喝了一口，公车就进站了，女孩子就拿着牛奶上了车。可是车上人很多，后面又不断有乘客上来，把女孩子不断往里面挤。女孩子手里的牛奶纸盒都被挤瘪了，牛奶就溢了出来。于是女孩子尖声叫道：'别挤了！别挤了！我的奶都被你们挤出来了！'"满桌人都哈哈大笑。

赵长风呵呵笑道："老韩，不错!"然后看着高胜强："高局长，你也来一个吧。"

高胜强整天和审计单位喝酒，早就锻炼出来了，他趁着酒兴说道："我曾经到美国参观过一个修道院，这个修道院修建在山上，道路崎岖不平。修女们到山下买东西都需要骑自行车。我们过去参观时，正看到修道院院长在厉声训斥修女：‘你们谁再骑着自行车到山下买东西的时候大呼小叫，我就把自行车坐垫给你们装上去！’”说完高胜强悠闲自得地端起茶杯。

酒桌上冷了一两秒钟，多数人就反应过来了，爆发出一阵哄堂大笑。政治处主任刚听完这个笑话不解其意，一边端着茶杯喝茶，一边苦苦思索，猛然间他反应过来，“扑哧”一声，口中的茶水就要喷出，幸亏他抢先用手捂住嘴，于是手中全部都是茶水，顺着手往下流，十分狼狈。

纪检组组长是个老古板，头脑反应慢，到最后也没有领会高胜强的笑话，他看所有人都笑得那么开心，很是纳闷，就拉着身边的副检察长问道：“修道院院长为什么要把自行车坐垫给她们装上去呢？难道美国的自行车都没有坐垫吗？”

政治处主任刚拿纸巾擦拭干净茶水，听纪检组组长这样说，不由得又喷笑出来。

赵长风用手点着高胜强笑道：“胜强同志，你不愧是姓高啊，连讲故事的水平都这么高。”

有了韩加森和高胜强在前面做榜样，副检察长们见赵市长并无不悦之意，能够与民同乐，于是就大着胆子讲起段子来，一个比一个令人喷饭。

酒宴一直进行了三个多小时，大家都非常尽兴，赵长风看看火候差不多了，就端起茶杯看了刘俊康一眼。刘俊康一直在留意他的一举一动，见状就站起身，来到赵长风身边，轻声说：“时候不早了，你该回去休息了。”

赵长风就笑了一下，举起酒杯对众人说：“今天就到这里吧。”众人连忙端起酒杯，争先恐后地和赵长风碰杯，一饮而尽，赵长风拿着酒杯碰了一下嘴唇，把酒杯放下，拉着韩加森的手道：“加森同志，在新的岗位上一定要好好干，做出一番成绩啊！”

韩加森双脚并拢，恭敬地说：“赵市长，你放心，我绝对不会让你失望的。”

赵长风又和酒桌上几位副检察长一一握手，他见其他酒桌上的人也站了起来，就挥手道：“你们继续喝，不用起来。”那些人怎么敢坐下，仍然毕恭毕敬地站着，望着赵长风。

赵长风就在韩加森、高胜强和几位副检察长、纪检组组长、政治处主任的簇拥下往外走去。众人一直把他送到车旁，赵长风扭身道：“好了，你们回去吧。”

刘俊康拉开车门，高胜强上前扶着赵长风，小声说：“赵市长，我有情况向你汇报。“

赵长风“嗯”了一声，没多言语。高胜强就明白了赵长风的意思。

目送赵长风的桑塔纳消失在视线中，高胜强这才转身和韩加森握手道别，然后走向审计局的黑色拉达轿车，高胜强刚在车里坐稳，放在副驾驶座位上手包里的电话就响了起来。司机小程要帮他拿，高胜强摆了摆手，从后座上探身拿过来一看，果然是刘俊康的号码。高胜强摇了摇头，他这个表妹夫真是厉害，连他什么时候坐进车里也能算得准确无误。

“高局长，领导让你到家里来。”刘俊康简单地说了一句，就挂断了电话。

高胜强把电话塞进手包，对正扭头看他的司机小程说：“湖月山庄七号。”

司机小程应了一声，发动车子，掉头向湖月山庄开去。

车刚到了湖月山庄门口，刘俊康就从别墅里走了出来，显然对高胜强什么时候到达也算得准确无误。

刘俊康把高胜强迎进了别墅。进了客厅，赵长风正坐在沙发上喝茶，看到高胜强进来，笑着说：“胜强同志，坐。”又对刘俊康说：“给高局长泡杯茶。”

“谢谢。”高胜强侧着身子坐进沙发，双腿并拢，上身挺得笔直，规规矩矩地看着赵长风。

“什么情况?”赵长风扫了高胜强一眼，问道。

高胜强恭敬地答道：“赵市长，是有关邙北市矿山设备厂的改制情况。”

“哦?”赵长风来了兴趣。邙北市矿山设备厂是邙北市的老牌企业，其出品的邙山牌黄金专用采矿设备，在国内黄金采掘行业中有着很好的口碑。可是就这么一个老牌企业，在半年多前忽然改制了，被厂长出资买断，变成了私人企业。不过这都是在赵长风来之前的事了。

高胜强打开手包，掏出一份复印的材料递给赵长风：“赵市长，你看看这份资料。”

赵长风一看，是矿山设备厂改制时的资产评估报告，他对财务报表非常熟悉，用眼一扫，就看出了其中的问题。

“这份评估报告你是怎么得到的?”赵长风问。

高胜强轻声说：“邙北市矿山设备厂的一个副厂长和我同村。当初改制的时候，厂长王顺利承诺了他很多事，但是改制之后都没兑现，他一怒之下，偷偷把这个复印件交给了我。”

赵长风又问道：“矿山设备厂改制的事，是由谁来主持的?”

“邙北市体改委主任谢庆龙。”高胜强答道，顿了一顿，又轻声补充道，“谢庆龙和蔡书记是同乡。”

赵长风盯着高胜强问：“胜强同志，你的意思是，蔡国洪有参与?”

高胜强点了点头。

赵长风沉吟了一下，对高胜强说：“胜强同志，这份材料先放在我这里。这件事你先不要对任何人说，到时候听我的安排。”

“赵市长，我明白。”高胜强恭恭敬敬地回答。

赵长风拍了拍高胜强的肩膀，笑道：“好，老学长，那我就不送你了!”

高胜强连忙站起身来：“不用，赵市长，你好好休息吧。”

赵长风站起来和高胜强又握了握手，让刘俊康把高胜强送了出去。

高胜强走了之后，赵长风拿着资产评估报告反复地看。从报告上看来，矿山设备厂的改制绝对有问题。以蔡国洪与谢庆龙的关系，蔡国洪不可能没有牵扯进去。柴刚川自杀之后，赵长风对蔡国洪的攻势就陷入了停顿，他一时间找不到什么突破口。

周庄镇公安分局局长金一鸣，他的上线是柴刚川，还够不着蔡国洪。市委办主任林同兆虽然被凤凰山金矿主罗大牙咬了进来，但是他涉案金额不多，只收了两万元。林同兆心里有数，所以嘴巴非常严，除了这两万元之外什么事都不承认，而天阳市纪委专案组暂时也没发现林同兆的其他问题。所以想从林同兆身上打开蔡国洪的突破口也遭到了挫败。

赵长风当然不会就此罢休，既然已经和蔡国洪撕破了脸，开始了真刀真枪的对决，那么肯定要斗争到其中一方退出邙北市的政治舞台为止，没有什么妥协可言。即使双方暂时妥协，也只是在表面上维持，一旦有什么风吹草动，双方又会斗个你死我活。赵长风倒不是惧怕斗争，但是他来邙北市可不是为了斗争来的，他是打算做一番事业，干出一番成绩，为邙北市老百姓切切实实地谋福利。当初他在白元县梁丫子乡挂职扶贫，都能改变梁丫子乡贫穷落后的面貌，现在他是堂堂的邙北市常务副市长，反而缩手缩脚的，三个多月了，一件实事都没干成，整天陷在权力斗争之中。

赵长风不愿意这样的局面持续下去，可是，如果他不把蔡国洪从邙北市市委书记的位置下拉下来，他在邙北市还将一事无成，蔡国洪肯定不会让他顺利地做实事。

赵长风看着手中的这份材料，心中暗道："蔡国洪，这次就让我们见个分晓吧！"

赵长风下定决心之后，立刻拿起手机，拨通了刘光辉的电话，轻声问道："市长，我是长风。你休息了吗？"

刘光辉没想到这么晚赵长风还给他电话，他打了个哈欠说："还没有。长风，有事么？"

赵长风说："市长，我想见你。"

"现在吗？"刘光辉问道。

"最好是现在。"赵长风迟疑了一下说。

"那好，你过来吧，我在凯旋宫。"刘光辉无奈地说了一句，挂断了电话。

赵长风听出刘光辉语气中有一丝不耐烦，但是他顾不上了。现在他必须争取一切时间进行布局，如果走漏一点风声，让蔡国洪醒悟过来，那么他的计划就又泡汤了。

赵长风穿上外套，来到外间，司机老邢和刘俊康都没有走。赵长风轻轻地说了一句："凯旋宫。"司机老邢立刻跑到外边，把车开到别墅的正门口，赵长风上了车，车向凯旋宫驶去。

在路上，赵长风心里在嘀咕，刘光辉怎么也染上了这样的毛病？想一想刘光辉在邙北市两年多，整天就和蔡国洪搞得一团和气，没给老百姓办过一件实事，赵长风不由得就暗自摇头。当官的潇洒一点无所谓，关键是要给老百姓办实事，所谓为官一任，造福一方，否则老百姓养着官员来做什么？

到了地方，赵长风下了车，秘书古蔺就迎了过来。赵长风也没有多说，跟着古蔺上了二楼会客室，刘光辉穿着浴袍，懒洋洋地靠在沙发上，蔡国洪只不过稍稍受到了一些挫败，并没有被彻底打倒，刘光辉是不是打算放弃？

“长风，坐吧！”刘光辉指着身旁的沙发，懒洋洋地说。赵长风道了一声谢，就坐了下去。

刘光辉等端来茶水，这才笑了一笑说：“长风，说吧，什么事，这么着急见我？”

赵长风拿出那份复印的报告，递到刘光辉手中：“市长，这是我拿到的一份邙北市矿山设备厂改制前的评估报告，你看一看。”

刘光辉拿在手里看了两眼，笑着说：“长风，你知道，我是学中文的，对财务报表并不熟悉。”在赵长风面前，刘光辉并不讳言他的弱项。

赵长风对于刘光辉这一点还是欣赏的，一个官员能大大方方地在自己下属面前承认自己的短处，也算得上是比较开明的，这也说明刘光辉把赵长风当成了比较亲近的自己人。

“市长，邙北市矿山设备厂改制时的情况你清楚吗？”赵长风从刘光辉手中接回资产评估报告，看似随意地问道。

刘光辉点了点头：“了解一些，当时决定邙北市矿山设备厂的改制工作由体改委的谢庆龙负责。”说到这里，刘光辉眼睛盯着赵长风，“长风，矿山设备厂的改制有问题？”

赵长风点了点头，说：“从资产评估报告上看，显然是有问题。”顿了一下，赵长风又轻声说，“我还听说，谢庆龙和蔡国洪是同乡。”

刘光辉手里端着茶杯，沉吟不语，过了半天，才说：“当时在常委会上，蔡国洪就极力主张把邙北市矿山设备厂定为国有企业改制试点，并让体改委主任谢庆龙任组长。当时我考虑马上要离开邙北市了，就没有认真去想这件事，任蔡国洪去折腾，现在看来，这里面有猫腻啊。”

赵长风接口道：“我的意思是，对邙北市矿山设备厂的改制情况进行重新审计！”

刘光辉又低头沉吟起来，显然是有所顾虑，不能下定决心。

赵长风就说："市长，事情都到这个地步了，我们和蔡国洪之间的矛盾已经不可调和了。邙北市的斗争必将延续下去，直到其中一方退出邙北市的政治舞台为止。现在正是我们对蔡国洪发起致命一击的好机会。"

刘光辉扶了扶眼镜，叹了一口气，说道："长风，你不知道，天阳市委书记魏新强和市长张培伦都找我谈过话，说市长和市委书记一定要紧密团结，如果一个地方的领导班子相互斗来斗去，平白让人笑话。"

"市长！"赵长风说，"市长，你认为和蔡国洪之间还有妥协的可能吗？"

刘光辉站了起来，走到窗户旁，推开窗子，一股冰冷的空气一下涌了进来，他禁不住打了个寒战，但脑子却清醒了：长风说得没错，既然已经和蔡国洪撕破了脸，怕是没有回头路可走了。

赵长风跟在刘光辉后面，轻声说："市长，小心感冒。"

刘光辉淡淡地笑了笑，转过身来，那副懒洋洋的样子已经不见了，脸上是一副坚毅的表情："长风，冷点不要紧，更让人清醒啊。刚才这房间里暖洋洋的，让我都忘了现在正是寒冷的冬天，外边还是冰天雪地。"

赵长风心中一喜："市长……"

刘光辉摆了摆手，阻止赵长风说下去："长风，你说得不错，赵省长也说得不错，我是有点一团和气了，关键时刻总是下不去手。"

刘光辉伸手在身上摸了一下，坐在远处的古蔺连忙小跑几步过来，把一包软中华递到他手中。

刘光辉给赵长风让了一根，又往嘴里塞了一根，古蔺这边已经摸出打火机，殷勤地为刘光辉点着烟，然后又为赵长风点上。

刘光辉转过身来，向窗外吐出一条白色的烟柱，看着烟柱在灯光下逐渐变淡，消失在寒冷的空气中："长风，你打算怎么做？"他的眼睛却并没有看赵长风。

"老办法！"赵长风说，"让审计局出马。"

"高胜强？"

"对，高胜强。"赵长风和刘光辉并排站在一起，望着窗外，"政府管经济，动用审计局不需要经过市委。只要市长点头，审计局就可以去体改委把邙北市矿山设备厂改制的档案材料调出来，进行审计。”

“你想什么时间动手?”刘光辉往窗外掸了掸烟灰，问道。

“明天。明天早上让高胜强带人到体改委来个突然袭击。”赵长风说，“迟则生变。”顿了一顿，他又轻声补充道，“明天上午，蔡国洪书记不是要到省城开会吗?”

刘光辉明白，赵长风是要趁蔡国洪离开邙北市的机会，打一个时间差，让他措手不及。

“好!”刘光辉扭头看着赵长风，“明天一早就让高胜强去办这事。但是要注意，一定要当场把邙北市矿山设备厂改制的全部档案材料带走，以防出现上次周庄镇公安分局的情况!”

“是!”赵长风应道，“市长，这次我一定让高胜强办得干脆利落。”

一辆黑色奥迪飞快地行驶在天中高速公路上，路况好，车况好，司机技术也好，虽然车速超过了每小时一百三十公里，车里却感觉不到震动，司机右侧的水杯里，水面只有非常轻微的波动。

蔡国洪靠在宽大的后座上，闭着双眼听着豫剧《朝阳沟》的经典唱段，手跟着节奏轻轻地在大腿上打着拍子。蔡国洪此时心情非常愉快。省公安厅专案组虽然在邙北市公安分局局长金一鸣那里打开了缺口，但是金一鸣犯下的事都只和柴刚川有关，牵扯不到他；省政府联合工作组那边，蔡国洪通过内线得到消息，市委办主任林同兆、副市长何泉声、国土资源局局长焦伦平、后河乡党委书记马会来这些人在工作组强大的政策攻势下虽然都吐了口，承认了一些违规违法的行为，但这些事同样与他蔡国洪没有关系。领导也不是神仙，下属如果违法违纪了，领导也不可能把所有的责任都承担起来。

在刘光辉、赵长风这么强大凌厉的攻势下，蔡国洪都能全身而退，他就是一个扳不倒的不倒翁，下一次，邙北市如果有哪个领导干部想要与他作对，肯定要先掂量一下。表面上看，他的对手虽然是邙北市市长刘光辉、常务副市长赵长风，但是实际上面对的却是赵长风和刘光辉背后的两位副省长——赵强和武卫平，这两位副省长都一贯强势，这次却对他无可奈何，这难道还不能说明问题吗?

忽然，手机铃声响起，卢天放拿出手机接通一听，脸色顿时一变，他转身把电话递给蔡国洪，口中叫道:“蔡书记，体改委谢主任的电话!”

蔡国洪接过手机，慢条斯理地问:“庆龙，什么事?”

电话里传来谢庆龙惶恐的声音:“蔡书记，审计局的高胜强带人把邙北市矿山设备厂改制的所有档案材料封起来带走了!”

蔡国洪浑身一震，厉声喝道:“谢庆龙，你是干什么吃的?高胜强说要带走就带走?你为什么不拦住他?你为什么不当时就给我打电话?”

“蔡书记，我，我早上被刘光辉市长叫到市政府开会去了，开会的时候，刘市长命令所有人都关了手机。”谢庆龙嗫嚅道，“等我从刘光辉办公室出来，才接到副主任的电话，知道高胜强带着审计局的人去了。当时我不在体改委，其他干部根本不敢阻拦高胜强……”

蔡国洪一下子就明白了，刘光辉这是趁他到省城开会搞突然袭击，又用调虎离山之计把谢庆龙调走。他拿着电话，满腔怒火无从发泄，这件事不能怪谢庆龙，是刘光辉出手太狠太快了。

谢庆龙那边听不到蔡国洪说话，也不敢说话，就那样拿着电话大气都不敢出，头上直冒汗。

过了很久，谢庆龙才听到蔡国洪一句有气无力的话:“好了，我知道了!”紧接着电话里传来忙音。谢庆龙这才长长地出了一口气，跌坐在沙发上。这一次，祸事大了!

蔡国洪愣了半天，才拨了蔡国富的手机，可是蔡国富的手机却关机了。蔡国洪又拨通了蔡国富另外一个手机号码，接电话的是蔡国富的秘书洪进飞。

“蔡书记，您好!”洪进飞在电话里恭敬地说，“领导正在省委开常委会议。好的，等他散会了，我就转告。”

一个半小时后，车到了中州市，蔡国洪的手机终于响了起来，里面传来洪进飞的声音:“蔡书记，领导已经知道了，他让您中午过来。”

蔡国洪还想多问点什么，可是洪进飞却挂断了电话。蔡国洪拿着电话愣了半天，这才叹了口气，把手机扔给了卢天放。洪进飞是大哥身边的贴心人，他的态度基本上可以代表蔡国富的态度。

中午十二点半，蔡国洪来到位于中州大道的中州市委常委楼，蔡国富住在一号常委楼。蔡国洪一进门，洪进飞就迎了出来，他小声说：“领导心情很糟，您注意一点。”

蔡国洪强笑了一下说：“进飞，你多虑了，我和大哥是自家兄弟。”洪进飞就不好再说什么，轻手轻脚地把蔡国洪领到二楼书房门口，然后轻轻地退了下去。

蔡国洪见洪进飞走远了，脸上强挤出的笑容才收了起来，他深深吸了一口气，把呼吸调匀了，这才壮着胆子轻轻地敲了敲房门，房内没有丝毫动静。

蔡国洪本来就胆怯的心就又紧了一紧，大哥蔡国富一向沉稳老辣，喜怒不形于色，几乎从来没有见过他发怒。但是蔡国洪知道，大哥一旦发起怒来，那可是雷霆万钧。

又等了一会儿，书房里还是一片沉寂，蔡国洪低垂着头，哀声恳求道：“大哥，我错了。求你再帮我这一次吧！”

书房里依旧是没有动静。

“大哥！”蔡国洪在外面继续哀声恳求。

“你进来吧！”一个冷冰冰的声音终于从房间里传了出来。

蔡国洪慢慢地推开门，迎面而来的是他大哥、省委常委、中州市市委书记蔡国富冰冷的目光：“国洪，你真让我失望！”

蔡国洪迎着大哥冰冷的目光，就好像数九寒天掉进冰窖里一样，浑身发冷，手脚都不知道放哪儿好。蔡国洪本以为，自己的涵养和官威虽然比不上大哥，也差不了多少，可是现在他忽然发觉，同样是市委书记，他不过是一叶小舟，大哥却是大海，大海一旦发起怒来，惊涛骇浪随时可以把小舟吞没。

“大哥，我，我……”

“坐下吧！”蔡国富指着远处的沙发，冷冷地说。蔡国洪虽想坐在大哥对面，也只好乖乖地坐在远处的沙发上，扭着身子，远远地看着蔡国富。

蔡国富打开抽屉，拿出一盒帝豪国风，往嘴里塞了一根，蔡国洪连忙摸出打火机，想过去为蔡国富点烟，蔡国富冷冷地扫了他一眼，说：“坐在那里!”

蔡国洪讪讪地退了回去。

蔡国富拿起桌上的火柴，轻轻一划，点着了烟，然后手轻轻晃动，熄灭了火柴，随手扔进烟灰缸：“国洪，你真让我失望！我真不知道，你是怎么平安无事地在邙北当了六年市委书记的!”

“大哥，我……”

蔡国富大手一挥，把蔡国洪的话堵了回去，“国洪，你就说吧，现在材料都在人家手里，你打算怎么办?”

蔡国洪的头一下子低了下来：“大哥，我，我想请你出面……”

“我出面？我能为你出几次面?”蔡国富用手敲着桌子，“你这样闯祸，总有一天会连累到我的!”

蔡国洪低头看着自己的脚尖，不敢说话。

蔡国富懒得看蔡国洪，他大口抽着烟，脑子里盘算着如何处理这件事，最后他像是下定了决心，一把拿过烟灰缸，把烟狠狠地在里面摁灭，又把烟灰缸推开，这才开口说：“国洪，你必须离开邙北市!”

“什么?”蔡国洪惊讶地抬起头来，他呆呆地望着蔡国富，不敢相信自己的耳朵，过了好一会儿才猛然喊道，“不，大哥，我不要离开邙北市!”

“你不要离开邙北市?”蔡国富冷笑一声，身子往后一靠，斜睨着蔡国洪，“国洪，那你告诉我，审计局那一关怎么过?”

“大哥，难道你就没有别的办法了吗?”蔡国洪像泄了气的皮球，软塌塌地缩在沙发上。

蔡国富叹了一口气道：“国洪啊，如果有别的办法，我一定会帮你想，但是这一次，除了离开邙北市，怕是没有别的办法了。”他站起身来，端起茶杯，来到沙发前，紧挨着蔡国洪坐下。

“国洪，刘光辉不是一般人，他身后是常务副省长赵强，即使你把刘光辉弄下去，赵强会放过你么？只要他逮住机会，肯定会对你下手。你又不知道检点，到处都留下把柄，我可以护得了你几次？总有我护不动的时候吧？比如这一次，只要刘光辉铁了心要整你，邙北市矿山设备厂改制的材料就足以毁了你的政治前途。”蔡国富语重心长地说。

“大哥，那也是因为刘光辉欺人太甚，他去向武卫平告我的黑状！”蔡国洪小声辩解道。

蔡国富说：“国洪，你想过没有，刘光辉为什么会那么做？政治本来就是斗争与妥协的产物，不能光斗争不妥协。你要恰到好处地分给对手一点利益，如果什么利益都被你一个人占了，那对手能不奋起抗争吗？”

“大哥，刘光辉他现在这么做，也是成心把我往死路上逼，那些材料到了他们手上，我的结局恐怕比刘光辉还惨！”蔡国洪说。

“国洪，问题就在这里。你既没有拿着对手的把柄，还树了一个死敌。”蔡国富摇头道，“现在轮到刘光辉反扑，他一下子就点了你的死穴。现在主动权在刘光辉手里，你不选择退让，难道他会放过你吗？”

蔡国洪这时彻底明白，大哥蔡国富也已经没有办法了，他声音低沉地说：“大哥，既然和刘光辉成了死敌，即使我选择退让，离开邙北市，他就会放过我吗？”

蔡国富沉吟了一下，说：“这个问题你不用担心，由我来安排。只要你同意离开邙北市，我就有把握把这件事压下去。”顿了一下，他又说，“当然，我也不会太便宜那个姓刘的小子，他既然敢动我蔡国富的弟弟，那他多少也得付出一点代价！”蔡国富嘴角上挂着轻蔑的冷笑。

“大哥，你看着办吧，我一切都听你的安排。”蔡国洪也是当断则断之人，这时既已下定了决心，也就不患得患失了，离开邙北市又怎样？留得青山在，不怕没柴烧。江东子弟多才俊，卷土重来未可知！只要我渡过了眼前这个难关，假以时日，我还会东山再起的！

“那好吧！”蔡国富轻轻地拍了拍蔡国洪的肩膀，“你奔波了一个上午，也饿了吧？下去吃饭吧，咱哥俩好久没有在一起喝酒了，今天就好好喝一回。”

办公桌上的电话响了起来，赵强等电话响了两次，这才不慌不忙地接了起来。

“赵省长，你好，我是国富啊！”电话里传来一个爽朗的声音，“你现在有空吗?”

赵强一听到蔡国富的声音，就知道是为了蔡国洪的事。赵强心里对蔡国富、蔡国洪兄弟已经憋了一肚子火。

这次赵长风又给刘光辉出主意，让审计局从体改委带走了邙北市矿山设备厂改制的所有材料，一下子抓住了蔡国洪的把柄，赵强非常高兴。蔡国富即使再神通广大，也不可能推翻这些白纸黑字的铁证。

蔡国富这个时候打电话来，肯定是为了弟弟蔡国洪的事服软了。这个时候才来服软，赵强觉得有点晚了。赵强本不想见蔡国富，但是转念一想，蔡国富也是省委常委，怎么着也得给个面子吧？下边的人斗得再厉害，上面的领导还是要维持表面上的一团和气吧。但也就是见一面而已，事情到了这个地步，几乎不可转圜。赵强想了一下，觉得要把自己的态度亮明，他就说：“蔡书记，我四点钟要去见一个代表团。”现在是三点半，也就是说，留给蔡国富的时间只有十多分钟。

“赵省长，那我现在过去吧，就说两句话。”蔡国富笑呵呵地挂了电话。对于赵强的态度，蔡国洪心里也有些不爽，但是没有办法，谁让弟弟的把柄在人家手里捏着呢？为了这个不争气的弟弟，蔡国富只有放低身段了。

十分钟后，蔡国富出现在赵强的办公室。赵强笑脸相迎，亲热地把蔡国富让到沙发上。

“小黄，泡茶!”赵强招呼一声，秘书小黄就过来为蔡国富沏上了热茶。

“赵省长的茶好香啊!”蔡国富闻了一闻，笑道。

赵强淡淡一笑，既然蔡国富和他打太极，他也乐得奉陪，现在着急的不是他，于是他笑呵呵地说：“蔡书记客气了，这碧螺春也能入蔡书记的法眼?”

“赵省长，这可是上品碧螺春啊!”蔡国富道，“不知道赵省长这里还有没有富余的？走的时候让我带上一点。”

“这是最后一盒了。”赵强笑道，“如果蔡书记喜欢，明年开春的时候，我让人给蔡书记送几盒。”

蔡国富脸上堆笑道：“那就多谢了!”忽然他话锋一转，脸上的笑容收了起来，压低声音神秘地说：“听说……要走了?”说的时候，蔡国富用手指往东边比划了一下。

赵强心里一动，他也是昨天晚上才从北京那边得到了消息，省长张文利要调走了。身为官场中人，没有人不希望往上升迁的。对于赵强来说，他最大的愿望就是成为主政一方的封疆大吏，这样他就可以放开手脚施展自己的抱负。作为中原省的少壮派官员，赵强心中有自己的蓝图，可是他只是一个常务副省长，且不说省委那边有省委书记、省委副书记，单是省政府这边，张文利就把他压得死死的。

按照规则，副职是为正职服务的。赵强由于出身不同，属于比较强势的常务副职，很多事都有自己的主见，但赵强也明白，他这样做已经越界了，只是张文利不认真与他计较罢了。这种带着枷锁跳舞的情势对赵强来说是一种煎熬，但是又不得不忍受，纵使他能力再强、后台再硬，但是能够走到省部级的人，谁又没有能力与后台？赵强只能苦苦地等待机会。

现在省长张文利要调到北京，省长的位置终于空了出来，这样，各路势力的竞争就要展开了，既有北京各部委虎视眈眈的空降兵，也有其他兄弟省份蛰伏着的过江猛龙，更有省委大院的几位副书记。和这些人相比，赵强并不占什么优势。赵强分析了眼前的局势，认为他所面对的竞争主要来自于中原省内部，他目前要做的就是争取在中原省内部多拉几个支持者，支持他的人越多，上位的可能性就越大。

赵强在中原省苦心经营了八九年，当然有自己的势力。方振华的势力必然会倒向赵强一边，赵长风既然跟着赵强了，那就是一荣俱荣、一损俱损。除此之外，赵长风前一段帮了武卫平大忙，这等于帮赵强在省政府拉过来一个盟友。武卫平从北京下来，在中原省资历还浅，这次省长张文利调走，武卫平肯定没有希望，因此他也只能选择支持一个竞争者，等竞争者上位之后，享受结盟带来的好处。现在武卫平很自然地就成为了赵强潜在的支持者。

但是赵强这边的势力还是有点弱，他在省委里还缺少一个重量级常委支持。现在蔡国富忽然提起张文利要走的事，那他的意思会不会是……

赵强心里盘算着，嘴上反应并不慢，他点头道：“听说是。”语气非常淡然。

蔡国富却敏锐地捕捉到赵强语气里的一丝变化。其实即使捕捉不到，蔡国富也毫不担心，在如此巨大的诱惑下，蔡国富不相信赵强能不动心。

“呵呵，赵省长，这次，你很有机会啊！”蔡国富端起茶杯，慢条斯理地说。

“蔡书记，你这可是抬举我了！”赵强笑道，“省委大院那边还有几位副书记呢！”

蔡国富摇了摇头，说：“几位副书记看着机会很大，但是……”蔡国富做了个手势，表示他们根本没有希望。

赵强淡淡一笑道：“蔡书记，这个我倒要请教请教了。”

“赵省长，你就别揣着明白装糊涂了。”蔡国富说，“几位副书记优点鲜明，缺点也同样鲜明。不是上头没有人，就是省里基础不牢靠。相比之下，你胜在均衡，从你进入中州市政府工作算起，在中原省已经工作十几年了，到省政府也有八九年了，这样的资历，省里没几个人能比得上吧？”

蔡国富瞟了赵强一眼，见他默不作声，知道自己的分析也正合他的心意，就继续说：“再说北京的关系，像你这样根正苗红的革命家庭出身，那几位副书记哪比得上啊。”

赵长风微笑着说：“蔡书记，话可不能这么说啊！”

蔡国富情绪有点激动：“省长，你是中州市出来的干部，我们中州市全体干部都一致支持你！”

赵强心里一震，他没有想到，蔡国富竟然会把话说得这么直白。按规矩，正职是只称呼职务，副职则是把职务前的“副”字去掉，加上姓。蔡国富这时候称呼赵强为“省长”而不是“赵省长”，本身就是表明了一种态度。而蔡国富又旗帜鲜明地说中州市全体干部一致支持，其实也就是蔡国富本人的态度。蔡国富是中州市市委书记，只要他点头支持了，中州市全体干部就会一致支持。

赵强当然明白，这个关键的时候，蔡国富表态支持意味着什么。蔡国富不仅仅是中州市市委书记，更是省委常委，在省里说话是相当有分量的。赵强的支持阵营里多了一个省委常委，这对别的竞争者来说意味着什么？更何况此时作为省会的中州市的干部都支持赵强，这种舆论一造出来，上头也不能不考虑啊。

赵强有些感慨地说："多谢中州市的同志们没有忘记我啊！也多谢国富同志对我的支持！"

"省长，客气什么？你当了省长，我们中州市的同志脸上也有光啊。别人如果问起来，我们就可以理直气壮地说，省长是从我们中州市出来的！"蔡国富笑道。

"国富同志，这种玩笑话也就是在这里说说而已，"赵强轻笑着摆了摆手，"情况还不明朗……"

"是，是，省长，我明白。"蔡国富说，"但是中州市全体干部支持你的决心不变。"

赵强轻轻揉了一下鼻子："好了，不说这个了。来，抽烟。"赵强递了根软中华给蔡国富。

蔡国富把烟塞进嘴里，摸出打火机过去要给赵强点烟。赵强笑道："我自己来吧。"他接过打火机点着烟，把打火机又还给蔡国富。

蔡国富吸了两口烟，说："省长，我想和你商量个事。"

"国富同志，客气什么？有事尽管说！"赵强微笑着说。他知道蔡国富的正题来了，蔡国富表态支持他当省长，肯定是有所求的，不然不会白送给他这么大的利益。其实赵强也明白，除了蔡国洪的事，还能有别的事吗？

蔡国富拉过烟灰缸，掸了掸烟灰，说："省长，国洪在邙北市时间太久了，我想让他换一换地方，省长你看可以吗？"

赵强沉吟了一下，说："国富同志，你打算让国洪同志到什么地方去？"虽然蔡国富表态支持他，但是赵强也不会轻易放弃原则。蔡国洪前面做得太过分了，必须受到一定的惩罚，这样才能有个交代。如果就这样轻飘飘地平调走了，赵强很不满意。

蔡国富心里暗叹赵强逼人太甚，但是他也知道，要想让赵强放过蔡国洪，他必须要做出一个姿态来。

"我和平原市的刘书记打过招呼了，让国洪到平原市科委锻炼一下。"

赵强点了点头，蔡国富的姿态已经很低了。中原省十强县邙北市的市委书记调到平原市科委任职，本身就是一种惩罚。

“国富同志，你既然这样说，必定有你的考虑。”赵强笑道。

“多谢省长！”蔡国富心里暗骂着蔡国洪，如果不是他闯祸，自己又何至于要付出这么大的代价，还要以这么低的姿态跟赵强说话呢？

赵强知道，他也需要做出一个姿态了。蔡国洪和刘光辉争斗，不管是谁先起的头，双方都有责任。

“国富同志，我这边也在考虑，是不是让光辉到党校去学习一段时间。”赵强缓缓说道，“但是邙北市党政两位一把手同时离开，肯定不利于邙北市的稳定。这样吧，等国洪同志离开后，让光辉先在邙北市配合新任市委书记工作一段时间，一两个月以后，再让光辉到党校去。”

“省长，这样就不必了吧？”蔡国富心中欢喜，嘴上还要谦让着。这种对等的处理方式对双方来说都有面子，虽然实际上蔡国富付出的要多得多，但是谁让他有求于人呢？现在赵强以这种方式进行回报，也算是给了蔡国富兄弟一个交代。

“国富同志，我看就这么定下来吧！”赵强笑道，“我还要去参加代表团的会议。”

第二章　关键时刻偃旗息鼓，养精蓄锐稳坐钓台

赵长风眼看就要完成对蔡国洪的致命一击，不承想赵强省长却突然叫停，偃旗息鼓，命令审计局停止取证。赵长风心里明白，这意味着省委将有大动作，邙北市政坛将要重新洗牌。这是考验赵长风政治智慧的关键时刻，他当然心领神会，于是按兵不动，蓄精养锐。

手机响了起来，赵长风一看是赵强的号码，不敢怠慢，立刻接了电话："您好！我是长风。"

电话里传来赵强威严而又不失亲切的声音："长风，工作还顺利吗？"

"在您的支持下，光辉市长和我紧密团结，已经在邙北市打开了新局面。"赵长风恭敬地答道。

"那就好啊！后生可畏！"赵强感慨了两句，话锋一转，问道，"体改委的事怎么样了？"

突袭邙北市体改委，查抄关于邙北市矿山设备厂改制的有关材料的事，是由刘光辉向赵强汇报的。赵长风听到赵强忽然在电话里问起，就知道事情一定有了变故，否则赵强也不会隔过刘光辉给他打电话。

赵长风心里盘算，嘴上不敢有一丝迟疑，他答道："审计局这边正在组织人进行突击审计，估计四五天内就会有个初步结果。"

"长风，我的意见是，让审计局停止审计，把材料退给体改委。"赵强的声音不高，但是语气却不容置疑。

"是！我马上执行！"赵长风立刻应道。领导们用人，就是看这个人是否

能够时刻与领导保持一致。如果不能做到这一点，即使有再大的能力、再多的优点，领导还是不会用这个人的。要想成为领导的贴心人，首要的条件就是听话，虽然此刻赵长风满腹狐疑，但是面对赵强的命令，他定要毫不迟疑地答应下来。

赵强对赵长风的表现很满意，让一个人听话并不难，难就难在让一个有能力的人听话。赵长风能力很强，背后有方振华，最近又获得了武卫平的欣赏，在这种情况下，还能像以前一样对他的意见毫不犹疑地执行，多难得啊。刘光辉虽然也很听话，但是性子稍软，能力和赵长风比起来还是有差距的。赵强自问，自己能否在占尽上风的情况下对领导要求退让的命令不问理由不问结果地立刻去执行？恐怕也不容易做到。

“嗯，长风不错！好好干，邙北市大有可为！”说着赵强就结束了通话。

赵长风连忙说：“光辉市长那边……”

“不用担心，光辉那边我已经打过招呼了。”赵强说完就挂断了电话。

赵长风呆呆地坐在转椅上，拿着手机发愣。赵强传递的信息太多了，赵长风那么聪明的头脑都有点发蒙。

赵强为什么在这个节骨眼上忽然打电话来让赵长风不要继续查邙北市矿山设备厂的事？怎么会眼看蔡国洪眼就要走投无路，赵强却让他们放过蔡国洪？

虽然赵长风不敢问赵强，但他自己还是需要好好琢磨的。按赵长风推测，无外乎两个原因，一是利益，二是压力。但赵长风看不出蔡国富这个时候能拿出什么让赵强动心的利益来。蔡国洪已经和刘光辉撕破脸了，赵强选择退让就等于失掉了面子。在面子比天还大的官场上，能让赵强不顾及面子损失的利益会是什么样的利益？

如果说是蔡国富给了赵强巨大的压力，而让赵强选择了退让的话，赵长风也觉得不大可能。且不说赵强的背景有多强，就是按照赵强的性格来分析也不可能。赵强是压力越大、反弹越强的性格，如果蔡国富对赵强施压，效果很可能会适得其反。更何况蔡国富不过是个省城的新贵，如何能比得上赵强这样有家族余荫在背后支持的强势人物呢？赵长风直觉感到，蔡国富拿利益和赵强进行交换的可能性更大一些。

赵长风心里还惦记着赵强的最后一句话："好好干！邙北市大有可为！"

这句话是什么意思？作为领导，说话向来是言简意赅，从来不会说废话的。这话听起来像是泛泛的鼓励，但一定是另有所指。赵强是在暗示他，他的机会到了？赵长风相信，他来到邙北市的这段时间，他所表现出来的过人能力赵强不会不看在眼里。

就在这时，手机又响了。赵长风这才清醒过来，一看是刘光辉的电话。

"市长，你好，我是长风。"赵长风轻声说。

电话里一阵沉默，过了好久，才传来刘光辉的声音："长风，省长给你打电话了吧？"

"是的，几分钟前打的。"赵长风说。

"那，"刘光辉迟疑了一下，"你怎么看？"

赵长风一听就明白了，原来刘光辉并不同意赵强的做法。

"市长，你的意思呢？"赵长风不愿意表态，把皮球又踢给了刘光辉。

"长风，你看，能不能和省长再商量一下？"刘光辉说，"你不是说过吗？我们反正已经和蔡国洪撕破脸了，这次如果放过他的话，下次他逮住机会一定会更狠地反扑的！"

赵长风沉吟着，刘光辉一向对赵强唯命是从，为什么这次会忽然反对赵强的意见？是不是因为赵强还有其他动作没有告诉他？而这种动作是以牺牲刘光辉的利益为代价的？

想到这里，赵长风知道自己更不能表态了。目前这种处理方式对赵长风的利益没有什么损害，想起赵强电话里的最后一句话，结合刘光辉现在的态度，赵长风心中猛然一阵悸动，也许刘光辉这个市长的位子就要让出来了？否则，刘光辉为什么会反应这么强烈，以至于要反对赵强的意见？这在以前，是绝对不可能的。

见赵长风没有说话，刘光辉追问道："长风，你看呢？要不，你给省长打个电话？"

刘光辉逼得赵长风不能不表态了："市长，你跟了省长那么久，难道不了解他的脾气吗？他决定下来的事，改变过吗？"赵长风的语气尽量委婉，"市长，不是我不帮你去劝，只怕是加上一个我也没有用啊。"

电话那头很久都没有声音，最后刘光辉才说："好吧，长风，还是按省长的意思办吧。高胜强那边，就由你打电话通知吧……"他就挂断了电话。

赵长风看着电话，本想到刘光辉那边去，转念一想，他过去又能说什么呢？关键是赵长风也不知道，在赵强的决定中，刘光辉究竟损失了什么。

沉吟了半天，赵长风拨通了高胜强的电话："胜强同志，我是长风……"

高胜强听赵长风说完，愣了，问道："赵市长，我们就这么算了？"

赵长风笑道："胜强同志，有的时候退一步是为了进两步！目光要放长远一些，不要局限于眼前。"他表现出一副胸有成竹、胜券在握的样子。

"赵市长，我明白了！谢谢你的教诲，我马上执行！"高胜强毕恭毕敬地说。

赵长风无奈苦笑道："胜强同志，下班以后约上加森同志，我们找个地方聚聚。今天我请客，犒劳一下大家！"

一场风波消弭于无形。邙北市仿佛又恢复了往日的平静，可是那些敏锐的官员已经感觉到，一股暗流在涌动，邙北市的政局即将重新洗牌。于是各种势力都开始粉墨登场，各显神通，为在以后的政局中创造有利的形势而努力。

赵长风好像对这一切毫不关心，他每天除了上班处理公务，就没有别的活动，甚至连一些必要的应酬都不参加，不得不参加时，也只是到场应个景，坐一下就走。以前工作忙，赵长风周末的时候都没空回省城家里，现在闲下来了，赵长风周末还是待在邙北市，不回中州，方佳怡非常有意见，一到周末，就从省城过来看赵长风。

刘俊康私下里也劝过赵长风，说现在流言四起，是不是要回省城活动一下？但每次都是话没说完，就被赵长风严厉的目光制止了。后来刘俊康再也不敢提这个话题，只能看着邙北市市委市政府那些领导们不停地往天阳市跑、往省城跑，心中暗自着急。

赵长风为什么按兵不动？因为他有顾虑。虽然他没有听赵强说起，但是也听到了风声，说这次蔡国洪和刘光辉两个人都要动。对于这样的结果，赵长风颇感意外。从内心里，赵长风还是希望刘光辉能够取得最后的胜利，可是最后阴差阳错，他不能不为刘光辉扼腕叹息。

面对邙北市官场的重新洗牌，赵长风只能静观其变。这其中最主要的原因是，赵长风想顾及刘光辉的感受。现在刘光辉这边要动了，赵长风作为刘光辉派系势力中的一分子，却趁机大肆活动，刘光辉看在眼里会怎么想？所以赵长风丝毫不能动弹，非但如此，赵长风怕引起刘光辉的误解，甚至连周末都不回家了，而让方佳怡从中州过来看他，一解相思之苦。

赵长风还有更深一层的考虑，邙北市政局的变动归根到底还是掌握在上级领导手里，而上级领导天阳市市委书记魏新强和市长张培伦又要看省里领导的眼色。这次邙北市之所以发生变动，肯定是赵强和蔡国富两个人共同作用的结果。赵长风相信，在蔡国洪和刘光辉有可能同时调走的情况下，邙北市的权力真空由谁来填补，必然已在赵强和蔡国富的考虑之中。现在邙北市的那些领导们看着活动得挺热闹，但真的有效果吗？

赵长风也知道，他的命运其实还是由赵强决定的。刘光辉跟在赵强身边七年，虽说赵强现在出于某种原因，不得不动了刘光辉，但是赵强心里一定还是对刘光辉非常有感情。在刘光辉去向未定的情况下，赵长风就开始活动，赵强会不会对赵长风有看法呢？毕竟，在邙北市，刘光辉和赵长风是一体的，应该是唇亡齿寒啊。

所以，赵长风就强忍着，任他风起云涌，我自岿然不动！他就老老实实待在邙北市，甚至连电话都不往省城打一个，不去拐弯抹角地托关系打听省城里的风吹草动。时间长了，赵长风内心反而平静了下来，仿佛邙北市是一湾风平浪静的春水，他就是那在水边悠然自得钓鱼的老翁。

这天早上，赵长风笑眯眯地来到办公室，喝了两口热茶，拿起笔来，开始签署文件。

邙北市的政局虽然乱糟糟的，但文件却并不见减少。这才半天工夫，办公桌上的文件便又垒成厚厚的一摞。好在很多文件只是在赵长风这里走一个过场，只要签个名就行了。刘俊康已经事先替赵长风把文件进行了分类，重要的文件放左边，一般的文件放中间，来信来访的放右边。

赵长风先把左边重要的那一摞文件拿到面前，按照各位领导的分工，一一批上“请某某领导阅”、“请某某领导处理”等等。

处理完重要文件，赵长风又拿过一般文件，粗略地看了看。倒是最右边的来信来访，赵长风看得比较仔细。赵长风一直认为，上访信是了解民情的一个重要窗口。

赵长风刚拿起一封信，门就被推开，市政府办副主任王建军进来了。

“赵市长，今天外边可真冷啊!”王建军一进屋先搓搓冻得通红的脸，抱怨道，“小车班面包车的暖风管道都被冻着了，跑了一个多小时，愣是不热。”

赵长风知道王建军是到乡里办事去了，笑道：“建军同志辛苦了。”他扭头对隔壁喊道：“俊康，给王主任泡茶。”

刘俊康应了一声，就要过来，王建军连忙拦住：“刘秘书，我自己来吧。”他虽然是政府办副主任，但是在级别上却和刘俊康一样是副科级，相比起和赵长风的关系，显然刘俊康更亲近一些，他当然不敢劳烦刘俊康为他泡茶。

赵长风呵呵一笑：“你也知道茶叶在哪里，自己动手吧。”

刘俊康过来看见王建军已经在动手，就看着赵长风。赵长风挥了挥手，刘俊康就退了两步，转身回到隔壁去了。

“赵市长，还是你的茶叶香啊!”王建军双手捧着茶杯暖着手，笑着说，“上次我托人到信阳捎了两斤毛尖，虽说也不错，但还是比你的茶叶味道差了些。”

赵长风笑道：“建军同志，是心理作用吧？我觉得茶叶都差不多呢!”

王建军捧着茶杯坐到赵长风跟前，这才开始汇报工作：“赵市长，鼓山乡那边的事已经办好了，他们说会严格执行赵市长的指示的。”

“好！解决了就好！建军同志抽烟!”赵长风从抽屉里拿出一盒软中华，扔给王建军。

王建军撕开烟盒，往嘴里塞了一根，顺手把整盒烟装进了自己的口袋。

赵长风微微一笑，对王建军的小动作视而不见。王建军在市政府办是专门为他服务的副主任，按说王建军就是赵长风的大秘，也算是赵长风的自己人，也说明他心目中把赵长风视为老板了。

点着了烟，王建军抽了一口，忽然神秘地说：“赵市长，北边的一号要走了。”

“建军，不要听风就是雨，没有根据的事不要乱说。”赵长风说，“你都听到什么了？”

“听说是到平原市科委当主任。”王建军说。

赵长风的面容严肃起来：“一切以文件为准，这种消息就不要乱说了。”

王建军当然不会认为赵长风是真的生气了，他笑道：“赵市长，我也就是在你这里说说。”

在王建军看来，赵长风作为常务副市长，又有省里的后台，知道的消息肯定比他更多，只是赵长风碍于身份，不能说而已。

王建军又聊了两句闲话，这才起身告辞出去。不管邙北市政局出现什么变动，赵长风肯定是得利者。王建军作为赵长风的大秘，也能相应地获得不少好处。

王建军走后，赵长风沉思起来，王建军刚才说的小道消息，他觉得还是有几分可信的。因为这种处理方式看起来才合理，否则蔡国洪前面做得那么过分，赵强能够就这样轻易放过他吗？这种看似平调实则惩罚的处理，对赵强和蔡国富的面子都是一种维护。

但是赵长风实在想不到，这种小道消息，他竟然还没有比王建军更早知道。在外人看来，他一定对邙北市将要发生的人事变动了如指掌。可事实上，赵长风知道得更少，他处在这个位置上，听不到民间的消息，也不能去向别人打听。

现在的问题是，蔡国洪要走了，那么空出来的位子由谁接任呢？本来按照赵长风原来的计划，斗倒蔡国洪之后，市委书记的位子由刘光辉接任，而刘光辉的位子由他来替补，这样赵长风就可以放开手脚大干一番，为邙北市的老百姓多做一些实事好事。

可是现在，刘光辉肯定也要步蔡国洪的后尘，那么市委书记的位子必然会落到别人的手里。会是党群书记付罡庭？政法书记钱兆均？还是其他两个副书记？又或者是从天阳市派下来一个干部？或是直接从省里空降？可不管是谁，赵长风很清楚，肯定不如他和刘光辉搭档合适。

刘光辉的个性不是那么鲜明，对赵长风的工作只有支持、没有掣肘，如果换了别人，赵长风即使能坐到市长的位置上，恐怕工作也没有那么轻松。

但是反过来说，无论是换谁担任邙北市市委书记，又都比蔡国洪担任要好得多。而且赵长风宁愿是邙北市里的几个副书记中的一个扶正，这样在刘光辉调走之后、竞争市长时，赵长风就少了一个竞争对手。对于邙北市市长的位子，赵长风还是有野心的。但是对于邙北市市委书记的位子，赵长风只能望而兴叹。不是他能力不行，而是他不够资历！

在纷纷扰扰中，到了这年的年末。邙北市的政府官员们依旧锲而不舍地把眼光盯在邙北市市委书记、市长的两个宝座上，有想法的官员，当然是有一定竞争力的，他们明里暗里都在活动。而那些够不着市委书记、市长位子的官员，他们过得也并不轻松，因为这个时候他们要站队、押宝、投资，这样才能够在将来市委书记、市长到任的时候，占据优势。

官场上向来是一个萝卜一个坑，如果前面的人动了一动，后面的人不是也可以跟着活动一下？后面的人活动了一下，再后面的人不是也能跟着挪动一下？这样的连锁反应是官场最大的动力。所以就不难理解，那些根本够不着市委书记、市长位子的芝麻小官为什么也跟着上蹿下跳。

因为刘光辉的关系，赵长风选择了按兵不动，几乎到了足不出户的地步。可是树欲静而风不止，赵长风虽然不想动，很多人却不让他安宁。每天他的办公室门前都排起了长队，往往是前一个人还没有离开，后一个人就抢着挤了进去。到了晚上下班，湖月山庄七号门前的热闹程度甚至超过了凯旋宫。只要一辆车从湖月山庄七号驶出来，必然有另一辆车猛然发动起来冲过去。

赵长风刚到邙北市的时候，这些站队、押宝的人眼里只有蔡国洪、刘光辉乃至于付罡庭，根本没有把这个年轻的常务副市长放在眼里。只有公安局副局长韩加森和审计局局长高胜强两人老谋深算，结果高胜强在市里说话分量越来越重，韩加森更是顺利地从公安局调到检察院，成为代检察长，而把这个代字去掉，不过是个时间问题。从副科级跨越到副处级，韩加森不过用了三个多月的时间，而这个鸿沟对很多人来说，一辈子可能都无法跨越。这说明只要站到正确的队伍里去，在残酷的竞争中，胜利的希望就为增加。

眼前邙北市市委书记、市长都可能空缺，赵长风作为市委常委、常务副市长，在省里还有非常强硬的后台，肯定是市长、甚至是市委书记的强有力的竞争者。在这个市委市政府领导们纷纷出去活动的关键时刻，赵长风还能够心平气和地按兵不动，这说明了什么？只有对结果有绝对把握的人才可能如此淡定啊！这个时候如果不去讨好赵长风，提前做感情投资，等将来结果出来了，赵长风高升了，再想去做感情投资，还有机会吗？

会出现这样的结果，是赵长风没有料到的。他当初只不过是为了考虑刘光辉的感受，不料他越是待在邙北市不动，邙北市的干部们反而越得到强烈的暗示：赵长风市长成竹在胸。以至于到了最后，付罡庭、钱兆均等人的办公室和别墅前都门可罗雀。

赵长风哭笑不得，且不说刘光辉此刻对他是什么看法，付罡庭和钱兆均对他又是什么看法，单是每天迎来送往这么多行局长、乡镇长，就让他不堪其扰。刘俊康在外面替他挡驾，几乎嗓子都哑了，但是依旧挡不住前来站队的人潮。

最后，赵长风决定出去旅游。赵长风知道，如果赵强这次想让他上位的话，根本不用他去做什么，他的才干和果断赵强都看在眼里了。如果赵强这次不想让他上位，即使他去活动，又能如何？

于是赵长风向市委请了假，在新年前两天，带着方佳怡一起到浙江温岭石塘去了。几天后，赵长风才返回邙北市。在出去的这几天里，他完全抛开了邙北市的政局纷扰，尽情地和方佳怡享受着度假的快乐。经过这几天的调整，赵长风疲惫不堪的身心得到了很好的放松休息。

早上八点，赵长风精神饱满地来到办公室。办公桌上，放着泡好的信阳毛尖，赵长风愉悦地嗅着茶香。茶杯旁放着刚送来的报纸，这几天需要他处理的文件，依照老规矩分成三摞。

赵长风一进门，就发现刘俊康欲言又止。赵长风笑道："俊康，有话你就说吧。再不说我怕要把你憋死了！"

刘俊康羞涩一笑，说："我听人说，光辉市长要到省委党校学习去了。"

赵长风心里松了一口气，相比起其他方式，到党校学习还算不错的。最起码市委常委、副书记、市长的职务还都保留着。

"还听说什么了？"赵长风不动声色地问。既然刘光辉要去党校了，必然有人出来主持市政府的工作，那么这个人是谁呢？

“其他没有什么了。”刘俊康有些歉然，为他没有能听到最关键部分而羞愧，他偷偷看了赵长风一眼，大着胆子说，“领导，你看……”

赵长风没有理会刘俊康的话，板起脸说：“俊康，下次这种小道消息切不可乱说！”他知道刘俊康是想让他去打听一下，邙北市市政府究竟要由谁来主持工作。但是赵长风知道，这个时候再去打听已经晚了。刘光辉的去向既然定下来了，那么上边必然已经把接班人安排好了。

想到这里，赵长风淡然的心境不由得也起了一阵波动：这个主持市政府工作的人会是谁呢？会是他赵长风吗？相比起市委书记来，赵长风更关心市政府这边的动向。

赵长风先拿起《中原日报》看了起来，可是他竟然有些看不进去，内心此刻有些焦躁不安。赵长风是很关心邙北市市长这个位子的，他眼睛盯着报纸，心里在胡乱想着，就在这时，办公桌上电话响了起来。赵长风拿起电话，里面传来一个威严的声音：“长风同志在吗？我是王大奎啊！”

王大奎？天阳市组织部部长王大奎？赵长风心中一喜，连忙毕恭毕敬地回答道：“王部长好，我是赵长风。”

一辆黑色的桑塔纳飞速地行驶在天中高速公路上，赵长风坐在后座上，眼睛出神地看着窗外的风景。隆冬季节，中原大地树木凋零，天地之间一片肃杀景象。除了麦田里的麦苗还有一点可怜的绿意外，入眼都是光秃秃灰茫茫的颜色。

赵长风当然不是在看风景，虽然他的眼睛望着外边，可是他的脑海里一直在回味着王大奎那一番亲切而不失威严的话语。电话的内容非常简单，通知他到天阳市组织部去一趟。这个时候，王大奎通知他到组织部去干什么呢？答案显而易见。所以就不难理解，一贯威严十足的王大奎语气里难得地有了一分亲切。

从邙北市到天阳市不过三十多公里，走省道也不过半个多小时，可是政府部门的车都选择走天中高速。高速公路路况好，视野开阔，二十分钟就开到了。

不知不觉，车已经开到了天阳市市委大院。听到刘俊康叫他，赵长风才猛然回过神来。赵长风迈步下了车，进了市委办公楼，来到二楼组织部部长王大奎的办公室，敲门进去，就看到王大奎那张威严的脸孔。“长风同志，坐吧！”王大奎起身把赵长风让到沙发上。

“小李，过来给赵市长泡茶。”王大奎喊了一声，然后问：“路上还顺利吧？”

“挺顺利的，走高速过来的。”赵长风轻声回答。

秘书小李过来为赵长风泡上一杯茶。王大奎又递给赵长风一根烟，开始闲扯起来。

赵长风明白，领导寒暄两句、扯两句不疼不痒的闲话，体现了领导平易近人、关怀下属。赵长风当初从省城到天阳市组织部报到的时候，是组织部古副部长接待他的，也是古部长送他到邙北市上任的。组织部部长王大奎，赵长风虽然见过两次，但对话加起来还不到三句。现在王大奎部长则一直在聊，市委某某书记是如何提拔起来的，某某副书记又是如何被重用的，某某部长是如何升迁的，某某局长在被提拔起来之前是干什么的……各种官场逸闻从王大奎部长口中道来，赵长风大开眼界。但王大奎部长就是没谈赵长风的事。

眼看就要到中午十二点了，王大奎这才起身去拿了一份文件，语气一变，用十分严肃的口吻说：“长风同志，经天阳市市委研究，决定推荐刘光辉同志到省委党校学习。”顿了一顿，又说，“对于邙北市的工作，你有什么想法？”

赵长风虽然已经听到了这个小道消息，此时在王大奎口里得到证实，心里依旧为刘光辉感到失落，不过不会表现出来。他沉吟了一下，答道：“王部长，邙北市的工作需要上级领导来把握大局，作为我个人，一切都听从上级领导的安排。”

王大奎紧紧地盯着赵长风，似乎还在等着他发表一些看法，可是过了一两分钟，也没见赵长风再说话，王大奎才说道：“长风同志，你这个态度很好，很坚决。支持市委的决定，好啊！天阳市市委已经做出了决定，刘光辉同志在党校学习期间，由你来主持邙北市市政府的日常工作！”

果然是由他来主持工作！赵长风虽然心里已经猜了个八九不离十，但是自己猜测和听到王大奎亲口宣布出来的效果当然不同，他仍然有些震惊，呆呆地望着王大奎，不知道该说什么。

王大奎对赵长风的表现非常满意，他要的就是这个效果。他严肃的脸上现出一丝微笑：“长风同志，这对你来说，既是好事，又是考验啊！天阳市市委看重你，重用你，非常不容易！即使在我们组织部内部，对于这个决定也是有着不同看法的。个别市委领导有异议，不过我在常委会上极力坚持，虽然我只是市委常委之一，但是我分管着组织工作，培养提拔干部是我的分内职责。”

看着王大奎邀功似的表演，赵长风一下子就明白了，王大奎这是在拉拢他。只是王大奎这样的表演是不是有些拙劣呢？赵长风深知，他能在刘光辉去党校学习之后主持市政府的工作，必定是赵强出了大力气，否则他根本不可能接这个位子。别的不说，付罡庭、钱兆均就虎视眈眈，在他们后面，还有包太龙、白国庆两位副书记，这四个人哪一个都比他职位高啊。

不过赵长风知道，王大奎说的也不完全是假话，他的任命必然会在天阳市市委常委会上引起一番争论。赵强就算再强势，也不可能控制整个市委常委会吧？听王大奎的意思，在常委会的讨论上，还有天阳市某位重量级领导想扶持自己的人，但是支持赵长风的力量最终还是占了上风。在这中间，王大奎必定也出了力。要知道，常委会想保密是不可能的。往往是常委会的结果还没有出来，小道消息倒是先出来了。如果王大奎在这里说谎，要不了两天，赵长风就能了解真正的情况。

王大奎为什么会拉拢赵长风，赵长风还得琢磨一下。也许王大奎是通过这种方式向赵长风身后的赵强示好？也许是王大奎身后的某个人和赵强关系不错？赵长风觉得他现在还下不了这个结论，总之王大奎在这个关键时刻帮了他一把。

赵长风到了邙北市之后，一直苦于没有在天阳市找到关系。虽然有赵强在省里为他撑腰，但毕竟是隔了一层，很多事都不方便，现在如果能和天阳市市委常委、组织部长王大奎搞好关系，以后在邙北市的工作开展会顺利一些吧。

“长风同志，时间不早了，我们去吃个便饭吧！”王大奎笑着站起身来，拍了拍赵长风的肩膀，“邙北市这个大舞台，以后就看你的了！”

赵长风连忙站起来，紧紧握住王大奎的手说："王部长，我感谢天阳市市委领导的信任，我不会辜负市委领导的期望!"

王大奎心中微微有些不快，赵长风说不辜负市委领导的信任，而不是说不辜负王部长的信任，这中间差别可就大了。

中午的酒桌上，除了王大奎之外，还来了古副部长、组织部的四位科长，声势很大。这些人都轮番举杯向赵长风祝贺，赵长风倒也爽快，来者不拒。可是连市委组织部老资格的小车司机都举着杯来向赵长风敬酒，这不得不让赵长风诧异。不过他依旧是笑脸相迎，小车司机既然敢举杯过来，说明跟王大奎的关系很不一般。喝到后面，赵长风装出一副不胜酒力的模样，开始东倒西歪起来。王大奎这才笑了笑，示意组织部其他几个人就此作罢。

酒宴结束后，等众人都走出去，王大奎拉着赵长风的手说："长风同志，这次通知你过来，就是让你心里有个准备。国洪同志也要走，过两天我送新任市委书记过去上任时，再正式宣传关于你的工作调整。"

赵长风心中一喜，蔡国洪终于也要走了。他本来想问王大奎，新任市委书记是什么人，但是转念一想，王大奎既然没有说，自然有他的考虑，如果问出来肯定不合适。

出了酒店，赵长风依次和王大奎、古副部长等人告别，司机老邢把车开过来，刘俊康弯腰拉开车门，护着赵长风上了车。进到车里，刘俊康喜笑颜开地说："恭喜领导!"司机老邢虽然不说话，但是也满脸笑容。领导升官了，他身边的人也跟着风光。

赵长风板着脸说："只是暂时主持工作而已，有什么好恭喜的?"

刘俊康虽然碰了个钉子，却不觉尴尬，笑嘻嘻地转过脸去。司机老邢发动了车子，往天中高速入口开去。

赵长风闭着眼睛靠在车座上，想着自己的心事。现在，蔡国洪和刘光辉一个调离、一个到党校学习，他在市政府主持工作，可以按照自己的设想去做一些造福邙北市老百姓的事了。只是不知道新任市委书记好不好相处。如果还是蔡国洪那样的强势人物，就有点麻烦了。

赵长风转念又想，即使新任市委书记是个强势人物，在邙北市毕竟是外来户，他初来乍到，要想开展工作，就必须依靠邙北市这些老同志，不可能一开始就展现自己的强势作风吧？也就是说，至少会给他留出一段时间，让赵长风做一些他想做的实事。

赵长风胡思乱想了半天，忽然自己都忍俊不禁地笑了起来，他现在连新任市委书记是谁都不知道，就在这里胡乱揣测，岂不是瞎子点灯吗？有这闲工夫，还不如打个电话，弄清楚新任市委书记到底是谁呢！想到这里，赵长风摸出电话本，找到一个很少用的电话号码，拨了过去："老同学，我是长风啊……"

一个星期后，邙北市新任市委书记刘驰在天阳市组织部长王大奎的陪同下到邙北市上任。这位新任市委书记出乎邙北市所有人的意料。本来大家认为邙北市新任市委书记产生的途径无外乎三个：第一，在邙北市原有的领导干部中产生，以党群书记付罡庭、政法书记钱兆均的希望最大，主管农业的副书记包太龙和主管城建的副书记白国庆也有机会。第二，由天阳市下派。天阳市各行局的局长，或者天阳市下属其他县的县委书记都有机会。第三，由省城直接空降，省城里有很多闲得发霉的处级干部，都在眼巴巴地等着外放，好干一番事业，为自己镀一身金装，然后回省城高就。

可是，结果让所有的人都大跌眼镜，最后竟然是省里把中原省最东边的长河市下属的当阳县县委书记刘驰调到邙北市任市委书记！

对于这个结果，赵长风倒是处之泰然，毕竟市委书记是谁，和他关系并不是太大，他已经前进了半步，主持市政府的工作了。但是对满怀希望的付罡庭、钱兆均等副书记们来说，这个消息就让他们满是失望和愤懑。他们眼巴巴地盯着市委书记的位置好长时间了，并且也都极尽所能地进行了活动，台上台下都做了大量的工作，但是最后却让一个外人占了便宜，他们能不失落和愤懑吗？可是这些情绪只能憋在心里，绝不能挂在脸上，表面上还得心平气和、波澜不惊。

邙北市召开了全市干部大会，参加大会的除了市委、市政府、市人大、市政协四大班子的成员外，还有邙北市最近三年退下来的老干部、法院检察院的主要负责人，下属各乡镇四大班子的主要领导，市直党政机关、企事业单位的主要领导以及驻邙北市的条管单位、条管企业的主要领导都出席了会议。

天阳市组织部部长王大奎发表了讲话，他在讲话中指出，天阳市委对邙北市主要领导干部作出调整，是从全天阳市工作和干部建设的大局出发，是从邙北市领导班子建设的实际和工作需要出发，通盘考虑、慎重研究而作出的决定。

王大奎首先肯定了蔡国洪的工作，说蔡国洪同志在邙北市担任了将近七年的市委书记，政治上比较成熟，综合素质比较好，政策理论水平比较高，领导经验比较丰富，组织领导能力比较强，工作思路清晰，富有改革创新精神，能够结合实际、创造性地开展工作，作风务实、待人谦和、团结同志。近年来在天阳市市委市政府的领导下，邙北市几套班子团结协作，真抓实干，使邙北市的经济总量不断迈上新台阶，人民生活水平不断得到改善，这足以说明，邙北市的领导班子是一个团结的班子，是一个有战斗力的班子！

赵长风听着王大奎冠冕堂皇的套话，心里暗自发笑。如果邙北市领导班子真的是一个团结的班子，会走到今天这个地步吗？

王大奎接下来又说了许多话，但是赵长风根本没有听进去，他看着手中的文件，心思早就飞到新任市委书记刘驰的身上去了。

关于蔡国洪，王大奎最后总结道："因为工作需要，国洪同志调离了邙北市，但是我相信，邙北市广大干部群众对国洪同志是有深厚感情的，国洪同志到了新的领导岗位上之后，也会一如既往地关心邙北市的发展、支持邙北市的工作！"

台下掌声雷动，不知道是欢庆王大奎的讲话终于结束，还是欢庆蔡国洪终于走了。

蔡国洪也得体地微笑着轻轻鼓掌，脸上的神情并没有什么异样。

掌声平息之后，王大奎又开始介绍新任市委书记刘驰，王大奎说，刘驰同志长期担任领导职务，在长河市当阳县先后担任县长、县委书记的职务，政治上成熟，党性修养好，理论素养和政治素质高，组织领导能力强，能够驾驭全局，思想解放、思路清晰、富有创新精神，善于打开工作局面。在当阳县担任县长和县委书记期间，刘驰同志做出了很大成绩，曾经……

王大奎最后说，天阳市市委认为，刘驰同志担任邙北市市委书记，是对邙北市领导班子的一个加强，相信刘驰同志会在新的领导岗位上做出更大的贡献！

掌声过后，王大奎又宣布，天阳市市委研究决定，推荐邙北市市长刘光辉同志到省委党校学习，刘光辉同志在省委党校学习期间，邙北市市政府的工作由常务副市长赵长风主持。

台下又是一阵热烈的掌声，那些曾经到赵长风前面站过队的干部们的掌声尤其热烈。

刘光辉也笑眯眯地鼓掌。赵长风轻轻地鼓掌，脸上非常平静，仿佛刚才宣布的任命与自己无关。

王大奎扫视了会场一周，端起茶杯润了润嗓子，声音洪亮地说："邙北市市委、市政府主要领导的变动，是邙北市政治生活中的一件大事，干部群众都很关注，大家要把思想和行动统一到天阳市市委的决定和要求上来，坚持讲政治、顾大局、守纪律，恪尽职守、团结协作、扎实工作，大力支持刘驰同志的工作，继续支持赵长风同志的工作，以实际行动确保邙北市市委、市政府领导班子的顺利交接和平稳过渡，努力维护全市团结稳定的大好局面，保持邙北市全市经济、社会发展的良好势头，让天阳市委放心、让全市人民满意！"

王大奎虽然说的是套话，但是听在付罡庭和钱兆均耳朵里，他们也暗自心惊，仿佛这些话是在敲打他们。

大会结束后，在市委宾馆餐厅的一楼大厅举行了盛大的酒宴，既是为原市委书记蔡国洪送行，也是给新任市委书记刘驰接风。

邙北市一共来了六十多名县级干部，除了十三名市委常委外，还有十名市政府的副市长、市长助理，八名市人大常委会正副主任和调研员，九名政协正副主席。

一楼大厅内摆了八张桌子，旁边的小偏厅里还摆了四张桌子，坐的都是领导的夫人们、司机们以及秘书们。

大厅的正前方有一个高一层的平台，那是专供宴会主持人讲话的地方，正中央放着几个话筒。正面摆着一张大圆桌，大圆桌正当中的主位当然是天阳市市委组织部部长王大奎的。

王大奎满面红光地坐到正中间，然后伸手拍了拍左边空着的椅子，亲热地招呼道："刘驰，过来坐嘛！"

刘驰迟疑了一下伸手对蔡国洪说："蔡书记，您坐。"

蔡国洪脸上沉静如水。他摆了摆手，得体地谦让道："刘书记，还是您坐吧。"

刘驰还要推让，王大奎笑着说："好了，不要谦让了。来，刘驰你坐这边，国洪，你坐我这边来。"

蔡国洪应了一声，走到王大奎的右边，却不入座，拿眼睛看着刘驰。刘驰本来就是客气一下，意思到了，这时也就不再谦让，他冲蔡国洪矜持地一笑，坐到了王大奎的左边，蔡国洪这才跟着坐在了王大奎的右边。

刘驰和蔡国洪入座了，其他人才依次入座，每个人都按官职大小，准确地在酒桌上找到了自己的位置，虽然桌上并没有摆放名牌。在官场上，职务的差别不仅仅体现在名单的公布、会议室里的座次上，早已渗透到饭桌上。在饭桌上，谁该坐什么位置，早已成了不成文的规定，在饭桌上谦让别人可以算是谦虚，但是如果在饭桌上占了别人的座位就是大忌了。

刚才刘驰无论是出于礼貌、还是出于谦虚，他都得做出一副犹豫的样子来，否则很容易引起别人的误解，好像刚刚宣布了任命，他就迫不及待去争座位了。蔡国洪当然也明白刘驰是谦让，对于这种谦让他是不能当真的，如果当真了，那就是天大的笑话了。

赵长风坐在两个人的对面，把刘驰和蔡国洪的表情都看在眼里。看得出来，刘驰绝对不是一般的人物，刚才的举动拿捏得自然到位。蔡国洪也不是一般人，从邙北市市委书记到平原市科委屈尊任职，竟然依旧能够波澜不惊，让人看不出一丝悲喜，其城府比起春风得意的刘驰不知高了多少。

刘光辉、付罡庭和钱兆均等人的神情，赵长风也一一收入眼底。刘光辉一脸微笑，涵养功夫不比蔡国洪差。付罡庭和钱兆均虽然也是谈笑风生，但终究还是掩饰不住一些别样的神色。

赵长风知道，他在观察别人的时候，别人一定也在观察他，以后邙北市政府的工作要由他来主持，他和刘驰以后就要在邙北市的舞台上搭台唱戏，是上演将相和、还是龙虎斗，都是未知数。

大家都坐下后，王大奎扫视了一眼满桌的干部，把目光落在蔡国洪身上，说道：“今天这个宴会应该由国洪同志主持，我不是邙北市的主人家，我也是客人啊！”

蔡国洪心中微微一动，王大奎这话里传达出了很多意思。不过今天他无论如何是不能主持这个宴会的，于是他说道：“王部长，我也要离开邙北市了，也是客人身份，怎么能当主持人？还是请刘书记上台主持吧！”

刘驰心里正琢磨刚才王大奎的话，听了蔡国洪的话，连忙推辞道：“蔡书记虽然快要走了，但是还没有走，我却是刚刚到来，在邙北市汗没有流一滴、力也没出一点，就是喝一口酒也是有愧啊，我今天不能当这个主持人。”

王大奎笑了笑，目光落在刘光辉身上，刘光辉连忙摆手道：“王部长，我马上要到党校学习，主持这个宴会也不妥当吧？”

王大奎的目光落在赵长风和党群副书记付罡庭之间，沉吟了一下，说：“今天是迎接新书记送别老书记，那就请党群副书记付罡庭同志主持吧！你代表县委又迎又送！”

赵长风虽然要主持市政府的工作，但是毕竟还只是个市委常委，付罡庭却是市委分管党群的副书记。王大奎权衡了一下，还是点了付罡庭的将。

付罡庭本来以为这次宴会必定由王大奎部长主持，却没有想到绕了一圈，落到了他的头上，这莫非是王大奎部长对自己的暗示？心里琢磨着，付罡庭就笑着站了起来，说道：“王部长抬爱啊！我今天要是不听从您的安排来主持这个宴会，那叫做无组织无纪律，听您的，我又怕得罪在座的领导……”

赵长风微微一笑，心想我还没有那么小气，不就是一个宴会吗？我争那个座次干什么？

付罡庭大步走上台去，伸手取下麦克风，拿在身前，满脸笑意地说：“王部长让我上台，我就上台，王部长让我主持，我就主持，这叫讲规矩，同领导保持一致。”几句开场白风趣而又不失体面，不像是一个竞争市委书记职位失利的人。

“各位领导，各位同志，今天是欢送会，欢送蔡国洪书记；也是欢迎会，欢迎刘驰书记。大家要吃好喝好，把蔡书记和刘书记两位领导侍候好，总之，我们欢迎要欢迎得热烈，欢送要欢送得到位。”

赵长风没去注意付罡庭在讲些什么，他心里在琢磨刚才王大奎的一番表现。本来今天这个欢迎加欢送会，谁主持都不大合适，只有王大奎主持最为合适，偏偏王大奎一上来就推脱了。这个王大奎真有意思，可见其城府之深。

接下来就是宴会正式开始，歌舞升平，一片欢乐祥和的气氛，领导们互相敬酒，把酒言欢。总之，这个欢迎欢送的宴会举办得极为圆满。

宴会结束后，在邙北市大小官员的簇拥下，王大奎红光满面地走出了餐厅，司机早已把车开了过来。王大奎站定，转过身来，于是邙北市有资格和他握手的官员们，按照职务的高低依次和王大奎告别，那些没有资格上前握手的官员们就远远地站在一边羡慕又嫉妒地看着。

握手完毕后，王大奎又微笑着向那些没有资格和他握手的官员们挥了挥手，转身步履稳健地走向小车，来到小车前，秘书已经殷勤地把后门打开。

王大奎却猛一回头，冲蔡国洪招了招手，说道："国洪同志，上我的车吧!"

蔡国洪微微一怔，立刻欢天喜地一路小跑过去，恭敬地等王大奎上了车，自己才钻进去。

在场的刘驰、刘光辉、付罡庭等人都目光复杂地看着这一幕。

第三章　做官要做事，新官上任三把火

邙北市发展的绊脚石终于搬开了，赵长风主持市政府工作。赵长风心里明白，他上任后最重要的事情就是要与市委书记刘驰同心同德，劲往一处使，才能做好工作。第二件事就是要找到新的经济增长点，防止金矿查封后出现的经济滑坡。第三要尽快进行金矿生产的技术改造，解决迫在眉睫的环境污染问题。

王大奎的专车绝尘而去，消失在灯火辉煌的夜色之中。邙北市的领导们这才不约而同地放松了伸得发酸的脖子，纷纷坐上自己的小车。

刘光辉和赵长风并排走着，他随口问道："长风，待会儿有什么安排?"

赵长风小心地答道："市长，你说吧。"

刘光辉笑道："去喝杯茶吧，老地方，凯旋宫。"

赵长风立刻点了点头道："我正想去蹭市长的碧螺春喝呢!"

刘光辉没再说什么，迈步向他那辆黑色的蓝鸟走去。赵长风望了刘光辉的背影一眼，也转身向自己黑色的桑塔纳走去。

赵长风来到凯旋宫，刘光辉的蓝鸟早已经停在那里了。赵长风下了车，刘光辉的秘书古蔺过来把他迎了进去，和前两次在凯旋宫见面时的意气风发相比，现在古蔺身上似乎多了一些沉稳。也许刘光辉最近的遭遇让古蔺多了不少感悟。

刘光辉的遭遇也就是古蔺的遭遇，秘书和领导之间休戚与共，一荣俱荣、一损俱损。前一阶段邙北市政局波澜四起，时而一波三折，时而峰回路转，古蔺也跟着政局的变化为刘光辉时喜时忧。只是很多时候，古蔺不能像老板刘光辉掩饰得那么好，虽然他极力控制，可还是会有一些极小的细节流露出他的真实感受。不过古蔺已经做得很不错了，只有赵长风这样观察力极强、心思极为敏锐的人才能感受得到那细微的波动。

跟随古蔺上到二楼休息室，刘光辉正坐在沙发上抽烟，见到赵长风过来，他没有说话，只是点了点头，用夹着烟的手指了指身旁的沙发，示意赵长风坐下。

古蔺过来为赵长风泡上一杯茶，乖巧地退了出去。

赵长风见古蔺的身影消失在门口，这才扭身面朝着刘光辉，诚恳地说："市长……"

刘光辉笑着摆了摆手，示意赵长风什么都不用解释，他亲热地说："长风，恭喜你啊！"

"市长，我……"赵长风惴惴不安。

刘光辉笑道："长风，你要主持市政府的工作了，在邙北市可以独当一面了，难道不值得恭喜吗？"

"市长！"赵长风诚恳地说，"什么主持工作、独当一面啊？我不过是暂时替你看家而已，在你去省委党校学习的这段时间里，替你把邙北市政府这一摊子事照看好，解除你的后顾之忧。邙北市有什么决策，我一定要先请示过你，再做决定。市长，不管是现在，还是将来，不管我是在邙北市还是到其他地方工作，我都永远是你的老部下！"

赵长风的这番话说得诚恳之极，刘光辉就有些感触，摇头感叹道："长风，你有这一片心就够了，我心领了！说实话，我这一去省委党校学习，也不知道还能不能再回邙北。所以，邙北市政府的工作将来就要靠你来把握了！"

赵长风惶恐不安道："市长，赵省长也可能是由于某种苦衷，不得不这样做吧？你是赵省长身边最亲近的人，等过了这个风头，他一定会让你回来的。"

“哎，谁知道呢！”刘光辉又摇了摇头，“长风，我跟在领导身边七年啊！从中州市政府跟到中原省政府，整整跟了七年，放在现在，有几个人能做到？”

“是啊，非常罕见。”赵长风附和道，“一般秘书都是干个两年左右，跟在领导身边三年已经算是非常长的时间了。跟在领导身边七年的，市长，你是我见到的头一个。就冲你这份忠诚，没有哪个秘书能做到。说实话，如果让我和你换位而处，让我也跟着一个领导干七年秘书，我做不到。”

刘光辉的脸上就露出一丝骄傲的神色，他沉浸在回忆中，微笑道：“长风，这中间我不是没有机会。有好几次，领导都给了我机会，问我愿意不愿意下去锻炼，我担心新秘书过来不了解他的工作和生活习惯，照顾不好，就拒绝了一个又一个的机会。”

“可是啊，真没有想到！”刘光辉长长地叹了一口气，“真没有想到，最后我会是这样一个结局！省长竟然在这个时候让我去党校学习。”

赵长风见刘光辉情绪有些低落，连忙摸出烟来，递给他一根。如果让刘光辉继续说下去，无论是对谁都不好。

“市长，来，抽烟。”

刘光辉接过赵长风的烟，拿在手里看了看，又是一通感慨：“长风，四个多月前，你到邙北市来的时候，根本不抽烟，可是现在你都随身带着烟了，下面的情况的确复杂啊！”

赵长风摸出打火机，欠着身双手伸过去，为刘光辉点着了烟，然后自己也点了一根，笑着说：“是啊，大学毕业五年多没有学会的事，在邙北四个月都学会了。”

刘光辉抽了两口烟，思绪又回到了刚才的话题上。他掸了掸烟灰：“长风，你知道，我不是舍不得邙北市市长的位子，在你刚来的时候，我就打算把这个市长的位子让给你，只是你资历不够，我要等你熬一熬资历。刚才你说替我守着邙北市市长的位子，其实是我替你守着邙北市市长的位子，要不半年前我就回省里了。”

赵长风连忙说：“市长，谢谢你的这一番心意，你对我的关心和爱护，我都铭记在心。”

“长风，你是一个好同志啊！”刘光辉摇了摇头，叹道，“你应该理解我的心情。我实在是不愿意以这种方式离开邙北，这比蔡国洪好不了多少，都是以一个失败者的姿态离开的。但是蔡国洪在邙北市又贪又腐，任用私人，大搞关系，把邙北市搞得乌烟瘴气。而我在邙北市又是什么样子？长风，我可以对你拍着胸脯保证，除了收了一些烟酒茶叶之类的日用品，现金我是一毛钱都没有收过，邙北市是黄金之乡，可是我也一克黄金都没有拿过。可是就我这么一个两袖清风、严格要求自己的领导，最后落了一个跟蔡国洪一样的下场，你说我心里能平衡吗？”刘光辉越说越激动。

赵长风心中微微叹息，老百姓需要的是能够为他们做实事的领导，而不是刘光辉这种所谓两袖清风、严格要求自己却一点实事都没有做的领导。不过比起蔡国洪来，刘光辉确实又要好上许多，最起码他没有去祸害老百姓。

“市长，其实老百姓心里有一杆秤呢！老百姓都看在眼里、记在心上。有句俗话说得好，不管是金杯银杯，都比不上老百姓的口碑。其实不光是老百姓，赵省长肯定也非常清楚。你跟在赵省长身边七年，肯定比我更了解他。就算赵省长因为某些原因让你受了委屈，以后一定会找机会加倍补偿你。这个就像蔡国洪在邙北市搞的那个干部奖励制度，谁如果因为邙北市的大局受到了上级的处罚，那么回头市里就会给这个干部提高两级工资，退休后享受比原职务高一级的待遇。”赵长风低声劝慰道。

刘光辉自然比赵长风更加熟悉赵强，他心里也知道赵强的真实用意，只是受到这样的处理，面子上实在抹不开，他不免心中郁闷。他刚才在酒桌上谈笑风生，好像到省委党校去学习真的是一件大喜事一般，可是心里的压抑之情却更甚，加上又喝了不少酒，心中烦躁，所以才想拉着赵长风谈一谈，倾吐一下。现在苦水倒完了，他的心情舒畅了许多，酒意也去了大半，他的头脑也完全清醒过来了，心里就有些懊恼，怎么会跟赵长风说这些呢？

“是啊，长风，你说得对！”刘光辉微笑着说，“省长这样安排也是为我好呢！这一段时间我身心疲惫，到省委党校去，一方面可以提高自己，一方面也可以趁机修养一下身心，只是邙北市的事要辛苦你了！”

赵长风听刘光辉的语气，就知道他的情绪已经恢复正常，微微一笑道："我一定为市长看好这个家!"

春节过后，刘光辉到省委党校学习，赵长风开始正式主持邙北市市政府的工作。

新官上任三把火，赵长风虽然不能算是新官，但是第一次全面主持市政府工作，自然也要烧一烧火。这其实已经成了一种惯例，形成这样的心态，大多出于两个原因：一是新官上任之后，如果继续沿着以前领导的路走，那么无论他做出什么成绩，人们都会把这功劳记在前任头上，认为新官不过是沾了前任领导的光。这样的新官，在下级眼里，是没有魄力、没有能力的；在上级领导眼里，也是没有创新精神的，如果只是按照前任定下来的方案做，没有自己的新思路，那么谁来做这个新官又有什么区别呢?

所以新官一上任就要烧火，而且要烧得猛烈、烧得精彩，烧得比别人好看，从而证明自己的能力和水平比前任领导强，以此赢得社会的尊重和上级领导的认可。当然，主要是上级领导的认可，社会上怎么看待新官的烧火不是很重要。官场上流传着一副调侃的对联："说你行你就行，不行也行；说不行就不行，行也不行!"决定下级命运的是上级领导，提拔升迁平调或者是免职，都取决于上级领导的看法。

第二，新官烧火除了要给上级领导看之外，还有自己的因素。新官既然坐在这个位子上，手握大权，不可能没有自己的想法。一朝权在手，便把令来行。新官脑子里都有自己的计划和蓝图，想通过手中的权力，实现个人的人生抱负和理想，能够在某个地区的历史上留下鲜明的印记，也是非常值得自豪的事。

对赵长风来说，他的出发点与一般的官员迥异，最根本的动力在于他想为老百姓做一些实事，让老百姓能够切切实实地感受到好处。当然，干出一番政绩，留下个人的印记，在老百姓中间获得良好的口碑，赵长风也乐见其成，他也是普通人，当然也很在乎自己的官声好坏。赵长风烧火还有一个特点，就是一定要取得上级领导的理解和支持，或者至少营造出氛围来，让上级领导不得不理解和支持。只有这样，才能去除阻力，真正为老百姓造福，顺利实现自己的蓝图。

赵长风现在打算烧的第一把火，就是在全市范围内推行金矿技术改造，引进对环境污染较小的堆浸炼金法。自从看过大龙溪两岸的严重污染之后，赵长风就在琢磨，有没有一种对环境污染比较小的炼金方法呢？毕竟采金行业是邙北市的支柱行业，指望邙北市为了保护环境而停止采掘金矿是不可能的。于是赵长风就让刘俊康联系了一下国内的各大科研院所，找到了这种对环境污染较小的堆浸炼金法。

可是堆浸炼金法技术改造投入比较大，生产成本会高上许多。但是赵长风认为这样做是值得的，堆浸炼金法成本虽高，但比起氰化池对环境造成巨大破坏而需要的巨大后续治理成本来说，是非常划算的。采用了堆浸法之后，虽然邙北市金矿行业的经济效益会受到一定影响，财政收入会有些减少，却可以换来全邙北市人民的生命健康，让邙北市人民可以享受到青山绿水、碧树蓝天。

但是以前，蔡国洪把持着市委，大搞一言堂，赵长风根本没办法实施这个想法，甚至连提出这个想法的机会都没有。现在，蔡国洪走了，刘光辉去学习了，赵长风在市政府主持大局，自然把这个设想提了出来。

赵长风虽然有了想法，但是却没有立即付诸行动，这样的大事，他必须向市委书记刘驰汇报一下。虽然说是政府管经济，但是市委书记刘驰毕竟是整个班子的班长，赵长风必须征求他的意见。尤其刘驰刚到邙北市不久，正处于对一切都非常敏感的时期，赵长风作为主持工作的副市长，和刘驰之间的沟通协调尤为重要。不能再让刘光辉和蔡国洪之间的一幕再重演了。如果赵长风这个行动不向刘驰汇报，即使他干得再好，成绩再突出，老百姓再高兴，舆论再支持，都不能避免刘驰对他产生看法。刘驰一旦对他产生看法，赵长风以后的工作就不会顺利，由主持市政府的工作到正式担任市长，恐怕就遥遥无期了。赵长风相信，只要他向刘驰汇报，尊重了他，刘驰是会支持他的工作的。赵长风如果不和市委书记刘驰沟通，到头来很可能就会有了成绩是市委的，有了失误是赵长风个人的，因为赵长风擅自行动，市委并不知情，赵长风当然不会让这种情况发生。

赵长风缓步走入市委大院，不知不觉之间就有种步履从容的感觉。以前担任常务副市长时，他没少来市委大院开会。可是他主持市政府工作之后，再来市委大院的感觉完全不同了。虽然赵长风目前的身份没变，还是市委常委、常务副市长，地位不仅低于市委书记刘驰，也低于付罡庭、钱兆均、白国庆和包太龙四位副书记，可是以手中实际的权力来说，赵长风却远远比付罡庭、钱兆均几位副书记要大多了，几乎能和刘驰平起平坐了。

推开刘驰办公室的门，刘驰正坐在大办公桌后面，居高临下地看着对面沙发上坐着的新任市委常委、市委办主任张一磊，张一磊正在向刘驰汇报下一周的工作安排。

赵长风推门一看，笑着说："刘书记正忙着呢？那我等会儿再过来。"

刘驰一看是赵长风，就站起身来笑着说："长风市长，进来吧。一磊同志已经说完了。"说着对张一磊做了个手势。

张一磊这边也站了起来，说："赵市长，我已经汇报完了。"说着冲刘驰殷勤地笑了一下，便夹着文件来到赵长风身边，伸出手和赵长风用力握了一握，这才退了出去。

刘驰从大办公桌后面走了过来，热情地拉住赵长风的手："长风市长，来，坐吧！"刘驰把赵长风让到沙发上，他随和地坐在另一张沙发上，亲切地说："长风市长真是年轻有为啊！我在你这个年纪时，还在下面当乡长，和长风同志是没得比喽！"刘驰今年四十一岁，比蔡国洪还大几岁。他二十七岁时担任乡长，当时也属于少壮派。

赵长风笑道："刘书记，您太谦虚了。您当乡长的时候，我初中还没毕业呢！论资历，您是我的老前辈，我要向您多多学习才是！希望刘书记把工作中的经验和绝招多多传授给我，不要藏私哦！"

刘驰哈哈大笑道："还是长风市长会说话！"

"刘书记的经验和财富是我们学都学不完的！"赵长风笑着说，"刘书记，我就是过来向您汇报我的一个想法来了。"

"好哇！"刘驰微笑着说，"我可是听说长风市长曾经出过不少好点子呢！

在省机关事务管理局的时候盘活资金管理中心的资金，到商业厅救活天外天股份有限公司，这些都是出自长风市长的手笔。长风市长年纪轻轻就能想出那么多好主意。自古英雄出少年，果然不虚啊!”

赵长风心中微微一凛，没想到刘驰对他的了解这么深。看来刘驰到邙北市之前，很是做了一番功课。相比之下，他对刘驰做的功课就少得可怜，只知道刘驰在省里有某副书记的背景，在长河市当阳县抓农业也很有一套办法。不过听刘驰的口气，对他似乎没有恶感，赵长风觉得这还好，他过去的一些成绩没有让刘驰感觉到威胁。一般来说，作为领导，都不会喜欢有一个工作能力非常强的下属，因为担心这个下属会抢了自己的风头。现在刘驰知道他过去的一些事迹，反而表现出某种程度的欣赏，这如果不是一个心胸宽厚大度的领导，就是刘驰自认为能力超强，不在意赵长风的小聪明。至于是哪一种情况，赵长风只有以后再小心揣摩了。

“刘书记，您听到的都是夸大之词。那些工作都是集体智慧，谁知道最后会安到我一个人的头上，实在是惭愧啊!”赵长风谦虚了两句，转入正题，“刘书记，关于邙北市采金业的污染情况，您应该都了解了吧?”

刘驰端起茶杯喝了一口茶，摇头道：“长风市长，我也正在为这件事头疼呢！武省长率领工作组关停了我们邙北市大半中小型金矿，这样虽然在一定程度上缓解了环境污染问题，可是邙北市的工业产值和财政收入大受影响。我也正想找你商量一下，看如何解决这个问题。”

刘驰现在到任还不到四十天，但是却承受了很大压力。因为邙北市是天阳市的工业重镇，经济实力在天阳市下属的六县市中位居第一，占整个天阳市经济规模的三分之一强。现在由于大龙溪的环境污染问题，副省长武卫平率领省政府联合工作组到下边调查，在邙北市引发了一场大地震，结果市委常委、政法委书记柴刚川跳楼自杀，市委常委、市委办主任林同兆被双开，主管工业的副市长何泉声被移交检察机关，国土资源局局长焦伦平和后河乡党委书记马会来等大小十来个官员或被免职或被起诉。这些还只是对邙北市政局的影响。而武卫平下令强行关闭了邙北市一半以上的中型金矿和绝大部分小型金矿，对邙北市的工业经济造成了致命的打击。邙北市黄金采掘业生产总值占邙北市工业生产总值的百分之七十，提供了邙北市百分之八十的财政收入，现在这么多金矿被关闭，经济数据直线下降，财政收入立刻吃紧。

刘驰看着报表上的数据连连下滑，心里也非常焦急。蔡国洪任邙北市市委书记时，无论个人风评如何，但邙北市的经济状况在天阳市却是一枝独秀，经济指标连年上涨。现在他刘驰到了邙北市之后，经济指标却连连下挫，这在上级领导的心目中会造成什么印象？领导是只看结果、不看过程的。领导看到的是，你刘驰到了邙北市任市委书记之后，邙北市的经济衰退了，财政收入大幅度减少了，改革开放之后，经济指标已经是评价一个官员政绩的相当重要的标准，现在刘驰在这个指标上吃亏，那以后还会有什么发展前途吗？

但是刘驰还没有想到什么好办法，他是从农业大县出来的，搞农业很有一套，搞工业却是一个新手，根本没有什么主意。他到邙北市之后千头万绪，仅仅是面对即将到来的人事调整就让他无暇分心，更别说是经济上的事务了。

刘驰听说赵长风是搞经济的一把好手，又听说主管环保的副省长武卫平对赵长风印象不错，所以就想把这个问题委托给赵长风处理，他则把主要精力放在人事问题上。虽然经济问题重要，但是对刘驰来说，人事问题更为重要。作为市委书记，必须把人事大权控制在手中，掌握了人事大权，就相当于掌握了整个邙北市。否则一切都是空谈！只是赵长风那边一直忙着和刘光辉进行交接，紧接着又过春节，刘驰没有机会和他谈这件事。现在赵长风主动过来和刘驰提起这个话题，自然是一拍即合了！

赵长风听了刘驰的话，心里就踏实了一大半，这还是刘光辉走后，赵长风第一次过来和刘驰商议工作上的事，刘驰这种谦逊低调的态度让他心中大生好感，看来他的选择是正确的。

本来这个金矿技术改造的问题属于政府工作的范畴，赵长风如果有了想法，可以先召开市长办公会进行讨论，取得统一意见后再向市委书记刘驰进行汇报。可是赵长风考虑了一下，最终没有选择这样做，他决定先征求一下刘驰的意见，然后再召开市长办公会议比较妥当。刘驰是刚刚上任的市委书记，赵长风也刚正式主持邙北市市政府工作没几天，两个人正处于磨合期，还是需要相互尊重体谅，为以后在工作中相互配合打下良好的基础。否则一旦磨合期就出现了误解，以后再想化解这个误解，必然会花费很大精力。赵长风宁可自己的姿态放低一些，争取到刘驰的信任和理解，这样他就不必把心思耗费在官场的钩心斗角上，而可以腾出时间和精力去踏踏实实地为邙北市老百姓做实事。

"这么说来我和刘书记可是不谋而合了。"赵长风微笑道，"刘书记，关于恢复中小型金矿的生产问题，我觉得关键是要推行金矿选矿工艺的技术改造，使污染物的排放达到国家环境保护的有关标准，这样就可以顺利通过省环保局工作组的验收，可以恢复生产了。"

刘驰说道："这个建议好啊，看来长风同志有成熟的方案了吧？说出来听听。"

"刘书记，我们邙北市的金矿属于粘土型金矿，现在有一种粘土型金矿堆浸法生产工艺，对环境污染比较小，如果在我们邙北市金矿中推行堆浸法生产工艺技术改造，那么通过省环保局工作组的复产验收没有什么问题。"赵长风说，"美中不足的是，这种生产工艺的技术改造成本较高，生产成本也比较高。"

刘驰沉吟了一下，说："我听说邙北市多数金矿都是小型金矿，金矿主的资金实力有限，如果技术改造成本比较高，生产成本比较高，不知道这些小型金矿能否承受得了。"

赵长风听了刘驰的话，就知道他对金矿也下过一番功夫，所以说出的话直接就点到问题的核心。

"刘书记，堆浸法技改成本如果让单个小型金矿来承担的话，肯定是承担不起的。"赵长风说，"所以我们就必须采取变通的办法……"

"哦？"刘驰挑了挑眉，很有兴趣地望着赵长风，他在省城里就听说过，赵长风点子多。

"我们可以让小型金矿联合起来，组织成一个大型的采金企业，金矿主们按照出资比例分配大型采金企业的股份。对于大型采金企业来说，承担技术改造的资金压力显然是没有什么问题的。"赵长风说，"这样做，既恢复了我们邙北市的黄金生产，又解决了环保问题。更重要的是，可以有效地对邙北市的黄金资源进行整合，改变目前滥采滥挖的无序局面。”

“联合起来，做大做强，这倒是一个不错的思路!”刘驰眼睛亮了起来，沉吟一下，又说道，“只是这些小金矿主们自己当老板当惯了，现在让他们联合起来按照出资比例入股成立一个大型企业，他们会愿意吗？在这个大型企业里，他们可就不再有一呼百应的威风了。”

赵长风微笑道：“刘书记，这个问题应该不大。有省政府联合工作组的尚方宝剑在此，不怕这些金矿老板们不就范。他们其实只有两个选择，要么就是联合起来成立一个大型金矿，进行技术改造和资源整合，达到省环保局的验收标准；要么就只有看着自己的金矿因为实力不够，不能进行技术改造，无法通过省环保局的验收，不能开工生产，守着金矿讨饭吃!”

刘驰点了点头，手指轻轻在沙发扶手上拍打着，琢磨了一阵，说：“长风同志，我看这个办法可行。”

赵长风又说：“这次停产的中小型金矿，有一部分是有合法开采手续的，对于这些取得合法手续的小型金矿，我们采取鼓励联合起来做大做强的方式。另外还有一部分是没有合法开采手续的，对于这些没有合法手续的金矿企业，我建议趁着这机会将他们清退出邙北市的金矿行业。然后整合这些矿产资源，引进资金，建立大型金矿企业。比起小型金矿，大型金矿无论从生产规模、生产效率、环保措施方面都占有更多优势。如果这个措施能够得到有效实施，不但解决了困扰邙北市多年的环境污染问题，而且还会使邙北市的黄金生产迈上一个新台阶!”

大型金矿生产规范，技术先进，资源利用率高，对邙北市国民生产总值和财政收入的贡献度都要远远高于那些小型金矿，而且大型金矿在环保方面比小型金矿要好控制得多，所以建立大型金矿企业是大势所趋。赵长风深信，蔡国洪担任市委书记时，必然也明白这个道理，但是为什么会摒弃大型金矿企业，而让小型金矿遍地开花呢？就是因为这其中有个人和部门的利益。相比起大型金矿来，小型金矿企业无疑更容易让有关部门和个人得到灰色收入。赵长风现在既然主持了市政府的工作，就要趁机扭转这个局势。

刘驰关心的是国民生产总值，关心的是政绩，他初到邙北市，并没有什么个人利益，所以听赵长风这么一分析，也很赞同。

“长风同志，设立大型金矿，就需要巨额资金，这部分资金我们如何解决?”刘驰问道。

赵长风早就胸有成竹：“刘书记，我认为可以从两个方面入手。一是到省里跑资金、跑项目，取得省里的支持，利用邙北市丰富的黄金矿产资源建立大型金矿企业；另一方面，可以招商引资，让有实力的投资者到我们邙北市建设大型金矿。这是一笔双赢的买卖，运作起来应该不会困难。”

“好啊，长风同志这个建议很好!”刘驰微笑着点头，“你的这个想法，已经在市长办公会上讨论过了吧?”

赵长风轻声道：“刘书记，您是班长，我觉得应该先征求一下班长的意见，然后再召开市长办公会比较妥当。”

听了赵长风的表态，刘驰非常满意。赵长风这样做给了他充分的尊重，没有因为他新到任就轻慢他，这其实也可以理解为赵长风的个人立场的表态。

“长风同志，你不要有这么多顾虑，有什么想法尽管放心大胆地干，市委对你主持市政府的工作是很放心的。”刘驰亲切地说，“我初来乍到，对邙北市很多情况还不了解，工作上就需要你们这些邙北市的老同志多多分担。”他摸出一根烟递给了赵长风，继续说，“我看这样，你回去先召开市长办公会，把意见统一一下，拿出一个书面的东西来。然后我这边再召开书记办公会，到时候邀请你参加，你在书记办公会上讲一下你的方案。我们在书记办公会上统一了思想后，市委常委会这一关就没有什么难度了。”

赵长风现在是以市委常委、常务副市长的身份主持市政府的工作，他不是副书记，能不能列席书记办公会全看市委书记刘驰的态度，现在刘驰不但邀请他列席，还要求他发言，这就说明了刘驰对他的信任和支持。

“刘书记，我回去后立即召开市长办公会。”赵长风语气中对刘驰又多了一分尊敬。

“好，好!”刘驰笑吟吟地握住赵长风的手，“长风同志，这一段时间我打算到下面进行调研，熟悉一下邙北市的情况，经济工作的担子可就压在你的身上了!”

感受着刘驰手上传来的力道，赵长风说道：“刘书记，我会尽全力做好市政府的工作，稳定邙北市的经济，不给市委添乱！”

刘驰亲自把赵长风送到门口，亲切地挥手告别。刘驰的专职秘书郭和强看到这个情形就有些诧异，在邙北市的领导中，赵长风是第一个享受到刘驰书记亲自送到门口的待遇的，连党群副书记付罡庭来访，刘驰书记也没有起身送到门口呢！

回到办公室，赵长风觉得事不宜迟，要立即展开行动。

“建军啊，坐吧。”赵长风指了指面前的椅子，然后又对刘俊康说：“俊康，你也坐下。”

王建军和刘俊康两个人恭敬地坐在赵长风对面，拘谨地把手放在膝盖上。

“呵呵，那么严肃干什么？是这样的，你们俩马上动手，给我写一篇大稿子，内容是……”

写讲话稿最能体现秘书的水平，刘俊康写大稿子的能力本来不弱，但这是赵长风搞的第一个政绩工程，不能不慎重，所以他特意让刘俊康叫上王建军，两个人一起合作，这样更稳妥一些。

“你们俩现在放下手头的工作，明天必须把这个稿子交给我！”赵长风最后说道。

王建军和刘俊康看到赵长风郑重的表情，也知道这个稿子的重要性，这关系到赵长风在市政府能否打响第一炮。本来这个工作应该由政府办政研室的人来完成，现在领导把这么重要的任务交给他们，说明领导还是看重他们的，他们一定要完成好，绝不能辜负领导的厚望。

中午王建军和刘俊康都没有回去吃饭，两个人躲在办公室里商量着，到了下午，初稿已经完成，两个人就拿着初稿让赵长风审阅。赵长风看后修改了几个地方，又提出了几条补充意见，让他们继续修改。

下午下班前，这份关于在邙北市中小型金矿推行资源整合、进行产业技术升级改造的大稿子漂亮地完成了。赵长风看过修改后的稿件非常满意，他让刘俊康通知市政府办主任李长根过来。

李长根是政府办主任，在人们的眼里就是市长刘光辉的人。刘光辉在邙北市的时候，由于蔡国洪过于强势，刘光辉手里没有什么权力，连带着李长根这个政府办主任也不受人重视，和当时在邙北市呼风唤雨的市委办主任林同兆相比，李长根几乎被人遗忘了。

好容易等到蔡国洪倒了，李长根以为自己终于翻身了，可以扬眉吐气了，可是转眼之间，刘光辉又被天阳市市委安排到省委党校学习，李长根甚至比以前的处境还惨淡。

常务副市长赵长风主持市政府的工作，照理来说，李长根应该为赵长风服务，可是政府办已经安排了副主任王建军专门为赵长风服务，李长根这个政府办主任吊在这里就有点不上不下了。

听到赵长风让他去一趟，李长根心里嘀咕，快下班了，赵长风让他过去干什么？越是失意的人，就越是敏感，心里发着牢骚，李长根来到赵长风的办公室。

"赵市长，您找我啊？"李长根脸上堆满殷勤的笑容。

赵长风抬头笑道："李主任，坐吧。有件事和你商量一下。"

听到赵长风这般客气，李长根倒有些不好意思了，觉得刚才心里发赵长风的牢骚很是不对，他连忙说："赵市长，您太客气了，有什么事您只管指示。"

赵长风端起茶杯，喝了一口，说："你安排一下，明天我想召开个临时市长办公会。"

市长办公会一般情况下是由市政府办主任李长根过来征求市长的意见，看会议什么时候召开，有哪些部门的提案需要在市长办公会上研究，哪些文件需要在市长办公会上传达，然后列出议题，最后才定下来什么时候召开市长办公会。可是现在赵长风竟然主动提出来要召开临时市长办公会，李长根心里琢磨，这是不是赵长风在暗示他的工作做得不到位？还是有其他什么原因？

"赵市长，会议讨论什么议题？"李长根问道。

赵长风就把刚才刘俊康和王建军交上来的大稿子递给李长根说："李主

任，明天主要讨论这个议题。目前邙北市大部分中小型金矿都被省政府工作组勒令停产，市政府的压力很大。我们必须尽快采取措施，让中小型金矿恢复生产，力保邙北市今年的经济指标顺利完成。”

听了赵长风的话，看到赵长风手中的稿子，李长根这才心中释然，他说：“赵市长，我这就去通知其他市长，会议定在明天上午十点或者明天下午三点，您看哪个时间合适？”

赵长风沉吟一下道：“就明天上午十点吧，越快越好。”

李长根应了一声，起身出去。

市长办公会议的小会议室在市政府办公楼二楼东侧。十点钟，赵长风端着茶杯走了进去，其他的副市长早已经到齐了，赵长风微笑着和他们一一打招呼，主动走到刘光辉以往坐的位置，又看了一看在市政府和他搭伙计的班子成员，这才开始主持他的市长办公会议。

“各位市长，由于刘市长在省委党校学习，所以今天的市长办公会只能由我来主持了。”这句话其实在第一次召开市长办公会的时候，赵长风已经说过了，但是这次市长办公会上他依旧把这句话当做开场白。

说完这一句话，赵长风停顿了一下，眼睛在会议室里微微一扫，把在座的几位副市长的表情尽收眼底，这才端起茶杯，喝了一口茶，然后才进入今天的正题。

“李主任已经把今天的会议议程发到各位市长手里了，想必各位市长都已经看过了。”赵长风说，“十分抱歉的是，这个议程紧急，没有留给大家更多的考虑时间。时间不等人啊，全市百分之八十的中小型金矿都停产了，邙北市经济形势和财政收入双双吃紧，如何尽快使这些停产的中小型金矿治污措施通过省政府工作组的验收，全面恢复生产，成为邙北市市政府当前工作的重中之重。”

顿了一下，赵长风又扫视了一下会议室，继续说，“针对邙北市中小型金矿的具体情况，我这里拟定了一个初步方案，今天开会的目的就是请同志们针对这个初步方案发表自己的看法，有什么想法也可以提出来大家讨论一下。

总之，集思广益，争取把这个方案完善起来，报经市委同意后付诸实施，尽快全面恢复邙北市的黄金生产。现在，请同志们各抒己见。”

赵长风说完话后，端起茶杯喝茶。他这个主角的开场戏已经演完了，下面就看配角们如何接着往下演了。

会场内静了下来，大家都抽着烟不说话，会议室内烟雾缭绕。

本来黄金生产属于工业经济口的，原来归副市长何泉声管辖，后来何泉声被双规，加上刘光辉又到了省委党校学习，市长们的工作就进行了重新分工，但是原来归何泉声分管的工业经济这一块，却没有任何一个市长愿意接管。因为工业经济在以前来说是一个香饽饽，但是现在却成了谁也不愿意碰的烫手山芋，弄不好山芋还没吃到嘴，先烫了一手大燎泡。有省环保局的硬杠杠在这里卡着，谁也没有把握恢复中小型金矿的生产。最后无奈之下，赵长风只好把自己原来分管的工作分出去一些，接过了工业经济的工作。现在讨论的是赵长风分管的工作范围内的事，这个方案又是他弄出来的，所以究竟该怎么发言，每个市长都有心里的小算盘。

赵长风不紧不慢地喝着茶，他一点都不担心会冷场。这是市长办公会，参加的都是副市长一级的领导干部，不可能出现小学生开班会那种需要老师点名才会有人发言的局面。

其实副市长们也都明白应该由谁来发言，这是一种惯例，也是官场上沿袭了多年的论资排辈，是雷打不动的规矩，谁也无法改变，谁也不敢改变。在官场上，如果一个人排在另外一个人后面，那么在重要的场合，这个人是不可能走到另外一个人前面的，外人一看，就知道哪一个人官大，哪一个人官小。表现在会议上也同样如此，谁先发言谁后发言，都是有规矩的。

副市长党向国一边抽着烟，一边看着手中的文件，心里不停地盘算着。他明白，这个时候该他说话了，如果他不说话，别人就不好说了。

从内心来讲，党向国还是很愿意支持赵长风的，因为按照邙北市政府目前的格局，如果赵长风能够前进一步，上到市长的位置上，那么党向国还是很有希望接任常务副市长的位子的。当然，要想顺利地接替常务副市长，党向国还需要做很多工作，能不能成功，不到最后一刻，党向国也没有把握，只能说是很有希望。但是如果赵长风不前进一步，党向国连一点希望都没有。

“赵市长这个方案很好，考虑得非常周到。”党向国直接就亮明了自己的态度，“抓住了问题的要害。邙北市的中小型金矿如果想恢复生产，环保这一关是必须要过的。但是究竟该怎么过？赵市长这个方案给我们指明了方向。把众多的中小型金矿联合起来，做大做强，这是邙北市黄金生产行业的唯一出路。对于赵市长这个方案，我衷心支持！”

党向国这话说得非常圆滑。这个方案是赵长风主持市政府工作以来第一次提出的方案，所以只能叫好不能挑刺，甚至连一点补充的意见都不能提，如果提了，就是自作聪明。作为一个领导，谁也不希望自己提出的方案被人指手划脚地批评。

党向国发言结束后，后面的副市长有样学样，跟着党向国对赵长风的方案大唱赞歌，没有一个人提出一点不同意见，也没有一个人提出什么好的想法对赵长风的方案进行补充。

赵长风听着副市长们的发言，心里苦笑。看来市政府真的成为王大奎部长口中所说的“团结的班子，有战斗力的班子”了，他的方案在市长办公会上竟然没有遇到一丝阻力。转念一想，赵长风觉得又很正常，工业经济现在属于他分管的范畴，如何调整根本不涉及别的副市长的利益，在没有利益纠葛的情况下，当然不会有阻力。

最后，轮到了坐在会议室角落里的副市长张志林，他年龄最大，在几个副市长中排名最末，是几个副市长中唯一的党外人士。他参加会议一般以听为主，很少发表自己的观点，即使轮到他说话，也是简单说一两句就完事。但是他今天不能不多说两句，因为他分管的是环保工作。赵长风这个方案看似是关于金矿技术改造方案的，但是又和邙北市的环保工作息息相关，如果张志林再像以前那样“嗯啊”两句似乎说不过去。

“我是负责环保工作的，对于工业生产我是外行，赵市长这个方案我没有什么发言权。但是站在环保工作角度，我还是要说两句话。”张志林脸上堆着殷切的笑容，看着赵长风说，“赵市长这个方案提出得太及时了，从根本上解决了邙北市环保工作面临的巨大压力。据环保局统计，邙北市百分之九十的废渣、百分之八十七的废水以及百分之八十三有害气体都是黄金生产行业产生的，只要解决了黄金生产行业的污染问题，邙北市的环境保护问题基本上就没有什么问题了。所以在这里我代表邙北市环保战线的所有干部表一个态，我们坚决拥护赵市长的方案！我也代表邙北市的环保战线的所有同志对赵市长提出这么好的方案表示感谢!”

赵长风看了看手表，十点开会，现在还不到十一点，七个副市长都发过言了。墙根还坐了两个市长助理，他们只有旁听的资格，并没有发言权。看来会议出奇顺利，这么快就达成了一致。赵长风也没有指望在这市长办公会上收获什么，他所需要的不过就是这么一个程序而已。经过了这么一个程序，就说明是市政府集体的决定，任何人都挑不出刺来。即使将来在施行方案中遇到什么问题，也不用赵长风来承担责任。

于是赵长风就简单地做了总结发言，宣布市长办公会到此结束。

政府办主任李长根工作极为迅速，下午刚上班不久，他就把市长办公会会议纪要整理出来，送赵长风审阅。赵长风看了一下，没有什么问题，就签了字，交还给李长根。

下午三点，机要员把市长会议的决议送到赵长风办公室，赵长风拿在手里看了一会儿，估摸着差不多了，就拿起电话，拨通了刘驰办公室的号码。

赵长风眼睛看着手里的文件，口中轻声说：“刘书记，市长办公室的决议你看到了吗?”按照惯例，市长办公会的决议是要抄报市委的。

刘驰笑道：“长风同志，我看到了，我正要和你说呢，这个振兴黄金工业领导小组的组长我担任就不太合适了吧？我刚到邙北市，对情况都不熟悉呢!”

赵长风说：“刘书记，您是邙北市领导班子的班长，黄金工业又是邙北市的支柱产业，这个领导小组理所当然地要由您来担任啊，否则就体现不出邙北市对振兴黄金工业的重视了。”在市长办公会上，按照赵长风的方案，邙北市要成立振兴黄金工业领导小组来统一部署中小型金矿合并和技术改造，这个小组的组长当然由市委刘驰来担任，赵长风担任常务副组长。不过昨天和刘驰在讨论这个问题的时候，赵长风并没有请示刘驰是否愿意担任领导小组的组长。因为班子班长出任重大工作的领导小组组长，已经成为一种惯例，他如果请示反而显得不好，不如直接在文件上写上。

刘驰在那边呵呵两声，说道：“既然如此，那我就勉为其难。可是长风同志，还是按照我们昨天通好的气，我务虚，你务实。我的主要精力还是放在下基层调研上，这振兴黄金工业的重担，就要劳烦长风同志挑起来了。”

“有刘书记的支持，我这个副组长工作起来也有底气一些。”赵长风话里话外都给足刘驰面子，他说道，“刘书记，振兴黄金工业领导小组的第一次工作会议我想放在明天上午召开，您看……”

刘驰沉吟了一下，说：“长风同志，这个会议由你来主持就好了。我明天要到下面调研，就不参加了吧？”

赵长风说：“刘书记，您是领导小组的组长，第一次会议最好是参加，您在会议上强调一下，我后面的工作就好做了。”

刘驰见赵长风给足了他的面子，就说道：“那好，我参加。”

赵长风挂了电话，立刻把刘俊康叫过来，让他通知振兴黄金工业领导小组全体成员明天上午十点半到市政府来开会。振兴黄金工业领导小组除了组长副组长之外，下面还设有办公室，具体承担振兴黄金工业领导小组的日常工作，其中办公室主任为邙北市黄金管理局局长彭泽明，成员则有政府办副主任王建军、环保局副局长曾以春等人。

不知不觉，一天就这样过去了，快下班的时候，刘俊康拿着手机走了进来，对赵长风轻声说：“高局长的电话。”

赵长风伸手接过手机，拿到耳边：“胜强同志，我是赵长风。”

“市长，您好。”高胜强在电话里说，“晚上您有空吗？我和韩检察长一直想请您吃饭，但是这一段您工作一直很忙，就没有敢打扰您。不知道您今天晚上有没有安排？”

赵长风正式主持了市政府的工作后，各部委办局的头头脑脑络绎不绝地到他办公室来，名义上是请示工作，实际上是向他来祝贺、表示效忠。除了祝贺之外，这些部委办局的头头脑脑们还三番五次地请他吃饭。赵长风明白，吃饭不是目的，只是一个手段，目的就是想通过吃饭和他拉近关系。

赵长风其实并不想去参加这样的饭局，他知道这样影响不好，刚主持了市政府的工作，就要开始大吃大喝，会给别人什么样的印象？

可是赵长风又不能一概拒绝。因为他也需要和这些部委办局的一把手搞好关系，这些人既是他的下属，也是承办具体工作的人，赵长风安排的工作还需要这些人去帮他完成。而且这些一把手基本上都是邙北市的人大代表，将来如果刘光辉从省委党校出来另有安排，他能不能当上邙北市市长，还得靠这些部委办局的头头脑脑的投票，所以赵长风也不能忽略这些人心中的感受。

如果三番五次地拒绝这些人的邀请，那些部委办局的一把手心里肯定不会痛快，这对赵长风来说也是双重损失，第一，他会让这些部委办局的一把手和他产生隔膜；第二，他也失去了一个和下级进行沟通的好机会。有很多事情，在酒桌饭局上进行沟通的效果，要远远胜于在办公室内进行沟通，好多工作中的矛盾和心结在办公室内可能解决不了，但是一上酒桌，酒杯一碰，笑话一说，这些矛盾和疙瘩就在交杯换盏中谈笑风生地解决了。很多上下级的感情都是在酒桌上建立起来的，号称是“酒精”考验的革命友谊。会不会利用酒桌解决问题，也是一个领导会不会深入群众、密切联系群众的表现。

正因为有着这样的心理，赵长风过了春节之后，有意忽略了和韩加森以及高胜强的联系，这两个人是他的心腹，是他最亲近的人，这个时候联系不联系，并不会影响他们和赵长风之间的感情。而高胜强和韩加森也很知趣，难得地在这一段时间内没有打扰赵长风。

“呵呵，好啊！”赵长风笑道，“我正发愁晚上到什么地方吃饭呢，老学长的电话就打过来了，那我今天晚上就交给老学长安排了。”

第四章　整顿乱局铲除毒瘤，为官一任造福一方

赵长风万万想不到邙北市的黄金工业如此混乱：连采矿证都没有的违法小金矿居然高达六十多家！它们就像是一只只贪婪的虱子，趴在邙北市肥腴的躯体上，无休止地吮吸着国家的血液。赵长风下定决心，为官一任造福一方，一定要铲除这些毒瘤，让邙北市黄金矿业走上健康发展之路。

邙北市的夜晚分外迷人，大街小巷灯火辉煌，街道两边的建筑上红红绿绿的霓虹灯闪烁着五彩缤纷的光芒，恍惚间竟然有大城市夜景的感觉，真不敢让人相信邙北市不过是一个县级市。

作为一个黄金生产大县，邙北市的经济确实繁荣，那些大小金矿的老板们都是百万富翁、千万富翁，在他们的带动下，邙北市的消费水平非常超前。

社会上流行这么一句话，看一个地方经济水平是否繁荣，主要看三点：第一，是烟酒的档次；第二，是建筑的档次；第三，是小姐的档次。这三点在邙北市体现得就特别明显。

就说烟酒的档次，上千元一条的帝豪国风，六七百元一条的软中华、紫硬金芒果，在邙北市非常畅销。而茅台、五粮液的经销商更是把邙北市当做销售重镇。有很多人说，邙北市的烟酒档次，甚至比天阳市还要高上一个层次。

再说建筑物，当初蔡国洪到了邙北市之后，首先动手对邙山路进行了扩建，把原来双车道的邙山大道一下子拓宽为八车道，加上绿化带，整整有八十米宽。扩宽后的邙山路也不叫邙山路了，改称为邙山大道。这别说是在当

时，就是放在现在，在全中原省的县级城市中，八十米宽的城市大道还是独一份。即使在中原省的地级市，也不多见。

改建了邙山大道之后，蔡国洪又大力提倡城市亮化工程，把邙山大道弄得灯火辉煌。加上市委和黄金局、林业局连着修建了三座高标准的宾馆，一下子把邙北市的城市档次提上去了。

至于第三点，小姐的档次，赵长风倒是不了解，只是隐约听韩加森说过，在邙北市的某些娱乐场所，俄罗斯小姐的档次甚至比北京的还要高。

司机老邢和刘俊康把赵长风送到毛家酒楼，刘俊康抢开了车门，赵长风下来后，就让刘俊康和司机老邢先回去，等他要用车的时候再打电话。

赵长风缓步走进毛家酒楼，韩加森和高胜强都没有在门口接他，这让赵长风很满意。树大招风，赵长风并不想引人注目，他让刘俊康和司机老邢把车开走也是这个意思。

毛家酒楼领班小姐认得赵长风，就把赵长风领到了后面的雅间。推门进去，里面三个人正在聊天，侧对着门口的是韩加森和高胜强，背对着门口的却是一个长发女子。见赵长风进来，韩加森和高胜强连忙满脸堆笑地站起来，那长发女子也跟着站了起来，转过身来笑盈盈地看着赵长风。

“欣萍?”赵长风乍一看到这个女孩子的相貌，心头一颤，以为是林欣萍来了，差点叫出声来，又仔细一看，这个女孩子虽然像极了林欣萍，但她的个子比林欣萍要高一些，右嘴角下有一颗小小的美人痣，眉宇之间也活泼开朗，不像林欣萍那样冷冰冰的。

这个女孩子名叫程苗苗，是韩加森的远房表妹。她在天阳学院新闻系读大专，今年六月份就要毕业，目前在邙北市电视台实习，估计毕业后就留在邙北市电视台了。韩加森这次把程苗苗领过来见赵长风，主要是想让赵长风以后能多关照一下她。毕竟县一级的电视台的主要新闻节目就是以报道领导活动为主，赵长风现在主持市政府的工作，如果程苗苗能够得到赵长风的关照，那么以后在新闻采访中肯定会占很大优势。这样一来，程苗苗在邙北市电视台的发展道路就会顺利一些。

但是这件事韩加森却没有事先跟赵长风打招呼，他和高胜强悄悄商量了一下，高胜强说这件事还用打什么招呼？直接把你表妹领过来让赵市长见一见不就行了？别的不说，就冲你的面子，赵市长也得照顾她。

韩加森心里还是有些忐忑不安，跟了赵长风这么久，还是第一次往赵长风跟前领其他人，如果赵长风不喜欢，那该如何是好？所以韩加森看到赵长风进来后，一边笑着问好，一边留意观察赵长风的表情，看赵长风见到苗苗是什么反应。当他看到赵长风脸色微微一变，韩加森心中说道，坏了，这件事办糟糕了，赵市长肯定不喜欢他这样擅作主张！

赵长风有点疑惑地看着程苗苗，问道："这位是……"

韩加森连忙笑着说："程苗苗，邙北市电视台的实习记者，也是我的表妹。一直很仰慕市长，今天未经您的允许，我就带她过来见一见世面。"

程苗苗笑盈盈地伸出白嫩的小手说："赵市长，您好！"

赵长风一笑，伸出手和程苗苗轻握了一下，淡淡地说："小程好！"赵长风这个时候想起了林欣萍，不知道林欣萍在省博物馆现在还好吗？有没有交男朋友？一时间他的心情有些低落。

赵长风这一瞬间的走神被韩加森捕捉到了，他感觉今天自己的举动有些冒失，他惶恐不安地看着赵长风。

赵长风来到餐桌正中，扭头看着几个人还站着，就笑道："大家都坐啊，看着我干什么？"

高胜强笑着说："市长，我们想给您庆贺一下可不容易啊。盼了这么多天，才盼到这个机会。您是首长，您不坐下，我们怎么敢坐？"

赵长风笑道："老学长，你也学会打趣我了啊？你我之间还需要讲究这些吗？没必要吧？"

听到赵长风亲切的话语，韩加森这才放下心来，他也讪讪笑道："市长，平易近人是您的优点，但是我们做下级的不能因为领导平易近人就失了规矩啊，这一点我做得就很不好！希望市长您以后多批评。"韩加森含蓄地为他今天没有向赵长风汇报、就擅自把程苗苗带过来向赵长风做检讨。

赵长风自然听得出来，他笑道："老韩对自己要求过于严格了吧？没必要，没必要！"他扭头看到几个人还站在那里，就笑着说："来来来，大家坐下说话嘛！"

说着赵长风坐了下来，韩加森、高胜强才跟着坐了下来。程苗苗不懂这些规矩，但是来的时候韩加森交代过她，让她多学多看，她在一旁有样学样，见韩加森和高胜强坐下来了，她才跟着坐下来。

大家都坐定之后，赵长风感叹道："最近应酬太多，不去又不行，去了又不自在，比工作还累。还是和老高、老韩在一起好啊，大家无拘无束，轻松自在。好啊，好啊！"

赵长风这话就把韩加森、高胜强和邙北市其他部委办局的头头脑脑们区别开来了，韩加森和高胜强也听出了其中的意思，心里更是暖洋洋的，觉得当初选择跟着赵市长真是一个最正确的决定。

程苗苗就在那里咯咯地笑了起来，插嘴道："赵市长，在没见到您之前，加森表哥给我交代了很多规矩，又是这个不行，又是那个不许的。可是一见到您，我才知道完全是我加森表哥多虑了。赵市长这么平易近人，哪里会又那么多规矩啊？"

韩加森大为窘迫，他没有想到程苗苗会不按套路出牌，猛地说上这么一句，他狠狠地瞪了程苗苗一眼，红着脸解释道："市长，苗苗她……"

赵长风饶有兴趣地看了程苗苗一眼，伸手阻止韩加森继续说下去，他说："老韩，小程同志说得对啊。我们大家是朋友，在一起就不要讲那么多规矩了吧？"

说话间，礼仪小姐捧着两瓶茅台进来，赵长风瞟了一眼，看到是四十三度的，心中暗笑，明明他对酒没有感觉，偏偏硬要弄出这么一个爱喝四十三度茅台酒的习惯来。不过有了这么一个杜撰出来的习惯也好，最起码身边人知道该怎么做了，不至于无所适从。

韩加森伸手接过酒来，看着礼仪小姐说："小姐，这酒是真的吧？今天可是有大领导在场，做不得假啊！"

礼仪小姐身子微微一欠，彬彬有礼地答道："韩检，您放心好了，我们都是直接从天阳市糖烟酒公司进的货，货真价实。您如果不放心，我可以给您换一瓶。"

韩加森这边已经把酒瓶拧开，倒了一小杯出来尝了一下，点头道："就这一瓶了，不用换了。"

赵长风微笑着看着韩加森的举动，刘俊康不在身边，他也不缺乏人照顾啊。

礼仪小姐就接过酒瓶，为赵长风斟酒，程苗苗在一旁打趣道：“表哥，你真是搞刑侦出身的啊，连喝酒都要检查得这么仔细。”

高胜强笑眯眯地说：“小程，把领导照顾好，是我们这些当下属的应尽的义务嘛。”等礼仪小姐过来为高胜强斟酒的时候，高胜强就低声在礼仪小姐耳边交代了两句，礼仪小姐笑着看了高胜强一眼，点了点头。

说话间，服务员已经开始上菜了。这些菜都是提前点好的，赵长风一过来，自然就上来了。

赵长风端起酒杯，笑着说：“谢谢大家的美意，我先干为敬！”

韩加森满是热切地盯在赵长风的脸上，高高地举起了手里的酒杯，宏声道：“市长，我是个粗人，不会说那些冠冕堂皇的话。今天当着您的面，我大着胆子说一句，市检一定听您的招呼，不打丝毫折扣！”赵长风听了这话，佯怪道：“你这个老韩啊，我可要批评你了，应该是听市委的招呼才对！”

韩加森梗着脖子说：“我老韩只听您的招呼！”

赵长风用手指着韩加森，笑道：“你这个老韩啊，我都不知道该怎么说你才好！”

一旁的高胜强让韩加森抢了个头彩，不甘示弱，一转身从身边的礼仪小姐手里接过一个大号玻璃杯，里面装了足有半斤白酒。这时候大家才明白，原来高胜强是交代礼仪小姐换酒杯去了。

高胜强举着酒杯凑到赵长风的跟前，极其认真地说：“市长，您随意，我干了。”足足半斤酒，他一口气喝进肚里。

根本不需多言，赵长风自然明白了高胜强的“忠心”。

“老高是个痛快人啊！”赵长风一笑，把杯中的酒也干了。

程苗苗也举着一个小酒杯过来凑趣：“赵市长，我不会说话，也不懂规矩，但是看得出来，您今天很高兴，那么就为您今天的高兴干一杯吧！”

赵长风看着程苗苗极似林欣萍的面容，心神恍惚了一下，随即恢复正常，笑着说：“程记者的酒说什么也要喝的。”他的酒杯和程苗苗的一碰，也干了。

放下酒杯，赵长风说：“这一段时间喝酒有点多，今天我们在一起就不要强求了，能喝多少就喝多少吧，尽兴就好。”

高胜强连忙说：“市长，身体要紧，您随意，我和韩检、程记者多喝一些。”

韩加森笑着说：“市长，您可以不喝酒，但还是过一下关吧，热闹一下。您过关，我替你代酒。”

赵长风笑道：“也好，热闹一下。”

程苗苗插言道：“赵市长，你们男人玩的什么划拳我可不会，我只会石头剪子布，轮到我时，用石头剪子布行吗？”

赵长风故作严肃道：“石头剪子布？好像小学二年级以后就没有玩过了。感谢小程的提议，让我们今天有机会重温一下童年的乐趣！”

高胜强和韩加森听了，一阵大笑。程苗苗的俏脸也红扑扑的。

赵长风也笑了起来，伸出手对左边的韩加森说：“老韩，我先过关，就从你这里先来吧。咱俩来什么呢？”

“下级服从上级。市长，您是领导，您说了算。”韩加森毕恭毕敬地说。

赵长风沉吟了一下，说：“压手指吧，见酒过，意思一下就行。”他本来想在这样的场合，可以讲一些笑话，不用比比划划的。但是程苗苗在场，她是韩加森的表妹，赵长风自然不好做这个提议了。

“坚决听从领导指示。”韩加森笑着接了一句，规规矩矩地冲赵长风伸出了大拇指。赵长风回了一个大拇指，两个人变换了两次手势，赵长风顺利地压住了韩加森。韩加森佩服地说：“还是市长厉害啊！”说着举起酒杯把酒干了。

赵长风微微一笑，知道韩加森有意让他。他转过脸看着对面的程苗苗，说道：“程记者，该你了。”

程苗苗早就等不及了，她伸出白嫩的小手说：“市长，一杯酒太少，我也和你来三个酒！”

赵长风看着程苗苗极似林欣萍的脸，笑着说：“小程同志今天是来者不善啊！三个就三个。”

程苗苗眼珠子滴溜溜一转，说道：“我还有一个小要求，不知道赵市长准不准？”

“呵，还有要求啊？”赵长风微微一笑，“说来听听。”

程苗苗抿嘴一笑，说：“赵市长，咱俩来这三个酒，输了不能让别人代喝，都要自己喝完。”说着大胆地看着赵长风。

“苗苗！”韩加森眉头一皱，低叫了一声。

赵长风笑呵呵地说：“小程看来是个巾帼英雄啊！好好，不代就不代，输了就自己喝。”

程苗苗见赵长风同意了，就洋洋得意地看了韩加森一眼，对赵长风说：“赵市长，那么我们开始吧？”说着白嫩的小手握成拳头举了起来。

“好，开始。”赵长风的大手也握了起来。他和程苗苗一起喊道：“石头剪子布！”一瞬间两个人都把手伸了出来，只见赵长风大手依旧握成拳头，程苗苗的两根春葱一般的玉指构成一个可爱的小剪刀。

“呵呵！”高胜强和韩加森同时笑了起来。

“我输了，我喝！”程苗苗端起酒杯，仰起脖子一饮而尽，她白皙光滑的脖子有着美丽的曲线，犹如一只在引颈高歌的白天鹅。赵长风想起，当初林欣萍也曾这样和他在一起喝酒，心中不由得微微一叹。

放下酒杯，程苗苗取了一张纸巾沾拭了樱唇旁的酒迹，就迫不及待地又伸出了手：“赵市长，再来！”

一只古铜色的大手和一只白嫩的小手再次在空中相遇，结果依旧与上次相同，赵长风出了拳头，程苗苗出了剪刀。

程苗苗看了看自己的剪刀，又看了看赵长风的大拳，似乎有些不敢相信，她有些不甘心地说：“赵市长，您真厉害啊！石头剪子布都能玩得这么好！”

“碰巧，碰巧，运气好而已。”赵长风微笑着举起酒杯，对程苗苗说，“小程，第三个就不来了吧？我陪你一杯。”

程苗苗摆了摆手，倔强地说：“赵市长，我才不许您让我呢！说三个就三个，我们来完！”她端起酒杯飞快地喝了第二杯，又举起了粉拳。

这份倔强多么像欣萍啊！赵长风心想，虽然她和欣萍一个热一个冷，但是倔强程度却不分上下。赵长风有些无奈地放下酒杯，说道：“那好，我就陪小程同志来完吧。”

“石头剪子布！”随着喊声，赵长风依旧伸出了拳头，不巧的是，程苗苗却还是出了剪刀。

愣了半天，似乎不敢相信面前的结果，程苗苗忽然皱了皱鼻头，说道："赵市长，您好狡猾哦!"韩加森听了程苗苗不知深浅的话，心头一紧，偷偷看了看赵长风，还好，赵长风依旧笑眯眯的，没有任何不悦的神情。

"您为什么知道我不会变，依旧还出剪刀呢?"程苗苗有些沮丧地问道。

"呵呵，小程，我不知道你变不变，我只知道我是不会变的。"赵长风幽默地说。

程苗苗夸张地"啊"了一声，说道："赵市长，您欺负我是女生。哪有对女生一直用拳头的?"

"小程，算了，第三杯酒不喝了吧。算过了。"赵长风开心地笑了起来。自从他来到邙北市之后，心情还从来没有像今天这样轻松过。平时和他在一起的那些人，话都要在脑海里左考虑右考虑，考虑过之后、说出来之前，还要再在嘴巴里转几个弯最后才敢说出来。对于他们的心思，赵长风也理解，他在上级领导面前，何尝不是如此说话?什么话可以在领导面前讲，什么话永远不能在领导面前讲，分寸要拿捏得恰到好处，不能失礼，更不能犯错误。

可是这样一来，赵长风就失去了很多乐趣，他在工作之外也想放松一下，也希望像普通人一样随心所欲地说话，也想听到身边人对自己说上一些不加掩饰的真话。可是作为邙北市常务副市长，赵长风反而失去了这个权力，一般人能够拥有的自由权利，随着他的官职逐渐上升而被一点一点地剥夺走了，展现在众人面前的已经不是原来的赵长风，而是什么都不能随便的常务副市长。

今天见到了程苗苗，赵长风至少重新享受到以前的一部分乐趣。程苗苗心思单纯，说起话来毫无顾忌，直来直去的，让赵长风感到少有的痛快。

"不!我输了我就喝，才不稀罕您让呢!"程苗苗端起了酒杯，不甘示弱地对赵长风说，"这次算您运气好，待会儿我们继续来过，我就不相信您会一直出石头。"说着小嘴一张，一杯酒又见底。

赵长风饶有兴趣地看了程苗苗一眼，心里忽然生一个奇妙的想法，如果让程苗苗去见林欣萍，不知道一向冷冰冰的林欣萍会不会吓一跳呢?见程苗苗放下了酒杯，赵长风就望向高胜强，笑呵呵地说："老高，别光看着，该咱俩了呢!"

高胜强笑道："市长，我在等您的指示呢！"

结果，高胜强又很"不巧"地输给了赵长风，赵长风竟然过了一个红关。

接下来韩加森和高胜强又过了两关，程苗苗虽然不甘示弱，可是手气却差得要命，又连喝了几杯白酒，就有点支撑不住了。赵长风本来见程苗苗喝酒那么爽快，以为她酒量很好，没想到却是一个酒量很浅的女孩子，只是有点傻大胆而已。于是赵长风就低声对韩加森说，让他安排人把程苗苗送回去。

"苗苗，你先回家吧。我让司机来接你。"韩加森轻声对程苗苗说。

"赵市长，今天真不好意思啊。我喝多了呢！"程苗苗倒是不逞强，她对赵长风歉然一笑。

赵长风呵呵一笑，说："小程，好好回去休息吧。下次喝酒不要这么猛了。"

韩加森这边打了电话，司机过来把程苗苗接走。

赵长风笑呵呵地看着程苗苗的背影，对韩加森说："老韩，你这个表妹很淳朴啊。现在这么心思简单的女孩子不多见了。"

韩加森见赵长风对程苗苗没有恶感，就摇头道："市长，我正发愁呢！苗苗这种性格，在电视台肯定会吃亏的，总像个长不大的孩子。"

"韩检的表妹，有人敢欺负吗？"赵长风幽了韩加森一默，韩加森讪讪地笑着。赵长风的话没有错，以他现在代理检察长的身份，邙北市电视台还真没有人敢欺负程苗苗。

赵长风摸出一根烟塞进嘴里，把烟盒往高胜强面前一推："老高，抽烟。"

高胜强连忙摸出打火机，替赵长风点上，然后才取了一根烟自己点上。

"老高，你对振兴黄金工业有什么想法？"赵长风随口问道。

"无工不富，无农不稳。"高胜强毕恭毕敬地说，"邙北市是工业大市，市长您这一招棋真高！"

赵长风沉吟道："鸡蛋不能都放在一个篮子里，邙北市光把希望寄托在黄金工业上，也很危险啊。这次省政府工作组停了那么多金矿，邙北市的经济立刻吃紧，教训深刻！"

说到这里，赵长风端起茶杯喝了一口水。

高胜强知道赵长风这是在考验他，他站起身来，端起茶壶为赵长风的杯子续了水，坐下来说："其实邙北市可以两条腿走路，邙北市位于三省交界，境内又有陇海铁路和天中高速公路穿过，交通位置非常便利，如果能……"

赵长风已经听到他想听的话了，他打断高胜强的话，感慨道："经委还需要一个强有力的班子啊！"

这句话跳跃很大，高胜强却听出了弦外之音。审计局虽然是一个要害部门，但干的却是得罪人的差事，而且审计局是一个不出政绩的地方，无论审计局局长挖出多少蛀虫，在领导眼里也不会拿这些算做政绩的。相比之下，经委不但权力一点不比审计局小，而且很容易出成绩，只要高胜强好好做一番事业，经济指标就明明白白地摆在领导面前，这让高胜强如何能不动心呢？而且按照政策来说，经委主任和审计局局长虽然都是正科级，但是经委主任却要高上半级。

经委李主任眼看就到了干部管理规定的年限，即使留在经委，也只能担任一个正科级调研员，经委主任职位就空缺出来了，这可是一块人人都盯着的肥肉。高胜强虽然眼热，却根本没想到这个位置会落到自己手里。当然，从审计局局长的岗位走到经委主任的岗位上，这中间有很多工作需要做，尤其要看新任市委书记刘驰的意思，并不是赵长风一个人说了就算的。但是赵长风今天既然暗示了，就说明他有自己的考虑。作为领导，说话是非常谨慎的。如果没有相当的把握，那是一丝口风都不会露出来的。

高胜强眼睛一热，举起酒杯对赵长风说："市长，无论我到什么岗位上工作，都永远是您的老部下！"一仰脖，又是二两白酒吞进了肚子。

"老高，好好干吧！"赵长风笑着举起了酒杯，对韩加森说道："老韩，你也别在一旁看着，来，咱们一起喝一个！"

韩加森心里对高胜强只有羡慕却没有妒忌，他将来把代字去掉，就是副处级干部，比高胜强还高一格呢！他脸上堆着笑，举起了酒杯，对赵长风说道："市长，我和老高一样，永远是您的人！"

邙北市黄金工业整合行动轰轰烈烈地展开了，在赵长风的部署下，对停产的中小型金矿采取了两个措施，一是鼓励手续齐全的中小型金矿联合起来成立股份制企业，进行资源整合和技术改造；二是针对那些没有办理必要手续的金矿，邙北市振兴黄金工业领导小组办公室采用有力措施，把这些金矿清除出邙北市黄金开采市场。

赵长风手里拿着振兴黄金工业领导小组办公室交过来的报表，眉头微微皱了起来，他知道邙北市会有一些金矿手续不全或者干脆没有手续，但是没有想到，这样没有手续的小型金矿数量竟然会达到五六十家，其数量之大，让赵长风非常震惊。这些只有探矿证而没有开采证，甚至连探矿证都没有的小金矿，就像是一只只贪婪的虱子，趴在邙北市肥腴的躯体上，无休止地吸榨着血液。

这些小金矿在榨取邙北市地下资源的同时，却根本不向邙北市缴纳任何税收，甚至连资源税也是分毫不交，这怎么能不让赵长风感到愤怒呢？他庆幸自己先前做的正确决定，正是省环保局联合调查组到了邙北市之后，才一步一步揭开了这个盖子，让这些疯狂攫取邙北市金矿资源、却没有为邙北市财政收入做出任何贡献还无休止地污染着邙北市环境的小金矿暴露出来了。现在赵长风下定决心，要一举铲除这些毒瘤，而清除这些小金矿留下的区域，正好可以引进有实力的投资者开设中型或者大型金矿，对黄金资源进行统一开发，这将会给邙北市的财政收入带来一个显著的增长。

赵长风正在沉思，刘俊康轻手轻脚地领着一个人来到赵长风身旁，轻声说：“李局长过来了。”

“哦。”赵长风抬头一看，正是文化局局长李天羽，他随口说道：“坐吧。”

李天羽满脸堆笑道：“市长，我还是站着吧，整天在办公室坐着，腰都粗了不少。”

赵长风一笑，端起了茶杯：“事情办好了？”

“办好了！”李天羽连忙把手里一个报纸包裹的长方形盒子放在赵长风办公桌上，笑着说，“王老听说让他侄子到电业局上班，当场就写下了这幅字。”

王老是邙北籍的著名书画家，在中央美院当教授，赵长风当然知道王老的鼎鼎大名。前几天他把李天羽叫过来，让他专程到北京一趟，向王老求一幅字画，当然，这一幅字画是需要付出一点代价的。

赵长风打开报纸，里面是一个古色古香的仿红木盒子，打开盒子，里面用黄色丝绸包裹着一个卷轴，中间用红色的丝绳系着。赵长风解开丝绳，打开一看，好一幅大气磅礴的草书。赵长风倒是听说过王老的字画的市场价格，知道这一幅字画价值至少要在两万元以上。

“市长，这里还有王老写字的照片。”李天羽拿出一个信封，递给了赵长风。赵长风取出来一看，正是王老持笔写这幅草书的照片，拍摄的角度极好，把字画的内容和王老的容貌拍得非常清晰。眼下书画市场赝品很多，有了这一张照片，就可以确凿无误地证明这幅字画的确是王老的真迹。

赵长风没有想到李天羽还有这份细腻的心思，不由得抬头微笑着看了他一眼。

“李局长辛苦了。”赵长风笑呵呵地说，“俊康，给李局长泡杯茶。”

“不了，不了！”李天羽知趣地说，“市长，您忙吧。我先回去了，有什么事，您让刘秘书通知我就行。”

李天羽后退了两步，这才转身出去。

“俊康，收起来吧。”赵长风说。

刘俊康应了一声，过来把字画收拾好，放进盒子里，重新用报纸包好。

赵长风抬手看了看手表，对刘俊康说：“你通知一下彭局长，中午吃过饭就出发，让他提前准备一下。”

“我这就去。”刘俊康把字画放进柜子里，回到自己的办公室给黄金管理局的彭局长打电话去了。

下午两点，一辆黑色的桑塔纳离开市政府大院，驶向天中高速公路。刘俊康拿着一张碟放进车载音响，舒缓的音乐轻柔地流淌出来。他从后视镜里看了一眼，赵长风正靠在后座上闭目养神，手指轻轻打着节拍，显然这轻柔的音乐让赵长风极为放松。

在他们后面，跟着一辆黑色的大众轿车，黄金管理局的彭泽明局长就坐在里面。

赵长风这次和彭局长到省城去的目的很简单，就是送礼。送礼的目的也很简单，就是为邙北市拉一个金矿项目。据彭泽明得到的消息，省黄金管理局今年项目经费比较充裕，将会加大对全省金矿勘探开采的力度。但是中原省的黄金大县除了邙北市之外，另外还有两个县，这两个县虽然黄金产量比不上邙北市，但是活动能力却很强，以往省黄金管理局的项目投资多数都被这两个县拉走了。这次借着邙北市小型金矿整改的东风，彭泽明想再次到省黄金局去争取一下，看能不能拉到一个大项目。

以往刘光辉当市长的时候，并不注重这一块，虽然他也是省城里出来的人，但是却不热衷于为邙北市拉项目。这次换了赵长风主持邙北市政府的工作，彭泽明再次向赵长风提出了自己的建议。没想到他的建议被赵长风当即采纳，在对邙北市中小型金矿进行摸底排查之后，赵长风当即决定和彭泽明一起到省城去活动活动。

赵长风这次要活动的部门是省黄金管理局，省黄金管理局负责全省黄金行业的管理职能，其中有两项职能最为赵长风所看重，一个是负责新建黄金企业立项与审批；另一个则是负责全省黄金企业的技术改造项目。这两块都涉及巨额的专项资金，赵长风这次和邙北市黄金局彭泽明局长过来的目的非常明确，至少争取到一个项目的专项资金，如果两个项目都弄到，自然是好上加好，至于活动对象，当然是省黄金管理局的章局长和计财处李处长。

他们到了中州市之后，已经是下午五点半，赵长风先给刘光辉打了一个电话，说他和黄金局的彭局长来省城了，想到党校去看望一下市长，不知道市长啥时候方便。

刘光辉虽然在党校学习，也知道邙北市发生的事，他听说赵长风和黄金局的彭局长到了省城，就明白了他们是来干什么的，于是就说这两天他正好有点事，等忙过这两天，到时候赵长风如果还在中州，就过去看看他，不在中州了就下次再说吧。反正邙北市离中州这么近，赵长风家又在中州，想过来看他还不是有的是机会？

在天阳市驻中州办事处住下，赵长风简单地洗漱了一下，洗去一路的风尘。然后他让刘俊康叫上彭泽明，在办事处自设的饭店里简单吃了饭。看看时间才七点不到，觉得时间还早，就找了个茶楼，和刘俊康、彭泽明一起喝茶。一方面赵长风可以从彭泽明口中得到有关金矿整改的情况，另一方面也是为了打发眼下这一段无聊的时光。

他们要了一壶信阳毛尖，上来后，不待茶艺小姐动手，彭泽明就堆着笑双手捧着茶壶，给赵长风斟了一杯，有些歉然地说："市长，为了邙北市的黄金企业，让您累得不能回家休息，真是很过意不去啊！"

赵长风淡淡一笑道："在其位就要谋其政，刘市长在党校学习，我在邙北市自然要替他把家看好。"

彭泽明偷偷望了赵长风一眼，琢磨不明白赵长风这话究竟是什么涵义。彭泽明是蔡国洪在的时候提拔上来的，也算是蔡国洪的嫡系，这次蔡国洪倒了，彭泽明就有点忧心自己的位置，生怕赵长风找个理由把他拿下。刘驰到邙北市之后，彭泽明有心去走一走刘驰的路子，但是一直找不到机会。本来他可以借着刘驰下来调研的机会接近一下刘驰，表一下忠心，没想到赵长风又开始搞什么金矿整合和技术改造，他这个黄金局的局长当仁不让地担任了振兴黄金工业领导小组办公室主任，在赵长风的直接领导下，这么一来，刘驰选的调研点就暂时避开了黄金局，彭泽明只能心急火燎地眼睁睁看着别的行局的头头脑脑去攀刘驰的门子。这个站队不光是讲究一个方向，还要讲究一个时机。刘驰刚到邙北市担任市委书记，脚跟还没有站稳，这个时候是向刘驰表示忠心的最佳时机。等刘驰脚跟站稳了，身边的心腹多了起来，彭泽明再过去表态，岂不是热脸去贴冷屁股吗？那么究竟该怎么办才好呢？彭泽明一直在心里盘算着这个问题。他甚至在想，是不是走一走赵长风的门路呢？虽然说他是蔡国洪的人，但是毕竟没有和赵长风起过什么大的冲突，这次邙北市金矿整合还对他委以重任，也许，现在是一个机会？

心里存了这样的心思，见赵长风放下了茶杯，彭泽明连忙端起茶壶为他续上水，说道："市长，您这个举措对邙北市黄金行业真是及时雨啊。黄金工业的建设发展和邙北市的环境保护之间一直是一个矛盾，这个问题困扰了邙北市黄金行业多年，谁也没有办法解决。您推出的这个方案从根源上解决了金矿行业发展和环境保护之间的矛盾，邙北市的黄金工业又迎来一个春天啊！"

赵长风矜持地说："这是市政府推出的方案，刘驰书记挂帅，我不过是一个执行者而已。"

彭泽明恭敬地说："市长，群众的眼睛是雪亮的。这个方案究竟是谁制定的，不但我们黄金管理局的干部职工清楚，邙北市的老百姓心中都一清二楚呢！他们都说，赵市长不但给黄金行业创造了一个新的发展契机，更为邙北市百姓带来一方蓝天。还有人给市长您起了个绰号，叫'赵蓝天'。"

“赵蓝天？”赵长风莞尔道，“这个绰号有意思。”

彭泽明见赵长风笑了，心中大喜，正欲乘胜追击，赵长风的手机响了起来，彭泽明连忙知趣地闭上嘴巴。

赵长风打开手机一看号码，是程路同的，就把手机放在耳边，微笑着说：“程哥，你好！我是长风。”

听筒里传来程路同豪爽的笑声：“长风老弟，好啊！有段时间没有和你联系了，大哥我有点想你，你现在不是在邙北市主持工作吗？我打算过去打秋风！”

“好啊！”赵长风笑着说，“随时欢迎程巡到邙北市来视察！”

程路同现在是宁浩市的副巡视员，听赵长风这么说又大笑几声，说道：“长风老弟，你就别打趣我了。对了，和你说件事，过一段时间，我可能真要到邙北市去看你呢！”

“程哥，你和我还这么客气啊？想什么时候来就什么时候来，我随时欢迎！保管让程哥吃好喝好玩好！”赵长风虽然是开玩笑的口吻，语气却很真诚。

“长风老弟，你放心吧，我不会和你客气的！”程路同忽然压低声音说，“我这次是和你说一件事，我的一个老伙计调到天阳市当副市长去了。”

听到这个消息，赵长风心中一喜。虽然他有赵强的关系，但毕竟是隔了一层，有很多事都不方便。邙北市属于天阳市管辖，很多事没有天阳市的支持根本做不成，所以赵长风一直想在天阳市发展一个关系。只是他来到邙北市之后，立刻卷入了与蔡国洪的斗争，斗争刚刚结束，马上又面临邙北市黄金产业的恢复问题，一时间没有空去筹划这件事，现在程路同有个老伙计到天阳市当副市长，对赵长风来说当然是一个好消息，有了这个关系，以后至少不用担心天阳市没有人替他说话了，不用事事都动用赵强的关系。上次他到天阳市市委的时候，虽然组织部部长王大奎向他示好，但是赵长风却觉得王大奎这个人不怎么地道，尤其是在刘驰和蔡国洪的交接大会上，散会之后，王大奎把蔡国洪拉上自己的小车那一幕，给赵长风的印象非常深刻。他觉得王大奎当初在组织部说的那一番话多半是嘴上表一表功劳，真的要靠这个人，恐怕是没谱的事。

不过碍于彭泽明在场，赵长风不方便多说什么，他笑着说："程哥，那好吧。回头有空你到邙北市来，我和老哥哥好好叙叙旧！"

程路同是官油子，如何听不出来赵长风的话？知道赵长风不方便，就笑道："那好，长风老弟，有空再联系吧。"

赵长风挂了电话，瞟了一眼手机上的时间，正好七点半，中央电视台的《新闻联播》已经播完了，再看窗外，已经是华灯初上、万家灯火了。赵长风就拿出电话本，翻到省黄金管理局章局长的电话号码，拨了过去。电话通了之后，赵长风轻声对电话说道："章局长，您好！我是邙北市的赵长风，前两天和您刚联系过。"

"哦，哦，我想起来了。"电话里传来章局长的声音，"赵长风是吧？以前在省机关事务管理局工作，是李局长的老部下，对不对？"

赵长风笑着说："章局长，您记性真好，还记得我。"

"呵呵，小赵，李局长可没少在我面前提起过你，怎么会不记得呢？"章局长打了个哈哈，问道，"怎么，小赵，有什么事吗？"

"章局长，我在省机关事务管理局工作的时候，就没少听人提起过您。后来到邙北市工作后，就听邙北市黄金局的彭局长说，邙北市黄金工业之所以有这么快的发展，都离不开章局长的支持和关心。今天我正好到中州市来办点事，就想登门看望一下您老，向您转达一下邙北市四十多万人民的谢意。不知道章局长您现在方便不？"

"小赵，不要这样客气嘛！你从邙北市大老远过来，我不见你也不好。"章局长说，"也好，你现在过来吧。"

出了茶楼，赵长风让彭局长上了他的车，吩咐司机老邢开往省黄金管理局家属院。进了家属院，穿过前面的普通住宅区，来到后面的干部楼。干部楼其实是十几栋独立的两层小楼，里面住的都是黄金管理局处级以上的干部。处长们是一栋小楼住四家，副厅级以上干部则是一栋小楼住两家。

司机老邢依靠彭局长的指点，来到了一号干部楼，正想停下，彭局长忽然脸色一变，对司机老邢说："老邢师傅，继续往前走，别停。"

赵长风瞟了彭局长一眼，彭局长连忙解释道："市长，我看到秦山县黄金管理局的车也停在一号楼楼下。"

赵长风沉吟了一下，问道：“彭局长，你会不会看错?”

彭泽明摇头道：“绝对不会错，秦山县黄金管理局杜局长开的是一辆红旗轿车，车号是中 E50018，绝对不会错的。”

车一直开到最尽头，选了一个阴影处停了下来。赵长风沉吟着说：“彭局长，秦山县黄金管理局的杜局长也是到章局长家活动的吧?”

彭泽明挠了一下头，说：“盯上省黄金局的项目经费的不光是我们邙北市，秦山县和峰林县都很有实力。不过老杜不一定是到章局长家去活动，一号楼除了章局长之外，省局的谢局长也住在那里。”

赵长风点了点头，推测秦山县的老杜很可能是去谢局长家了，否则他刚才打电话的时候，章局长应该透一点口风呢。

彭泽明向窗外看了两眼，说：“市长，您在这里等一等，我过去探一探情况。”

赵长风就叮嘱道：“彭局长，小心点，不要让他车里的人发现了。”

彭泽明嘿嘿一笑道：“请市长放心!”他推开车门下车，悄悄地走过去。不一会儿工夫，彭泽明转了回来，对赵长风说：“市长，车已经走了。”

赵长风看着彭泽明，彭泽明有点难为情地笑了一下，说道：“我去晚了，正好看到车开走了，没有看到老杜是从哪一个门出来的。”

彭泽明上了车，司机老邢把车开到一号干部楼。刘俊康取了报纸包着的长方形盒子，彭泽明连忙抢着接了过来。

第五章　大路难走小路也要绕着走，束手无策办法总比困难多

印北市黄金工业整顿行动全面展开。为解决历年来开采黄金所造成的污染问题，印北市环保局李局长多次向省环保局申请治污专项资金，却遭到了环保局计财处罗处长的刁难，令他一筹莫展。可转眼间，罗处长却是笑脸相加，态度来了个一百八十度的大转弯……原来是赵长风出手了。

赵长风下了车，彭泽明在前面领着路，往一号楼左边的门洞过去。司机老邢则在刘俊康的指点下，把车溜到一旁的阴影处。

来到门口，彭泽明先侧耳听了听里面的动静，听见是电视剧的声音，并没有人说话，就放下心来，伸手按了一下门铃，闪到一旁。赵长风看着彭泽明熟门熟路地做着这一切，心中暗道，当初彭泽明不知道给蔡国洪送了多少礼。

门打开了，灯光晃得赵长风看不清里面的人，他恭敬地问道："请问章局长在家吗?"

"在!"是一个很稚嫩的女初中生的声音，只是声音中有一股傲气和不耐烦。好在里面随即响起了章局长的声音："是小赵吗？进来吧。"

"章局长，是我。您好吗?"赵长风笑着进了客厅。彭泽明脸上挂着谦卑的笑紧紧跟着走进了客厅。

沙发上坐着一对中年夫妇，男的气度不凡，女的雍容华贵，这就是省黄金管理局一把手章局长和局长妇人陈文娟。刚才为赵长风开门的是一个十三四岁的女孩子，长相极其普通，身穿名牌运动装，脸上满是不耐烦和傲气。

赵长风估计这个女孩子就是章局长的独生女张嘉惠。

“陈大姐好，嘉惠好!”赵长风笑着补了一句。

“好好好。”陈文娟的眼睛紧盯着电视，连头都没有转。张嘉惠用鼻子哼了一声，对章局长说：“爸爸，我上楼做作业了。”对赵长风的话竟然没有一个回应。

章局长站起来，隔着茶几和赵长风握了握手，说：“小赵市长是吧，好好，坐吧。”

赵长风闪了一步，把身后的彭泽明让了出来，介绍道：“章局长，这位是您的老下级，邙北市黄金局局长彭泽明。”

“章局长好!”彭泽明讨好地伸出手来。

“好。”章局长伸出手来，和彭泽明一碰即放，“坐吧，都坐吧。”

赵长风回身大大方方地坐在沙发上。彭泽明挨着赵长风坐下，屁股却不敢坐踏实，只挂着沙发的边沿，侧着身子面向章局长和赵长风，一脸卑微的笑容。

“啥时候到的中州，吃饭了吗?”章局长微笑着问。

“傍晚到的，吃过了。”赵长风恭敬地回答。

“那好，那好。”章局长的目光飘忽了一下，对陈文娟说：“老陈，去给赵市长泡茶。”

“章局长，不用麻烦陈大姐了，我们汇报个情况就走。”赵长风连忙说道。陈文娟本来就懒得起身，听赵长风这么一说，就又坐下不动了。

章局长微微一笑，没再言语，把目光落在赵长风脸上。

赵长风说道：“章局长，为了响应省政府的号召，减少环境污染，整合金矿资源，邙北市黄金局搞了个技术改造项目，为此邙北市政府专门派彭局长过来向省局汇报过。”

章局长的脸色就严肃起来，说道：“我是听说过邙北市黄金局的这个方案。这个方案很好，既解决了黄金企业的生产问题，也解决了黄金企业的污染问题。赵市长今天既然登门来了，那么我就表一个态，省局对邙北市黄金局的技术改造方案是支持的!”顿了一下，章局长又说，“只是省局多数经费都已经安排出去了，剩下的机动经费有限，所以只能从技术上对邙北市进行支持，至于经费，还需要邙北市自行解决。”

彭泽明的心一下子紧张起来。他本来以为赵长风已经托关系和章局长商量过了，可是今天过来一看，根本不是这么一回事。

“章局长，我今天不是来谈经费问题的。”赵长风笑着说，“我是想求您另外一件事。”

“哦？什么事？”章局长倒是有点奇怪了。

“章局长，听说您的书法很好，还是中原省书法协会的会员。”赵长风把话题扯开。

章局长抚了一下大背头，有些自得地笑了起来，显然赵长风这句话挠到了他的痒痒肉上，“我哪里懂得什么书法，不过是喜欢热闹，到书法协会凑个数而已。”

“是这样的，章局长。”赵长风真诚地望着章局长说，“我们邙北市这次通过技术改造和资源整合，准备把一些小型金矿合并成几家大金矿。其中邙北市第二大黄金主产区后河乡准备整合一些小型金矿成立邙北市龙溪金矿。听说章局长的书法很好，所以大着胆子想请章局长为龙溪金矿题写矿名，以代表省黄金管理局对邙北市黄金工业的支持。”

“唉，我那几笔丑字，还有人愿意当招牌啊？”章局长的书法确实有那么两下子，要不然也不会混进中原省书法协会。听了赵长风的要求，章局长心中也很是得意，看来下边的同志消息很灵通嘛，竟然知道他的字写得好，不简单，不简单啊！不过口头上，章局长还是要谦虚一下。

“章局长，您这是谦虚啊！”赵长风笑着说，“李叔叔也是书法爱好者，他眼界很高，能被他推崇的人绝对是一代大家啊。我这次来不是代表我个人，而是代表邙北市四十多万人民，希望章局长不要吝啬墨宝，支持一下邙北市黄金工业的发展！”

“哎呀，长风啊！”章局长被赵长风说得越发心痒，“你这是拿话来挤兑我啊！如果我不答应，就是不支持邙北市黄金工业的发展了？看来，这字不题还不行啊！”

“多谢章局长，多谢章局长！”赵长风笑道，“择日不如撞日，章局长，不如您现在就替我们题了字，我也算了了一桩心事，好回去给邙北市人民交差。”

章局长摇头笑道：“我今天如果不给你题这个字，就要得罪邙北市四十多万人民了。”说着章局长站了起来，“罢了，跟我到书房去吧，省得我以后被你逼债！”

赵长风看了彭泽明一眼，起身跟在章局长后面，彭泽明双手抱着盒子，跟着赵长风随章局长向楼上书房走去。

到了书房，章局长取来宣纸铺在红木书桌上，取出一支大号毛笔，蘸上浓墨，龙飞凤舞地写了“龙溪金矿”四个大字。

“好！”章局长刚写完，赵长风就轰然叫好，“果然闻名不如见面，见面胜似闻名！章局长这几个字写得刚劲有力、大气潇洒，没有三四十年功力怕是很难做到啊！”

章局长微微一笑，说道：“长风，说话不要太夸张哦！我自己的字我自己清楚。”说着他落了款，又打开抽屉，拿出一方印章盖了上去。

“章局长的字就是好啊！”彭泽明在一旁凑趣，“下次我装修新房，一定来请章局长的墨宝回去。”

章局长微微一笑，没有理睬彭泽明。

赵长风站在书桌前，扭头看着章局长的字，口中发出啧啧之声，过了半晌才抬起头来说：“章局长，按照书法界的规矩，题字是需要润笔费的。但章局长是个雅人，我们邙北市如果要送润笔费，怕是污了章局长的眼。但是如果不表示点什么，就把章局长的墨宝拿回去，别人一定又说我们邙北市人民不懂事。”

章局长不知道赵长风葫芦里卖的是什么药，脸上挂着矜持的笑容。

“这样吧，章局长，我正好带了一幅字过来，您先替我掌掌眼吧！”赵长风递了一个眼色给彭泽明。

彭泽明连忙把盒子外面的报纸去掉，打开盒子，拿出卷轴，放在书桌上摊开，章局长的目光一下子被卷轴吸引了。

“王老的字？”章局长又惊又喜，他连忙俯身在上面仔细看了起来，不错，的确是王老的字，笔走如神，力透纸背，再看落款，正是王老的大名。

“好，好，好字啊！真是一幅好字！”章局长的目光在卷轴上流连着，随口问道，“赵市长，王老的字可谓是千金难求啊！你是从什么地方得到的？”

赵长风微微一笑，说道：“章局长，王老是我们邙北市人，上次我到北京出差见到了王老，蒙他厚爱，赠送了我这一幅字。”

说到这里，赵长风对彭泽明说：“彭局长，把照片拿出来让章局长看一看。”

彭泽明连忙又从盒子里拿出一张照片，交到章局长手里。赵长风说：“这张照片是王老题字的时候拍下来的。”

章局长拿到灯下仔细一看，说道：“没错，真的是王老！长风，你好福气啊！你知道不，现在求王老一幅字多难啊！”

赵长风当然知道求王老一幅字有多难，如果不是恰巧王老是邙北市人，如果不是帮王老那个狗屁不通的侄子解决了工作问题，王老恐怕是不会答应写这一幅字的。赵长风心里想着，嘴上却装糊涂：“章局长，王老很热情好客啊，我一开口，他就答应下来了呢！”

章局长却没有心思听赵长风的话，他的注意力都集中在了王老这幅字上，口里喃喃自语，不知道在说些什么。

赵长风看火候差不多了，就靠近章局长轻声说：“章局长，章局长……”

“哦，哦。”章局长这才清醒过来，目光恋恋不舍地从王老的字画上收了回来，口中还不住地感叹道，“稀世佳作，稀世佳作啊！”

赵长风笑着说：“章局长，您给我们题写了‘龙溪金矿’，我正发愁如何解决润笔费呢。既然章局长这么喜欢王老的字，那么我就大着胆子提出一个建议，我就用王老的这幅字来换章局长为龙溪金矿题写的招牌好了。希望章局长不要笑话我们邙北人小气。”

“那怎么敢当啊！”章局长笑道，“我的字如何能和王老的字相比啊？”

“章局长，您和王老的字各有各的妙处。古人曾云，宝剑赠侠士，红粉送佳人。我是书法的门外汉，王老的字这么好，放在我这里如同是牛嚼牡丹，硬是被我糟蹋了。只有放在章局长这样的书法大家手里，才算是物尽其用。王老知道我这样做，心里也一定很高兴自己的作品找到知音，章局长，您就不要推辞了，这在另外一个意义上来讲，也是对王老书法作品的尊重嘛！”

“你啊！”章局长笑了起来，用手指开心地点着赵长风，“这一张嘴还真厉害，如果我要推辞，不就显得我不尊重王老的作品吗？好了，我收下，我收下！”

赵长风上去替章局长把王老的字收起来，用红绸绳系好，放进盒子里。然后他又把章局长题写的那幅字小心地卷好，交给彭泽明：“老彭，你可要好好保管，这可是章局长关心邙北市黄金工业发展的一片心血啊！”

彭泽明会心地一笑，毕恭毕敬地把章局长的字捧在手里。

章局长听着赵长风的话，心里也是感叹后生可畏。他今天接到赵长风的电话，以为对方会一个人过来，没想到赵长风身后还带着一个尾巴，而且这个尾巴彭泽明手里还捧着一个长条形的盒子，这就让章局长心中很犯难。因为按照官场的游戏规则，真心送礼，只能是一个人单独上门拜访，绝对不能带其他人去，否则收礼的人绝对是不敢收的，这明明是一个证人嘛。违背了一对一的原则，这不是授柄于人吗？章局长当时心中非常腻味，只是赵长风是老朋友李恩华局长介绍过来的，还是李恩华的老部下，让章局长无法不应付两句。章局长心里其实已经想好了，如果赵长风敢让彭泽明把礼物呈上来，他会当场严辞拒绝，并狠狠地批评赵长风一顿，然后把他轰走。

可是章局长没有想到，赵长风最后竟然会以这样巧妙的方式来化解这个难题。且不说最后的结果是以字换字，即使没有这两幅字互相交换，章局长收下赵长风送来的字也没有什么问题。书法作品本身就是高雅的，朋友之间互相赠送一两件无可厚非，任谁也扯不到行贿受贿上去。

赵长风见章局长收下了字，此行的目的已经达到，于是就笑着说：“章局长，天色不早了，您忙了一整天，我和老彭就不打扰您了。”

章局长说道：“没关系，再坐坐吧。”

赵长风笑着说：“不了，章局长，不打扰了，要不陈大姐该有意见了。”

章局长呵呵一笑道：“那好，那好，长风，还有老彭，你们下次到了中州，一定要到家里来做客啊！”

章局长陪着赵长风和彭泽明下楼，把他们送到门口，他伸出手握住赵长风的手狠狠地摇了两摇，然后又和彭泽明握了一下手，彭泽明发觉，章局长的大手是那么有力。

赵长风和彭泽明走到路上，司机老邢把小车无声地滑了过来，停在两个人身旁。上了车之后，赵长风这才长长地舒了一口气，说："大功告成!"

彭泽明殷勤地笑道："市长，还是您厉害啊！章局长那么难说话的人，您一出马就搞定了!"

赵长风笑了一笑，没有说话。

彭泽明又问道："市长，计财处李处长那里?"

赵长风沉吟了一下，说："彭局长，我看我就不去了吧？你和李处长比较熟悉，你去就可以了。"

彭泽明心中一喜，口中却为难道："市长，我单独去怕不好吧?"

赵长风拍着彭泽明的肩膀说："彭局长，不要有顾虑嘛！你过去也是为市里争取项目嘛!"顿了一顿，赵长风又小声交代，"老彭，到李处长那里，记得不要提章局长。"

彭泽明连忙说："市长，我知道，我知道。"

车开到四号干部楼，彭泽明推门下车，赵长风又说："老彭，办完事之后打个电话，我让老邢过来接你。"

彭泽明连忙说： "市长，不用了。我办完事之后，打电话让小李过来就好。"

"也好。"赵长风点了点头，"老彭，那我就回去等你的好消息了。"说着挥了挥手，小车就滑了出去。

车开到省政府家属楼楼下，刘俊康抢先下了车，替赵长风拉开车门。赵长风下了车，对刘俊康说："俊康，你和老邢回去吧。明天八点钟过来。"说着迈步向楼道走去。

赵长风上了三楼，伸手就要去按门铃。虽然他带有钥匙，但他还是很享受方佳怡给他开门的感觉。赵长风记得有人曾经说过：家，就是有一个女人在黑夜里点亮一盏灯，静静地等候你的归来。

就在赵长风的手就要碰到门铃的时候，门却忽然打开了，露出一张惊喜的脸："长风!"方佳怡叫着扑到赵长风怀里，两只胳膊紧紧地吊在赵长风的脖子上。

看到方佳怡娇艳的俏脸，赵长风心中一阵悸动，他双手一横，抱起方佳怡娇小的身躯，口中笑道：“佳怡，你怎么知道是我?”

方佳怡嗅着赵长风身上熟悉的气息，再被赵长风这么一抱，不由得手软脚软，她软绵绵地把头靠在赵长风宽大的胸膛上，低声说道：“人家难道还听不出你的脚步声吗?”

赵长风嘿嘿笑着，抱着方佳怡进了屋，转身抬起脚把防盗门钩过来关上，又用身子往后一顶，把橡木门也关上，然后头一低，就把大嘴印到方佳怡娇艳的唇上。方佳怡嘤咛一声，丁香暗吐，小舌已经和赵长风的舌头纠缠在一起。也不知道过了多久，赵长风只觉得两臂一阵阵酸麻，这才从忘我的热吻中清醒过来。他用嘴巴含着方佳怡的小巧可爱近乎透明的耳垂低声说：“乖老婆，你下来吧？老公的胳膊就快要断了呢!”

方佳怡听赵长风说胳膊疼，这才从意乱情迷中清醒过来，她从赵长风的胳膊中挣脱出来，双脚站在地上，嗔怪道：“傻瓜，你怎么不早点把我放下来?”

“嘿嘿，舍不得啊!”赵长风觍着脸说了一句，又要去吻方佳怡。

方佳怡娇笑着躲开，却用小手温柔地为赵长风揉着胳膊，嘴里埋怨道：“都多大的人了，还跟孩子一样!”

赵长风享受着方佳怡温柔的按摩，舒服地呻吟起来，他的手却不老实，从方佳怡的腰间滑过，就去解她的牛仔裤的扣子。

“洗澡去!”方佳怡发现赵长风在干坏事，就推了赵长风一把，不让赵长风的阴谋得逞。

“乖老婆，不洗了，我现在就想要!”赵长风死皮赖脸地要求道。方佳怡看见赵长风可怜巴巴的样子也是一阵心疼，可是原则问题绝对不能放松，她绷着脸说：“一身臭烘烘的，还想要什么？去洗澡!”说着硬着心肠走开，她生怕自己多看赵长风一眼就会心软，答应赵长风的要求。

赵长风哼唧了两声，见方佳怡不搭理他，只好乖乖地到卫生间去。因为半个月没有见佳怡，赵长风憋得辛苦，他心急火燎地冲了一下，就擦干身子换上浴袍走了出来。见方佳怡换了一身睡衣正在拖地，赵长风就一把从后面抱住她，小腹紧紧地贴在方佳怡丰满的臀部上。

“乖老婆，我想死你了!”说着赵长风就一口咬住了方佳怡晶莹剔透的耳垂。

方佳怡嘤咛了一声，红着脸说：“长风，这里是客厅。”

“客厅怎么了？我们又不是没在客厅亲热过。”赵长风理直气壮地说，手却不闲着，从方佳怡的小腹往下探去，伸进睡裤内，正摸到了薄薄的小内裤。

“长风，到，到卧室去吧。”方佳怡扭动着身子。

“不，我等不及了！”赵长风急促地说，口中的热气喷到方佳怡脖颈后面，方佳怡雪白光滑的脖颈就变成了一片潮红色。

赵长风把方佳怡扭转过来，低头吻向她火热的双唇。方佳怡不停地呻吟着，双手紧紧抱住赵长风的脖子。赵长风禁不住迷醉了，他仿佛徜徉在春天的林间，嗅到了百花盛开的芬芳，清新的空气里，飘荡着爱情的气息。赵长风有些眩晕，他伸手往下一拉，把方佳怡的内裤连着睡裤一起脱掉……

第二天一早，赵长风醒来，他睁开眼，看到方佳怡蜷曲在他的怀里，脑袋正枕着他的胳膊，像个孩子一般恬静地睡着。赵长风禁不住笑了起来，想起昨天与方佳怡的亲热，依旧是如梦如幻，心驰神动。方佳怡性格活泼辛辣，但床第之间却温柔如水，简直能把赵长风融化成一摊泥。

正在想着，耳边传来方佳怡的声音：“长风。”赵长风低下头来，见方佳怡正深情地看着他，一脸娇羞。赵长风忍不住笑了起来，方佳怡就是这样，两个人结婚都大半年了，可是方佳怡在他面前总是娇羞得像孩子一般。赵长风低头深情地在方佳怡嘴唇上吻了一下，方佳怡害羞地躲闪，赵长风不由得一阵心动，忍不住又要一场大战，只是想起今天上午还要到省黄金局去，就强把这股心思按捺下来。

见赵长风起床了，方佳怡连忙起来，梳洗一番之后，到厨房煎了三只鸡蛋，热了两杯牛奶，又用微波炉加热了两只馒头，端到餐桌上。赵长风看着方佳怡幸福地忙碌着，心里暖暖的，有妻如此，夫复何求？

吃过早餐，刘俊康已经和司机老邢在楼下等候，赵长风就和方佳怡一起下去，把方佳怡送到中州师范大学后，才往天阳市办事处赶去。

刚进天阳市办事处，就看见彭泽明在门口等候，车还没有听稳，彭泽明已经抢步上前，规规矩矩地立在车前。

赵长风下了车，说道：“彭局长，早啊！”彭泽明连忙说：“市长更早！”赵长风心里一乐，也不知道当初蔡国洪是怎么选的局长。

进了房间，彭泽明就简单地向赵长风汇报了昨天到省黄金局计财处李处长家的情况，因为每逢节假日，邙北市黄金局都要到省局来看望领导，彭泽明和李处长关系还算过得去，昨天送礼的任务顺利完成。

“好啊，完成了就好！”赵长风满意地点了点头，问道，“上午几点我们去见李处长？”

彭泽明恭敬地说：“看市长的安排了，李处长上午都在局里。”

赵长风看了手表，八点十分了，就说：“走吧，现在就去。”

到了省黄金管理局，彭泽明领着赵长风来到了二楼计财处计划科办公室，门开着，里面有四五个年轻人正聊得热闹。彭泽明领着赵长风站在门口，用手在门框上敲了两下，也不见有人搭理，他尴尬地冲赵长风一笑，说道：“市长，省局就是这种作风。”

赵长风在省直机关工作了几年，自然知道省直机关里这些工作人员的作风，他微微一笑，迈步直接走进办公室，彭泽明连忙抢前一步，走到前面，来到几个年轻人身边：“各位领导好。”彭泽明摸出一盒金芒果，脸上堆着殷勤的笑容，挨个敬烟。

几个年轻人笑嘻嘻地收下了香烟，扭头看着彭泽明，故作惊讶地说：“哟，这不是邙北市的彭局长吗？”

彭泽明脸上笑得更加殷勤了，说道：“难得各位领导还记得我，我来给你们介绍一下，这位是我们邙北市的赵市长。”

赵长风站在一旁微笑地看着这几个年轻人。那几个年轻人看着赵长风比他们还年轻，态度还大模大样，不由得哼了一声，根本没有理睬彭泽明的介绍，各自回到了自己的座位上。

彭泽明尴尬地望了赵长风一眼，赵长风微笑着向他示意无妨，让他继续。彭泽明这才放下心来，指着一位三十出头的年轻人为赵长风介绍道：“市长，这位是计划科副主任科员张对洪。”

赵长风上前一步，微笑着伸出手来，说：“张科长好。”

小张大大咧咧地坐在椅子上，懒洋洋地伸出手来和赵长风一握，随口说道：“赵市长吧，你好。”

赵长风心里微微冒火，可是依旧彬彬有礼：“张科长，今天麻烦你了。中午有空，一起吃个便饭吧。”

小张瞟了赵长风一眼，说道：“赵市长，我们中午时间紧，实在是没有空出去吃饭啊。赵市长如果有心请客，随便给个方便面钱好了。”

赵长风心里的火一下就上来了。他在省机关管理事务局工作了那么久，也从来没有见过如此嚣张的工作人员，竟然公开索贿。不过大局为重，为了邙北市黄金整改项目，赵长风还是强压下了火气，递了一个眼神给彭泽明。

彭泽明立刻打开自己的手包，拿出几个信封，挨个放到几个工作人员的办公桌上，嘴里说道：“几位领导既然忙，没空出去吃饭，那么这一点小意思就请收下，算是给我们赵市长一个面子吧！”

几个工作人员相视一笑，虽然没有去动那个信封，但是也没有拒绝彭泽明。小张的脸上立刻换上一副笑容，说道：“赵市长、彭局长，你们这是干什么？我不过是开玩笑随便一说，你们倒是来真的了。这怎么好意思呢？”说着伸手捏了捏红包，根据厚度来判断，里面应该是一千元钱，他的笑容就更加灿烂了。

彭泽明趁热打铁，笑着说：“张科长，那我们邙北市黄金管理局的申请书，你看……”

“我这就盖章，交给我们刘科长。”小张笑着站起来去文件柜里找邙北市黄金局的计划申请书。

这时，对面的工作人员看到赵长风和彭泽明还站在那里，就用手指了指旁边的椅子，说声：“坐吧。”然后起身端着茶杯去接水。彭泽明喜笑颜开地向工作人员点了点头，拉着赵长风坐在椅子上。他见赵长风眉头微蹙，知道赵长风心里不爽，就小声解释道：“市长，省局就是这种作风，我们这种待遇还算好的。我曾经见过一次三河市黄金管理局局长陪他们市长来黄金局审批项目，就是被这个小张骂得狗血喷头。三河市王市长怎么说也是正厅级干部，唉……”

赵长风微微摇了摇头，他知道无力改变这种情况，即使做通上边的工作，下边这些工作人员硬卡着不盖章，他们也没有办法，一个项目需要十多个章甚至几十个章，不可能每个环节都找上边去疏通吧？在现行的体制下，连一个小小的科员都这么牛。

小张这边取了计划申请书过来，签上名，盖好章，递给了彭泽明，也许是刚才那个厚信封起了作用，小张低声说："彭局长，你动作要抓紧啊，很多地方局都盯着这一块呢！"

彭泽明点头哈腰地说："谢谢张科长。"然后又诡秘地笑道，"张科长，有时间了下去视察一下工作，不要总高高在上嘛！"

小张摸了一下油光滑亮的头发，会心地一笑，说："呵呵，到时候就怕彭局长嫌我们去打秋风了。"

拿着计划申请书来到对面科长办公室，门虚掩着，彭泽明轻轻敲了敲门，见里面毫无动静，又敲了一敲，里面才传来一个不耐烦的声音："找谁？"

彭泽明小心翼翼地推开门道："刘科长，是我，老彭啊！"赵长风在后面看着彭泽明卑躬屈膝的样子，心中又是一叹，幸亏是彭泽明打头阵，如果这件事让他跑，恐怕他是放不下这个架子的。想到这里，赵长风不禁对彭泽明产生了一分好感，觉得他虽然是蔡国洪提拔上来的人，但是能为了邙北市黄金工业生产如此委屈自己，也算得上尽心尽力了。

"有事？"刘科长目光不耐烦地扫了彭泽明和赵长风一眼，目光又聚精会神地落在电脑屏幕上。

彭泽明正想回答，赵长风却瞥见几个人正簇拥着章局长走了过来，于是就迎了上去，微笑着招呼道："章局长，您好！"

章局长一看是赵长风，也笑着说："长风，你怎么在这里？"不待赵长风回答，章局长就指着赵长风为身边的几个人介绍："邙北市市长赵长风，省机关事务管理局下去的干部，很有前途啊！"

旁边几个人看赵长风的眼神就不一样了，章局长平时眼高于顶，下边过来跑项目的干部，能得到章局长这样夸奖的可是少见啊。

赵长风就笑道："章局长，您这样夸我，我可承受不起。邙北是一个小地方，哪里比得上省黄金管理局有前途呢。您要是不嫌弃，我倒是愿意调到您的手下听您的领导呢！"

章局长哈哈大笑道："好你个赵长风，还真的学会将我的军了。到时候真把你调到黄金局来，可莫要哭鼻子哦！”言语之间和赵长风甚是亲热。

章局长身边几个人心头一紧，看向赵长风的目光就多了一层含义。谁知道这个赵长风说的话是真的还是假的，如果真的在下面混不下去了，想调到省黄金局来，那么谁又该为他腾位子呢？

这时旁边传来一个怯生生的声音：“章局长。”原来是计划科刘科长，他刚才听到章局长的声音，连忙跑了出来，毕恭毕敬地站在彭泽明旁边，殷切地望着章局长，希望自己能够引起章局长的一丝注意。可是章局长的目光只是飘忽地在他脸上一扫，根本没有做丝毫停留，刘科长可不想错过这个机会，就大着胆子打了个招呼。

“小刘，哦，哦，好好。”章局长的目光在刘科长脸上一扫，又移了开去，落在赵长风身上：“长风，我这边还有个会。有时间到我办公室去坐坐啊。”

赵长风恭敬地笑道：“章局长，那您忙。”

章局长威严地点了点头，在身边几个人的簇拥下向里面走去。

赵长风转过身来，正看到刘科长一张灿烂如向日葵一般的笑脸，他问道：“彭局长，这位是……”

彭泽明连忙介绍道：“刘科长，这位是我们邙北市的市长赵长风。”

“赵市长，您好您好，刚才多有怠慢！”刘科长热情地伸出双手。

赵长风也微笑着伸出手来：“刘科长公务繁忙，打扰了。很不好意思！”

刘科长双手握住赵长风的手用力摇了几摇，殷勤地把他让进了办公室。

“赵市长、彭局长，请坐。”刘科长张罗着就要为他们泡茶。彭泽明何曾享受过如此的待遇？他正要阻止，却见赵长风不客气地靠在沙发上，心里微微一动，也就坐在那里没动。

刘科长本来是想让对面办公室的小何过来泡茶，可是转念一想，自己亲自为赵长风和彭泽明泡上了两杯茶，然后就坐在一旁的沙发上。

“刘科长，抽烟。”赵长风从手包里摸出一盒软中华，打开，磕出一根烟，让给刘科长，然后又扔了一根给彭泽明。

刘科长双手接过香烟，塞到嘴里，摸出打火机，抬起身子双手捧着就要为赵长风点烟，却见彭泽明早已拿出打火机为赵长风点着了。刘科长就坐了回去，自己点着烟，抽了一口，说了一句：“好烟。”

赵长风淡淡一笑，看了彭泽明一眼。彭泽明心领神会，打开手包，摸出一张烟票双手捧给刘科长：“刘科长，这是戴维斯超市的烟票。”

烟票是中州市的一个新生事物，相当于购物卡，一般由具有一定实力和规模的超市开具，上面写明什么香烟多少条。和购物卡不同的是，这些烟票可以领取香烟，也可以退换为现金，只不过超市要收取一定的手续费。这比起直接送钱来，就更有技巧了。朋友之间，送两条烟抽抽，很正常啊。收受的人心里也很坦然：不就是几条烟嘛？拿就拿了，又不是钱，怕什么？

刘科长接过来一看，上面写着软中华四条，心里一喜，口中却推辞道：“赵市长，这不好吧？”

赵长风淡淡地笑道：“刘科长太见外了吧？听老彭说，你为邙北市黄金局解决了不少难题呢！邙北是小地方，不知道该如何感谢刘科长，只好送刘科长两条烟抽抽，如果刘科长连这个都不收，就太不够意思了吧？”

刘科长想要收下，又想起刚才章局长和赵长风的亲热情形，心中有些忐忑，就把烟票推出去，说道：“赵市长，这个烟票你们还是收回去吧。放心，事情我一定会给你们办的。”

“哎，这怎么能行？”赵长风拿着烟票塞进了刘科长手里，说：“刘科长为我们邙北市办了那么多事，抽两条烟又算什么？”

刘科长呵呵一笑道：“赵市长这么说，我真是却之不恭，受之有愧了。”然后他扭头对彭泽明说：“彭局长，还是为邙北市黄金局的技术改造项目来的吧？”

彭泽明拿着计划书捧到刘科长面前，笑着说：“是啊。已经过了小张的初审了，请刘科长审核。”

有了这次和章局长的偶遇，赵长风和彭泽明在省黄金管理局的事情非常顺利，一上午就把十多个章盖好了，送到了计财处李处长的办公室桌上。虽然李处长口口声声说项目最后能不能通过局里的审批取决于上层领导，但是赵长风知道，只要李处长能把邙北市黄金局的计划申请书送到主管局长的案头就行了，其余的事情，章局长会帮他们解决的。

赵长风本来想请李处长吃午饭，不想李处长临时有事，就推了下来。这对赵长风来说是一个解脱，他正好可以回去陪老泰山方振华吃饭，顺便听一下老泰山的教诲。

出了省黄金局的大门，赵长风这才发现天阴沉沉的，早上还是阳光明媚，没有想到在省黄金局泡了一上午，天就变了。不过阴霾的天气丝毫不影响赵长风的心情，想到事情办得这么顺利，中午还能和方佳怡一起陪方振华吃饭，他不由得开心地笑了起来。

彭泽明期期艾艾地望着赵长风说："市长，那我们……"

"老彭，事情已经办妥，时间怎么安排你就随意吧。"赵长风微笑着说。按照计划，他们是明天下午返回邙北市，可是事情出奇顺利，今天上午就解决了战斗。这其中的决窍就在于赵长风搞定了章局长，章局长在省黄金局是说一不二的，三个副局长基本是摆设，几乎没有人敢挑战他的权威。他对赵长风的亲热劲别人都看到了，谁会这么傻，去给赵长风脸色看，这不是明摆着要触章局长的霉头吗？

"那我正好在中州办一点事，明天再回去吧。"彭泽明小心翼翼地望着赵长风，他是蔡国洪的人，生怕这时候被抓住一点把柄。

"老彭，我说了，你随意。"赵长风笑着挥了挥手，"只要搞好了工作，其他事情没有必要事事都请示嘛！"

司机老邢把桑塔纳开过来，刘俊康过来打开车门，护着赵长风上了车。车子走出好远后，赵长风还能从后视镜里看到彭泽明身子站得笔直，冲着他殷勤地挥手。

下午一点半，吃过午饭，赵长风和方佳怡一起离开省军区家属院。虽然吃饭的时候方振华没少批评赵长风，但是赵长风心情还是不错，他看得出来，方振华是真心关心他的。只是老泰山过于谨慎，一直觉得赵长风的仕途太顺了，说这不是什么好现象。方振华还举出不少官场上的例子，什么某某某年少得志，结果如何如何；某某某少年有为，结果又如何如何。赵长风虽然觉得方振华说这些话有些多余，但还是恭谨地听着。毕竟吸取一些经验教训不是什么坏事。倒是最后方佳怡不高兴了，撅着嘴说道："爸，我和长风是来看您的，不是来听您上政治课的。如果您想上课，赶快搬到邙北市去，和长风住在一起，当长风的家庭教师，也好天天给他上课。"方振华见小丫头不高兴了，这才悻悻作罢。

出了门，方佳怡犹自有些不满，赵长风笑着说：“佳怡，老爷子退休了，寂寞啊！天雷哥在外边当了参谋长，我又在下边，没有人陪他说话，难得见我一次，自然话多一些。你怎么就不能体谅老爷子的心情?”

方佳怡白了赵长风一眼，嗔怪道：“赵长风，我看你对咱爸比对我还好呢！你这么一说，倒好像我成了外人。要不你以后不要回家了，搬到这里跟咱爸一起过好了！”话虽如此，她心里却甜丝丝的。

一阵冷风吹来，方佳怡禁不住打了一个寒战，天空中已经淅淅沥沥地开始下雨了。雨点打到身上冰凉冰凉的。

赵长风连忙脱下自己的外衣，要为方佳怡披上，方佳怡一把推开他，说道：“假殷勤！谁稀罕！你还是自己穿上吧！上车就不冷了！”

赵长风嘿嘿一笑，硬是给方佳怡披上，司机老邢就把车开了过来，打了一把伞过来，打开车门，护着方佳怡和赵长风上了车。

车刚驶出军区大院，手机就响了起来，刘俊康接了手机哦了两声，捂住手机，轻声说：“市长，环保局李局长的电话。”

赵长风知道，李局长到中州市来已经有一周时间了。他来中州市主要是向省环保局申请治污专项资金。因为邙北市黄金工业进行技术改造只能保证以后不再污染，但是以前所造成的污染究竟该如何治理却是一个大问题。邙北市以前不重视环保，环保局的预算本来就有限，加上最近很多金矿停产整顿，邙北市财政收入大受影响，有点捉襟见肘，赵长风即使重视环保工作，但在这种情况下也拨不出更多的资金，只有让李局长到省环保局来申请省环境治理专项资金。李局长本来想请赵长风一起过来的，但是赵长风一口回绝了，倒不是他厚此薄彼，而是赵长风觉得有必要给李局长一点颜色看看，当初如果不是环保局没有很好地履行环保监管职责，邙北市的环境又如何会恶化到这个地步？自己酿造的后果自己来承担，李局长来省环保局受受敲打，接受一下教育也好。

赵长风沉吟了一下，伸手从刘俊康手里接过电话。

“李局长，我是赵长风。”赵长风语气里透着一股严肃。

“市长，听说您在中州。”李局长小心翼翼地说。

“嗯!”赵长风用鼻子哼了一句。

“市长，晚上您有空吗？我请了省局的罗处长一起吃饭。”李局长硬着头皮说，他听声音就知道赵长风不待见他。

“晚上我已经有了安排了。”赵长风冷冰冰地说，“罗处长那里你就帮我道个歉。”说着就要挂断电话。

李局长连忙抢着说：“市长，您别挂电话，听我再说几句好吗?”

赵长风停顿了几秒钟才说：“好吧，我这边还有事。你长话短说。”

“谢谢市长，谢谢市长。”李局长连忙抓住这个机会，小声地说了起来。

说实话，这个时候让李局长到省环保局来跑治污专项资金，任务难度用艰巨两个字来形容一点都不过分。表面上的理由就是，邙北市的大小金矿的关停是主管环境保护工作的武卫平省长下令的，大家都知道武省长嫉恶如仇，对邙北市乱搞一气意见很大，这个时候谁还敢为邙北市去申请治污专项资金?

其实内在的理由是，治污专项资金是一块肥肉，下面地市要想从这块肥肉上割一块肥油下来，没有点表示是根本不可能的。但是去年十一月省环保联合调查组到邙北市去调查，收受金矿老板好处费的事弄得沸沸扬扬、路人皆知，省环境监测总站的副站长陶向强和省政府办公厅综合处副处长张洪鑫差点因为这件事翻身落马。

有了这样的前车之鉴，谁还会在这个时候去接受邙北市的表示？这不是顶风作案，拿自己的政治前途开玩笑吗？所以李局长在省环保局跑了一周，受尽了白眼。他也不知道花了多大代价，才托了人说动环保局计财处的罗处长出来吃饭。但是李局长知道，罗处长出来也仅仅是吃个饭而已，如果不动用其他关系，赵市长交给他的到省环保局拉治污专项资金的任务怕是要泡汤了。

中午的时候，李局长给彭泽明打电话，知道赵市长出马，轻松地搞定了省黄金局的技术改造项目专项资金，不由得心里一动，何不趁着赵市长还在中州市，让赵市长出马呢？毕竟赵市长是省直机关下去的人，由他亲自出马，不但规格高，而且更有把握说服省环保局的罗处长。当然，即使说服不了，事后赵市长也不好再找他的麻烦。既然赵长风亲自出面都没有搞定罗处长，那么又怎么好意思来批评他呢?

当然，李局长自然不能把心里的小算盘说给赵长风听，他只是一遍又一遍地陈述着这一周时间内在省环保局遇到的各种困难，遭受到的各种冷眼。他说道：“市长，省局的人牛得很啊！很多人就明着对我说，不要再跑了，邙北市还想从省局拉到治污专项资金？做梦！”

赵长风虽然不喜欢李局长，但是听到省环保局有人这样说邙北市，心里也是来气。俗话说打狗也要看主人，李局长好歹也是我赵长风的部下。更让赵长风受不了的是，如果省环保局针对的是李局长个人也好，偏偏又拉上了整个邙北市。赵长风即使心胸再宽广，也不能容忍别人如此诋毁邙北市。赵长风本来想问一下是谁说的这话，后来想了一想，又忍住了，如果问出这句话，岂不是显得他的格局和说这混账话的人一样小吗？他倒没有怀疑李局长是编造出来这话来激将他，李局长好歹也是一个行局一把手，还不会犯下如此愚蠢的错误。

“李局长，你就做做梦给他们看看嘛！”赵长风淡然道。

李局长心中一喜，知道赵市长放缓了口气，连忙说道：“我一定会执行市长的指示，做个好梦给那些家伙们看看！”顿了一顿，李局长又说，“市长，那晚上……”

“看情况，看情况吧。”赵长风打了个哈哈，“有时间的话，我会让小刘通知你的。”赵长风挂断了电话，把手机递给了刘俊康。

方佳怡在一旁撅着嘴说：“晚上又要出去？真是的，连回个家也不让人消停。”

赵长风本想柔声相劝，可是又碍于刘俊康、老邢在眼前，只好笑了一下，闭上了嘴巴。

到了楼前，刘俊康打开车门，侧立在一边撑起了雨伞。赵长风下了车，却感觉脚下一滑，原来地上已经结了一层薄薄的冰，雨水从天空落下，到地上不久便结了薄冰，眼看要到二月底了，竟然迎来一场冻雨。

回到家里，赵长风做的第一件事就是打开暖气阀门。北方的供暖是从十一月十五日开始到次年的三月十五日。在这期间，即使是气温超过二十度，供暖企业的大锅炉也会开足马力全力供暖。昨天气温高，赵长风晚上睡觉的时候，即使把所有的窗户都打开，依旧是燥热无比，最后只好关了暖气阀门，再关了窗户，才能安然入睡。可是转眼之间，气温又急剧降低，赵长风不得不再次打开暖气阀门，屋里的温度才慢慢升了上来。

赵长风脱掉外套，心里还在琢磨晚上要去见省环保局罗处长的事。事情到了这个地步，他必须争一口气，即使困难再大，也必须把省环保局治污专项资金争取回来。实在不行，只有动用武省长了，武省长分管着环保局，批一点环保资金应该没有什么问题，况且武省长也亲眼看到了邙北市大龙溪污染触目惊心的状况，这么严重的情况如果单单靠邙北市自筹资金去治理，显然力有未逮。不过在此之前，他必须搞定罗处长，首先要把项目报上去才行。

想到这里，赵长风就拿出电话本，打了几个电话，看看有没有人了解罗处长的底细，可惜找了几个人都不甚了了。赵长风这时候忽然想起一个人，就是省直机关事务管理局人事处的张倩，年前的时候，张倩调任省人事厅任副科长了，赵长风还专门过去给张倩送过邙北市的土特产呢，这种事找张倩打听显然要方便得多。

赵长风就翻到张倩的电话，打了过去。接到赵长风的电话，张倩不由得又惊又喜。一听赵长风问她了不了解省环保局的罗处长，张倩就咯咯地笑了起来，说她不了解，有人了解。想了解省直机关某个中层干部的底细，还有比人事厅更好的地方吗？

挂了电话，张倩就去打听了一下，工夫不大，就打听清楚了，给赵长风回了过去。赵长风弄清了罗处长的底细，其中有一条还与他相关，就是罗处长和赵长风是同一期扶贫干部，下乡挂职扶贫。

赵长风又琢磨了一下罗处长的情况，按照目前的状况来说，送礼是肯定不行的，再贵重的礼罗处长都不敢收。那么单靠他过去作陪，想拿下罗处长，恐怕是相当困难。看来，需要动用一下关系了。

赵长风拿着电话，拨通了一个号码，轻声说：“请问张处长在吗？”

电话里传来一个冷漠的声音：“我是张洪鑫，你是哪里？”

赵长风笑了起来，说道：“张哥，是我，长风，赵长风。”

“噢，长风老弟啊！”张洪鑫的声音立刻热情起来，“你好你好！你在哪里呢？”

“张哥，我在中州呢！”赵长风笑着说，“好久没见张哥了，有点想你呢！

晚上想请张哥吃个便饭，不知道张哥肯不肯赏脸啊？”

张洪鑫哈哈大笑道：“长风老弟，你太客气了。到了中州，你就是客人，说什么也得让当哥的请客，对不对？你也别跟我争了，今天晚上我来安排。”

赵长风连忙说：“张哥，我已经安排好了呢！今天晚上除了你之外，我还请了省环保局计财处的罗处长。”

张洪鑫心里本来惴惴不安，不知道赵长风请他干什么。这时候一听说有省环保局计财处的罗处长，心里一下就踏实了。上次在邙北市，他欠赵长风那么大一个人情，总是要还的，张洪鑫只是希望还的时候代价不要太大。这次赵长风过来找他，张洪鑫明白一定是有什么事托他办。张洪鑫心里就有点紧张，生怕赵长风提出什么难办的事，他解决不了。此时一听是省环保局计财处的罗处长，张洪鑫心里就有底了。省环保局正是武卫平分管的单位，他作为武卫平的大秘，对武卫平自然有着相当的影响力。所以由他出马，罗处长必定会给他几分面子的。

“呵呵，原来还约了老罗啊？好好，那我就给老罗打个电话，今天晚上就让他安排了！”张洪鑫的口气一下子粗了起来。

“张哥，还是我来安排吧！”赵长风笑道，“我好歹也是一个县级市的父母官，怎么好意思来省城白吃白喝？张哥就给我几分薄面吧。”

张洪鑫呵呵一笑道：“那好，那好。既然长风老弟安排妥了，那就这么定吧。下次长风老弟可不能再这样了啊！好歹也给我这个当哥的一个机会嘛！”

酒宴安排在中州国贸饭店，这是今年中州市新开张的一家五星级酒店，也是中州市唯一一家五星级酒店，让中州市老牌的四星级酒店国际大饭店相形见绌。

晚上七点，司机把罗处长送到国贸饭店门口，罗处长下了车，李局长脸上堆着热切的笑容，大老远就伸出双手迎了上来：“罗处长，您好您好！”

罗处长的手和李局长一碰既收，冷淡地说：“老李，好。”然后看了看李局长身后，有些不悦地问道，“老李，不是说你们赵市长要过来吗？”

李局长连忙赔着笑说：“赵市长还要去接个客人，马上就来。”罗处长的脸就阴沉了下来，要不是李局长这次托的人和他关系密切，他几乎要转身就走呢！

李局长在前面领路，来到七楼中餐厅，进了包厢，赔着小心把罗处长让到主位上。罗处长也不客气，大马金刀地坐下，又皱着眉头看了看手表，问道："老李，怎么搞的？不是说七点吗？你们下边的人办事都是这样的作风吗？"

李局长心中暗暗叫苦，只好偷偷出来打电话给刘俊康，问赵市长到什么地方了。刘俊康低声说："已经上楼了，马上就到。"

李局长得了准信，连忙回到包厢，对罗处长说："赵市长在电梯里，马上就到。"

罗处长哼了一声，没有言语。李局长看着罗处长的脸色，心中微微一叹。赵市长这次是怎么了？答应来了偏偏又迟到，罗处长本来对邙北市就不感冒，看来这次是没有戏喽！

正想着，服务员已经把包厢门打开，赵长风笑着把一个人让了进来。李局长眼尖，一下子认出来这个人是省政府办公厅综合六处的张洪鑫处长，上次在邙北市检查工作的时候，李局长就被张洪鑫骂得狗血喷头，自然对这个手握重权的省政府办公厅综合处处长印象深刻。

罗处长听到门响，知道是邙北市的赵市长过来了，他恼怒赵长风不给他面子，就点燃一支烟抽着，眼皮向下，看也不看门口，稳如泰山地坐着。

张洪鑫跟随赵长风进了包厢，看到罗处长大模大样坐在那里喷云吐雾，也不抬头，心里生气，正要说话，赵长风却轻轻碰了他一下，抢先开口道："罗处长，你好你好，劳你久等了！"说着他迈步到酒桌前，热情地伸出了双手。

罗处长眼皮也没有抬，端起茶杯喝了一口，不理睬赵长风伸过来的双手，故意装着糊涂，扭头问李局长道："李局长，这位是……"

李局长见到张洪鑫出马，心中笃定，这时候见罗处长还在装傻卖乖，暗自好笑，口中却愈发恭敬："罗处长，这是我们赵市长。"

罗处长这才把目光移到赵长风脸上，恍然大悟道："赵市长吗？幸会幸会。"他口中这么说着，身子却坐在原地没有动，只是把手抬了起来，和赵长风的手一沾即放。

赵长风笑呵呵地说：“罗处长，我怕你今天晚上不能尽兴，所以又请了一位朋友过来作陪。来为你介绍一下，这位是张处长。”赵长风故意含糊地介绍。

什么张处长李处长，请谁过来也不管用！罗处长听说赵长风亲自过去请张处长过来，心里愈发恼火，感到自己不受尊重。他坐在那里依旧不动，说道：“张处长，幸会幸会。”这才把目光移到张洪鑫脸上。

“啊，张、张处长？”罗处长吓了一跳，没想到竟然是省政府办公厅综合六处的副处长张洪鑫。张洪鑫是武省长跟前的红人，连局长大人都要看张洪鑫的脸色行事，更何况他一个小小的计财处处长呢？罗处长一下子站了起来，他满脸通红，伸出双手说：“张处长，您怎么来了？也不给我一个电话，我好过去接您。”

张洪鑫刚才看了罗处长的嘴脸，心中厌恶。不过他城府极深，自然不会表现出来，只是淡淡地说：“怎么敢劳动罗处长？有赵老弟去接我就好了。”说着还亲热地拍了拍赵长风的肩膀。

罗处长隐约听说过张洪鑫和环境监测总站副站长陶向强在邙北市吃过亏。本来以为张洪鑫一定对邙北市的干部非常憎恶，可是却没想到，张洪鑫和邙北市的赵市长关系这么密切，已经到了称兄道弟的地步。他心中暗暗叫苦，早知道张洪鑫和这个赵市长关系这么好，他无论如何也不敢拿这个架子啊。

不过罗处长也是在机关里厮混了很久的人，自然不会在意眼前的尴尬，他立刻换上一副亲热的笑脸，说道：“李局长，你瞒我瞒得好苦啊！你们赵市长和张处长关系这么铁，却不告诉我一声，待会儿一定要罚酒三杯哦!”说着又连忙把主位让开，对张洪鑫说：“张处长，来，请上座。”张洪鑫虽然是综合六处副处长，但级别却是正处级，和罗处长平级。罗处长是计财处处长，虽然是环保局最炙手可热的正处级干部，可是和副省长武卫平身边的红人张洪鑫一比，却又差了很远，张洪鑫到场了，罗处长自然不敢再坐主位。

张洪鑫淡淡地说：“罗处长，何必客气呢？今天赵老弟是请你，你是主客，自然要坐这个位置。”

罗处长又怎么敢在张洪鑫面前称大？他想硬拉着张洪鑫坐到主位上，但是却又没有这个胆子，只好求饶似地对赵长风说：“赵市长，您看……”

赵长风年龄比罗处长小十来岁，听罗处长竟然用上了尊称，实在不好意思让他为难。再说事情还需要靠罗处长来解决，也就伸手拉着张洪鑫说：“张哥，既然罗处长这么谦虚，你就别客气了。”说着把张洪鑫按到了主位上。

大家各自落座之后，赵长风从手包里拿出一盒软中华开始让烟，又在张洪鑫和罗处长面前各放了一盒。赵长风摸出打火机，探过身来给罗处长点烟，罗处长还要推让，赵长风执意不肯，一定要为他点上。罗处长偷眼看了张洪鑫一眼，见他正低头喝茶，似乎没有不悦的神情，这才就着赵长风的火点燃了烟。

赵长风把打火机收起来，忽然“咦”了一声，盯着罗处长看了半天。罗处长愣了，不知道赵长风在看什么。赵长风忽然激动地说：“罗处长，罗光彩。”

罗处长点了点头，怔怔地说：“赵市长，是啊，我是叫罗光彩。”

赵长风拍着脑袋说：“罗处长，怪不得我看你这么面熟呢！几年前你是不是参加了省直机关干部扶贫工作?”

罗处长又点了点头，说：“对啊！我是下去扶贫了一年呢！”

赵长风哈哈大笑道：“罗处长，我说呢！一看见你就这么熟悉。我当时也参加了省直机关扶贫团，我们俩还在一个桌上吃过饭呢！”赵长风这一句话为的就是和罗处长拉近关系。刚才张洪鑫太冷淡罗处长了，现在赵长风把关系拉近一些，正好给罗处长一个台阶。

“哦，是啊，是啊，赵市长，我也想起来了！”罗处长也是个机灵人，虽然他还很困惑，但是表面上却装作和赵长风很熟悉的样子，“当时我们俩连碰了三杯呢！赵市长真是好酒量啊！”

话说到这里，大家就打成了一片，自然而然地开始喝酒。酒桌上有个规律，就是一开始不着边际；三分酒意，引上正题；六分意思，称兄道弟；到了八分，你我不分；酒到十分，你中有我，我中有你。

赵长风举着酒杯对罗处长说：“罗处长，我来敬你一杯酒。那年到现在，六年了，我再次目睹了老大哥的风采，这是缘分啊！老大哥，我先干为敬！”说着赵长风一仰脖，杯中酒一饮而尽。

罗处长心里也是激动，他一直想寻路子和张洪鑫套近乎却套不上，没想到今天为了一个邙北市的治污项目，竟然和张洪鑫坐在一个桌子上喝酒，说起来还真的要感谢邙北市这个年轻市长呢！

“是缘分呢！”罗处长笑着说，“赵老弟的风采依旧不减当年！”说着也一口把酒干了。

赵长风伸手示意服务员过去为罗处长加满酒，又看着服务员把自己的酒杯加满，他又端起杯来，说：“罗处长，我这次从邙北市到省城来，希望省直机关的领导们多多支持。罗大哥，我再敬你一杯。”

罗处长连忙摆手道：“赵老弟，就别笑话我了。张处长才是真正的领导。”

赵长风梗着脖子说：“罗大哥，你和张处长都是在省直机关，你们俩都是我的领导！来，来，喝了！”赵长风仰脖又把杯中酒喝完，看着罗处长把酒也喝了。

李局长在一旁看着赵长风，眼里就多了一些佩服，觉得省里空降的干部就是不一样，有水平。

赵长风满了第三杯酒，举起来说：“罗处长，这第三杯酒，是敬你对邙北市治污项目的支持和关心。省环保局一直很关心邙北市的环保事业，作为邙北市市长，我很感激，今天我就代表邙北市政府敬罗处长一杯。”

罗处长虽然级别比赵长风高上半级，但赵长风是在下面主持政府工作的一方大员，远非他这种省直机关的小吏可比的，赵长风接连敬他三杯酒，理由一个比一个冠冕堂皇，尤其是当着省政府办公厅综合六处张洪鑫处长的面，能这么给他面子，罗处长不由得热血上涌，觉得赵长风实在是够意思，他端起酒杯的时候手竟然有些抖，和赵长风碰了一下杯之后，他仰头一饮而尽，比前两杯酒干脆利落多了。

放下酒杯，罗处长红着脸说：“赵市长，我也不瞒你。省里治污专项资金有限，下面很多县市都盯着呢！报告交到我这里的就有十几个，但最后局里能够批下来的最多不超过两个。邙北市比起其他县市来，不占什么优势，具体情况我不说，赵市长也应该明白。”

李局长眼睛瞪得大大的，他和罗处长接触过很多次，什么时候罗处长都是高高在上的，哪里会像现在一样说掏心窝子的话？还是赵市长厉害，三杯酒就让罗处长把不该说的话说了出来。

想到这里，李局长对赵长风就更敬佩了，不说别的，单单就赵长风在酒桌上的表现，就是以前的邙北市领导们所不及的。

赵长风自然明白罗处长的意思。省环保联合调查组下邙北市的时候闹得那么狼狈，难怪省环保局对邙北市不待见呢！说起来这还要怪到赵长风身上，他是那次事件的始作俑者，如果不是他偷偷让人联系了《中原日报》的记者薛英杰，后面这一幕又怎么会上演？不过话又说回来，没有这一幕，蔡国洪根本不会倒台，又怎么会给赵长风一个机会去大张旗鼓地去治理大龙溪污染、去搞全市金矿企业整改呢？

“罗处长，你这话我可就不同意了！”赵长风故意板起了脸，眼睛里却满是笑意，“谁说我们邙北市比起其他县市来不占什么优势？我们邙北市比起其他县市来还是颇占优势的。”

罗处长看着赵长风的眼神有点意味深长，正要展开丰富的联想，赵长风却紧接着把答案说了出来：“相比起其他县市，我们邙北市最大的优势就在于罗处长！”说到这里，赵长风看了在一旁微笑的张洪鑫一眼。

赵长风这话的信息量太大，罗处长怎么敢当，连忙说道：“赵市长，这怎么敢当，我只是省局的一个小处长而已，算什么优势？”

张洪鑫接了赵长风的眼神，就让服务员把酒满上，对罗处长说：“老罗，长风老弟说得不错啊！你罗处长就是邙北市最大的优势。来，我敬你一杯。”口中这样说，张洪鑫却并没有去端酒杯。

罗处长听到张洪鑫和赵长风称兄道弟，又知道赵长风以前是省直机关的干部，认为两人之间的关系一定不简单。能和副省长身边的红人称兄道弟，这是怎么样一种密切的关系啊？听张洪鑫说要敬他酒，罗处长连忙端起酒杯说：“张处长，该我敬您。”说着双手恭敬地捧着酒杯端到张洪鑫面前。

张洪鑫微微一笑，这才端起酒杯，和罗处长手中酒杯轻轻一碰，说道：“哎，老罗，这杯是我敬你，啰唆什么！”

罗处长双手端着酒杯捧到嘴边，一饮而尽，还酒杯朝下向张洪鑫亮了一下，示意里面涓滴不剩。

张洪鑫一笑，看了罗处长一眼，说道：“老罗爽快！”然后也把杯中酒喝掉。

赵长风就在一旁鼓掌叫好，对李局长说：“李局长，省里两位领导既然都表了态，邙北市环保局可不要给省里两位领导丢脸，一定要把治污项目搞好!”

李局长心领神会道：“请省里两位领导放心，邙北市环保局一定遵照赵市长的指示，把治污项目当做邙北市环保局的头等大事来抓!”说着恭恭敬敬地端起了一个三两的大玻璃杯，对罗处长说：“罗处长，两位大领导都敬过您了，该我这小卒了。罗处长是我们邙北市的优势，那我以后就要依靠罗处长了，没啥说的，我干完，您随意。”说着手中的三两大玻璃杯和罗处长的杯子一碰，仰着脖子大口喝完。

赵长风在一旁微微一笑，邙北市的干部换大杯子都是一把好手，这个老李，为了邙北市治污项目，难得有这一份心思。

罗处长就有些为难，说实话，有了张洪鑫出面，他无论如何都要帮一下邙北市，可是他毕竟只是计财处处长，省里治污项目资金的动用，除了他之外，还需要主管副局长的签字，最后由一把手定夺。虽然说以往他签字报上去的项目很少有被上边领导砍下来的，但是邙北市的情况却很特殊，他即使顶着风头把邙北市的治污项目申请报上去，结果究竟如何，他可不敢保证。

可是罗处长扭头看去，赵长风正目光灼灼地看着他，张洪鑫虽然没有看他，嘴边却挂着意味深长的微笑，对面李局长正拿着那只大玻璃杯，有些祈求地看着他。罗处长就感觉芒刺在背，尤其是张洪鑫的微笑，不能不让他重视，他知道今天被将在这里了，他如果不明确表示一些什么，恐怕很难过关。

“李局长好酒量啊!”罗处长下了决心，把杯中酒一饮而尽，然后放下杯子，看着赵长风说：“赵市长，今天既然张处长都过来了，邙北市这个忙无论如何我都要帮，否则我以后都没脸见张处长了。”

“哎，老罗，乱说什么?大家都是朋友嘛!我今天过来也只是聚一下，没有其他意思，罗处长千万不要多想。”张洪鑫摸了一下头发，一本正经地说。

罗处长这时候当然不会听信张洪鑫什么聚一下的话，但是表面上还得承认错误：“呵呵，张处长说得对，是我多想了。”然后接着说，“但是赵市长这么盛情款待，我总要有点表示不是?吃人家嘴软，拿人家手短。我不能吃了邙北市同志的宴席，不为邙北市人民办事吧?”

“罗处长高风亮节，我代表邙北市人民谢谢你，谢谢你支持邙北市的治污事业。”赵长风端起酒杯一饮而尽，说道，“罗处长，我今天也表一个态，邙北市今后就是罗处长第二个家了，希望罗处长有空多回家里看看。”

“多谢赵市长、多谢邙北市人民的深情厚谊，有机会我少不得到邙北市叨扰一番。”罗处长笑了笑，继续说，“但是，赵市长，省局的治污专项资金盘子有限，下面的县市都盯着这一块肥肉，狼多肉少，最后究竟该如何分配，还需要省局主要领导定夺，我虽然名为计财处处长，实际上不过是一个跑腿的。今天当着张处长的面我也表一个态：我保证一定会为邙北市尽力争取治污专项资金，但是成不成功，我可是一点把握都没有。”

“好，有罗处长这句话就够了！”赵长风举起了酒杯，“罗处长，只要你把邙北市的项目列在里面，其他工作就交给我来做，好不好？”

罗处长心中微微一凛，没有想到眼前这个年轻的市长这么神通广大，说不定省局的两位领导已经早被邙北市做通了工作呢！今天来找他，也不过是让他抬一下手，不要阻拦而已。想到这里，罗处长立刻端起了酒杯，说道：“张处长、赵市长，作为我个人，也是倾向于邙北市的。邙北市污染那么严重，不优先治理怎么能行？你们放心，我回去后一定会积极向上面反映，无论遇到多大困难，我都会尽力为邙北市治污项目争取资金！”说着举起了酒杯。

张洪鑫见气氛热烈，也端起了酒杯，笑着说：“赵老弟，怎么样，我说过，老罗是个爽快人。”

李局长也凑趣地端起了酒杯，四只酒杯高低不同地碰在一起，包厢里发出一阵爽朗的笑声。

事情既然谈妥，酒桌上的气氛就越发热烈起来，罗处长彻底放开，李局长抓住这个机会，好好地与省城的上级领导联络了一下感情。

酒喝得很尽兴，张洪鑫和罗处长两个人都有点高了。

赵长风帮张洪鑫干脆利落地解决了邙北市的事情，不留下任何后患，张洪鑫总想着回报赵长风一次，只是找不到机会，心中未免有些惴惴不安。赵长风深知施大恩如结大仇的道理，这次既然有了这么一个机会，自然不会放过，就把张洪鑫请了过来。张洪鑫难得找到这么一个机会，自然是倾尽全力帮助赵长风办成这件事，也算去掉心病，所以也就放下身段，在酒桌上刻意笼络罗处长。

罗处长平日里见局长在张洪鑫面前都赔着小心说话，生怕得罪了武省长跟前的红人。张洪鑫这种领导身边的红人是局长们最为忌惮的，虽然不一定能帮上局长们什么忙，但是稍不如意，在领导面前垫上一砖，那局长们在领导面前可就不会有什么好脸色看了。今天张洪鑫却肯放下身段，和他称兄道弟，让他如何不受宠若惊？以后能和张洪鑫混得熟络，恐怕连局长都要高看他一眼吧？所以他也就曲意逢迎，酒喝得也就分外快一些。

赵长风看李局长举着杯子又要去给罗处长敬酒，就用眼色拦了下来，然后说："张处长、罗处长，今天就这样吧？你们看……"

罗处长就望着张洪鑫，张洪鑫笑了笑，说道："也好啊。"

李局长那边连忙让服务员上了果盘，赵长风就用牙签插了一块哈密瓜，递给罗处长，罗处长连忙接了过来，口中说道："赵老弟，谢谢，谢谢。"

赵长风就笑着说："罗处长，晚上没有事吧？到下边唱首歌吧？"中州国贸饭店集餐饮娱乐为一体，七楼是中餐厅，六楼却是红辣坊俱乐部，有书廊、雪茄房、迪斯高舞厅与 KTV 包房。

罗处长没有说话，看向张洪鑫。赵长风就转过头来，问张洪鑫道："张处长，您说呢？"

张洪鑫用纸巾掩着嘴大了个酒嗝，笑道："赵老弟，今天的任务就是陪好罗处长嘛。一定让罗处长尽兴，走，下楼去！"

他们到了下面唱了一会儿歌，终究没有酒桌上气氛好，也许有张洪鑫在，罗处长总是放不开。于是赵长风瞅了一个空子，拉着张洪鑫和罗处长告辞，罗处长见张洪鑫要走，连忙起身说也要回去，赵长风就笑着说："罗处长，你就留下吧，李局长都安排好了，你就给李局长一个面子吧。"

张洪鑫也说道："老罗，就给下面同志一个机会嘛！下面的同志难得来省城一次。"

李局长也趁机在一旁拉着罗处长苦求。罗处长无奈，只好把赵长风和张洪鑫送到包厢门口，然后握手告别。

到了酒店外面，冻雨已经转成鹅毛大雪，纷纷扬扬地洒落下来。在灯光的照耀下，中州市变成了一个银白的世界。

一辆小车开过来，停到张洪鑫面前，赵长风握住张洪鑫的手说："张哥，真的谢谢你了！今天有外人在，没办法尽兴，回头我约上刘主任，咱们三个好好热闹一番。”省直机关管理局资金管理中心主任刘茂才是赵长风的老上级，又和张洪鑫是连襟，说起来赵长风和张洪鑫也真不算外人呢。

张洪鑫拍了拍赵长风的肩膀，说：“赵老弟，咱们兄弟之间不要那么多客套，什么时候有机会吧。你这边的事我会找个机会给领导说一说的，估计问题不大。”

赵长风紧紧握住张洪鑫的手说：“张哥，我就不说什么外气话了！有机会到邙北市去坐坐啊！”

张洪鑫的小车开远了，司机老邢才把车开了过来，刘俊康打着伞过来打开车门，赵长风上车时，一片雪花吹进他的脖子里，一阵冰凉，他不由得缩了一下脖子。

小车在路上慢慢地开着，车轮压在雪上，发出“咯吱吱”的声音。赵长风看着外面纷飞的雪花，兴致盎然。一冬天没有下雪，眼看到春天了，却迎来如此大的一场雪。赵长风不由得想起了当年他和方佳怡、江文静以及林欣萍四个人迎着大雪出去打雪仗的情形。

刘俊康本来想说话，但是看赵长风如此兴致勃勃地看着窗外的雪，忍了忍没有开口，眼看要到赵长风家楼下了，他只好开口打断赵长风赏雪的兴致：“雪这么大，明天怕是回不了邙北市了。”

赵长风愣了一下，问道：“天气预报怎么说？”

刘俊康说：“预报说明后天中原省全省中雪，中西部地区大到暴雪。”

赵长风沉吟了一下，说：“那看情况吧，明天我打个电话回去。”

第二天早上起来，赵长风推开窗户一看，整个天地一片银装素裹，鹅毛大雪依旧下个不停，地上的雪有半尺厚。

方佳怡已经起床弄好了早餐，她看雪这么大，很开心，笑嘻嘻地对赵长风说：“看来老天爷也想让你在中州多留几天啊。”

赵长风摇头道：“我恐怕还得回去。刘市长在省城学习，如果我再不回去，市政府的工作怕要耽误了。”

方佳怡就有点不高兴了，她撅着嘴说：“就你积极。这漫天大雪，视线不好，路上又滑，中州到邙北市又不是十里八里，这么远的路，你们开车回去，我能放心吗?”

赵长风知道方佳怡是关心他，连忙赔着小心说：“佳怡，我一会儿打个电话回去问一下，如果没有什么大事，我暂时在中州待两天也行。”

方佳怡这才转嗔为喜，乐滋滋地给赵长风夹了一只荷包蛋。

刚说到打电话，赵长风的手机就响了起来。赵长风用纸巾擦了一下嘴，起身拿了手机打开一看，是司机老邢。他接通电话，老邢连连在电话里向赵长风道歉：“赵市长，我看雪下这么大，怕耽误了方老师的上课，早上六点就从天阳市办事处出来，可是没想到路上太滑，到处都是交通事故，车被堵在路上，根本过不去。”

赵长风看了一下时间，七点半，就说：“老邢，那你别过来了，我让小方坐公交车好了。”

老邢说：“赵市长，公交车怕也过不去，路上都堵满了车，寸步难行。”

赵长风挂了电话，对方佳怡说了情况。方佳怡白了赵长风一眼，说：“既然没办法过去，那我就不去上班了，打个电话请假就好。我才不会像某些人那么瞎积极呢!”

赵长风苦笑了两声，没有接方佳怡的话茬，他打电话给刘俊康，让他问一问李局长和彭局长的情况。

几分钟后，李局长的电话首先打了过来：“赵市长，起来这么早啊？这么大的雪怕是回不去了。”

赵长风嗯了两声，就问李局长昨天是什么情况。

李局长兴奋地说：“赵市长，昨天唱歌唱到一点，然后我又叫来司机小刘和张科长过来一起陪罗处长打麻将，罗处长手气硬是好。”

赵长风听后苦笑了两声，皇帝不差饿兵。虽然他请了张洪鑫过来压阵，但是对罗处长，邙北市还必须表示一下，这已经是约定俗成的规矩。昨天李局长请示过他这个问题，他当时只是含混地交代，不过这业务麻将打了也好，至少以后在治污专项资金方面罗处长会关照邙北市。张洪鑫的面子虽然管用，赵长风也不能老用。毕竟邙北市治污大业任重道远，远不是一年半载就能解决的问题，以后和省环保局打交道的机会多着呢!

挂了李局长的电话，黄金局彭泽明的电话就打了进来，和赵长风一样，他也被这场大雪困在了中州市，只有等雪停了之后再回去了。赵长风简单地问了问省黄金局那边的情况，得知没有什么变化，也就放下心来。

放下电话，赵长风坐在餐桌前继续吃早餐，忽然见听见外面“咔嚓”一声巨响，赵长风扭头看去，只见窗户外面的法国梧桐的一根树枝不堪积雪的重压，折断了下来。赵长风见此情形忽然想起一件事，不由得悚然一惊，连忙放下碗筷，给刘俊康打了一个电话过去：“俊康，你立即给李长根主任打一个电话，让他了解一下邙北市的降雪情况。”

刘俊康和老邢被困在路上，心里也是非常着急，这时接到赵长风的电话，才悚然惊醒，心中暗叫惭愧，他这个秘书没有尽到应有的职责，还要领导亲自打电话过来布置任务。

刘俊康立即拨通了政府办主任李长根的电话：“李主任，您好，我是刘俊康。赵市长想了解一下昨天晚上邙北市的降雪情况。”

“刘秘书，邙北市这边雪下得很大啊，我几十年没有见过这么大的雪了。我这就打电话到邙北市气象站去，了解具体的降雪数据，然后向赵市长汇报。”

十分钟后，赵长风的手机响了起来。“赵市长，我是李长根。根据邙北市气象站的数据，从昨天晚上到现在，全市平均降雪量为二十八毫米，其中后河乡降雪量达到了三十六毫米。气象站的工作人员说，这是自从邙北市设立气象站以来观测到的十二个小时最大降雪纪录。”

赵长风心中一紧，邙北市和其他地方不一样，辖区内百分之七十以上的面积都是山区，如果大雪继续这样下下去，进出山区的道路就会被封堵，山区内的人畜安全都会受到威胁。

“李主任，你立即和市委办张一磊主任联系一下。我这边就打电话给刘驰书记。”赵长风说道。

赵长风立即打电话给刘驰：“刘书记，您好，我是赵长风。”

电话里传来刘驰的笑声：“长风同志，你好啊！在中州市还顺利吧?”

“刘书记，中州之行还算顺利，情况等我回去后当面向您汇报。”赵长风说，“我现在要向您汇报一个情况。据邙北市气象站的观测数据，邙北市昨天晚上到现在平均降雪量达到了二十八毫米，后河乡甚至达到了三十六毫米。这创造了邙北市设立气象站以来的十二小时降雪量的纪录。”

刘驰吃了一惊，口中却说道：“情况我也正在了解，看样子很严重啊！我刚告诉了张一磊主任，让他立即通知市委常委扩大会议，布置抗雪工作。”

赵长风松了一口气，看来刘书记毕竟在长河市当阳县当过县委书记，担任过独当一面的地方大员的人就是不一样，工作经验很丰富，自己这边是因为见到积雪压塌了树枝，才想起来要了解邙北市的降雪情况，刘书记那边却早有成算，已经开始布置抗雪工作了。

“刘书记，邙北市那边就辛苦您这个班长了！”赵长风说，“我这边立即动身返回邙北市。”

刘驰笑起来，说道：“呵呵，长风同志，雪下得那么大，高速公路早已经封路了。你难得回去一趟，就安心地在中州市陪方老师几天，等雪停了再回来吧。邙北市这边有我和同志们就行。”

赵长风还要说什么，刘驰就说：“好了，长风同志，就这样吧。我这边还要马上去开会呢！”

放下电话，刘驰微微摇了摇头，对于这场大雪，他这个有着丰富地方工作经验的一把手还没有赵长风反应迅速。看起来赵长风虽然是省直机关空降的干部，但是地方工作经验一点都不逊色于他呢！

不过刘驰也感谢这一场突如其来的大雪，把赵长风堵在了省城，邙北市就成了他一个人的天下，他正好趁着这次抗雪机会，和邙北市的领导干部好好联络一下感情。

赵长风放下电话，心里还是有点不踏实，觉得在这个关键时刻，邙北市的干部群众都在抗雪，他这个邙北市实质上的行政一把手却躲在中州市享福，实在是有点说不过去。可是刘驰已经发了话，让他安心待在中州市，如果他要眼巴巴地冒着风雪赶回邙北市，刘驰会怎么想？刘驰会不会认为自己不放心刘驰的领导能力？或者认为自己赶回去是和刘驰抢风头？别的不说，单单就赵长风不听从班长的安排赶回邙北去，刘驰就会很不高兴吧？现在正是和刘驰磨合的敏感时期，赵长风不希望自己有什么举动引起刘驰误会。

想到这里，赵长风只好强按下心情，留在了中州，不过他给李长根打了个电话，让李长根密切和他保持联系，如果邙北市有什么情况，立即向他汇报。

上午十一点钟，在中州市政部门和交警部门的全力疏通下，中州市的交通勉强恢复了正常，老邢终于开着车和刘俊康一起赶到了赵长风家。与此同时，邙北市市委市政府在刘驰的主持下，进行了抗雪工作部署。通知下发到各部局委办和乡镇，还抽调了精干人员成立了小分队，各自负责一个片区，对片区内的情况进行巡视。根据小分队回馈的情况来看，目前情况还好，没有出现人员伤亡事故。

中午吃过饭，雪依旧没有停，赵长风打电话到省气象台询问了一下，知道这场降雪过程还要持续两到三天，这一下子让他心中打鼓。这样的大雪再持续两到三天，邙北市山区乡镇的道路岂不是全部都要被封堵了？一想到邙北市的情形那么严峻，赵长风又如何能安心在中州市待下去呢？可是他该想一个什么样的理由回邙北市去而又不至于引起刘驰书记的强烈反感呢？

赵长风坐在客厅无聊地看着电视，看着电视新闻里连篇累牍的抗雪报道，他的心思却早已经飞回了邙北市。邙北市在刘驰书记的主持下全市已经进入了紧急抗雪状态，而他这个主持邙北市政府工作的常务副市长却当了逃兵，悠闲自得地在家里看电视享清福，一想到这里，赵长风就如坐针毡。

忽然，赵长风脑子里闪过一个念头，电视里的抗雪报道大多都是中州市这个省会城市的，下面地级市只有两三条新闻，而再往下县区一级还是空白，邙北市现在在刘驰的领导下，全民抗雪，这是不是很有新闻价值？如果他利用自身的影响力请一批媒体下去现场采访邙北市的抗雪情况，宣传一下邙北市的抗雪工作中涌现出的感人事迹，尤其是重点突出宣传一下刘驰，刘驰会怎么想？

对！就这么办！赵长风越想越兴奋，越想越觉得自己的点子妙！以前蔡国洪在邙北市当市委书记的时候，新闻媒体下去采访，邙北市当了一回负面典型。那么这次新闻媒体下去，则一定要把邙北市树立为正面典型，消除邙北市以前的负面影响。而且新闻报道重点突出宣传刘驰，这也算是赵长风送给新任市委书记刘驰的一份大礼，足以向刘驰表明他对市委的合作态度。这也算是为市委市政府的合作开了一个好头。

当然，这些理由对赵长风来说都是次要的，最重要的是，赵长风可以借着这个理由返回邙北市，可以和邙北市全市人民一起战斗在抗阻暴风雪的第一线。作为邙北市政府临时班长，赵长风可不能在关键时刻成为逃兵。

赵长风立即打电话给江文静和薛英杰，把邙北市抗雪的情况向他们简单介绍了一下，江文静自然是没得说，薛英杰听说邙北市降下了打破地方记载纪录的暴雪，也感觉到这是一个不错的题材，加上他上次因为大龙溪的污染到邙北市去采访，对赵长风的印象非常不错，当即答应了赵长风的要求。

请了《中州晚报》和《中原日报》两家中原省最有影响力的平面媒体，赵长风又打电话到中原省电视台，找到了当初报道他在宁浩市白元县梁丫子乡扶贫的史记者。史记者此时已经成为中原省电视台新闻部副主任，他一直和赵长风保持着密切的联系，听说赵长风要让他到邙北市采访抗雪工作，一口答应了下来。

联系了三家省内最主要的媒体，赵长风还感觉阵容不够强大，于是又打电话给阳江超，让他帮忙联系一下省城里的其他媒体。阳江超整天给伏牛山风景区做软广告，中原省内的大小媒体通吃，接到赵长风的电话，立即又联系了五六家媒体。赵长风算了算人数，正好十一个人。

大雪纷飞，邙北市一片银装素裹，真是“山舞银蛇，原驰蜡象”，好一派北国风光。刘驰如果不是在邙北市市委书记的位置上，说不定就会约三五个好友一起寻一个小山岗赏雪，看着四处白茫茫的一片，口中吟诵着《沁园春·雪》，该是何等的豪迈啊！

可是刘驰现在却没有这个闲情逸致，他正领着邙北市领导班子一起抗雪呢！这场数十年不遇的大雪降临到邙北市，别说山里的乡镇如何，单是邙北市城区的道路就已经被大雪封断。刘驰一边派市委市政府的干部到下面乡镇抗雪，一边率领留守在邙北市的机关干部集中到城区的道路上扫雪。

邙北市电视台一个五大三粗的记者扛着一台摄像机寸步不离地跟着刘驰。刘驰就转过身来，板着脸说：“不要拍我，要多把摄像机对准人民群众。”

摄像记者唯唯诺诺地点头，可是镜头却依旧追着刘驰走。在县市一级的电视台，电视新闻其实就是领导的新闻，领导的讲话、领导的行动就是新闻热点。所以到了县市一级，新闻节目就是领导从大到小一字排开，按照各自职务排名安排新闻播出的顺序。摄像记者自然明白这个道理，所以寸步不离地追着刘驰，礼多人不怪，被市委书记嘴上批评，总比领导嘴上不说、心里批评要强上百倍吧？

刘驰其实也就是说一说，做一个姿态，他心里还是挺重视新闻的作用的。下边的老百姓看新闻，就是看领导的面孔，哪个领导出现多了，镜头多了，人民群众就熟悉了。他刚到邙北市来，正需要一个机会把他推到邙北市人民群众的面前。这场忽然降下的暴风雪就给了他这么一个机会，让他自然而然通过这场暴风雪和邙北市人民群众心连心。

不过对于邙北市电视台，刘驰还没怎么看上眼，他心里惦念的是赵长风从省城拉过来的记者。听赵长风说，省电视台、中原日报社、中州晚报社都有记者过来，这中原省三大媒体一起上阵，那就不仅仅是把他推到邙北市人民面前，而是推到全省人民面前，最重要的是，推到上级领导的面前。人民群众看新闻也就是图一个脸熟。可是领导们一旦看到了新闻，觉得下边某个同志不错，那么这个同志可就前途无量了。

说实话，刘驰心里还是觉得赵长风这个主意非常高明，更重要的是，说明赵长风在省城的人脉资源丰富。中原日报社、省电视台，这些在中原省来说都是鼻子朝天的单位，想让那些记者到下面县市去采访可不是一件简单的事。更何况现在和平常不同，在这漫天暴风雪里下来采访简直就是受罪，赵长风能让省城里的这些大牌记者心甘情愿地陪他到邙北市来受罪，了不得，真了不得啊！

第六章 堵疏并举多元化发展，亡羊补牢为时也不晚

后河乡因为非法金矿开采导致严重污染，整顿非法金矿等于断了他们的财路，产生了严重的问题。赵长风意识到，后河乡原先就是邛北市有名的水果之乡，要想持续发展，必须在治理污染的基础上逐步恢复发展林果业，走多元化经济发展的路子，找回昔日苹果之乡的辉煌。

三百公里路，两辆车在路上晃荡了十几个小时，到了晚上十一点，才到达邛北宾馆。

赵长风从车里下来，感觉浑身都酸麻了，多少年没有受过这份洋罪了。

政府办主任李长根和副主任王建军都守候在邛北宾馆大厅，听说赵市长到了，连忙迎了出来。

记者们也纷纷下车，活动着手脚，他们是又困又乏又饿，幸亏中午和晚上还停在路边补充了点食物，不然早就顶不住了。

把记者们迎进大厅，房间都事先安排好了，李长根把门牌钥匙发给记者们，让他们上去休整一下，然后到二楼餐厅吃饭。李长根已经事先和餐厅打过招呼，让他们留下几个师傅做好准备，等省城的记者一到宾馆，就马上开始准备饭菜。

记者们都上去后，赵长风带着刘俊康、老邢到二楼餐厅，一个人一碗面条。李长根和王建军不吃，就坐在一边陪着。

“情况怎么样?”赵长风一边吃着面条，一边问道。在路上的时候，李长根也简单地用电话向他汇报了一下邛北市的抗雪情况，现在他要知道具体的

情况。

“刘书记今天早上就向天阳市市委市政府以及省委省政府有关领导进行了汇报。”李长根说，“市委市政府的领导都按照刘驰书记的安排到下面乡镇抗雪去了。根据晚上反馈过来的情况汇总，全市共有五间民房倒塌，但是由于预防措施到位，没有出现人员伤亡。”

“全市所有住户都排查了吗?”赵长风喝了一口面汤下去，感觉浑身暖洋洋的，“那些深山里的住户能联系上吗？雪这么大。”

李长根迟疑了一下，说：“山里的路都被雪封了，目前主要是靠电话联系，没有装电话的地方就联系不到了。所以那些地方的情况还不清楚。”

赵长风刚放下去的心一下子就提了起来。没有装电话的地方都是些交通敝塞、经济落后的村，这些村里老旧危房很多，面对突如其来的大雪，难保不出问题。现在这些村联系不上，可见刚才李长根汇报的只倒塌了五间民房、没有出现人员伤亡的消息有很大水分。

他沉吟了一下，问道：“天气预报怎么说?”

李长根说道：“据天阳市气象台预报，天阳市地区明天降雪就会逐渐停止，个别地方还会有零星小雪。”

赵长风这才舒了一口气，雪停了就好，雪停了就能到下边村里去看一看了。

第二天早上起来，雪果然停了，天空虽然还阴着，但是东方却明亮了许多。

赵长风擦了一把脸，踩着厚厚的积雪出了湖月山庄七号别墅，昨天他向老邢交代过，雪这么大就不要开车过来接他了，他走路到邙北宾馆还快一些。

到了邙北宾馆，李长根和王建军已经等在那里，他们告诉赵长风，记者们都已经起来了，正在二楼餐厅吃早餐。

说话间，市委书记刘驰也赶了过来，他老远就伸出手对赵长风说：“赵市长，辛苦了!”

赵长风连忙笑着迎了上去，双手紧紧握住刘驰的手道：“书记，您更辛苦!”

刘驰很满意赵长风的态度，赵长风虽然是年轻了点，但礼数还是很周到的，并不是钱兆均所说的那样态度傲慢、眼睛长在了额头上。

“记者们呢？”刘驰问道，“都起来了吧？”

赵长风指了指二楼，说：“都起来了，正在上面用早餐呢！”

“那好，那好！”刘驰点了点头，又看了看外边，“长风同志，雪终于停了，我们下一阶段的主要任务就是打通通道，先让各乡镇和市里的交通通畅起来。然后就是帮助企业恢复生产，搞好救助工作，帮助受灾的困难群众渡过难关。”

赵长风说道：“刘书记考虑得很周到啊！这场暴风雪突如其来，要不是刘书记在家坐镇，运筹帷幄地指挥，邙北市不知道会遭受到多大损失。可是在这个关键时刻，我却远在中州，惭愧啊惭愧。”

刘驰递给赵长风一根烟，摆手说道：“长风同志，不要这样说，你在中州也是为了邙北市的工作嘛。中州之行还顺利吧？”

赵长风给刘驰递了个火，这才回答道：“还算顺利。如果没有什么意外，黄金局和环保局的两个项目都应该能拿下。”

刘驰吐了一口烟，笑着夸道：“长风同志了不得啊！一出马就搞定了两个省直部门，邙北市人民摊上了一个好领导啊！”

赵长风连忙谦虚道：“都是托刘书记的洪福，省环保局罗处长说起刘书记的大名，也是很敬佩呢！”刘驰在长河市当阳县任县委书记的时候，罗处长曾经代表省环保局到当阳县检查过工作，当阳县是个农业大县，几乎没有什么工业，环境保护得很好，所以深受罗处长的好评，当阳县那一次也获得了全省环境保护先进县的荣誉称号。刘驰很是为这件事得意，赵长风这时候提起这件事，自然是挠到刘驰的痒痒肉上了，让刘驰浑身舒坦。

“呵呵，都是老黄历了，难得罗处长还记得这件事啊！”刘驰摸了摸油光滑亮的大背头，矜持地说，“说实话呢，这个老罗是很难打交道的人哦！满脑子都是原则，幸亏当时当阳县工作做得扎实，所有软硬件达标，罗处长挑不出刺来。”

赵长风心里一笑，他本来是听罗处长提了一提，这里不过是误打误撞地说了出来，没有想到还真的是号对了刘驰的脉。既然以后要和刘驰搭班子，能多知道刘驰的一些喜好，总是好的。

“是啊，罗处长提起您的名字就啧啧称赞，听说您调到邙北市来了，很是高看邙北市一眼呢！说邙北市在刘书记的领导下，一定能抓好环保工作，让邙北市的城市环境迈上一个新台阶呢！”赵长风笑着说。

“这个老罗，这个老罗啊！”刘驰连连感叹，然后话锋一转，问赵长风，“长风同志，你昨天在路上奔波了一天，要不今天就在家里休息吧？”

赵长风连忙说：“刘书记，那怎么行？大家都在参加抗雪工作，我怎么能在家休息？再说那些记者们也和我一样，奔波了一天，今天不是照旧工作吗？我不能搞特殊化啊！”

刘驰说道：“那好，那好。你有什么想法没有？”

赵长风说：“刘书记，您是班长，又是邙北市抗雪领导小组的总指挥，我该听您的安排。”

刘驰沉吟了一下，说：“后河乡因为山高路远，昨天风雪太大，就没有派人下去。今天雪停了，我正在考虑……”

赵长风接口道：“刘书记，那好，我就到后河乡去吧。”

刘驰没想到赵长风竟然会一口就答应了下来。昨天上午在安排领导干部下乡抗雪的时候，没有一个人愿意到后河乡去，就是因为山路陡峭、弯急坡大，路上又堆满了积雪，很容易出事，所以昨天只好把后河乡空了出来。这让主持后河乡全面工作的乡长霍乙路满腹牢骚。刘驰今天也就是提一提这事，并没有料到赵长风会真的过去，可是赵长风却想也没想，就一口答应下来。看来他要重新评估一下这个年轻的市长了，也许这一段时间以来听到的关于赵长风的那些闲言碎语并不准确。

“长风同志，路上一定要小心。如果路实在太险，就返回来算了，千万不要逞强。”刘驰叮嘱道，“我派了一辆铲车和你一起过去，路上帮你们开道。”

“谢谢刘书记！”赵长风点头道，“有铲车开道，再让司机小心一点，应该没有什么问题。”

这时李长根匆匆走了过来，手里拿着两份表格，分别交给刘驰和赵长风：“刘书记、赵市长，这是记者团采访的安排，请两位领导审阅。”

刘驰一看，就摇头道：“李主任，这恐怕不行吧？怎么能让省电视台、中原日报社、中州晚报社的记者都跟着我呢？这三大媒体是我们中原省最有影响力的媒体，分头采访是不是更好一些？”

李长根不敢说话，唯唯诺诺地拿眼睛看赵长风。赵长风就笑着说：“刘书记，您是邙北市领导班子的班长，又是这次抗雪活动的总指挥，这三大媒体的记者当然都要跟着您了！”

刘驰沉吟了一下，说：“长风同志，这样不妥吧？我看至少要安排他们中的一家跟着你一起到后河乡去。”

赵长风也不想在这个问题上推来推去，他说：“老李，就按照刘书记的指示办。省电视台的记者跟着刘书记。中原日报社和中州晚报社的两位记者分出来一个跟我下后河乡就行，你看着安排。”

因为是到后河乡视察灾情，指挥雪灾后重建工作，所以赵长风特意叮嘱一切从简，除了从交通局调过来的那辆大铲车，就是从财政局调过来的一辆金杯面包车。

作为主持邙北市工作的常务副市长，下乡视察灾情也是邙北市的一件大事。邙北市电视台的记者本来安排了要跟拍市委书记刘驰，但是既然省电视台的记者下来了，邙北市电视台的记者就扛着摄像机跟着赵长风下乡。赵长风对邙北市电视台记者跟他下去倒是没有什么所谓，不过让他惊讶的是，那个摄像记者旁边手拿话筒的主持人竟然是程苗苗。赵长风看到这情况不禁愣了一下，心想这是怎么回事？程苗苗不是还是实习生吗？怎么当上新闻采访的主持人了？

“赵市长！”程苗苗拿着话筒径直向赵长风走来，摄影记者扛着摄像机跟在后面。赵长风扭头对刘俊康交代道：“让江记者先上车。”

江文静若有所思地看了赵长风一眼，这才不紧不慢地跟着刘俊康上了金杯面包车。

“赵市长，你好！”程苗苗甜甜地笑道，“今天我代表邙北市电视台来采访你，希望你不要拒绝！”

“呵呵，欢迎欢迎！顺便恭喜苗苗成了电视台新闻采访主持人！”赵长风笑道。

程苗苗俏脸一红，低声说道：“赵市长，这可是我第一次作为新闻采访主持人执行采访任务，你一定要多配合我，不要让我出丑啊！”

赵长风还从来没有遇到过这样的采访主持人，不由得一乐，还真是一个小丫头。

“苗苗记者，需要我怎么配合你啊？”赵长风微笑道。

程苗苗递过来一张纸，笑着说：“赵市长，我们今天主要是采访你率领机关干部下乡抗雪，我这里列了一个采访提纲，你先看看，等你准备好了我们再开始采访。”

赵长风苦笑了一下，他这里急着下乡去视察灾情，电视台却这样折腾。如果面前的记者不是程苗苗，恐怕他早就发火了。

赵长风把就把提纲拿到手里扫了两眼，发现这些问题都是一些官话套话，是他平时里说得多也听得多的话，根本不需要准备，于是就对程苗苗说：“苗苗记者，我准备好了，现在就可以开始了。”

“市长，你真是太厉害了！只看了一眼就准备好了啊？”程苗苗吃惊地说。

赵长风笑了笑，没有正面回答程苗苗的话，只是说：“开始吧，时间很紧，还要往后河乡赶呢！”

“嗯！”程苗苗点了点头，对摄影记者做了个手势，摄影记者立即把摄像机扛上了肩膀。正要开始采访，程苗苗却歪头看了一下，走上前来，对赵长风说道：“市长，你的领带没打好，会影响你的形象，我帮你整理一下。否则台领导看到带子一定会骂我们破坏市领导形象呢！”说着她，不待赵长风反应，就伸出白嫩的小手，轻轻地伸到赵长风的衣领下，抓起领带，为赵长风摆弄着。

回答了五六个问题后，赵长风主动要求收兵，笑着说：“苗苗记者，还有一车人在等着我们。其余的采访，能不能到后河乡再做？”

程苗苗不好意思地笑了，收起了话筒，招呼摄影记者上了金杯面包车。赵长风也跟着上了面包车。既然下乡视察灾情，指挥抗雪，当然要和大家同甘共苦，和大家同乘一辆车。

车上的人都没有想到赵长风会不坐小车，而和他们同坐一辆车，所以谁也没有给赵长风留位子。见赵长风上了车，车上的人连忙起来，纷纷争着给赵长风让座，赵长风瞥见后面有个位置，就笑着说：“我就坐后面吧，大家谁也别让了。”刚说完这话，赵长风立刻后悔了，这时候他才适应车内的光线，看清楚那个位置旁边就是江文静。

赵长风硬着头皮走到后排，江文静低声问道：“赵老抠，那丫头是谁，对你不错啊？”

赵长风知道江文静必然会盘问这件事，就解释道：“是我们邙北市电视台的记者。怎么，是不是觉得她特像欣萍啊？哈哈。”他的笑声很空洞，自己都觉得很心虚。

“是啊！”江文静低声说，“我还从来没有见过两个长得这么相像的人呢，如果把欣萍拉过来，别人一定以为她们俩是双胞胎，不过欣萍显得成熟一点。”

面包车走走停停，遇到积雪严重的路面，往往要铲车来回铲几遍雪，面包车才能通行。从邙北市到后河乡三十多公里路，早上九点出发，到了下午两点多，才走了一多半。

又到了一个弯道，路上的积雪堆得有三尺多厚。因为这里避风，雪都被风吹过来堆积在这里。赵长风下了车，看着铲车在前面一遍一遍地推着雪，心里着急，这样走下去，不知道什么时候才能到达后河乡。他拿出手机看了看，依旧是一点信号都没有，后河乡虽然是黄金之乡，但是移动公司的基站也只覆盖了后河乡政府附近的地方，现在既联系不到邙北市政府，也联系不到后河乡，赵长风真想骂娘！

忽然，前面隐约传来柴油机的轰鸣声。赵长风心中一动，身旁的刘俊康连忙说：“老板，我到前面看看情况。”说着深一脚浅一脚地踩着没腿的雪往前走去。

“小心点！”赵长风在后面叮嘱道，“靠着岩壁走！”

刘俊康应了一声，知道老板担心他靠外边走会滑下悬崖，就向左侧走了几步，紧靠着岩壁往前慢慢蹭去，然后一个转弯，就消失在赵长风的视线中。

赵长风焦急地等着刘俊康，不停地看着手表，`大约过了二十多分钟，刘俊康的身影终于出现了，身后还跟了三四个人，为首的正是后河乡乡长霍乙路。几个人浑身是雪，跌跌撞撞地过来了。霍乙路老远就伸着双手来，口中喊道：“市长，我们迎接晚了，实在是不好意思，您看这大雪……”

赵长风和霍乙路等几个后河乡的乡干部握了手，问道："同志们辛苦了！现在后河乡是什么情况？"

霍乙路缩了缩脖子，跺着脚说："昨天早上我就把全乡所有干部都召集起来抗雪，让他们都到山里去，每个人承包一个村，务必保证老百姓生命财产的安全。据今天上午反馈过来的情况来看，山里倒塌了五间房子，幸好干部已经提前把房子里的人转移到其他村民家，没有出现人员伤亡。梨树口村的小学校舍倒塌，学校也按乡里的通知停了课，所以也没有人员伤亡。只有一个乡干部到下面村里去的时候被倒下的树枝把腿砸伤了，目前在后河乡卫生院住院治疗，伤势没有什么大碍。"

赵长风心里舒了一口气，嘴里却严肃地说："霍乡长，这种大事可开不得玩笑，数十年一遇的暴风雪，出点什么情况也是情有可原的，你现在实话实说还来得及。如果你现在隐瞒不报，以后被人揭发出来，那问题可就严重了！"

霍乙路心里被刺了一下，却梗着脖子说："赵市长，我刚才说的全部都是真实情况。如果市委市政府调查出我撒了谎，可以随时撤掉我的官职！"

赵长风见霍乙路说得理直气壮，知道他并没有撒谎。他其实蛮欣赏霍乙路这个干部的。当初在后河乡党委书记马会来的打压下，霍乙路还是能坚持原则，尽可能地降低金矿对周围村民的影响，很不容易啊！

赵长风对霍乙路的表态不置可否，他看了看手表，问道："路什么时候能打通？"

"只剩下这一百多米积雪路段了。"霍乙路说，"我也带了一辆铲车下来，我们两边一起努力，估计半个小时就能通了。"

赵长风说："那好，霍乡长，走，我们一起到那边看看去。"

"市长，太危险了，等道路通了再过去吧。"刘俊康连忙阻拦。赵长风就有些不高兴，说："你们能过去，我就不能过去？"刘俊康嗫嚅着不敢说话，但是坚决地挡在赵长风面前，丝毫没有让步的意思。

赵长风看着刘俊康的样子，忍不住笑了起来，他轻轻拍了拍刘俊康的肩膀，说："俊康，没事，我靠左边走，沿着你们的脚印走，很安全的。"刘俊康还想要说什么，但看见中州晚报社记者江文静和邙北市电视台记者程苗苗带着摄影记者一起往这边走过来了，只好闭上了嘴。

“走吧，霍乡长。”赵长风对等在前面的霍乙路说。霍乙路应了一声，就在前面领路，赵长风正要跟上，忽然听到身后有人喊道：“赵市长，等等，我要跟你过去。”扭身一看，是江文静。

“赵市长，我们也要去！”程苗苗不甘示弱，连忙举着话筒追了过来。

“道路太危险，你们不能过去。”赵长风没心思听江文静、程苗苗磨叽，他看了一眼刘俊康，撂下一句话：“拦住她们。”然后就快步向前，跟着霍乙路走去，几个乡干部也连忙跟在赵长风身后。

路上的积雪都没过了膝盖，赵长风深一脚浅一脚地跟在霍乙路后面，艰难地往前走。他今天为了抗雪，专门从武装部弄了一双翻毛大头军用皮鞋，可是这时候皮鞋里也灌满了雪水，双脚像被针扎着样疼。

转了两个弯，赵长风感觉自己的脚变得麻木了，不过最起码感觉不到疼了。这时轰鸣声越来越大，他终于看到前方一辆大铲车正把路上的雪都推往路右侧的悬崖。

赵长风走过去挥了挥手，示意那铲车停下。铲车司机不认识赵长风，却认得赵长风身后的霍乙路等几个乡干部，连忙停了，跳下车来。

“司机师傅，辛苦了！”赵长风热情地握着司机的手说。

霍乙路在一旁介绍道：“这是赵市长。”

司机连忙说：“赵市长好！不辛苦，不辛苦！”

赵长风笑了一笑，摸出一根中华烟递了过去，说道：“就你一个司机？吃得消吗？”

司机憨憨地说：“我和老张两个司机轮流干，老张干了两个小时，正在后面的面包车里休息，我刚上来不久！”

赵长风点了点头，说：“嗯，那你继续，注意安全！”

司机又憨憨地笑了笑，跳上铲车，继续铲雪。

赵长风来到后面避风处，对霍乙路说：“霍乡长，趁现在有空，你详细汇报一下后河乡受灾的情况。”

霍乙路的鞋子都湿透了，知道赵长风和他的情况也差不多，就说：“市长，我们到面包车里说吧。”

赵长风摇了摇头，说："那个铲车司机老张不是在里面休息吗？我们就在这里说吧。"

霍乙路迟疑了一下，说："市长，稍等一下，我马上过来。"他拉着乡党政办主任彭修成到旁边交代了两句，彭修成连连点头，把另外两个乡干部叫过去匆匆地向后面跑去了。霍乙路这才转了回来，向赵长风汇报后河乡受灾的详细情况。

几分钟后，几个人跑了回来，每个人手里都抱着几根枯树枝，原来霍乙路交代他们捡干柴去了。

霍乙路暂停了汇报，缩着脖子哈了一口热气说："市长，生着火暖和一下吧，我实在是冻得受不了了！"

赵长风笑道："好，大家都暖和一下吧！"

生着了火，围着火堆，赵长风顿时觉得暖和了许多，湿透的鞋子在火的熏烤下往外散发着热气。霍乙路一边往火堆里添加着柴，一边向赵长风汇报情况。总体来说，这次雪虽然很大，但是对后河乡的影响主要是几间危房的倒塌和梨树口村小学校舍的毁坏，现在的问题是如何搞好灾后重建。

"市长，这事我恐怕要向您伸手讨要了！"霍乙路笑道。

"霍乡长，还是要提倡艰苦奋斗的作风，不能总是等靠要，要打破这种旧观念。当然，市里也会酌情给一部分补助的，但是大头还是要靠你们下面的干部群众艰苦奋斗来解决了。"赵长风沉吟了一下，说道。无论是老百姓倒塌的危房，还是梨树口村倒塌的小学校舍，都是需要重建的，而且需要立刻重建。但是现在自从省政府工作组停了邙北市百分之八十的中小型金矿后，邙北市财政非常吃紧，每天上门向他这个主管财政的市长要钱的部门不断，赵长风往往是拆了东墙补西墙才能勉强维持邙北市的财政正常运作，尤其是这场暴风雪，邙北市整个受灾的情况还没有统计出来，究竟需要多少资金补助，赵长风心里也没有底，所以这个时候当然不能给霍乙路什么承诺了。

霍乙路愁眉苦脸地说："市长，乡财政现在是一分钱都没有了，乡政府的工作人员上个月的工资都没有发呢！"

赵长风大吃一惊，看向彭修成，彭修成连忙说："市长，霍乡长说的都是真的。我上个月就没有领到工资，差点没被老婆骂死！"

“霍乡长，怎么会这样呢?”赵长风有点不敢相信，“后河乡财大气粗，在邙北市可是出了名的啊！除了城关镇和周庄镇之外，就属后河乡富裕了。”

霍乙路叹了一口气，说：“市长，您说的都是老黄历啊！后河乡金矿没有被关停的时候，后河乡财政情况是不错，可是现在金矿都停产三个月了。您也知道，自从开了金矿之后，后河乡的农业和林业几乎全部被毁了。现在金矿一停产，后河乡财政收入几乎为零了。”

“有这么严重?”赵长风的脸色严峻起来，“原来金矿没有停产的时候，后河乡财政就没有什么积累吗?”

“哪里有什么积累啊!”霍乙路摇了摇头，“马书记是有名的三光书记，号称要把财政收入都吃光发光用光。他说反正是金矿一响，黄金万两。财政收入都耗光了不要紧，守着金矿还怕没钱使?可是现在马书记出事了，金矿也停产了。后河乡现在几乎是一穷二白，还不如山下的农业乡镇!”

“这个马会来!”赵长风哼了一声。

这时他们听到另一边的喊声：“通了，路通了。”然后刘俊康领着江文静、程苗苗和摄影记者过来了，后面跟着金杯面包车。

赵长风说：“这个问题回来再说，我们先到里面看看!”

大家都上了车，往山里走。山路上的雪都被铲除了，前行的速度就快多了，二十多分钟后，到了后河乡政府。乡政府门口冷冷清清的，一个人也没有，除了乡政府大院上面挂了一个横幅：欢迎市领导莅临后河乡指导工作。

霍乙路从小面包车上下来，有些难为情地对赵长风：“市长，乡里的干部都被我派下村里抗雪去了，现在还没有回来，估计快了，要不您先到办公室坐一下?”

赵长风看了一下手表，下午三点半，就说：“霍乡长，现在还早，我们还是到下面村里看一下吧，就到梨树口村吧，我去看看校舍倒塌的情况。”

霍乙路心里估算了一下时间，说：“好，梨树口村也不远，去看过之后正好赶得回来。”

忽然，乡政府里跑出来两个人，他们来到赵长风面前大声叫道：“谁是市领导？我们有情况要向市领导反映!”

霍乙路的脸色马上变了，他厉声说：“你们想干什么？快点给我离开!”

那两个人叫道：“霍乡长，你怕什么？你敢做，还怕我们说啊？今天当着市领导的面，我们把这事说个清楚！”

赵长风看了霍乙路一眼，和颜悦色地对那两个人说：“你们是什么人，要反映什么情况？”

左边那个三十多岁高个子男人就说：“我们是凤凰山金矿设备科管理人员，凤凰山金矿的矿井和采矿设备全部被有关部门查封后，我们就留在矿上看守设备。可是昨天早上后河乡乡长霍乙路却带人到我们金矿强行撕毁封条，把金矿上的两辆铲车全部开了出去。我们在一旁根本阻拦不了。我们听人说市里的领导下到后河乡来视察，所以就来向市里领导反映情况，希望市里领导还我们金矿一个公道！”

“霍乡长，这是怎么回事？”赵长风的面容严肃起来，“他们说的情况是不是真的？”

霍乙路的表情有些沉重，他低下头说：“市长，他们说的情况是真的，是我带人到凤凰山金矿撕毁了封条，开出来两辆铲车。”

在一旁的后河乡党政办主任彭修成幸灾乐祸地看着霍乙路，心想，当初我就劝你不要打凤凰山金矿的主意，可是你却不听，怎么样，惹下麻烦了吧？

“霍乡长，你这不是胡闹吗？你说，你撕开封条开出铲车来干什么？”赵长风声色俱厉地说。

霍乙路低着头说：“市长，暴风雪下了将近两天，把后河乡的道路全部都封堵了。不但后河乡和外面断了交通联系，后河乡下面的村庄和乡政府之间也断了交通联系。路上的积雪那么厚，靠人工铲雪肯定不行，必须动用机械铲雪才行，所以我就……”

赵长风打断了霍乙路的话：“霍乡长，据我所知，后河乡农机站有两辆铲车。”

“赵市长，”霍乙路抬起头来，激动地说，“后河乡面积这么大，山路多，单靠农机站的两辆铲车根本无法及时完成除雪任务。而后河乡的企业中就只有凤凰山金矿有两辆铲车，所以我就动用了。”

“胡闹，简直是胡闹！霍乙路同志，你一定要好好检讨一下。虽说你是为了抗雪救灾，情况特殊，可是情况再特殊，也不能违反纪律去撕毁专案组的封条啊！你知道你这样做的后果有多严重吗？”赵长风面沉似水，“现在急着抗雪，这个责任先挂着，等抗雪救灾工作结束之后，我再追究你以及后河乡政府在这件事中的责任！”

凤凰山金矿设备科的两个管理人员见昨天还在他们面前威风凛凛的霍乡长吃瘪，心中无比痛快，都觉得赵市长真是一位好干部，没有因为霍乙路是后河乡的乡长而偏袒他，这样的好领导真的是越来越少见了呢！

赵长风批评过霍乙路，转身对两个管理人员说：“两位同志，发生这件事，我作为上级领导也负有一定责任，平常疏于对下面相关部门的领导干部的管理和教育，以至于他们法制和纪律观念淡薄，才发生了这件事。”

凤凰山金矿设备科的两个管理人员更觉得自己有面子，竟然连市长都向他们道歉了，还是市里领导的素质高啊！看看人家赵市长，说话和颜悦色，多么亲切？再看看霍乙路等后河乡干部的嘴脸，和土匪有什么区别？

“赵市长，这，这事不能怪你。”高个男子说，“经还是好经，都是被下边的和尚念歪了呢！”

赵长风微微一笑，说：“两位同志，事情已经到了这个地步，铲车都已经开到山路上除雪去了，那不如继续承担抗雪救灾的任务。等道路全部畅通之后，我让他们立即把两辆铲车给你们送到矿上去。另外请你们放心，霍乙路同志的责任我是一定会追究的，对于这次行动给你们金矿造成的损失，后河乡政府也必须予以补偿。你们看，这样处理怎么样？”

这两个人说是凤凰山金矿设备科管理人员，其实就是罗大牙的亲戚。罗大牙和李大用都被抓了，他们也不过就是留在金矿帮着看一下机器设备不被人偷走罢了，现在市长亲自对他们道歉，又承诺要对霍乙路严肃处理，他们还能有什么意见呢？

“谢谢赵市长，你真是咱们邙北市的包青天！”两个人谄媚地说，“你忙吧，我们就不打扰赵市长了！”

赵长风笑了一笑，说：“好，那就这样吧！”然后他扭头对霍乙路说：“霍乡长，你还不上车？”

霍乙路领着人去凤凰山金矿开铲车时就知道会有这么一个结果。当时在后河乡抗雪部署会议上，霍乙路提出这个建议时，后河乡参加会议的领导没有一个支持他，会上主流意见就是只动用农机站两台铲车上路铲雪就可以了，这样效率虽然低，但是不会犯错误。去动凤凰山金矿的铲车需要撕开封条，这封条可是省政府派下来的专案组贴封的，谁要撕毁谁就要承担责任。

但是面对一边倒的意见，霍乙路还是坚持他的看法，必须要到凤凰山金矿把两辆铲车弄出来。后河乡辖区面积大，山路多，如果不动用铲车及时把道路打通，山区里的老百姓就与世隔绝了。这样的后果第一个就是后河乡政府不能及时有效地掌握下属各村组的受灾情况，没有办法做出针对性的部署；第二个问题就是，如果山区里的老百姓因为大雪压倒房屋出现伤亡，而道路都被大雪封了，就会得不到有效的救治。即使没有出现大雪带来的伤亡，可是老百姓如果有个急病，道路无法通行，病人就不能及时被送到乡卫生院，也无法从乡卫生院往邙北市人民医院转。人命关天啊！

见霍乙路力排众议一定要打凤凰山金矿两辆铲车的主意，老成持重的乡人大主任老方就向霍乙路建议，是不是先向邙北市领导汇报一下，看看市领导的意见。霍乙路苦笑两声，他何尝没有想到啊，问题是后河乡和邙北市的电话联系已经中断，霍乙路已经派乡邮电所的技术员老张领着人去巡查电话线，看是不是大雪把电话线给压断了。可是要翻山越岭去查电话线路，又在这种风雪交加的恶劣天气中，短时间内肯定不会马上解决的。

“这件事就这么定了！”霍乙路说，“同志们，现在情况紧急，容不得我们继续讨论。我立即带人到凤凰山金矿把两辆铲车调出来，将来有什么责任，全由我霍乙路个人承担，与在座各位无关！”

撂下这句话，霍乙路就带着人冒着大雪往凤凰山金矿去了。由于要撕毁封条，没有一个乡干部愿意承担这个责任，霍乙路只好自己亲自过去。

到了凤凰山金矿之后，金矿设备管理科的人当然不愿意让后河乡政府动用他们的铲车，虽然铲车上贴有封条，但是在专案组没有下结论之前，这些东西毕竟还是凤凰山金矿的资产啊！

霍乙路急着救灾，解释了两句，见解释不通，就让人强行把铲车开了出去，又撂下一句话：“要告状，随便！我霍乙路随时奉陪！不过即使你们想告状，现在也出不去，也得等我把道路打通之后了！”

霍乙路这个时候是豁出去了，马会来在后河乡当书记的时候，他基本上是一个甩手乡长，一点办法都没有，只能看着马会来把后河乡祸害成这个样子。现在马会来进去了，他暂时担任后河乡党政一把手，就必须踏踏实实地为后河乡百姓做一点实事。眼前抗雪就是一件实事，霍乙路必须尽最大努力保证后河乡的老百姓不因为暴风雪而出现伤亡事故，其中最重要的一点就是立即打通交通，让乡机关的干部能够及时深入到下属各村组中去领导抗雪救灾工作！

至于做这件事的后果，霍乙路不是没有想过，说实话，他心里还是存有侥幸心理的。新来的市委书记刘驰是什么样的工作风格他不清楚，但是主持市政府工作的常务副市长赵长风的工作风格他却很清楚。从赵长风对待梨树口村村民的态度来看，就可以知道这是一个亲民爱民、一心为老百姓着想的好领导。现在霍乙路这种做法也是为老百姓着想，虽然违反了相关制度和纪律，但是霍乙路认为赵市长一定会保下他。他根本没想到，赵长风竟然会如此声色俱厉地批评他。

到了梨树口村外，赵长风让车停在路边，下了车，车上的人也都纷纷跟着下来。后面后河乡政府的小面包车也停了下来，霍乙路和彭修成从车上跳下来，向赵长风这边靠了过来。

周围一片白茫茫的世界，厚达一米的积雪把一切都掩盖住了，连大龙溪在冰雪的覆盖下也显得无比圣洁，在山川中蜿蜒着如同一条雪龙。

赵长风看着周围的一切，非常满意，尤其满意的是，从后河乡到梨树口村这一段山区公路上的雪基本上都被铲除了，路面上虽然还有一层薄薄的冰雪，但是基本上不影响行车了。

霍乙路走到赵长风身边，为赵长风介绍着情况：“赵市长，梨树口村是由乡团委副书记常飞负责的。”

赵长风没有说话，就往村里走，霍乙路连忙小步追上，紧紧跟在赵长风后面。

程苗苗拿着话筒快步跟上，摄影记者小刘扛着摄像机追着赵长风的身影往前走。江文静倒是落在了后面，四处张望着。

村子里奔出一群人，为首是一个和赵长风年纪相仿的年轻人，身后跟着几个人，其中两个人赵长风认得，是当初曾经在路上拦住他、递上访信的王柱子和王天才。

“赵市长好！霍乡长好！”年轻人热情地招呼道。

霍乙路连忙介绍道：“赵市长，这位就是后河乡团委副书记常飞。”

赵长风伸出手来说：“常飞同志，辛苦了！”

常飞连忙哈着腰伸出双手握住赵长风的大手，说道：“不辛苦，不辛苦，我们做下级的就该为领导和人民服务。”见赵长风已经抽回了手，常飞就指着身边的人为赵长风介绍道：“赵市长，这位是梨树口村主任王柱子。”

赵长风笑着伸出手来，说：“王大爷，咱们见过面啊！”以前马会来担任乡党委书记的时候，由于偏袒凤凰山金矿，梨树口村村民怨气很大，村委会主任和村支书都没有人愿意当，一直空缺着。王柱子现在成了村委会主任。

王柱子连忙把手上的雪水在防寒服上擦了两擦，这才伸出手紧紧握住赵长风的手说：“赵市长，你是我们梨树口村的大恩人，那口深水井救了我们全村老少两千多口人的性命，我们全村人都记得你的大恩大德呢！”说着就要跪倒。

“王大爷，不要这样！”赵长风连忙扶住王柱子，说道，“我不过是做了一个普通党员干部应该做的事！”

程苗苗和摄影记者小刘在旁边抓拍着这感人的一幕。

王柱子站起来抹了抹眼泪，拉着身后的王天才介绍道：“赵市长，这是我天才侄子，你应该认识吧？他现在是村委会的副主任。”

“好好，不简单啊！”赵长风和王天才握了握手，又问，“王三发呢？他现在在干什么？怎么不在？”

王柱子就说：“赵市长，三发现在是村支书了，一周前他就下了广州，去为村里的年轻人联系打工单位了！”

赵长风点了点头道：“不错啊！以梨树口村的现状，走劳务输出这条道路还是很正确的选择，既能为村里创造经济收入，也能让年轻人开阔一下眼界，学好本领，将来回报故乡嘛！”

霍乙路对党政办主任彭修成说："市长的指示非常重要，彭主任，你记录下来，回去我们要组织一个研讨会，对梨树口村的经验进行研究推广。"彭修成连连点头，掏出笔记本飞快地记录着。

"王大爷，带我到村里看一看吧！"赵长风扭头对王柱子说，"咱们边走边说。"

王柱子连忙在前面带路，他身体倒还硬朗，对赵长风介绍道："赵市长，村里的情况还好，除了小学校舍倒塌外，其他房子都没有大问题。"

赵长风边听王柱子介绍，边往村子两边看去，正如王柱子所言，村里的房子都是砖石结构，看上去很坚固，虽然屋顶都积了厚厚的一层雪，但是对房子的安全似乎没有什么影响，就放下心来。

"王大爷，"赵长风说，"村里的房子建得不错啊！"

王柱子就有些骄傲地说："赵市长，以前我们梨树口村也是远近有名的富裕村，是生产优质苹果的大村。十几年前，连山下平原地区还有不少土胚房的时候，我们梨树口村都建了一水的砖石房。"说到这里，王柱子又叹了一口气，"可惜后来发现了黄金，梨树口村就遭了殃了，收入一天不如一天，从一个有名的富裕村变成了有名的穷村。"

赵长风听了心情就很沉重，照理说，地下发现资源是一件大好事，可是梨树口村附近发现了储量巨大的黄金资源，非但没有让梨树口村村民享受到丰富矿产资源带来的好处，反而把曾经富裕的梨树口村村民推向了赤贫和污染。

说话间，他们到了村西边的梨树口村小学，进了小学大门，只见小学操场的西边一排房子已经变成了废墟。

"没有伤着人吧？"赵长风站在废墟前问。

常飞在身后答道："赵市长，没有伤着人。我昨天早上就赶到了梨树口村，传达了乡政府的通知，让学校停课放假。到了中午，校舍才倒塌了。"

赵长风沉吟了一下，问常飞道："村里的人都统计了吗？"

常飞连忙回答："赵市长，校舍倒塌时，就有人在学校外面守着，可以确定学校内空无一人。另外我还让村民们查了一下家里的人，尤其是孩子。除了跟随王三发到广州去的几个年轻人外，其他人都在，没发现有人失踪!”

赵长风点了点头，看了看眼前一片碎砖瓦砾，有些奇怪地问：“这校舍也是砖石结构，为什么会倒塌?”有一句话赵长风没有说出来，难道这校舍是豆腐渣工程?

王天才就在旁边答道：“赵市长，这校舍本来建得非常牢固，但是距离这里五百米有一家小金矿，开采的时候引起了地下水位下降，村小学的地面就出现了塌陷，校舍的墙壁上都出现了巨大裂缝，由于村里没有钱，也没有办法维修，平时孩子们在里面上课我们都觉得提心吊胆的。这次下了暴雪，常书记过来一传达乡政府的指示，我们村里立即让学生停课回了家。”

原来又是金矿惹的祸。赵长风微微摇了摇头，看来对金矿进行整改还是非常有必要的，不然再这样下去，还不知道要给老百姓带来多少祸害。

这时候，梨树口村的村民听说给村里拨款打深水井的赵市长来村里视察工作了，他们都聚集过来，争先恐后地涌向赵长风，想亲眼看一看大恩人：“赵市长，大好人、大恩人!”

赵长风转过身来，看着身边越拥越多的村民，激动地说：“父老乡亲们，你们辛苦了！我代表邙北市市委、市政府来看望大家。灾难无情人有情，这次梨树口村受灾，不光市委市政府的领导关心你们，全市四十多万人民也关心挂念着你们，我这次来，就带来了全市人民对大家的心意。说实话，这次暴雪不光给你们、也给全市人民带来了严重的损失，但是我相信，梨树口村村民是勇敢的，是坚强不屈的，邙北市人民也是勇敢的，也是坚强不屈的，我们不会被这区区雪灾所吓倒的。庄稼被冻死了，我们可以补种；房屋被压塌了，我们可以重建。困难是暂时的，只要我们坚定信念，共同努力，没有克服不了的难关！乡亲们，你们有信心吗?”

“赵市长，我们有信心!”

被热情的村民包围起来，霍乙路想阻拦大家，却被赵长风制止了，对赵长风来说，能够近距离接触普通百姓的机会并不多，他不想放弃这个机会。

霍乙路正在着急，刘俊康带着两个市政府的工作人员提着两个袋子过来了，霍乙路连忙求援似的迎上了去，为难地指了指被村民重重围起来的赵长风。

刘俊康笑了一下，就分开人群挤了进去，轻轻扯了扯正在兴致勃勃和村民拉家常的赵长风，轻声说道："市长，已经五点了，这里到乡政府还有十多公里的山路……"

赵长风这才醒悟过来，他看了一眼刘俊康，说声"好"。刘俊康就把霍乙路拉了进来，在他耳边交代了几句。霍乙路连连点头，然后站出来大声说："乡亲们，大家静一静，这次赵市长代表市政府过来看望大家，还为大家准备了慰问金，请大家都到王主任那里按家户排队领取慰问金，五保户和烈属军属优先领取。"

村民们一听说有钱领，顿时喜笑颜开，都挤到王柱子那里排队。等队伍排好，赵长风就从工作人员手中接过信封，按照名单上的顺序，为五保户发放慰问金。程苗苗领着摄影记者拍摄着赵长风发放慰问金的场景，尤其是五保户抽出信封里的百元大钞时脸上灿烂的笑容。

赵长风把几家五保户和烈属的慰问金发放完毕后，其余工作就交给霍乙路，等全部发完已到了五点半，天色开始发暗。赵长风就再次和村民告别，上了车返回后河乡政府。他们赶回后河乡政府时，已经是伸手不见五指了。

乡政府旁边有一家小招待所，彭修成早已让招待所的负责人收拾出来几个干净房间，又从供销社拿来新的床单被罩，就等着市政府工作人员和记者们过来住下。

后河乡的几位副乡长副书记已经从下面村里赶了回来，都等候在乡政府门口，见赵长风下了车，纷纷围上来问好，赵长风笑着和他们一一打着招呼。

霍乙路跟在后面请示道："赵市长，您看是先住下还是先吃饭?"

赵长风说："还是住下吧。吃饭的问题就不要麻烦乡里了，我们自备食物，自己解决。"

霍乙路愣了，他当了乡长之后，还真没见过市领导到乡里来会自备食物的，他以为赵长风嫌弃乡里饭菜不上档次，就连忙说："赵市长，乡里条件虽然有限，不过却有一些正宗的野味，在市里很少能有机会吃到……"

赵长风摆了摆手说：“霍乡长，没这个必要，没这个必要啊！先到住的地方看一看吧。”

彭修成就凑过来说：“赵市长，其他同志我都安排到招待所了。您的住处我安排在乡政府大院，是乡团委书记顾小燕的房间。顾小燕晚上到妇联谢主任家去住。”

后河乡团委书记顾小燕是个很漂亮很阳光的女干部，二十五六岁，赵长风见过，印象还不错。但是彭修成这样的安排却让赵长风极不舒服，一个市领导住到一个青年女干部的闺房里，传出去像什么话？这个霍乙路，本来看他还不错，没想到却搞出这么乱七八糟的安排来。

“霍乡长，这是你的安排？”赵长风似笑非笑地问道。

霍乙路错误理解了赵长风的意思，以为赵长风接受了彭修成的安排，心中叹了一口气，看来赵市长和市里其他领导并没有什么不同，他答道：“赵市长，马书记在的时候就这么安排了，市领导如果住在后河乡，一般都会让顾小燕同志让铺的。这次彭主任也是按照以前的老规矩办，我可不敢居功啊！”

赵长风扫了一眼满脸殷勤笑容的彭修成，淡淡地说：“多谢彭主任一番美意。既然已经让顾小燕同志让出铺来了，就让中州晚报社的江记者和邙北市电视台的程记者两个人住进去吧。至于我，还是和大伙儿一起住在招待所吧，这样才不会脱离群众啊！”

彭修成本来还想再劝赵长风，可是被赵长风扫了一眼，那些平时在市领导们面前说得滚瓜烂熟的话竟然说不出口了，只好连连点头称是。

在招待所住下后，简单洗漱一下，大家都出来集合在一楼，等着赵长风下来，和大伙儿一起去吃晚餐。奔波了一整天，大家都饥肠辘辘，后河乡在深山里，野味在邙北市是出了名的，今天正好借着这个机会大快朵颐。

大家正想着，就看见赵市长笑眯眯地从楼上下来。这时刘俊康却领着两个工作人员搬着三只大纸箱进来，他喊道：“开饭了，遵照赵市长的指示，为了避免给基层带来不必要的麻烦，和中午一样，我们为大家准备了简单的晚餐，请大家来领取！”

啊？又和中午一样啊？中午是在山路上，没有办法，只能简单解决，现在已经到了后河乡，还有必要如此吗？大家心里都有些不爽，可是却没有人敢表现出来，刘俊康已经说了，是赵市长的指示，谁要敢表示不满，不是明摆着和赵市长过不去吗？于是大家都从刘俊康手中领取了一袋饼干、一袋榨菜和一根火腿肠，就着招待所里供应的热茶水，每个人都狼吞虎咽起来。

赵长风领了两份，来到江文静身边，递给她一份，说道："文静，不要嫌我们邙北市寒酸啊！"

江文静白了赵长风一眼，撕开袋子，拿出一块饼干，小口咬了一块，笑着说："反正我也不是第一次领教赵老抠的作风，好歹这还是一袋饼干，没有给我两个窝窝头。"

赵长风咬了一口火腿肠，含糊不清地说了一声"好吃"，然后又笑着说："窝窝头？你就别想了！窝窝头现在可是高档食品，比饼干贵多了，我可舍不得提供。"

这时候却听到摄影机转动的声音，赵长风抬头一看，摄影记者正扛着摄影机对着他手中的榨菜，程苗苗拿着话筒递给了过来："赵市长，你怎么会想到领导干部下乡要自带午餐、晚餐的？"

赵长风把口中的榨菜咽下，严肃地说："我们领导干部下乡自带干粮，这其实不是什么新鲜事，是我党一贯的优良传统，只是现在这些优良传统快被人忘光了。借着这次下乡帮助基层抗雪救灾的机会，重拾这个传统，只为了让我们邙北市的广大干部记住，我们是人民的公仆，是要一心一意为人民服务的。我们下基层是为了帮助基层救灾、解决困难，不是来基层大吃大喝、挥霍浪费的。而基层也可以把省下来的招待费更多地用在灾后重建的工作中去，从而在根本上促进领导干部工作作风的改变。"

程苗苗的大眼睛里充满了崇拜，她望着赵长风道："赵市长，你说得太好了！那么这种作风能不能长期坚持下去呢？其他领导干部会理解你这样的做法吗？"

"能。"赵长风说，"这种作风会长期坚持下去的。其他领导干部，他们会理解也会支持这种做法的！"

用过晚餐之后，赵长风和刘俊康一起来到后河乡政府办公楼二楼小会议室，后河乡的干部都到齐了，赵长风详细听取了每个干部下去抗雪救灾的报告，情况和今天上午听到的没有什么大的出入，除了那个住院的乡干部外，并没有出现新的人员伤亡，只是倒塌的危房数量比上午听到的数字多了三间。

赵长风对后河乡党委和政府领导积极投入抗雪救灾工作的态度和努力进行了肯定，能够在数十年不遇的大雪灾中保证人民群众的生命安全，这是非常了不起的。他又对下一步抗雪救灾工作进行了部署，要后河乡党委和政府发动群众，发扬自力更生、艰苦奋斗的精神，不等不靠不要，迅速展开灾后重建工作。当然，市财政在条件允许的情况下，也会下拨一定资金，支援后河乡灾后重建工作。

会议结束后，赵长风把后河乡党委和政府的主要领导留了下来，进行了小范围的谈话，进行了一番嘉勉。等他回到招待所时，已经是晚上十一点了，就算赵长风年轻力壮，此时也感觉又累又困。小招待所条件有限，刘俊康从下面提了两壶开水上来，让赵长风泡泡脚再睡。赵长风正准备泡脚，门外响起了敲门声。

赵长风穿上拖鞋把门打开一条缝，外面露出一张灿烂的笑脸：“市长，我有点事想向您汇报。”来的是后河乡党委王副书记。

“王书记啊，进来吧。”

王副书记进来后把门掩好，轻手轻脚地跟着赵长风进到里屋，看到地上的洗脚盆就不好意思笑了一下，说：“耽误市长休息了。”

房间里只有一张椅子，赵长风就坐在椅子上，指了指床，对王副书记说：“坐吧。”

王副书记小心翼翼地用小半个屁股挨着床沿坐下，上身挺得笔直，规规矩矩地对着赵长风，目光落在赵市长鼻子下方，生怕目光和领导对视惹得领导的反感。

赵长风看到王副书记拘谨的样子，就笑起来，他说：“老王，你不是有事要说吗？说啊！”

王副书记吞吞吐吐地说：“市长，其实，其实也没有什么大事，我就是想向您汇报一下思想。”

赵长风的眉头不易察觉地皱了一皱，他明白王副书记过来的意思了。这个时候邙北市刚遭受了数十年不遇的大雪灾，全市上下都忙着抗雪，王副书记还有心思来汇报思想，真是典型的官迷心窍。

赵长风心中不悦，脸上却是不动声色，微笑着听王副书记开始汇报思想。他在邙北市毕竟根底还浅，纵然有再好的想法，进行具体的实施不是还要依靠基层的同志吗？这也是他刚开始主持市政府的工作，如果连一个乡党委副书记来汇报思想都不能容忍，别人会产生什么看法？

耐着性子听王副书记汇报完思想，赵长风勉励了两句，又故意打了个哈欠，王副书记连忙站起来，愧疚地说："市长，不好意思，您劳累了一整天，我还过来耽误您宝贵的休息时间。"

赵长风笑呵呵地说："没关系啊！老王，我也正想了解一下下面同志的思想动态，感谢你给了我这么一个机会呢！只是这次时间太紧了，没办法听你详细说呢！"说着他就伸出手来。

王副书记连忙伸出双手握住赵长风温暖的大手，谦卑地说："市长，那您休息吧。以后我有什么想法，就到市里去找您汇报。"

赵长风笑道："好好好。"就放开了手。

王副书记从怀里掏出一个信封，放在床头，后退着就要出去。赵长风脸色微变，叫了一声："老王，你这是干什么？把这个拿回去！"

王副书记看了看信封，为难地说："市长，您到后河乡来，连饭都没有吃上一顿，这是下边同志的一点心意，您就……"

赵长风哪里缺这一点钱，他板着脸说："老王，你拿回去吧，这件事到此为止，我就当没有发生过！"

王副书记见赵长风面如寒霜，只好走回了两步，把信封取回来塞进怀里，讪讪地退了出去。

赵长风坐在椅子上，一肚子不痛快，别说他不缺钱，就是他缺钱，也不会去收这个钱的。在官场上最忌讳的就是这些事，赵长风志向远大，可不想因为这一点钱就断送了自己的前程。

这时候门外又响起了敲门声，赵长风过去开门，却是后河乡另外一个党委副书记钱后然："市长，不好意思，打扰您休息了。我想占用您几分钟时间，可以吗？"

钱后然进到屋里，和王副书记一样，他也是过来汇报思想工作，在汇报思想工作之余，钱后然又评点了霍乙路、王副书记等几位乡领导，说他们身上有这样那样的缺点，犯过这样那样的错误，那架势那气派，仿佛后河乡只有在他钱后然的领导下才会走向繁荣昌盛的金光大道，再让霍乙路这么领导下去，或者换成王副书记，后河乡只会日益没落。

赵长风本想给钱后然一点面子，耐着性子听完，无奈都过去二十多分钟了，钱后然还在夸夸其谈，赵长风终于忍不住了，打了个哈欠说："钱书记，你今天汇报的情况很重要，市里会统筹考虑的，时候不早了，今天就先这样吧。"

钱后然意犹未尽地站了起来，对赵长风说："市长，那我改天再到市里向您汇报。"

"行啊，行啊。"赵长风心不在焉地说，"回头看时间吧。"

钱后然伸手从手包里拿出一个小方盒子，放在写字台上，对赵长风说道："市长，您这次亲临后河乡指挥抗雪，后河乡的干部群众都很振奋，也很想感谢一下市长。只是时间太紧，匆忙之间也没有准备什么好的礼物。我听说市长是属虎的，我这里准备了一只老虎雕像，请市长带回去，也算是我们后河乡干部群众对市长的一点心意。"

赵长风打开盒子，红色的天鹅绒里衬上，卧着一只神态威猛的金虎，从入手沉甸甸的分量来看，赵长风估计在半斤上下，委实是非常扎实的厚礼。

"老钱，这么厚重的礼物我可收受不起啊！"赵长风淡淡地笑道，"你还是拿回去吧。"

钱后然就说："市长，我都带过来了，您如果让我带回去，怕冷了下边干部群众的心啊！"

"是啊，我还真是怕冷了下边干部群众的心呢！"赵长风意味深长地说，"我中午还听霍乡长向我抱怨，乡财政没有钱，梨树口村的小学校舍被大雪压塌了，没钱重建。老钱，你要是真有这份心意，不如把这只金虎捐给梨树口村用于小学校舍重建吧。”

钱后然没有想到赵长风会这样将他一军。这只金虎他送给了赵长风一点都不心疼，如果捐给梨树口村修建小学校舍，那他可就舍不得了。于是他就干笑着说：“市长的建议很有道理，我回去一定给大家传达到。”他把金虎塞进手包，狼狈地退了出去。

赵长风看着钱后然的背影摇了摇头，如果后河乡的领导干部都是这样的想法，后河乡的工作又怎么能做好？看来他回去后一定要向刘驰书记建议，考虑一下后河乡领导班子的调整问题。

赵长风坐在椅子上，试了一下洗脚盆里的水温，早已凉了。他就端起水盆出去，准备把水倒掉。他刚端着盆出门，就看到霍乙路站在外边：“市长，我有点工作想向您汇报。”

赵长风心里这个恼火啊，白天看着霍乙路还不错，谁知道和老钱、老王一样，都是官迷心窍的人，这个时候不去考虑全乡如何在雪灾之后重建，却削尖了脑袋过他这里来钻营。

刘俊康就在隔壁，听见赵长风的声音，连忙走了出来，看赵长风手里端着洗脚盆，连忙接了过来，说道：“市长，让我来。”

赵长风把洗脚盆递给刘俊康，看了一眼霍乙路，淡淡地说：“进来吧。”

进了房间，赵长风拉开椅子坐下，用手指了指着床，说了声“坐！”然后就拿起桌上的烟盒，磕出一支烟，塞到嘴里，摸出打火机点燃，重重地吸了两口。

刘俊康提着空盆进来，放在洗脸盆架下面，轻声说道：“市长，时间不早了，明天还要赶路，早点休息吧。”

霍乙路连忙说：“刘秘书，我长话短说，抓紧时间向市长汇报。”

刘俊康回头看着霍乙路说：“霍乡长，不是我说你们，哪有深更半夜汇报工作的？市长奔波了一整天，都累成什么样子了？”

“俊康，怎么能这么说话？”赵长风板着脸说，“霍乡长也是为了工作嘛！你去休息吧，有什么事我叫你。”其实刘俊康说的这些话都是赵长风想说而不方便说的，正好借着刘俊康的口说了出来，当然，虽然是这样，赵长风还不得不做出一副批评的姿态，这也是领导的艺术。

刘俊康轻声了说声“是”，就轻手轻脚地退了出去，随手带上了房门。

赵长风这时候才想起霍乙路，举着烟盒对霍乙路说：“霍乡长，来一支？”

霍乙路连忙摆了摆手说：“市长，不了。我谈完工作马上就走，不能耽误您休息。”

“也好！”赵长风把烟盒扔在了桌上，“那就抓紧时间吧。”

“市长，我还是过来向你化缘的。”霍乙路愁眉苦脸地说，“这次后河乡受灾严重。其他都还好说，当务之急是要替房屋被压塌的村民重建房屋，还有梨树口村小学的校舍重建问题也耽误不得，如果不尽快解决，梨树口村近两百个小学生就没有地方上课了。而以后河乡目前的财政状况，根本无法解决这些问题。”

霍乙路的话很出乎赵长风的意料，赵长风本来以为霍乙路是和老王、老钱一样来活动的。

“霍乡长，不要总是哭穷。”赵长风说，“我看后河乡还是很不错嘛！你说后河乡财政上没有一分钱，我看不像，不像啊！”赵长风说这话的时候，想起了老王和老钱两个人，一个比一个出手阔绰。

“市长，是真的没有一分钱了！”霍乙路急赤白脸地说，“这么大的事，我敢骗您吗？”

赵长风用手指在桌子上敲了敲，沉吟了一阵，说：“这样吧，这两天你们抓紧时间统计一下后河乡的受灾情况，打个报告上来。救灾款肯定是会下拨的，但是至于会下拨多少，我可不敢保证，毕竟这次是全市范围内受灾，需要救助的不单单是你们后河乡一个地方啊。”

“谢谢市长！让您多费心了！”霍乙路说着看着赵长风，待赵长风一有表示，他就准备起身告辞。

赵长风的心情却很沉重，后河乡是邙北市有名的富裕乡镇，可是金矿才停产三个多月，财政上就一分钱都没有了，连乡政府工作人员的工资都欠下了，可见后河乡财政对金矿的依赖程度有多大。怪不得当初马会来会那么拼死拼活地维护金矿的利益，这除了马会来个人利益的考量之外，恐怕还有对后河乡财政收入的考量吧？由后河乡联想到邙北市，这金矿一停，市财政也是捉襟见肘，虽然不至于像后河乡财政这么窘迫，但是也要拆东墙补西墙。由此可见，无论是后河乡还是邙北市，都必须要走多元化经济发展的道路，如果把所有的希望都寄托在金矿一个产业上，是非常危险的事。

想到这里，赵长风就很希望和人谈一谈，而眼前这个后河乡乡长霍乙路无疑是最合适的谈话对象。

就在这个时候，刘俊康把门推开了，他没有看霍乙路，而是径直走到赵长风身边，轻声说："市长，不早了，该休息了。"

霍乙路连忙站起来说："市长，不好意思，耽误您这么长时间。我回去了，您好好休息吧。"

"不忙，不忙，你先坐下。"赵长风伸手往下虚压了一下，霍乙路为难地看了一眼刘俊康，又看了看赵长风，这才挨着床沿重新坐下。

"市长……"刘俊康指了指手表。

"知道，我知道。"赵长风一笑，"俊康，给霍乡长倒杯茶来。"

刘俊康就乖乖地闭上了嘴巴，秘书是领导身边的人，在领导身边工作的人都有一个不成文但是人人都遵循的准则，那就是在领导身边工作，一般不要给领导提参谋建议，即使提参谋建议，也只能提一次。原因就是，在领导身边工作，和领导关系比较特殊，领导难免会对身边人的意见或者建议非常重视。所以参谋建议提一次就足够了，完全可以起到参谋的作用。要是提两次、三次，就很容易动摇领导的决心，进而影响领导的决策。

见刘俊康过去倒茶，霍乙路连忙站了起来，先说不用，后来又说自己来，可是赵长风却说："霍乡长，你坐下，我有事要问你呢！"霍乙路只好坐下，却冲着刘俊康不好意思地笑了笑。

"霍乡长，"赵长风又点燃了一根烟，缓缓地说，"对于后河乡今后的发展，你有什么想法没有?"

"市长，我倒是有一些想法。"霍乙路说一句，就扭过头对把茶水放在他面前的刘俊康说了一句："谢谢。"

刘俊康笑了一笑，用手势向赵长风对外划了一下，赵长风点头道："嗯，你去吧，这里没有什么事了。”

刘俊康退出去后，赵长风扭头对霍乙路说：“霍乡长，继续说。”

霍乙路接着刚才的话题说：“市长，我个人觉得，后河乡不能再走过去只依靠地下金矿资源的那条老路了。这个建议我以前向马会来同志提过，可是没有获得马会来同志的认同。”

霍乙路的想法和赵长风不谋而合，赵长风却故意问道：“霍乡长，如果不依靠地下金矿资源，后河乡该怎么办呢？你看看，金矿才停了几个月，后河乡财政就入不敷出，到了要破产的边缘。”

霍乙路听赵市长的意思是不赞同他的说法，心里就有些犹豫，是不是要把自己的想法继续说出来呢？转念一想，顾虑那么多干吗？他只管说他的想法，领导采不采纳是领导的事，至少他也曾为自己的想法努力过，至于能不能付诸实施就不是他能控制得了的了，总之只要努力尝试过，他就不遗憾了。

“市长，后河乡以前没有发现金矿的时候，也是一个远近闻名的富裕乡，靠的就是林果业。后来后河乡发现了金矿资源，采金业迅猛发展，可是林果业却因为采金带来的污染迅速衰落，我觉得这是后河乡发展史上一个败笔。”霍乙路这番话憋在心里很久了，一直没有机会向上级领导吐露，今天难得有这个机会，他决定一吐为快，至于这番话是不是讨领导的喜欢，他已经顾不得了。

赵长风不置可否地“嗯”了一声，示意霍乙路继续。

霍乙路说道：“我看过地矿局的一个勘探报告，说后河乡地下金矿资源是很丰富，但是按照目前的开采速度，四十年之后地下的金矿资源就会被开采殆尽。那么四十年后，后河乡要靠什么吃饭？而且更为严重的是，现在的大小金矿都搞掠夺性开采，在开挖金矿矿脉的时候，挑肥拣瘦，那些富矿都被开采出来，而含金量低的贫矿却被丢弃在地下，恐怕二十年后，后河乡的金矿资源就已被糟蹋得一干二净了，那么二十年后，后河乡的人们要靠什么生活？”

“除了对金矿资源的掠夺性开采外，还有开采金矿所给后河乡带来的严重污染，让后河乡很多地方已经是寸草不生、林木凋谢、庄稼枯萎，本来一个好好的以林果副业闻名的乡镇，现在想吃点水果还要到邙北市去购买，这简直是一个笑话。如果后河乡继续沿着这条路走下去，那么等地下的金矿资源被开采光之后，后河乡就成了一片死寂之地，恐怕已经不适宜生活了。”

赵长风来到邙北市之后，从政府官员的口中听到的都是赞美黄金给邙北市带来的巨大效益，像后河乡乡长霍乙路这么激烈地抨击金矿开采的政府官员他还是第一次遇到。而且霍乙路说的很多东西都是赵长风曾经思考过的，只不过霍乙路是站在后河乡的角度，而赵长风却是站在邙北市的全局。

不过赵长风却并不会因为霍乙路的观点和自己的相似，就对霍乙路另眼相看，因为发现问题非常容易，问题就摆在那里，大家都能看到；关键是发现问题之后，该如何解决这个问题，这才考验一个政府官员的真实水平。赵长风想看一看，霍乙路会给出一个什么样的答卷。

“霍乡长，照你这么说，当初在后河乡开采金矿完全是一个错误的决定了！”赵长风微笑着说。

“市长，我认为开采金矿没有错误，问题是怎么开采！”霍乙路说，“按照后河乡的自然条件，必须是两条腿走路，一边开采金矿，一边继续保持后河乡林果业原有的优势，把两者很好地结合起来，后河乡的经济才会健康协调地发展。”

“当然，现在已经到这个地步了，再埋怨以前的政策已经晚了。”霍乙路继续说，“我们要做的是，在反思后河乡以前发展方针的基础上为后河乡经济健康稳固地发展寻找出一条新的道路。”

“说下去！”赵长风伸手在烟灰缸里掸了掸烟灰。

“后河乡必须在治理污染的基础上逐步恢复发展林果业，重新找回后河乡苹果之乡的辉煌。”霍乙路两眼发光，完全沉浸在自己的思路里，“与此同时，结合市里整合黄金工业的方针政策，把后河乡的大小金矿合并成一家金矿，引进先进的生产技术，除了对地下的金矿矿脉做到物尽其用、不分贫矿富矿都要全部开采外，对黄金生产过程中的污染物要达到零排放或者微排放，不能重演过去发展了经济却污染了环境的悲剧。”

关于后河乡的发展，霍乙路讲了很多，虽然有些想法未免流之于粗陋和偏颇，但是看得出来很是下了一番心思，比起老钱和老王那两个只知道跑官要官的人要强很多。

赵长风这边正听得兴致勃勃，刘俊康又推门进来了，借着背对着赵长风给霍乙路茶杯里加水，他悄悄地指了指手表。霍乙路一下子醒悟过来，他冲刘俊康微笑了一下，表示明白。刘俊康转过身去放暖水瓶，霍乙路低头看了一下手机，"哎呀"一声叫了出来："市长，不好意思，实在是不好意思，已经凌晨一点半了，耽误您太多时间了。"

赵长风看了一下梅花表，也吃了一惊，怎么不知不觉一个多小时就过去了？

"呵呵，老霍很有想法，不错。"赵长风微笑着说道，"可惜时间太紧。这样吧，等这次抗雪任务结束，你到市里来一趟，我们再好好谈谈。"说着就站起身来。

霍乙路也跟着站起身来，却望着赵长风说："市长，等忙过眼下这一段时间，我就去市里向您汇报。只是，市里的救灾款能不能快一点到位？梨树口村小学的校舍耽误不得啊！"

赵长风伸出手来和霍乙路握了一下，说："老霍，你这不是逼债嘛，我这里还没有答应你，你这边就开始催着要钱了。这个问题市里会统筹考虑的，今天就先这样吧。"

送走了霍乙路，刘俊康到下面又提了两暖水瓶热水上来，对赵长风抱怨道："怎么后河乡的干部都是这样的作风啊？根本不考虑你累了一天了！"

赵长风其实也很困乏。从中州赶回邙北，就在路上颠簸了一天，然后来后河乡抗雪又是一天，这两天两夜时间几乎没有怎么休息，怎能不累呢？不过他依旧严肃地说："俊康，你这种想法可要不得哦！霍乡长也是过来汇报工作的嘛！"至于老王和老钱，赵长风却提也没提。

第七章　做大事要有大胸怀，不能喋喋不休坐井观天

市委常委会上，面对邙北市出现的财政困难，付罡庭和钱兆钧别有用心地把矛头指向了赵长风，批评他掀翻了邙北市金矿开采的格局，导致众多矿厂停产整顿。赵长风不急不躁，先是畅谈了金矿的具体整合思路，又提出招商引资的措施，并提出依托邙北市的金矿资源，建设一个大型的黄金地质公园，向大家展示一幅多元化发展的蓝图。

继上次大龙溪污染曝光之后，邙北市再一次在全省出了名。只是和上次不同的是，这次扬的是美名。

省电视台在中原省新闻中播出了邙北市抗雪救灾的新闻，《中原日报》也在头版刊发了邙北市抗雪工作的报道，《中州晚报》更是刊发了长篇纪实报道《众志成城抗暴雪——邙北市抗雪救灾工作纪实》，其他几家小一点的媒体也不吝篇幅报道了邙北市抗雪救灾的情况。

在这些新闻里，无一例外地把邙北市新任市委书记刘驰放在了突出的位置，包括江文静为《中州晚报》写的长篇纪实报道。本来江文静是跟着赵长风采访的，在她的纪实报道中有相当的篇幅是写赵长风到后河乡抗雪救灾的情况的，可是赵长风看了初稿之后，硬是让她做了修改，重点突出了市委书记刘驰的领导，只是顺便提了一笔赵长风。对于这样的结果，江文静当然是不满意，但是她拗不过赵长风，最后还是按照要求进行了修改。

对于这样的结果，刘驰当然是非常满意，虽然他之前已经在邙北市人民中亮了相，但是那种感觉不过是蜻蜓点水一般，相当肤浅，而且也仅仅限于

邙北市人民，刘驰觉得很不过瘾。而现在这场突如其来的暴风雪在给邙北市带来灾害的同时，却给他带来了一个机会，让他在邙北市人民面前、甚至是全中原省人民面前进行了一场非常成功甚至可说是让人印象深刻的亮相。现在全邙北市、全天阳市甚至全中原省都知道了，邙北市出了一个刘驰书记，冒着漫天风雪深入乡镇、深入基层指导抗雪救灾工作，在他的带领下，邙北市四十多万人民终于战胜了暴风雪，取得了抗雪救灾的伟大胜利。

再往深一层意义上来说，刘驰满意的其实不仅仅是在全市乃至全省人民面前的亮相，而是在上级天阳市领导、上上级中原省领导面前的亮相。这次抗雪救灾可以说是一次极为成功的公关活动，省内几大媒体同时上阵进行宣传，一定会给省市有关领导留下深刻的印象。这对刘驰来说其实比什么都重要。有了这次漂亮的加分，刘驰相信，他的仕途之路会更加宽广和顺利。

上任初始，赵长风就送上这么一份厚礼，刘驰是很满意的。说明这位年轻的副市长还是很懂得尊重市委、尊重班长的。这说明了一个态度，有了这个态度，刘驰相信，以后他和赵长风之间的合作还是会比较顺利的。

轰轰烈烈的抗雪救灾活动结束后，邙北市又趋于平静，赵长风这边有条不紊地继续推进金矿资源的整合，刘驰继续下基层调研，付罡庭和钱兆均等人也都按部就班地工作，邙北市看似一切如常，平静如一潭碧水。可是这看似平静的潭水下面早已经暗流涌动，邙北市大小官员都各找各的路子，因为他们知道，等市委书记刘驰的调研活动结束之后，邙北市的人事必然会起一番变动。

毕竟现在的人事格局还是蔡国洪和刘光辉在的时候留下来的，现在已经物是人非，旧格局必然要被打破，新格局必然要确立。所谓不破不立，作为邙北市的一把手，刘驰书记必然会通过人事变动来确立自己的权威。而付罡庭、钱兆均等副书记也必然会倚仗自己在邙北市的老资格进行各自的布局。主持市政府工作的赵长风副市长当然也会有自己的想法。而这一切交织在一起，最终会形成什么样的结果，就等刘驰书记调研完之后见分晓了。

五月初，在刘驰的主持下，邙北市市委常委会在市委办公楼小会议室召开，会议讨论三个议题：一是目前邙北市的经济形势，二是邙北市的招商引资工作，这两个问题虽然重要，但是在这次常委会上来说其实不过是个摆设，最重要的是第三个议题，那就是邙北市的人事问题。

邙北市市委一共有十三名常委，其中刘光辉因为在省委党校学习，请了假；政法委书记位置目前还是空缺。除此之外，另外十一名常委都到会了，按照组织法规定，人数过了半，又是单数，符合法定程序，也符合表决程序。

除了市委十一大常委外，邙北市政协主席张毅、邙北市市人大常委会副主任田晓山也应邀列席了会议。

刘驰是最后到达会议室的，他自然而然地坐在椭圆形会议桌的顶头，他左边是党群副书记付罡庭，右边是政法副书记钱兆均，然后是农业副书记包太龙和城建副书记白国庆，赵长风虽然主持市政府工作，但只是一名常委，所以只能排在白国庆后面，紧挨着农业副书记包太龙坐下。在赵长风后面，则是组织部长路大为、纪委书记秦晓明、宣传部长任文生等人，市委办主任张一磊坐在最后。

随着刘驰的一声轻咳，常委会正式开始，刘驰首先对邙北市面临的严峻经济形势进行了分析。他说："大家都知道，目前邙北市的经济发展面临着极其困难的局面。虽然在长风同志的组织下，邙北市的中小型金矿已经开展了整合活动，有一部分金矿已经顺利通过了省政府联合工作组的验收，恢复了生产，可是还有相当一部分金矿依旧是停产停机，这一部分金矿能不能投入生产，什么时候投入生产，将会对邙北市今后的经济走向以及财政收入造成至关重要的影响。因此，召开这次常委会的目的就是要在根本上认清形势，摆正位置，扎实工作，尽快让邙北市黄金生产恢复到正常的水平，这个方面大家可以各抒己见，谈一谈自己的看法。"

会议室一下子静了起来，大家都低着头喝茶，没有一个人愿意开口。谁都知道，金矿问题目前是邙北市的死穴，不解决金矿问题，邙北市的经济就不可能恢复，可是偏偏有省政府工作组的硬杠杠在那里卡着，在解决金矿生产的污染之前，谁也没有把握让众多金矿恢复生产。所以大家都沉默着，反正这个问题归赵长风管，政府抓经济嘛！赵长风目前主持政府工作，经济搞不上去，就是他的责任。

赵长风看着茶杯中碧绿的信阳毛尖来回翻腾着，这是刚上市的新茶，阳江超找人从信阳弄过来的，口感极佳。赵长风知道，这个问题其实是他的问题，可是这个时候他也只能保持沉默。在会议上发言是要求排位顺序的，他虽然主持着政府工作，但只是一名常委，前面几位副书记没有发言之前，他是不能抢着发言的，所以他只能静静地等着。

付罡庭当然知道该他发言了，但是他有意沉默了一阵，他要的就是这个效果。等他感觉到大家的耐心、尤其是刘驰的耐心快要到极限的时候，付罡庭这才开口——作为市委副书记，他总不能让刘驰点名发言，那样就太尴尬了。

“刘书记的发言很及时，也很重要。”付罡庭放下茶杯，不急不缓地说，“邙北市目前面临的经济形势之严峻，是建市以来从来未曾出现过的。这么多金矿到现在还处于停产之中，真是触目惊心啊！这个问题究竟该怎么解决，我觉得市政府应该拿出一套办法来。不能再这样下去了！现在已经是五月份了，再拖下去，邙北市今年的经济指标恐怕不容乐观啊！”

付罡庭开了个头，钱兆均自然不会放过这个机会。论起排位和资历，他们都在赵长风前面，可最后却是赵长风主持了市政府的工作，这让钱兆均如何能甘心？钱兆均相信，付罡庭、包太龙甚至白国庆也同样不会甘心，现在付罡庭的发言果然验证了钱兆均的想法。

“这个问题的确是重中之重啊！全市停产的金矿何时完成整合，顺利恢复生产，关乎邙北市的大局！”钱兆均说了一句，目光和付罡庭一碰，然后就低下头仔细研究起茶杯来。

包太龙和白国庆跟着也做了类似的发言，自然把矛头都指向市政府，仿佛是因为市政府的失职，才让邙北市的众多金矿都停产整顿的。

白国庆副书记发过言之后，会场上又出现了短暂的沉默。大家都闷头喝茶，耳朵却都往一个方向竖着。批评市政府就是批评赵长风，赵长风是市政府实际上的一把手，又是市政府方面唯一出席常委会的官员，几位副书记的发言几乎是一面倒地对准了市政府，几乎等同于指名道姓了，这在邙北市常委会的历史上还不多见。

赵长风轻轻拧上了钢笔，压在了文件上，他知道，大家都在等他发言，包括市委书记刘驰。说实话，赵长风对常委会上会出现这样的局面早就有了心理准备。这两三个月来，他虽然全身心地投入到邙北市的黄金工业的振兴上，但是并不代表他对邙北市的政治局势漠不关心。高胜强和韩加森两个人一直向他汇报着邙北市其他领导的动向，尤其是韩加森，在公安系统树大根深，现在虽然到了检察院，但是公安系统的耳目却并没有忘记这位老领导，他们依旧源源不断地向韩加森汇报着各种渠道得到的消息，而这些消息最终的去向当然是常务副市长赵长风。

除了高胜强和韩加森两个外，赵长风在邙北市还有一些别的渠道。毕竟在这个特殊时期，想站队的人太多了，这些人到赵长风这里来或多或少都会给他一些有用的信息。赵长风把这些信息和韩加森、高胜强汇报的信息汇总起来之后，得出的结论就是，钱兆均和付罡庭两个人都对邙北市市长的位置虎视眈眈，毕竟从级别来说，他们的位置比赵长风更接近邙北市市长的位置，所以在这个敏感时期，他们心里当然会有一些想法。

就在前天，赵长风到天阳市汇报工作，顺便去拜访了一下陈风笑副市长。陈风笑就是程路同口中的老伙计，十多年前，他在白元县工作，和程路同关系极好。后来上级部门需要选拔一个无党派干部，陈风笑正好是无党派人士，又有年龄优势和学历优势，就搭上了顺风车，一路高升，今年春节过后，就被派到天阳市担任主管文教卫的副市长，虽然在天阳市的副市长中排名最末，但是赵长风在天阳市里也算有了关系，可以得到很多他以前不容易知道的消息。

前天的晚宴上，陈风笑就委婉地提醒了赵长风，说邙北市市长的位置炙手可热，他可要看稳当一点，有事没事多往天阳市跑跑，向领导汇报汇报思想，联络联络感情，不要一门心思地扑在邙北市的经济工作上。有时候政绩虽然重要，但是领导的看法却更为重要。

赵长风自然明白陈风笑话中所指，当然也少不了感谢一番陈市长，表示以后一定会多加注意。

这不，这次常委会上钱兆均和付罡庭就开始向他发难了，至于包太龙和白国庆，赵长风知道他们两个虽然也眼馋邙北市市长的位置，但是却有自知之明，知道肯定竞争不过钱兆均和付罡庭，就转而退其次，站在一旁为盟友摇旗呐喊。

“我在这里先向大家坐一个检讨，”赵长风语气沉重地说，“邙北市黄金生产陷入这样一个局面，我是负有主要责任的。身为邙北市振兴黄金工业领导小组的常务副组长，没能在几个月内扭转我市黄金生产的颓势，我深感愧疚。付书记、钱书记等几位书记批评得很对，我接受大家的批评。”

付罡庭、钱兆均等人听赵长风要自我检讨，心中暗笑，别以为主持市政府的工作是一个香饽饽，既然捡起了香饽饽，那么这口黑锅总得背上吧？可是后面听赵长风转口提到了振兴黄金工业领导小组，付罡庭和钱兆均等人表面上不动声色，心里却微微一紧，不为别的，就为振兴黄金工业领导小组的组长是市委书记刘驰。虽然说赵长风是常务副组长，刘驰只是挂个名，但是挂名领导也是领导啊，现在他们异口同声地指责赵长风恢复黄金生产的措施不力，被赵长风这么一延伸，等于是他们在指责振兴黄金领导小组工作不利，那么作为领导小组的挂名组长，刘驰听到这些话想必不会心中甘之如饴。他们偷眼看了一下刘驰，还好，刘驰脸上并没有任何不悦的表情，这让钱兆均、付罡庭几个人心安了一点。但是这种心安多半也是有点自我安慰的意思，做官做到刘驰的级别，喜怒岂能带在脸上？

赵长风继续说道：“邙北市的黄金生产的恢复涉及层面比较多，是一个相对较长的过程，这中间既涉及黄金矿产资源的整合，又涉及生产工艺的改进；既涉及自有资金的投入，又涉及上级拨款的进度。除此之外，还有其他方方面面的因素，这些因素结合起来，邙北市黄金生产的恢复进展就比较缓慢。但是我相信在刘驰组长的领导下，邙北市振兴黄金工业领导小组一定会克服重重困难，使我们邙北市的黄金生产能够按照计划进度逐步恢复生产。”

赵长风发言完毕后，就端起茶杯喝茶，等待后面的常委发言。

接下来该组织部长路大为发言。路大为和付罡庭一向走得比较近，开常委会之前，他们私下里也通过气，打算集中火力对准赵长风。但是赵长风这么一发言，路大为不得不改变计划。赵长风把振兴黄金工业领导小组推出来后，这黄金工业恢复缓慢的问题就不能简单地归之于市政府了，如果路大为再按前面定下的调子去批判黄金生产的问题，板子很可能会打到市委书记刘驰的屁股上，路大为当然不会去冒这个险了。所以路大为就空泛地讲了一些八面玲珑的套话，看似面面俱到，其实毫无意义，这种永远正确的套话也是官场上的一大奇景。

接下来的常委们自然是见风使舵，按照路大为的路子进行了表态，虽然意思都差不多，但是同样的意思常委们却能从不同的角度出发讲出不同的说法，这又是官场上的一门功夫。

等市委办主任张一磊最后一个发言完毕后，刘驰又轻轻咳嗽了一声，开始了总结发言：“正如我前面所言，邙北市的黄金生产面临很严峻的局面，之所以把这个问题放在常委会上讨论，就是希望大家能够集思广益，拿出建设性的意见，帮助邙北市黄金行业迅速摆脱面前极其困难的局面。我想，社会主义经济建设固然需要一些能够看到问题的人，更需要那些看到问题后能给出解决问题方案的人。就目前邙北市经济状况而言，实干家比空想家更为重要，也更受欢迎！”

刘驰的话如暴风骤雨似地砸在付罡庭、钱兆均等人心头，让他们很是尴尬。他们没有想到，刘驰会这么不给他们留情面，也更没有想到，刘驰会这么维护赵长风。如果刘驰和赵长风两个外来户联手结盟，那么他们这些邙北市土生土长的干部恐怕又要面临蔡国洪当政时的局面，成为邙北市政局的旁观者了！不行，无论如何都不能让这种局面发生，必须想办法在刘驰和赵长风之间打上一个楔子！

刘驰继续说道：“作为邙北市振兴黄金工业领导小组的组长，我对邙北市黄金生产工业的前景还是乐观的。虽然目前还面临着种种困难，但是只要克服了眼前的困难，邙北市的黄金生产必然会迈上一个新台阶。”

抬头扫了一眼会议室对面墙壁上的挂钟，刘驰说：“下面进行第二个议题，关于邙北市招商引资工作，大家有什么想法可以畅所欲言。”

付罡庭刚才明里暗里受了刘驰一顿敲打，此时自然不好再开口说什么政府负责经济，邙北市的招商引资工作应由政府负责之类的话。于是他沉吟了一下，说：“说起招商工作，邙北市确实存在着不足。就目前来看，邙北市以往招商都是集中在金矿开采领域，而且引进的企业都是小打小闹，有实力的大企业几乎没有。这说明什么问题？这说明邙北市招商引资的环境还有待于改善啊！”

付罡庭停下来喝了一口茶，润了润喉咙，继续说：“现在招商引资工作几乎是泛滥成灾了，不光我们邙北市在搞，全省乃至于全国都在搞。上至省城、下至乡镇，招商引资几乎成了各级政府的口头禅。各级政府汇报起招商成绩个个都头头是道，引进资金数额非常惊人，可是实际情况如何呢?”

“实际情况是雷声大雨声小，合同签订了好多，到头来真正落实的却没有多少，年年招商，年年引资，可是实际招来的企业，投入的资金少得可怜。”看起来付罡庭对这个问题是下过一番工夫的，要不然说起来也不可能头头是道。

“具体到我们邙北市，招商引资的情况也是类似。”付罡庭说，“除了金矿领域外，几乎没有什么外来企业到邙北市落户。怎么改变这种局面，我认为还得从根子上入手，从思想根源上解决问题。只有解放了思想观念，才能优化邙北市的投资环境，只要能栽下梧桐树，还发愁引不来金凤凰吗?”

付罡庭发言结束后，又去看对面的钱兆均，钱兆均这次却没有回应他的眼神，显然对招商引资这个话题不是很感兴趣。不过钱兆均也按照惯例泛泛谈了几点看法，比起付罡庭的长篇大论，倒是显得短小精悍，也别有一番效果。

几个副书记发过言后，就轮到赵长风发言了。赵长风分管经济，主管政府工作，自然对这个问题更有发言权。

“说起招商引资，我倒是有一些看法。”赵长风抬头看了刘驰一眼，又用目光扫了一下会议桌周围的同僚们，缓缓地说，“在这里我同意付书记的看法，招商引资不单单是投资环境的问题，更重要的是思想观念上的问题。”

付罡庭专心致志地看着茶杯，耳朵却不为人察觉的非常轻微地抽搐了一下。

“以前蔡国洪书记在邙北市的时候，招商引资政策的优惠力度不可谓不大，可是结果呢？正如付书记所说，除了在金矿建设上引进了一些民营企业和资金外，在其他方面几乎没有什么建树。”赵长风说，“为什么会出现这样的情况？还是思想观念的问题。在一些干部心目中，一谈到投资环境，就想到了优惠政策四个字，殊不知优惠政策固然是引进企业的一个重要因素，但是一个地方除了优惠政策之外，如果没有别的比较优势，就很难让企业能够在这个地方植根，长久地发展下去。而且在某些时候，过于优惠的政策反而会成为企业发展的绊脚石，当企业遇到一点风雨的时候，很容易就会遭受大的挫折。这次邙北市金矿行业之所以会遇到这么大的麻烦，就是因为以前的政策过于宽厚，在环保方面要求力度不够，最终导致现在的结果。”

“所以，我认为，要想真正优化和提升邙北市的投资环境，就要从解放思想观念入手，为外来企业创造真真正正好的投资环境，让外来企业和资金引得进，留得住，长得好！只有这样才能形成一个良性循环，吸引更多的企业进入邙北市。”

刘驰一直面带微笑地倾听着，听赵长风说到这里，就插话道：“长风同志对招商引资的分析有高度，有思想，不愧是商业厅下来的干部啊。我想请长风同志谈一谈关于招商引资有没有什么实招？”

赵长风沉吟了一下，说道：“第一，还是要从改变干部观念入手，树立服务型政府的新观念，真正为企业创造出一个良好的投资环境。邙北市地处内地，人们的思想观念太守旧了，对于企业，都想过去压榨一些油水，虽然对这些企业来说，有一些投资优惠政策的减免，但是某些干部的这种作风，却把投资优惠政策的好处全冲掉了，在这样的情况下，外来企业又如何能扎根呢？”

说到这里，赵长风歉意地笑了笑，望着刘驰说：“其实这第一条也还算是务虚吧。”

刘驰微笑着点了点头，等赵长风继续说下去。

赵长风说：“接下来的两点就完全是务实了。第二个呢，是要发动广大干部群众利用个人关系进行全民招商。第三，就是要在经济发达地区，比如省城中州、还有南方的广州、上海等地设立招商办，一方面对外宣传邙北市的招商引资的优惠政策，同时收集信息，对于那些有意到内地投资办厂的企业，要进行主动出击，加强联系，争取把这些企业拉到忙邙北市来。”

见赵长风说完了，刘驰这才微笑着说：“长风同志的建议不错，具有很强的可操作性，只是还需要进一步细化，怎么细化？大家都谈谈。”

一把手既然定了调子，常委们都找准了方向，都顺着赵长风的思路谈了起来，倒是提出了不少操作性很强的细化措施。最后刘驰做了终结性发言：“招商引资的事就这样定下来吧，以长风同志的意见为准。长风同志，会后还是由你牵头，把刚才同志们好的意见吸收进去，具体细化，抓紧时间落实吧！”

赵长风点点头，其他常委们也没有什么意见，招商引资本来就是由政府主抓的。再说，这个问题也不是今天的重点，大家都静候着市委书记刘驰宣布下一个议题——有关人事的议题。今天这次会议是刘驰就任邙北市市委书记以来第一次在常委会上讨论人事问题，这涉及各方面的利益平衡，怎么能够掉以轻心呢？

刘驰首先让组织部长路大为简单介绍了一下情况：目前需要在这次常委会上进行讨论的人事问题涉及三个正科级，七八个副科。正科级一个是后河乡党委书记的位子，前任党委书记马会来已经被双开，移交检察院；第二个是国土资源局局长的位子，国土资源局局长焦伦平和马会来情况一样；第三个是邙北市经委主任的位子，李主任年龄已经到了线，转为调研员了，空出来的位置需要人补上。副科级有七八个空缺，其中最引人瞩目的就是周庄镇公安分局局长的位子……

首先进行的是后河乡党委书记提名人选的情况，组织部拟提名人选为前进乡乡长张士龙，路大为介绍道：“张士龙同志不错，年纪轻，有原则，服从大局意识强，善于处理复杂问题。后河乡目前情况比较复杂，需要张士龙这样善于驾驭复杂局面的同志。”

路大为说过之后，会议室里立刻安静了下来。在常委会上研究人事问题时经常会出现这样的局面，谁都不会轻易发言，每个人都在心里盘算着，看看究竟该怎么样。

赵长风低着头，前几天，他还专门去找了刘驰进行沟通，推荐后河乡乡长霍乙路接任后河乡党委书记，刘驰当时不置可否。后来赵长风隐约听说，在书记会上讨论人选的时候，付罡庭和钱兆均等副书记们一致反对霍乙路接任。这次常委会不过是验证了这个传言而已，赵长风实在有点想不明白，为什么霍乙路这么优秀的干部不能接任后河乡党委书记，反而要让张士龙这样八面玲珑的干部过来呢？付罡庭、钱兆均比较起蔡国洪来，都算是比较开明的领导干部了，怎么还逃不过利益二字呢？

刘驰点燃一支烟，缓缓扫视了众常委一圈，说道：“大家怎么看，都说说嘛!”

刘驰这句话一出口，大家就更不好说了，他们本来是等着市委书记来定性，然后按照市委书记的定性来表态的，可是市委书记竟然没有亮明自己的态度，而让大家来发言，这说明什么？说明市委书记刘驰对张士龙的人选还是持保留态度的。这样说来，这中间的意味就颇值得玩味了。

付罡庭沉吟了半天，开口说：“我同意组织部这个安排，张士龙同志在前进乡干得不错，有活力、有冲劲、敢想敢干，又有极强的驾驭全局的能力，后河乡需要这样的人去掌舵，我同意张士龙同志担任后河乡党委书记。”

钱兆均慢慢地喝着茶，等付罡庭发过言之后，他放下茶杯，说：“我也同意组织部的安排，张士龙同志确实不错，能够胜任后河乡党委书记的位置。”

白国庆和包太龙都做了类似的发言，眼看张士龙担任后河乡党委书记就要呈现一边倒的局面，赵长风这时候发言了。

“张士龙同志确实不错，在前进乡也干了不少事情。”赵长风慢条斯理地说，“但是，让张士龙同志出任后河乡党委书记，我个人认为不太合适。”

会场上一下静了下来，付罡庭端起茶杯喝了一大口水，声音非常响。

赵长风继续陈述着理由：“后河乡现在情况非常复杂，乡里所有金矿都在停产整顿，金矿资源整合进入一个非常关键的时期，这时候更需要一个熟悉后河乡情况的班子领导，从这点上来说，我认为后河乡霍乙路同志出任乡党委书记更为合适。霍乙路同志熟悉后河乡的情况，对后河乡的发展提了很多有益的想法，如果把他放在后河乡党委书记的位置上，我想霍乙路同志是会干出一番成绩的。”

其实赵长风还想说前进乡是一个农业乡镇，而后河乡是一个工业乡镇，张士龙长期在农业乡镇工作，到后河乡这样工业乡镇去，肯定需要一段比较长的适应时间，但是就目前情况来看，后河乡急需一个能迅速扭转颓势的领导，而不是一个需要适应情况的领导。但是这个理由赵长风却没有说出来，因为刘驰就是从农业大县当阳县县委书记的任上调到以工业为主的邙北市来的，赵长风如果说这话会刺痛刘驰敏感的神经，所以他就把这一个理由隐去。

“我同意赵市长的意见。”宣传部部长任文生说话了，“霍乙路同志比张士龙同志更熟悉后河乡的情况，在目前情况下，还是霍乙路出任后河乡一把手比较合适。”任文生是蔡国洪提拔上来的人，当初蔡国洪为了提拔任文生，硬是把付罡庭支持的白庄乡乡长李根茂压了下去。现在蔡国洪调走了，付罡庭自然是抓住了机会，对任文生不断打压，让任文生非常憋气。现在既然赵长风反对付罡庭的意见，任文生要趁机附和赵长风的意见，在反对付罡庭的同时又讨好了赵长风，他当然不会放过这种一举两得的机会。

“前进乡有不少干部反映张士龙同志工作方法有点粗暴，这个时候后河乡以稳定为主，张士龙同志过去是有点不合适。”纪委书记秦晓明严肃地说，“对于提名张士龙同志出任后河乡党委书记，我是反对的。我保留我的意见。”纪委书记秦晓明在蔡国洪任市委书记时就是一个独来独往不讨人喜欢的家伙，现在蔡国洪走了，秦晓明依旧是保持着他一贯的作风。

人武部部长郝大明这些时日也受了付罡庭和钱兆均不少气，这时候巴不得看二人的笑话，于是就干脆利落地表态：“我同意赵市长的看法。霍乙路同志在后河乡工作时间很长，和张士龙同志比较起来，更适合担任后河乡党委书记!”

前面的常委都发过言了，张一磊知道该他表态了，他先与市委书记刘驰对了个眼神，又扫了会议室内各位一眼，才轻声说：“我到邙北市时间不长，对于张士龙同志和霍乙路同志不太了解，所以在这个问题上我就不发表看法了，我弃权。”

会议室里沉默起来，现在就看市委书记刘驰的意见了。四名副书记和组织部长都支持张士龙，而反对张士龙的只有四名常委，还有一名弃权。现在刘驰的态度就至关重要了，他支持谁，谁就能够顺利胜出。在邙北市常委会的历史上，出现副书记们和常委们打擂台的奇观，这还是第一次。

刘驰点燃一根烟，缓缓地抽了起来，等吊足了大家的胃口之后，他才开口说：“既然大家对谁出任后河乡党委书记有不同的看法，那么我看还是先把这个问题放一放再说，等大家的分歧消除了，我们再来议这个问题吧。你们说呢?”

所有人都没有想到，刘驰竟然会把这个问题搁置起来了。不过再一细想，不由得觉得刘驰这一招高明，作为新任市委书记，在场面几乎势均力敌的情况下不表明自己的态度，无疑是一种比较稳妥的做法，这样刘驰就使自己处于进可攻退可守的有利局面，以后可以看着邙北市政局的发展再决定自己的取舍。

刘驰既然发了话，所有的人都表示同意，在这个时候如果表示异议，除了得罪了一把手不说，还会把一把手推到对立面去。

“好吧，大家既然没有异议，那么我们接下来讨论第二个问题，关于国土资源局局长的人选问题，路部长，你介绍一下情况吧。”刘驰说。

国土资源局局长人选是周庄镇镇长徐克民，这个是刘驰亲自定下来的人选。所有人对这个人选都没有意见，最后全票获得通过。

接下来讨论的是经委主任的人选，在这个人选上一共有两个提名，一个是付罡庭提出的白庄乡乡长李根茂，另外一个是赵长风提出的审计局局长高胜强。路大为简单地介绍了一下情况，刘驰就说：“李根茂同志和高胜强同志都是在邙北市工作了十多年的老同志，大家都很了解情况，现在都谈一下各自的看法吧。”

付罡庭首先发言，李根茂和他关系非常密切，以前蔡国洪在的时候他就没有把李根茂提上去，这次换了刘驰当书记，付罡庭当然想努力一把，把李根茂提上去。党群书记就是管帽子的，如果他对人事任命都没有发言权，那么他还当什么党群书记呢？付罡庭发言不多，但是很扎实有力，充分阐述了李根茂适合担任经委主任的理由。说完之后，付罡庭看了一眼对面的钱兆均，希望钱兆均接下来的发言能够和他保持一致。虽然他们曾经是政治对手，但是现在必须联合起来，打压一下赵长风的气焰。

钱兆均回了付罡庭一个抱歉的眼神，咳嗽了一声，说：“我支持高胜强同志出任经委主任，高胜强同志是财经专业出身，搞经济很有一套，到经委主任的位置上更能发挥作用。”

付罡庭又低下头来喝茶，脸色非常平静，只是喝茶的声音依旧很大。

钱兆均心中暗骂付罡庭糊涂，这个时候岂能是计较个人利益的时候？高胜强如果不是审计局局长，钱兆均这次当然会选择支持李根茂出任经委主任，可是现在高胜强是审计局局长，那钱兆均只能支持高胜强了。就邙北市目前的情况来看，检察院代检察长韩加森是赵长风的人，审计局局长高胜强也是赵长风的人，这两个要害部门都掌握在赵长风手里，无疑是悬在钱兆均等人头上的两把利剑，不知道什么时候就会砍了下来。现在，高胜强如果到经委当主任，那么按照官场潜规则，审计局局长赵长风显然难以再安插人了，如此一来，钱兆均等人头上的利剑就少了一把，就不用担心审计局什么时候会把手伸过来。当初蔡国洪为什么会在邙北市败走？不就是因为审计局搞了突然袭击，拿走了体改委的账簿吗？

包太龙虽然和付罡庭关系较近，但却抱着和钱兆均一样的心思，当初他也曾和付罡庭点了点其中的关键，只是付罡庭一门心思要顾及他党群书记的权威，顾及李根茂的忠心，所以极力坚持扶李根茂上位，这让包太龙非常为难，现在轮到他说话了，包太龙沉吟了一下，说："我支持高胜强同志。"

付罡庭的脸色就有点不好看了，虽然包太龙对他提名李根茂有不同的意见，但是付罡庭坚信，到关键时刻，包太龙是会支持他的，可是他没有想到，在常委会上，包太龙竟然会反对他。

白国庆微笑了一下，开口道："高胜强同志不错，担任经委主任比较合适。"

接下来的场面几乎是一边倒，不管是出于什么原因，常委们都支持高胜强出任经委主任。

刘驰扫视了一周，下了定论："既然大多数常委都倾向于高胜强同志，我看就高胜强同志了，罡庭同志，你说呢？"

付罡庭明白大势已去，如果他硬要坚持下去，刘驰来个举手表决，恐怕他会更难看，于是他就强笑了一下，说："我服从大家的意见。"

刘驰就说："那好，就这样定了，高胜强同志出任经委主任，请人大按照正常程序，考察任命。"

接下来的副科级干部的讨论非常顺利，这基本上是一个利益划分的过程，照顾到各个方面的利益，基本上每个常委在这个过程中都有所收获。付罡庭虽然心情有些郁闷，但是很快调整了过来，他把目标放在了高胜强调任之后空出来的审计局局长的位置上，这个位子他一定要争过来……

赵长风在这次常委会上只达到了一半目的，也说不出是喜是忧，不过，他的心思已经放在人事布局之外的地方了。

由政府办副主任王建军牵头，市政府政策研究室的笔杆子们拿出了一个招商引资的优惠政策，和邙北市以往的招商引资政策相比，这份优惠政策有着很深的赵氏风格。让赵长风惊讶的是，这份有着很深赵氏风格的招商引资的优惠政策竟然获得了刘驰书记的大力支持，原封不动地在市委常委会上获得了通过，赵长风本来以为，作为班子的班长，刘驰对于招商引资多少都要添加一点个人色彩在里面的。

常委会结束后，刘驰把赵长风叫到他的办公室，亲切地说："长风同志，你上次说的那个事怎么样了？要抓紧时间啊！"刘驰所说的那件事是指赵长风亲自到外面招商引资，前两天赵长风向他汇报招商引资的优惠政策时，向刘驰提到过他认识一个大型旅游企业的老板，赵长风正在和这个大老板联系，看能不能到邙北市来投资开发旅游业，改变一下邙北市单纯依靠金矿资源发展的单一经济局面。

"刘书记，我这两天就打算过去一趟，邀请他到我们邙北市考察一下。"赵长风微笑着说。他所说的这个大老板就是阳江超，在赵长风的指示下，阳江超已经在省城成立了一家中原省山水建设集团公司，伏牛山风景区开发公司摇身一变，成为中原省山水建设集团公司的子公司。赵长风是中原山水建设集团的幕后老板，他让阳江超到邙北市来投资开发旅游资源。

邙北市有什么旅游资源可以开发呢？除了金矿外，还真的没有其他旅游资源。赵长风想起伏牛山风景区搞的玉文化博物馆，对游客很有吸引力，尤其是赌石大会，几乎成了伏牛山风景区和自然山水景观并驾齐驱两大招牌项目。所以赵长风就想，能不能在金矿上做一些文章，看能不能创造出一个别具一格的旅游项目呢？

在旅游资源开发方面，赵长风是外行，阳江超却是行家里手，当赵长风把他的想法告诉阳江超之后，阳江超非常感兴趣，他说，如果能依托邙北市的金矿资源搞一个大型的黄金地质公园，一定很有吸引力。毕竟国人有着很强的黄金情结，能够亲眼目睹一下黄金是怎样开采的，甚至有机会自己在公园内淘一些金沙，或者挖一两块砂金，那该是如何吸引人啊？

"长风，你放心，这个项目让我来搞，一定会非常赚钱，甚至不比伏牛山风景区赚得少！”阳江超笑着说。

对赵长风来说，这个项目能赚多少钱倒是其次，关键是如果能搞好，除了项目本身将会给邙北市财政带来一笔巨大的收入之外，还必将会给邙北市带来大批的游客，而这些游客在邙北市需要吃住行玩乐，这些钱都花在邙北市，必然会产生一个乘数效应，拉动邙北市一系列相关产业的发展。对于这样的一个大项目，赵长风知道刘驰也一定会非常感兴趣。

但是赵长风却并不急于向刘驰汇报，而是让阳江超悄悄地来邙北市考察了一周，把情况了解清楚之后，觉得有十足把握了，他才借着汇报招商引资优惠政策的事向刘驰做了汇报。

刘驰早就知道赵长风搞经济是一把好手，他深信如果让赵长风放手搞，一定会扭转邙北市经济目前的颓势，干出一番成绩的。这成绩虽然是赵长风干出来的，但是也等于是他刘驰的，市委书记是班子的一把手，有什么成绩当然都离不开市委、离不开班长的正确领导嘛！

所以对于赵长风牵头搞出的优惠政策，刘驰几乎是一字不易，全盘支持。而对于赵长风汇报的要引进一家大型企业到邙北市来开发旅游业，刘驰更是非常高兴。他在邙北市调研了数月，也明白金矿生产对邙北市的影响之大，邙北市整个城市都患上了金矿依赖症，这种把鸡蛋都放在一个篮子里、光靠一条腿走路的方式刘驰总觉得不保险。他也知道，要改变邙北市目前的状况，必须要走多元化发展的道路，但是究竟该如何实现多元化道路，刘驰心里却是没有谱，搞农业生产他很有一套办法，但是对于如何搞活一个工业大县的经济，还是一个新课题。现在，赵长风既然提出了一个具体的发展方向，刘驰自然乐得支持。

“长风同志，现在可以告诉我这家大企业的名字了吗？”刘驰笑着递给赵长风一支软中华。

赵长风双手接过香烟，笑着说：“刘书记，前一段时间对方老总没有明确表态，我自然不好把这个企业的名字说出来，万一人家不愿意过来，那我不就是放空炮了吗？昨天对方老总终于给了我肯定答复，我正要向你汇报呢！这家企业就是中原省山水建设集团。”

“中原省山水建设集团?”刘驰沉吟了一下。

赵长风连忙说：“刘书记，伏牛山风景开发公司就是中原省山水建设集团下属的子公司。”

“噢！这么说来中原省山水建设集团果真是一家了不起的旅游企业呢!”刘驰伸手轻轻在烟灰缸上磕了一下烟灰，“伏牛山风景区这两年已经是中原省第一旅游风景区了，连云台山风景区都甘拜下风呢！有实力，有实力啊！长风同志，你可一定要利用好这个关系，无论如何都要把中原省山水建设集团的投资拉过来。这个项目对我们邙北市走多元化发展道路非常有示范意义。”

赵长风轻声道：“刘书记，我尽量吧!”

刘驰手指在沙发扶手上敲了几下，说：“长风同志，你把手头上其他工作暂时放一下，当前主要任务就是去找阳总，说服他到邙北市来投资，至于条件，只要阳总愿意到邙北市来投资，我看可以在现有的优惠政策上再优惠一些，这也是我们邙北市招商引资的第一炮，一定要打响!”

赵长风连忙说：“刘书记，那你忙吧。有什么情况，我会及时向你汇报的。”

告辞出来，赵长风的心情非常愉快，他一直对刘驰给予足够尊重和支持的策略终于得到了回报，现在刘驰对他的工作也给予了足够的支持。如果刘驰能够一直和他这么合拍，那么他们一定会在邙北干出一番成绩来的。

天阳市市委副书记栾俊杰家里的餐桌上，付罡庭和栾俊杰相对而坐，桌上一瓶十年的五粮液已经快见底了。

栾俊杰的儿媳、付罡庭的女儿付艳丽走了过来，轻声对付罡庭说：“爸，你就不能少喝一点?”

付罡庭还没有说话，栾俊杰就笑着说：“艳儿，你就别护着你爸了，他的酒量我还不知道?”

付罡庭也挥挥手道：“艳儿，你就别管了，让我们两个老伙计好好过一把瘾!”

付艳丽嘟囔了一句，悻悻地走了出去。

栾俊杰笑道：“闺女心疼爹，果然如此啊！我平时喝酒就没有见她劝过呢！”

付罡庭嘿嘿一笑，说道：“老栾，别不满意。我养了二十多年的闺女都送到你家了，多跟我说一两句体己话有什么关系？”

“老付，你呀，嘴上总是不肯吃亏。”栾俊杰拿起酒瓶为付罡庭加满酒，话锋一转，“听说赵长风最近在忙活一个什么旅游项目？”

付罡庭有些不屑一顾地说：“他是瞎折腾，邙北市污染这么严重，还搞什么旅游项目，能有游客来吗？”

栾俊杰摆了摆手说：“老付，切不可掉以轻心啊！这个赵长风搞经济是有一套，听说中原天外天集团就是被他一手救活的。他既然敢引进这个旅游项目，绝不是无的放矢。”

付罡庭嘴角露出一抹讥笑，说：“老栾，这件事我也听说过，但是我想是不是有点夸大了呢？凭一人之力救活一个大型上市企业，这种事恐怕在小说或者电视剧中才可能发生。”

栾俊杰知道付罡庭的性格，见他如此执拗，就又换到另外一个话题上：“前两天天阳市召开常委扩大会议，刘驰被魏书记和张市长批得不轻啊！”

付罡庭又是一笑，说道：“这件事我也听说了，要怪也只能怪刘驰来邙北市来得不是时候啊，邙北市的经济以前是天阳市的顶梁柱、排头兵，现在却拖了天阳市的后腿，刘驰能不挨批吗？别人把牛都偷走了，让他去拔橛，嘿嘿，邙北市的一把手就那么好当？”他举起酒杯说，“老栾，别光说话，咱们来一个。”

栾俊杰举起酒杯和付罡庭一碰，一口干了，放下酒杯说：“经济，都是经济啊！老付，现在天阳市都盯着邙北市的经济呢！你不觉得赵长风在这个时候搞项目引进，是一件非常聪明的事吗？”

付罡庭没有说话，低头为栾俊杰加酒。

栾俊杰望了一眼付罡庭，压低声音说：“老付，该行动了！刘光辉在省委党校学习后肯定是不会回来了……”

付罡庭为栾俊杰斟满酒，笑着说：“老栾，你一定要帮我在张市长和魏书记前面多多美言几句啊！”

栾俊杰说道：“这个还用说吗？该做的我一定会做的。只是……”他沉吟地看着付罡庭。

“只是什么？”付罡庭一脸期待地看着亲家。

栾俊杰说：“邙北市是天阳市重要的工业大县，依照张市长和魏书记的意思，一定要选拔一个懂经济的领导担任行政一把手。”

“懂经济？”付罡庭若有所思地点了点头。

上午八点，司机老邢和刘俊康到湖月山庄接了赵长风往邙北市政府赶。刘俊康的手机响了起来，他接通电话之后脸色一变，连连点头，说知道了。挂了电话，刘俊康对赵长风说：“市政府大门被人堵了，要不我们先回去？”

“堵了大门？为什么？”赵长风眉头微微一皱。

刘俊康说：“听说是因为中天化肥厂的事。”

中天化肥厂虽然是建在邙北市，却是中原省石化集团的直属企业，不归邙北市地方政府管辖。

“中天化肥厂？”赵长风沉吟了一下，“老邢，开过去，我看看具体是一个什么情况。”

“还是别去了吧？”刘俊康轻声说，“李主任已经打电话给党市长，请他过去处理了。”党向国分管农业，这件事属于他的分管范围。

赵长风摆了摆手，说：“这事没有必要分那么清楚吧，市政府大门被堵了，我的脸上也不好看啊！”

车开到市政府大院，外面黑压压一片人，都是农民打扮。党向国被人群包围着，正口干舌燥地向农民们解释着什么。

赵长风迈步下车，向人群走去，刘俊康挡在赵长风前面，口中不住地说道：“大家让一让，这是我们赵市长。”

农民们一听说是赵长风市长，立刻为他分开了一条路，在他们心目中，赵长风还是一个民望很高的领导，这主要归功于赵长风为邙北市人民干了几件实事。

党向国被农民们包围起来，正一筹莫展，看到赵长风过来，不由得心中一喜，他连忙迎了上去：“赵市长，你过来太好了。”然后他又迅速转身对周围的农民们说：“这就是目前主持市政府工作的赵长风市长，你们有什么意见都可以向赵市长反映。”

赵长风微微一笑，对党向国的小伎俩不以为意，他看着身边这黑压压一片农民，开口说：“大家好，我是赵长风。今天大家有什么困难都可以向我反映，不过在向我反映问题之前，我先向大家提一个小小的要求，请大家先把市政府大门让开好不好？不要影响市政府工作人员的正常进出，他们还要工作嘛！”

人群骚动了一下，传来一阵嗡嗡的议论声，然后人群就往大门两边移去，把进去大门的通道让了出来。

赵长风大声说道：“谢谢大家，谢谢大家。请大家再给我几分钟时间让我先了解一下情况好不好？”

“中！”人们纷纷回答道，“只要赵市长不要不管我们就中。”

赵长风又冲人群微微一笑，这才对党向国问道：“党市长，怎么回事？”

党向国看了看周围的人群，叹了一口气，对赵长风说：“还不是中天化肥厂惹的祸吗？”

原来当初中原省石化集团在邙北市征地建立中天化肥厂的时候，曾经和邙北市达成一个协议，邙北市以优惠的土地价格批中天化肥厂建设用地，中天化肥厂按照国家计划调拨价格供应邙北市农资公司公司尿素。后来取消了价格双轨制，国家计划调拨价格没有了，但是中天化肥厂的厂长一直按照一定比例的优惠折扣供应邙北市农资两万吨尿素。可是今年中天化肥厂换了新厂长，新厂长根本不理睬这一套，说这协议是十年前签定的，再说现在早就没有国家计划调拨价格了，即使想按照协议执行，也无从执行，邙北市农资公司必须随行就市，按照市场价格购买化肥。

农资公司经理和中天化肥厂这位新任的王厂长沟通多次，都没有效果，只好把这个问题反映给主管农业的副市长党向国，党向国亲自约了王厂长出来吃饭，谁知道王厂长根本不给面子，说吃饭可以，但是谈化肥的优惠价格就免了，现在化肥供不应求，在外面等着拉化肥的车都排着队呢，凭什么给你们邙北市优惠价格?

党向国吃了个闭门羹，但是也拿化肥厂没有办法，毕竟化肥厂是中原省石化集团下属的企业，根本不在乎邙北市地方政府。农资公司这边搞不来便宜化肥，农民们可就不干了，就说中天化肥厂这十几年一直是以优惠价格供应化肥，现在怎么就不行了呢？一定是农资公司经理吃了回扣，昧着良心涨价！任农资公司经理怎么解释都不听，就到邙北市政府上访来了。

赵长风听党向国介绍了详细情况，沉吟起来，这件事明显是中天化肥厂做得不对，但是国家调拨价格已经不存在，当初协议的基础已经不存在了，之所以能够维持这么长时间只是因为以前的中天化肥厂长尊重这个协议，现在这个新任的王厂长翻脸不认人，硬说没有国家调拨价格了，邙北市方面也没有什么好的办法。

“包书记怎么说?”赵长风沉吟一下，问道。包太龙是分管农业的副书记，按说这事他也应该出头。

党向国低声说：“包书记说这事还是由政府出面和中天化肥厂沟通比较合适……”

赵长风点了点头，又问道：“党市长，你看这件事该怎么处理?”

党向国愤愤地说：“赵市长，这件事根源还在那个王厂长身上，不能说换了厂长，以前的协议就不认账了。”顿了一顿，他又说，“赵市长，你看，能不能在省城找人出面对石化集团的领导施加一点压力？王厂长虽然不买我们的账，但是他们上级领导的话他们总不能不听吧?”

赵长风沉吟了一下，说道：“党市长，到省城找领导出面不是不可以，只是矛盾能在我们这个层面解决就尽量解决，不要把矛盾上交。再说，农民等着施肥，容不得我们这样拖。我看不如咱们一起再到中天化肥厂去看一看，怎么样?”

党向国实在是不愿意去看王厂长的嚣张嘴脸，但这是他分管的事，赵长风能够主动出面替他来解决问题，他还有什么理由不去呢？于是他就点点头说：“赵市长，行，我就陪你再去一趟。”

赵长风微笑了一下，转身对人们说：“乡亲们，具体情况我都了解了。这件事你们的确是误会农资公司了，问题出在中天化肥厂身上。你们先回去吧，我这就和党市长一起到中天化肥厂去，争取尽快解决大家购买化肥的问题！”

这话要是在别的领导口中说出，老百姓不一定相信，但是从赵市长口中说出，老百姓们就相信了，因为邙北市的老百姓都知道，只要是赵长风市长承诺下的事，是一定会做到的。于是人们都围过来感激地对赵长风说：“谢谢赵市长，谢谢赵市长！”

党向国在一旁大声说：“乡亲们，你们回去吧，赵市长已经答应下来了，你们放心吧！”赵长风既然要担这个担子，党向国巴不得趁机把担子卸到赵长风肩上，这样即使赵长风搞不定，下次这帮老农们也只会去找赵长风要说法，而不是找他。

刘俊康心中虽然鄙夷党向国的做法，但是也不得不在一旁配合着疏导人群，让他们离去。这一大群农民嘴里不断说着感谢的话，三三两两地散了去。

赵长风看人群散得差不多了，就拉上党向国一起往中天化肥厂赶去。刘俊康拿出手机，就要打电话，赵长风问：“俊康，是给中天化肥厂打电话吗？不用，我们直接过去就是。”刘俊康就收起了手机。他琢磨了一下领导的用意，大概是怕如果提前电话联系，中天化肥厂的王厂长会找个理由躲开吧。

中天化肥厂坐落在邙北市的北郊，从市政府开车不到二十分钟就到了。老邢把车开到厂门口，轻轻地按了两下喇叭。要是以往的中天化肥厂的老门卫，自然认得这是邙北市常务副市长的座驾，偏偏今天值班的是一个刚上班几天的新门卫，听到有人按喇叭，从窗户中望出去，见是一辆普通的桑塔纳，就高声喊道：“过来登记！”

老邢自从给赵长风当上司机以来，在邙北市到什么地方还从来没有登记过的，一听这话就有点急，重重地按了一下喇叭。

门卫也是一个愣头青，他心想，一辆桑塔纳牛什么？就大声说：“按什么按？过来登记，快点！”这些天邙北市有不少人想走王厂长的门路要拉便宜尿素，王厂长专门给门卫交代过，只要是邙北市的车牌，一定要登记好才放进去，门卫的饭碗是王厂长给的，自然是不折不扣地执行王厂长的指示。

刘俊康就推开车门跳下了车，一脸怒容地向门卫室走去。主忧臣劳，主辱臣死，刘俊康觉得他和赵长风之间就是这样的关系，现在领导的座驾竟然在自己的地盘上被一个小小的门卫拦阻，这种事传出去不知道会有多少人背地里笑话，所以刘俊康就怒气冲冲地找门卫去了。

赵长风坐在后面纹丝没动，这样的小事刘俊康会处理好的。一旁的党向国却开口说：“赵市长，这中天化肥厂也太不像话了，一个门卫都敢对市长的车吆五喝六的。”

赵长风微微一笑道：“这也是制度嘛。”

党向国就笑了笑，没有再继续说下去。

门卫鼻孔朝天地坐在门卫室，像是根本没有看到刘俊康的一脸怒容，他把登记本扔到他面前，拿腔捏调地问道：“哪个单位的？先登记！”

“市政府的！”刘俊康压着火气说。

哟嗬，开一辆桑塔纳就敢冒充市政府的？吓唬我啊？小样！门卫来劲儿了，他威严地说：“证件！”

刘俊康心里这个窝火啊！本来他代表的是领导的形象，不能轻易和这些小人物计较，可是这小人物反而蹬鼻子上脸了。他心里冷笑一声，伸手去就摸证件，他倒要看看，这门卫见了证件后会有什么样的反应。

这时，化肥厂保卫科科长，看到邙北市常务副市长的小车被拦在了门外，顿时吓了一跳，他连忙一路小跑过来。

门卫见到保卫科科长过来，连忙站起身来，指着刘俊康说：“科长，这人自称是市政府的，我正在严格登记……”话没说完，就被科长打断了：“别说了！”

保卫科长狠狠地瞪了门卫一眼，然后换上一脸讨好的笑容对刘俊康说：“刘秘书，大驾光临，有失远迎……”

刘俊康冷着脸说：“把门打开，赵市长要去找你们王厂长！”然后转身就向小车走去。

门卫一下子呆住了，真的，真的是市政府的小车？还是赵市长的小车？保卫科长看着刘俊康的背影，伸手按了一下自动门的电钮，恶狠狠地对愣在一旁的门卫说："回头我再找你小子算账！"然后快步追到刘俊康的身边，连声道："刘秘书，真不好意思，真不好意思。"

刘俊康快步来到车前，这才站住，对保卫科长说："请留步！"然后拉开车门上车，老邢一踩油门，车子就向厂区内办公楼驶去，只留下保卫科长在原地发愣。

因为中天化肥厂不是地方企业，赵长风这是第一次到中天化肥厂，下了车之后，党向国就和赵长风并肩而行，往办公楼的三楼厂长办公室走去。

王厂长接到了保卫科长的电话，知道赵市长过来了，他心中一怔：这个赵市长还真挺有意思啊，连个招呼都不打，直接就杀上门来了。好吧，我也正想要和邙北市政府谈一谈，把以前签订的那个什么狗屁协议废除，既然赵市长亲自上门来了，也省得我往邙北市政府跑了。

这时外面传来汽车的声音，王厂长做了个手势，女秘书小梁连忙跑到窗户向外一看，扭头说道："厂长，是赵市长的车。"

王厂长就估算着时间，算着赵长风快上三楼了，这才迈步出了办公室，果然看到党副市长陪着一个气度不凡的年轻人往这边走来，王厂长知道，这个年轻人一定是主持邙北市政府工作的常务副市长赵长风，他早就听说这个赵市长非常年轻，今天一看，果然如此，看样子不过才二十六七岁，就是主持市政府工作的副处级干部了，不像自己，都熬到四十多岁了，才是一个正处级的厂长，只是自己级别虽然比赵长风高半级，可权力比赵长风不知道要小多少了。

心里这么一想，气势上不由得萎缩了一些，好在王厂长立刻醒悟过来，心想，权力大有什么了不起？级别不照样比我低半级吗？再说即使是级别比我高又有什么用？中天化肥厂是省石化集团的企业，不归你们地方管辖，你们能奈我何？想到这里，王厂长就笑呵呵地迎了上去，口中说道："党市长，我刚接到门卫的电话，知道你们过来，正准备下去迎接呢，谁知道你们就上来了，失礼失礼啊！"

"王厂长，客气了！"党向国伸出手和王厂长握了一下，向王厂长介绍道："这位是主持政府工作的赵长风赵市长。"

王厂长转向赵长风，伸出手说："哎呀，久闻赵市长大名，今日一见，赵市长果然是年轻有为啊！"

"王厂长，你好！"赵长风伸出手和王厂长握在了一起。

王厂长热情地摇晃了一下手，这才松开道："赵市长、党市长，里面请吧。"

到了厂长办公室，王厂长把赵长风和党向国让在沙发上，又招呼秘书小梁泡茶，他拿出软中华热情地给赵长风和党向国让烟，当然也不忘给一旁的刘俊康也递上一根。

一阵香风传来，秘书小梁端着托盘，上面放了三杯茶，袅娜地走过来，为赵长风、党向国还有刘俊康每人面前摆了一杯香茶，微启朱唇说："请慢用。"

赵长风开门见山地说："王厂长，我这次登门拜访，是想和贵厂商量一件事。"

王厂长自然明白赵长风是为什么事而来的，他却装着糊涂笑道："哎呀，两位市长真是客气啊！有什么事打一个电话来就好了，还用得着烦劳两位市长大驾？"

赵长风心说党向国亲自上门还搞不定呢，还说什么打电话。他呵呵一笑，对党向国说："党市长，怎么样？我就说了嘛！王厂长好说话，这协议用化肥不算是什么难事啊！"

王厂长脸上僵了一下，没有想到赵长风这个年轻人这么厉害，这指东打西的战术确实厉害啊！

"赵市长，你也是为化肥的事过来的啊？说实话，我也正为这化肥的事头疼着呢！"王厂长唉声叹气地说。

赵长风微微一笑，不接王厂长的话茬。王厂长顿了一顿，见赵长风没有接着他的话的意思，只好继续说了下去：

"今年燃料价格上涨得太厉害啊，由于国家加大了煤炭市场的整治力度，关闭了数量众多的小煤窑，使煤炭总量供应下降，煤炭价格上涨非常厉害。我们厂去年用的煤炭一吨不过一百一十元，现在已经涨到一吨一百九十元了。

按照中天化肥厂生产量来计算，一吨尿素需要消耗一吨半煤炭，这尿素的成本就涨了一百二十元。”

“第二个原因，今年以来，国家开始规范运输市场，加强安全生产管理，严格控制汽车运输超载运行，加大了处罚力度。过去我们化肥厂的车队都是超吨运行的，一辆载重十吨的汽车基本上要拉二十吨，现在不准超载运行了，运费成倍上涨，这些运费成本加到煤炭原料上，每吨等于多了二十元钱，光这两个原因，今年的尿素成本就上涨了一百四十元啊！”

赵长风抽着烟，耐心地听王厂长诉苦，他知道，王厂长说的这些都是事实，煤炭是工业的粮食，作为生产燃料，其价格的上涨必然传导到下游产品上，化肥厂作为以煤炭为燃料的生产企业，肯定是面临着巨大的价格压力。

王厂长继续说：“可是尿素作为农业物资，国家又进行着严格的价格控制，相比起去年的价格，今年的尿素最高价格每吨只上涨了八十元，如果说要按照国家制定的最高限价来销售尿素的话，每销售一吨，我们化肥厂就要亏损六十元啊！”说完王厂长就冲赵长风和党向国摊开双手摇了摇头，端起茶杯愁眉苦脸地喝起茶来，似乎那茶叶不是香醇可口的信阳毛尖，而是黄连。

赵长风掸了掸烟灰，说：“王厂长，作为地方政府，我们也理解中天化肥厂的难处，所以一直在很多方面给予中天化肥厂支持。比如在化肥厂用水用电用地方面，还有税收政策方面，邙北市都给予了贵厂以极大的优惠。现在正处于农业生产的关键时期，邙北市的农民都盼着化肥能够早日下乡呢，希望贵厂再克服一下困难，帮助一下农民老大哥。”

王厂长苦笑起来，说道：“好吧好吧，既然赵市长、党市长两大市长驾到，我怎么样也要给几分面子不是？这样吧，邙北市的化肥我就按照国家规定的最高限价足量供应给你们，行不？”

“最高限价？”赵长风笑了一下。

王厂长压低声音说：“赵市长，我可以给你交一个实底，按照国家规定的最高限价，你到任何一个化肥厂都拉不出化肥，为什么？化肥厂亏损啊！实际上化肥厂都是以高出最高限价近百元的价格出售化肥的，即使这样，仓库门口等着拉化肥的车辆还排了一两公里长。对于那些想按照国家最高限价来拉化肥的人或者企业不是不销售，只是暂时没有货。这中间的关窍大多数人都知道。所以能以国家最高限价在我这里拉到化肥，邙北市是第一家啊！”

赵长风对农资这块情况不是太熟悉，他扭头看了一下党向国，党向国向他传递了一个眼神，赵长风就知道，王厂长说的这种情况应该属实。不过这并不是赵长风所想要的结果，国家公布的最高限价摆在那里，老百姓整天看新闻，自然是懂得这些信息，如果他按照最高限价把化肥拉过去，邙北市的农民们肯定会觉得没有享受到优惠，说不定又会到市政府堵了大门。

“王厂长，帮人帮到底，送佛送到西，贵厂就发扬一下精神，在最高限价的基础上再让五十元，行不？”赵长风微笑着说。

“赵市长，恐怕不行啊！”王厂长摇头说，“现在企业考核都是以效益为先，我按照国家最高限价给你，已经承担着很大的压力了，要知道，按照最高限价销售，一吨至少要亏六十元，两万吨就要亏一百二十万。这化肥厂又不是我自家的企业，我自已说了就算的，我还要对上级领导负责、对全厂职工负责，如果再让五十元，让我怎么向上级领导交代？怎么向全场职工交代啊？”

赵长风笑着说：“王厂长，中天化肥厂和邙北市地方政府是兄弟单位，兄弟之间互帮互助，我想贵厂职工和上级领导都会理解和体谅的，再说，每吨让利五十元，也在国家的指导价格的范围之内，符合国家农资销售的有关政策。”

王厂长连连摇头说：“不行啊，赵市长、党市长，不是我不给两位面子，这个要求的确超出了我的能力范围。要不，你们给我们关总打个电话，问问我们关总的意思？”

关总是指中原省石化集团的关正书总经理，非常强势，把中原省石化搞得风生水起。

赵长风又点燃一根香烟，笑着说：“王厂长，这就不需要征询关总的意思了吧？我们邙北市和贵厂签订有优惠协议嘛。”

王厂长摇了摇头说：“赵市长，这优惠协议是十二年前签订的，这十二年来，我们中天化肥厂以优惠价格一共供应了邙北市二十四万吨尿素，按照每吨优惠五十元计算，已经累计优惠了一亿两千万。赵市长，如果中天化肥厂把这一亿两千万用到企业的发展上意味着什么？今天两位长既然专程前来谈这个问题，那么我也就借着这个机会和两位大市长把这个问题说开了去。现在由于国家计划价格早已经不存在了，所以当初这份协议的基础也就不存在了，今后邙北市再来中天化肥厂购买化肥，要按照市场上的价格走，这也符合社会主义市场经济等价交换的原则。"

赵长风掸了掸烟灰，望了王厂长一眼，不动声色地说："王厂长，你说得不错，亲兄弟还需要明算账呢！有些东西是需要按照市场经济等价交换的原则好好算一算了。但是算这个账不能只算一家的账本，对不对？我这里也给你算一笔账吧，当初中天化肥厂在邙北市建设的时候，一共占用了邙北市七百亩土地，其中两百亩是以每亩五百元的优惠价格出售给中天化肥厂的，另外五百亩是以无偿划拨的形式支援给中天化肥厂的。当时邙北市之所以会给予中天化肥厂这么大的优惠政策，就是因为邙北市的地面上没有一家化肥厂，指望中天化肥厂建成之后能够给邙北市的农民带来一些实惠，所以当时就签订了优惠协议。现在按照邙北市一级工业用地价格计算，五百亩无偿划拨的土地价值就在一亿三千万左右，如果按照邙北市一级住宅用地计算，价格还要乘以三倍，即使这样，还没有计算另外两百亩以每亩五百元价格购买的优惠土地，王厂长，这样计算下来，究竟是哪个吃亏，哪个占便宜?"

王厂长被重重地噎了一下，黑着脸喝茶。

赵长风继续说道："即使这样，还没有计算这十二年来，邙北市在用水、用电、税收以及银行贷款方面对中天化肥厂的支持。可以这样说吧，邙北市对中天化肥厂付出的远远要高于从中天化肥厂得到的!"

王厂长没有想到面前这个年轻的市长言辞这么犀利，他重重地放下茶杯，说道："赵市长，这些历史上的原因现在就没有必要探究了吧？问题是国家计划价格早已经不存在了，所以我们两家签订的优惠协议的基础也不存在了，邙北市要想购买化肥，必须按照市场价格来，这不但是我的意思，也是我们关总的意思!"

赵长风的火一下子就上来了，这不是蛮不讲理嘛！中天化肥厂真是牛啊，上至化肥厂老总，下至一个小小的门卫，都不把邙北市地方政府放在眼里，还动不动就“关总”、“关总”的，不错，关正书是曾经当过省委书记谭森的秘书，但是也总不能这样拿着鸡毛当令箭吧？这样下去，双方还有什么合作的基础？

赵长风拉过烟灰缸，把大半截烟使劲摁灭，转念一想，笑着说：“王厂长，我们两家合作了这么多年了，一直没有发生过什么摩擦。还是请王厂长多多体谅一下我们邙北市的具体情况，以后我们还要继续合作嘛。”

王厂长板着脸说：“这个我得向关总请示！”

赵长风微笑着站了起来，说：“那我就不打扰王厂长了。化肥的事就拜托王厂长多费心了！”

下了楼，坐上车，党向国悻悻地说：“一派胡言，什么亏损啊？他们卖高价化肥赚了多少钱？王厂长的座驾比我们刘书记的还好，连副厂长们都开着蓝鸟到处跑！”

赵长风吃了瘪，倒是比党向国心平气和，他微笑着说：“党市长，别生气，这个事我们回去再议一议。”

党向国叹了一口气，没有说话。这还有什么议的？王厂长搬出关正书来吓人，谁还敢得罪关正书？尤其是在这个邙北市市长人选还没有定下来的敏感时期，谁都不愿意多招惹是非。为什么主管农业的副书记包太龙这个时候会躲了起来？明摆着的事嘛！

第八章　干事情的人忙得热火朝天，挑事情的人流言蜚语满天

赵长风动员阳江超的山水建设集团前来投资，建设黄金地质公园，市委书记刘驰得知消息后，全力配合，希望做通阳江超的思想工作。不料一些别有用心的小人却散布消息，挑拨离间，说刘驰是一个不懂经济的草包，离开了赵长风什么事也做不了。这让刘驰不免耿耿于怀。

回到办公室，刘俊康连忙去拿茶杯，刚才在王厂长办公室受了那些鸟气，让刘俊康很是不平。他要为领导泡好茶，让领导消消火。

赵长风坐在皮转椅上，伸手叫住了刘俊康："俊康，你马上给自来水公司徐经理打个电话。"

刘俊康知道领导这个时候绝对不会无缘无故地叫自来水公司总经理过来，就放下茶杯，到自己办公室拨通了徐经理的电话。

"好好，我马上去！"徐经理忙不迭地说。他放下电话，对办公桌对面的自来水公司张副经理说道："老张，赵市长召见，我得马上过去。这件事回头咱们再商量吧！"

徐经理匆匆忙忙来到市政府办公楼，他上了三楼，先来到刘俊康的小办公室门口，调匀了呼吸，这才轻轻敲了敲门，柔声问道："刘秘书在吗？"

"徐经理吧？进来吧。"刘俊康过来打开门，笑着说，"跟我过去吧。"

赵长风正埋头看一份文件，刘俊康领着徐经理来到办公桌前，轻声说："徐经理来了。"

赵长风"哦"了一声，并不抬头，伸手指了指办公桌前面的椅子，说：

"坐吧。"

徐经理连忙诚惶诚恐地半边屁股坐在椅子前沿，双手规规矩矩地放在膝盖上。刘俊康冲徐经理点了点头，返身回到他的小办公室。

办公室里很静，偶尔传来赵长风翻阅文件的声音。徐经理就那么坐着，感觉自己的呼吸越来越急促，屁股也越来越累，却又不敢挪动。

办公室里静默的空气很压抑，随着时间的推移，徐经理越来越惴惴不安，不知道赵市长是为了什么事把他召过来。

忽然，对面传来一声脆响，把徐经理吓了一跳。他目光稍抬，却见赵市长把手中的红蓝铅笔扔在了桌面上。

"徐长征！"赵长风开口了，语气中透着一股威严，"你知道我为什么把你叫过来吗？"

徐长征后背上冒了一层细汗，他抬眼看了一眼赵长风，连忙又低下目光，低声说："市长，我不知道。"

"你看看这个！"赵长风把手中的文件推到徐长征面前。

徐长征双手拿起来一看，原来赵市长刚才看的不是什么文件，而是一封举报信，信里举报去年他在推行邙北市自来水公司一户一表的改造过程中收了平原仪表厂的两万元。

"市长，这是污蔑，全都是污蔑。"徐长征大声说道，可是听起来怎么也有点底气不足。实际上徐长征确实收了平原仪表厂两万元，当时他的儿子考大学，差了二十分，他通过一个朋友活动了一个计划外招生指标，但是需要赞助十万元建校费，当时手头紧张，凑不齐这十万元，这个时候平原仪表厂的销售科长送上了两万元，他就收下了……其实徐长征知道，这种事是经不起查的，关键就看领导有没有决心要查，领导下决心真要查的话，是一定会查出来的。

赵长风没有说话，手指轻轻地叩着桌子，那一声声轻响仿佛是敲在徐长征心上一样，让徐长征的心脏不由自主地随着响声的节奏一阵一阵收缩。徐长征后背上的汗不停地往下流，他真后悔自己当初鬼迷心窍，收下这两万元，现在这两万元往小说，可以断送他的锦绣前程，往大了说，甚至可以让他到牢房里吃公家饭。

“你拿过来让我再看看。”赵长风抬起手来指了指着徐长征手中的举报信。徐长征连忙站起来，双手递给赵长风，然后站在那里小心翼翼地看着赵长风，连大气都不敢出，等候赵长风给他的命运下判决。

赵长风翻看着举报信，心中却在思忖：这封举报信他收到有一段时间了，并且已经让韩加森悄悄调查过了，情况属实。不过同时赵长风也了解到徐长征的具体情况，这个同志平时工作还是兢兢业业的，那次收下这两万元确实是事出有因。再说，虽然平原仪表厂是一个没有名气的小厂，这次更换的水表质量还是很过硬的，价格也是正常的市场价格，所以赵长风一直在犹豫是不是要给徐长征一个机会，不要把一个同志一棒子打死。加上这一段时间赵长风还有很多重要的事情要处理，暂时顾不得这件事，就暂时把徐长征的事放了下来。不过，现在他正好要用到徐长征，所以就把这封信拿出来敲打敲打徐长征。

又翻看了两分钟，赵长风给徐长征施加了足够大的压力后，这才抬起头看着徐长征，慢条斯理地说：“徐经理，我还是相信你的。但是这封信也给我们敲响了警钟，告诉我们一个政府的干部一定要时时刻刻严格要求自己，切勿放松了对自己的要求，做出违法乱纪的事。”

徐长征心中五味陈杂，但是他至少明白，眼下赵市长是打算放过他了，他连忙感激地说：“赵市长，谢谢您的教诲，我以后一定要牢记您的指示，处处以最严格的标准要求自己。”

赵长风一笑，说道：“这就对了嘛！长征同志，站着干什么？坐，坐！”说着却拉开抽屉，把那封举报信放了进去。

徐长征暗舒了一口气，这才又小心翼翼地坐下，却抬眼瞥见赵长风把举报信收进了抽屉，不由得心脏又是一紧。

赵长风拿出一包软中华，磕出一支扔给徐长征，又往自己嘴里塞了一支，一边点烟，一边问道：“徐经理，最近邙北市供水情况如何？”

徐长征拿着香烟，小心翼翼地问道：“市长，邙北市供水情况很正常。”

“哦？”赵长风抬眼看了一下徐长征，把手中的打火机沿着桌面推了过去，说道：“点上啊！”

“谢谢市长！”徐长征诚惶诚恐地拿起打火机点上火，又抬起身来，轻轻地把打火机放到赵长风面前，这才继续说："眼下农耕时节，引黄干渠要承担全市的农业灌溉任务，非常吃紧，但是我们自来水公司还是克服了种种困难，挖掘一切潜力全力保证全市居民和工矿企业的用水！"

"长征同志，目光要长远一点嘛！"赵长风语重心长地说，"自来水公司如果一直这么超负荷运行，从长远看，是要出问题的！越是在这个重要关头，越是要注意生产设备的维护啊！我的建议是，既要保证全市居民和工业企业的自来水供应，也要适时地开展对自来水生产设备的维护和保养，加大对引黄干渠的维护力度，只有这样，才能保证邙北市供水事业健康稳定的发展。"

说到这里，赵长风话锋一转，又微笑道："长征同志，当然，这只是我的建议，自来水公司还是要根据实际情况来安排生产进度。"说着赵长风拿过来一份文件打开，聚精会神地看了起来。

徐长征捉摸不透赵长风究竟是什么意思，他想发问，又不敢问。作为下属，不能够领会领导的意思，那就是失职，那么你这个下属也就当到头了。以领导来说，有些话、有些事根本不需要明说，也不会明说，能不能领会，就看下属的悟性了。徐长征坐了一会儿，看见赵长风低头看文件，没有再说话的意思，知道今天的谈话就到这里了。于是他站起来说："市长，那您忙，不耽误您时间了。"

"好！好！"赵长风就站起来和徐长征握手，徐长征觉得赵长风的握手很有力，让他有些痛感。他深刻地领会着赵市长的握手，觉得这后面一定有别的意思，如果领会到后面的意思，说不定就是赵市长的人了，一时间心中又喜又忧，别有滋味。

出了市长办公室，徐长征没有走，却站在走廊里琢磨了一阵刚才赵市长的话，依旧是一头雾水，摸不清赵市长今天召见他究竟是什么含义。他考虑了一下，觉得还得去请教刘俊康，刘俊康是赵市长的贴身秘书，自然对赵市长的心思很是了解，有些话、有些事领导不需要明说，秘书就能立刻领会掌握，徐长征知道，他找刘俊康请教一定没错。

看了看手表，已经是十一点四十了，徐长征就悄悄地下楼，找到一个僻静的地方，拨通了刘俊康的电话。

"刘秘书，我是徐长征啊。"徐长征笑着说，"中午有时间吗？我请你坐坐。”

刘俊康微微一笑，徐长征这个时候能打电话过来，说明脑子反应还可以，他故意沉吟了一下，说：“徐经理，这不好吧？”

徐长征听出刘俊康没有一口拒绝的意思，立刻说道：“刘秘书，有什么好不好的？只是坐一坐而已嘛！市政府的领导也得密切联系下级嘛！”

中午徐长征本来想安排在邙北宾馆，刘俊康却不同意，说换个地方，在邙北宾馆太惹人瞩目，咱们俩这么一坐，别人还以为要干什么呢！于是徐长征连连点头称是，就换到一个相熟的川菜馆，走后门上去，直接进了小包间。

进了包间后，刘俊康首先声明，下午还有任务，不喝白酒，上点啤酒就好了。徐长征倒是也不敢造次，笑着让服务员上了青岛纯生，和刘俊康喝了起来。

一人两瓶啤酒下肚，见有点气氛了，徐长征就想着开口试探一下刘俊康，看今天上午赵市长召见他究竟是什么意思。谁知道刘俊康却重重地一蹾杯子，说道：“他奶奶的，想起上午的事就来气！”

徐长征吓了一跳，以为刘俊康是为他的事情生气，转念一想，又觉得不可能，就连忙为刘俊康加满了酒，赔着笑脸说：“刘秘书，谁得罪你了？给老兄说说，老兄帮你出气！”当然这话也就是在酒桌上才可以说说，如果刘俊康收拾不了的人，他徐长征就更收拾不了了。

刘俊康拍了拍徐长征的肩膀，说道：“徐老兄，还能是谁？中天化肥厂呗！”

“中天化肥厂怎么了？”徐长征愣了一下，旋即明白了，今天早上农民堵了市政府大门的事他也知道了，听说是赵市长承诺要帮农民到中天化肥厂讨个说法。

“徐老兄，你也不是外人，这话我只说给你听，你可不要告诉别人啊！”刘俊康借着三分醉意，把今天上午在中天化肥厂的事给徐长征说了一遍，当然，什么该说，什么不该说，刘俊康自然懂得把握。

“什么？中天化肥厂这么牛？”徐长征也是一个聪明人，听了刘俊康讲的情况，一下子明白了赵长风找他是干什么了。有些事领导要装糊涂，靠的就是下面的聪明人帮领导主动去干，这样无论以后发生了什么事情，领导就不用承担责任。徐长征愤愤不平地说：“在邙北市的地界上还敢要横，连赵市长和党市长都不放在眼里，他们以为他们是什么东西啊？”

“好了好了，徐老兄，这件事到此为止，不要说了！”刘俊康见徐长征已经心领神会，就收住了话头，“来，我们喝酒！”

“刘老弟，来，我们喝酒！”徐长征心情激动地说，他明白眼前是一个难得的机会，只要他把这件事办好，那么以后就是赵市长的人了，可以真正地和刘俊康称兄道弟了。

第二天，邙北市引黄干渠的堤坝忽然发生坍塌，邙北市自来水供应吃紧，自来水公司就下了通知，优先供应邙北市城镇居民用水和保障邙北市本地工矿企业的用水，至于不属于邙北市的企业，自来水公司在满足了本地工矿企业的用水的基础上才会予以考虑。

通知一下来，中天化肥厂的供水量立刻被减少到只有平时的三分之一，化肥厂生产用水立刻吃紧，六条生产线只能维持最低生产要求，化肥厂的生产副厂长立刻坐不住了，他一边派人向王厂长汇报，一边亲自驱车到了自来水公司。

自来水公司徐经理正率领人抢修引黄干渠，自然无暇接待化肥厂的生产副厂长，办公室主任出面接待了化肥厂的副厂长，面对副厂长要求保证化肥厂生产用水的请求，办公室主任拿腔捏调地说自来水公司是邙北市的企业，自然要优先保障邙北市本地企业供水，至于中天化肥厂的用水问题，他们正在努力想办法解决，等引黄干渠抢修通了，就会恢复对中天化肥厂的供水。

化肥厂副厂长问，需要多少时间才能修通引黄干渠，办公室主任笑眯眯地说：“看进度了，也许是五六天，也许是七八天，不一定，看进度吧！”

化肥厂副厂长吓了一跳，别说是五六天，就是化肥厂再这样维持最低生产要求三天，化肥厂的反应炉生产能力就要大受影响，如果真的拖上五六天，那么即使恢复供水，化肥厂的反应炉要想调整到最大生产能力，也需要一到两个月，如此算起来，化肥厂的损失可就惨重了！

于是化肥厂副厂长就赔着笑脸说：“能不能想一想办法呢？中天化肥厂和邙北市地方可是合作单位啊！”

办公室主任笑了笑，说："这个你得去找我们徐经理，我做不了主!"

副厂长忍住气回到厂里，向王厂长做了汇报，王厂长一听就知道船在什么地方弯着。他实在没有想到，邙北市竟然会拿这一招来对付化肥厂，而且偏偏这一招让他们说不出什么话来，毕竟引黄干渠堤坝坍塌是自然灾害，这个时候作为地方企业，自来水公司当然要优先供应邙北市地方企业了。

王厂长阴沉着脸想了半天，这种事他还真不好向关总汇报。即使通过关总压住了邙北市政府，但是以后邙北市政府保不齐再给他来别的花样。如果这样的事来上个两三次，恐怕他这个化肥厂一把手的位置就坐不稳当了。作为老总，谁会喜欢一个总是招惹麻烦的下属呢?

想到这里，王厂长叹了一口气，对秘书小梁说："让小王把车开过来，我到邙北市政府一趟!"

办公桌上的蓝色电话响了起来，刘驰等铃声响了两遍之后，才慢条斯理地拿起了话筒放在耳边，电话里传来赵长风的声音："刘书记，我是长风，我陪阳总快到高速出口了，估计再过二十分钟就到了。"

"好，你陪阳总直接到邙北宾馆吧，我在那里等你们。"

刘驰挂了电话，叫了一声："小郭!"

郭和强应声从隔壁秘书办公室跑了过来，恭敬地站在刘驰面前："我来了。"

刘驰说："通知一下张一磊主任，我们这就出发。"

郭和强连忙应了一声，一路小跑来到市委办主任办公室。张一磊正在喝茶，看到郭和强进来，就站了起来，问道："人到了?"

到了楼下，司机小黄已经把车停在了台阶下，郭和强抢先一步拉开车门，哈着腰请刘驰书记和张一磊上车。等郭和强在副驾驶位上坐好之后，小黄一踩油门，公爵王稳稳地一转方向，向外面驶去。

刘驰靠在座位上，心里却在想着那位中原山水建设集团的老总阳江超。本来刘驰对赵长风专程到中州市去接阳江超过来考察是有看法的，认为堂堂一个主持政府工作的常务副市长，竟然驱车三百多公里到省城去专程接一个民营公司的老总，是不是小题大做了呢？后来他让秘书郭和强一查中原省山水建设集团的情况，立刻改变了看法。关于山水建设集团的资料不多，但是关于山水建设集团子公司的伏牛山风景区的资料却很多。

据中原省旅游局和宁浩市旅游局的资料披露，位于宁浩市白元县的伏牛山风景区当年的门票收入超过了山阳市的云台山风景区，达到了五千多万元，居中原省的第一位，同时伏牛山风景区综合旅游收入达到了三亿元。而中原省贫困县白元县也凭借着伏牛山风景区的带动，财政收入从宁浩市倒数第一位跃居于第一位，这种大跨步的前进怎么能不让刘驰眼红呢？

据说赵长风说，中原省山水建设集团打算在邙北市投入巨资打造第二个伏牛山风景区，如果条件合适，一期建设投资总额不会低于两千万元。两千万元，这种大手笔的投资对于现在亟待找到新的经济增长点的邙北市是何等重要啊！

所以刘驰就下定决心，这次无论如何都要招待好这位大财神爷阳江超总经理，不管付出多少代价，也要把这位财神爷留下，让这只会下金蛋的凤凰在邙北市抱窝，为邙北市多下几只金蛋。

到了邙北宾馆，政府办主任李长根已经守候在那里，见刘驰和张一磊过来，连忙迎上前打招呼。刘驰笑呵呵地和李长根握了握手，问道："李主任，早到了？"

李长根连忙说："我也是刚到，刚到！"

刘驰点了点头，向里走去。

李长根又伸出手对张一磊说："张主任好！"张一磊伸手和李长根握了一下，说了一声："好！"目光就从李长根脸上一扫而过，追随着刘驰的身影去了。

李长根受了冷落，也只能在心里发发牢骚，虽然他和张一磊一个是政府办主任，一个是市委办主任，听着似乎是平级，可是实际上地位根本不一样。张一磊这个市委办主任是副处级，是市委常委，是邙北市的市领导，他这个政府办主任不过是个正科级，是跑腿打杂的。

邙北宾馆总经理马大海额头上挂着汗，一路小跑地从宾馆大门中迎了出来，老远就伸出双手，诚惶诚恐地叫道："刘书记，我来晚了，我来晚了！"

刘驰鼻子里哼了一声，就好像没有看到马大海，径直向宾馆大堂走去。

马大海连忙闪到一边，垂下目光不敢看刘驰。他早就听说刘驰有意拿下他这个邙北宾馆总经理的位子，今天看这种情况，恐怕真的要被拿下了。

这时张一磊从后面跟了上来，马大海就连忙迎了上去，苦着脸向张一磊解释道："张主任，我一大早就到汇龙潭去钓黄格牙，到了十一点半才钓了三条，这紧赶慢赶地赶回来，谁知道还是晚了一点。"

汇龙潭是邙北市地靠黄河南岸一个深潭，有十来亩大小，里面潭水深不见底，无论天气多么干旱，从来没有见汇龙潭里的水面下降过，当地老百姓都传说，这汇龙潭和东海是相互联通的，是东海龙王的老家。龙潭在天阳市就很有名气，主要是因为汇龙潭里出产一种巴掌大的小鱼，叫做黄格牙。这种小鱼通体金黄，模样和泥鳅差不多，只是前面长了两条长须，竟然和身体一般长，身体两侧和背脊上各长了一根尖刺，这刺尖锐异常，而且含有剧毒，味道却极其鲜美。

昨天晚上，张一磊通知马大海，要他去钓几条黄格牙过来，准备招待邙北市的贵客。马大海就精心做了准备，今天一大早就到了汇龙潭去钓鱼，可是过程却很不顺利，一直到十一点半，才钓到了三条，钓到了之后，马大海紧赶慢赶地往宾馆赶，谁知道还是迟到了几分钟，没有在宾馆门口恭迎刘书记，让刘书记大怒。

张一磊低声说道："不要紧，待会儿向刘书记解释一下，你也是为了邙北市的招商引资工作嘛!"

马大海这才舒了一口气，应了一声，跟着张一磊进去了。

张一磊陪着刘驰刚在宾馆一楼大堂的商务中心坐下，手机就响了起来。张一磊打开手机，里面传来刘俊康的声音："张主任，赵市长和阳总已经下了高速口，再过五六分钟就到了。"

放下电话，张一磊轻声对刘驰说："刘书记，赵市长和客人马上到了。"

刘驰拍了一下沙发扶手，说道："好呀，我们出去迎接。"

刚走出宾馆大门，就看到三辆车组成的车队驶了过来，一前一后都是黑色的奥迪100，中间一辆豪华大气的奔驰600。

车队行驶到邙北宾馆门口，缓缓地停下，奔驰600恰到好处地正停在对着正门口的台阶下。

这时前后两辆奥迪车的车门打开，每辆车上分别下来两个穿黑西装带墨镜的彪形大汉，身高都超过一米八五，透过西装可以看到肌肉高高鼓起。

奔驰车前门一开，一个身材高挑、金发碧眼的美女走了下来，只见那金发碧眼的美女婷婷袅袅地来到奔驰车的后门，轻轻拉开车门，用白皙的手护在上面，口中吐出标准的京腔普通话："老板，请下车！"

一只穿着黑色皮鞋的脚先迈了出来，这是阿玛尼的皮鞋，另一只脚也移出车外，然后在金发美女的搀扶下，一个气度威严的中年人移身站了起来。

这时另外一侧车门一响，赵长风推开车门从里面下来。刘驰就一笑，迈步下了台阶，赵长风绕过车子来到中年人身旁的时候，刘驰正好踩着步点来到车前。

赵长风笑着说："刘书记，我来为你介绍一下，这位就是中原省山水建设集团公司的老总阳江超。"

刘驰就一脸灿烂地笑着伸出双手道："阳总，你好，欢迎光临邙北市！我可是久闻大名啊！"

阳江超矜持地一笑，扭头问赵长风道："赵市长，这位就是贵市的刘书记吧？"

赵长风连忙说道："对对，阳总，这位就是我们邙北市的刘驰书记！"

阳江超这才伸出手和刘驰轻握一下，淡淡地说："刘书记，你好！"

赵长风又伸手为刘驰介绍道："刘书记，这位是阳总的秘书琳达小姐。"

金发美女浅浅一笑，伸出白嫩的手说道："刘书记，您好！"

刘驰伸手紧紧握住琳达小姐的手说："琳达小姐，你好你好，欢迎你和阳总到我们邙北市来作客，希望邙北市能够给你留下一个美好印象。"

张一磊和李长根跟在刘驰后面伸出手道："阳总，您好！"

阳江超懒懒地伸出手来一碰就松开了，随口应道："好，好。"

酒宴在二楼贵宾厅的包间里，进了包间，刘驰请阳江超坐在主宾席，然后大家依次坐好，漂亮的服务小姐端着热毛巾上来，大家擦过手之后，菜就掐着点上来了。这是张一磊专门交代的，说客人在路上奔波了三个多小时，到了邙北市之后一定饿了，所以菜一定要上得及时。

酒倒满之后，刘驰举起酒杯说："阳总，欢迎你到邙北市来！我敬你一杯，预祝我们合作成功!”

“干!”阳江超不冷不热地举起手里的酒杯，虚空示意了一下，将酒杯凑到嘴边，小抿了一口，然后轻轻地把酒杯放在了桌子上。

刘驰仰脖一饮而尽，目光再度回到了阳江超的身上，却赫然发现，这位阳老板面前的酒杯几乎没动。

赵长风站起身冲阳江超举起了酒杯，笑道：“阳总远道而来，辛苦了，我敬你一杯。”

阳江超没有接话，而是从怀中摸出了一支雪茄，琳达眼疾手快地掏出打火机，双手替他点上了火。

不紧不慢地吸了一口，吐出浓郁的一个烟圈，阳江超这才拈起酒杯，淡淡地说：“赵市长，你太客气了，阳某愧不敢当啊!”

刘驰发觉阳江超依然只是润了润了唇，就放下了酒杯，心下顿时释然，看得出来，这个姓阳的颇有些架子，谁的账都不买!

张一磊本来想端着酒杯敬阳江超的酒，但是看着阳江超连书记和市长的面子都不买，他这个市委办主任出面估计也是自讨没趣。便笑着端起杯说道：“阳总是我们邙北市尊贵的客人，琳达小姐是阳总的秘书，从另外一个意义上来说，也是替我们邙北市尊贵的客人服务，辛苦了！琳达小姐，我敬你一杯!”张一磊的话既捧了阳江超，也避免了向阳江超敬酒被拒的尴尬，很是费了一番心思。

琳达浅浅地一笑，白皙的面孔上出现两个迷死人的酒窝：“张主任的口才真是厉害，这杯酒我不喝不行了。”说着她端起酒杯抿了一口。张一磊却仰头把酒全干了。

刘驰见话题到了琳达这里，就笑着说：“琳达小姐这一口京片子说得真地道啊，如果不看人，光听声音，还以为这是北京人在说话呢!”

“刘书记一看就是文化人，连夸人都这么得体。”琳达美目往刘驰这里一瞟，正好和刘驰的目光碰了个正着。

琳达巧妙地把目光移开，继续说：“我接触的官员也不在少数，像刘书记这样的领导不多见啊！我敬刘书记一杯。”说着白嫩的手举起就酒杯伸到刘驰面前。

张一磊方才敬酒，琳达只是抿了一口，这次琳达却一口干完，显然是很给面子。刘驰心中一喜，豪爽地一口把杯中酒干完。

阳江超吐了一口烟圈，淡淡地说："刘书记好酒量。"

这时马大海推门进来，身后跟着一个服务员，推着一个小推车，上面放着一大一小两个陶罐。

"刘书记、赵市长，"马大海看似向刘驰和赵长风汇报，可是却站在刘驰身边，目光只落在刘驰一个人身上，"黄龙汤已经熬好了！"

刘驰心中一喜，这黄格牙熬制的黄龙汤确实有奇效，他喝过两次，每次都是英勇异常，感觉自己好像回到了十八九岁的年纪。可惜这种鱼产量太少，不能够时时吃到啊。

"好，快端上来给阳总尝一尝。"刘驰点头说道。马大海应了一声，转身来到小推车旁，亲自从小陶罐中盛出三碗白如羊乳的汤，然后把三条黄格牙分放在三碗汤中，示意服务员端上去。

服务员首先端上一碗汤小心地放在阳江超的面前，刘驰笑着说："阳总，这是我们邙北市鼎鼎有名的黄龙汤，你试一下，看看效果怎么样。"

阳江超低头看着面前的小碗，雪白的汤汁中放着一条炖得酥烂的小鱼，这小鱼看着如泥鳅一般大小，只是比泥鳅肥一些，鱼肉上残留的金黄色的鱼皮，和雪白的鱼汤衬映着。这汤看起来除了颜色好看一些外，似乎没有什么特别。阳江超就有些狐疑，问道："刘书记，这黄龙汤有什么讲究吗？"

刘驰见阳江超气势一直很盛，这时候黄龙汤一上，终于让阳江超吃瘪，心中不由得很是开心。饶你阳江超是中原省旅游界有名的大老板，但是也有不明白的东西。刘驰心里想着，眼睛却看着赵长风说："赵市长，这就是你的不对了。请阳总来邙北市开发旅游资源，连邙北市这么著名的黄龙汤也不提前向阳总介绍一下？"

赵长风早就听说过汇龙潭产一种叫黄格牙的小鱼，现在听刘驰这么一说，就笑道："书记批评得对啊，这是我的失误。阳总，这黄龙汤活血补肾，很有些效果呢！"

这时服务员已经把汤全部分好，每个人面前放了一碗。只是除了赵长风、刘驰和阳江超外，其他人面前放的汤颜色稍微淡了一些，虽然也是放了一条金黄色的形似泥鳅的小鱼，但是内行人都知道，这小鱼虽然也通体金黄，生有毒刺，却是黄河里产的极为普通的黄颡鱼。黄颡鱼和黄格牙外表有九成的相似，只是在功效上却是天差地别。

琳达却不知道其中的区别，她低头看着面前的鱼汤，歪着脑袋疑惑地问身旁的刘驰："刘书记，这汤活血补肾，是你们男人喝的吧？女人喝了有用吗？"

刘驰正在低头享用黄龙汤的美味，耳边忽然听到琳达用京片子问出这么直白的话语，笑着说："琳达小姐，我们中医里讲补肾的前面还有一个词：滋阴补肾，女人喝了也大补，养颜美容呢！"

琳达一听这汤有美容的功效，不由得芳心大喜，连忙低头狂喝起来。

这黄龙汤的确是有活血补肾的奇效，阳江超这一碗黄龙汤下肚，不由得浑身血液运行加快，不由自主地把矜持丢在一边，露出本来豪放的作风。好在刘驰了解这黄龙汤的效果，倒是对阳江超这种转变不感到奇怪。

赵长风这边本来也想控制，可是这黄龙汤下肚之后，不由得也豪情大发，再加上刘驰，两个党政一把手和今天主宾阳江超都放开了酒量，这酒宴的气氛就为之一变，大家你来我往，互相敬酒，竟然喝了个酒酣耳热，把赵长风本来和阳江超安排好的摆谱酒宴变成了正常的招商酒宴，宾主都极为尽兴。

酒宴就是在最尽兴的时候结束的。这酒劲一催，刘驰就感觉浑身热血上涌，知道再喝下去要坏事，于是就在酒兴正酣的时候冲张一磊做了一个手势。

张一磊心领神会，就笑着说："刘书记、赵市长，阳总一路奔波，很是辛苦，不如就到这里吧，让阳总休息休息，等阳总养足精神，晚上还有更精彩的节目呢！"

刘驰的目光和赵长风碰了一下，转头望向阳江超。

阳江超也是忍得辛苦，就趁势说："也好，坐了几个小时的车，还真有点累了！"

赵长风也笑着点头。张一磊挥一下手，服务员就端上了时令果盘。琳达拿起竹签，插了两块哈密瓜，一块递给阳江超，一块递给刘驰，然后对着对面的赵长风笑了笑，摊开双手说：“赵市长，桌子太大，你就自己来吧。”

“自己来，自己来!”赵长风笑着插起一块西瓜，躲开了琳达的目光，喝了黄龙汤之后，他也有点抵挡不住琳达的魅力。

刘驰吃完冰镇的哈密瓜，借着凉气压了一下心头的热火，对赵长风说：“赵市长，我这边还有点事，一会儿你陪阳总到市委招待所去吧。”

赵长风说道：“刘书记，放心，阳总就交给我了。”

刘驰又转过脸说：“阳总、琳达小姐，不好意思啊。晚上我再陪你们!”

阳江超挥舞着雪茄笑道：“刘书记，你该忙就忙，我这边有赵市长就行。”

大家一起下楼出了大厅门口，司机小黄已经把黑色的公爵王开到台阶下，刘驰就转身握住阳江超的手说：“阳总，晚上见了啊!”

阳江超点头道：“晚上见!”

赵长风、张一磊和李长根又上去和刘驰道别，刘驰就挥了挥手，钻进了公爵王，车子消失在众人的视线里。

晚上的欢迎宴会规模更为庞大，除了刘驰书记、赵长风市长、市委办主任张一磊、政府办主任李长根之外，主管城建的副书记白国庆和主管城建的副市长王石光也都赶了过来，阳江超又恢复了中午刚见刘驰的那番模样，一副谁的账都不买的臭脸，只是面对刘驰的时候，会稍微挤一些微笑。

刘驰心里也在盘算着阳江超这个人，当初他听赵长风汇报时说阳江超的爱人曾经是赵长风的高中数学老师，以为阳江超一定和赵长风关系很密切，但是现在看来，阳江超和赵长风关系很一般，说不定这层关系是赵长风为了面子，硬靠上去的。想想也不奇怪，这时候能拉来投资，能拉来项目就是政绩，赵长风目前虽然主持着政府工作，但是位子非常不稳，上面还横亘着四位副书记，随时都可能取而代之，所以他一定要干出一番政绩，才能把自己报送上市长的宝座。

为了政府一把手的宝座，赵长风放低一些身段也没有什么稀奇。别的不说，抗雪救灾时，赵长风从中州市拉过来那么多记者，还不是为了讨好他这个班子的班长吗？现在阳江超为什么对他比对赵长风还热忱些？不就是因为他是班子的一把手，地位高于赵长风吗？看来在阳江超眼里，有的只是利益，根本不会在意和赵长风之间或许存在也或许并不存在的所谓“交情”。

不过这个念头也就是在脑海里一闪而过，刘驰马上想到了正事。从目前情况来看，阳江超和赵长风关系非常一般，也就是说，阳江超会不会在邙北市投资，投资多少，是由邙北市的具体情况决定的，根本和赵长风与阳江超所谓的“交情”无关，那么从这个意义上来说，如果刘驰能够作通阳江超的工作，那么这个项目的功劳应该属于他刘驰的，赵长风最多也就是一个牵线搭桥的作用吧？

这个念头在刘驰脑海里泛起的时候，就怎么也压不住，因为据前两天秘书郭和强的汇报，目前在邙北市的领导干部中流传这么一个说法，说刘驰是从农业县里出来的，根本不懂得如何搞工业、抓经济，邙北市的工业全靠赵长风市长一手支撑，离开了赵长风市长，邙北市的经济会彻底垮台。

这个传言在邙北市有没有？确实有！是副书记钱兆均让人偷偷放出去的。目的就是为了离间赵长风与刘驰之间的关系。钱兆均早就把目标盯在了市长的位子上，赵长风主持市政府工作，当然是钱兆均的头号大敌，钱兆均一定要想办法扳倒赵长风。最简单的做法，就是让市委书记刘驰对赵长风产生看法。以钱兆均在厮混官场多年的经验来看，别看现在刘驰和赵长风之间亲密无间、配合默契，那只是假象，是暂时现象。从体制上来说，管帽子的市委书记和管经济的市长之间总是充满了摩擦，充满了矛盾，钱兆均现在要做的就是在赵长风和刘驰之间打下一个楔子，让这个矛盾提前到来。只要矛盾有了，赵长风就基本上失去了竞争市长位子的可能性。

在用人的问题上，下级一把手对上级一把手的影响是不可忽视的，是非常有力的。只要懂得官场潜规则的干部都知道，人算不如天算，天算不如领导说了算。得罪谁也不能得罪一把手，把一把手惹恼了，那下场可非常不妙。别说赵长风是一个暂时主持市政府工作的常务副市长，就算赵长风是市长，也惹不起市委书记刘驰，虽然名义上看起来是平级，同为党政一把手，但党是管干部的，关键时刻，赵长风的命运要由市委书记刘驰来决定。

邙北市究竟由谁来当市长，上级领导肯定要征询市委书记刘驰的意见，毕竟这个市长是要和市委书记刘驰搭班子、配合市委书记刘驰的工作的，如果刘驰不满意，上级领导会安排吗？上级领导肯定不希望治下的班子不和，他们需要的是团结的班子，和谐的班子，有战斗力的班子！

刘驰听到这个消息后心里就在琢磨，这究竟是谁放出来的呢？刘驰首先考虑是不是赵长风放出来的，转念一想，可能性不大，赵长风目前地位悬而未决，一个劲地想讨好自己，怎么会放出这么愚蠢的风声呢？

那么不是赵长风，会是谁呢？是其他几位副手？又或者是民间自发传出来的声音呢？如果是其他几位副手，放出这个谣言的目的可想而知，就是为了挑拨他与赵长风之间的关系，达到某些卑鄙不可告人的目的。

但如果是民间自发传出来的呢？这就值得玩味了。是不是邙北市的老百姓真的认为，赵长风是一个有能力、有水平、懂经济的好干部？他刘驰只是一个什么都不懂、有名无实的草包领导呢？这种舆论一旦形成，是非常危险的，尤其是一旦传到上级领导耳朵里，他们会怎么看待这件事呢？

想到这里，刘驰浑身就出了一身冷汗，无论这个消息是从谁嘴里传出来的，目的是什么，在客观上都会造成这样的舆论后果，就是他刘驰是一个不懂经济、不懂工业的草包，离开赵长风什么都做不了！如果任由这种舆论蔓延下去，后果会非常严重。

但是刘驰又没有什么好办法去扭转这种舆论，这种民间的小道消息查无可查，证无可证，来无影去无踪，虽然让人恼火，但是却不能辟谣，刘驰总不能让人宣布，他不是草包吧？即使能够查出来是谁传出来的，刘驰还不能去查，因为越是大张旗鼓地去查，越是会助长这谣言的传播，如果愚蠢到去查这种谣言，就等于不打自招了。

可是对这谣言听之任之，不管不顾，任其传播，显然又不是什么好办法。想静等谣言消失显然是不可能的，它只会越传越烈。

要想消灭一个谣言，最好的办法就是让事实说话，在铁一般的事实面前，谣言往往会不攻自破。刘驰如果想让这个谣言停止，就必须做出一些事情，让邙北市的干部和老百姓们看到，他刘驰是懂经济的，是有能力的。可是做什么事情来证明自己懂经济、有能力，能够管理好邙北市这个工业大县呢？

刘驰还没有想到好的办法。

不过刘驰现在觉得眼前就摆着一个绝佳的机会。如果他能出面说服阳江超到邙北市投资，把这个一期投资达两千万元的大项目确定下来，邙北市的干部群众会怎么想？这就是最明显的政绩，这就是铁一般事实，不正说明我刘驰的能力吗？什么都不用说，这个项目就足以让那个混蛋谣言灰飞烟灭。

抛开谣言不谈，单单是引进这么一个两千万的大项目这个政绩，就足以让刘驰在天阳市领导面前获得加分。这种送上门的政绩刘驰怎么可能拒绝呢？虽然说是赵长风引进的项目，成绩也会算到他刘驰的头上，是在市委正确领导下取得的成绩嘛！但是这怎么能比得上刘驰亲自领导下引进的项目来得光彩呢？更何况，按照邙北市招商引资的政策规定，凡是引进项目的领导和个人，能获得项目资金总额的百分之二提成，这两千万的项目提成就是四十万啊！

打定了主意，刘驰就不介意阳江超的冷脸，一个劲地向阳江超示好。晚宴结束后，刘驰又招呼众人一起陪着阳江超一起去 KTV 唱歌。在 KTV 包厢，刘驰特意和阳江超坐在一起亲热地攀谈着，话里话外都在套问阳江超和赵长风究竟是什么样的关系。

阳江超就明白了，刘书记看来是精于打麻将，准备截赵长风的胡了！

大家在 KTV 包厢坐了两个多小时，又是唱歌又是喝酒，阳江超依旧精力充沛。

刘驰当然看出阳江超意犹未尽，唱歌结束后，他就安排张一磊陪同阳总到凯旋宫去放松一下，自己则故意和赵长风落在后面。

“长风同志，明天阳总怎么安排行程？”其实张一磊早就向刘驰汇报过了阳江超明天的行程安排，刘驰这是明知故问。

赵长风走在刘驰的右边，笑着说：“刘书记，明天王石光市长和王建军主任陪琳达小姐去后河乡考察黄金地质公园的选址，我陪阳总在市里随便走走。”阳江超是大老板，大老板有大老板的做派，这亲临现场考察的事自然是要手下人去做的。

刘驰递给了赵长风一根烟，凝重地说：“长风同志，这个招商引资项目对我们邙北市调整经济结构、实行多元化经济发展战略有着非常重要的意义，我们必须给予足够的重视啊!”

赵长风把刘驰今天对阳江超的示好行为都看在眼里，隐约猜出了刘驰的用意，这时听刘驰这么一说，更是证实了他前面的判断。他接过刘驰递来的香烟，缓缓地说:“刘书记的指示非常重要，市政府一定会高度重视这次中原省山水建设集团的项目考察活动。”

刘驰摸出打火机点着了烟，然后又把打火机递给赵长风，这才说道:“长风同志，我有一个建议，为了表示我们邙北市对中原省山水建设集团这个黄金地质公园项目的重视，你明天辛苦一趟，亲自陪同琳达小姐到后河乡去考察，这样才能够显示我们邙北市市委市政府对这个黄金地质公园投资项目的重视。”

赵长风点着了烟，默默听刘驰说完，又把打火机交还到刘驰手里，这才有些为难地说:“刘书记，我陪琳达小姐到后河乡去是没有问题，只是阳总这里……”

刘驰抚了一下头发，笑着说:“你就放心地陪琳达小姐去吧。阳总这里就交给我了，招商引资是咱们邙北市的大事，不能光让市政府忙嘛!”

本来按照当初的安排，刘驰只需要在阳江超到达的当天接待一下，表示一下邙北市全市上下对这个项目的重视，随后的具体考察活动就由赵长风来安排，刘驰是不会出面的。按照常规来说，这已经是很高的待遇了，毕竟这是赵长风邀请过来的投资商，不是刘驰邀请过来的，刘驰肯出面接待，还是看在中原省山水建设集团的强大实力，看在中原水山水建设集团一期建设项目投资达到两千万元的面子上。作为市委书记，不是随便来个人说准备在邙北市投资，他都要接见的。但是刘驰现在却改变了主意，决定亲自出马陪同阳江超，这中间的意思就很令人玩味了。

刘驰语重心长地说:“长风同志，由于受前期金矿停产的影响，邙北市的经济形势不容乐观啊。招商引资是关系到邙北市经济发展的头等大事，作为班子的班长，我怎么能置身事外呢? 即使再忙，我也要给予足够的重视啊!”

赵长风听刘驰说着冠冕堂皇的话，只是默默地抽着烟，陪着刘驰走着。

刘驰笑了笑，没有说话，他知道赵长风最终会同意的，这个项目如果没有他的点头，即使阳江超愿意在邙北市投资，也不可能成功，赵长风那么聪明的一个人，自然会懂得什么该做、什么不该做的。

终于，赵长风开口了："刘书记，那我明天就陪琳达小姐下去。"

刘驰伸手拍了拍赵长风的胳膊，亲热地说："长风同志，辛苦你了！"

回到湖月山庄七号别墅，赵长风感觉浑身燥热，这黄龙汤真是见鬼了，很是能刺激人的欲望，可惜佳怡不在身边，不然……

赵长风叹了口气，在浴缸里放了一大缸冷水，泡了进去，这才感觉到心火稍熄。

在浴缸里泡了半个多小时，赵长风感觉身上的燥热逐渐散去，这才从浴缸里爬出来，擦干身子，披上浴袍，靠在客厅的沙发上看电视。

不知不觉的，赵长风在沙发上睡着了，忽然手机铃声把他吵醒，赵长风摸过手机一看，是阳江超的电话。

"长风老弟，睡了没有？"电话里传来阳江超的笑声，"我刚摆脱市委办的张主任回到了市委招待所。"

赵长风伸了一个懒腰，从沙发上坐了起来，笑着说："阳哥，怎么样？我们邙北市的黄龙汤大补吧？"

阳江超自我解嘲了一句，就扯到正题上："长风老弟，你的那个大班长刘书记挺有意思的啊！"

赵长风沉吟了一下，说："承蒙刘书记抬爱，中原省山水集团也不能错过这个机会不是？刘书记是邙北市的一把手，山水建设集团靠上这条线，比我这个暂时主持邙北市政府工作的常务副市长可是要强多了。阳哥，你说是不是？"

阳江超在电话那头笑了起来，"不过有了刘驰，山水集团在邙北市的项目肯定会更加顺利。"

"呵呵，阳哥看得比我透彻。"赵长风轻轻一笑，"那就这样吧，明天我陪琳达小姐下去。刘驰过来陪你，究竟该怎么做，你见机行事吧！"

放下电话，赵长风又盘算了一阵，觉得这是眼下最稳妥的做法。刘驰既然主动送上门，山水建设集团可不能错过这个机会，刘书记截胡，山水集团就放炮……

放炮，对赵长风来说，是一件双赢，甚至是三赢的事情。

招商引资这种虚名，赵长风自然是不会在乎。关键是如果黄金地质公园能够顺利建成，能够吸引大批游客过来，对邙北市的经济产业结构调整有着标杆的意义。邙北市的老百姓能够享受到产业结构调整带来的好处。相比起金矿采掘业的绝大部分利润都被金矿老板攫取来说，黄金地质公园带来的游客消费能够带动一批相关产业的发展，这些产业发展带来的好处会有相当部分让邙北市老百姓分享。这是除了金矿产业整合之外，赵长风为邙北市老百姓干的实事之一。

黄金地质公园的建设除了能够给邙北市经济带来发展，给老百姓带来实惠外，山水建设集团也会在这个项目中获得丰厚的回报。

赵长风自然是乐得大方，顺水推舟地把这个人情送给刘驰。

第二天一早，刘俊康和司机老邢过来接上赵长风，赵长风拿出电话，本来想直接拨给刘驰，想了一想，又改变了主意，拨给了郭和强。

“小郭，我赵长风啊！”赵长风问道，“你在哪里呢？”

郭和强哪里会不明白赵长风的意思，望了一眼刚从楼上下来的刘驰书记，说道：“赵市长，我在刘书记这里，你等一下，我把电话给他。”说着捂着手机跑到刘驰身边，轻声说：“赵市长电话。”

刘驰伸手接过电话，放在耳边，停了两秒钟，才开口说：“长风吧，起来了吗？”

赵长风说：“刘书记，起来了呢，我要到招待所去，你看……”

“好啊，好啊！”刘驰摸了一下头发，“一起吧！”

到了一号别墅，小黄开着黑色的公爵王缓缓驶出，刘驰隔着窗户对赵长风招呼了一下，赵长风放下车窗玻璃，笑着回应了刘驰。

公爵王掉头向左，往湖月山庄的大门驶去，老邢开着桑塔纳不疾不徐地跟在后面，保持着适当的车距。

到了市委招待所，楼前两个武警战士笔直地站在那里，赵长风走在刘驰的右侧，并排进了招待所的一楼大堂。

邙北宾馆总经理马大海正坐在大堂的沙发上抽烟，见到刘驰和赵长风进来，连忙把大半截香烟在烟灰缸里摁灭，站起身来迎到两个人身前，脸上堆着笑说："刘书记、赵市长，你们来了？"

刘驰的目光从马大海脸上扫过，望着电梯口问道："阳总起来了吗？"

马大海说："阳总还在休息，琳达小姐倒是起来了。早上还绕着小招的院子跑了两圈呢！"

扭头看向赵长风，说："长风同志，你和阳总比较熟，你上去问一下，如果阳总要吃早餐，请他下楼一起用吧。"

赵长风点了点头，乘了电梯上了五楼，两个漂亮的服务员站在五楼的服务台里，看到赵长风从电梯里出来，她们齐声喊道："赵市长好！"

赵长风笑了笑，往五零七走去，从这边可以看到五零七门口依旧站着两个黑衣保镖，身形挺得笔直。

赵长风按门铃，门铃响了两声，里面传来一个声音："谁啊？"

门就打开了，琳达穿着一身旗袍出现在门口，傲人的曲线在旗袍的包裹下恰到好处地呈现出来，美艳非常。赵长风不得不承认，旗袍这种典型的中式服装和琳达这个异域美女很是般配，一点都没有平常西洋美女穿中式旗袍那种不协调的感觉。

"琳达小姐，早啊！"赵长风问候一声。

"赵市长，早。"琳达应了一声，侧身让到一旁，把赵长风让进客厅。进了客厅，赵长风看到阳江超的卧室门还紧闭着，就问道："阳总呢？"

"还在休息，我去叫他！"琳达应了一声，就过去敲阳江超卧室的门。

阳江超迷迷糊糊听见赵长风过来了，连忙跳下床拉开房门，探头出来说："长风，来了啊？等我一下啊！"

赵长风笑着说："你慢慢来，我这边和琳达先下去吧，刘书记在下边等着呢！"

赵长风陪着琳达下了楼，刘驰见只有琳达一个人下来，倒是也不见怪，越发为阳江超这种大老板的气度所折服。以前见到的企业老板见了他，都围着他转，都想巴结他这位大权在握的一把手，而阳江超这位山水建设集团的老总却根本没把他这个一把手放在眼里，这说明什么？还是山水建设集团财大气粗，这本身也是一种实力的体现啊！

刘驰和赵长风陪着琳达一起向楼旁的餐厅走去，一路上遇到不少人，都隔着老远恭恭敬敬地叫着“刘书记早、赵市长早。”而一身旗袍的琳达更是光艳四射，让那些见过或者从来没有见过外国美女的人瞠目结舌，刘驰和赵长风陪着琳达走出老远，他们还傻呆呆地扭头望着，恨不能把脖子都扭断了。

在马大海的交代下，招待所餐厅的负责人精心准备了一桌丰盛的早餐，各式菜点花样繁多，把餐桌摆得满满的。刘驰还一个劲儿地向琳达小姐谦虚，说邙北市是个小地方，东西不全，招待不周，请琳达小姐海涵。

琳达喝了一杯热牛奶，吃了一个煎鸡蛋，就优雅地放下了筷子。刘驰此时见琳达放下了筷子，虽然肚子连两分饱也没有，也只有跟着放下了筷子，殷勤地站起和赵长风一起陪着琳达回到了五零七的客厅。

阳江超已经洗漱完毕，还故意穿了个睡衣，看到琳达领着刘驰和赵长风进来，就淡淡地说：“刘书记、赵市长，真不好意思啊！”说是不好意思，语气中却哪里有一点不好意思的意思。

可是刘驰偏偏就吃这一套，他笑着说：“阳总，我们这小地方条件差，你昨天晚上没有休息好吧？”

“哪里哪里，条件很不错嘛！”阳江超矜持地笑了笑。

刘驰看了赵长风一眼，赵长风心领神会，扯了两句闲话，才开口说：“阳总，这次中原山水建设集团到我们邙北市来考察项目，邙北市市委市政府都很重视，为了接待好阳总，我们刘书记特意推掉了其他几件重要公务，亲自过来接待阳总。”

阳江超斜靠在沙发上，抽着雪茄，似笑非笑地听赵长风说着，似乎这些待遇最平常不过，是理所当然的事。

赵长风继续说：“本来呢，今天计划是由党市长陪同琳达小姐到后河乡去考察，我陪来陪阳总在邙北市到处走走。但是为了体现我们邙北市市委市政府对中原山水建设集团这个投资项目的重视，市委决定由刘书记亲自来陪同阳总，我则陪同琳达小姐到后河乡去考察黄金地质公园的选址。”

刘驰一边听赵长风说着，一边观察着阳江超的表情变化，可惜阳江超就是那一副懒洋洋的大款模样，根本没有什么变化，听完赵长风的话之后，阳江超说：“好啊，怎么样都行，钱我是有的，关键还是看项目的具体情况啊。”

马大海亲自推着小推车来到五零七房间，推车上放了数十种菜点，任阳江超随意选择。

阳江超对推车上琳琅满目的粤式菜点根本不感兴趣，却只取了一碗玉米粥，一根油条，端了一小碟萝卜丝，吃了起来。

赵长风看了看手表，说道：“阳总，时间不早了，要不我这边先陪琳达小姐到下面考察地质公园的项目选址，这边就由刘书记陪你了。”

阳江超头也没抬地说：“好啊好啊。”

刘驰见阳江超根本不给赵长风面子，就说：“长风同志，那你现在就陪着琳达小姐到后河乡去吧，一定要把琳达小姐照顾好！”

赵长风点头说好，就示意琳达要走。琳达却望着阳江超叫道：“老板。”阳江超这才抬起头，用雪白的餐巾轻轻沾拭了一下嘴唇，说：“去吧，认真考察。”

琳达嫣然一笑，说道：“老板，我知道！”这才袅袅娜娜地随着赵长风一起出去。

刘驰陪着阳江超在一旁说话，话里话外还是围绕着黄金地质公园的投资项目。阳江超有一搭没一搭地应着，等吃完早餐，阳江超擦了擦手，这才慢条斯理地对刘驰说：“刘书记，最近旅游市场很热啊，很多地方都想上项目，我也去考察过几个地方，条件都很优越啊！”

刘驰在当阳县当了几年县委书记，也参加过招商引资，自然明白商人的心态。阳江超这样说肯定是在提条件，是待价而沽。刘驰心中暗喜，阳江超只要提条件就好办了，他现在就要先和阳江超建立感情，笼络住他，甚至私下里许诺阳江超优惠条件。然后让阳江超找各种理由向赵长风表明不在邙北市投资，在赵长风无计可施的情况下，他再出面找阳江超商谈，这样顺理成章地把这个项目的功劳揽到他的身上，赵长风就无话可说。

想到这里，刘驰就呵呵笑道：“阳总，我今天是过来和你交朋友的。我们不谈什么项目，只谈友谊。来了邙北市，就是我刘驰的朋友，我一定要让阳总玩好，玩得尽兴，否则就是我这个东道主没有尽到责任。”

阳江超笑着看着刘驰，却不说话。

刘驰心里早就计划好了，他说：“阳总，我们邙北市没有其他特点，就是山多，这山里除了出产黄金之外，还有各种野兽。山里有很多原始森林，里面有野猪、黄羊、野兔、野鸡，不知道阳总有没有兴趣，到山里去过过瘾啊?”

阳江超精神一振，他也是从部队退下来的，喜欢玩枪。当初在伏牛山风景区，他就经常陪省里的客人到深山里打猎，可惜后来游客多了，到处都是人，他这个打猎的爱好就不得不放弃了，现在刘驰要陪他去打猎，当然让阳江超心里痒痒的。

“打猎啊?”阳江超笑着说，“不错啊！只是我是当兵的出身，对土枪没有兴趣，如果能弄几杆半自动步枪来才过瘾啊！”

刘驰哈哈大笑说：“阳总放心，在其他地方我做不了主，但是在邙北市的地盘上，弄几支半自动步枪我还是能当这个家的，你等着！”他本来让公安局局长乔老树准备了几杆双管猎枪，但是阳江超既然不喜欢，他准备几支自动步枪也不是什么难事。

市委书记亲自下的最高指示，办事效率自然不一样，武装部和公安局都雷厉风行，半个小时后，人员和枪支都集中在市委招待所门口了。

考虑到是去深山里，奔驰车和奥迪车进去不大合适，都换成了邙北市里的车，一共五辆，一辆是武装部的军车，武装部军事科科长带了两个参谋出动，开了一辆越野车。公安局段局长奉乔局长之命开了一部吉普车过来。另外是两部普桑和一辆用来装猎物的皮卡。

刘驰和阳江超一人坐一辆普桑，在其他几辆车的护卫下沿着周庄镇往邙北第二林场开去。邙北第二林场坐落在深山里，山高林险，是邙北市最佳的天然狩猎场。

车沿着盘山路弯弯曲曲地开了两个小时，到达了邙北市第二林场。邙北市第二林场的王场长领着两个林场职工和两个老猎户等候在那里。他们一人一杆土枪，看到刘书记的车队带着半自动步枪，眼里就露出羡慕的眼神。

王场长身材高大，带着林场人特有的豪爽，笑着迎了上来：“刘书记好！”

郭和强连忙介绍说：“刘书记，这位就是第二林场的王场长。”王场长是一个股级干部，刘驰不认识很正常的。但是郭和强作为秘书，事前是要做足功课的。

刘驰点了点头，说道：“好，好。”目光就从王场长脸上移开，看向后面茂密的山林，他以前经常去第一林场去打猎，但是第一林场要路过后河乡，和黄金地质公园的选址有些重复，刘驰有意要让阳江超避开赵长风，所以就选择了第二林场。

郭和强又为王场长介绍了阳江超等人，段成磊自然是不用介绍，和王场长是老相识了。

山风习习，阳江超站在刘驰身旁，听着一阵阵林涛之声，嗅着林区带着新鲜泥土味道的空气，心神顿时一爽，心中暗道这林区空气中负离子的浓度恐怕要超过伏牛山风景区了。

在王场长的带领下，车队进了第二林场场部停下，大家在里面换上了猎装。刘驰打过几次猎，装备很是齐全，身上一副粗帆布的猎装，头上一顶名牌太阳帽，脚上穿着专门让人从香港买回来的登山靴，煞是威风。

阳江超没有想到会去打猎，他的高档打猎装备都没有带过来，刘驰就让武装部的军事科科长带了几套崭新的迷彩服过来，让阳江超和四个保镖换上。至于其他人，当然没有刘驰书记这么专业，一人一身运动装，一派娱乐休闲的风格，根本不像是去打猎。

准备好之后，王场长就让两个附近的老猎户在前面带路，往林场后面的深山走去。大路逐渐变成了小路，两边的树林也越来越茂密，把阳光遮挡得严严实实的，虽然是盛夏，却感觉不到一丝燥热。

阳江超手里拿着一支步枪，检查了一下，他的持枪动作非常标准，验枪动作也做得干脆利落，军事科李科长在一旁看了，也觉得阳江超动作无可挑剔，就笑着问道："阳总以前当过兵？"

阳江超拍了拍枪身，笑着说："当过几年，还曾经是我们团里的比武标兵呢！当时就是用的这种半自动步枪。"

刘驰在一旁称赞道："怪不得呢！我也是从部队上转业的，但是玩枪就没有阳总这么专业了！"

在密林里前进了半个小时，他们只见到几只小鸟，什么野猪野兔黄羊一只都没有见到。刘驰出了一身臭汗，感觉有些不耐烦，还好阳江超依旧是兴致勃勃的，这让刘驰稍微有点心安。他这次拉阳江超过来就是为了联络感情，所以一定要让阳江超玩得尽兴。

"王场长，怎么还没有见到野兽？"刘驰接过郭和强递过的纸巾，擦了一下额头上的汗水。

王场长苦笑一下，说："刘书记，咱们这么多人在林中走，就是有野兽也被我们吓跑了！"

刘驰一想也是，就征询阳江超的意见："阳总，要不我们把队伍分散一下？"

阳江超笑着说："刘书记安排吧，客随主便。"

刘驰当即就决定，把队伍分成两组，他和阳江超为一组，由经验最丰富的猎户带路，再加上军事科李科长和阳江超的保镖杨刚，一共是五个人。剩下的人编成一组，由段成磊和郭和强负责，主要是跟在后面提供后勤服务。

分完组之后，刘驰让后援小组原地休息，他和阳总这一组先往前赶了。人少了之后，动静小了很多，往里走了两三公里，猎户就停下了脚步，轻轻招手让刘驰书记和阳江超过去。

刘驰和阳江超蹑手蹑脚地走过去，发现前面不远处有一只小黄羊正在低头吃草。由于刘驰他们是在下风口，黄羊并没有嗅到人的气味。

刘驰心里很是喜欢，扭头一看，阳江超正紧紧盯着那只黄羊。刘驰就忍住心中的欲望，轻声对阳江超说："阳总，你先来吧。"

阳江超低声谦让道："刘书记先来吧，第一枪当然要刘书记先放了。"

刘驰轻轻摇头道："阳总，你是客人，还是你先来吧。"

阳江超早就心痒难耐，听刘驰这样说，也就不再客气，屏住呼吸，端起枪瞄准黄羊的头颅，轻轻一扣扳机，只听"砰"的一声巨响，一缕青烟从半自动步枪枪口上袅袅升起，那只黄羊应声倒地。

"好枪法！"刘驰和老猎户异口同声地说。

一旁的杨刚也是暗自点头，阳江超的动作细节虽然有些不到位，但是枪法还是很准的。

阳江超见黄羊倒地，就跃了出去，一溜小跑往黄羊倒地处奔去，杨刚紧紧地跟在后面。

李科长手中的大功率对讲机响了起来，里面传来段局长的声音："李科长，刚才听到枪响，什么情况？"

李科长笑道："阳总打中了一只黄羊，你们快过来！"

刘驰和老猎户也跟了过去，看见黄羊倒在地上，心脏处有一小孔，鲜血正往外汩汩直冒。

"阳总，真是好枪法！"刘驰啧啧称赞道，"一枪命中心脏，太厉害了！"

老猎户在一旁也觉得有点不可思议，这个阳总看着胖蹾蹾的，却有着这么一手好枪法，着实惊人啊。

"瞎猫碰上死耗子，蒙的！"阳江超有些尴尬地说。别人以为他是谦虚，实际上他说的是真心话——明明是瞄准了脑袋，却一枪打中了心脏，不能不说是运气太好了！

第九章 财政收入另辟蹊径，取之于民用之于民

按照赵长风的计划，如果把包括凤凰山金矿在内的大龙溪两岸十几座大小金矿整合起来，搞个黄金地质公园，不但能为市里的财政收入另辟蹊径，更重要的是能让后河乡的普通老百姓也能分享到金矿资源带来的丰厚经济红利，正所谓取之于民，用之于民。

十几分钟后，段成磊和郭和强领着后面的人赶到，看到地上的黄羊，对阳江超又是一阵狂拍，纵使阳江超经历了不少这样的场面，此时听到耳朵里，依旧觉得有点脸红。

把黄羊交给后援小组处理后，刘驰和阳江超这个小组继续前进。也许是刚才的枪声惊扰了野兽，接下来一个多小时的路程里，竟然没有再遇到什么大的野物，只是路上遇到了几只山鸡，让刘驰过了一下瘾，连开了三枪，这才打中一只山鸡，好歹也算是有收获，聊胜于无。

看看已经过了中午了，大家都觉得饥肠辘辘，刘驰就找了一块平整的山地，招呼阳江超坐下歇息。后援小组很快就赶了过来，大家坐在一起，拿出真空包装的道口烧鸡、酱猪蹄等干粮，当然还有罐装青岛啤酒，这些是平时刘驰都不屑一顾的食品，此时他却吃得很满足，还喝了几罐青岛啤酒。

吃完午餐，看看时间已经是下午两点了，郭和强就上前轻声问道："刘书记，我们什么时候回去?"

刘驰却不愿意回去，以往来打猎，最大的猎物都是他来打，今天虽然把第一枪和第一只猎物让出去了，但是他只打一只山鸡回去，这彩头也太不好

了。于是他就说："时间还早，再往里走一走，三点半回去吧。"郭和强就不做声，转身过去把老猎手拉到一边交代着什么。

刘驰站了起来，笑着对阳江超说："阳总，我们继续?"

阳江超兴致不减，抓起猎枪站起来："走，咱们继续!"

老猎手得了郭秘书的交代，连连点头，见刘书记站了起来，慌忙在前面领路，杨刚和李科长也都拿着枪跟了上去。

这次老猎手一边走一边察看着脚下，时不时蹲下来扒拉一下草丛，仔细观察。大约走了半个小时，前面忽然传来老猎手的声音："这里有野猪的痕迹!"

刘驰心中一喜，连忙提着枪快步赶到前面，只见老猎户蹲在一棵松树旁边，指着松树下一堆新鲜的泥土说："刘书记，你看，这是野猪拱地的痕迹，这土还是湿的，应该是离开不久。"

刘驰看着新鲜的泥土，心中也很喜欢，今天如果能打一只野猪回去，也算是和阳江超扯平了。

老猎户看刘书记笑得开心，心下也喜欢，就更加得意地卖弄他的打猎经验。他迈前两步，指着凌乱的草迹说："刘书记，这是一头大家伙呢，估计有两百多斤重呢，看样子是往那边去了!"

刘驰点了点头，说："带路!"老猎户猫着腰在前面走着，刘驰、阳江超四个人就在后面跟着。

对猎户们来说，野猪是很凶猛的野兽，所以才有一熊二猪三老虎之说，意思是受了伤的野猪比老虎更可怕。可是刘驰却并不怕野猪，猎户们的土枪对付野猪是有点困难，所以才觉得野猪很凶猛。现在他们五个人四个人手里都握着一杆半自动步枪，这可是现代化的武器装备，再加上一个经验丰富的老猎户，这么强大的火力对付野猪，不过是一场娱乐活动而已，刘驰在邙北市已经参加过数次这样的娱乐活动了。

在老猎户的带领下，他们很快就追了上去。老猎户蹑手蹑脚地趴在一块大石上，向刘驰他们招手，刘驰几个人猫着腰过去，看到三十米开外有一只小牛犊大小的黑乎乎的家伙正在低头拱着树根，一身红色的鬃毛，两只长长的獠牙，看着很是威猛。

刘驰笑了起来，来邙北市打了几次猎，这次是他遇到的最大的家伙，他的手不由得痒痒起来，却扭头轻声对阳江超说：“阳总，你请！”

阳江超摇了摇头，说：“刘书记，这个大家伙交给你了，我可干不动！”

刘驰也不客气，轻轻拉了一下枪栓，把子弹上好，端枪瞄准前方的目标，就在这时，那野猪察觉到动静，却并不逃跑，转身呲牙裂嘴地冲刘驰这边发出愤怒的低吼声，仿佛是在挑衅，刘驰稳住呼吸，扣响了扳机，枪口火光一闪，只见那只野猪踉跄了一下，跪倒在地。

刘驰心中很是得意，今天自己水平不错，一枪就把野猪撂倒了，这样就不让阳江超的枪法专美于前。

“刘书记，好枪法！”阳江超称赞了一句。刘驰故作谦虚地说：“蒙的，蒙的啊！阳总的枪法才叫准！”

李科长那边却端着步枪，紧张地瞄着倒在地上的野猪，出于安全考虑，李科长应该瞄着野猪再补上几枪。但是李科长以前陪过领导打猎，知道领导的一些癖好。如果他这时候补上一枪，那么这野猪究竟是算刘书记打死的还是算他打死的？尤其是当着中原省山水建设集团阳总的面，这不是明摆着让刘书记下不来台吗？

刘驰和阳江超谦虚过，就一抬手，把枪横担在肩膀上，潇洒之极地站了起来要去察看猎物。老猎户连忙拉一把刘驰，口中说道：“刘书记，腿还在弹腾呢！再补上一枪吧。”

刘驰很是不悦，这老猎户怎么说话的？什么叫“刘书记腿还在弹腾呢？”可是作为市委书记，他自然不能和山里这些猎户计较，他笑着说：“补什么补啊？打一头野猪还用得着浪费两颗子弹吗？”一边说着一边迈步向野猪走去。

李科长正趴在地上瞄准野猪，见刘书记站起来往外走去，连忙站起来端着枪跟了上去，这时忽然听到一声惊天动地的嚎叫，只见那只野猪忽然从地上站了起来，号叫着向刘驰冲了过来。刘驰大吃一惊，伸手去端枪，可是怎么来得及啊！眼看野猪就要冲到他面前了，刘驰不由得腿一软，跌坐在地上。

李科长发现了状况，可是刘驰挡住了他的射击线路，他根本不敢开枪，怕伤到前面的刘驰。一想到市委书记刘驰可能伤于野猪之口，不由得额头上冒汗，脸色吓得煞白。

杨刚陪着阳江超走在最后面，此时见野猪忽然发狂，担心野猪冲过来伤到阳江超，就端起枪往侧面闪了几步，正好拉开一个角度，眼见野猪距离刘驰只有不到十米了，杨刚来不及瞄准，全看着手中的感觉“砰砰砰”地连开了三枪，那野猪甚是凶悍，一直冲到刘驰面前，这才双腿一软，倒在了地上。

杨刚立刻跑了过去，又对着野猪连补了几枪，这才扭身拉起刘驰说：“刘书记，你没事吧？”

刘驰也是经过大风浪的人，此时脸色虽然有点发白，倒还能挤出一抹微笑：“我不要紧，多谢多谢！”

这时李科长、老猎户和阳江超也赶了过来。李科长满脸惊慌失措地对刘驰说：“刘书记，对不起，对不起，我没有照顾好你，你处分我吧！”

刘驰哼了一声，冷着脸说：“李科长，你平时自夸军事技术过硬，今天又怎么解释？要不是阳总的保镖赶过来，会是一个什么样的情况？”

李科长大汗淋漓，却不敢说话。这时他的对讲机响了起来，里面传来段局长的声音：“李科长，李科长，前面什么情况？”段成磊听到那么多声枪响，自然有点担心。

李科长却不敢回段局长的话。

刘驰叹了一口气，说：“李科长，你告诉段局长打了一只野猪，让他们过来。”

李科长这才取下对讲机说：“我们这里打了一只野猪，你们赶快过来！”

刘驰等李科长放下对讲机，招手把他和老猎户拉到一边，低声说道：“今天的事你俩不要乱说。知道吗？”

李科长连忙点了点头，说：“刘书记，我知道该怎么做！”他本来担心刘驰回去处分他，但是现在刘驰既然不让他乱说，那么这个处分肯定是不会下来了。

老猎户在一旁战战兢兢的，刚才看到刘书记要出事，他吓得魂都差点没有了，他是领路人，如果市委书记出了什么事，这个天大的责任他可承担不起。此时听了刘驰的话，他也连声说：“刘书记，俺知道，你放心，俺一个字都不会对别人说的。”

刘驰向李科长和老猎户交代过，这才转过身走到阳江超身边，感慨地说：

"阳总，你是我的救命恩人啊，今天如果不是你的保镖，我真不知道会发生什么情况！"

阳江超摆手道："刘书记是大富大贵之相，这一点小场面算什么？以后刘书记飞黄腾达了，我还要在一旁沾沾光呢！"经过刚才一场生死磨难，阳江超身上的傲气似乎也去掉了不少，和刘驰显得亲密起来。

"阳总，惭愧啊！今天这事……"刘驰沉吟着说。

阳江超点头道："刘书记，放心，我知道该怎么做！"

刘驰会心一笑，取下太阳帽扇着风，随口问道："阳总，听说赵市长当初答应阳总，邙北市第一年给中原省山水建设集团免去百分之四十的税收，第二年免除百分之二十的税收？"

阳江超心中一动，摇头道："是啊，这个条件很普通啊！很多地方开出的条件都比这好多了！"

刘驰点头道："赵市长思想还是有些保守啊，这样下去，邙北市的经济怎么能够上去啊？这个事我回头再让市委研究一下。"

阳江超呵呵一笑，就没有再说话。

很快，段成磊和郭和强领着后援小组赶了过来，当他们看到牛犊子般大小的棕红色鬃毛的野猪尸体时，不由得也大吃一惊。

刘驰矜持地笑着说："我也只是开了第一枪，后面都是其他同志的功劳了。"

于是大家就抬着野猪下山，这头野猪太重了，四个壮汉抬着竟然累得气喘吁吁，两个老猎户都说，这个大家伙怕是超过三百斤了。野猪能长到三百斤以上，他们这辈子还是第一次见到。

赶到第二林场场部，已经是晚上六点多了。刘驰有意要陪阳江超多说说话，于是就在林场场部的干部餐厅举行了一场别开生面的野味盛宴。林场场部有很多风干的野味，又加上有猴头、花菇、拳菜等各种山野菜，更有刘驰和阳江超亲自猎取的野猪、黄羊和山鸡，餐厅虽然有些简陋，但是菜的味道绝对不同凡响。

刘驰和阳江超坐在一起，两个人不停地碰杯喝酒。刘驰忽然觉得今天这只野猪发疯发得好，现在他和阳江超已经亲密无间，阳江超那个一直高高在上的大老板的谱终于放下，开始和他称兄道弟起来。到野味宴结束时，刘驰喝了半斤五粮液，他估计阳江超也差不多喝了同样的量。

谢绝了王场长留宿的要求，刘驰指挥车队下山，司机们都没有喝酒，经常开山路，安全上没有什么问题。下山的时候，刘驰特意邀请阳江超和他共乘一车，阳江超欣然应允，和刘驰上了一辆车。

车里只有司机小黄，连秘书郭和强都被刘驰支到后面的车上了。和阳江超并排坐在后面，刘驰借着酒意拉住阳江超的手，感激地说："阳总，不，阳老兄，我今天要感谢你的救命之恩啊！"

阳江超摇晃着脑袋笑道："刘老弟，你又和我客气！不好，不好……"

刘驰紧紧攥住阳江超的手说："阳老兄，咱们这算是生死之交了！我刘驰不是忘恩负义的人，我会报答你的！"

阳江超说："刘老弟，什么报答不报答的？多见外啊！我还要感谢老弟的盛情款待，什么时候到中州去了，去找我，我陪老弟在中州玩个痛快！"

"一定，一定！"刘驰喷着酒气靠近阳江超的耳朵，低声说："阳老兄，你看……"他压低声音说着。

阳江超听着眼里发亮，口中却说道："刘老弟，不好吧？这样你会不会太为难了？"

刘驰笑道："什么为难不为难的？阳老兄，你如果把我当成老弟，这事你就别管了，就按照我说的办！"

阳江超心中暗笑，刘驰能给他这么优惠的条件，他还真是没有想到呢！这次打猎真是收获巨大，莫名其妙成了刘驰的救命恩人，还赚到这么优惠的条件，不知道赵长风知道这个消息，会不会惊讶？

按照赵长风的计划，就是把包括凤凰山金矿在内的大龙溪两岸的十几座大小金矿整合起来，搞成黄金地质公园，一边适度地保持金矿生产，一边搞旅游开发。相比起周庄镇的金矿产业来说，大龙溪两岸的金矿资源遭到了掠夺性的开发，这种开发除对后河乡地下的金矿资源造成了极大的破坏，也对大龙溪两岸的环境造成了严重污染，给后河乡的老百姓带来了深重的灾难。而赵长风把十几座金矿整合成一家黄金地质公园的设想中，有一个重要的原因就是想让后河乡的乡民在某种程度上得到一定的经济回报，让后河乡的普通老百姓也能分享到金矿资源带来的丰厚经济红利，而不是像以前那样，金矿资源的巨大利润都被少数人瓜分，老百姓不但不能从中分得一杯羹，却还要承担开发金矿对环境造成巨大破坏的恶果。

当时赵长风提出这个想法时，阳江超就眼睛一亮，说这个想法是个非常棒的主意。他还举了一个例子，讲的是牛仔裤的发明史：

当初一个叫李维·施特劳斯的德国籍犹太青年听说美国西部发现了大片金矿，于是怀着一夜暴富的梦想越过大洋，随着潮水般的人们涌向了美国西部，准备在淘金大潮中猛捞一把。

当李维·施特劳斯经过漫长的路程，到达了美国旧金山之后才发现自己的莽撞，曾经荒凉的西部现在到处都是淘金的人群，到处都是帐篷，这么多的人蜗居在一个个帐篷里，能实现发财梦吗？能满意而归吗？难道自己抛弃工作来到这里，就这样无望地等待？他陷入深深的思考之中。

李维·施特劳斯最后没有盲目地加入淘金者的队伍当中去，而是在一旁观察。他发现，淘金工人的工作非常辛苦，经常要跪到地上挖矿砂，用筛子淘洗矿砂，希望从中能筛选出一点可怜的金子。由于衣裤经常与石头、砂土摩擦，棉布做的裤子不耐穿，几天就磨破了。

李维·施特劳斯就想：如果我找到一种厚重结实的布料制成又结实又耐磨的裤子，让这些淘金工人们去穿，会不会大受欢迎呢？

于是李维·施特劳斯就立刻开始了行动，他用搭建帐篷和马车篷的厚帆布制作了几条裤子，考虑到淘金工人们经常跪倒在地上，又在膝盖处加了厚厚的补丁，然后拿到小镇上去卖，没有想到这种裤子大受淘金工人的欢迎，几条裤子立刻被抢购一空，那些没有买到这种帆布裤子的淘金工人们还向李维·施特劳斯定做这种帆布裤子。

李维·施特劳斯大受鼓舞，就开始专门生产这种裤子。很快这种被称作“李维氏工装裤”的厚帆布工装裤就在淘金工人中流行开来，连西部牛仔们也喜欢上这种裤子。大批订单纷至沓来，李维·施特劳斯就专门成立了制裤公司，因为西部牛仔也都喜欢穿这种裤子，于是就被命名为牛仔裤，世界著名的牛仔裤品牌就这么诞生了，李维·施特劳斯也迅速地成为百万富翁，成为无数淘金者羡慕的对象。

阳江超笑着说，如果当时李维当时也和别人一样拿着铁铲到处挖掘金矿，最多不过是一名可怜的淘金工人而已，又怎么能够成为闻名世界的牛仔裤发明人，成为大富翁呢？

赵长风听后也笑了，觉得阳江超这个比喻非常恰当，邙北市的金矿数量众多，又按照省环保局的要求进行了生产工艺改革，生产成本上升不少，虽然依旧有不少的利润，但这不过是一种常规的发展模式，和那些拿着铁铲到处挖掘金矿的淘金工人差不多，而利用金矿资源建立黄金地质公园，开展黄金旅游，无疑就是另辟蹊跷，等于是发明了另外一条牛仔裤，这中间的利润当然比单独开设金矿丰厚得多。

但是究竟把这个黄金公园设里在哪里，赵长风还是费了一番心思。由于周庄镇的金矿矿脉带走势连贯，具有规模开采的价值，已经顺利地进行了资源整合。后河乡的金矿资源却大多属于鸡窝矿，即使是规模最大的凤凰山金矿，也不过是一个放射状的大鸡窝，这些金矿单独开采可以，却没有整合在一起进行规模开采的价值。但是单独开采的话，采用新型的生产工艺带来的采掘成本又太高了，而如果不采用新型生产工艺，不但还会继续对大龙溪两岸造成严重污染，还无法通过省政府工作组的验收。结合到自己的开展黄金旅游的主意，赵长风觉得把凤凰山金矿等大小十几个鸡窝矿整合起来，建成黄金地质公园，不就成了两全其美的好事了吗？

赵长风考虑清楚后，就让阳江超私下到后河乡考察一番。阳江超考察过后，对后河乡其他条件都很满意，就是对大龙溪的情况表示不满，认为大龙溪污染比较严重，需要继续治理。阳江超哪里知道，他看到的大龙溪比半年前看到的大龙溪情况要好多了，由于金矿停止了生产，再加上获得了省环保局专项治污资金的投入，大龙溪从以前臭不可闻的生命禁区逐步恢复为正常的河流，河水中已经有少量鱼虾出现。

赵长风说只要其他条件符合就行，至于大龙溪的污染，邙北市会继续加大投入进行治理的，由于没有了金矿的继续污染，邙北市的治理加上大龙溪的自我净化功能，很快就会恢复清水潺潺的山间小溪的本来面貌。

有了上次私下里的考察作为基础，这次阳江超来了之后自然是可以大摆大老板的架子，不用亲自下去考察，只是派琳达到后河乡考察。赵长风陪琳达下去，没想到琳达还真是一个专业人士，以挑剔的眼光严格地考察着黄金地质公园的选址，一边考察一边提出不少建议，让赵长风眼界大开。而琳达从专业角度提出的一些刁钻问题，在一旁陪同考察的王石光副市长和王建军副主任虽然做足了功课，还是被问了个手忙脚乱。

琳达考察的最后一站是大龙溪，相比起两个月前阳江超私下考察的时候，大龙溪面貌又是一变，除了河水又清澈了一些之外，堆积在大龙溪两岸的废矿渣也基本上清理完毕，基本恢复了山间小溪的面貌，当然要想恢复到大龙溪的原貌，还需要持续治理。

考察结束后，已经是下午六点了，谢绝了霍乙路的盛情挽留，琳达在赵长风、王石光等邙北市领导陪同下回到邙北市，在邙北宾馆举行了晚宴，市委办主任张一磊也赶了过来。因为阳江超和刘驰还在林场没有回来，琳达就成了这次晚宴的焦点。王石光、王建军等人在赵长风的暗示下举着酒杯围着琳达转，话里话外套取琳达小姐对这次黄金地质公园选址考察的看法。

刘驰和阳江超的狩猎队回到邙北市时已经是十点半了，阳江超说他身体劳累，谢绝了到 KTV 潇洒的建议，拉着琳达躲回了市委招待所五零七房间。大家都知道，阳江超肯定是在询问琳达考察结果。

刘驰这边已经作通了阳江超的“工作”，却丝毫不表现出来，微笑着听取赵长风、王石光等人的汇报。汇报结束之后，刘驰把赵长风留下，满怀期待地说：“长风同志，今天辛苦你了！看样子情况很不错嘛！还请长风同志明天继续辛苦一下，争取让阳总早些下决心，把项目的事定下来。这个项目关系着邙北市经济结构多元化发展的成败啊！”

赵长风自然是满口答应，信心满满地对刘驰表示，明天一定要作通阳江超的工作，把这个项目敲定。

谈话结束后，刘驰亲切地握了握赵长风的手，两个人相视一笑，神态无比坦诚。

赵长风回到湖月山庄七号不久，阳江超的电话就打了过来，把今天打猎时发生的事情讲述一遍，赵长风听后很是冒了一层冷汗，幸亏刘驰没有什么闪失，如果刘驰在打猎的时候出了什么事故，刚走上正轨的邙北市的工作岂不是乱了套，这黄金地质公园的事怕也会被推迟很久吧？不过最后结果还算皆大欢喜，刘驰通过这件事和阳江超建立了友谊，对黄金地质公园以后的发展奠定了良好的基础。

阳江超又讲出刘驰给予山水建设集团黄金地质公园项目的优惠条件，赵长风听后也是一惊，他本来做出的允诺是在邙北市第一年减免黄金地质公园百分之四十的税收，第二年减免百分之二十，第三年开始正常收取。不料刘驰大嘴一张，就变成第一年减免一半的税收，第二年减免三分之一的税收，第三年减免四分之一的税收，第四年开始正常收取。折让的幅度之大，让赵长风也为之咋舌。

"呵呵，长风老弟，你肉痛什么？"阳江超笑道，"你不要坐在了邙北市市长的位置上，就忘记了山水建设集团啊。"

"是啊，是啊！"赵长风说，"我只是感慨一下，刘书记力度之大，实在是出乎我的意料啊！"

阳江超拍板同意在邙北市建设黄金地质公园后，刘驰就专门组织了一次常委副市长联席会议，这次会议不但有市委常委们参加，市政府那边的副市长们也全部参加，这种情况在刘驰担任了邙北市市委书记后还是不多见的，会议重点是讨论对中原省山水集团黄金地质公园项目的政策投入。

对于这个结果，邙北市多数领导都感觉到非常意外：怎么最后是刘驰把中原省山水建设集团的项目拿下来了？之前不是赵长风一直跟进的吗？对于刘驰能够拿下阳江超，这些领导们还是感到非常意外。有一些聪明的领导就联想到阳江超第一次到邙北市考察时那次打猎行动，也许刘驰书记在那次接触中就做了大量工作吧？当然这也只是猜测，无从证实。

在会议上，刘驰详细地介绍了中原省山水建设集团的黄金地质公园的项目情况，他说："黄金地质公园是邙北市招商史上的一次突破，是邙北市产业多元化发展的重大胜利，是邙北市经济结构调整的一次重大突破，对邙北市经济生活必将产生深远的影响。中原省山水建设集团在黄金地质公园的一期投资达到两千万元，项目总投资更会高达一亿元以上。黄金地质公园一期项目建成后，预计当年门票收入可达五千万元，相关旅游业收入可达三亿元，等二期项目建成后，预计每年可以上缴税收一千万元，相当于去年邙北市财政收入的百分之十……”

刘驰在讲话的时候，赵长风面无表情，拿着笔在文件上画着，一副非常严肃的样子。斜对面的钱兆均借着喝茶的机会瞟了赵长风一眼，心中暗想，以赵长风的聪明，必然能想到问题出在哪里吧？赵长风辛辛苦苦地跟进了这个项目三四个月，最后关头却被刘驰出马摘了桃子，心里一定很不爽吧？

刘驰讲完话之后，对市委办主任张一磊说：“张主任，你把市委政策研究室拟出的针对山水建设集团黄金地质公园项目的优惠政策给大家读一下。”由于这个项目是刘驰亲自引进的，他当然要避一避嫌疑，借着张一磊和市委政策研究室的口把优惠政策说出来。

张一磊打开文件说：“这次针对山水建设集团黄金地质公园项目的优惠政策主要有两点：第一，在市区城关镇西郊上白村附近为山水建设集团低价提供二十亩土地修建黄金地质公园总部；第二，黄金地质公园建成后投入营业当年免征一半的税收，第二年免征三分之一，第三年免征四分之一，第四年正常收取。”

张一磊把这两条意见一说，会议室里顿时响起了一阵嗡嗡声，副书记们、常委们和副市长们低着头小声地交换着意见。以前蔡国洪担任邙北市市委书记时，也制订了一些优惠政策，但那多是在政策上给予一些特权，在经济上的让步哪有这么大的幅度啊？

刘驰轻轻咳嗽了两声，说道：“同志们，现在到处都是招商热潮，沿海招，内地也招，南方招，北方也招，东部招，西部也招。但是情况怎么样呢？大家都很清楚，内地比不过沿海，北方招不过南方，西部不如东部。为什么会出现这样的情况呢？我认为还是思想，思想观念上出了问题。我们邙北市也地处内地，和内地其他地区一样，一说起招商就是一个‘难’字。为什么会说招商难呢？我看招商并不难啊！关键在于什么？在于在招商工作中一定要有诚心、要有恒心、要有耐心。恒心和耐心要求我们不怕困难，要持之以恒地对待招商工作，那么诚心呢？诚心是什么呢？诚心就是要换位思考。要想让别人来，不给别人适当的政策，怎么能行呢？”

刘驰端起茶杯润了润喉咙，又扫视了会场一圈，接着说：“对，那怎么能行呢？天下哪里有空手套白狼的好事啊？我认为，只要不违反国家政策，有什么政策不能给呢？刚才一磊主任提的两条就很好嘛！有这样的好政策，还怕山水建设集团不来？他只要来了，只要投资建项目了，就要长久地在邙北市待下去，为邙北市的经济发展做出长期的贡献。同志们，我们常说，要解放思想，步子要迈步得大一些，如果思想依旧那么保守，别说追上沿海发达经济地区的步伐，就是在中原省内，我们都要落后的。是不是这个道理啊？大家都说说看。”

其实大家都明白，那些优惠政策名义上是市委办主任张一磊牵头让市委政策研究室搞出来的，实际上却是市委书记刘驰的意思。现在刘驰又开口讲了这么一大篇话，给今天的会议定了调子，别人即使有不同意见，也不好说了。

赵长风慢慢地把钢笔帽拧好，压在材料上，抬头看了看刘驰，又看了其他人，缓缓地说：“在大方向上，我是同意张主任的意见的……”如果按照排序的话，下面应该是付罡庭书记发言，但赵长风是主持市政府工作的常务副市长，代表着市政府，这时候发言也说得过去。再说，这个项目一开始毕竟是赵长风联系的，他还是有发言权的。

“但是呢，我却在想，这个优惠政策减免的幅度是不是太大了？目前邙北市的财政也很吃紧。虽然周庄镇的金矿都已经恢复了生产，但是前面停产了几个月，欠账太多，所以对山水建设集团的黄金地质公园项目，我认为还是稳妥些好！”

赵长风发言结束后，大家都望着刘驰，刘驰却看着手中的笔记本，没有做声。付罡庭沉吟了一下，笑着说：“赵市长还是太看重眼前利益啊！赵市长也全程参与了山水建设集团这个黄金地质公园的项目，应该知道这个项目来之不易。”

刘驰听到“全程参与”四个字，呼吸轻轻一滞，心里就有些不舒服。

付罡庭这个时候虽然没有看刘驰，但是却好像知道刘驰的反应一般。他这样做的目的也很简单，就是要在刘驰和赵长风之间打下楔子，利用一切机会分化瓦解刘驰和赵长风松散的联盟，眼前这个黄金地质公园项目自然是一个难得的机会。

“我认为，”付罡庭说，“这个税收嘛，有总比没有好，对不对？如果没有山水建设集团到邙北市来投资这个黄金地质公园建设项目，我们即使想减免税收，也找不到对象。赵市长，你说呢?”

赵长风抬起了头，望了付罡庭一眼，说：“付书记，我首先纠正一点。山水建设集团的黄金地质公园项目我并没有全程参与。这个项目我也只是起了一个牵线搭桥的作用，后来因为经委的邙北市商品批发市场的项目，这个项目我就移交给刘书记了，这个项目能够在邙北市安家落户，完全是刘书记的功劳。”

赵长风这个表态让付罡庭很是意外，赵长风年轻气盛，当初连蔡国洪的账都不买，现在怎么对刘驰这么客气呢?

刘驰听得心里很是舒服，他笑着说：“我插一句，长风同志对黄金地质公园这个项目倾注了很大心血，我不过是坐享其成，起了临门一脚的作用，把这个项目最后敲定而已。就整个过程来说，长风同志功不可没!”

刘驰说完点点头，示意赵长风继续发言。他这种高姿态拿捏得恰到好处，既肯定了赵长风的成绩，也突出了他的作用。这件事的传言很多，刘驰在这次常委副市长联席会议上正大光明地讲出来，也算是一个公开的交代，是一个官方版本。这样别人即使想再非议什么，也不好开口了，小道消息之所以会漫天飞，那是因为大路上信息不通畅。

“刘书记这是硬往我脸上贴金啊!”赵长风笑了笑，继续说，“但是关于这个项目，我还是认为，可以给予一定的优惠政策，但是优惠政策一定要给得适度。招商引资是大事，有商最好，养商需要政策。因此我觉得出台一些政策，特别是一些优惠政策是有必要的。没有优惠政策，是招不来商的。人家总要冲着你的好处来，这个我不反对。我认为这件事还是要好好地研究。既要给政策，也不能口子开得太大。口子一开，以后就不好收拾。但是，我想招商其实也是一件双赢的事。我们不能老是考虑我们在招，他们也需要落脚、也需要平台。我们搭好了台，给他们唱戏，他们也是赢家嘛！既然也是赢家，那就得承担相应的责任。因此，我还是刚才的意见，给予优惠政策，但不要给得那么多，要适度、适当。具体怎么办，还是请刘书记和同志们定吧。”

会议室内又静了下来，赵长风这番话说得虽然委婉，但态度还是很坚决的，就是优惠政策一定要适度。

钱兆均笑了笑，把茶杯盖合上，开始发言，他的意见很明确，就是支持张一磊主任的意见。反对敌人坚持的，坚持敌人反对的，这就是钱兆均的策略。

包太龙和付罡庭穿一条裤子，自然是附和付罡庭的声音，支持张一磊的两条优惠政策。

四个副书记中三个都表明了态度，主管城建的副书记白国庆自然是要随大流了。况且城建和旅游是联系在一起的，黄金地质公园如果修建成了也有白国庆一份功劳，他自然不会出言反对给予黄金地质公园项目的优惠政策。

四个副书记一边倒地支持张一磊，下面的常委们自然知道该怎么办了。他们中间有些人虽然也想支持赵长风，但是看到这种局面，知道自己出来支持赵长风也没有用，反而是把自己放在了市委书记刘驰的对立面。在这种局面下，自然没有必要做无谓的牺牲，还是出言支持张一磊主任吧。

常委们发言过后，该政府的副市长们发言了。其实这种常委副市长联席会议也就是做一个样子，主要决定权还是在市委常委们手里，让副市长们在这种场合下发发言，更多的有一种恩赐的意味。

副市长中党向国是第一个发言的，他抬头看了一看刘驰，又看了一看赵长风，轻声说道："我支持赵市长的意见！"

党向国在副市长中仅排在赵长风之后，赵长风如果能够顺利出任市长，那么这个常务副市长的位子就轮到党向国坐了，党向国在这个时候当然要支持赵长风一把，即使刘驰是管帽子的，但是如果赵长风正式担任了市长，却对谁担任常务副市长的问题上有更大发言权，毕竟是一起政府搭班子嘛。再说，今天是常委副市长联席会议，实际上等于是市委和市政府的联席会议，赵长风作为市政府实际上的一把手，代表的是市政府的形象，刚才副书记们和常委们没有一个支持赵长风的意见，这明显是对市政府的一种轻蔑，如果市政府的副市长们再不团结起来，岂不是让市委看笑话吗？

党向国在前面做了表率，可惜后面的副市长却没有这个默契，没有形成统一战线，多数还是发言支持张一磊的意见。

刘驰等副市长们发完言，这才缓缓地扫视了一圈会场，说道："刚才大家的发言都很好，都是为邙北市经济发展考虑的，在这个大方向上大家是统一的。即使是谈到对山水建设集团黄金地质公园项目的优惠政策，大家的意见也是统一的，都赞同给予一定优惠，分歧就出在优惠幅度的多少上，在根本的看法上大家还都是一致的嘛。刚才长风同志和向国同志都谈到了政策问题，意见不错，也是立足于邙北市的现实情况的。但是同志们啊，我们邙北市地处内陆，经济发展压力很大啊，长风同志不是一直强调，如果邙北市单靠黄金工业一条腿走路、情况是不容乐观的，那么现在山水建设集团的黄金地质公园项目给了我们这么一个机会，我们为什么不去抓住呢？就目前来说，在邙北市经济结构调整和产业多元化发展道路上，除了靠招商引资、引进外力来帮助我们外，邙北市还没有其他好的办法。因此，以优惠的政策来招商引资，以良好的环境来吸引企业在邙北市长久地安定下来，我认为是完全必要的！”

刘驰停顿了一下，看着大家，会场上所有人都看着他，脸上神情各异，看邙北市领导班子的大班长最后会做出什么样的决定。赵长风一边望着他，一边用手指捻动着钢笔。

刘驰这才继续说道：“今天的会议很好，一磊同志的两条意见不错，我看就这样落实吧：长风同志出面和城关镇协调一下，把二十亩土地解决了，价格上一定要给予优惠，要让山水建设集团满意。税收政策方面也按照政策研究室同志提出的意见办，第一年减免百分之五十，第二年减免三分之一，第三年减免百分之二十五，第四年开始正常收取。大家看看怎么样啊？”

按照山水建设集团做的黄金地质公园一期项目规划，黄金地质公园设立在后河乡，核心景区十多平方公里，拥有大小景点三十多处，包括黄金博物馆、现代金矿生产流程展示区、淘金区、挖宝区、黄金首饰商业街、自然休闲区等一系列景观。其中最吸引人眼球的当然就是淘金区和挖宝区。游客在淘金区和挖宝区挖到的黄金还可以拿到黄金首饰商业街让工匠免费制成戒指或项链留做纪念。整个一期项目规划中大部分项目会在三个月内建成，黄金博物馆和黄金首饰商业街的建设需要的时间更长一些，不过这两个项目并不影响黄金地质公园的开业。

在市政府方面，主管城建旅游的副市长王石光负责和山水建设集团的黄金地质公园项目部联系，协调方方面面的关系。赵长风自然乐得抽身，和高胜强一起投入到邙北市商品批发市场的建设当中去。

邙北市地处中原省西部，距离天阳市只有三十公里路程。往西走一百公里，就出了中原省，到了方川省境内；往北八十公里，则是西原省。邙北市境内有两条铁路分别通向方川省和西原省，另外除了已经修建好的中天高速公路外，中原省交通厅正在修建通往方川省和西原省的高速公路，这就更加凸显了邙北市地理位置的重要性。从城市规模上来说，在这三省交界之地，除了天阳市外，就属邙北市规模大了。而邙北市由于黄金工业的发达，消费水平比天阳市还高，有很多东西天阳市还没有上市，邙北市就先有了。所以不光是天阳市辖区内几个县的富人，连西原省和方川省的富人都喜欢到邙北市来购买奢侈品。

高胜强是财经大学毕业，有着很敏锐的商业头脑，在担任审计局局长期间，他就考虑到一个问题，如果邙北市建成一个商品批发市场，把中原省和方川省的普通老百姓也引来邙北市消费，那么对邙北市的经济将会是一个很大的促进。担任经委主任之后，高胜强立即向赵长风提出了他的想法：首先，加强邙北市主要商业街道邙山大道的建设，继续引进品牌专卖店，保持和突出邙北市在高端奢侈品消费市场中的优势地位。其次，建设商品批发市场，以质优价廉的商品把天阳市几个区县和西原省、方川省的普通消费者吸引过来，让邙北市成为中原省西部一个重要的区域商品集散中心。

赵长风对于高胜强的想法倒是很支持，只是担心邙北市一个县级市能否顺利地承担起中原省西部区域商品集散中心的重任？虽然说就全国范围来讲，浙江省的义乌市也是以一个小小的县级市创造了一个闻名世界的商品批发市场的奇迹，可是邙北市具备这样的条件吗？尤其是在商品批发市场建立初期，需要人气的沉淀和积累，这可不是一朝一夕之功。如果拿不出有力的方案来，想获得商业厅在资金上的支持恐怕很困难。这中间还有一个非常关键的因素，那就是天阳市已经有了一个形成一定规模的天林批发市场。天阳市县区的商贩以及方川省、西原省的商贩都习惯到天林批发市场进货，邙北市建设这个小商品批发市场，功能和定位上和天阳市天林批发市场重合，能够成功吗？

高胜强这才嘿嘿一笑，交给赵长风一沓资料。他告诉赵长风，他之所以想在邙北市兴建小商品批发市场，还是受了天阳市天林批发市场的启发才产生这个想法的。本来按照常规的思路来说，天阳市天林商品批发市场有先发的优势，邙北市这个时候再建立商品批发市场，就是拾人牙慧，根本没有什么发展前途。但是具体到天林商品批发市场来说，就是例外了。

天阳市号称九朝古都，是全国有名的旅游城市，和方川省的省城秦安市一样，是外国人来旅游、研究传统文化尤其是汉唐文化必去的两个旅游城市之一。天阳市和秦安市就成了号称地下文物最多的两个城市。

天林商品批发市场建立在天阳市这么一个九朝古都里，前几年的时候，天林批发市场还能够满足区域商品集散中心的需求，但是随着经济发展速度越来越快，天林商品批发市场的名气越来越大，商户越来越多，商品也越来越多，天林批发市场的规模已经不能够适应市场的需求了，很多商户想入驻天林批发市场，但是批发市场的商铺有限，根本没有空余的商铺。这时天林商品批发市场的管委会就想对市场进行扩建，但是却遇到一个棘手的问题，那就是文物保护的限制。

第十章 八仙过海各显神通，急功近利后患无穷

赵长风主抓的两个项目受到了上级领导的表扬，这让觊觎邙北市市长位子的市委副书记付罡庭气急败坏。他急于表现自己，声称拉来了香港利雅达公司汽车配件制造公司的项目，一期投资将会达到五千万。赵长风内心虽然也支持这个项目，但隐隐觉得背后有人图谋不轨。

天林商品批发市场原地扩建受文物保护的限制，异地重建又牵涉不同部门之间的利益，再加上天阳市领导并没有对这个商品批发市场给予足够的重视，这就给邙北市留下了一个机会。所以高胜强才会提出这个方案，建立一个大型的商品批发市场，把天林批发市场被局限了的区域商品集散中心的功能接过来。

赵长风看过高胜强交上来的报告后也很感兴趣，这个方案如果真的能够实施，一定能够获得成功，问题的关键在于，省商业厅能否支持邙北市上这个项目。如果省商业厅能够支持，除了能在资金方面给邙北市很大的扶持之外，更重要的是，只要这个项目被列入商业厅的计划，那么就等于成功了百分之六十，商业厅主管着全省商业系统，只要一纸行政命令下来，全省商业系统还不得对邙北市商品批发市场全力支持啊？

“老高，你是不是一开始就把我算计在里面了？”赵长风拿着报告似笑非笑地看着高胜强。

“市长，没有，我可没有。”高胜强连声叫屈，“我只是起草完这个报告后，忽然想起，市长你是商业厅下来的干部。”说着他殷勤地给赵长风递上一

支香烟。

“你呀，你呀!”赵长风摇摇头，把报告放在抽屉里，说：“行吧，你好好准备一下，三天后我带着你到商业厅去一趟。”

“嘿嘿，”高胜强狡黠地笑了起来，“我就知道市长是不会袖手旁观的。”

赵长风刚从中州市赶回来，就接到市委办张一磊主任的通知，让他到市委去参加项目研讨会。

“项目研讨会?”赵长风眉头微微一皱，挂满了疑问。这一段虽然他一直在省城和邙北之间来回奔波，跑着邙北市商品批发市场项目的事，但是市里的其他工作也没有放下过，情况基本上都了解，他怎么没有听说过有什么项目需要讨论的?

张一磊在电话里笑着说：“哦，这个是付书记拉来的一个项目，也是刚刚向刘书记汇报不久。具体情况我也不太清楚。”

赵长风放下了电话，靠在皮转椅上想了一想，这才笑了一下，站起来准备往对面的市委大院去。

最近市委大院很不平静，尤其是天阳市张培伦市长到邙北市视察了黄金地质公园项目和邙北市商品批发市场项目，点名表扬了赵长风之后，市委大院里的副书记们就忽然开始关心起邙北市的经济建设来了。

比如钱兆均书记，上周常委会在讨论邙北市第一金矿改制的问题时，钱兆均就自告奋勇，要求主抓邙北市第一金矿改制的项目。

邙北市第一金矿是邙北市黄金局下属的第一大金矿，是邙北市黄金局的标兵企业，年产黄金二万四千两以上、年产值达六千万元以上。可就这么一个标兵企业，由于经营管理不善，从前年起就开始亏损，虽然几经整改，经营情况却没有丝毫改观，反而亏损越来越严重，今年更是到了连工资都发不出的地步。由于从去年年底到今年上半年，邙北市中小型金矿都在停业整顿，所以邙北市财政收入受到很大影响，再也负担不起邙北市第一金矿这个包袱，在这个情况下，邙北市第一金矿改制的问题就提到日程上来了。

在常委会上讨论邙北市第一金矿改制问题的时候，本来按照赵长风的计划，是打算提名副市长党向国来主抓这项工作的。党向国担任了五年多副市长，在经济方面还是有一套的。可是钱兆均书记却在常委会上提出由他来主抓这个工作，并获得刘驰书记的支持，赵长风也不好说什么了，最后常委会一致通过这个决议，让钱兆均来主持邙北市第一金矿的改制工作。

对于钱兆均的用意，赵长风自然是很清楚。天阳市魏新强书记和张培伦市长对邙北市的情况都比较关心，从他们的态度上可以看出，他们两个人是倾向于在邙北市选拔一位懂经济的领导来出任邙北市市长的。据天阳市陈风笑市长透露出来的消息，天阳市组织部已经开始了邙北市市长人选的前期考察工作，由于市长刘光辉还在省委党校学习，考察工作只是悄悄地进行。这个消息赵长风听说了，钱兆均肯定也听说了，要不然他不会主动把邙北市第一金矿改制的工作揽过去。

对赵长风来说，谁来主持邙北市第一金矿的改制工作其实不重要，重要的是一定要做好这一项工作，顺利完成邙北市第一金矿的改制，把邙北市第一金矿从邙北市财政的沉重的负担变成一只能够为邙北市带来丰厚效益的下金蛋的金鸡。只是赵长风当时有点奇怪，为什么付罡庭没有出来和钱兆均争夺邙北市第一金矿改制这个任务。据他所知，付罡庭书记对邙北市市长的位子也很眼热。现在赵长风才明白，原来付罡庭另有准备，所以也就不在邙北市第一金矿的改制问题上和钱兆均一争长短了。

到了市委会议室，常委们已经到得差不多了，由于是项目研讨会，气氛就活跃多了，大家说说笑笑，轻松和谐，完全没有平时开常委会时严肃得连空气都要凝固的感觉。

真好！赵长风拉开椅子坐下，心想，如果召开常委会讨论人事问题或者其他重大问题时，大家也能够这样轻轻松松、一派和谐，不用钩心斗角，那该有多好啊！

刘驰端着杯子走进会议室，郭和强连忙接过杯子，加了水，小心地放在刘驰面前。

刘驰坐在椭圆形会议桌的顶端，等郭和强把杯子放好，他这才环视了会场一周，问道：“都到齐了吧？”

张一磊连忙回答道：“刘书记，都到了。”

“那好，开会。”刘驰点点头。会议室就静了下来。

刘驰拿起手边的材料看了一看，说：“今天这个项目研讨会，主要是讨论香港利雅达集团在邙北市投资兴建汽车配件厂项目的问题。”他扭头看了付罡庭一眼，“具体情况就请付书记为大家讲一讲吧。”

付罡庭轻轻咳嗽一声，打开笔记本，为大家介绍起来。听了付罡庭的介绍，大家才知道，这个忽然冒出来的香港利雅达公司的汽车配件制造公司项目是怎么一回事。

原来付罡庭的爱人有个同学在深圳开了一家公司，和香港利雅达集团公司有过业务往来。香港利雅达集团公司原来在菲律宾设有汽车配件工厂，由于产品转型和劳动力成本原因，想在大陆寻找合适的基地开设新的工厂，把利雅达集团公司的配件生产项目逐步转移到内地，最终取代设在菲律宾的汽车配件工厂。付罡庭爱人的同学听到这个消息之后，立即把这个消息告诉了付罡庭，并给付罡庭介绍了一个人，就是香港利雅达集团公司的市场部经理袁连满先生。

付罡庭说：“我爱人同学的公司和香港利雅达集团公司有过长达六七年的业务合作关系。而且我也让人在网上查询了香港利雅达集团公司的资料，这确实是一家很有实力的大企业，并且市场部经理确实是袁连满先生，还配有袁连满先生的照片。”

常委们听到这里就窃窃私语起来，没想到付罡庭这么新潮，竟然能够想到上网去查询这个香港利雅达集团公司。

赵长风也吃惊不小，他比付罡庭小了十几岁，虽然偶然也会上一下网，但是根本没有想到利用网络来为自己工作，看来，自己的思想也有点落伍了，不再充充电，就跟不上这个时代了。其实这也不能怪赵长风，他是副市长，每天都有处理不完的工作，哪能像和他同龄的年轻人一样悠闲自得地上网玩游戏啊？

付罡庭顿了一顿，等窃窃私语的声音低了下去之后，才继续说道：“我和袁连满先生联系了一下，介绍了一下邙北市的情况，又把邙北市的招商环境、劳动力情况以及其他条件详细列出来，通过‘伊妹儿’发给了袁连满先生。”

在座的十几位领导，有多数人不懂得“伊妹儿”是什么东西，可是大家都忍住了，没有问出来，不然显得自己多没有水平。人武部部长郝大明是个大老粗，却不顾及这些，他扭头问身边的宣传部长任文生：“老任，‘伊妹儿’

是什么东西？”

任文生含蓄地一笑，没有回答。

付罡庭那边继续说：“袁连满先生收到‘伊妹儿’后，很感兴趣，答复说在适当的时候会带人到邙北市来考察一下。”

在这里付罡庭撒了个小谎，他说香港利雅达集团公司收到电子邮件后很感兴趣其实是打了埋伏的。当初付罡庭从他爱人同学那里拿到袁连满的电话打过去时，袁连满先生很不高兴，一个劲地追问付罡庭是怎么得到他的联系电话的。付罡庭就把他爱人同学的名字报了出来，袁连满先生才勉强没有挂他的电话。后来付罡庭通过电子邮件把邙北市招商环境和优惠政策等具体情况向袁连满做了说明后，袁连满还是不太感兴趣。付罡庭又通过爱人的同学做了不少疏通工作，最后袁连满先生才答应下来有机会到邙北市来考察。

付罡庭身为邙北市市委副书记，位高权重，为什么会对一个香港的老板说这么多好话呢？因为他爱人的同学说，香港利雅达集团公司如果在内地开设工厂，一期投资将会达到五千万元，而且所产产品完全由利雅达集团公司包销到国外市场，能够赚取大量的外汇。这对正在积极争取邙北市市长位子的付罡庭来说，当然是一个非常重要的消息。赵长风从省城拉过来的大老板山水建设集团的黄金地质公园一期项目投资不过才两千万元，和香港利雅达集团公司五千万元的大手笔根本没有办法比。更重要的是，邙北市在引进外资或者港澳台资金方面还是一个空白，如果付罡庭能够成功地把香港利雅达集团公司引进邙北市来，那是多么突出的一个政绩啊。这个项目足以让付罡庭在争夺邙北市市长的位子时获得先机。

“昨天，袁连满先生给我打来电话，说下周能抽出几天时间，想到邙北市来考察一下，于是我就向刘书记做了汇报。”付罡庭这话依旧是打了埋伏，袁连满的原话是他们香港利雅达集团要到中原省的邻省鲁东省去考察项目，可以顺道到邙北市考察一下，付罡庭自然不会这样说了。现在付罡庭才不管袁连满究竟是怎么想的，他已经下定了决心，一定要把这个项目争取过来。比起鲁东省来，中原省的投资环境是有些落后，但是只要邙北市下定决心，多给一些优惠政策，付罡庭觉得还是有希望把香港利雅达集团这个项目争取过来的。毕竟鲁东省投资环境好，但是落户的企业也多，对香港利雅达集团不会比别的港资或者外资企业高看一眼，但邙北市却不同，香港利雅达集团是第一个在邙北市落户的三资企业，就这一棵独苗，能够不关爱有加吗？这样一比较，邙北市的劣势反而变成优势了！

“我的个人看法是，香港利雅达集团这样大的公司能够在我们邙北市投资，对邙北市的经济拉动作用是非常明显的，而且只要香港利雅达集团来了，能够在邙北市扎下根，赚到钱，一定有非常好的示范效应，会带动其他三资企业到我们邙北市来投资考察，我们邙北市招商引资的工作必然会打开一个崭新的局面！”付罡庭侃侃而谈。

付罡庭说完之后，刘驰和赵长风碰了一下眼神，又和钱兆均、白国庆、包太龙几个副书记互相望了一下，这才说道：“付书记刚才把详细情况介绍了一下，大家都说一说，有什么看法。”

因为是项目研讨会，发言也不是很讲次序，包太龙看见钱兆均还在沉吟，就咳嗽了一声，抢先说话了：“材料我详细看过了，刚才付书记发言的时候我也认真听了，觉得这个项目的可行性还是很大的。能引进香港利雅达集团这样的大公司，不但填补了我们邙北市在引进三资企业方面的空白，更会对邙北市的经济有一个明显的拉动。所以我们邙北市首先要积极主动地创造条件，其次要加强联系，抢占先机啊！”

说这些话的时候，包太龙其实很羡慕付罡庭。他的爱人和付罡庭的爱人同学，也和那个在深圳开公司的人是同学。但是偏偏那个人和付罡庭爱人的关系好，把这个消息通知了付罡庭，却没有通知他，不然，这项目的功劳就落在他的头上了。不过包太龙虽然遗憾，事情已经到这个地步了，他肯定还是会积极配合付罡庭的，付罡庭如果能前进一步，对他的帮助也是很大的……

包太龙说完话，会场上陷入了短暂的沉默。钱兆均沉吟着不说话，白国庆端着茶杯悠闲地喝水，也没有要说话的意思。赵长风低头仔细地看材料，显然还在思考。

付罡庭看了一眼坐在他斜对面的组织部长路大为。路大为是付罡庭提拔上来的，当然要为付罡庭再烧一把火了。

“这个项目很不错啊！我建议市里成立一个班子，专门来研究和争取香港利雅达集团这个项目。如果香港利雅达公司的汽车配件厂项目能够在我们邙北市落户，那么邙北市的招商就等于迈进了一大步。市里前一段时间的招商引资工作也进行得轰轰烈烈，很是热闹，问题是招进的企业都是小打小闹，有数量没质量。除了黄金地质公园这个项目，其余企业的投资金额都是几十万、一两百万，香港利雅达集团的一期项目投资能够达到五千万，将会极大地改变我们邙北市招商引资有数量没质量的局面。”

“我赞同路部长的意见。”张一磊放下笔，接着路大为的话头说，“招商引资对于邙北市来说，是促进经济发展的必由之路啊！在全国一片招商热潮的大环境下，如果邙北市不招商，就会不断落后，邙北市在中原省、甚至是在天阳市的经济优势就保持不了啊。对于香港利雅达集团汽车配件厂的这个项目，我认为我们还是要积极一点，付书记的做法就很稳妥，提前介入，步步为营，招商就需要这种蚂蚁啃骨头的精神。香港利雅达集团就是一块有着大块肥肉的大骨头，我们邙北市一定要想办法从上面啃下一块来。”

付罡庭面带微笑地听着，张一磊前两天为一个老乡提副科长的事找过他，虽然不是很符合政策，付罡庭还是二话没说就答应下来。今天的这个会议上，张一磊果然开始帮他说话了。

“我谈一下我的看法吧。”钱兆均咳嗽了一声，他再不说话，场面上就是一边倒了，他不能让付罡庭这么得意，“就目前的材料来看，我觉得讨论这个所谓的汽车配件厂项目没有什么价值。”

钱兆均话一出口，付罡庭的脸立刻阴沉下来，他往嘴里塞了一根烟，“啪”的一声打着了打火机，打火机的声音很脆。

白国庆就坐在付罡庭旁边，依旧是一副事不关己、高高挂起的模样，不紧不慢地喝着茶。赵长风却低头在本子上写着什么。

刘驰坐在正中间，身子也直了一直，付罡庭提出引进香港利雅达集团的这个项目，虽然对邙北市经济发展很有利，但刘驰还是希望能在研讨会上听到不同的声音的，他并不希望局面一边倒地支持付罡庭，如果这种局面出现多了，对他这一把手的地位将会是一种威胁。

“兆均同志，理由呢？”刘驰不动声色地问道。

钱兆均看了看坐在他正对面的付罡庭，这才慢条斯理地说：“刘书记，我并不是说香港利雅达集团这个汽车配件厂的项目本身没有价值，而是说目前我们手头上这些资料没有价值。比如香港利雅达集团投资的这个汽车配件厂项目的具体内容是什么？除了知道一期投资是五千万外，我们还知道什么？比如生产设备、立地条件、环保要求等等，这些情况目前都不清楚嘛！在这些情况都不明晰的情况下，我们兴师动众地来讨论这个项目，来研究这个项目，是不是有点无的放矢了？当然我这话不是针对付书记，我只是说这个项目一定要落实得再准确一点，把情况都了解清楚之后，如果确实有比较大的价值，我们再来开这个研讨会比较好。”

钱兆均说这一番话时，就知道他会得罪付罡庭，不过他也无所谓。付罡庭既然开始拉来这个项目，就和赵长风一样，成为他钱兆均在争取市长宝座时的一个主要竞争对手。如果这个项目真的被付罡庭搞成了，毫无疑问，付罡庭在竞争市长的道路上就领先他一步。所以钱兆均这时候就要站出来泼一泼冷水，巴不得付罡庭这个项目搞不成。付罡庭这个项目如果引进成功，他即使在研究这个项目时说再多的好话，功劳也不会分给他一分，付罡庭也不会牢记他的一分好处；相反，他在项目研讨会上发表了反对意见，只要这个项目没有引进成功，对钱兆均来说就是一个重大胜利，说明钱兆均有先见之明，提前预判了这个项目不会成功，并且表示了反对意见。这件事落在上级领导眼里，会不会觉得他钱兆均是一个非常有思想、非常懂经济的领导呢？再加上邙北市第一金矿顺利改制成功，那么他就又离市长宝座近了一大步。

钱兆均衡量了很久，最后才下定决心，说出上面一番话。

付罡庭脸上强笑着，双手紧紧握住茶杯，似乎想把茶杯捏碎：这个钱兆均，竟然撕破了面皮啊！上周常委会讨论邙北市第一金矿改制的主持人选时，我还投票支持了你，没想到你现在却和我唱对台戏，有意出我的洋相。好吧，好吧。等香港利雅达集团的汽车配件厂项目成功在邙北市落户后，我看你还有什么话说？以后时间还长着呢！

场面有些僵了，大家都没有想到，一个很平常的项目研讨会，竟然会出现这么对立的意见。

刘驰的手指轻轻弹着茶杯，心中对这样的场面竟然有一丝兴奋。以前副书记们太和谐了，几乎都抱成团了，这让刘驰在考虑问题的时候非常顾忌，生怕他有什么决定会被这四个副书记在书记办公会上否决掉。毕竟他是一个外来户，这四个副书记都在邙北市干了七八年，根深蒂固啊。今天终于出现了这么一个场面，那看似无懈可击的铁板上竟然藏着这么大一个裂缝，好啊！

“长风同志，你是主抓经济的，你怎么看这个问题？说说看。”刘驰看着低头一直在本子上写着什么的赵长风说。

赵长风放下笔，慢慢抬起头来，扫视了一下会场上的人，心里打好了腹稿，这才说道：“事物要一分为二地来看待。我认为，付书记、包书记的意见很正确，钱书记的顾虑也不无道理。”

纪委书记秦晓明正在喝茶，听到赵长风头一句话呛了一下，差点没有把茶水喷出来。他咳嗽了几声，才强忍了过去。他没有想到，赵长风市长这么圆滑啊！平时看起来不是这样啊。因为秦晓明负责纪委，和检察院经常打交道，就和代检察长韩加森交上了朋友，一来二去，又和赵长风联系到一起。他算是赵长风在常委中第一个争取到的盟友，只是这层关系比较隐晦，一般看不出来。

赵长风没有理会秦晓明的咳嗽声，继续说下去：“这个项目付书记下了很大工夫，做了很多前期工作，取得了很大成果，就目前初步的情况来看，能了解的基本也了解到了，能明白的也差不多都明白了，对吧？”

赵长风感觉到付罡庭的目光投向他这边，但是他却没有回应，继续说：“不过，招商引资毕竟是件大事，利雅达集团又远在香港，所以我们必须慎重，慎重，再慎重。汽车配件厂这个项目如果真的能够落户我们邙北市，对我们邙北市的经济发展的拉动作用无疑会是非常巨大的。但是钱书记说得对，我们对香港利雅达集团和这个汽车配件厂的项目毕竟知之甚少，究竟是怎样一个情况还不好说。所以我觉得还是要更有把握一些，思路上更清晰一些，行动上更慎重一些，态度上更积极一些。具体怎样安排，还是请刘书记定吧！”

从赵长风内心来说，他还是支持钱兆均的意见的。他的出发点倒不是因为付罡庭是竞争邙北市市长的强有力对手，而是单就香港利雅达集团的这个汽车配件厂的项目来说的。钱兆均说得对，有很多情况都还不清晰，听到香港利雅达集团有一个投资意向，就这样兴师动众地召开研讨会，是有些不太合适。

大家都看着刘驰，等着他最后拿主意。

刘驰却慢慢悠悠地端起了茶杯，并不急于表态。对刘驰来说，他还是倾向于支持付罡庭，如果他所说的这个香港利雅达集团的汽车配件厂项目能够搞成，对邙北市的经济拉动效果不言而喻，刘驰作为班子的一把手，这笔政绩肯定是少不了的。但是刘驰却不愿意看付罡庭过分风光，更不愿意看到整个常委会只发出一种声音。今天虽然只有钱兆均和赵长风两个人质疑付罡庭，这对刘驰来讲已经足够了。作为领导，驾驭下属的一个最重要的原则就是千万不要让下属们抱成一团，成为铁板一块，而是要让下属们相互制衡，相互制约。刘驰在当阳县干了五年县委书记，自然对驾驭下属深得三昧。

放下茶杯，环视了一周会场，刘驰这才开口说道："刚才同志们的意见都很好，罡庭同志和兆均同志的意见虽然不同，但是出发点都是好的，都是为了邙北市这个大局。"

钱兆均脸上笑眯眯的，好像很是享受刘驰书记的这一番表扬。他对面的付罡庭却一脸严肃，双眼盯着手中的茶杯。

赵长风的手指在桌面上无声地敲着，他对刘驰的心思洞若观火：在最后这个时刻，刘驰把付罡庭和钱兆均同时提出来，很有点强化对立情绪的味道。经此一事，付罡庭和钱兆均之间恐怕再也不会像以前那么默契了。

"这样吧，香港利雅达集团的这个项目，我们一定要坚持跟进，态度要积极。我建议成立一个关于这个项目的领导小组，由政府那边招商局和建设局具体经办，这个小组的具体负责人，是……"刘驰先拿看了赵长风一眼。

赵长风连忙站出来表态："刘书记，这个项目一直是付书记跟进联系的，情况他比较熟悉，我看还是由付书记继续跟进比较好。"

刘驰又把目光移向付罡庭，笑着说："罡庭同志，你看呢？"

付罡庭这才说道："既然刘书记和赵市长都这么说，我就挂个名吧。具体工作还需要赵市长多多配合。政府负责招商嘛！"

"行，没有问题。付书记需要做什么工作，政府这边一定全力配合！"赵长风说。

"那好吧，就这样定了！今天就到这里吧。"刘驰端着茶杯站了起来。郭和强连忙迎了上去，接过茶杯，侧身站在一旁，等刘驰走过，才跟在后面。

刘驰走出门后，大家才挪开椅子，按照排名的次序依次走出了会议室。

赵长风走了出来，却看见钱兆均放缓脚步走着，当赵长风从钱兆均身旁走过时，钱兆均抬头和赵长风碰了一个眼神，嘴角似有一抹笑意。

回到办公室，办公桌上又堆满了厚厚的文件，赵长风苦笑了一下，才从“会海”里解脱出来，就又撞到“文山”里，领导干部每天光应付文山会海都要占去很多精力，如果能够少开一些会，少发一些文件，把开会和发文件的精力腾出来，能干多少实事呢？

牢骚归牢骚，既然在这个位子上，该看的文件还得看，该批的文件还得批。赵长风伸手拿起左边的第一份文件，打开看了两眼，脸色立刻阴沉了下去。他伸手拿起电话，拨了一个号码：“李主任，你过来一下！”

“市长，我马上过去，马上过去。”李长根主任听到赵长风的语气很严肃，心中有些惴惴不安，不知道自己什么地方做得不对。他快步跑过来，推开门，见赵长风一脸严肃地坐在办公室桌后面。

“赵市长。”

“李主任，这是怎么回事？”赵长风把手中的文件撂到李长根面前。

李长根一看，是邙北市法院的申购公车的报告，就解释道：“市长，这是法院的申购公车的申请报告，要给杨院长换一辆公务用车，财政局那边通过了初审，控购领导小组经过讨论，也同意了法院的申请……”李长根身为政府办主任，还兼任着邙北市控购领导小组的组长，邙北市直机关购买公车都需要经过他这一关，然后报请主管财政的赵长风来签批。

“换公车？为什么要换？”赵长风皱着眉头说，“法院不是有两辆桑塔纳2000了吗，为什么还要添一台蓝鸟？”

李长根被赵长风问得面红耳赤，低声说道：“市长，控购领导小组其他成员都同意了，我……”

“李主任，如果他们同意你也同意的话，还要你这个组长干什么？”赵长风的目光盯在李长根脸上，“目前市里的财政状况你又不是不知道，这个时候怎么能开这个口子？嗯？”

“市长，杨、杨院长那个人，你又不是不知道，很难惹啊！”李长根艰难地说。

“惹不起？那我来惹好了！”赵长风冷笑起来，拿起笔在报告上写了一行字，签上自己的名字，扔给李长根，“你把这个报告给法院退回去，告诉他们说我不批这个报告。他们谁有意见，直接来找我好了！”

李长根老脸通红，唯唯诺诺地拿着报告退了出去。

“笃笃笃”，传来一阵敲门声，赵长风抬头说道：“进来！”

一个身材窈窕、面容秀丽的少妇带着一股浓郁的香风走了进来，办公室里立即充满了这种香气。

“阿嚏！”赵长风受不了这股香风的刺激，不由自主地打了个喷嚏，他连忙抽了张纸巾擦了一下。

“杨院长啊，你好，坐吧。”赵长风指了指办公桌前面的椅子。

杨金花袅袅娜娜地来到赵长风面前，拉开椅子对着赵长风坐下，漂亮的大眼睛直直地盯着赵长风：“赵市长，我有事要找你。”

赵长风知道杨金花是为了什么事而来的，却装着糊涂，问道：“什么事，杨院长说吧。”

“赵市长，我听说我们法院申购公车的申请你没有批准？为什么啊？”杨金花漂亮的大眼睛里满是幽怨。

赵长风心想这个杨金花还真是不知轻重，能够这么大摇大摆地跑到市长办公室，质问市长为什么不批准申购报告的，杨金花还是头一个。

“杨院长，”赵长风耐心解释道，“今年邙北市财政很吃紧，经费很紧张啊。再说法院不是还有两辆桑塔纳吗？”

“那两辆车都是别的副院长在开，我不好意思和他们抢着用啊。赵市长，这个申请报告你就批了吧。”杨金花轻蹙着好看的眉毛软语相求。

赵长风摇了摇头说：“杨院长，很抱歉，这个口子我不能开。”

杨金花听到李长根告诉她这个消息时，就一肚子气，可是她想了一想，强把怒气压了下来，拉下面子来求赵长风，没想到赵长风却摆起谱来，拽起个二五八万的脸，和她装起正经来。经费紧张？狗屁！

“赵市长，你这是什么意思？欺负我是女同志？凭什么别的副院长有专车，我就不能有专车?”杨金花的怒气终于发作了起来。

“杨金花同志，这样说就不对了吧?”赵长风也窝了一肚子火，如果面前的不是一个女同志，他早就拍桌子了，“如果是法院公务用车协调有问题，我可以找崔大林院长帮你解决一下，法院里两辆桑塔纳本来就是你们一正两副三个院长共用的，并没有明确是谁的专车啊。”

“赵市长，那两辆车一辆是崔院长开着，一辆是王院长开着，你即使出面协调，不也是明摆着让我从崔院长和王院长手里抢车吗?这不是让我一个女同志得罪人吗?”杨金花叫道，“这种事我才不干呢!”

杨金花的声音越来越大，刘俊康听见了动静，就三步并作两步地跑了过来，正色道：“杨院长，这里是市长办公室，有什么事情不能好好说么?”

“这是我跟姓赵的之间的事，刘俊康，这里没你什么事!”杨金花嚣张地呵斥道。

刘俊康暗暗摇了摇头，这个放肆的女人，仗着自己身后有人撑腰，竟然敢大放厥词，真是不知道自己有几斤几两。

刘俊康跨前一步，硬生生地挡在了赵长风的身前，心平气和地说：“杨院长，这里是什么地方，你不会不知道吧?容不得你来撒野!”他的语气铿锵有力，丝毫不容置疑。

“赵长风，你今天说说，为啥不批准我买公车?什么财政紧张，全是借口吧?财政局那边初审都通过了。”杨金花根本不拿正眼看刘俊康，用手指着赵长风的鼻子，大声吼道。

赵长风的脸色一片铁青，压下了火气，耐住性子说：“杨院长，你这是公然违纪!”

“赵长风，你少仗势欺人，今天你要是不给个说法……”杨金花扬起手腕，“啪”的一声，挥掌重重地拍在赵长风办公桌上，气势汹汹地叫嚷开了。

赵长风勃然大怒，这个女人，简直是无法无天，他也拍着桌子站了起来，指着杨金花的鼻子说：“你给我滚出去!”

刘俊康暗中使出了蛮力，架住了杨金花就往外拖，边推边劝说道：“杨院长，这就是你的不对了，还是先回去反省一下吧。”

赵长风坐到皮转椅上，猛然望见墙上挂着的一幅字：海阔凭鱼跃，铁青的脸色转瞬间平和了许多。

以前，他听说过杨金花嚣张的事迹，却完全没想到这个女人竟然嚣张到了这个地步。

刘俊康把门关上，轻手轻脚地过来替赵长风的杯子里添了水，小声说：“我刚才联系过了老韩，让他到老地方见面。”

眼眸微微一闪，赵长风忽然笑了起来，轻声道：“俊康，你进步了许多！”

邙北市法院的副院长杨金花究竟是什么人呢？为什么会这么嚣张呢？这就不得不提起邙北市的党群书记付罡庭了。

杨金花背后有付罡庭这个主管人事的党群书记撑腰，所以一向是飞扬跋扈，不知道给付罡庭闯了多少祸。偏偏别人忌讳着付罡庭，对杨金花多加忍让，这就更让杨金花这个胸大无脑的愚蠢女人忘乎所以，以为有了付罡庭撑腰，在邙北市什么事都能摆平。

这次杨金花想以法院的名义为她添置一台公务用车，法院院长崔大林二话没有说，立刻让人打报告上去。反正这是个顺水人情，能不能搞定都看付罡庭的面子，与他无关。

报告到了财政局之后，财政局当然知道杨金花，虽然邙北市财政很紧张，但是他们也不会出头做这个恶人。付罡庭是主管帽子的书记，得罪了付罡庭，不知道什么时候小鞋就被穿上了。

财政局这边初审通过后，控购领导小组见到这份申请一个劲地骂娘！他们是多么希望财政局在第一关就把这个申请报告给卡住啊！一个法院的副院长要买蓝鸟，还真是不知道天高地厚。难道她就不看看，主持市政府工作的赵市长还是一辆老旧的桑塔纳 2000 吗？这个报告送到赵市长面前，不是明摆着找批评吗？可是控购领导小组的成员却没有一个人敢出言反对。天下没有不透风的墙，他们这里反对，那里付罡庭书记就会立刻得到消息，那么将来在升迁的道路上，付罡庭书记来那么小小的一笔，岂不是呜呼哀哉？最后邙北市法院这份神奇的购置公车的报告就一路绿灯，跑到赵长风的办公桌上了。至于最后赵市长批还是不批，就与他们没有关系了，他们该做的事都做了。

赵长风驳回这个申请报告后，李长根就通知了法院。按照李长根的想法，这件事就到此为止了。可是李长根怎么也没有想到，杨金花这个法院副院长简直是一个法盲副院长，竟然如此冲动、如此愚蠢，不但找到了市长办公室，还和赵长风拍着桌子闹了起来，这样的场面实在是让人大跌眼镜。

付罡庭也知道杨金花提出的要求有点过分。一个法院的副院长，竟然要换一辆蓝鸟，这不是明显的违规吗？赵长风把这份申请报告打回来，还真是让人找不到任何毛病。

说起赵长风，就不能不让人佩服他的谨慎，就拿领导的专车来说，市委书记刘驰配的是一辆公爵王，几个副书记都配了蓝鸟，偏偏主持市政府工作的赵长风依旧是那辆老桑塔纳2000，市政府的唯一一辆蓝鸟还留在省城让在党校学习的刘光辉使用。在这种情况下，赵长风把法院申购蓝鸟的申请报告打回来，付罡庭还能说出什么来吗？

付罡庭狠狠地抽了一口烟，有点懊悔刚才答应了杨金花的要求，在这种情况下，付罡庭怎么好开口让赵长风同意给杨金花配一辆蓝鸟呢？可他在杨金花面前又一向自诩在邙北市刘驰是老大他是老二，自然不会让自己失去这个面子，杨金花的要求再过分，也只有硬着头皮答应。

一支烟抽完，付罡庭拿定了主意，他拿出手机拨通了赵长风的电话，一开口就带着笑意："长风吗，我是付罡庭。"

"付书记啊，您好。"目前付罡庭党内职务比赵长风高，年龄比赵长风大，赵长风就用上了敬语，他笑道，"有什么事吗？"其实赵长风非常明白，这个时候付罡庭打电话给他还能有什么事？

"也没有什么事。"付罡庭笑着说，"晚上有时间吗？想请你出来坐一坐，怎么样啊？"

"晚上啊……"赵长风沉吟起来，宴无好宴，酒无好酒，究竟去还是不去呢？

"看样子赵市长是大忙人啊，我都请不动喽。"付罡庭看似在感叹，实则将了赵长风一军。

"哎呀，付书记，瞧您这话说的。付书记召见，我即使再忙，也得过去不是？"赵长风笑道，"什么地方？"

"就在天一阁大酒店吧。"

"付书记，那就晚上见！"赵长风挂断了电话，笑容一敛，沉吟起来。

付罡庭见赵长风答应晚上出来，心里就盘算开了，很多事在办公室说不通，在酒桌上往往能说得通。只要酒酣耳热，人情牌一打，赵长风就是再有原则，也不好拉下脸来一口回绝吧？反正给法院配车也是财政上的钱，又不是赵长风的私款，付罡庭就不相信在酒桌上赵长风还能坚持当这个小人。

今天晚上约赵长风吃饭，除了处理杨金花的事，付罡庭还有打算，就是香港利雅达集团项目投资的事。即使赵长风态度偏向于钱兆均，付罡庭还是要做一做赵长风的工作，毕竟香港利雅达集团的袁连满先生来邙北市考察时，还需要市政府的配合。

交代过秘书龙临桂订好包间之后，付罡庭又分别给组织部部长路大为和市委办副主任柳一民打了电话，让他们晚上作陪。这两个人都算是他的心腹，有了这么大的阵势，不愁赵长风不落入彀中。

下午四点半，办公桌上蓝色的电话机忽然响了起来。邙北市领导的办公桌上一般放三部电话，红色、蓝色和白色。红色的电话是上级领导的专线，凡是这个电话响起来，一般都是天阳市的领导或者省里的领导，是要马上接听的；蓝色的电话是邙北市领导的专线，都是邙北市书记们市长们的电话；白色的电话则是下面部委局办和乡镇的专线。

付罡庭有意让电话响了两声，这才慢吞吞地拿起了电话放在耳边。

“付书记，我是长风啊。”里面传来赵长风的声音。

“长风啊，你好！”付罡庭下意识地看了一下手表，才四点半，还不到下班时间啊。

“付书记，我刚才接到张市长的电话，他让我下班后马上到天阳市去。”赵长风苦笑道，“付书记，真不好意思啊。天阳市财政工作会议明天才召开，我以为要明天才去报到，没想到张市长会这么急。”

付罡庭的脸沉郁得都能滴出水了，可是嘴里却笑道：“长风啊，工作要紧啊！以后你有时间了，咱们再聚也是一样的。”

“不好意思，不好意思。”赵长风连声说，“付书记，等回头我有时间，我请您吧。”

挂了电话，付罡庭一肚子火气，偏偏又发作不出来。明天天阳市召开全市财政会议他是知道的，但是今天晚上张市长究竟有没有召见赵长风，他却无从知道，他无法判断出这究竟是不是赵长风不想赴宴而编造出来的借口。不管怎么事实怎么样，总之，他是被晾到一边了，尤其是他晚上还约了路大为和柳一民过来。

“赵长风，好啊，赵长风……”付罡庭伸手关了空调，来到窗户边，推开窗户，一股燥热的空气扑了进来。

赵长风随着张培伦市长的秘书司智强来到1717房间，客厅内金碧辉煌，地毯厚实而柔软，踩在上面悄无声息。赵长风还是第一次到天阳宾馆贵宾楼来，1717房间是张培伦的专用套房，豪华程度比邙北市委招待所的套房自然又高了一个档次。

张培伦正坐在宽大的真皮沙发上看文件，司智强上前轻声说：“赵长风来了。”然后就端起茶几上的茶杯去添水。

张培伦见是赵长风，就说道：“长风来了啊！”他伸出手和赵长风握手。

赵长风连忙握住张市长的手，感觉张市长手背很厚，很有力，说道：“张市长，您好。”晃了几下，张市长手一松，赵长风就抽出手来。

“坐吧！”张培伦指着对面的沙发。

赵长风规规矩矩地坐在张市长斜对面，真皮沙发又大又宽，赵长风却只刚好坐住，身体挺直，微笑着看着张市长。来邙北市之后，他和张市长见过很多次了，也想靠近张市长，可总是觉得别扭，张市长似乎拒人千里之外，让赵长风无法靠近。赵长风不知道这是他自己的感觉，还是其他下面的领导也有同样的感觉。

张培伦再次打量了一下赵长风，点头说：“嗯，不错，精神面貌很好，有年轻人的朝气蓬勃。”

赵长风也笑了笑，说道：“张市长，您说过领导干部的形象也代表着政府部门的形象，马虎不得，所以我就特别注意。”

张培伦笑了起来，这话确实是他说的。他本人长得仪表堂堂，很注重自身的形象，也很看重下边干部的形象，所以对那些不修边幅的干部，他一向看不顺眼。他顺手拿起茶几上的金芒果，给赵长风扔了一根，自己也往嘴里塞了一根点燃，又把打火机丢给了赵长风，靠在沙发上很享受地抽了起来。

赵长风本想过去替张市长点烟，但又没有熟悉到那个程度，只好笑着说："谢谢市长。"拿着打火机也点燃了香烟。

司智强把茶泡好，放在茶几上，站在张市长身边轻声说："杜局长交代过，让我监督你少抽烟，一天不能超过五根，今天已经抽了……"

张培伦挥了挥手，对司智强说："去去去，你小子烟瘾比我还大。好了，注意给我保密。长风，我的夫人什么都好，就是啰唆。"

"张市长，杜局长也是关心你啊，所以才格外要求严格。"赵长风应了一句，心里却在琢磨，司智强和张培伦之间的关系竟然深到这个地步，看来以后对司智强还是要多注意一下。

司智强显然已经习惯了这样的场面，他对赵长风说："赵市长，我去给你泡茶。"

赵长风扭头说："谢谢司主任。"司智强虽然是张培伦的秘书，但级别却是副处级，挂名天阳市市政府办公室副主任。

司智强把茶送上来之后，就远远地坐在客厅另一边的椅子上。赵长风正襟危坐，看着张市长，等着今天谈话正式开始。

张培伦端起茶杯喝了一口，清了清嗓子，正要开口，忽然司智强的手机响了起来，司智强拿出手机在耳边听了一下，就捂着手机走了过来，轻声说："王总的电话。"

张培伦"哦"了一声，起身接过电话进了里面的套间，房门关得紧紧的。过了七八分钟，套间房门打开，张培伦从里面出来，说："赵市长，我这里还有点事，今天就这样吧。邙北市今年的财政收入下滑得很厉害，你们要多想想办法啊！"说着就让司智强打电话叫司机过来。

赵长风告辞出来，心里很不是滋味，张市长把他召过来，就说了这么一句话，就匆匆忙忙地要出去，这是什么意思？从开始谈话前的气氛看，张市长态度还是不错的。可是张市长撂下的最后一句话，语气却是明显不满的。张市长究竟是什么意思？

赵长风琢磨不透，又想到了司智强，想到司智强跟张市长之间的关系，也许做一做司智强的工作，能把张市长的心意摸透？张市长在天阳市可是一个强势市长，市委书记魏新强基本上被他架空了，赵长风以后能不能担任邙北市市长，张培伦市长的态度至关重要啊。

到了楼下，刘俊康没有想到赵长风这么快就下来了，照理说，领导接见，怎么不得二十分钟半个小时？可是他又不敢问，只好跟着赵长风一起出去。

赵长风坐进了车里，看了看时间，才六点半，也许还来得及。他拨通了陈风笑副市长秘书叶计划的电话：“叶大哥，是我啊，赵长风。”

“长风啊，你好。”叶计划知道陈风笑和赵长风之间的关系，所以语气也非常亲热，“怎么想起来给我打电话了？是不是想请我泡妞啊？”

“叶大哥，还真让你猜对了，我就是想请你出来喝酒呢，不知道你现在方便不？”赵长风笑着说。

叶计划微微一笑，明天市里要召开财政工作会议，赵长风主管财政工作，肯定是要过来的，看样子他今天就过来了，只是为什么不提前打个招呼呢？

“呵呵，长风老弟有约，我怎么能不去呢？”叶计划笑道，“说吧，什么地方？”

“皇城酒店吧。”赵长风说。皇城酒店属于皇城公安分局的管辖范围，皇城公安分局的刑侦大队大队长沈小强和赵长风关系很铁，当初扳倒蔡国洪，沈小强这边也出了力，后来赵长风也把沈小强的弟弟弄进了邙北市公安局。每次赵长风到天阳市，沈小强都会热情接待。这次赵长风请吃饭，也没有外人，赵长风就有意把沈小强叫过来介绍给叶计划认识。

“皇城酒店啊，好好好！”叶计划笑了起来，“你先过去吧，我马上到。”

赵长风随即又给沈小强打了电话，沈小强一听赵长风过来了，也很开心，立刻在皇城酒店订了包间。

赵长风到了皇城酒店，沈小强已经早一步赶到，就在大厅门口迎接，看到赵长风过来，连忙伸着手迎了上去，口中说道：“赵市长，您看您，到天阳市也不提前打个招呼，好让我早做准备，现在时间这么仓促，我怕招待不好您啊！”

赵长风摇晃着沈小强的手笑道：“小强啊，你这说的是什么话？咱们兄弟之间，还用得着这么客套吗？”一边说着，一边往外扫看。

沈小强就知道赵长风还约了别人，问道：“赵市长，晚上还有别的贵客？”

赵长风笑了笑，说：“我还约了陈市长的秘书，待会儿给你引荐一下。”

沈小强眼睛一亮，赵长风虽然是主持邙北市工作的市长，但毕竟是在邙北市，鞭长莫及，对他在天阳市的进步帮助不大。赵长风如果能介绍陈市长的秘书给他认识，他就能靠上陈市长这条线，以后对他的帮助自然是不言而喻的。他喜笑颜开地说："我就知道赵市长够意思。"

赵长风指着了指着大堂，微笑道："走，咱们进里面等吧。"

到了大堂坐下，赵长风随手拿了一张报纸看了起来。沈小强却用力盯着大堂门口，虽然他并不认识陈市长的秘书。

自动门往两边打开，一个三十出头的人神采奕奕地走了进来，沈小强立刻判断出眼前这个人很可能就是陈市长的秘书，正要提醒赵长风，却见那个人目光在大堂里一扫，就往这边走了过来。

"长风老弟，不好意思，让你久等了。"叶计划大老远地就喊道。赵长风也看到了叶计划，放下了报纸，迎了上去。

寒暄过后，赵长风为叶计划介绍了沈小强，沈小强紧紧握住叶计划的手说："叶秘书，您好您好，以后请多多关照。"

叶计划服务的对象是陈风笑副市长，陈风笑副市长分管文化教育卫生工作，又是无党派副市长，不属于市政府党组成员，手中权力比一般副市长要小很多。领导不硬，叶计划说话也不硬气。叶计划虽然是副市长的秘书，但是相比起别的副市长秘书来，待遇就差得远了，此时见沈小强对他这么热络，心里很高兴，可是脸上的派头越发足了。

寒暄过后，大家就进了电梯上到七楼，进了沈小强安排好的客房，赵长风拿出软中华来散烟，叶计划抽着烟说："长风老弟，今天本来有了安排，但是接到你的电话，我把其他安排都推掉了，哎，又要得罪人了。"

"叶大哥，那我今天就多陪你喝几杯，算是赔罪。"赵长风笑吟吟地说。他知道叶计划这话多半是说给沈小强听的，也不揭穿，然后又看着沈小强说："沈队长，包间安排了吧？我们过去吧。"

沈小强连忙说道："包间都安排好了。但是今天第一次和叶秘书一起吃饭，不知道叶秘书的口味，恐怕菜单要重新安排。"

叶计划随口说道："什么都可以，我这个人很随意的。"

赵长风就对一旁的刘俊康说："俊康，你知道叶秘书的口味，去安排一下吧。"

刘俊康应了一声，就和沈小强一起出去了。

房间里就剩下了赵长风和叶计划两个人，赵长风也不急于直奔主题，随口闲聊起来："叶大哥，市里最近有没有什么趣事，透露一点听听。"

叶计划在市政府办公室待了七八年了，虽然政治上进步不大，但是却也混了个八面玲珑，消息非常灵通。这时听赵长风问他，也就不客气，有意卖弄起来，把市委市政府的一些小道消息讲了出来，赵长风听得津津有味，也间接获得了不少有用的资料。赵长风心想，看来今天请叶计划是没错的，叶计划和司智强在一起工作，对司智强这个人肯定非常了解，赵长风要想打听司智强，叶计划无疑是最好的人选。

叶计划说了很多事情，压低着声音，神神秘秘的，好像那些事情是他亲眼所见一般。正说着，刘俊康和沈小强进来，说下面都安排好了，请他们下去吃饭。

到了包间坐定，服务员就开始不断地往上端菜，叶计划看着菜肴微笑不语。赵长风见叶计划还算满意，就给了刘俊康一个嘉许的眼神。

服务员捧着两瓶五粮液进来，叶计划忙说："赵老弟，晚上我怕陈市长找我有事，酒就不多喝了吧？打开一瓶，我们四个人平分了，意思一下。"

"那怎么能行啊！"赵长风摆手道，"叶大哥，今天你放开了喝，有什么事，陈市长这边我替你请假。"

约了赵长风，最后却被放了鸽子，付罡庭一肚子不痛快，可是已经通知了路大为和柳一民，这酒该喝还得喝。晚上六点半，付罡庭直接到了天一阁，上了三楼，路大为和柳一民已经在包间里等候，两个人连忙站起来，脸上堆着笑，齐声叫道："付书记。"

付罡庭心里不痛快，脸上却丝毫没有带出来，亲切地摆手道："让你们久等了，不好意思。坐坐坐，都坐下吧。"

在邙北市几个书记副书记中，付罡庭很少拿出官威，不但处处表现出一派亲民作风，而且在下面的干部面前也不端架子，和所谓的"付派"干部关系更是融洽，平常见面经常会开几句无伤大雅的笑话。刘光辉到省委党校学习后，付罡庭又刻意把自己的这个优点发扬光大，总是笑呵呵的，让部下如沐春风。

路大为当初在组织部和付罡庭合作了七八年，和付罡庭之间说话更是随意，他笑着说：“首长不坐，我们哪里敢坐啊？”

付罡庭用手点着路大为笑道：“好你个路大为，我没有来之前，你路大部长不是坐得好好的吗？”

说笑之间，几个人都落了座，付罡庭坐在上首，笑着说：“最近应酬比较多，不去不行，去了又没有什么乐趣，还是我们几个人好啊，在一起多轻松自在。”

柳一民说：“是啊，我们好久没有聆听付书记的教诲了。”

付罡庭佯装不悦，说道：“柳一民，你诚心添堵是不是？大家在一起都是朋友，哪里来那么多规矩？”

菜是早就订好的，付罡庭落座后，柳一民就示意服务员，于是服务员打开了五粮液，按照次序为大家斟了酒，菜就一道一道地上来。

路大为和柳一民两个人眼神碰了一下，虽然付罡庭装出一派满面春风的样子，但是路大为和柳一民哪里会不知道他心里有事？杨金花今天上午在市政府闹的一出动静很大，消息早就传遍了邙北市官场，甚至连当时的一些细节都传得活灵活现，柳一民和路大为又怎么会不知道呢？只是他们有点捉摸不透，付罡庭今晚把他们叫过来一起喝酒是什么意思？是简单发发牢骚，还是商量对付赵长风的办法？

付罡庭心里装着事，虽然他憋着气强作欢颜，内心里已不知把赵长风恼恨成什么样子。幸亏他下午通知路大为和付罡庭的时候，没有说他邀请了赵长风，否则今天晚上他的面子往哪里搁？

见凉菜已经端上来四个，付罡庭笑着端起了酒杯：“咱们有几天没有在一起喝酒了吧？来，都端起来，我敬大家一杯。”

付罡庭话还没有落，大家端着杯子站了起来。付罡庭呵呵一笑说：“屁股一站，喝了不算。这一杯喝完，你们再坐下重来。”

路大为和柳一民就干了杯中的酒，看着服务员再加酒，笑吟吟地说：“能两杯换付书记一杯酒，值啊！”关于这个“屁股一站，喝了不算”，路大为和柳一民跟随付罡庭这么久，自然知道付罡庭爱搞这个规矩。但是他们每次都还乐此不疲地要站起来和付罡庭碰杯。多喝一杯酒算什么？只要能让领导高兴就行。如果领导敬酒，他们大模大样地坐在那里和领导碰杯，那岂不是失了礼数？虽然表面上看，付罡庭是一个亲民的好干部，可是领导再亲民，做下属的也不能失去了礼数啊，不能因为领导和蔼可亲，就忘记了自己的身份，以为自己能够和领导平起平坐了。所以他们宁可站起来挨批，宁可站起来罚酒，也不能就那样端坐着来接受领导的敬酒。领导也许嘴上不说，可是心里怎么想的，谁知道呢？

大家都喝了第二杯酒，说说笑笑中酒宴就开始了，付罡庭谈笑自如，一边喝酒，一边谈着国家大事和社会趣闻，仿佛今天过来就是为了侃大山一样；路大为和柳一民明明知道付罡庭心中有事，但是付罡庭既然没有提，他们也知趣地不去碰，小心翼翼地绕开一切和邙北市有关的话题，生怕让付罡庭不开心。

酒喝得很热烈，两瓶五粮液见底了。付罡庭到包间的卫生间去方便，柳一民的电话正好响起，他拿起电话一看，就出门接电话去了。

付罡庭从卫生间出来，见柳一民不在，就笑着说："这个小柳，干什么去了？"

路大为笑嘻嘻地说："小柳到外面接电话去了，这么神秘，一定是发现新的目标了。"

付罡庭就摇头道："这个小柳啊，待会儿一定要罚酒。"

路大为附和道："对，付书记一定要罚他酒。没有向付书记请示就出去接电话了，这不是没组织没纪律吗？"

正说话呢，柳一民推门进来，路大为高喊罚酒罚酒。柳一民求援似的望着付罡庭，付罡庭一笑，说道："小柳，都惹起公愤了，喝吧！"

柳一民就等付罡庭表态，领导没有发话之前，他如果把这杯酒喝了，等于白喝。现在领导发了话，那他喝下这杯酒就是服从组织安排，听从领导指挥，和领导保持一致了。

"付书记，我听您的！"柳一民仰脖把一杯酒干完，路大为轰然叫好，付罡庭也笑吟吟地看着柳一民说："小柳痛快，不婆婆妈妈。"

正在这时，包间的门被推开，一个满脸通红的人端着酒杯进来，身后跟着一个服务员，双手捧着一瓶五粮液。

“柳主任，我来敬你一杯。”那个人一进门就嚷道。

柳一民的眉头皱了一下，这个人是邛北市电视台台长赵红军，刚才柳一民到外面让服务员开了一个包间躲进去打电话，出来的时候正好碰上赵红军，柳一民应付了几句，好不容易摆脱了赵红军的纠缠，谁知道赵红军竟然会跟踪而来。

赵红军难得碰到了市委办副主任柳一民这个大红人，自然不会放过，兴致勃勃地回去取了一瓶五粮液，就打算过来敬酒。可是等他进了包厢，看清楚包厢里的人之后，不由得哆嗦了一下：乖乖，党群书记付罡庭、组织部长路大为，这两个主管邛北市干部帽子的大领导也在场啊？赵红军就觉得自己有点莽撞了。怪不得刚才柳一民和他说话语焉不详呢！

“付书记、路部长，你们也在啊？”赵红军一下子就清醒了。

付罡庭看到是赵红军不知轻重地闯了进来，心里有些不悦，可是脸上丝毫没有带出来，笑眯眯地说：“赵台长，来，坐下来喝两杯。”付罡庭一心要打造自己亲民的形象，要为自己当邛北市市长加分。作为分管人事的副书记，付罡庭当然明白组织上考察干部的程序。其中有一项就是民意调查，所谓民意调查，当然不是在老百姓之中调查，主要是在机关干部之中进行民意调查，看干部群众对某个领导的印象怎么样。虽然这只是一个在上级部门任命干部时的一个辅助因素，可以考虑，也可以不考虑，但是付罡庭还是比较看重，他认为能做好还是要尽量做好，让干部群众夸赞总比让干部群众臭骂好吧？和蔼可亲、平易近人，这八个字的评价还是不难做到的。

赵红军受宠若惊，心中那一份忐忑不安就消失了，他端着酒杯来到桌前，脸上挤出灿烂的笑容，说道：“不知道付书记和路部长也在这里，我冲撞了领导大驾，理应罚酒三杯……”

他说着向身后的服务员示意，服务员立刻又拿过来两个杯子，姿态优美地为赵红军倒了满满三杯酒。赵红军举起第一杯酒说：“这第一杯酒是向付书记和路部长赔罪，我冲撞了两位领导大驾，实在是有眼无珠。”

付罡庭笑吟吟地看着赵红军没有说话。领导和蔼可亲、平易近人，并不是说下属就可以在领导面前不讲规矩了。付罡庭久居官场，自然明白像赵红军这种人，平日里是没有多少机会和他说话的，这时候能到他跟前自罚三杯酒，可以说是赵红军的福气。

路大为却在一旁不冷不热地说："赵台长，既然是向付书记赔罪，就诚心一点吧，这酒杯也太小了一点吧？"

赵红军连忙拍了一下脑袋，连骂自己糊涂糊涂，他说道："路部长批评得对，是我的错。"然后他让服务员换上三只大杯。

付罡庭第一次和赵红军喝酒，有意看看赵红军的虚实，他悠闲自得地喝着茶，并不说话。

服务员把三只大杯倒满，正好是一瓶五粮液。

赵红军看着满满的三大杯酒，咬了咬牙，下定了决心，今天一定要把这三杯酒喝完，平日想靠付书记这条线也靠不上，今天难得有这个机会，绝对不能放过。

电视台归宣传部管，赵红军的顶头上司是任文生，赵红军平日里都是看任文生的眼色行事。可是自从蔡国洪调走之后，任文生在邙北市就失了势，成了舅舅不疼、姥姥不爱的主儿，刘驰不喜欢，赵长风也不感冒；至于付罡庭和钱兆均，蔡国洪在位的时候任文生过于嚣张，这两位副书记他都不放在眼里，这时候他成了落水狗，再去投靠，付罡庭和钱兆均怎么会稀罕？任文生和赵红军喝酒的时候，就一直发牢骚，他现在都成了麻将里的十三不靠了！

赵红军听到任文生的话，表面上虽然附和，替任文生鸣不平，内心里却在活动着，是不是要找一个新靠山呢？任文生这种情况，别说给他赵红军争取进步，连能不能自保都很难讲，他跟着这么一位领导还有什么前途？

今天赵红军见到了市委办副主任柳一民，想巴结一下就冲进来了，却没想到柳一民只是一尊小神，包间里还坐着两位大菩萨。虽然赵红军也觉得自己莽撞了一点，但是付书记既然没有把他往外轰，就说明他还有机会。今天就是豁出去，喝成胃出血，也要在付书记面前留下一个好印象，为以后靠上付书记打下一个良好的基础。

赵红军见服务员已经倒好酒，就伸手端过来三两三的大杯，把酒杯送到嘴边，喉咙连动了几下，这一大杯酒就喝了下去，然后冲付罡庭亮了一下杯底，说道："付书记，我今天鲁莽，冲撞了领导的酒兴，这里向您和路部长赔不是了！"

说完，赵红军伸手又拿起第二杯酒，不带停顿地一口喝完。他口中又麻又辣，胃里翻江倒海一般，一个酒嗝不由自主地打了上来，却毫不含糊，说道："付书记，说起来也是我的福气，这是我第一次和付书记一起喝酒，希望以后还能有这样的机会。"说着伸手就要去端第三杯酒。

付罡庭见赵红军这么爽快，又听出了他想要巴结的意思，忽然闪过一个念头，不由得目光一动，笑眯眯地说："赵台长，好了好了，好事成双，这两杯酒下肚，就算告一个段落，来，坐下来吃口菜，慢慢喝。"

两杯酒就是六两多，赵红军还真有点顶不住了，这时候听了付罡庭的话，就顺着台阶下去了，口中说道："付书记，您大人大量，我服从领导指示。"然后就坐在了桌旁，想着刚才付罡庭亲切的话语，觉得自己这两杯白酒喝得真值。

路大为和柳一民碰了一个眼神，互相从对方眼里读出了疑惑。付罡庭的为人他们知道，虽然表面上看着和蔼可亲，但不是圈子里的人很难真正接近他。今天赵红军莽撞地冲了进来，按照付罡庭的习惯，最多也就应付两句，然后客客气气地让赵红军出去，可是现在怎么会让他一起喝酒呢？

付罡庭究竟打什么算盘呢？付罡庭见到赵红军有意向他靠拢，又想起赵红军的职务，忽然想出了一个利用赵红军给赵长风下套的方法。

在政界，不少领导喜欢看本地新闻，喜欢看自己在新闻中出现的镜头。有一些领导，甚至会为在镜头上多出现或少出现几秒钟、正面镜头或侧面镜头、远景镜头或特写镜头而打电话到电视台去，甚至让电视台领导责怪编导。就这方面来说，邙北市市委书记刘驰也不例外。

当初刘驰刚到邙北市的时候，任文生为了向刘驰示好，特意交代过赵红军，让电视台在新闻报道中尽量突出刘驰书记，市里其他领导的新闻尽量少一些，镜头也尽量少一些。赵红军也一直是这么做的。只是刘驰在享受了任文生这一番好意后，并没有把任文生视为心腹，刘驰听人说起过任文生那种冒冒失失的大炮性格，心里就不喜欢，生怕任文生不知道什么时候给他捅一个大娄子。

刘驰在当阳县的时候，就有一个习惯，晚上总要看一下当阳县电视台的新闻报道。由于县委书记工作非常忙，往往要到晚上将近十点之后才能回家，才有闲暇坐下来打开电视。刘驰调到邙北市任市委书记之后，依旧保持了这个习惯。刚开始有些干部不了解刘驰书记这个习惯，到湖月山庄一号别墅去拜访刘驰书记时，到晚上十点了还在那里向刘驰书记汇报工作，可是这个时候刘驰书记往往是一脸不耐烦的样子，让汇报工作的干部以为自己哪里汇报错了，惹刘书记不高兴了，回去之后还忐忑不安。

有一次柳一民到湖月山庄一号别墅找刘驰汇报工作，一直汇报到十点半，刘驰的不耐烦溢于言表，柳一民回去后反复思量自己什么地方做错了。后来柳一民到市委办司机班询问了刘驰书记从当阳县带过来的司机小黄，这才知道刘驰书记有这么一个爱好，晚上十点必要看地方新闻。后来柳一民就把这件事告诉了付罡庭，付派的干部都知道了刘驰书记有这一个习惯。

说起晚上十点这档新闻，这不能不说是中原省某个地方电视台的一大创举、一大特色。这个节目推出来之后，宣传部长立刻受到了市委书记的嘉奖，后来获得了提拔重用。而地市晚上十点加播地方新闻节目的创举就传播开来，几乎中原省所有地市县市的电视台都开播了这档节目。因此刘驰书记才会养成晚上十点必看地方新闻的习惯。

就邙北市来说，也开播了晚上十点的地方新闻节目，时间只有十分钟。因为就一个县级市来说，新闻实在是有限，主要就是播报一下领导的行程。这十分钟新闻节目怎么安排，也是有讲究的。

赵红军一直是贯彻宣传部长任文生的指示，市委书记是头一号，雷打不动，至少要占三分之一的时间，也就是说，至少要三分钟以上。市长的镜头偶尔有些，其他副职，不管是副书记、常委或副县长，一律一闪而过。

不过自从蔡国洪调走、刘光辉到党校学习之后，事情就微妙起来，刘驰书记占第一位是肯定没话说的，那么接下来的二号人物应该是谁呢？刘光辉市长在省委党校学习，新闻中根本不出现。主持市政府工作的常务副市长赵长风和几位副书记之间的关系应该怎么处理呢？这颇让赵红军头疼，后来还是按照党内职务排列。当时赵红军还有些担心，怕赵市长有什么不满意，后来赵长风那边没什么反应，他才放下心来。其实赵长风一心扑在工作上，邙北市的经济工作抓都抓不完，又怎么会去注意电视台新闻中的排位问题呢?

今天，赵红军过来向付罡庭献媚，倒是让付罡庭心中生了一计，利用赵红军来达到他的某些个人目的。

当付罡庭在邙北市天一阁喝酒的时候，赵长风正陪着叶计划在天阳市皇城酒店喝酒。

沈小强等赵长风和叶计划碰过杯之后，也双手端起了酒杯冲叶计划笑着说："我敬市领导一杯，希望市领导一定要赏光。"

叶计划笑着摆手道："我可不是什么领导啊，我不过是领导身边的秘书而已。"叶计划因为跟随的是无党派副市长陈风笑，级别一直上不去，现在还是一个科长，而市长和常务副市长的秘书已经是副处级了。不过叶计划自然不会对沈小强明说，口中只说含混地谦虚着，这样更显得高深莫测。

"叶秘书，你在领导身边工作，就是代表领导了。我们下边人一年不知道能不能见到市长一次，你却天天跟随在领导身边，你不是领导，还有谁是领导呢?"沈小强有心靠拢叶计划，梗着脖子把杯中酒喝完，然后把杯底亮给叶计划。

叶计划看出了沈小强的意思，心想皇城分局刑侦大队长虽然是一个股级干部，但是实权却很大，如果能结交这样一个朋友，以后肯定会方便很多，赵长风今天把沈小强叫过来，估计也是为自己和沈小强牵线搭桥的意思。

"沈队长，客气啊。今天咱们坐在一起，都是朋友，没有什么领导不领导的。"叶计划说着把杯中酒喝完，然后看着赵长风说："是不是，长风老弟?"

赵长风笑道："对，大家都是朋友，酒桌上没有什么上下级。"

说笑之间，两瓶五粮液就喝完了，菜是上了撤、撤了上，大家舌头都发麻了，纵使山珍海味，也品不出什么滋味来了。

"沈老弟，不玩了，不玩了。"叶计划靠在沙发上，脸色有些发白，"今天不能再喝了，明天我还要陪陈领导下去呢!"

赵长风也说道："沈老弟，叶老板尽兴了就行。"

等叶计划走了之后，沈小强就凑到赵长风耳边说："赵市长，您看?"

赵长风笑着摆了摆手，说："今天主要是陪叶老板。天色不早了，我明天还要参加会议，我们也散了吧。"

沈小强知道赵长风的习惯，遂说了一声好，把赵长风送到七楼，沈小强就说道："赵市长，那就不打扰您休息了。有什么事您招呼一声，我随时过来。"

赵长风握着沈小强的手笑道："小强，和我还客气什么？对了，你交代一下小六，让他去读一个成人大专，年轻人要有上进心，要追求进步嘛！"小六是沈小强最小的弟弟，目前在邙北市公安局工作。

感受到赵长风手上传来的力道，沈小强心中一喜，连声说："谢谢赵市长的关心，我回去就交代小六。"

赵长风点了点头，转身向里走去，刘俊康冲沈小强笑了一下，紧紧跟上赵长风。

进了房间，刘俊康先为赵长风泡上一杯信阳毛尖，然后又往浴缸里放满一池热水，这才恭敬地对赵长风说："水已经放好。"

"好，好。"赵长风点了点头，"时间不早了，你也去休息吧。"

刘俊康应了一声，转身要走，赵长风却又把他叫住了："对了，俊康，明天去买一部诺基亚的新式机子。"

"是，我明早就去办。"刘俊康答应着，这才小心地退了出去，把房门轻轻带上。

赵长风泡在浴缸里舒服地呻吟起来，叶计划这种人看似无用，关键时刻却能帮上大忙。天阳市这一局棋他早晚都要经营，而今天晚上，只是赵长风开始经营天阳市棋局的第一步。

在财政工作会议上，天阳市市长张培伦和常务副市长古西风都不点名地批评了邙北市，说天阳市有些地方、有些干部喜欢躺在功劳簿上，靠吃过去的老本过活，经济发展速度滞缓，财政收入增长缓慢，已经从天阳市以前的排头兵沦落到拖天阳市经济后腿的地步，这些地方的领导干部要好好反思一下。这番话虽然是不点名批评，但是和点名批评别无二致，谁都能听出张市长和古市长是在敲打邙北市，谁都知道，今年以来邙北市经济出现了重大滑坡。

赵长风坐在台下，听着两位市长的敲打，脸色很不好看。其他县区的领导干部虽然个个拿着笔记本做出一副认真记录领导讲话的样子，但是心中的喜色还是带到了脸上。大家都幸灾乐祸地想，年年都是邙北市受表扬，今年也该背一回黑锅了吧？

对于张市长和古市长的批评，赵长风心里很不舒服。邙北市今年上半年工业产值和财政收入虽然有很大幅度的下滑，但是最近两个月已经开始强有力的恢复，按照这样的发展势头，到年底完成全年计划还是有保障的。再说，邙北市经济工作下滑，不是有金矿停产整顿这个客观原因吗？这些情况张市长和古市长都清楚，赵长风以前来开会，张市长和古市长面对邙北市的经济困境，还是以鼓励为主，怎么今天就变调子了呢？

赵长风心里琢磨着，觉得很有必要向张市长和古市长身边的人了解一下情况，看看张市长和古市长——尤其是张市长——说这一番话究竟是什么意思。他想，财政工作会议结束后，要再把叶计划约出来坐一坐，侧面打听一下司智强的情况，了解一下司智强的喜好。

财政工作会议结束后，赵长风随着大家走出会议室，却看见天阳市常务副市长古西风的秘书马田鸣等在走廊上，看到赵长风出来，马田鸣上前说道："赵市长，古市长让你到他办公室去一趟。"

赵长风跟着马田鸣上了三楼，伸手递过一根软中华，笑着说："马主任，抽烟。"

马田鸣摆了摆手，冷淡地说："赵市长，我这两天嗓子不好，不能抽烟。"

赵长风还想再让，马田鸣却径直往前走去，赵长风本来还想从马田鸣口中套几句话，看到这个情况，只好作罢。

跟着马田鸣进了古市长办公室，古市长正坐在皮转椅上低头看办公桌上的文件。马田鸣走到古市长跟前，轻声说："赵长风来了。"

古市长“嗯”了一声，并没有抬头，仍低着头继续看文件。马田鸣就拿过办公桌上的茶杯，替古市长加了水，然后也没有理赵长风，就推开门回隔壁办公室去了。

赵长风就被晾在那里，他站在古市长办公桌前，觉得气氛有些沉重，腰身逐渐僵硬起来。

大约过了十几分钟，古市长终于看完文件，他把文件放在一边，抬头看到赵长风，点了点办公桌前的椅子，说道：“赵市长来了，坐吧。”仿佛他现在才看见赵长风一般。

赵长风拉开椅子，上身笔直地坐了下去，等候古市长的训话。

古市长点燃一根香烟，对赵长风说：“赵市长，今天请你过来，主要是想请你谈一下邙北市的经济工作。当然，邙北市送上来的材料我已经看过了，但我还是想听一下你个人的看法。”

赵长风低着头说：“古市长，邙北市今年上半年财政收入下滑很厉害，作为主持政府工作的常务副市长，是我的失职，我要做深刻的检讨。”

古市长看了赵长风一眼，说道：“赵市长，你的确有责任啊。邙北市在天阳市六县四区一市中一向是经济总量排名第一，财政收入也排名第一，是天阳市的经济重镇。刘市长到省委党校学习，市里安排你主持邙北市政府的工作，是对你的信任，可是说实话，赵市长，你主持工作也有半年了，交上来的这份答卷不能够让人满意啊！可以这么说，天阳市的大好经济形势，完全被邙北市给拖累垮了。”

赵长风语气沉痛地说：“古市长，这都是我的责任，我辜负了市领导的信任，请您处分我吧。”

古市长不说话，手里把玩着精致的打火机，不知道在想些什么。赵长风心里有些压力，却并不惧怕，他有信心，只要按照他的步调走，邙北市的经济发展一定能够很快恢复，并且比起以前单一的矿产经济，邙北市的经济必将出现一个大的飞跃。问题是这些都正在进行之中，领导如果死抠着眼前的数据不放，他也没有任何办法。

“长风同志，”沉默了两分多钟，古市长终于开口说话了，“当然，邙北市的经济情况也出现了一些好的变化，比如近两个月，邙北市经济增长明显加速，财政收入也有所提高，这些势头还是不错的。你们邙北市一定要想办法保持这个势头，深入挖掘一切潜力，争取把今年上半年的欠账都补上来。”

“古市长，我回去就把您的指示传达下去，”赵长风松了一口气，“号召全市干部学习贯彻落实古市长的指示，精心布置，周密安排，把各项工作做深入、做踏实，争取下半年在经济上打一个漂亮的翻身仗，以实际行动向古市长交一份完美的答卷。”

古西风对赵长风的回答非常满意，他点了点头说：“好，长风同志，我就静候佳音，等待邙北市经济捷报传来。”

出了古市长的办公室，赵长风心中还是有点忐忑，有点摸不准究竟发生了什么事。古市长开头严厉批评，后面态度又来个大转弯，这里面究竟蕴藏着什么含义？再联想到昨天张培伦市长把他召过去，却只说了一句话便匆匆而去，这背后是不是有些什么缘故呢？

坐进了车里，刘俊康扭头轻声请示赵长风：“市长，我们现在……”

赵长风沉吟了一下，说：“先回皇城酒店。”然后掏出手机，准备给叶计划打电话，可是刚拿出手机，手机就响了起来。赵长风一看，却是综合六处副处长张洪鑫的电话，他接起电话说：“张哥，我是长风。”

电话里传来张洪鑫神秘的声音：“长风，你知道了吗？”

赵长风有些莫名其妙，问道：“张哥，我知道什么了？究竟是什么事啊？”

“长风，赵省长要到中央党校学习了，为期一年。”张洪鑫说。

“什么？消息可靠吗？”赵长风立刻紧张起来。赵强是他的靠山，现在靠山要到中央党校学习了，这不由得赵长风不紧张。

一般来说，到党校学习的干部一部分是因为在某些方面出了问题，所以被调到党校学习，闲置起来，比如刘光辉市长就是这种情况；另外一部分就是组织上要提拔重用，先到党校学习一段时间，学习完毕之后，委以重任。但是对赵长风来说，这两种情况都不是什么好消息。赵强被闲置起来就不说了，即使被提拔重用，换了一个新的常务副省长来到中原省，这个新省长可不会像赵强那样关心照顾他，一时间赵长风心情失落之极。

“消息绝对可靠，省里已经宣布了！”张洪鑫说，“我开完会后立刻过来给你打电话，我还以为你早知道这个消息呢。”张洪鑫本来是想向赵长风打听一点内幕消息，赵长风和赵强的关系不一般，却是人人都看到眼里的。但是现在连赵长风也没有提前得到赵强到中央党校学习的消息，莫非赵省长真的是犯了错误，被弄到中央党校闲置起来吗？组织上要调查一个干部在某个职位上的问题，往往要等这个干部离开这个职位以后才能够深入调查，现在把赵强从常务副省长的位子上调走，不会是调虎离山吧？

“长风，你还是打电话问一问赵省长，或者问一问小黄吧。”张洪鑫说，“好了，我就不耽误你了，有什么事我们再联系。”

赵长风拿着电话呆了一呆，本想立刻打电话给赵强的秘书小黄，但是想了一想，又停了下来。如果赵强早就知道这个消息了，以他和赵强之间的关系，如果赵强想让他知道这个消息，早就让小黄告诉他了；这个消息他到现在还不知道，那只能是赵强不想告诉他，所以他现在即使打电话给小黄，估计也问不出什么。如果赵强也是忽然得到这个消息，此时肯定有很多事情需要处理，他这个时候贸然打电话过去，不是添乱吗？

赵长风忽然又联想到昨天张培伦召他去，接了一个电话，忽然态度就变了，很冷淡地撂下一句话就走了。这是不是张培伦昨天忽然得到消息，知道赵强去中央党校学习了呢？再联系到今天天阳市财政工作会议上，张培伦和古西风轮番敲打邙北市的那些话，赵长风心中便有些肯定，即使张培伦昨天接到的那个电话不是和赵强去中央党校学习有关，但是也一定从别的渠道听到了一些消息，要不然今年上半年的时候邙北市财政那么吃紧，赵长风都没有挨什么批评，怎么下半年情况开始好转了，却开始挨批评了？

看来张培伦和古西风昨天就得到了消息，可是张洪鑫今天下午才从会议上得到消息，这说明了什么？武卫平省长没有理由得到这个消息比天阳市市长张培伦还晚啊，这说明张洪鑫在武卫平的身边已经被边缘化了，不受重视了。也难怪，张洪鑫在邙北市闯了那么大的祸，武卫平逐渐把他挂起来，也在情理之中。张洪鑫极力靠近自己，无非是看重自己和赵强之间的关系，想另外寻找一个发展途径而已。

赵长风正思索着，车已经到了皇城酒店，司机老刑缓缓地把车停在酒店门口。赵长风却忽然改变了主意：“老刑，走，回省城一趟。俊康，你给沈大队打个电话，就说我有事到省城去了，房间就让他帮忙退了吧。”

省军区家属院，方宅，二楼书房，方天雷规规矩矩地坐在老爷子斜对面，虽然他现在已经是野战旅的参谋长，但是在老爷子面前，却是一点也不敢放肆。

“爸，赵强真的要上位了？”

方振华点了点头说：“基本上已经成定局了，如果不出意外的话，一年后赵强从中央党校回来，就会接替张文利出任中原省省长。”按照组织上的惯例，第一次担任一个省的行政一把手，至少要到中央党校学习一年以上，赵强这一次到中央党校学习，就是为接任中原省省长做准备。

“那长风那边呢？要不要告诉他一声？”方天雷说，“他听到赵强到中央党校学习的消息后，心里不定会怎么想呢！”

方振华摆了摆手说：“天雷，这件事你知道就行了。长风那边就算了，这小子成长得太顺利了，对他今后发展不好啊。不是有首歌唱道‘不经历风雨，怎么见彩虹’？很多事还需要自己闯，不能总靠着大树啊。现在没有了赵强的助力，我们看看这小子能发展成什么样。”

方天雷沉吟了一下，笑道：“也好，就瞒着长风吧。这件事估计赵强也不会让长风知道真相的。”

方振华笑了起来，说道：“赵强要在党校里学习一年，这一年是一个漫长的过程，什么事情都可能发生。在事情没成定局之前，赵强怎么敢放出风声？省里知道这件事的恐怕只有寥寥几个人，如果不是你姨夫在北京，消息灵通，这件事我也不可能知道啊！”

“是啊！这也正好看看人间百态。”方天雷说，“赵强这么突然到中央党校学习，下边的人不定会怎么想呢！长风前一段非常强势，得罪了不少人，这次恐怕要吃点苦头了。”

正说话间，茶几上的电话就响了，方振华随手拿起电话，里面传来赵长风的声音："爸，我是长风啊。"

方振华看了方天雷一眼，笑了一下，意思是说曹操，曹操到。方天雷心领神会地露出一个微笑。

"长风？什么事啊？"方振华慢条斯理地说。

"爸，好久没有见您了，想回去陪您老说说话。"赵长风笑着说。

"长风，怕是陪我说话是假，探听消息是真吧？"方振华毫不留情地揭穿了赵长风。

赵长风的脸皮早就被方振华锤炼出来了，他笑嘻嘻地说："爸，真的是想陪您说说话，听听您的教诲。"

"你小子啊，嘴总是这么甜。"方振华摇了摇，"你什么时候到？"

赵长风笑着说："已经下了高速了，估计再过二十多分钟就到了。"

挂了电话，方振华对方天雷说："这小子行动可真够快的，现在已经下了高速了。"

方天雷"嘿嘿"一笑，就站了起来："爸，那我先走了。省得这小子见向您问不出什么东西，就缠着我问东问西。"

"走吧！"方振华板着面孔说，"我知道，你小子也不想在长风面前当恶人，怕佳怡以后骂你是不是？"

"哪里有啊！"方天雷讪讪一笑，"我也真的是有事。爸，我先走了啊！"说着就急匆匆地离去。

方振华起身回到书桌前，拿起毛笔，蘸上浓浓的墨汁，在宣纸上写下：宝剑锋从磨砺出。

赵长风见了方老爷子，得知赵强这次到中央党校学习不是因为出了什么问题，而是组织上打算让赵强担任更重要的职务后，心中在为赵强感到高兴的同时，也为自己感到失落。不管怎么说，在失去这么强硬的靠山之后，以后他在邙北市做事，不会再像以前那么一切顺利，各种各样的阻力必然随之而来，他想在邙北市干一番事业，为邙北市老百姓干一番实事的意愿必然会遭到很大的挑战。

回到邙北市，赵长风明显感觉到周围人态度的变化。就拿市委书记刘驰来说，亲切的笑容少了许多，时不时打起官腔，举手投足之间更是做派十足，仿佛在提醒赵长风什么。赵长风这时才知道，以前他和刘驰之间所谓的亲密搭档关系，原来是笼罩在赵强的光环之下的，现在赵强走了，刘驰自然要拿足班长的派头。以前赵长风到刘驰的办公室，刘驰书记会很亲切地从办公桌后面迎接出来，一双大手握住赵长风的手摇晃个不停。现在呢，赵长风过去和刘驰书记打招呼，刘驰书记却是头也不抬，口里嗯嗯啊啊的。在听赵长风汇报工作的时候，刘驰书记的目光也不再专注地看着赵长风，而是经常飘到别处，偶然说一句话，也是语焉不详地敷衍。

付罡庭、钱兆均等副书记见了赵长风的表情，也是丰富多彩之极，说不清是怜悯、是同情、是幸灾乐祸，又或者是轻蔑。就连市政府里的副市长们见了赵长风，神色也有所变化，以前那种发自内心的敬畏少了许多，取而代之的是敷衍应付。赵长风现在看了他们的神色才明白，凭借着赵强的关系到邙北市的不光是刘光辉一个，还有他赵长风呢！

第十一章　慧眼独具看中清洁能源，借鸡生蛋思路解决问题

天马煤矿打算将有毒的瓦斯改造成清洁能源，输送给邻近的邛北市。但问题是必须投入巨额资金进行改造，进行煤层气的管网建设。而邛北市财政资金吃紧，根本筹措不到这么巨大的一笔资金。赵长风提出进行招标，要求建设煤气管网的企业带资修建，然后再从市里每年的财政资金中偿还，靠借鸡生蛋这个思路解决问题。

几天后，香港利雅达集团市场部总经理袁连满抵达邛北市考察。市委办主任张一磊打电话给赵长风，说香港利雅达的袁总今天晚上要到邛北市来，欢迎宴会安排在邛北宾馆，刘书记说赵市长是一定要参加的，还说党市长、招商局胡局长等人也要参加。

赵长风听后郁闷之极，招商本来就是政府的事，虽然说现在是付罡庭牵头，但是香港利雅达集团的考察人员什么时候到，总要提前通报给市政府一声吧？现在袁连满眼看就要到了，才通知市政府，这究竟是什么意思？

不过赵长风心里的火却不能发作出来，挂了电话之后，他立即让刘俊康打电话给招商局胡局长，问一问究竟是怎么回事。胡局长的电话立刻回了过来，他在电话里向赵长风叫屈："赵市长，香港利雅达集团那边都是付书记在联系，我也是刚刚接到张一磊主任的通知，让晚上过去。"

放下电话，赵长风点燃一根烟，靠在沙发上生闷气。后来他想开了，不管怎么样，香港利雅达集团是来邛北市投资的，是为邛北市做贡献来了。不管刘驰和付罡庭怎么安排，在客观上这件事总是有利于邛北市经济发展的，

有利于邙北市人民的。心里这么一想，赵长风平衡了许多。

刘驰这几天来对赵长风很有些不满，但原因却不像赵长风想的那么简单，仅仅是因为赵强省长到中央党校学习了，刘驰对赵长风的不满其实是源于另外一件事，那就是邙北市电视台晚上十点播出的邙北新闻。

在以前，刘驰和赵长风在邙北人的印象中，是一对团结奋进的好搭档。就拿邙北新闻的节目来说吧，镜头中出现的主要是刘驰书记的高大形象，如果市委领导和市政府领导一起上镜头，那么赵长风市长绝对是处于配角地位，衬托着班子班长刘驰的光辉形象。

可是这几天来，邙北新闻里忽然有了些变化，赵长风的镜头逐渐多了起来，有和刘驰平分秋色的势头，而且赵长风的形象也被电视台摄影师处理得高大丰满，刘驰和赵长风站在一起，竟然有点陪衬的味道。

刘驰第一天看到这样的情况，十分恼怒，想要去敲打一下宣传部门，转念一想，也许这只是一个偶然事件，他如果为这种偶然事件发火，邙北本地的干部会不会笑话他肚量小呢？当然，这个时候，刘驰认为这不过是电视台的一次工作失误，不会把这件事和赵长风联系在一起。毕竟当初抗雪的时候，赵长风从省城拉过来那么多媒体，主要就是为了突出宣传刘驰，而关于赵长风的镜头和新闻几乎是寥寥无几。于是刘驰就隐忍了下去。

可是接下来几天，情况依旧继续，赵长风的镜头丝毫不见减少，形象也越来越高大，刘驰感到不能继续容忍下去了，这已经严重影响到他的威信，长此以往，老百姓还以为邙北市是赵长风说了算呢！那他刘驰又算什么？于是刘驰就把宣传部长任文生叫过来训斥了一顿。

任文生现在郁郁不得志，抱着得过且过的态度，对新闻节目也没有以前盯得那么紧。他听了刘驰的训斥之后，回去调了这几天的新闻节目一看，不由得吓了一跳，赵长风的镜头是多了不少。于是他连忙把电视台台长赵红军叫过来，问赵红军是怎么回事。赵红军就苦着脸向任文生解释，邙北市电视台这一段时间的新闻采访和编导都是程苗苗做的，程苗苗是韩加森检察长的表妹，而韩加森检察长又……

说到这里，赵红军意味深长地停顿了一下，才又说道："我也知道程苗苗这样的节目编排有问题，可是，唉，谁让咱惹不起呢！"

赵红军这话半遮半掩。没有掩盖的那一部分就是这些节目的确是程苗苗编导的。赵红军知道程苗苗是韩加森的表妹，而且还知道程苗苗对赵长风的感情很不一般，每次程苗苗提起赵长风来，总是双眼发亮，神采飞扬，傻子都能看出来她对赵长风的感情。赵红军掩盖的那一部分则隐去了是他把程苗苗安排到电视台编导的岗位上去的，而且还明里暗里地在程苗苗面前大唱赵长风的赞歌，说赵市长有思想、有能力、有干劲，这样的领导真是不多见，在邙北市的所有领导中，赵市长怕是要排在第一位了。程苗苗这小丫头虽然是做新闻节目的，但年纪毕竟还小，不懂得政治斗争的复杂，就稀里糊涂地上了赵红军的当，额外给赵长风弄了很多镜头。

赵红军之所以这样做，自然是为了付罡庭，他一直想抱住付罡庭的大腿，此时有了这么一个机会，怎么会不殚精竭虑？况且这个办法阴险之极，他最多是受一顿训斥，真正承受后果的当然是那个少不更事的小丫头程苗苗。

程苗苗这边做出的新闻节目，还虚心向老节目编导请教。老节目编导正恼恨程苗苗夺去了他的岗位，见了程苗苗犯下了这么大的忌讳，高兴还来不及呢，又怎么会去提醒她呢？他干脆借口有病，躲进了医院。程苗苗总不能拿着带子到医院让他看吧？于是程苗苗这犯下刘驰大忌讳的邙北新闻节目就这么连续几天在邙北市电视台播出了。

赵长风平时多以听下边干部汇报为主，对邙北新闻多数是不看的，因为一个地方台的新闻就是报道一下领导的行程，这些事他不看新闻也知道，所以根本没有发现这个问题。

再说这边任文生听了赵红军的汇报，也不敢隐瞒，就把赵红军带到刘驰面前去汇报。刘驰听了赵红军的汇报之后，脸色阴沉，厉声道："赵台长，你这是胡闹！程苗苗才多大年纪，你就敢让她去当节目编导？"

赵红军低着头沉痛地说："刘书记，我身为邙北市电视台台长，没有顶住压力，电视台出了严重的错误，造成如此恶劣的影响，是我失职，请刘书记严厉处分我！"

任文生看到赵红军主动承担错误，也不好不说话，他是宣传部部长，主管宣传部门，怎样也得做出一个样子来："刘书记，我主管宣传部门，宣传部门出了问题，我第一个要检讨！"

“你们两个都有责任！”刘驰痛心疾首地用手敲着桌子，“一个刚毕业一年的大学生，竟然能走上电视台编导这么重要的岗位，为什么会出现这样的错误，你们回去好好反思一下。”

任文生和赵红军看刘驰虽然声色俱厉，却没有给他们实质性的处分，就明白刘驰还是把这笔账记到赵长风头上了，这种情况下，他们当然不会傻到再去主动宣扬这件事。任文生只是悄悄地交代赵红军，让他回去立刻把程苗苗拿下，找个借口，调到别的岗位上。至于中间的内幕，万万不能向外说起，不然这件事一旦传了出去，不是在领导之间制造矛盾，影响市委市政府班子的和谐吗？

别人不知道这件事，付罡庭当然是知道的，他非常高兴，终于成功地打破了刘驰和赵长风合作无间的关系，这一个楔子深深地钉了下去，刘驰和赵长风的关系就再也回不到以前了。

“赵台长，你这样做就有点不对了吧？”付罡庭严肃地看着赵红军，眼神凌厉之极，“你可知道这件事的性质有多么恶劣吗？”

赵红军被付罡庭的眼神一逼，额头上的汗就下来了，他本来想说这些不都是付书记您的吩咐我才去做的吗？可是又仔细一想，付罡庭何曾明确说过让他去办这件事？付罡庭说的话都是模棱两可的，全靠他去领会掌握。别说现在是死无对证，就算他当时拿录音机把付罡庭的话录下来，别人听了之后也抓不住付罡庭什么毛病，只能说是赵红军心理龌龊，擅自去做了这样的事。

“付书记，我，我……”赵红军额头上的汗珠滚了下来，不知道该怎么办，如果付罡庭把真相说了出来，那么他就死定了，不用刘驰动手，光赵长风就足够收拾他了。

“这件事还有谁知道？”付罡庭的神情十分严肃。

“付书记，这件事我只告诉了您，没有其他人知道。”赵红军嗫嚅着说。

付罡庭长长地叹了一口气，换上一副悲天悯人的面孔，缓缓地说：“老赵啊，我看你也是一时间糊涂。不能因为这件事就毁了你的前途啊。算了，我就暂时替你担待一点。”

赵红军这才如蒙大赦，连声说道：“多谢付书记，多谢付书记。”

“没什么谢的。”付罡庭淡淡地说，“我也是给老同志一个机会嘛。如果这件事让别人知道，那我即使想帮也帮不了你。”

“付书记，我，我知道。”赵红军头点得跟鸡啄米似的，“这件事我就是烂到肚子里也不会让第三个人知道。”

“你今年三十七了吧?”付罡庭随口冒一句。

“是。”赵红军小心翼翼地回答。

“还年轻，好好干，争取更进一步!”付罡庭语重心长地说。

“那，那就拜托付书记多多栽培了。”赵红军被付罡庭翻手为云、覆手为雨的手段玩弄于股掌之中，对付罡庭的手段又惊又惧，此时忽然听到付罡庭这样说，立刻肉麻地说，“付书记，我以后就是你的人了，无论我以后在什么岗位上工作，我都坚决听从付书记的领导。”

“老赵，这样说可就不对了。是要听从市委的领导。”付罡庭笑眯眯地说。

“不，我就听付书记的!”赵红军哈着腰说道。

“你这个老赵啊!”付罡庭摇头笑着，仿佛不知道说什么才好。这时付罡庭的秘书龙临桂用手捂着手机从隔壁进来，轻声说：“袁先生的电话。”

付罡庭“哦”了一声，看了赵红军一眼，伸手接过手机。赵红军连忙知趣地说：“付书记，您忙，我先回去了。”付罡庭轻轻挥了一下手，表示知道了，赵红军这才小心翼翼地退了出去，一出门就擦了一把额头上的汗，心里说不上是什么滋味，不知道自己倒向付罡庭究竟是福是祸。

欢迎香港利雅达集团的宴会举办得非常隆重。宴会安排在邙北宾馆二楼的宴会厅，厅里悬挂着“热烈欢迎香港利雅达集团考察团莅临邙北市考察”的横幅，服务员全部都是从市委招待所里调过来的，把人看得眼花缭乱。

出席欢迎宴会的除了邙北市市委书记刘驰外，还有市委副书记付罡庭，市委常委、市政府常务副市长赵长风，市委常委、市委办主任张一磊，副市长党向国，招商局胡局长等人。

香港利雅达集团一共来了四个人，为首的市场部总经理袁连满是一个将近五十岁的中年人，典型的地中海式的头发，头顶中间锃明发亮。

赵长风确实没有想到竟然会这么兴师动众，不知道这是刘驰的主意还是付罡庭的主意。香港利雅达集团不过是来了一个市场部总经理，邙北市竟然出动这样高规格的接待。要是香港利雅达集团的董事局主席和公司首席执行官过来了，那该是什么接待规格呢？

欢迎宴会由副书记付罡庭主持，他首先代表邙北市市委市政府对香港利雅达集团以市场部总经理袁连满先生为首的考察团到来表示热烈欢迎，并希望考察团通过对邙北市投资环境的考察，确立在邙北市投资项目的决心，付罡庭说，邙北市保证会以最优惠的政策、最优质的服务来和利雅达集团共同发展。

市委书记刘驰接着在宴会上致了欢迎词，向香港利雅达集团介绍了邙北市的概况，他指出邙北市交通便利、资源丰富，多年来一直致力于打造一个优良的投资环境，努力让投资者感到“投资放心”、“工作顺心”、“生活开心”，香港利雅达集团如果能够在邙北市投资，一定会取得巨大的经济回报。

袁连满也被邀请上去做了讲话，他说刚到邙北市，就感受到了邙北市人民的热情好客，相信接下来几天的考察会进行得非常顺利，也希望有机会能够和邙北市政府合作。

接下来宴会正式开始，这个宴会是官方宴会，和平常的宴会还是有着本质区别的，那就是点到为止，不能尽兴，格调很高，但是一场宴会下来绝对喂不饱肚子，回家还需要再补上夜宵才行。

宴会从晚上七点开始，连带着冗长的讲话时间算在内，不到九点就结束了。宴会结束后，付罡庭陪着袁总去了市委招待所。赵长风本来想和刘驰谈一下这个香港利雅达集团，没想到刚一开口，刘驰就冷淡地说：“这件事由付书记负责，你有什么建议，可以先和付书记沟通。”说着就上了车，扬长而去。

赵长风暗自嘲笑自己是咸吃萝卜淡操心。这件事既然由付罡庭负责，他何必还要多事？现在邙北市的中小型金矿百分之九十五已经完成了整改，在生产效率和经济效益上都有了显著提高；中原山水建设集团投资的黄金地质公园项目一期工程马上就要竣工，可以正式接待游客；由省商业厅和邙北市政府共同投资兴建的中西北商品批发市场，也已经动工修建。有了这些底子，赵长风还真的不在乎这个香港利雅达集团的汽车配件制造公司项目，这个项目做成了当然好，做不成也左右不了邙北市经济的大局。

在接下来的几天时间里，付罡庭放下了一切工作，专心致志地陪着袁连满总经理在邙北市考察。袁连满总经理考察了邙北市的交通情况，也参观了邙北市闻名全国的金矿产业，还参观了正在建设之中的黄金地质公园和中西北商品批发市场。这期间付罡庭采用了贴身陪护的方式，几乎成了袁连满的秘书。袁连满对邙北市的情况非常满意，尤其是邙北市位于三省交界之处，两大铁路线交汇，高速公路和穿境而过的国道形成了三横两纵的公路网，而东边三十公里就是天阳市，天阳市除了是一个旅游城市外，还是中原省的重工业基地，有闻名全国的省部级企业天阳市第一拖拉机厂，能为汽车配件厂提供熟练的产业技术工人。有了这么多有利条件，终于在一次痛快地喝了一瓶五粮液后，袁连满同意把利雅达集团的汽车配件厂项目设立在邙北市。

袁连满大着舌头对付罡庭说："付书记啦，我告诉你的啦，我在公司里虽然只是一个小小的市场部总经理，但是在项目的选址上，我是说了就算的啦，即使是我们利雅达集团的董事局汪主席，也很少会反驳我的意见啦。"

第二天一上班，付罡庭就去找刘驰汇报这个喜讯，他告诉刘驰，袁总不但同意把汽车配件制造公司项目设立在邙北市，还邀请刘书记和他一起到香港去考察，主要是考察他们公司。

"好啊，挺好啊！"刘驰点头道，"考察本来就是相互的嘛！他们过来考察过我们邙北市了，我们也应该过去考察考察他们嘛！老付，去香港考察你带队就可以了。我最近忙，就不过去了。"

榕树的长须在南国的风中摇曳着，空气湿漉漉的，仿佛夹杂着海的气息。招商局胡局长感叹道："这就到了香港了。"的确，身后还是深圳的罗湖口岸，却已经站在香港行政特区的土地上了。

这次邙北市政府到香港考察的队伍不大，只有四个人，除了付罡庭书记、张一磊秘书长外，就是招商局胡、王两位正副局长。

袁连满在前面带着路，边走边为付罡庭书记介绍着沿途的景物。付罡庭微笑地听着，一副非常认真的样子，仿佛是第一次到这里一般。实际上，付罡庭已经到过香港很多次了，张一磊主任、胡局长、王局长，他们谁又没有到过香港呢？

“付书记果然是见多识广啊！”袁连满感叹着。

付罡庭笑了笑，没有接话。胡局长却不会放过这个拍马屁的机会，他笑着插言道：“袁总，我们付书记可是一个博学家，不说日本、东南亚诸国，就是欧洲、美洲、澳洲，我们付书记都去遍了。我们底下的干部平时聊天时都很佩服付书记呢，说付书记除了南极洲没有去过之外，地球上其他大洲都留下了他的足迹。”

“哇，付书记好犀利啊！”袁连满伸出大拇指夸赞道，“我们利雅达集团董事局汪主席也是一个旅行家，这次见到付书记可算是遇到知音了，我相信这个项目汪主席是一定会喜欢的。”

“汪主席还是旅行家？很不简单啊！”张一磊一边看着身旁滚滚的车流，一边接口说。

“是的啦！我们汪主席跑过了七八十个国家，差不多是联合国会员国的一半啦。”袁连满一脸崇拜地说，“他每年都要跑七八个国家，连非洲的国家都去过不少啦。这次他刚从马达加斯加回来，不过不仅仅是旅游，更是去考察啦。”

胡局长在一旁连声称赞道：“汪主席经历如此丰富，明朝的大旅行家徐霞客也相形见绌了。”

张一磊瞥了胡局长一眼，说道：“徐霞客从来没有离开过国内，怎么能和汪主席相比？即使是七下西洋的郑和，也比不得汪主席了。”

说话间，他们已经出了口岸的公共区，一个金发碧眼的白人站在一旁，冲袁连满挥了挥手，用带点南方口音的普通话对袁连满说：“袁总，辛苦了！”

袁连满忙扯着付罡庭介绍道：“这是我们利雅达集团的副总经理钱伯斯先生，这位是邙北市的付书记，这位是张一磊主任，这位是胡局长，还有这位是……”

王局长连忙自我介绍道：“敝姓王。”

袁连满就笑了起来，说道：“对了，是招商局的王局长。”

钱伯斯伸出长满了金色汗毛的大手和大家一一握手，笑道：“付书记辛苦了、张主任辛苦了，大家辛苦了，本来汪主席要亲自过来迎接诸位，但实在是走不开，汪主席特意托我向诸位说声抱歉。”他带着广东腔的普通话倒是说得很流利，要是不看其人，还真的以为这位钱总是一位地道的老广呢。

付罡庭笑着说：“汪主席太客气了，钱总过来也是一样的。”

钱伯斯笑道：“多谢付书记体谅，酒店已经安排好了，先到酒店去休息吧。”

钱总自己开着一辆奔驰，接客人的车子却是一辆宝马。付罡庭和张一磊坐在钱总车上，胡局长、王局长则坐在宝马车上跟在后面。一路上，袁连满不断地介绍着沿途的建筑，比如某一栋别墅是成龙的豪宅，某座别墅是李嘉诚先生的产业等等。付罡庭纵然是来过香港很多次，也从来没有听人如此详细地介绍。

车子转来转去，最后来到香港铜锣湾酒店，这是香港规模和档次都很高的酒店，安排好之后，钱伯斯说了一声抱歉，说他还有点事，这边就请袁总全程陪同，请付书记海涵。一口文绉绉的话语实在是难以让人相信这是从一个金发碧眼的老外口中说出来的。

“付书记，先休息。晚上我过来请你喝茶。”钱伯斯笑着说。

付罡庭说道：“钱总先忙吧。喝茶什么都是小事，请钱总尽量把项目洽谈时间安排提前。”

“当然，当然。”钱伯斯点头道，“我请示一下汪主席，争取安排在明天。”

付罡庭和张一磊一个人住一间套房，胡局长和王局长两个人合住一间套房。房间内装修非常豪华，推开大大的落地窗，就看到蔚蓝的大海，风从海面上吹来，咸腥气就更加浓重了。

袁连满跟着付罡庭进了房间，笑着说：“付书记，对房间还满意吧？”

付罡庭知道，在香港这样的套房一个晚上怕要四五千港元，心里惊叹着利雅达集团的大手笔，口中却淡淡地说：“还行吧。”

袁连满又笑了一下，看了看手表，说：“付书记，你们一路舟车劳顿，要不要先休息一下，晚上我和钱总一起过来。”

付罡庭知道今天是见不到汪主席了，也沉下了心来，笑道：“袁总，你去忙吧。”

袁连满走后，张一磊和胡局长、王局长来到付罡庭的房间，张一磊摸着手边精致的红木茶几感叹道："真是大手笔啊！还是香港人精明，有这么大的诚意，生意成不成倒是其次，朋友首先就做得。"

付罡庭微微一笑道："一磊主任，这也是一种文化啊。有报告说，香港是亚洲商业文化最浓厚的城市，连日本东京都比不上香港呢！"

胡局长和王局长在一旁连声说是。

张一磊就问付书记，下午去不去购物？香港是购物天堂，商品质量又好又便宜，来到香港不买东西，这岂不是入宝山空手而归吗？

胡局长和王局长就跃跃欲试。

"要去你们去吧，我该买的东西以前都买过了。"付罡庭摆摆手说，"老胡、老王，你们出去可以，但还是要先把这次带过来的资料再整理一下，明天要见汪主席，不要出什么差错，让人家笑话。"这个项目是付罡庭联系的，自然是非常上心，虽然袁连满在邙北已经打过包票，说只要他同意的项目，汪主席这里一般都没有什么问题，但是在没有敲定之前，付罡庭心里总还是不踏实。这个项目不但关乎付罡庭的面子，更关乎付罡庭的前途。相比之下，张一磊、胡局长、王局长等人多少是抱着旅游的心态过来的，这个项目成不成功对他们来说都没有什么区别。

胡局长连忙说道："请付书记放心，有关资料我已经看过多次了。我现在回去再整理一遍，保证不会出纰漏。"

付罡庭点了点头，语重心长地说："要重视，要重视啊。这样的大公司，是非常讲究的，千万不能搞砸了啊！"

叶计划到达皇城酒店的时候，天马矿矿长洛向南带着副矿长老张和办公室谢主任已经在房间里等候了。叶计划说："洛矿长，不好意思，本想早点过来，可是陈市长那边一直有事，脱不开身，最后我向陈市长告假，这才出来的。"其实陈风笑十一点半就回去了，叶计划硬是在办公室内喝了半个小时茶才慢慢地过来。

洛向南忙笑着赔罪道："真没有想到会耽误叶秘书工作，该死该死。"

叶计划摆了摆手，说道："洛矿长，说这些见外的话干什么？咱们不都是一个村子里出来的吗？谁跟谁呀！"他的目光落在谢主任和张矿长身上，迟疑道，“这是?”

洛向南拍了一下额头，叫道：“哎呀，真是该死。光顾着赔罪了，忘了给叶秘书介绍。”他说道，“这是张副矿长、这是办公室主任老谢。这位是陈市长的大红人，叶秘书。”

张副矿长和谢主任正用仰慕的目光看着叶计划，只是一直没机会介绍，这时怎么肯放过，两个人立刻递上名片说：“叶秘书，您好您好，很高兴认识您，以后还请多多关照。”

叶计划看出两个人有巴结的意思，就立刻要开了派头，掏出了一张名片递给张副矿长，却对谢主任说：“谢主任，我的名片用完了，就不给你名片了。”其实叶计划印了一百多张名片，大半年了都没有发完。

谢主任忙摇头说哪里哪里，却看着张副矿长神气活现地把叶计划的名片小心翼翼地装进皮夹子里。

叶计划把张副矿长和谢主任的表情都看在眼里，却佯装不知，这正是他要达到的效果。东西太容易得到了，就不会珍惜。大到爱情，小到名片。

洛向南望了望叶计划身后，问道：“叶秘书，赵市长呢?”

“快到了吧?”叶计划说，“我打电话约他的时候，他正在开会。说会议结束了就马上赶过来，从邙北赶过来半个小时就可以到了。”

“噢。”洛向南应了一声，拿眼睛看了一下张副矿长和谢主任。张副矿长和谢主任立刻像屁股下面安了弹簧一样站起来说：“洛矿长，我和老谢下去安排包间吧。”

“好啊，好啊。”洛向南抚了一下头发。

等老张和老谢一出去，洛向南立刻从公文包里拿出一个厚信封交给叶计划：“叶秘书，这是矿上的一点心意。”

叶计划推辞道：“这不好吧?”

洛向南上前就把信封塞进叶计划的西装口袋，口中说道：“叶老弟，和我还客气啥?上次你结婚我没有赶上，这是老哥哥补的礼金!”

叶计划犹豫了一下，最终还是没有把信封拿出来。

天马煤矿位于和邙北市交界的双林县，但是行政编制上却不隶属于双林县，而属于省煤炭厅直属的天马矿务局。天马矿务局曾经是中原省内直属原国家煤炭部的六家企业之一，原来是一个非常红火的大企业，在统购统销时代，所有煤炭都由国家按照计划价格统一包销，煤炭企业只要抓好生产，钱就滚滚而来。可是这种情况十几年前就开始改变了，煤炭统购统销制度名存实亡，由于私人小煤窑如雨后春笋一般冒了出来，把煤炭价格压得极低，电厂、化肥厂等用煤大户纷纷转而采购小煤窑的煤炭，而像天马矿务局这样大企业的煤炭除非以亏本价格销售，否则根本没有市场。即使是按照亏本价格销售，电厂和化肥厂等用煤大户还以各种理由拖欠货款，而且这货款还不能去要得太急，催急了电厂厂长一瞪眼，说好吧，我看你们矿上的煤以后不打算往我们电厂送了是不是？在这种大背景下，天马矿务局苦苦熬煎，年复一年地亏损，连工资都发不下来了。到了去年，国家煤炭部终于承受不了这样的亏损，就把中原省原来属于国家煤炭部的六家企业全部划归中原省管辖，其中天马矿务局亏损最为严重，还拖欠了银行大笔债务，开了几次协调会后，中原省被硬压着把天马矿务局给接收了下来。

天马矿务局下辖七大煤矿，天马煤矿排行第一，也是亏损最为严重的，工人已经连续两年没有发一分钱工资了。好在进入今年后，国家开始治理小煤窑，煤炭企业有些回暖，天马煤矿的情况才有所缓解。洛向南就是在这种情况下接任天马煤矿矿长的。

洛向南是一个非常有思想、非常有干劲的人，他接任矿长之后，除了继续狠抓生产，降低煤炭生产成本外，又打上了有煤矿恶魔之称的瓦斯的主意。瓦斯的主要成分是甲烷，是伴随煤矿自然生成的可燃气体，当煤矿中瓦斯在空气中的浓度达到一定比例时，遇到明火就会产生爆炸，这是煤矿事故最大的元凶，煤矿人闻瓦斯而色变。为了避免瓦斯积累到一定浓度引发爆炸，煤矿不得不投入大量通风设备把瓦斯抽出矿井外排掉。

可是瓦斯在西方发达国家还有一个名称，叫煤层气。在这些发达国家，瓦斯非但不是引发煤矿事故的罪魁祸首，反而是一种极其有效的清洁能源，瓦斯被抽出来送进燃气管道，送到千家万户，成为做饭烧水的清洁能源。

有感于此，洛向南担任天马煤矿矿长时，就打算开发煤层气，把引发煤矿爆炸的罪魁祸首变成有效资源，从而给天马煤矿带来巨大的经济效益。

但是开发煤层气，首先必须有用户使用才行，天阳市太远，双林县太穷，以天马煤矿目前的状况，推销煤层气最好的目标就是邻近的邙北市，但是洛向南和邙北市领导从来没有打过交道。有一次偶然的机会，他听在天阳市陈凤笑副市长身边当秘书的老乡叶计划说，他和邙北市常务副市长赵长风关系不错，这样，洛向南就托叶计划约了赵长风出来。

叶计划和洛向南正聊着，忽然听门铃一响，叶计划站起来说："是长风来了。"洛向南连忙站起来，抢着去开门。门打开，却是张副矿长和谢主任。洛向南一脸失望，问道："包间安排好了？"

"安排好了，安排好了！"张矿长表功似的说道，"还弄到一条穿山甲，刚送过来的，还活蹦乱跳的。"

洛向南哼了一声，正要说话，却听身旁的叶计划叫道："长风，终于把你等来了。"

洛向南抬头望去，只见两个年轻人迈步往这边走来，当先的年轻人看着不过二十七八岁，但是举手投足之间却隐隐带着一种上位者的风范。

"呵呵，叶大哥，抱歉抱歉。"赵长风笑着说，"会多啊！"

叶计划介绍道："这位是天马煤矿的洛矿长、这位是张副矿长、这位是谢主任。"

洛向南伸出双手紧紧握住赵长风的手说："赵市长，您好您好！老早就听说邙北市有一位年轻的市长，今天一见，还是出乎我的意料，赵市长真是年轻有为啊！"洛向南这话倒真的是有感而发，他今年四十五岁了，才当上天马煤矿的矿长。虽然说天马煤矿也是正处级单位，他的级别待遇是县处级，可是洛向南清楚，企业里的行政级别和地方官场上的行政级别是没有办法比的，地方上的职权要大得多，广得多。

"呵呵，洛矿长客气！"赵长风笑了一下，抽出手来，和张副矿长、谢主任也握了握。

进了房间，谢主任忙为赵长风倒了一杯茶，又为叶计划和洛向南的杯子添了水，这才说道："赵市长、叶秘书、洛矿长，你们聊，我和张矿长下去看看菜安排得怎么样了。一会儿请你们下去。"

张副矿长还要啰唆，谢主任拉着他就出去了。

洛矿长拿起茶几上的金芒果，磕两根，分别递给赵长风和叶计划，又摸出打火机为两个人点上烟，然后又给刘俊康让了一根。

叶计划抽着烟，说：“洛矿长，你说矿上有什么计划要跟赵市长说汇报？”

洛向南连忙说道：“是煤层气计划，我给赵市长办公室打过电话，是刘秘书接的。”

刘俊康微笑着说：“是我接的，我已经向赵市长汇报过了。”

赵长风知道叶计划既然主动提出来了，就要给面子，他往烟灰缸里掸了掸烟灰，点头道：“情况我大致知道一些，不详细。洛矿长这里有详细的报告吗？”

“有，有！”洛向南连连点头，伸手从公文包里拿出厚厚一沓报告递给赵长风，口中说道：“赵市长，这是详细的报告，你可以回去再看，我这里先口头向你汇报一下情况吧。”说着向赵长风介绍起来。

赵长风一边翻看着手中的材料，一边听着洛向南的介绍，时不时问一些问题。等洛向南全部介绍完毕之后，赵长风已经对煤层气的开发有了大致的了解。他想了一会儿，才慢慢地说：“洛矿长，开发煤层气的确是一个利国利民的好想法，只是具体到邙北市，这里面牵扯的事太多，还需要回去慢慢考虑，这样吧，这些材料我拿回去让人研究一下，如果可行，那么我就拿出来给其他领导一起讨论。总之，不管行与不行，我会尽快给你一个答复的。”

洛向南笑道：“只要赵市长肯帮忙，哪里有不行的？

叶计划微笑着说：“洛矿长放心吧，这事就交给赵市长了。”

赵长风笑呵呵地说：“叶哥，你这不是把我放在火上烤吗？这件事关系重大，不是三言两语可以说清的。”

叶计划站起来说：“那就慢慢说，走，时间不早了，我们下去吃饭。”

吃饭的时候，洛向南、张副矿长和谢主任一个劲地向赵长风敬酒，赵长风只喝了三杯，就推脱说下午还有工作，等以后有机会再喝，洛向南也不好强求。

喝完酒，张副矿长和谢主任去买单，叶计划拉着刘俊康出去，不知道嘀咕什么，包间里只剩下赵长风和洛向南两个人了，洛向南拿出一张银行卡递给赵长风，低声说道：“赵市长，初次见面，这是一点小意思。”

赵长风掂着银行卡，意味深长地问道：“洛矿长，这小意思是多少？五千，还是一万？”

洛矿长连忙说道：“一万，是一万。”

赵长风叹了一口气，把银行卡塞回洛矿长手中，说道：“洛矿长，请你不要误会，我不是那种人。今天我之所以过来，一是因为叶秘书的面子，另外还因为这个煤层气开发计划对邙北市老百姓来说是一件好事，可以减轻邙北市的空气污染，提高邙北市老百姓的生活质量，而且老百姓又无须多付出成本。要是因为钱的缘故，今天我就不会出现在这里。”

看洛矿长还在怔怔地发愣，赵长风又说道：“洛矿长，我也知道煤矿这些年日子不好过。不瞒你说，我老家就是山阳市的。你也知道，山阳市就是因为煤矿发展起来的城市，是一个煤炭大市。我的很多同学和朋友一家人都是在煤矿上的，煤矿连工资都发不了，他们的日子过得很艰难。洛矿长，这一万块钱你还是拿回去，想办法解决一下困难职工的生活问题。至于这个煤层气计划，我回去会积极为你们争取的。这一次我就不说什么了，下一次还出现这样的情况，对不起，洛矿长，这个项目就没有谈下去的必要了。”

洛矿长满脸通红，一个劲地道歉：“赵市长，你看，这，这……”

赵长风笑了笑，站了起来，说：“洛矿长，走吧！”

洛矿长只好把银行卡收起来，忐忑不安地跟赵长风走了出来。

出了天阳市，车上了中天高速公路，向邙北市驶去。在距离邙北市还有七八公里的时候，高速路上忽然出现一个身影，在路肩上逆向狂奔。司机老邢轻轻嘀咕了一句：“不想活了？”就把车拐向超车道，离那个人远远的。

赵长风听了老邢的话，正要问怎么了，他也看到了这个在高速路逆向狂奔的人，就对司机老邢说：“停下，停下。”

刘俊康插言道：“市长，不用了吧？我给高速交警打一个电话吧。”

赵长风严肃地说：“人命关天，万一就在高速交警赶过来之前出了问题怎么办？停下！”

司机老邢只好减慢速度，靠在路肩上停下。赵长风下了车，等在车前，老邢从后备箱里拿出一个停车标志，在车后二十米摆上。

这时那个人已经跑到了车前，原来是一个三十六七岁的男子，头发乱蓬蓬的，面容消瘦，手臂和脸上布满了伤痕。口中还一直叫道：“不要抓我，不要抓我！”

刘俊康挡在赵长风面前，拦住了这个男子，说道：“老乡，不要在高速路上跑，很危险的。”

那个男子看到前面有人拦，顿时吓了一跳，以为是抓捕他的人，仔细一看，却不是那些人，前面这三名男子都面容和善，带着笑容。他摆手说道：“你们让开，别挡我。”说着绕过车就要往前跑。

“拦住他！”赵长风心想这个人可能神经有些问题，不能任他这样在高速路上狂奔。

刘俊康和老邢就扑上去抓住了这个男子。这个男子没有想到这些面容和善的人也是说动手就动手，他拼命挣扎道：“放开我，放开我，你们这些无赖，你们这帮强盗，我要去告你们！我要去告你们！”

这个男子虽然情绪很激烈，却没有太多力气反抗，在高速公路上跑了这么久，体力消耗太大了。司机老邢和刘俊康顺利把这名男子制服，拖到了高速公路路肩的护栏边。

“告你们？”赵长风嘀咕了一句，意识到这里可能有什么问题，于是他走到这个男子面前，和颜悦色地问道：“老乡，不要激动，我们没有什么恶意，只是看你在高速公路上跑，太危险了。你是哪里人？你要去告谁？可以给我说说吗？”

“给你说说，有用吗？”那个男子情绪激动地说，忽然，他的目光在赵长风的脸上停留了，有些不太肯定地问道，“你，你是赵市长？”

赵长风微笑着点头：“对，我就是赵长风。”

“你是邙北市的赵长风赵市长？”

“对，是我！”

“呜呜呜……”那个男子忽然大哭了起来，甚为悲痛，“赵市长，赵市长，我终于见到你了！我终于见到你了！”

“老乡，别哭。”赵长风从这个男人悲痛欲绝的哭声中判断，这个男人一定是有什么冤情，他在一旁和颜悦色地劝道，“有什么情况好好说，我能替你解决的，一定解决。”

“赵市长，赵市长。”那个男子扭动着身子大哭道，“邙北市的百姓都说你是赵蓝天、赵青天，为什么你这蓝天、这青天我要见面竟然这么难啊？我冤，我冤啊！”

“放开他！”赵长风对老邢和刘俊康说道。刘俊康和老邢迟疑了一下，看到赵长风坚定的眼神，只好放开了那名男子，可是他们的精神却高度集中，密切注视着这个男子的动静，只要他有对赵市长不利的企图，就立刻阻止他。

“赵市长，我冤枉啊！”那名男子一被放开，立刻“扑通”一声跪倒在赵长风的面前，“你要替我做主啊！”

赵长风连忙把这名男子拉了起来，说道：“老乡，你这是做什么？快起来，有什么事情好好说。”他扭头看了看高速公路上来往的车流，觉得车停在路边有点引人注目了，就又说道：“来，你坐进我的车里，有什么情况，慢慢对我说。”

“市长！”刘俊康和司机老邢齐齐地叫了一声。

赵长风瞪了两人一眼，说道：“怎么了？你俩也给我上车，我们走。”说着赵长风亲自扶着那个男子，让他先坐进车里，然后他就要跟着坐进去，刘俊康却抢先说：“市长，我和他坐在后面，你坐在前面。”如果让赵长风和这名男子一起坐在后面，发生什么紧急情况的话，刘俊康和老邢都在前面，帮不上忙，现在刘俊康和这名男子坐在后面，赵长风坐在前面，虽然有点不合规矩，但是这个男子如果有什么异动，刘俊康就坐在他旁边，可以有效地制止，从而保证坐在前面的赵长风的安全。

在香港住了一个晚上，虽然说钱伯斯和袁连满招待得很周到很热情，但是没能够见到利雅达集团董事局汪主席，付罡庭心中总是有些不安，生怕这个项目有什么变故，在汪主席那里不能通过。

第二天一早，付罡庭早早醒来，他还惦记着昨天钱伯斯承诺今天要见汪主席的事。可是看了看手表，现在才七点，付罡庭只好忍着。他来过香港多次，知道香港人的习惯，晚上夜生活很丰富，早上总是起来很晚。从早上七点等到十一点，也没有见钱伯斯和袁连满过来，更没有一个电话。付罡庭等得心焦，他又看了看表，决定再等半个小时，如果钱伯斯和袁连满再没有消息，他只能打电话过去催问了。虽然这样做显得有点急不可耐，有失身份，但是和身份比起来，这个投资五千万的大项目显然更为重要，更况且，只要把这个项目拉回邙北市去，就是一件显著的政绩，在香港人这里失点面子，邙北市又怎么会有人知道呢？

付罡庭正在心里颠来倒去地想着，钱伯斯的电话打了过来："不好意思，不好意思啦。"钱伯斯在电话里说，"今天早上起来有点晚，刚才又到公司处理点事情，现在才有时间给付书记打电话。拜托付书记稍等一下，我和袁经理一起赶过去啦。"

付罡庭刚想张口问钱伯斯什么时候见汪主席，钱伯斯那边电话却挂断了，付罡庭又不好打过去，他心想，反正钱伯斯一会儿就过来了，见面再问也不迟。

钱伯斯赶过来时已经是过了十二点了，他一个劲地向付罡庭解释，香港车多，动不动就塞车，这点香港是比不了内地的，内地没有这么多车，开起车来很顺畅啦。

然后钱伯斯就安排吃饭。付罡庭问，什么时候汪主席有空？钱伯斯笑着说："汪主席在陪德国的客人吃饭，等把德国的客人送走，汪主席就有空啦。付书记，不要急，吃过饭我先请你们去参观一下利雅达集团总部。"

午餐安排得奢华而不浪费，每个人都能够吃好，却又不至于剩下。张一磊主任就冲付罡庭书记大发感慨，还是香港人的习惯好啊，不像内地，那菜上得跟流水一般，明明个个吃得都肚皮溜圆了，那些名贵的菜连看都不愿意看一眼了，可是菜还得上了撤，撤了上，上好的菜品最后成了猪潲水。

吃过果盘，钱伯斯就问付罡庭书记要不要休息一下？他知道内地人都有午睡的习惯。

付罡庭就说不用了，都休息了一上午了。钱伯斯就笑道，那好，就请付书记带队去参观我们利雅达集团总部吧。

依然是两辆车，一辆奔驰，一辆宝马，载着付罡庭四个人在车河里稳稳前进，很快就到达了尖沙咀。钱伯斯和袁连满在前面领路，引着进了一栋二十五层的写字楼，钱伯斯还对付罡庭解释道，因为这里临近海边，建筑物的高度有限制，不能影响海景。

“要不然，这里也不会有这么多二十多层的写字楼啦。”钱伯斯说道。

张一磊就接口道：“还是香港好啊，政府和民众素质都高，很重视经济发展和环境的和谐。”

付罡庭笑了笑，没有说话。

他们乘坐电梯来到十一楼，这里一层有三间公司，利雅达集团总部位于左边。前台的小姐非常漂亮，操着一口流利的英文向钱伯斯问好，然后又用软软的普通话向付罡庭等人问好。

利雅达集团总部装修极其豪华，面积却不大，大约有五六百平方米。付罡庭和张一磊心中就有些失望，觉得利雅达总部并没有像网上资料中介绍的那么好。

钱伯斯领着付罡庭等人沿着公司参观了一番，把付罡庭等人带到了公司接待室，又有一个漂亮的混血儿文员过来为几个人送上纯净水，然后袅袅娜娜地走了出去，惹得胡局长和王局长又是大流口水。很快第三个漂亮的文员手里捧着一摞宣传画册进来，给他们每个人面前放了一本。

钱伯斯说：“这是我们利雅达集团的资料，诸位可以看一看。”

付罡庭等人就打开了宣传画册，看了起来。

袁连满坐在付罡庭旁边说道：“付书记，我们利雅达总部面积一共五千二百平方英尺，面积虽然不大，却是我们汪主席自己的产业，不像其他公司，都是租的写字楼。”

付罡庭脸带微笑听着，却不说话。张一磊在一旁插言道：“袁总，这么大一间写字楼要多少钱啊？”

袁连满说：“香港的写字楼以中环、尖沙咀和铜锣湾等地价格最为昂贵。尖沙咀写字楼租金价格为每尺每月三十港币，我们利雅达总部一共五千二百平方尺，一个月租金就要十五万多港币，折合你们内地人民币大约是十六万出头。”

“十六万？”王局长惊呼一声，“那一年下来光租金岂不是需要近两百万元？”

付罡庭看了王局长一眼，王局长这才醒悟自己的修养不够，在香港人面前表现像一个土包子，丢了付书记的脸面，不由得讪讪起来。

袁连满却好像没有看到一样，继续说道：“当然，我们利雅达集团不用付租金，因为这是我们汪主席自己的产业。当初汪主席买下这间写字楼的时候，花了六千多万港币。”

这么小小的五六百平方米的写字楼就需要六千多万港币？王局长又要惊呼，忽然瞥见付书记严肃的脸，连忙闭上嘴巴。

钱伯斯在一旁笑着插言道：“其实我们汪主席是买亏了，那年正是香港地价房价最高的时候，如果放到现在，不到五千万就拿下来了。”

不到五千万依旧是一个天文数字，包括付罡庭在内的邙北市官员都暗自咋舌，只是大家都尽量控制着，没有表现出来而已。此时付罡庭和张一磊心中对利雅达集团有些失望的心情已经一扫而空。

钱伯斯又介绍说：“因为香港地价贵，实际上我们利雅达集团只有总部设在香港，下面的工厂都设在菲律宾、马来西亚和印尼。”

付罡庭刚才已经在宣传画册上注意到了，从图片上看，利雅达集团在菲律宾、马来西亚和印尼的三个工厂规模都不小，都以生产汽车配件为主。

正聊着，那个漂亮的混血儿文员进来用粤语对钱伯斯说，汪主席的电话，让他出去接一下。钱伯斯用粤语说道，冇所谓啦，转进来得啦。

付罡庭装着很茫然的样子，其实他很注意地在听，他的语言能力极强，到香港考察过多次，深圳广州更是去得更多，虽然不会说粤语，但是注意听，还是勉强可以听懂七八成意思的。

混血儿文员出去后，接待室的电话分机就响了起来，钱伯斯接到电话，用粤语问道：“汪主席，您好您好，有乜吩咐？”电话里隐约传来人声，付罡庭即使再努力竖起耳朵听，也听不清楚。只听钱伯斯回答道：“我知，我知，我带他们去先啦，您安心陪德国客人啦。”

放下电话，钱伯斯抱歉地说：“付书记、张主任，不好意思啦。汪主席那边和德国客人还需要点时间，大概晚上六点才能赶回来。他交代我先带你们回去，晚上一起吃饭好啦。”

这些话和付罡庭刚才听到的内容能够对应得上，这让付罡庭放心了一些，虽然还要等到晚上六点，但是毕竟已经参观过利雅达集团总部，汪主席也答应见面了，于是付罡庭就说：“汪主席真是太忙了，太忙了啊！”

上了车之后，那个男子摸了摸车座，又看了看身旁的刘俊康，再看了看坐在前排的赵长风，仿佛不能相信自己真的坐进了赵市长的车里。他愣了半天，忽然叫了一声：“赵市长！”又双手掩面痛哭起来。

赵长风透过后视镜看着后排的这名男子，和颜悦色地说：“不要哭，有什么事慢慢说，我能解决的，一定帮你解决。”

刘俊康掏出一张纸巾，递给身旁的男子，口中也说道：“对啊，你别伤心，都遇到我们赵市长了，还担心什么？”

那男子接过纸巾，哽咽着说：“我不是伤心，我是激动，我终于见到赵市长了，真不容易，真不容易啊！”口中依旧是呜咽不停。

刘俊康知道赵长风很关注老百姓的疾苦，就伸手拍着这名男子的肩膀说道：“好了，别这样了，你再这样，赵市长怎么听你反映情况？来，把泪擦一下，喝口水。”他拿起一瓶矿泉水递了过去。

那男子这才止住了眼泪，用纸巾擦了一擦，伸手接过矿泉水大口地喝了起来，才几口，一瓶矿泉水就见了底。他刚才在高速公路上奔跑，消耗了大量体力，此时又累又渴，正需要补充水分。

赵长风等这个男子喝完，这才又从前面拿了一瓶矿泉水递过去，口中说道：“不要急，这瓶你拿着慢慢喝，说说你的情况吧，你叫什么名字？”

“我，我叫李焕文，是邙北市白庄乡人。”那男子哽咽着说，“开了一个商行，主要向外销售邙北市的苹果……”

原来李焕文是邙北市白庄乡有名的苹果经销商，但是在一次做生意的过程中却不小心得罪了白庄乡乡长李根茂的小舅子毛小白。后来毛小白就想办法设下一个圈套，让人给李焕文送来一车变质的苹果，李焕文发现后就要退货，并拒不付款，毛小白就把李焕文告到了邙北市法院。然后让自己的姐夫李根茂出面，去找了邙北市法院副院长杨金花。由于李根茂和付罡庭来往密切，杨金花又和付罡庭有那一层的关系，自然要帮助李根茂的小舅子毛小白。于是在杨金花的指示下，法院执行庭就去把李焕文的私家奥迪轿车扣了下来。

李焕文再三申诉无效，最后只有自己认倒霉，民不与官斗嘛，就支付了那一车苹果款。但是让李焕文没有想到的是，他在支付了苹果款之后，法院还是不把他的奥迪还给他。他去法院要，法院总是找各种理由进行推托，不是这个领导不在，就是那个手续没有办齐，让李焕文十分无奈，但是也只有耐心地等待。

后来有一天，李焕文到市里天一阁请朋友吃饭，却意外发现他的奥迪就停在天一阁门口。李焕文于是就不吃饭了，和朋友们一起守在天一阁外，看看究竟是谁在开他的车。等到下午快两点，终于有一个女干部在一群人的簇拥下出来，李焕文认得，这个女干部正是大名鼎鼎的邙北市人民法院副院长杨金花。只见杨金花大摇大摆地打开奥迪的车门，坐在了驾驶员的位置上。李焕文就跑了上去，赔着笑对杨金花说："杨院长，我想问一下，我的车什么时候可以领回去?"

杨金花兴致正高，忽然见一个陌生人跑到自己面前，不由得冷着脸说道："你这人还真胆大啊，也不看看你是谁，竟敢拦我的车。"

李焕文仍然赔着笑说："杨院长，你误会了。我是这辆奥迪的车主，我的车因为一件案子被法院扣了。现在案子已经了结了，我想把这辆奥迪领回去。"

杨金花不由得勃然大怒，她堂堂一个邙北市法院的院长，竟然被一个平头百姓拦在路上讨要汽车，这事如果传出去，岂不是很丢人败兴?

杨金花驾着奥迪扬长而去。李焕文咽不下这口气，就立刻打电话给110，说有人偷车。可是警察过来询问过情况之后，把李焕文狠狠训斥了一顿，说他报假警，下次再这样，一定把他拘留几天。

李焕文见警察也不管这事，无奈之下，只好继续到法院去，可是这次他到法院之后，法院的人连理都不理他，再到后来，法院的门卫干脆就不让李焕文进去。与此同时，杨金花继续开着李焕文的奥迪，李焕文又碰见过几次。

眼看到法院去没有用，李焕文就到邙北市信访局上访，邙北市信访局接待人员见是告法院副院长杨金花的，就表面上安抚李焕文，私下里打了电话给杨金花。

杨金花听了这个消息，更是怒火冲天，真是要翻天了，这个李焕文也太不知轻重了，不就是开了他几天破奥迪车吗，竟然要到信访局去告，于是她打了一个电话，法院执行厅选了几个三大五粗的法警换了便装，去信访局把李焕文架走了，他们还警告李焕文，以后少往县政府来，不然来一次就打一次。

李焕文当然不甘心，政府究竟还为不为老百姓当家做主？我就不信你杨金花能一手遮天，邙北市市长赵青天赵长风还在，我看你们能逍遥到几时。不过好汉不吃眼前亏，李焕文当时唯唯诺诺，佯装答应，心里却在想着怎么样找个机会直接闯进县政府去找赵长风。

可是李焕文也没有想到，杨金花那边也有准备，她让人找了几个地痞，看了法院档案中李焕文的照片，然后整天在县政府转悠，只要李焕文一出现，就立刻动手。

果不其然，三天后，李焕文悄悄地出现在邙北市政府，地痞们发现之后，立刻涌上去把李焕文架走，拖到偏僻的地方痛打一顿，还警告说，如果下次再敢过来，就把他的腿打断。

李焕文在家休养一个月后，恢复了精神，又打算去上访，他就是不甘心，他就不相信这世界上没有公理，他就不相信小小的一个法院副院长杨金花就可以一手遮天。不过这次李焕文吸取了教训，他打算直接到天阳市上访。于是他悄悄地从家里溜了出来，刚出来不久，就发现有人跟踪，家里人也在找他，李焕文钻进玉米地里，沿着玉米地一路狂奔，跑到了高速公路上，沿着高速公路往天阳市走。李焕文不敢走普通公路，也不敢搭客车，他不知道，这些地方会不会有人在把守、在搜寻他，经过前三次教训，他终于明白，杨金花在邙北市的势力究竟有多大。

晚宴设在酒店的维多利亚女王厅，这个厅的设施之豪华，远远出乎付罡庭的想象，张一磊、胡局长、王局长，更是瞠目结舌。钱伯斯笑吟吟地说：“付书记、张主任，汪主席一会儿就到，我们先坐坐啦。”付罡庭笑着说好，他心想，今天晚上总算能够见到汪主席了。

大家坐下来聊了半个小时，汪主席就到了。汪主席身材高大，虽然一头花白的头发，但是腰板却停得笔直，很有一种军人的气概。他大老远就抱拳说道：“很抱歉，很抱歉，让付书记和张主任久等了！真是失礼了。”言语之间甚是客气，态度平易近人。更让付罡庭吃惊的是，汪主席竟然是一口东北腔，根本不是他想象中的香港人。

付罡庭忙说道："汪主席事务繁忙，我们可以理解，可以理解。"

"多谢体谅，多谢体谅啊！"汪主席抱抱拳，就请付罡庭上坐，付罡庭怎么肯，连忙谦让，汪主席不由分说地把付罡庭让到上首坐定，然后他坐在付罡庭左边，这才摆手道："大家都甭客气，都坐下吧。"大家才依次坐好。

汪主席虽然态度和蔼，但是一坐下就掌握了话语的主动权，他笑着说："时间不早了，也让付书记久等了，那么就开始吧。付书记，既然你们到了香港，我看就入乡随俗，按照香港的规矩喝，大家都随意一点，好不好？"

付罡庭来过香港，自然知道香港人这边的规矩。北方人吃饭，号称无酒不成席，不醉不归，不让客人喝醉，就等于没有让客人喝好，只有把客人灌醉了，才显得主人对客人的热情和周到。但是香港这边却不同，大家喝的是文明酒，能喝就喝，不能喝也没有人勉强，这样才显得对客人尊重。现在汪主席提议这样喝酒，显然也是对邙北市代表团的尊重。于是付罡庭就说好啊，这样最好。张一磊和胡局长、王局长连忙跟着附和道，对啊，随意喝最好。

酒宴上用的是茅台，漂亮的女服务生为每个人都斟满酒后，汪主席就端起酒杯，从付罡庭开始，一个接着一个敬酒，汪主席还说："这一轮酒也不说别的，算我向你们道歉。你们到了香港都快两天了，我才有空来见你们，真是失礼。来，这酒就当是赔罪酒。"

付罡庭连忙端起杯子说："汪主席，这怎么敢当？您不是也事务繁忙吗？这杯酒应该是我敬您。"

汪主席就板着脸说："付书记，这是我的赔罪酒，你千万不要和我争，你和我争，就是不原谅我了。"

话说到这个份儿上，付罡庭当然不能再说下去，只好陪着汪主席喝酒。汪主席接着又和张一磊、胡局长、王局长一人干了一小杯茅台。三个人心里兴奋，心说汪主席这么热情，估计这项目应该问题不大。

赔罪酒喝过，汪主席放下杯子，笑着说："付书记、张主任，真的很欢迎你们邙北市考察团啊。你们能够来到香港，考察敝集团，作为香港利雅达集团董事局主席，我很荣幸。这样吧，我敬付书记一杯，来，我们过一个。"

过一个，就是指两个人喝一杯的意思，这个付罡庭当然知道。他笑着说，汪主席有命，怎敢不从？可是当付罡庭看到女服务生换上来的大号高脚杯，不由得眼睛都直了，这个杯子的容量一点都不比内地喝水用的玻璃杯小，一杯酒倒满了最少都要超过三两，这样满满的一杯白酒，让人怎么喝？付罡庭这边正寻思着，那边漂亮的女服务生已经拿起酒瓶往杯子里倒酒，大高脚杯竟然倒得满满的，让付罡庭看得有点心慌。

汪主席端起了杯子，看着付罡庭，笑呵呵地说："付书记，我就先干为敬了！"说着"咕咚"一声，满满的一杯白酒一口喝下。

付罡庭眉毛一挑，摇头笑道："汪主席，你这样的喝法，我看不像是香港人的规矩。"

汪主席端着杯子笑而不语。袁连满在一旁接着付罡庭的话说："付书记，你不知道吧？我们汪主席是东北人。"

"哦？汪主席是东北人？"付罡庭故作吃惊地问道，其实这个问题从他一听到汪主席说话的口音时就想问了，但是一直找不到合适的机会，现在自然是要抓住这个机会把话问出来。

"籍贯是东北的。"汪主席似乎不避讳这个问题，"我老爸是东北，几十年前来了香港。我虽然在香港出生，但是从小跟老爸学的一口东北话，又跟老爸学会了喝酒。现在这种喝法，是我们东北人的喝法。"

"原来如此啊，怪不得呢！"付罡庭端起了杯子，"说起来东北和中原虽然相距很远，但是都算是北方。今天我就跟着汪主席一起，按照我们北方汉子的规矩来吧！"说着付罡庭把大高脚杯凑到嘴边，一仰脖，三两多白酒也一口干下，脸色顿时变得通红起来。

"付书记真是好酒量，好气魄！"钱伯斯和袁连满在一旁称赞道。

付罡庭摆了摆手，说："钱总、袁总，你们就别往我脸上贴金了。汪主席带了头，我当然也只能强撑着喝下去喽！"

王局长在一旁说："汪主席，钱总、袁总，我们付书记在邙北市是出了名的酒仙，经常一个人能喝倒三四个壮小伙儿呢！"

汪主席用手敲着桌子，连声说道："真没有想到，付书记酒量竟然这么好，难怪我第一眼看到付书记的时候，就觉得与众不同呢！"

付罡庭心中恼火，瞪了王局长一眼，口中却笑着说："汪主席，这些都是下边人的夸张之辞，信不得。"

汪主席笑道："付书记，谦虚，太谦虚了！来，咱们喝酒。"

酒越喝越酣畅，酣畅之中自然会谈到香港利雅达集团的汽车配件厂项目。张一磊说，邙北市已经出台了专门的配套政策，给予香港利雅达集团汽车配件厂项目在邙北市落户极大的优惠，又详细讲解了一番专门出台的优惠政策。

汪主席端着酒杯说："真是要感谢付书记和张主任了，邙北市的政策不错。不过我们香港利雅达集团在很多地方都考察过，比如内地的湖东省、粤西省、闽江省，究竟要到什么地方落户，还需要再比较一下。"

付罡庭连忙端起杯子说："汪主席，咱们都是北方人，北方人要照顾北方人，利雅达集团的项目当然要放在北方了，是不是？汪主席，只要项目放在我们邙北市，无论湖东省、粤西省、闽江省给你们利雅达集团什么样的优惠条件，我们邙北市都可以给予你们。来，汪主席，我们北方人碰一个。"

张一磊、胡局长、王局长也连忙端起了杯子，冲汪主席说道："汪主席，北方人要向着北方人，我们北方人喝一杯。"

钱伯斯和袁连满也端起了酒杯，对汪主席说："汪主席，邙北市很不错啦，既有环境优势，又有政策优势，很适合我们利雅达集团这个汽车配件厂项目啦！"

汪主席看了看杯中香气浓郁的茅台，又看了看伸到面前的六七只酒杯，猛地一掌拍在桌子上，爽快地笑道："对，北方人要向着北方人，付书记，就冲这一句话，这个项目是你们的啦，来，整一个！"

"来，整一个！"大家齐声喊道，七八只大高脚杯碰在一起，众人举杯畅饮，为香港利雅达集团汽车配件厂项目在邙北市落户而干杯。

听完李焕文悲惨的遭遇，赵长风心中异常愤怒，杨金花这样素质的人，是怎么当上法院院长的？行径怎么跟土匪强盗一样？出了这样的领导干部，真是让整个邙北市为之蒙羞！

"老乡，你说的都是真的吗？"赵长风平静地问道。

"是真的，都是真的啊！"李焕文又激动起来，"赵市长，你可以派人去调查，去打听打听，看我说的究竟是不是真的。如果我李焕文今天在赵市长面前说了一句假话，就让我们老李家断子绝孙！"

赵长风刚才听了李焕文的话，就已经相信了个七八成，此时又见李焕文用了上一般人特别忌讳的“断子绝孙”来发誓，就知道李焕文说的话恐怕都是真的了。他沉吟一下，问道：“你有材料吗？”

“有，我有！”李焕文伸手从口袋里摸出一个皱巴巴的厚信封，刘俊康接过来递给赵长风。赵长风打开粗略地看了一下，发现信封里除了一封检举信外，还附上一些证据的复印件，如法院扣押李焕文的奥迪车时出的手续，案件的判决书，李焕文支付给毛小白货款的收据等等。

“老乡，这件事我会让人去调查核实的。”赵长风把材料收好，对李焕文说，“请你相信党和政府，只要你反映的情况是真实的，我们是一定会还你一个公道的。”

“谢谢赵市长！”李焕文又哽咽起来。

“老李，哭什么？”刘俊康在一旁劝慰道，“市长已经答应帮你解决问题了，干什么还哭哭啼啼的？”

“不哭，不哭，我这是高兴！”李焕文哽咽着说。

赵长风静静地坐在前面，等李焕文情绪稳定之后，才又开口说道：“老乡，你哪里都不要去了，就回家等着，等调查有了结果，会有人去通知你的。”

“嗯，我听赵市长的，啥地方都不去了，就在家里等赵市长为我做主。”

刘俊康又在一旁交代道：“老李，记得嘴巴要严一点啊。不要告诉别人你见到赵市长了，不然弄得满城风雨，赵市长就不好处理了。”

“我知道，我知道。”李焕文也是跑过生意的人，见识自然比普通农民要高一些，他点头说，“这件事我谁都不说，就在家里规规矩矩地等着。”

赵长风微笑不语，这种话他不方便说出口，刘俊康去交代自然是最合适不过了。

出了收费站，找了个偏僻的地方，他们让李焕文下车。车子重新开动之后，赵长风把那封信交到刘俊康手里，交代道：“俊康，去找一下老韩。”

回到市政府，王建军见赵长风回来，就跟着进了办公室，低声说：“市长，香港那边传来消息，付书记在那边已经和利雅达集团敲定了初步合作协议。”

赵长风“哦”了一声，心里也有几分喜悦，如果付罡庭真的能拉一个大项目来邙北，对邙北市经济发展的好处当然是不言而喻的。

王建军把消息传到，就笑了笑，悄悄地出去了。

赵长风沉吟了一会儿，笑了笑，就坐在皮转椅上，拿出天马煤矿准备的煤层气资料仔细看了起来。

据资料上介绍，天马煤矿目前已经探明煤层气储量为六十亿立方米，其中百分之八十为可采储量，按照天马煤矿的煤层气开发的设计产能，一年能够开采一亿到一点五亿立方米，如果按照一点五亿的开采量，天马煤矿的煤层气足够开采三十年的。而邙北市全市有四十多万人口，即使全市人民全部用煤层气，一年下来两千万立方米就足够使用了。也就是说，天马煤矿的煤层气供应能力是一点问题都没有的。

另外就是煤层气的价格，按照天马煤矿测算成本，煤层气开采的成本价格不会超过每立方米一毛钱，销售给邙北市的价格按照每立方米一毛五分钱计算，邙北市公用事业部门即使加上一倍的利润销售，提供给市民的价格也就是每立方米三毛钱。按照平均每户每月用气量二十立方米计算，一户人家每月用气费用不过是六元。比目前邙北市市民用煤球做饭一个月费用都在十五元以上，算起来，使用煤气比使用煤球还便宜一多半，而且相比起煤球来，煤气是一种清洁能源，产生的有害废气仅仅是煤球的二十分之一，而且还没有固体垃圾，这对改善邙北市城市环境方面又是一大贡献。

资料中还列举了当前天然气的价格，以省会中州市为例，其中中原油田的天然气批发价格为每立方米七毛钱，鄂尔多斯天然气的购进价更是高达每立方米一块一，供应给市民的天然气价格是每立方米一块六，相比之下，天马煤矿煤层气有巨大的价格优势。

资料中建议，由于天马煤矿产能富裕，每年一点五亿立方米的煤层气，邙北市居民用气量只能消化两千万立方米左右，因此邙北市可以利用富裕的煤层气开设发电厂、建立化工厂，煤层气资源有着巨大的价格优势，可以让电厂和化工厂带来巨大的经济效益。也可以利用煤层气液化项目为邙北市甚至是天阳市的出租车加煤层气。按照热能计算，每立方米煤层气的热能和一升九十三号汽油的热能相当，而煤层气的价格每立方米不过三毛钱。

从煤层气的储藏量来看，天马矿务局下面有七大煤矿，天马煤矿仅仅是其中之一，六十亿立方米的储量也仅仅是天马煤矿已经探明的储量，如果天马矿务局所有煤矿都能开展开采煤层气项目，那么煤层气的供应能力无疑会跃上几个台阶。

赵长风越看越兴奋，他明白，如果能够和天马煤矿联合起来，搞煤层气开发，这对邙北市的经济无疑有着巨大的促动作用，而且从当前国内形势来看，煤层气应用还处于一个空白，虽然有些地方在试点，但是大规模商用还没有出现，如果邙北市能抢先一步，率先吃了煤层气开发的螃蟹，所带来的影响力无疑是巨大的。

现在的问题是，要想利用煤层气，必须投入巨额资金，进行煤层气的管网建设，这其中既有邙北市城市公用供气管网的建设，还有从天马煤矿往邙北市输送煤层气长达三十多公里的输气管道。以天马煤矿目前的经济状况，能够挤出资金开采煤层气已经是非常不容易了，根本没有能力承担建设长达三十多公里的输气管道。

可是邙北市今年的财政情况也不乐观，即使到了明年，财政情况好转，要想一下子拿出全部资金建设输气管网，也不是一件轻松的事。

有关煤层气利用的事，赵长风整整考虑了一天，到了第二天下午，他觉得考虑得差不多了，这才到了刘驰办公室汇报。

“不错，很不错啊！”刘驰听完赵长风的汇报，翻看着手中的资料，连连点头，如果这个项目能够上马，那么邙北市无疑是全国第一个对煤层气展开大规模商用的城市，这个全国第一对刘驰来说，具有非常强烈的吸引力，“长风同志，你刚才谈到巨额的建设资金问题，这又该如何解决呢？输气管网建设可不是一个小工程，如果单靠邙北市一个城市的力量，怕是力有未逮吧？”

对于这个问题，赵长风已经考虑得比较成熟，他说：“刘书记，这个问题我也想过，对于建设煤层气管网的巨额投资，一方面我们可以向省里申请一部分财政资金补贴，另一方面，我们可以在修建煤层气管网时实行招标，要求建设煤层气管网的企业带资修建。”

“带资修建？”刘驰问道。

“对，带资修建。”赵长风胸有成竹地说道，“施工企业先把修建煤层气管网的资金垫付出来，然后我们邙北市政府再从每年的财政资金中偿还，当然要支付一定的利息，这个偿还期限可以和施工企业具体协商。以我们邙北市政府的财力，一次性拿出全部资金是很吃紧，但是如果分成几年，对政府的财政来说还不成问题！”

“这个想法不错啊，不错。”刘驰手指敲着桌面，低头看着材料，过了一会儿抬起头来，对赵长风说道，“周三吧，放到常委会上讨论一下。”

刘驰有自己的想法，他在当阳县当了五年的县委书记，来邙北市担任市委书记最多只能干满一届，以他的年龄，如果继续在这个正处级的位置上待下去，那以后基本上没有什么发展前途了。所以刘驰迫切希望在邙北市市委书记的任期内干出一番政绩来，只有政绩突出，市委领导才看得到，省委领导才看得到，这就是自己升迁的硬指标。有了政绩突出这个硬指标，再加上自己在省里的关系，到时候前进一步还不是水到渠成的事吗？现在赵长风提出的煤层气大规模商用无疑就是一个非常引人注目、而且可以说是立竿见影的政绩工程，如果能够顺利完成，邙北市就成为全国第一个开展煤层气大规模商用的城市，有了这个帽子，还愁省市领导注意不到自己？虽然说这个项目是赵长风提出来的，但是只要常委会上讨论定下来，就成了市委的决策，最后算政绩，市委书记的正确领导能少得了吗？

正是基于这样的心理，虽然最近刘驰对赵长风有看法，但还是决定支持赵长风这个设想，他最后叮嘱道：“长风同志，抓紧时间把资料再完善一下，这个项目好啊，大有可为，大有可为啊！”

付罡庭意气风发地从香港回来，手握着香港利雅达集团的初步合作协议，志得意满，在常委会上很是出了一番风头，唯一让他有些不满意的是，常委会上，赵长风提出了煤层气开发利用的方案，吸引了不少常委的眼球，这让付罡庭心中成功的喜悦冲淡了不少。付罡庭甚至认为，这个煤层气开发利用的方案一定是赵长风针对他而来的，是赵长风经过处心积虑的考虑后，特意在这次常委会上抛出来的，为的就是要抢他的风头，这让付罡庭心里对赵长风越发忌恨。

不过付罡庭也没让赵长风占到什么便宜，在接下来讨论人事问题时，赵长风看中了政府办一个叫方中海的年轻干事，在常委会上提出来要给这个干事加一点担子，提为副科长。本来像这种议题一般都会通过的，但是付罡庭在关键时候却插了一句话，最后这个干事的事就被搁在了那里。这也算是付罡庭向赵长风展示了一下能量，他要让赵长风明白，有很多事情，没有我付罡庭的支持，你是干不成的。

且不说常委会结束后付罡庭洋洋得意，再说赵长风刚回到办公室，就看到方中海委屈地跟了进来。赵长风心想这小道消息传得还真快，这边常委会刚结束，那边方中海就得到消息了。

“市长，我，我有点想不通……”方中海低着头站在赵长风面前。

“想不通什么？”赵长风端着茶杯，顺手拿过一份文件来看。

“我想不通，付书记为什么……”

赵长风不等方中海继续说下去，就立刻打断了他的话：“小方，没有根据的话可不能乱说！这件事和谁都没有关系，问题出在你自己身上。俗话说打铁还要自身硬啊，自身条件不过硬，就不能怨人家挑毛病！”

“市长，我，我明白了！”方中海满脸通红。

赵长风知道自己刚才的语气太过严厉，就放缓语气说道：“小方，情绪可千万要不得。年轻人，机会多的是。眼光要长远一点，不要总盯着眼前一点得失嘛！对了，你回去准备一下，这次市里会成立一个煤层气管道建设筹备办，到时候会抽调你过去。”

“市长，你批评得对，是我太沉不住气了。”方中海明白了赵长风的良苦用心，既然暂时得不到提拔，那到煤层气管道建设筹备办未尝不是一个好办法，这个项目正好可以发挥自己所长，到时候还怕没有提拔的机会？

第十二章　赵长风动之以情晓之以理，付罡庭雪中送炭援之以手

邙北市矿山设备厂停业破产，数千名失业工人围堵市政府讨说法。面对突发事件，赵长风临危不乱，他动之以情晓之以理说服工人，承诺工人寻找解决之道。付罡庭见此情景，居然挺身而出，大度地提出让他引进的香港利雅达集团的汽车配件厂接收这批工人。这下子众人皆大欢喜。

九月下旬，邙北市发生了一件大事。

这天上午十点半，李长根主任匆匆忙忙地跑进赵长风的办公室，他进门之后没有立即说话，而是站住了之后喘了几口气，稳定了一下情绪，这才开口叫道："赵市长。"

赵长风从来没有见过李长根这么慌张的，他放下手中的材料，指着桌前的椅子说："李主任，坐下慢慢说。"

李长根哪里顾得上坐下，他就站在赵长风的面前报告道："赵市长，市委、市政府大院被包围了，市政府的大门、还有两个小门都被堵死了。市委那边情况和我们这边差不多，四个门全都被堵上了。"

赵长风愣了一下，站了起来，问道："这是些什么人？为什么要堵市委、市政府？"

李长根说："我刚才初步了解了一下情况，来的是邙北市矿山设备厂的工人。"

"邙北市矿山设备厂的工人？"赵长风吃了一惊，"他们是为了什么？"

李长根说："情况仍在进一步了解，据说是因为邙北市矿山设备厂的老板

最近大裁员，裁了不少工人。”

“裁员？为什么要裁员？矿山设备厂效益不是很好吗？”赵长风又吃了一惊。当初蔡国洪在的时候，让体改委的谢主任主持了邙北市矿山设备厂的改制，改制时有些不清不楚的事，赵长风因为上边的压力，最后也没有查下去。但是改制前，邙北市矿山设备厂可是全国有名的金矿采掘专用机械设备生产厂家，产品供不应求。改制后听说效益也不错，怎么会进行大裁员呢？

其实这其中的原因还与赵长风有关。当时赵长风让高胜强去封了体改委的档案室，拿走了邙北市矿山设备厂改制的材料。虽然后来赵强让赵长风放过蔡国洪一马，赵长风没有继续追查下去，但是这一出戏把体改委主任谢庆龙和邙北市矿山设备厂厂长王顺利吓得魂不附体，加上蔡国洪又被调到平原市去了，失去了市委书记的保护伞，王顺利和谢庆龙自然不敢继续在邙北市干下去，于是王顺利就开始在外地开设了新的工厂，秘密转移资产，经过十个多月的时间，邙北市矿山设备厂其实已经成了一个空壳。

既然是空壳，就不需要养活这么多工人，王顺利当然要辞退工人。工人们辛辛苦苦在邙北市矿山设备厂干了几十年，忽然一夜之间从工厂的主人变成要给私人老板打工。这口气他们当初忍了，为的是能有一口饭吃。可是现在私人老板要辞退他们，他们连饭都没得吃了，当然不会愿意了，于是就闹将起来。王顺利也不怕这些工人们闹事，他干脆离开邙北市，躲到外地去了。这些工人找不到王顺利，就想到当初是邙北市政府领导同意把邙北市矿山设备厂卖给王顺利的，于是就找到了市委市政府，把市委市政府的门堵上，让市委市政府帮他们解决问题。

“赵市长，据工人们说，矿山设备厂已经停产好几个月了，完全成为一个空壳了。”李长根说，“那些工人举着‘还我矿山设备厂’的标语牌，在那里高呼要吃饭、要活命。”

“怎么会这样？”赵长风脸色沉重起来。因为赵强的叮嘱，也因为邙北市矿山设备厂已经改制为私营企业，他很少去关注这个工厂，他完全没有想到，好好的一个工厂，竟然被王顺利折腾成这样，“长根主任，安排人接访了吗？”

李长根说：“赵市长，我去了。工人们问我是谁，我说我是政府办主任，让他们不要激动，有什么情况，可以推选几个代表，到市信访局反映，我也可以到信访局去接待他们，无论如何不能采用堵政府大门这种过激的行为。可是他们根本不理睬我，他们推搡着我，说要见赵市长。”其实工人们是说要见赵青天，李长根在这里偷偷改成赵市长了。他想以后是不是要找一个机会和赵长风委婉地说一下这个事呢？如今赵青天的名声太响亮了，市委大院的几个书记听到耳朵里肯定会不舒服啊。

赵长风沉吟了一下，说道：“长根主任，你再带领工作人员去外边，稳定一下工人们的情绪。我向刘书记汇报一下。”

李长根匆匆忙忙地出去了，赵长风拨通了刘驰的电话：“刘书记，我是赵长风。情况你都知道了吧?”

话筒里传来刘驰沉重的声音：“是啊，都知道了！这些人啊，这些人！怎么敢把市委、市政府都包围起来了？我这边已经让一磊主任通知召开紧急常委会，只是长风同志，你恐怕是过不来了。”市委大院和市政府大院隔着一条大马路南北相望，这时候工人们把市委市政府大院分割包围，赵长风自然不能过去。好在邙北市市委常委除了赵长风一个人在市政府外，其他人都在市委，所以召开会议还算方便。

今天在市委大院里一共有九名常委，在刘驰书记的主持下，在二楼小会议室召开了临时常委会议。

市委办主任张一磊首先介绍了情况，然后说：“工人们现在要求刘书记或者赵市长出面给他们一个承诺，否则他们不会离开。”

“情况大家都清楚了，大家说说，究竟该怎么办?”刘驰抽着烟，面容很严肃。

钱兆均看了看刘驰，说道：“刘书记，我有个建议，工人们不是想见赵青天吗？就让赵青天去吧!”钱兆均把“赵青天”三个字咬得重重的。

刘驰对“赵青天”三个字尤其反感，赵长风是党的领导干部，青天两个字却包涵着浓重的封建思想。党的干部是什么？是公仆，是人民的服务员。怎么能用封建社会那一套，把自己当成老百姓的救世主，这种倾向很危险，要不得啊！

不过这个时候，刘驰却不能过多地考虑“青天”两个字，他要考虑如何应对眼前这场危机。领导干部最怕什么？最怕群体性事件。因为群体性事件影响太大了，一旦处理不好，就会形成连锁反应，而连锁反应的最终结果，就是有些人要出来为这些事负责，要掉官帽的。关于这一点，已经有过太多的前车之鉴。拿眼前这个事件来说，虽然说是前任市委书记遗留下来的问题，但是既然在刘驰任上爆发出来，刘驰必须处理好，不能让矛盾激化。否则，最后即使上级领导不追究刘驰的责任，也会对他产生看法。

这边刘驰对“青天”两个字不爽，那边付罡庭对“青天”两个字也是不爽。赵青天？谁封的？赵长风算什么？不就是仗着有点小聪明，为邙北市老百姓干一点点事情吗？难道就因为这个，就沾沾自喜了？我这次就要让大家看看，在邙北市究竟是谁的能量大。现在这个群体性事件就是一块试金石，谁是真正的金子，一试就知道。

“刘书记，我看钱书记说的办法可行，可以让赵市长出去先见一下工人，看看他们有什么要求嘛！”付罡庭往嘴里塞了一根金芒果，慢条斯理地说。

“对，可以考虑让赵长风同志和工人们见见面。”包太龙和付罡庭目光一碰，心领神会地附和道。

白国庆看了看刘驰，又看了看付罡庭，说道：“我同意大家的意见。”

会议呈现出一边倒的趋势，让赵长风去见矿山设备厂的工人，无疑是这些常委们最好的选择。首先工人们提出要见赵长风或者刘驰，他们不敢让刘驰出去，自然顺水推舟地把赵长风推出来。其次，这个时候，谁出去见工人谁倒霉。因为工人们要工作，要饭碗，谁能给他们？邙北市矿山设备厂有上千名工人，现在邙北市矿山设备厂已经成了空壳，除了邙北市矿山设备厂，又去什么地方找那么多工作岗位来安排这上千名工人？所以无论谁出去，都无法给工人一个肯定的承诺，那么，谁出去谁就要面对工人们的怒火。而将来这个话题传开，人们也是盯着那位出头露面与工人打交道的领导，而那些不出头露面的人自然不会被殃及。

常委会上做出决定后，刘驰打电话给赵长风：“长风同志，由于工人们点名要见你，常委会的同志们经过讨论，决定让你先去见一下工人们，和他们谈一谈。”

赵长风对于常委会决定让他去见工人倒是没有什么意见，他在电话里问道：“刘书记，那这一千多名工人的要工作、要岗位的问题，该如何答复？”

“这个啊，”刘驰打了个哈哈，“长风同志可以灵活掌握，根据具体情况具体分析。总之，先把工人劝散了再说。至于其他问题，我们慢慢研究。”

赵长风挂了电话，想了一想，对刘俊康说：“俊康，走，咱俩出去。”

刘俊康没有想到那边常委会做研究，最后却派这边唯一没有到会的常委出面解决问题，他一边为自己的领导鸣不平，一边又担心领导的安全，于是就说道：“等我给段局长打个电话，让段局长再增派一些警力过来。”

赵长风摆了摆手，笑道：“没有那个必要。走吧，现在就去。”

刘俊康阻拦不住，只好跟着赵长风出去。

邙北市信访局设在邙北市政府门外一排二层小楼里，这样的安排就是方便那些到市政府上访的上访者，他们可以直接在外面解决问题，而不用进入政府大院。而市政府大院却有一条隐密的通道，可以进入这栋小楼。赵长风就这样带着刘俊康来到了市信访局王局长的办公室。政府办李长根主任和副主任王建军也守在这里，看见赵长风过来了，连忙站了起来。

“赵市长，你怎么过来了？”王建军问道。

李长根也说：“小刘，这就是你的不对了，怎么能让赵市长过这里来呢？还不快带赵市长回去，不要让矿山设备厂的工人们看到。”

赵长风摆了摆手说：“长根主任，建军主任，这就是你们的不对了。不就是过来见一见工人吗？有必要这么如临大敌吗？先给我说一说，是什么情况？”

李长根说：“工人们只有一个要求，就是要上班、要工作。他们要市领导给他们一个答复，说邙北市政府如果解决不了，他们就到天阳市去。”

听李长根这么一说，赵长风不由得也紧张起来，如果这一千多工人到天阳市去，那事情可就闹大了。他沉吟了一下，说道：“这样吧，长根主任和王局长带我下去，我去见一见工人代表。”

李长根说：“赵市长，稍等一下，我打个电话。段局长领着人在市政府大门口把守，我让他带几个人过来。”

“有那个必要吗？我们是去见工人，又不是去见恐怖分子！”赵长风横了李长根一眼，推开了局长办公室的大门，大踏步地走了出去。

赵长风在邙北市人民群众中还是有威信的，经过他半个小时苦口婆心的说服，矿山设备厂的工人们终于答应给市委市政府一些时间来处理他们的问题。这让跟赵长风一起出来的李长根主任和信访局王局长心里不得不佩服，同样是一句“请大家要相信党，相信政府”，从赵市长口中说出来的效果和从他们口中说出的效果截然不同。

看见眼前工人们逐渐散去，赵长风心中没有感到一丝轻松，反而更加沉重，他知道如果不能够彻底解决矿山设备厂工人工作的问题，下一次风暴很快就会来临，而且下一次风暴来临时，绝对不会像这次一样容易解决。

赵长风来到市委大院，刚要上楼，王建军举着手机从后面追了过来：“市长，王顺利的电话打通了。”

赵长风冷笑一声，这个王顺利，刚才工人们包围市委市政府的时候，他的电话怎么都打不通，现在工人刚散去，电话立即就通了，看来……

赵长风接过电话，里面传来王顺利的声音：“赵市长，我在粤东出差，刚接到消息，那个，实在是不好意思，给您和刘书记添麻烦了。”

“王顺利，你不是给我和刘书记添麻烦，而是给矿山设备厂的工人、给邙北市人民添麻烦!”赵长风严肃地说，“我不管你在哪里，也不管你有什么理由，总之，我要求你立即赶回邙北市，把厂里工人的问题解决好!”说着赵长风就挂断了电话，把手机递给王建军，迈步上了市委办公楼。

市委小会议室里，刘驰书记和常委们还在等着，他们已经接到消息，赵长风已经成功地说服了工人，让工人们散去了。听到这个消息，多数常委心里都松了一口气，而付罡庭却很失望，暗骂矿山设备厂的工人是怂蛋，既然上访，决心就大一点嘛，怎么能凭赵长风几句没有实质性的承诺就收兵回营呢？钱兆均心里很吃惊，赵长风到邙北市刚一年，怎么就有这么巨大的声望呢？这种群体性事件，单凭他几句话就能搞定?

赵长风挨着白国庆书记坐下，向刘驰和在座的常委们汇报了刚才的情况，他最后说道：“现在危机只能说暂时得到了缓解，矿山设备厂这一千多名工人工作的问题一天得不到解决，产生危机的根源一天都不会消除。换句话说，危机随时有可能再度爆发，如何去解决这个危机，还真是一个棘手的问题。”

刘驰紧紧地皱着眉，开口问道：“那个矿山设备厂的王顺利呢？是怎么回事？联系上了吗?”

“刘书记，刚才我一直在给他打电话，可是手机一直关机，怎么也联系不上。”张一磊连忙汇报道。

“我倒是跟他联系上了。”赵长风说，“工人这边刚一散，他的电话就通了。据王顺利说，他目前在粤东出差，我已经让他马上赶回来。”

“这个王顺利，太不像话了！”张一磊用手重重地敲着桌子，气愤地说，“捅出这么大娄子，自己却躲到粤东逍遥去了！刘书记，我建议对王顺利采取必要的措施。”

钱兆均瞟了张一磊一眼，说道：“一磊主任，当初矿山设备厂进行改制的时候，并没有和政府签订协议要长期雇佣矿山设备厂的工人。现在矿山设备厂已经是私营企业，由于企业生产不景气，王顺利辞退工人们，并没有违反哪一条法规。”

“钱书记，那就任王顺利这样逍遥下去吗？”张一磊因为没有联系上王顺利丢了面子，心里有些恼怒。

钱兆均没有说话，端起茶杯喝茶。

刘驰点燃一根香烟，慢慢整理着心中的思绪。邙北市矿山设备厂的情况，他也曾听闻过，知道这个矿山设备厂涉及前任市委书记蔡国洪，轻易触碰不得，这倒不是因为忌惮蔡国洪，而是忌惮蔡国洪的大哥、省委常委、中州市委书记蔡国富。现在矿山设备厂的王顺利显然不打算继续把这个厂经营下去了，否则不会让一个经营得很红火的厂转眼之间就陷入这个状况。虽然说现在矿山设备厂是私营企业，刘驰也不是没有办法逼迫王顺利就范，只要派人查一下矿山设备厂改制的情况，基本上就可以捏住他的把柄，只是这样不可避免地就要把蔡国洪牵扯进来，这对刘驰来说简直是自找麻烦。还有刚才钱兆均说的那些话，看似是对张一磊说的，可是再想深一层，未尝不是钱兆均在用激将法，引他刘驰出面呢！无论如何，这件事是不能做的。

刘驰一边盘算着，一边透过烟雾环视着会场，看着在座常委们的表情，他忽然发现，付罡庭书记脸上的神情颇值得玩味，莫非老付对这件事还有别的想法不成？想到这里，刘驰掸了掸烟灰，说道：“罡庭书记，你也发发言嘛，谈一谈你的看法。”

“刘书记，这件事的确很棘手啊！”付罡庭摇头道，“长风同志刚才已经说了，危机的根源就在于矿山设备厂一千多名工人的安置问题。这件事如果不解决，危机随时都有可能爆发。”说到这里，付罡庭抬头看了赵长风一眼，赵长风低着头在认真地记录。

“虽说矿山设备厂的厂长王顺利马上就能回来，可是从我们掌握的情况来看，王顺利即使赶回来，对解决这件事也并没有多大帮助。矿山设备厂既然已经陷入了严重亏损，到达了破产倒闭的边缘，我们总不能强迫矿山设备厂负担起这一千多工人吧？即使我们能强迫矿山设备厂负担起这一千多名工人，一个濒临倒闭的矿山设备厂又能负担多久呢？最终还是会引发一系列问题的。”

付罡庭有意停顿了一下，端起茶杯润了润喉咙，这才继续说道：“因此，我认为，必须寻找新的途径，解决这些工人的就业问题，而不能把希望寄托在矿山设备厂上，这样才能从根本上解决这次危机。”

说到这里，付罡庭就不再继续说下去，而是端起茶杯悠闲自得地喝了起来。在场所有的常委都把目光投向了付罡庭，包括刘驰。

“老付，关于新的途径，你可有什么想法吗？”刘驰对付罡庭这个时候还在卖关子有点恼火。不过群体性事件是领导的大忌，刘驰为了避免这种情况在邙北市再次发生，只有摆出一副虚心求教的态度。

“刘书记，我这里有一个不成熟的想法，说出来与大家探讨一下。”付罡庭放下茶杯说，他知道，只要他的这个办法说出来，就会压过赵长风的风头。虽然赵长风今天面对危机时镇定自若，坦然走出去和愤怒的工人们进行对话。但是付罡庭知道，领导需要的不仅仅是面对危机面不改色，更需要的是能够想出办法解决问题。他如果能够提出解决问题的办法，在这一点上就会超过赵长风，无论是在刘驰的心目中还是在天阳市领导的心目中，都会领先赵长风一大截。

“香港利雅达集团要建立汽车配件厂，需要大批熟练的技术工人，钱总还对我说，之所以会选中在邙北市开设汽车配件厂，很大程度上就是看中了邙北市毗邻天阳市这个中原省重工业基地，可以为汽车配件厂提供大批的熟练技术工人。”付罡庭胸有成竹地说，“邙北市矿山设备厂是老牌矿山设备生产，工人素质很高，即使比起蜚声全国的天阳市第一拖拉机厂的工人也不逊色，这批技术工人可以说是邙北市的财富。现在矿山设备厂要倒闭，那么可以把这些工人都转移到利雅达集团的汽车配件厂里去，这样既解决了利雅达集团开设汽车配件厂需要熟练技术工人的问题，也解决了矿山设备厂工人们就业的问题。当然，这也是我刚刚萌发的想法。具体情况如何，我还需要和香港利雅达集团方面做一些沟通。”

会场上一片沉默，大家都沉浸在付罡庭提出的这个新思路里。

邙北市政府的建议立即获得了香港利雅达集团的正面回应，利雅达集团的钱总在电话里对付罡庭说：“付书记，这个建议很好啦。邙北市能够给利雅达集团汽车配件厂项目提供大量熟练技术工人，当然是一件好事啦。不过这些工人必须经过我们利雅达集团的技术水平考试，达到我们要求的才能够被我们汽车配件厂聘用。”

付罡庭心花怒放，他强抑住内心的激动，笑着说：“钱总，这个是当然了。如果我们提供的技术工人能力不符合贵集团的要求，贵集团当然可以拒绝聘用啦。”

钱伯斯还和付罡庭商定，他半个月后就来邙北市，和邙北市签订正式的投资协议。

放下电话，付罡庭立即去向刘驰做了汇报，刘驰听后拉着付罡庭的手说：“罡庭同志，矿山设备厂一千多名工人不会忘记你的！”

付罡庭谦虚地说：“刘书记，这都是在你的正确领导下才取得的成绩。再说，能不能到香港利雅达集团汽车配件厂工作，主要还是靠工人们自己，如果他们技术水平不过硬，不能通过利雅达集团的技术考试，我也无能为力。”

刘驰微笑着说：“竞争上岗，这符合市场经济的规律嘛！如果工人自身技术水平达不到利雅达集团的要求，他们也无话可说。总之，只要能解决矿山设备厂大部分工人的就业问题，就是一件非常了不起的功劳！”

虽然事情还没有最后敲定下来，消息却像长了翅膀一样飞遍了邙北市，所有人都知道，香港有一个利雅达集团要在邙北市投资一个汽车配件厂的项目，而这个汽车配件厂将会优先聘用邙北市矿山设备厂的技术工人。能到三资企业去工作是一件非常令人羡慕的事，矿山设备厂的工人们听到这个消息，就好比在满天乌云中忽然看见一线璀璨的阳光，心里忽然亮堂起来。虽然知道香港利雅达集团还要进行技术考试，可是矿山设备厂的工人们哪一个不是技术好手？为了防止意外，这些工人们就开始钻研起技术来了，冲床、铣床、刨床、车床，他们拼命地练习，为的就是将来能够在利雅达集团技术考试时能够顺利过关，成为令人羡慕的港资企业工人。

韩加森推门走进刘俊康的办公室，指了指隔壁，轻声问道："市长那里有人吗？"说着递给刘俊康一根软中华。

刘俊康接过来烟来，笑着说："市长刚回来，没有别人。走吧，我领你进去。"他把烟放在办公桌上，领着韩加森进了赵长风的办公室。

赵长风正在低头看文件，刘俊康走过去轻声说："市长，韩检来了。"说着拿起赵长风的茶杯去加水。赵长风抬头看见韩加森，说道："老韩，坐吧。"

韩加森拉开椅子，坐在办公桌前面，赵长风又低下头去看文件。刘俊康过来把茶杯放在赵长风手边，又为韩加森端来一杯茶。韩加森笑着说："正渴着呢，多谢多谢。"

刘俊康望了赵长风一眼，笑道："韩检，你还跟我客气啊？再客气下次自己倒茶去。"说着笑嘻嘻地退了出去。

赵长风把文件看完，拿起笔在上面签了字，把文件放到一边，这才抬头问道："老韩，什么事？"

韩加森低声说："市长，你让我调查的那件事已经有结果了。"说着打开手包，拿出一沓材料递给赵长风。

赵长风接过材料，一页一页翻看着，眉头越皱越紧，他最后怒哼了一声，说道："这个杨金花，简直是法盲院长！"

"不仅仅是法盲，而且还是流氓！"韩加森接了一句，他调查杨金花越久，内心就越对杨金花感到愤怒。

赵长风沉吟了一下，说道："老韩，这个材料暂时先放在我这里吧。对于这个法盲院长，你要继续保持关注。"

"市长，我知道了！"韩加森说道。韩加森虽然是一个很有正义感的官员，但并不是一味蛮干，他知道这件事涉及杨金花背后的人，赵市长这样做必然有他的考虑。韩加森相信，赵市长既然开始关注这件事，就绝对不会让杨金花逃脱的，只是究竟选择在什么时候动手，赵市长会做出合适的安排的。

赵长风沉吟了一下，还要交代韩加森，这时候办公桌上蓝色的电话响了起来，赵长风拿起电话，传来张一磊主任的声音。

“赵市长，香港利雅达集团的钱总要过来，今晚在邙北宾馆设宴，刘书记请赵市长晚上务必参加。”

赵长风笑了笑，说道：“好，我知道了。”本来应该是市政府举办的招待宴会，因为一直是付罡庭牵头，最后反而是市委那边办了，很有意思。

见赵长风在沉思，韩加森站了起来，说道：“市长，那我先回去了。”

“好，”赵长风看了看韩加森，“那件事，不能放松，要继续查下去。”

韩加森心领神会，说道：“市长，你放心，我一定会办扎实的。”

赵长风笑了笑，低头再度看起手中的材料，韩加森就退了出去。

经过十多天漫长的艰苦谈判，香港利雅达集团和邙北市市政府签订了投资协议，这标志着香港利雅达集团一期投资达五千万元的邙北汽车配件厂项目正式落户邙北市。这件事让邙北市全市上下都沸腾起来，不光是邙北市的官员，连邙北市的老百姓也在憧憬着，邙北市的第一个三资企业将会给邙北市带来怎样的变化。

与此同时，中原省山水建设集团投资兴建的邙北黄金地质公园一期项目已经顺利完工，并举行了盛大的开业典礼，这也是一个令人振奋的消息，但是相比起香港利雅达集团的汽车配件厂项目，邙北黄金地质公园项目有点黯然失色。不过由于这是市委书记刘驰亲自引进的项目，所以在开业典礼上，邙北市市委市政府的官员还是全部到齐了，除此之外，省旅游局的焦副局长和办公室秦主任也应邀出席了开业典礼，天阳市主管旅游的张副市长、天阳市旅游局局长李幸福也都亲临了现场，按照刘驰在开业典礼上讲话，这是一个“胜利的、成功的、圆满的”开业典礼。

对于邙北黄金地质公园的开业，阳江超是做了精心准备的，在开业前两个月，已经在全省各大媒体上进行了广泛的宣传，对省外一些重要的旅游客源地城市，阳江超也进行了宣传，所以在开业当天，邙北黄金地质公园竟然来了五千多省内外游客，由于邙北市所有旅馆床位只有三千多张，另外两千多游客不得不安排在三十公里外的天阳市住宿，对于这样人满为患的场面，不但刘驰没有预料到，连赵长风也没有预料到。赵长风不得不感叹，阳江超的确是一个旅游业运作的高手，赵长风本来预计，这个邙北黄金地质公园开业的前一两年能够保本，甚至出现微亏也不是不能接受的。但是看现在的趋势，邙北黄金地质公园很有可能一开业就能赚钱。

唯一让赵长风感到有些不爽的是，刘驰忽然向阳江超提出，让他的内弟欧阳应龙到邙北黄金地质公园去工作。

其实赵长风知道，他不应该对刘驰这种态度感到奇怪，很多官员都是这样做的，黄金地质公园项目是刘驰引进的，他趁机安插进自己的势力进去捞取利益没有什么好奇怪的。正如付罡庭一样，他引进了香港利雅达集团的汽车配件厂项目，弟弟付罡川就堂而皇之地成了利雅达汽车配件制造有限公司行政部副经理。

“阳哥，先让欧阳应龙进来吧。”赵长风沉吟了一下说。

“长风，欧阳应龙怕是来者不善啊，恐怕没有那么简单啊。”阳江超有些担心。

赵长风笑道：“怕什么？兵来将挡，我们静观其变吧。如果他仅仅是为了一点利益，给他就是。如果还有其他目的，呵呵……”

阳江超会心地一笑，说道：“长风，我看你对这个情况早有准备吧？行，那我一会儿就给刘驰一个答复。”

“不过还是要小心提防，这个你知道该怎么办。”赵长风叮嘱了一句，挂断了电话。

刘俊康匆匆忙忙推门进来，站到赵长风身边，轻声说：“市长，法院那边又出事了。”

赵长风抬起头来，等刘俊康继续说下去。

“刚才我路过法院的时候，看见十几个人抬着一具尸体，就在法院门口，还打了一个条幅，上面写着‘还我父亲，还我丈夫’。”刘俊康轻声说道：“我给法院里的一个同学打了电话，他偷偷告诉我，这是因为法院里判了一个荒唐的案子，把一个农民逼得自杀了，这个农民的家属抬着尸体向法院讨公道来了。”

“荒唐？有多荒唐？”赵长风的眉毛微微一皱。

“我同学也不肯多说，说只要留心打听一下就明白了。因为时间比较紧，我就先来向你汇报了。”刘俊康说。

“还是与那个女人有关？”赵长风看了刘俊康一眼。

“是的。”

“嗯，你再去和老韩联系一下，让他去跟踪一下，注意方式方法，不要有太大的动静。”

“我明白。”刘俊康心领神会。

赵长风摇了摇头，低头继续看材料。刘俊康替赵长风换了一杯茶水，这才退回到自己的办公室，拨通了韩加森的电话。

韩加森的效率果然很高，只用了一天时间，就弄清楚了事情的来龙去脉。

那个自杀的农民叫安需才，是邙北市鼓山乡人，前些年跑运输赚了不少钱，后来听了同村一个叫黄达传的人的鼓动，把全部家当拿出来入股到黄达传的小金矿。后来由于小金矿被整改，黄达传的小金矿的开采权也被邙北市黄金局收回来，不过黄金局按照市里的政策规定，给了两百多万元的补偿款，按照股份，安需才应该能拿回十五万元，比起当初他投入的三十万元，已经是亏了一半了。

可是这个黄达传却连这十五万元都不愿意退还给安需才。安需才于是就到法院起诉，但是黄达传托了关系，走了杨金花的门路，于是法院就判决安需才败诉。安需才一分钱没有要回来，还要负担案件的受理费和诉讼费，心里窝囊之极。等安需才回到村里，却看见黄达传大张旗鼓地在村里放鞭炮，最后鞭炮都放到他家门口了，黄达传还堵着他家门口嚣张地告诉安需才，黄达传在市里关系很硬，这个官司就这个结果了，安需才就是告到天边，也是一分钱要不回来。安需才全部家当打了水漂，又被人堵着门口嘲笑，当天晚上就喝农药自尽了。

“市长，事情的关键在这里。”韩加森简单介绍完情况，把从安家拿到的法院判决书递给了赵长风，“这里写道：‘安需才与黄达传的协议违反了企业财务管理制度，此约定无效。据此，依据我国民法通则第七条、第五十八条第三款之规定，驳回安需才的诉讼请求，案件受理费及其他诉讼费由原告安需才承担。”

赵长风看着判决书，等韩加森继续说下去。

“市长，先不说民法通则第七条是什么内容，适合不适合本案。就我国民法通则来说，第五十八条根本没有什么第三款，这第三款完全是捏造出来的。”韩加森说道。

“荒唐，简直是荒唐透顶！”赵长风一掌重重地拍在桌面上，“整个一个法盲，这种人怎么能放在这样重要的岗位上！老韩，你把材料整理一下，全部都交给我。”赵长风此时下定了决心，不能再顾忌付罡庭的感受，杨金花这样的人必须得到应有的处理。

韩加森的调查工作进行得很细致，材料准备得很翔实充分，所有证据都指向一个人，那就是邙北市人民法院副院长杨金花。

赵长风把材料详细看完之后，拿起来电话，想要拨给刘驰，可是他刚按了三个数字键，忽然停了下来，把电话扣了回去，低头沉思起来。

韩加森坐在赵长风的对面，猜不透他究竟是在打什么主意。

赵长风想了一会儿，忽然笑了起来，他把材料又交还给韩加森：“老韩，你去把这些材料复印几份，找个可靠的人，从天阳市给刘书记和我同时寄一份过来。”

韩加森一下子就明白了赵长风的意思，赵长风这是在借刀杀人啊，让刘驰出面，比赵长风直接出面效果肯定要好上许多。

“我明白。”韩加森轻声回答道，“这件事我亲自去办，不会留下任何痕迹。”韩加森搞了十几年刑侦工作，去办这一点小事还不是牛刀杀鸡?

“好，抓紧时间办！”赵长风笑着说道。

三天后，一封厚厚的从天阳市寄给赵长风的挂号信送到了刘俊康手里，按照惯例，寄给领导的信都要由秘书先看过，甄别出来，挑选出重要的交给领导，那些秘书认为不重要的、或者没有必要给领导看的信件，是不会到达领导手中的。

刘俊康见到这封挂号信后，并没有急于拆开，他笑了笑，把它和其他的信放在一起，这些没有打开的信件，自然是不会交到赵长风手里的。

到了下午，赵长风忽然接到刘驰的电话：“长风同志，你过来一下。”

赵长风心里一笑，知道刘驰肯定是接到了那些材料才通知他过去的。自从赵强到中央党校学习之后，刘驰对赵长风的态度产生了很大变化，比如往常刘驰要是有事，都会直接打电话给他。可是赵强去了中央党校之后，刘驰有什么事都是让市委办打电话给赵长风。这个变化让赵长风很有些感慨，可是却没有办法。谁让他只是一个主持政府工作的常务副市长呢？现在，刘驰亲自打电话给他，多半是不好对市委办的人说有什么事，那么有什么话刘驰暂时不想让市委办知道呢？

赵长风上到市委办公楼三楼，在楼梯口碰到了付罡庭。

“付书记。”赵长风的招呼打得很热情，很到位，“最近很忙吧？”这在官场是一句很流行的口头禅，无论是哪一级干部相遇，多数会热情地问上这么一句。一来是很官方地跟对方打了招呼，另一方面也表示自己比较忙。

“是啊是啊！最近事情有点多。”付罡庭脸上堆着笑，“赵市长呢？你这是……”

“噢，刘书记打电话让我去一趟。”赵长风很技巧地说了一句，礼貌地点了点头，“那我过去了啊。”

付罡庭笑着摆了摆手，并没有往心里去，政府公务千头万绪，谁知道刘驰叫赵长风去汇报什么事呢？

推开虚掩的门，看到刘驰正埋头在文件堆里，赵长风笑着说：“刘书记，正忙呢？”

刘驰抬起头，看到是赵长风，就笑着站起身来，亲热地迎了出来：“长风同志，来，这边坐。”他过来拉着赵长风的手，亲切地把赵长风让到沙发上。这让赵长风有点受宠若惊，他好长时间都没有享受到和刘驰促膝而谈的待遇了。

“来，抽烟！”刘驰让给赵长风一支香烟，自己也点燃了一根，望着赵长风意味深长地笑道，“长风同志，知道我叫你来的目的吗？”

赵长风怔了一下，试探着说：“刘书记，是不是为了煤层气管网建设的事？我已经和省城几家公司进行了接触，已经初步圈定了三家，准备重点接触。”

刘驰有些奇怪地看着赵长风，心想难道赵长风没有接到那些材料？赵长风在邙北市有“赵青天”之称，没有理由那些材料只寄给他、不寄给赵长风啊！

“这个先不急，回来再说吧。”刘驰盯着赵长风说，“你这两天有没有收到过什么信？”

“哦，这个啊？”赵长风笑了起来，“刘书记，这两天俊康一直跟着我在邙北省城两边来回跑，办公室的信累积了很多，都没有时间打开看，不知道您说的是哪方面的信？”

赵长风这个理由合情合理，刘驰点了点头，叫了一声：“和强。”

郭和强应声过来，恭谨地站在刘驰身边。

“去，把办公桌上那封信拿过来给赵市长看一下。”刘驰吩咐道。郭和强立刻到刘驰的办公桌上，拿起一封厚厚的挂号信，来到赵长风身边，递了过去：“赵市长，您看。”

赵长风把信接到手中，慢慢地看着，越看越心惊，脸上的神色不停地变幻着，等他看完之后，脸色已经非常严肃：“刘书记，真不敢相信，竟然还有这样的事！”

“是啊！我也不敢相信！”刘驰重重地抽了一口烟，“可是后面有这么详细的材料，不由得我们不信啊！长风同志，我相信你那边肯定也收到同样的信了，只是暂时还没有看到而已。”

“是，刘书记，我回去就让俊康去找一下。”赵长风说。

“长风同志，你对这件事是什么看法？”刘驰吐出一口烟雾，把自己隐藏在烟雾之中。

“如果这些材料上反映的问题都是真实的，那就太让人吃惊了！”赵长风严肃地说。

“是啊！”刘驰点了点头，“长风同志，你认为该怎么办？”

“从保护干部、对同志负责的态度出发，我认为应该对这些材料进行认真核实。如果杨金花同志没有犯这些错误，要给杨金花同志澄清。”赵长风说。

“是啊，我们是很有必要采取一些措施对材料中反映的问题进行厘清。”

刘驰点了点头，赵长风果然没有让他失望，做出了他意料之中的反应。刘驰喜欢看历史，一直在研究官场上的领导艺术，并且喜欢拿过来使用。什么叫做领导的艺术？刘驰认为关键在于制衡两个字。对于下面的干部，一定要相互牵制、相互制约，不能让他们形成铁板一块，这样才能突出他这个班子班长的作用。

现在赵长风拿杨金花来做文章，无疑是针对付罡庭，这对刘驰来说是一个好现象，一定要给予鼓励和支持，最近付罡庭风头太劲，连天阳市张培伦市长和魏新强书记都表扬过几次，刘驰觉得，是时候敲打一下付罡庭了，不要让他以为引进了一个香港利雅达集团的大项目、解决了矿山设备厂一千多工人的再就业问题，就很了不起了。杨金花这个时候闹出这么一出事情来，无疑是敲打付罡庭最好的借口。

“但是组织程序还是需要走的。这样吧，长风，”刘驰沉吟着说，“明天我召开一个书记办公会，你也列席吧。在会上你可以把这个问题提出来。”

“刘书记，我提出来不妥吧？秦书记抓纪检工作，要不让秦书记过来？”赵长风推辞道。

“长风，你可不能有畏难情绪啊！”刘驰面容严肃起来，“秦晓明同志是不错，可是书记办公会从来没有邀请秦晓明同志列席过，如果明天邀请他列席，是不是有点不妥当？”

刘驰这话说得冠冕堂皇，赵长风倒是不好推辞了，毕竟作为主持政府工作的常务副市长，他已经多次列席书记办公会了。刘驰现在的目的很简单，就是要把他推到风口浪尖，让他和付罡庭对峙。作为领导，只要不是傻瓜，都喜欢挑拨手下互相争斗，看来刘驰也是如此。想到这里，赵长风忽然觉得有点想笑，如果刘驰知道这些材料其实是他让人寄的，刘驰会怎么想？

“也是啊！”赵长风应了一句，眉头微微皱起，沉吟着不说话。刘驰也不急着逼赵长风表态，他靠在沙发上，悠闲自得地品着茶，笑吟吟地看着赵长风。刘驰相信，赵长风不会对眼前这么好的一个机会不动心。杨金花在赵长风办公室拍桌子的传闻，已经传得沸沸扬扬，眼下关于杨金花的材料送到了赵长风的面前，赵长风就那么大度，会对杨金花的事放任自流？

沉吟了一会儿，赵长风抬起头看着刘驰，说道：“刘书记，这些材料都拿到会上不好吧？要不先从李焕文这件事着手，其他材料先压一压再说。”

刘驰心念一动，就明白了赵长风的意思：“这样也好，先从小问题开始。”刘驰点点头，又说道，“今天下午罡庭同志要陪利雅达集团的钱总到中州去，明天可能赶不回来了。”

赵长风和刘驰目光一碰，两个人露出心照不宣的微笑：聪明啊，都是聪明人啊！

刘驰明白赵长风的意思，就是在书记会上先从李焕文的事情说起，李焕文个人的遭遇虽然很悲惨，但是具体到杨金花的责任上，却不是什么大不了的事，只能算是违纪，追得紧了，杨金花可能会从法院弄出两个人当替罪羊，这件事就算过去了。所以赵长风如果只拿出李焕文这一件事做文章，在书记办公会上没有什么阻力，即使是付罡庭在场，也不会有太激烈的情绪，毕竟这些东西只是皮毛，伤不了杨金花的筋骨。

而赵长风也明白刘驰的意思，刘驰知道明天付罡庭要陪利雅达集团的钱伯斯总经理去中州，所以才会提出让赵长风在明天的书记办公会上把杨金花的问题提出来。付罡庭不在场，还有谁会护着杨金花？书记办公会确定了，就可以列为常委会的议题，这个议题一到常委会上，即使付罡庭回来参加，已经不能控制大局。常委会可不是付罡庭的一言堂，刘驰只要稍微带一点倾向性的表明态度，常委会通过这个决议还是没有什么难度的。

“刘书记，那好，我就先安排人悄悄接触一下李焕文。”赵长风说，“明天书记办公会上，我就先把李焕文的事摆出来。”

说着赵长风站起身就要告辞，刘驰却笑道：“长风同志，你说这个材料会是谁寄过来的呢？”说着一边漫不经心地喝茶，一边看着赵长风。

赵长风想了一下，摇头道：“这个还真不好说。从材料来看，这个人应该对杨金花的情况比较熟悉，会不会是法院内部的人？”

刘驰没有从赵长风的脸上看出什么，就笑了笑，说：“行了，这个事回头再说吧，你回去准备一下吧。”

看着赵长风的背影从门口消失，刘驰脸上的笑容就隐去了。他在琢磨，这封信究竟是谁寄出来的呢？目的究竟是针对杨金花，还是针对杨金花背后的付罡庭呢？不管怎么说，刘驰觉得这对他来说是一件好事，抓住杨金花，无疑也就是抓住付罡庭的把柄，有了把柄在手，付罡庭在邙北市的势力再大，还不得乖乖地向自己投诚？刘驰又意味深长地笑了起来。

第二天，市委小会议室，书记办公会照例举行，会议由市委书记刘驰主持，市委副书记钱兆均、包太龙、白国庆三个人都参加了，主持市政府工作的常务副市长赵长风列席。在讨论完正式议题后，刘驰环视了一眼大家，笑着问道："谁还有什么问题？如果没有什么，今天就到这里吧。"

"刘书记，我这里有个情况要反映一下。"赵长风站出来说道。

大家都把目光望向赵长风。

"什么情况？"刘驰本来已经端起了茶杯准备起身，这时候又放下了茶杯。

"刘书记，我这里有封实名举报信，里面说的情况如果是真的，那就太可怕了！"赵长风说着拿出一封信交给刘驰。

刘驰接过信来打开一看，面容逐渐严肃起来，等他把信看完，已经是一脸寒霜："大家都看看这封信，谈谈看法吧。"说着刘驰把信推到钱兆均面前。

钱兆均不知道是什么信能让刘驰这么生气，他接过信一看，见是反映法院副院长杨金花的问题的，不由得心中一喜。他是分管政法的副书记，可是却有点被架空的感觉。检察院那边检察长韩加森还好，虽然是赵长风的人，但是向来很尊重他这个主管政法的副书记，对他交代的任务从来没有放下过，虽然用起来没有自己的人得心应手，但也算是马马虎虎。可是法院那边却不同，虽然王院长名义上是一把手，但杨金花在法院里嚣张得很，仗着有付罡庭撑腰，谁都不放在眼里，简直把他这个主管政法的副书记当成了摆设。对于这种情况，钱兆均一直在隐忍，现在既然赵长风把这件事提出来了，钱兆均当然要顺水推舟推上一把。

"太不像话了！"钱兆均把信递给了对面的包太龙，"包书记，你看一下。"

包太龙一看信的内容，心里不由得"咯噔"一下，他一下就嗅到信后面的阴谋，这信表面上看是冲杨金花去的，谁知道背后是不是冲着付罡庭呢？要不怎么会这么巧，偏偏付罡庭陪着利雅达集团的钱伯斯总经理去了省城，赵长风这边就拿出了这封信？不过包太龙一想到香港利雅达集团，心中不由得又有点来气，当初那个介绍香港利雅达集团的人明明也是自己爱人的同学，为什么好处偏偏就被付罡庭一个人捞了去？

现在，付罡庭不光是邙北市第一个引进三资项目的大功臣，还顺带解决了矿山设备厂一千多工人再就业的问题，目前在天阳市领导那里炙手可热，眼看在邙北市市长之争中就占得了先手，这多少让包太龙内心有些不平衡。本来两个人是平级的，忽然付罡庭就占了先手，要升上半级。这半级的差别看着很小，可是真要追赶起来，谁知道会是三五年，还是七八年呢？

白国庆从包太龙手中拿过信看了一遍，也是暗自摇头。他听说过杨金花飞扬跋扈，但是却没有想到竟然飞扬跋扈到这样的地步，为了一辆扣押车，竟然把车主打得住了院，这个付罡庭，怎么会和这样愚蠢的女人搞在一起？

刘驰等大家都看完了，就看着赵长风说："长风同志，这封信是你先收到的，你对这封信是什么看法？"

赵长风沉吟着说："刘书记，这封信我也是刚刚收到，至于信里反映的问题是真是假，还真不好说。我的意见是，无论这封信反映的问题是真是假，我们都有必要调查核实一下。这样做也是为了保护下面的干部。"

刘驰用手指敲了敲桌面，扭头问钱兆均："兆均书记，你的看法呢？"

钱兆均淡淡一笑，说："长风同志说得对啊，是有必要调查一下。现在有些干部，完全忘记了自己的身份，忘记了为人民服务的宗旨，我们要警惕啊！"

包太龙权衡了一下形势，知道今天书记办公会多半会通过把这个列入常委会的议题，他投上一票反对票也无碍大局，所以不妨做一个好人，卖一个空头人情给付罡庭。于是他严肃地说："刘书记，这件事是不是要慎重一些呢？毕竟这只是一封举报信而已，无凭无据，仅仅根据一封举报信就对下边的干部展开调查，是不是要再商量一下呢？"

刘驰微微一笑，没有回答包太龙的话，而是把目光落在白国庆身上。

白国庆摸了摸下巴，说道："我觉得还是调查一下为好，有则改之，无则加勉嘛！如果整件事都是举报人捏造的，我们也好还杨金花同志一个清白，是不是？"

"看来大多数同志的意见还是倾向于调查一下这个事件的。"刘驰最后拍了板，"那就这样吧，后天拿到常委会上再讨论一下。"

散会后，包太龙回到办公室，立刻拨打了付罡庭的电话。

“罡庭，是我。”

“太龙啊，怎么这个时间给我打电话？”付罡庭心情不错，声音听起来意气风发的。

“今天上午召开了书记办公会。”包太龙放低声音说。

“书记办公会啊？我知道，我知道。”付罡庭对钱伯斯做了一个歉意的手势，躲进了套间，“昨天刘书记给我说了，我因为要陪钱总来省城海关，就请了假。怎么，书记办公会有什么新动向吗？”付罡庭知道书记办公会要讨论什么议题，这些议题关系不到他的利益，所以他才会悠闲地陪钱伯斯到省城海关来提设备。

“是啊，有点新动向。”包太龙说，“赵长风拿出了一封举报信，是关于邙北市法院的。”

“什么？法院？这个赵长风，他想搞什么名堂！”付罡庭一下子就急了，法院判错案，原告一怒之下喝农药自杀的事他也知道，他还狠狠臭骂了杨金花一顿，让杨金花做好善后措施，怎么现在这件事又闹到赵长风那里了？一旦让赵长风盯着，杨金花可不会有什么好果子吃。

“太龙，举报信里都说了些什么？”付罡庭意识到自己的失态，旋即调整了过来，心平气和地问道。

“说杨院长把法院扣押的车当成公车使用，还把车主打得住了院。”包太龙说，“这个赵长风，你说他怎么这么多事啊？拿到一封举报信就大惊小怪的，还弄到书记办公会上来讨论。如果领导干部把时间都花费在这些子虚乌有的举报信上，还怎么去干工作？上级领导布置的任务还要不要完成？邙北市经济还要不要发展？真是闲扯淡嘛！”

“年轻人嘛，有点大惊小怪是正常的。”如果仅仅是这么一件事，还不能拿杨金花怎么样？不就是有些违纪嘛，算不了什么，付罡庭淡淡地笑了起来，“刘书记是什么态度？”

“还能有什么态度？上常委会。”包太龙愤愤不平地说，“罡庭，你不在，就我一个人，老钱和老白忽然和赵长风穿了同一条裤子。我看这些人是犯了红眼病，看不得别人干出些什么成绩。”

“呵呵，没事，由着他们吧。翻不了天的！”付罡庭笑了笑，又说，“对了，太龙，上次我听嫂子说有几个亲戚想进利雅达汽车配件制造公司？”

“你别听她的。妇道人家，就喜欢没事找事，一听说港资公司工资高、待遇好，恨不能把全部亲戚都塞进去。她以为香港老板是慈善家啊？那可是唯利是图的资本家，天下哪有这么便宜的事！”包太龙摇着头说。

“这件事我已经和钱总打过招呼了，钱总说没有问题，可以给嫂子几个免于技术考试的名额，并且保证金只要象征性地交一点就好，遮人耳目。”付罡庭笑着说，“资本家再唯利是图，也得给包书记面子啊！”

“罡庭，瞧你说的！她就是这么一说，你还真当真了呢！”包太龙连连摇头，“那好，不耽误你时间了，等你从中州回来，咱们两家聚一聚。”

列席书记办公会的，除了常务副市长赵长风外，还有市委办主任张一磊，只是张一磊列席书记办公会都是为了记录，一般是没有发言机会的。这次书记办公会结束后，刘驰特意把张一磊叫到了办公室。

“一磊，你对这封举报信怎么看？”刘驰把材料放在桌上，随口问道。

张一磊沉吟了一下，看着刘驰的脸色说：“刘书记，现在有些老百姓总喜欢告状，俗话说身正不怕影子斜，杨金花院长究竟有没有干那些事，查一查就知道了。”

刘驰高深莫测地笑着，他当然知道杨金花不但扣了被告的车当做公车用，而且还干出了其他更恶劣的事。但是这个时候他却不能告诉张一磊，纵然张一磊是市委办主任，是他身边的人。

“是啊，是需要查一查。”刘驰说，“杨金花同志还是太年轻啊，年轻人心高气盛，不知道怎么处理干部与群众的关系，不知道怎么解决坚持党性和个人利益之间的关系。很可惜啊！”

张一磊琢磨着刘驰的意思，试探着问道：“刘书记，这么说，杨金花同志她……”

刘驰笑了笑，问道：“一磊主任，这个问题是谁提出来的？”

张一磊愣了一下，说：“是赵市长。”

“你还不了解赵市长的行事作风吗?”刘驰意味深长地看着张一磊，“赵市长哪一次发言不是做了充分准备的?”

张一磊眼睛一亮：“刘书记，这么说杨金花这件事，赵市长事先也调查过，才在书记办公会上拿出这封举报信的?”

“不好说，不好说啊!”刘驰摆了摆手，“赵市长有没有调查过我不清楚，不过我不希望这件事是真的啊。从关心爱护干部的角度出发，我不希望看到任何一个同志出问题啊。”

“刘书记，您的意思是……”张一磊被刘驰的态度弄糊涂了。

“一磊主任，你牵个头，先调查一下吧，先搞清楚基本事实吧。”刘驰端起了茶杯。

“好，刘书记，我马上去。”张一磊知道他该离开了。出了刘驰办公室的门，张一磊心里还在琢磨刘驰究竟是什么用意?不管怎么说，刘驰先让他牵头调查，而不让纪委书记秦晓明去做，就说明刘驰还是留了几分余地的。

常委会议题进行了大半，付罡庭自始至终脸上都挂着淡淡的笑容，一副心情很不错的样子，仿佛根本不知道杨金花的问题就要在这次常委会上进行讨论。

“下面谈一下邙北市法院的问题。”刘驰环视了一下会场，“前天的书记办公会上，长风反映他收到了一封实名举报信，举报邙北市法院存在某些问题。这件事我让一磊同志去调查了一下。一磊同志，你来介绍一下调查的情况。”

张一磊打开了笔记本，看了看刘驰，说：“刘书记，根据调查的情况来看，举报信中反映的情况基本属实，只是在细节上还有一些出入。我现在向大家汇报一下。”

应该说，张一磊汇报的基本上还是符合事实的，只是在某些地方稍微修饰了一下，为杨金花遮了不少丑。张一磊汇报完毕之后，刘驰说道：“现在情况大家都清楚了，大家都谈谈，对这件事有什么看法?”

会场上陷入了沉默。很多人以为，会议的高潮是争论，唇枪舌剑是会议最精彩的部分，实际上错了，会议上真正的高潮不是唇枪舌剑的交锋，而是恰到好处的沉默。在很多时候，沉默是必需的，也是必要的，这才是会议的真正高潮。

沉默难道真的是沉默吗？不，沉默是一个给所有人整理思绪、划分立场的机会。在沉默中，有人会妥协，有人会转向，有人会思考，有人会愤怒，也有人会真的失语。不管怎么说，这都是一种态度，而正是沉默，让他们把这种态度、把他们自己暴露出来。无论是什么问题，暴露出来总比隐藏起来好！

付罡庭沉默了两分钟，轻轻咳嗽了一声，准备说话。这两分钟正好，是恰到好处的。如果他沉默太久，别人会误解他不敢说话；如果他没有经过这个沉默，别人又会认为他其实早就做好了准备，所以才会迫不及待地发言。所以沉默是把双刃剑，弄不好就会伤到自己，让自己无法收场，只有这样不长不短、恰到好处的沉默，才能让付罡庭进退自如，让别人捉摸不透他内心真正的想法。

“说起这个举报信啊，大家都应该不陌生，天天和它们打交道嘛！”付罡庭呵呵一笑，语气轻松地说，“现在的老百姓都不简单啊，不管是什么鸡毛蒜皮的事，都学会了动不动就写举报信。就拿我来说吧，每天至少都要收到十几封举报信，且不说读这十几封厚厚的举报信会占去我多少时间，就说应该怎么对待这些举报信吧。究竟该怎么办呢？查，还是不查？不查吧，举报信一封接一封，言之凿凿，有根有据，仿佛都是事实一般，可是如果一封一封地去查，我们就会发现，很多信其实就是夸大其词，甚至是捏造事实，故意制造耸人听闻的效果。我们这么一查，会挫伤干部的积极性，打击下面干部做工作的热情啊！大家都知道，搞经济建设一定需要一个安定团结、稳定的环境，这一封举报信、两封举报信地查，安定团结的环境没有了，人心也乱了，还办什么事，还搞什么经济建设？我看写这些举报信的人多数都是别有用心啊！”

“当然，我说这些不是针对一磊同志。”付罡庭看了张一磊一眼，“我刚才说的只是大多数情况，具体到邙北市法院这个问题上，可能还是有些区别的。

刚才一磊同志已经汇报了，把整个事件已经调查得很清楚了。那么我就针对这个情况说两句吧。”

“据我了解，杨金花同志还是个很不错的同志，可是没有想到竟然会出现这样的事，竟然会私驾扣押车到外面去，这太不像话了！对于这件事，我的意见是要本着严肃认真、批评教育的态度进行处理，而且一定要处理到位，不能对这种违纪行为姑息纵容。”付罡庭一副大义凛然的模样，“具体该怎么处理，还是请刘书记拿个意见吧！”

付罡庭发言完毕，会场上又陷入了一阵沉默。应该说，付罡庭这一套太极拳打得还是很不错的，避重就轻地把杨金花的问题归结到私开扣押车上去。而对于殴打李焕文的行为压根就没有提，更没有提杨金花在李焕文的案子中徇私舞弊的行为。这拳头高高地举起，却轻轻地落下，姿态拿捏之巧妙，实在让人叹服。而且付罡庭已经表明了自己的态度，如果有人提出异议，那么就是跟他付罡庭过不去了。

钱兆均低头看着材料，心里盘算着究竟该站在哪一边。这时他感觉到刘驰的目光投向了他，他知道该他发言了，再等下去，刘驰可能就会点名了。

“付书记的话很有道理，振聋发聩，让人深思啊！”钱兆均把材料合上，慢条斯理地说，“不过具体到杨金花同志的问题上，我觉得还是要尊重事实，不能因为杨金花同志一直以来表现不错，就可以忽略她在李焕文案件中暴露出来的严重问题。身为领导干部，一定要严格要求自己，杨金花在这件案子中工作方法简单粗暴，我认为这种倾向值得我们警惕，我建议政法系统要举一反三，进行深刻排查，看还有没有类似李焕文这样的案件存在。”

付罡庭脸上的笑容顿时僵住了。他当然明白，杨金花的问题远非李焕文一个案子这么简单，杨金花在法院干了太多蠢事。这个李焕文的案子还可以通过种种方法来掩饰，可是如果在政法系统进行大排查，排查出杨金花的其他问题，那可不是说想掩饰就能掩饰过去的。付罡庭抬头望了钱兆均一眼，钱兆均什么时候和赵长风坐在一条板凳上了？

钱兆均是分管政法的副书记，但是杨金花却仗着付罡庭的势力在法院胡搞，这早已经超过了钱兆均的容忍底线。本来政法系统这一亩三分地就是钱兆均分管的自留地，即使刘驰想插手，也得先过了他这一关，现在付罡庭一个分管组织工作的书记竟然在他这个水泼不进的自留地里弄了一个刺头，这让钱兆均怎么能容忍？当初他之所以同意杨金花到法院当副院长，是钱兆均在蔡国洪和付罡庭之间玩的一个平衡术，想拉付罡庭制衡蔡国洪，钱兆均绝对没有想到，杨金花竟然会如此嚣张、如此愚蠢，早知道这样，当初他说什么也不会同意让杨金花到法院系统的。现在赵长风既然站出来了，钱兆均当然要顺水推舟帮上一把了。

“在这里，我要向刘书记做一个检讨，在杨金花同志的事件上，我是负有领导责任的。”钱兆均最后沉痛地说，“对于我分管的政法工作这一块，我没有尽到责任啊!”

会议室的空气一下子就稀薄起来，所有人都有呼吸困难的感觉。钱兆均最后一句话看似在自我批评，其实是在提醒别人，政法工作属于他分管的范围，那么在对待法院副院长杨金花违法乱纪这件事上，他的意见是相当有分量的。

包太龙掏出一根香烟，在鼻子下闻了半天，却并不点上，过了好一会儿，他才慢条斯理地说：“罡庭同志和兆均同志的意见都很好，究竟该怎么处理，还是刘书记定吧!”他这句话看似不偏不倚，其实已经不软不硬给了钱兆均一个钉子。你钱兆均不是分管政法工作的吗？但是最后拿主意却也不可能是你说了就算的，刘驰是班子的班长，他的意见无疑比你钱兆均的更有决定意义。

付罡庭抬眼和包太龙碰了一个眼神，嘴角有一抹察觉不出的微笑。

白国庆放下茶杯，缓缓说道：“我是分管城建的，对政法工作这一块不熟悉，这里就谈一下我个人的意见，在杨金花同志这件事上，只要能坚持‘实事求是’四个字的原则进行处理，我想是不会出什么问题的。”

赵长风一直低头看着茶杯，默默地听着，这时候听白国庆表过态了，他才抬起头看了看刘驰书记，严肃地说：“刚才听了几位书记的发言，我感触很深，几位书记的意见都很正确，我坚决同意。我在这里也谈一点个人意见，从一磊同志调查的情况看，杨金花同志不但有严重违纪行为，有些行为还触犯了法律。作为法院副院长，杨金花同志知法犯法，我个人认为，杨金花同志不适合继续担任法院副院长，建议市委考虑调整一下杨金花同志的工作岗位。”

付罡庭脸上挂着微笑，端起茶杯喝茶，可是手背因为过于用力却显得有些发白。他内心愤怒得无以复加，赵长风也太过分了，竟然因为这么一件小事就打算把杨金花调走？看来他这不是冲着杨金花去的，而是冲着我来的！

钱兆均脸上也挂着微笑，果然不出他的所料，赵长风提出了具体的意见。他已经听过杨金花怒闯赵长风办公室的事了，心中早就揣测赵长风不会放过杨金花。要不怎么会那么巧，杨金花刚刚跟赵长风拍过桌子，那边赵长风就收到了关于杨金花的举报信？所以刚才他只是绵里藏针地表明了一下自己的态度，至于具体意见，他就含混着推给刘驰。钱兆均相信，也许不等刘驰最后归纳总结，具体意见就会有人提出来。赵长风既然已经把举报信亮出来了，绝对不甘心这件事就这么轻描淡写地不了了之的。果然，果然啊！

刘驰的手指轻轻地敲着桌面，却没有发出一点响声，这个处理意见也是赵长风事先和他通过气的。从效果上来看，赵长风提议把杨金花调离法院副院长的岗位还是合适的，这是一个比较缓和的做法，是一个付罡庭和赵长风乃至钱兆均都能接受的办法。

后面的常委们都跟着做了发言，有些态度严肃，有些态度缓和，从中也能看出一些微妙的关系。比如组织部部长路大为，态度就非常缓和，他自然要支持付罡庭。而纪委书记秦晓明态度非常严厉，他除了一方面旗帜鲜明地表明自己的态度外，另一方面隐隐含着刘驰把这件事交给张一磊调查、而不交给纪委调查的轻微不满。只是这种情绪表达得非常巧妙，能让刘驰明白，却又不至于引起反感。

刘驰环视了一下会场，轻轻咳嗽一声，把大家的注意力引到他的身上，这才缓缓地说道：“兆均同志，刚才长风同志建议把杨金花同志调离法院，你是分管政法系统的，你有什么看法？”

钱兆均略加思索，说道：“从目前掌握的情况来看，杨金花同志的确不适合担任法院副院长一职，我同意长风同志的意见。”

付罡庭的脸就黑了下来，而握住茶杯的手越发白了起来。

“罡庭同志，你也说说，你是什么看法？”刘驰慢悠悠地说。

“我不同意长风同志的意见！”付罡庭的声音非常洪亮，“不错，杨金花同志是犯了一些错误，但是不能因为杨金花同志犯了一些错误，就把她一棒子打死！我党对待干部的方针一向是‘惩前毖后，治病救人’，对于犯了错误的同志，一定要给他们一个机会，让他们有机会改正错误，在哪里跌倒就在哪里爬起来嘛！所以让杨金花同志继续在法院副院长岗位上工作，才能有机会让她认识到自己的错误、并改正自己的错误。况且据我所知，下面的干部群众对杨金花同志反映还是不错的，杨金花同志在法院副院长的岗位上还是做过不少有益工作的。同志们，想想看，仅仅因为一辆车的问题，就把一个口碑不错的副院长调整到其他岗位上去，下面的同志会怎么想？下面的同志还如何去开展工作？他们在今后的工作中会不会束手束脚？”

包太龙接着付罡庭的话说：“是啊，如果就这么把杨金花同志调离副院长的岗位，会不会太草率了一点？下面的老百姓会不会想，看看，一封举报信就能把一个法院副院长扳倒，那么以后无论遇到什么事，老百姓首先想到的就是写举报信。乡里不行到市里，市里不行去天阳，天阳不行去中州，中州不行上北京，这么一来，岂不是都乱套了？干部们都不要搞工作了，每天只要和举报信打交道就好了！”

“是啊，要慎重啊！”路大为一副忧心忡忡的样子，“组织上培养一个好的干部不容易，一个处理不当，会毁了一个同志一生的。”

刘驰的脸就阴沉下来，他最不喜欢看到的就是班子里的成员拉帮结派。如果这次会议上只有付罡庭支持杨金花，其他人都反对，那么刘驰还考虑是不是卖给付罡庭一个面子。但是现在的局面却是付罡庭这一派几乎容不得别人的意见，如果让他们再这么强势下去，别人还会以为他刘驰怕了付罡庭呢！

“还有谁有什么看法？都说出来嘛！”刘驰严肃地说，“一磊同志，这件事是你亲自调查的，你是什么看法？”

张一磊在一旁听付罡庭等人的发言，心里早就火大，这是刘书记布置下来的任务，他必须去做，但是他在调查报告中已经尽量顾到付罡庭的面子了，给杨金花遮了不少丑，可是付罡庭今天的发言却是字字诛心，似乎是他故意捏造事实在整杨金花一样。既然这样，他今天就不必再顾忌付罡庭的面子了。

想到这里，张一磊忽然有了主意，他沉吟着说："我认为付书记的话还是很有道理的……"

会场上的人都是一惊，难道张一磊看到付罡庭势大，见风使舵了？

刘驰却不动声色地喝着茶。张一磊是他的人，无论如何都不会跟付罡庭走的，如果张一磊那样做了，那可就是违反潜规则了。张一磊能做到市委办主任，绝对不会犯这样的大忌的，唯一的可能就是，张一磊后面还藏有话还没有说出来。

"我刚才向大家汇报的只是关于这件事的初步调查结论，因为时间仓促，这个调查结论难免有些不完整、不完善，所以现在就讨论对杨金花同志的处理意见有点为时过早。我的意见是，把这些材料正式移交给纪委，等纪委组织人员调查拿出结论之后，再来讨论对杨金花同志如何处理，是不是更有说服力一些？也只有这样，我们才能够按照付书记所说的那样，不冤枉一个口碑很好的领导干部。"

刘驰虽然没有让张一磊看过他收到的关于杨金花案件的翔实确凿的材料，但是张一磊从经验上就可以判断出，杨金花的案件绝对不是扣一辆车那么简单，这里面一定藏有很多事。好吧，你付罡庭怀疑我调查的材料，那么让纪委牵头重新调查总可以了吧？杨金花如果真的是一块响当当的金子，就不会怕纪委这炉真火来炼吧？

刘驰不动声色地看了付罡庭一眼，然后环视了会场一周。他心中暗笑付罡庭是搬起石头砸自己的脚，如果能听从赵长风的意见，把杨金花调离法院，这件事就到此为止了。可笑的是付罡庭过度狂妄了，既然一意孤行，那么以他和赵长风手中掌握的那些材料，一旦移交到纪委，杨金花就算完了。

"我赞同一磊同志的意见。"赵长风沉吟了一下，说道，"真金不怕火炼，如果正如罡庭同志所说，杨金花是一个好同志好干部，那她应该经得起纪委的调查，罡庭同志，您说呢？"

大家都把目光集中在付罡庭的脸上，付罡庭有些骑虎难下了。他心中盘算了一下，前两天他已经和金花打过招呼，让金花去做一些准备，把那些事都抹平。虽然纪委书记秦晓明不是他的人，但是即使秦晓明下力气去查，也查不到什么东西吧？最多无非还是一个私开扣押车的问题。如此兴师动众，最后只得出这么一个结论，恐怕秦晓明自己都会有点垂头丧气吧？也好，就这样办吧。把这个问题拖一拖，再去做一些工作，到时候再在常委会上讨论这个问题，也可以多争取一些赞同票，总之，无论如何都不能让金花离开法院，那样不光金花要闹，别人还会以为他付罡庭要失势了，所以连情人都被别人整下了呢！

在心里盘算了很久，付罡庭这才开口说："还是刘书记定吧，我服从大家的意见。"

刘驰心里就很不爽，让我定，却又说服从大家的意见？这分明就是对我有意见嘛！

刘驰不看付罡庭，却望向钱兆均："兆均同志呢？你是什么意见？"

钱兆均沉吟道："我看让晓明同志再查一查也好。"

"其他人呢？还有什么意见？都说说吧？"刘驰问道。

大家都沉默着，事情已经成了定局，这个时候说话反而不好。

刘驰等了一分钟，见没有人说话了，这才说道："那好，就这样吧，我看这件事移交给纪委再查一查吧，晓明同志，你看呢？"

秦晓明说："我服从组织的安排。"

刘驰点了点头，说："那好，就这样定了。散会吧，晓明同志，一磊同志，你们留一下。"

其他人都起身出去，付罡庭一马当先，脸上挂着微笑，如和煦的春风一般，心情显得尤其不错。

赵长风表面上不动声色，心里已是大怒。他本来是想给杨金花留一条活路的，可是付罡庭欺人太甚，竟然一步都不愿意退让，那么现在只能见真章了。

赵长风回到办公室坐了一会儿，手机就响了起来，一看是省机关事务管理局李恩华局长打来的，他连忙按下接听键，轻声说道："您好。"

"长风，你好啊！"李恩华笑道，"最近很忙吧？这么久也不来家里坐坐。

对了，灵儿前两天打电话回来，还问你的情况呢。你是不是最近一直没有和灵儿联系过？”

赵长风说：“李叔叔，您这是批评我了！最近我一直没有回省城，所以也没有机会去看您啊！过两天我回去，一定亲自登门向您赔罪。我是有段时间没有和灵儿通电话了，下边的事情太多了。和美国又有时差问题，一忙起来，我几乎什么都忘了。”

“呵呵，在下面工作都是这样，具体而繁琐，不过也很锻炼人啊！”李恩华笑着说。

“唉，说起来还真是有点后悔呢！当初我在省里的时候一直想到下面来，可是到了下面才知道，还是省里清闲自在啊。”赵长风叹了一口气。

“好了，长风，你小子少跟我诉苦，我还不知道你？只怕担子不够重，什么时候会嫌苦嫌累啊？”李恩华忽然话锋一转，“对了，长风，听说邙北市打算上一套煤气管网？”

“是有这么一回事。”赵长风说，“您消息可真灵通啊！”

李恩华笑了笑，说道：“我也是偶然听说的，怎么样，什么时候开始建设？施工单位定下来吗？”

赵长风摇头道：“这件事刚刚开始讨论，邙北市财政不宽裕，我们市里打算让施工方垫资兴建，具体方案还在讨论。怎么，您有什么好公司向我推荐吗？”

李恩华说：“我有一个朋友开了一家公司，规模很大，很有实力。她倒是有兴趣做这个项目，托我打听一下。”

赵长风毕竟是从省机关事务管理局里成长起来的人，和李恩华之间又有着一层方振华的关系，李恩华和他说起话来倒是直来直去。

“您推荐的人肯定没有问题。”赵长风笑道，“只是这个项目要垫付的资金超过一亿，邙北市的财政收入也不过一亿出头，这个项目如果上马，垫付的资金可能需要多年才能还清。”

李恩华笑道：“长风，这你就给我打埋伏了吧？这属于城市建设项目，可以向省里申报，建设厅和计委都可以争取到资金。”

“不瞒您说，申请我们是递上去了，但是最后能不能批，我心里没有底啊。您方便的时候，帮我们在有关领导面前说说。”

李恩华笑道：“这都好办，我给你介绍的这家公司老总能量很大，有她在，你的事就好办啦。”

赵长风轻轻挠了一下头，问道：“您介绍的是哪一家公司啊？”

李恩华说：“中都公司，听说过吗？”

“中都公司？我怎么会没有听说过呢，中原省排行前三的民营企业啊。”赵长风笑着说，“这家公司的老总听说是个女中豪杰，叫史什么兰。”

“史墨兰。”李恩华说，“对了，灵儿这次从美国回来，就要到中都公司工作。”

“灵儿要回来了？”赵长风惊喜道，他一算，可不是，算起来灵儿到美国去就快四年了呢！赵长风刚才还在奇怪，李恩华怎么会忽然没头没脑地提到灵儿，原来是因为这家中都公司啊。

“呵呵，你这个当哥哥的还没有我这个当叔叔的消息灵通啊。”李恩华笑着点了点头。

“中都公司实力雄厚，早知道他们也做煤气管网，我就向他们招商了呢。”

“长风，你就放心吧。史墨兰虽然是个女人，但是做事却非常大气，很讲究路数，不会办让朋友为难的事。当然，这个项目也不能说一定就让中都公司做，只要你们邙北市把事情做公平了，到最后我敢保证，中标的公司一定是中都公司。”李恩华说。

听了李恩华这些话，赵长风心里就更是有数了，他笑着说：“那还拜托你牵一次线，过几天我回中州去的时候，专程拜访一下这个女中豪杰。”

又哈哈了几句，李恩华便挂断了电话。赵长风握着话筒久久没有放下。灵儿这小丫头要回来了，小丫头要回来了，一想起当初和灵儿之间的趣事，赵长风就有点心潮澎湃。这么多年过去了，灵儿也该长成一个漂亮的大姑娘了吧？

刘驰坐在双人沙发中间，双手很夸张地往两边摊开，仿佛不是双人沙发就不足以承载他这个市委书记的威严气度。秦晓明和张一磊都坐在旁边的单人沙发里，斜对着刘驰，可是从坐姿上来看，又有所不同。秦晓明脸上挂着笑容，腰杆却挺得笔直，表现出一个下级对上级有原则的恭敬。但是张一磊却不同，他双腿紧紧并拢，身体向刘驰的方向倾斜，连头也歪向刘驰，一脸谦卑地望着刘驰，所谓俯首帖耳，也不过如此。

“一磊同志，你的工作做得不扎实啊！”刘驰开口就说。

张一磊脸立刻通红，他连声道：“我辜负了刘书记的信任，请刘书记狠狠批评我！”张一磊明白，刘驰是对他发言有些看法。结论既然还不完整不完善，又怎么能拿到常委会上进行讨论呢？不过张一磊相信，刘驰是会明白他的用心的。

刘驰盯了张一磊一眼，正要说话，郭和强敲门进来，低声在刘驰耳边说了一句话。刘驰便对张一磊说：“晓明同志在这里，你把材料移交给晓明同志。有什么问题你向晓明同志交代清楚。”说着又冲秦晓明点点头，站起来出去了。

刘驰一出去，张一磊立刻跷起了二郎腿，摇晃着脑袋对秦晓明说：“秦书记，这件事，其实你也是知道的，情况很复杂啊！”

秦晓明明白张一磊的意思，但是也装着糊涂，只说大道理：“情况再复杂，只要市委下了决心，事情就好办了。”

张一磊伸手拿过手包，从里面掏出厚厚的材料，递到秦晓明手中：“晓明书记，基本情况你也清楚了，详细材料都在这里，说起办案子，还是你们纪委专业，把这些东西移交给你，我就放心了。”

秦晓明说：“一磊主任，你这可是卸担子啊。这件事是你最开始着手的，第一手材料都是你亲自调查掌握的，到时候我还少不了麻烦你啊。”

张一磊说：“晓明书记，不是我偷懒啊，实在是能力问题，你没有看刚才刘书记都批评我了吗？不过晓明同志请放心，有什么情况需要向我了解的，可以随时过来找我。”

他们正说着话，会议室门一响，张一磊立刻放下二郎腿，规规矩矩地坐好。郭和强推开门，恭敬地站在一边，等刘驰进来后，过来给刘驰的杯中添了水，又轻手轻脚地退出去，把门带上。

“你们都谈完了?”刘驰坐下，双手摊开，看见秦晓明和张一磊都望着他，就问道。

“都谈完了。”秦晓明说，“一磊主任把材料都交给我了。”

刘驰点了点头，目光就望向张一磊，张一磊连忙站了起来，说：“刘书记，你们谈吧。有什么事随时叫我。”说着就退了出去，把方才郭和强关门的程序一丝不苟地重新做了一遍。

刘驰沉吟了一下，忽然问道：“晓明同志，你怎么看?”

刘驰的问话有点没头没脑，不过秦晓明自然是听得懂的，他说：“某些干部是应该吸取教训了，这次能把一个好端端的人打到住院，下次说不定能弄出人命呢!”

刘驰心中一动，知道秦晓明一定也听说过杨金花的一些事，这“弄出人命”四个字看似随口说说，但是实际上肯定是有感而发。秦晓明身为纪委书记，农民安需才喝农药自杀的消息，他肯定听到了风声。

“是啊，有些干部根本就不管群众的死活，有些地方甚至流传这样的顺口溜，什么：喝农药不抢瓶、上吊不解绳，投河不拉人、告状不开门。看看，都像什么话？这些干部都麻木到什么程度了?”刘驰马上严肃起来。

秦晓明还是一个非常有正气的人，只是以前蔡国洪当市委书记的时候一手遮天，很多事不是他凭一己之力可以改变的，只好闭着眼睛装聋作哑，心中却受着良知的熬煎。刘驰到了邙北市之后，秦晓明已经逐步改变了工作方式，也处理了几个违法乱纪的干部，没有见刘驰干涉什么，秦晓明的胆子就大了起来。只是这次杨金花的事件牵扯重大，有可能会涉及市委副书记付罡庭，这中间关系错综复杂，秦晓明不能不思虑再三。刚才在常委会上发生的激烈争论就很好地说明了一切。

“刘书记，”秦晓明斟词酌句地说，“现在的干部作风是存在很多问题。从一磊同志调查的情况来看，杨金花就是这样的一个人。您把这个案件交给纪委，我们有决心办好，只是怕情况复杂，根据纪委的经验，总是会拔出萝卜带出泥啊!”

“我不希望看到这个案子牵扯到太多的干部，培养一个干部不容易啊！但是愿望代替不了现实，感情代表不了法律。在这件事上，市委的态度是，不论牵涉到谁，都要坚决依法办事，绝不姑息。”刘驰义正词严地说。从他手中掌握的材料来看，杨金花的事并没有太多涉及付罡庭。但是如果让纪委深挖下去，会不会涉及付罡庭什么，却又不好说了。不过刘驰并不怕挖出付罡庭什么，如果真的挖出付罡庭什么把柄，那么对刘驰来说也是一件好事，付罡庭的前途和命运就都交到他手里了，自然会对他俯首听命。

秦晓明一下子站了起来：“刘书记，有了您的支持，我就放手去干了。”

“坐，坐。”刘驰很满意秦晓明的态度，“对于纪委的工作我一向是支持的。但是我还要交代你一点，晓明同志，一定要坚持‘依法、认真’四个字，事情要么不查，既然查了，就要一追到底，要把工作做扎实，得出的结论一定要经得起历史的检验……”

第十三章　伸手要钱总归不好意思，挺身而出再难也要向前

省建设厅常务副厅长文向雨手中掌握着巨额建设资金的审批大权，如果邙北市煤气管网建设项目能得到他的支持，只要他发一句话，建设厅就会拨出巨额资金，邙北市的清洁能源改造工程就可以马上立项。可是，邙北市领导面面相觑，谁也没有办法拜访文向雨。然而不久就传出消息，说赵长风去拜访了文向雨，而且得到了他的大力支持。

史墨兰是个很年轻的女人，很有气质，第一次见面时，如果不是李恩华介绍，赵长风实在不敢相信眼前这个年龄和他相仿的年轻女子竟然掌管着庞大的中都公司。

正如李恩华介绍的那样，史墨兰的确很会做事，见了赵长风之后，只字不提煤层气管道项目的事，只是闲扯着邙北市的情况。赵长风发现史墨兰对邙北市的情况了解得很清楚，从邙北市的经济到邙北市的历史，甚至是邙北市的一些民间传说，她都能说得出来。这让赵长风不由得想起一句话，说女人要么不干事情，但是一旦干起事业来，就会比男人更执着，也更有优势。

扯到了最后，还是李恩华提起了煤层气管网的事，赵长风以为史墨兰会开始推销中都公司了，谁知道史墨兰还是只字没有提中都公司，反而说她认识建设厅的文副厅长，她可以向文副厅长引荐一下赵长风。赵长风当然知道这个文副厅长是什么人，他是建设厅的常务副厅长，在厅里说话一言九鼎，邙北市煤层气管网的项目如果能有文副厅长发一句话，那么从建设厅争取一笔建设资金不成问题。

望着史墨兰气质出众的俏脸，赵长风忽然明白了，为什么这个女人能够掌管中都公司这么庞大的企业了。想接工程，却只字不提工程，而是帮忙给项目拉资金，这项目的资金如果真的拉过来了，那么除了中都公司外，邙北市还能选择其他公司吗？有了这样的手腕，只怕中都公司再大上几倍，史墨兰都能轻松驾驭吧？

约好了时间，赵长风回到了中州。他本来考虑要去见文厅长是不是要准备点什么礼物，史墨兰笑着说当然需要准备，不过这件事不用赵长风操心，她会提前准备好的。赵长风就有点过意不去，说这怎么能行？让史总费心已经过意不去，又怎么能让史总再破费呢？史墨兰说第一次见面，破费不了什么，让赵长风不要和她客气。赵长风无奈，只能听之任之了。

到了中都大厦，赵长风让刘俊康在下面等着，他上了电梯，来到二十八层，中都公司门口的迎宾台上坐着一个穿着职业套装的小姑娘，眉眼非常清爽，她看到赵长风过来，连忙站起来说："欢迎光临，请问您是？"

赵长风笑笑，说："我姓赵，来找你们史总。"

"噢，您就是赵市长吧？我们史总早就交代了。我带您进去。"

跟在小姑娘后面，赵长风来到总经理办公室，史墨兰正在接电话，看见赵长风就笑了笑，做了个手势，让赵长风先在沙发上坐下。前台文员退了出去，却又进来一位美女，个子极高，她轻手轻脚地为赵长风泡上茶，这才退了出去。

"就这样吧，我这里还有一个客人，改天再联系。"史墨兰的眉头微微蹙起，她把电话挂断，立刻满面春风地笑了起来："赵市长，不好意思啊。劳你等了半天。"

赵长风笑着说："史总，客气什么？大家都是老朋友了。"

史墨兰就浅笑起来，似乎对"老朋友"三个字非常满意。又扯了几句，史墨兰就说："给文厅长的礼物我准备好了，这就拿给你。"说着转身到一旁的柜子前，弯腰去打开柜门。

赵长风本想问多少钱，可是又一想，史墨兰已经事先声明过了，他如果再提，就显得不够大气，就把这个念头压下来。他的目光落向史墨兰的背影，却看到史墨兰由于弯腰，后腰处显出一抹雪白的腰身，若隐若现，甚是诱人。

赵长风脸色微红，连忙把目光移向别处。

史墨兰从柜子里拿出一个报纸包得四四方方的东西，转身来到赵长风面前，递给他道："赵市长，你看看。"

赵长风不知道报纸里包的是什么东西，他伸手接了过来，东西一入手，他就感觉到这是一本书。

"书？"赵长风心里就有些明白了，这报纸里包的说不定是什么孤本古籍，去年一次拍卖会上拍出一本明朝孤本医书，价格高达五十多万呢。看来文厅长一定是有搜集孤本珍本的习惯。

心里想着，赵长风打开了报纸，可是他立刻就愣了，报纸里包的哪里是什么孤本珍本啊，这明明是一本新出版不久的书籍，上面题着三个大字：《落梅集》，当赵长风把目光落在作者的名字上时，他又吃了一惊，作者的名字竟然是文向雨，这不是文厅长的名字吗？赵长风就有点不明白了，史墨兰给文厅长准备的礼物竟然是文厅长自己的书，这究竟是什么意思呢？

史墨兰笑吟吟地说："赵市长，你打开看一看，看看是什么感觉？"

赵长风疑惑地把书打开，发现里面全部是诗歌，看来这是一本文厅长出版的诗歌集，只是赵长风不明白，为什么文厅长出的书印刷质量这么差，里面错别字连篇，看起来就像是一本盗版书？

"很好，很好啊！"赵长风把书合上，"真没有想到文厅长竟然是一位诗人啊！"

史墨兰眼含深意地瞟了赵长风一眼，说道："赵市长，我本来觉得你是年轻人，身上的棱角会多一些，谁知道你也这么圆滑，说起话来这么世故。"

赵长风笑了一下，却不接口。

史墨兰又道："赵市长，你还看出了什么啊？"她那双漂亮的大眼睛一眨不眨地盯着赵长风，看他如何回答。

赵长风又翻看了一下，说道："史总，那我就不客气了啊。这本书印刷质量很差，有点像盗版书啊。"

史墨兰一下子就放下心来，她刚才还在想，如果赵长风还在说假话套话，以后她只会把赵长风当成一个可以利用的工具，绝对不会深交，此时听赵长风说出了老实话，她就放心了。

看史墨兰红着俏脸沉吟不语，赵长风以为自己说错话了，连忙说道："史总，不好意思。我只是……"赵长风拿着手中的书，也不知道该怎么表达自己的意思。

见到赵长风有些手足无措，史墨兰这才醒悟过来，解释道："赵市长，你说得不错，这可以说是一本盗版书，但是又和一般的盗版书不同。"

赵长风说："还是请史总跟我详细解释一下吧，不然这葫芦非把我闷坏不可。"

史墨兰笑了起来，她从赵长风手中拿过那本《落梅集》，说道："这的确是一本盗版书，和一般盗版书不同的是，这本书只出了一本盗版，而且还是我盗的。"

"什么？史总，你不解释我还明白些，怎么你一解释我却反而更糊涂了？"赵长风挠了挠头，纳闷地说。要是在官场上，赵长风是绝对不会问这么多的，什么该问，什么不该问，什么该说，什么不该说，都要在心里掂量又掂量，最后才会决定。可是面对史墨兰，赵长风却是不同。这其实也是一种本事，在官场说官话，在生意场说生意话，在江湖中说江湖话，面对不同的人，要学会不同的说话方式，才能达到想要的效果。不然在生意场上还打着官腔，或者在江湖中打着官腔，谁会理睬你？谁又会给你做生意呢？

史墨兰笑着说："赵市长，你听说过这么一个说法没有？那就是恭维一个作家莫过于说他的书有了盗版，恭维一个书画家莫过于说他的作品有了伪作？"

"哎呀，恕我孤陋寡闻，这个说法我的确没有听过。"赵长风摇头道，"不过想一想，这个说法还真是有道理啊！"

"当然有道理。"史墨兰端着茶杯坐在赵长风身旁的沙发上，一股淡淡的幽香传到赵长风的鼻端，不知道怎么的，赵长风脑海里忽然出现方才那一抹雪白的腰身，他的脸不由自主地热了起来，好在他也端着茶杯，水汽缭绕，史墨兰并没有察觉他有什么异常。

"我有一个当作家的朋友曾经开玩笑说，一个作家，如果写的书被禁了，那就是来自官方的嘉奖。因为从来没有什么书比禁书卖得更火，禁书两个字本身就是最好的广告。"史墨兰端着茶杯慢悠悠地说。

赵长风笑了起来，还真是这么一个道理，当然，他知道史墨兰下面肯定还有话要说，于是就凑趣地说："你这个朋友还真是个有趣的人，还有呢?"

史墨兰芊芊玉指端着茶杯凑近唇边喝了一口，从侧面望去，赵长风看到茶杯边沿留下一个极淡的口红印。

放下茶杯，史墨兰这才继续说："我的这个作家朋友还说，一个作家，如果写的书被盗版了，则是来自市场的荣誉。因为市场反应最为灵敏，知道什么书会火，什么书好卖。因此，在他们作家圈子里，有一种颇为奇怪的心理，自己的书如果被盗版了，首先感到的不是愤怒，反而会感到一种莫大的荣耀。那些书被盗版过的作家固然到处宣扬出现了盗版，那些从来没有被盗版的作家也要煞费心机地制造出江湖传闻，言之凿凿地声称自己的书被盗版了，只有这样，才会显得脸上有光。"

赵长风摇头苦笑，看来这作家圈子和官场实在是有异曲同工之妙啊。

史墨兰又笑着说："在咱们中原省，就有一位大型国有企业的老总，逢人就散发他的诗集，除了一句'请指教'的客气话外，这位老兄还一定会附加上几句对盗版者的唾骂。我也翻看了一下这位老兄所谓的诗集，说句心里话，如果这本书也有人来盗版的话，那么盗版的人肯定亏死了。可是看这位老兄斥责'盗版'时声色俱厉的样子，我又觉得如果不相信这位老兄的话，心里还真的有点对不起他老人家。"

赵长风忍俊不禁地笑了出来："是啊是啊，应该相信。"然后又说，"这么说来，作家出版书的时候一定要尽量把价格定得低一些，往盗版书上靠啊。"

史墨兰白了赵长风一眼，说道："书价定得低人家才懒得盗，要想吸引人来盗版，书价必须往高里定。"

"学习了，学习了!"赵长风连声笑道，"今天跟着史总长了不少见识，下次我如果要出诗集，就让史总帮我运作。"

"好，那就说定了，一会儿就把协议签下来。"史墨兰笑着继续说，"其实你们领导干部和作家并无不同。前一段时间我到北京去，就见识了不少这样睁着眼说瞎话的高人，明明领导的'大著'是讲话、调研、游记，但是硬让领导身边的高人有鼻子有眼地说成市场上出现了'盗版'。久而久之，领导自己也相信了，以为自己是文学天才。我曾听说北京一位以写打油见长的领导酒后放言，他因为革命工作耽误了文学天赋，如果他专心致志地在文学领域发展，诺贝尔文学奖迟早就是他的。还有一位领导，刚升到司局级，就忙不迭地嘱咐人家‘好好保管自己的字画’，将来会卖大价钱的。”

这些事听起来虽然匪夷所思，但是赵长风知道，史墨兰讲的一定是真实的故事，只是他还是第一次听说。怪不得李恩华说史墨兰能量大，单单从这些事上来看，就可以知道史墨兰绝对不一般。

史墨兰一边说笑，一边抬起白嫩的手腕看了一下表，说道：“赵市长，我们先找个地方吃饭吧。”

“那文厅长……”赵长风问道。

史墨兰笑道：“不用请他，我们吃过饭，直接到他家里去。”

赵长风点了点头，事情既然是史墨兰安排的，他只要照做就行了。

他们一起下了楼，史墨兰的车就停在中都大厦门旁的停车位上，是一辆乳白色的宝马，像史墨兰一样有气质。史墨兰笑吟吟地对赵长风说：“赵市长，今天坐我的车吧?”赵长风点了点头，对身旁的刘俊康说：“俊康，你和老邢先回办事处吧。”刘俊康心领神会，一句话也没说，点点头就走了。

因为是史墨兰亲自驾车，为便于交流，赵长风就坐在副驾驶的位置上。史墨兰熟练地开着车，在中州市繁忙的车流中穿梭着，问道：“赵市长，你喜欢吃什么?”

赵长风沉吟着，如果是叫上文厅长，这顿饭就好安排，但是就他和史墨兰两个人，还真是有点不好办：“要不吃西餐吧。两个人，吃中餐太麻烦了。”

史墨兰选了文厅长家附近的一个莱茵阁咖啡厅，和赵长风一起进去，史墨兰忽然有点后悔，今天是周末，咖啡厅里有很多情侣模样的人并排而坐，服务生看到她和赵长风也露出会心一笑，上来引导他们进入座位。

吃过饭，史墨兰本想和赵长风再坐一会儿，可是看到四周窃窃私语的情侣，也觉得有些不好意思，她又看了看手表，说：“时间差不多了，我们过去吧。”

赵长风跟着史墨兰出来，可是史墨兰却并不开车，只是向前走着，赵长风就有些奇怪，问道：“史总，我们这是去哪里?”

史墨兰说：“到文厅长家。”

赵长风更是奇怪，像文厅长这种级别的干部，一般都住在省直机关生活区，怎么会住在这里？赵长风想问史墨兰，可是话到嘴边，又咽了下去。现在他必须把史墨兰当成官场中人，而不是生意场上的人。

史墨兰边走边对赵长风解释道："文厅长在省直机关有套房子，可是平时很少在那里住，多数时间都住在这边，这边是他儿子的房子。"

赵长风点了点头，一下子就明白了，有一些领导干部，虽然在省直机关有房子，但是却嫌住在省直机关生活区里不方便或者不舒服，于是就留着省直机关的房子遮人耳目，然后在外面再打着其他名义弄一套房子，这样的房子不但居住条件要好过省直机关的标准，而且往来方便，不像省直机关生活区，到处都是熟人，到处都是眼睛。看来文厅长也是如此，选择了住在外边。

史墨兰往西一拐，眼前出现一条幽静的街道，街道不宽，两旁都是遮天蔽日的梧桐树，街道两边都是独门独院的别墅。赵长风虽然是在中州生活了这么多年，还真不知道中州还有这么一块风水宝地呢。

史墨兰在路南第三个小院停下，按响了门铃，过了半天，才听到里面有人应声，门开了一条缝，是一个十六七的小姑娘，很是乖巧可爱。小姑娘看到史墨兰，笑着说："史总，您来了?"说着就打开了门。

史墨兰一边领着赵长风进去，一边笑着问道："小娟，你好。文厅长吃过饭了吗?"

"爷爷吃过了。"小姑娘应道，"这会儿正在看他的兰花呢!"

"文厅长又弄到什么稀罕货了吧?"史墨兰笑道。

"是啊，前两天有人给爷爷送来一盆兰花，爷爷稀罕得不得了，张口闭口都说这个是他的宝贝，天天没事就看着。"小姑娘比划着说。

院子中间栽了两棵梧桐树，郁郁葱葱，参天而立。院子四周摆放着几个架子，上面摆满了兰花。赵长风心想，原来文厅长是喜欢兰花的，为什么史墨兰没有说呢?

史墨兰指着这些兰花说："这些都是文厅长精心收藏的宝贝，每一盆都价值不菲。"赵长风看了看，觉得这些兰花都很普通，也看不出有什么价值不菲的地方。

"爷爷，史总来了!"小姑娘推开房门叫道。

赵长风看着小姑娘轻声问史墨兰道："文厅长的孙女?"

史墨兰说道："文厅长老家远房的亲戚，按照辈分，叫文厅长爷爷。"

听到里面应了一声，史墨兰就领着赵长风进去了。

"文厅长，您好，好久没有来看您了。"史墨兰伸出白嫩的手和文厅长握了一下。文厅长个子不高，肚子却很大。赵长风在省直机关工作的时候见过文厅长两次，只是从来没有说过话。文厅长把手中的花盆放到旁边的花架上，问道："这位就是小赵?"

赵长风连忙走上前去握手道："文厅长，您好。"

史墨兰围着那盆兰花看着，口中啧啧称赞，然后才详细地介绍起赵长风。文厅长的目光又落在那盆兰花上看了半天，这才抬头说道："邙北是个好地方啊，不错不错!"

赵长风连忙说："请文厅长有时间到邙北市视察工作。下面的发展离不开领导的关心。"

文厅长却和史墨兰天南地北地扯了起来，就好像赵长风不在场一样。赵长风有些发窘，脸上却总是微笑着。史墨兰和文厅长谈笑风生，说的一些人和事赵长风多数都不知道，觉得很陌生。才到邙北市一年多，省里的事情竟然就有这么多不了解，可是赵长风脸上却不表现出来，似笑非笑的样子。他打量着书房的布置，应该说书房布置得还算雅致，透着一股文人的气息，这就不难理解文厅长为什么喜欢诗歌，还出了一本《落梅集》。赵长风最后把目光落在那盆兰花上，那是一盆花瓣黄绿、花蕊血红的兰花，只是叶片有些残缺，有些美中不足。看清楚兰花的模样，赵长风差点哑然失笑，这就是文厅长的宝贝啊?他小的时候爬北边太行山时，在深山里见过这种兰花，在那幽深阴暗的峡谷里长了一大片这样的兰花，他根本没觉得有什么稀罕的，怎么现在到了文厅长这里，就成了宝贝了呢?

史墨兰看看和文厅长扯得差不多了，就笑着说："文厅长，这次小赵过来，给您带了一件特殊的东西。"

文厅长的脸色就有些难看，他说道："小史，怎么回事?你又不是不知道我的脾气，我不喜欢搞这一套。"

"是是是，文厅长，我做自我批评。"史墨兰浅笑着，"我也跟小赵说了，让他不要搞这一套，但是小赵却说，这不是礼物，而是一件很特殊的物品。”说着她给赵长风递了一个眼色。

赵长风连忙打开公文包，掏出那本盗版书，双手捧着递给了文厅长，说道：“文厅长，您看。”

文厅长接到手里一看，读出声来：“《落梅集》？小赵，你是从什么地方买到这本书的？”语气已经和蔼了很多。

“不是我买的，是我的司机买的。”赵长风说道，“前两天我到商业厅去办事，因为要找的人还没有到，就在车里等候，我觉得闷，就让司机去给我买一本书过来消遣。司机在路边看到一个书摊在卖书，他知道我喜欢诗歌，就替我买了一本回来。我一看名字，这不是文厅长的书吗？心里喜欢，就迫不及待地打开看了，可是这一看，却让我很气愤，文厅长，这是盗版，竟然是盗版！文厅长辛辛苦苦的心血，竟然成为那些不法书商赚钱的工具。我这是把这本书拿过来，就是向文厅长汇报一下，外边那些不法书商靠文厅长的书发着横财，文厅长您却毫不知情，想想就让人气愤！”

“是啊，真让人气愤！”文厅长看着手中印刷粗糙的盗版书，上次出版社竟然说他的《落梅集》卖不动，谎言，完全是谎言，显然是侵吞作者版税的无耻伎俩。书究竟卖得动卖不动，还是要靠市场来检验。不受市场欢迎的书，怎么可能有盗版呢？那些盗版书商难道瞎了眼，会盗版让自己赔钱的书吗？

文厅长摇头道：“国人的版权意识就是淡薄，竟然会堂而皇之地拿别人的劳动成果去卖钱，可悲啊，可悲！不知道这种局面什么时候才能够改观啊！我呕心沥血之作，最后却成了不法书商的赚钱工具。下次再开会的时候，我一定要跟新闻出版局的老张说一下这个事情！太让人气愤了！”

看着文厅长面色通红、表面愤慨实则心中暗自得意的样子，赵长风很是好笑。还是史墨兰高明，花了几百块钱让印刷厂搞了这么一本盗版书，果然号准了文厅长的脉。

“文厅长，那这本书我就留在您这里，作为您起诉那些不法书商的证据。”赵长风恭恭敬敬地说，“不过我有一个小小请求，我太喜欢您这本《落梅集》了，不知道文厅长您这里还有没有，能送我一本吗？当然文厅长能够亲自签上名是最好的。”

文厅长把盗版书紧紧拿在手里，又听说赵长风想要一本正版的《落梅集》，很是开心，脸上却做出一副为难的样子："小赵，我这里只剩下最后一本了，本来是我自己留作纪念的，既然你这么喜欢，我只有忍痛割爱了！"

赵长风立刻大喜过望地说："谢谢文厅长，谢谢文厅长！"

书房角落的书橱里就放了两百本《落梅集》，可是文厅长却不能去拿，万一让赵长风或者史墨兰扫上一眼，岂不是当场揭穿他的谎言？文厅长想到卧室的柜子里还放着几本，本想招呼小娟去取，又担心小娟愣头愣脑，万一拿了两本过来怎么办？于是文厅长就笑着说："小赵、小史，你们先坐，我去拿书。"

文厅长出去后，赵长风和史墨兰交流了一个眼神，都有点忍俊不禁。

工夫不大，文厅长拿着一本崭新的《落梅集》进来，赵长风连忙站起来迎上去，双手从文厅长手中接过书，口中说道："太好了，太好了，这次我回邙北市，不知道有多少人羡慕我呢！"说着翻来覆去地看着这一本装帧精美的书，爱不释手。

文厅长抚摸着滚圆的大肚子哈哈大笑道："小赵，你夸张了吧？就是一本书而已，有什么可让别人羡慕呢？"

赵长风认真地说："文厅长，这本书不知道多少人想买都买不到，要不为什么会有盗版呢？我今天不但拿到了正版，而且还是文厅长您亲自送给我的。对了，文厅长，还要劳您的大驾，给我签上名。要不邙北市的那帮干部还以为我在吹牛皮，在其他地方买了一本《落梅集》，冒充是您送给我的呢！"

"好好好！"文厅长欣然应允道，"我这就给你题上名字，谁如果说你吹牛皮，你就让他们直接来问我好了。"

赵长风就喜滋滋地把《落梅集》的扉页打开，摊在书桌上。文厅长微笑着，拿起一支派克金笔，在扉页上龙飞凤舞上写道：

"世界上最美好的东西，莫过于有几个头脑和心地都很正直的纯洁的朋友！

小友长风雅鉴。"

赵长风看到"小友"两个字，心里就知道就算没有走进文厅长的圈子，最起码也算是文厅长圈子边缘的人了。以"小友"称之而不称呼他为"长风同志”，这中间的亲疏之别还是很明显的，赵长风实在没有想到，一本盗版书的作用竟然这么大，看来史墨兰果然是不简单，处理起官场事务来举重若轻，远非一般人能够做得到的。

赵长风心中想着，嘴上却没有闲着，文厅长刚收笔，赵长风就赞道：“好书法！文厅长，我不是太懂书法，但是我还能看出个大概。文厅长的字是不是师法宋徽宗赵佶的瘦金体？不过看起来又比瘦金体稍微丰润一些。没有想到文厅长的诗写得好，字也这么漂亮！”

史墨兰见文厅长一边摇头一边笑着，就知道赵长风肯定说对了。文厅长摇头是谦虚，笑是高兴，赵长风正说中了他最得意之处。于是史墨兰也跟着说：“小赵，我更是对书法一窍不通，你还知道一个什么体，可是我根本不知道这些，我只知道字写得好看不好看。文厅长的字看着就是漂亮！”

文厅长就伸手虚点史墨兰：“小史，你把我高高捧到云端，就不怕我摔下来吗？你们这些年轻人啊！”他的话看着是责备，可是只要不是傻子，都能听出文厅长其实很高兴。

有了这个赠书题字的插曲，大家重新坐下，气氛又不一样了，文厅长的目光也开始光顾赵长风，亲切而又温暖。

赵长风有心讨文厅长高兴，就指着那盆叶片残缺的兰花问道：“文厅长，这株兰花叫什么名字？真漂亮啊。”

文厅长落在那株花瓣黄绿、花蕊鲜红如鸡血石一般的兰花上的目光就有些温情脉脉，如同是看着自己的初恋情人。回味了半天，文厅长这才开口说道：“小赵，这株兰的学名叫做三棱虾脊兰，是国家一级保护植物。目前国内发现的绝对不会超过十株。这一株是一个朋友在大别山里发现的，他知道我喜欢兰花，就送过来给我。只是有些可惜，两个叶片被虫蛀了。”

“文厅长是文化人，喜好到底与别的领导干部不同。”赵长风说道，“其实我也很喜欢兰花。古人把梅兰竹菊称为‘四君子’，兰花可以说是古代文人墨客的最爱。我记得孔老夫子就曾经说过：‘芝兰生于深谷，不以无人而不芳；君子修道立德，不为困穷而改节。’在儒家看来，兰花就是高风亮节的代表。”

文厅长嘉许道：“不简单，不简单啊！现在的年轻人，有几个能知道孔老夫子的话呢？说起喜欢兰花，唐朝大诗人李白尤甚，他曾经写道：‘为草当作兰，为木当作松；兰幽香风远，松寒不改容’。黄庭坚说兰花‘兰甚似乎君子：生于深山薄丛之中，不为无人而不芳’，这是多么高贵的品格啊！我没有别的爱好，就是喜欢养兰花。”

又说了一会儿话，史墨兰看时间不早了，就说道：“时间不早了，文厅长，您和阿姨早点休息吧，改天我和小赵再过来看您二老。”

“也好!”文厅长笑了笑，“小赵，以后常来啊!”他站起来伸出手握手告别。赵长风感觉文厅长握着他的手很有力，甚至让他有些痛感。赵长风深刻领会着文厅长的握手，觉得别有意味，心里暖洋洋的。

他们出了文厅长的家，拐到咖啡馆，上了车，史墨兰和赵长风对望了一眼，脸上都露出神秘的微笑。这一趟来文厅长家，虽然只字没有提邙北市煤层气管网项目的事，但是赵长风深信，他只要把报告送到建设厅，文厅长绝对会特别照顾的。

史墨兰发动着了车，忽然问道：“长风，你真的喜欢兰花?”

“是啊，我真的喜欢。”赵长风没有发觉史墨兰已经把对他的称呼从“赵市长”改为“长风”了，他说道，“我还记得很多前人咏唱兰花的诗句，屈原的诗句中就有很多提到兰花的。什么‘扈江蓠与辟芷兮，纫秋兰以为佩’、‘余既滋兰之九畹兮，又树蕙以百亩’、‘秋兰兮蘼芜，罗生兮堂下’。还有扬州八怪郑板桥，也是一个喜欢兰花的狂人，他不但画有七八十幅兰画，而且还写有八十多首关于兰花的诗，他说‘学花卉，爱作芝兰菖’，‘喜他清且洁，可涤吾之肠’，简直就是以兰花为榜样，自我勉励。”

史墨兰莞尔一笑，说道：“长风，今天真是有趣，你和文厅长都喜欢兰花，我的名字中也带个‘兰’字，今天我们三个真是跟兰花较上劲了。”话刚一出口，史墨兰忽然觉得不妥。赵长风喜欢兰花，她偏偏要点名她的名字带有“兰”字，听起来好像是在暗示什么。一时间她不由得俏脸发热，她偷偷瞟了赵长风一眼，却发现赵长风没有丝毫异常。

赵长风其实已经察觉到了，只是这种情况下他只能装糊涂。他连忙岔开话题，引开史墨兰的注意力：“史总，文厅长看来真是个雅人，养了一院子兰花，在领导干部中还真是少见。”

史墨兰的注意力果然被引开，她笑了笑，说道：“什么雅人？长风，你知道文厅长一院子兰花值多少钱？”

赵长风摇头道：“多少？”

史墨兰伸出了两根白嫩的手指。

“不会吧？竟然值两百万？”赵长风大吃一惊，那些兰花看起来平淡无奇，怎么能值这么多钱呢？

“怎么不会？我这还是往少估计了。”史墨兰白了赵长风一眼，“这还不包括那株国家一级保护植物三棱虾脊兰。那株三棱虾脊兰价格恐怕要在二十万以上。”

“什么？要二十万？”赵长风叫道，“兰花有这么值钱吗？”

“哼哼，你别不相信。就这还是因为那株三棱虾脊兰有两个虫眼，不然价格还会再高上不少！”

赵长风有点双眼发直，一株带虫眼的三棱虾脊兰就值二十万，那么家乡太行山峡谷中那一大片三棱虾脊兰该值多少钱啊？怔了半天，赵长风忽然说：“高明，高明！”史墨兰会心一笑，也不言语。文厅长的确是高明啊，喜爱兰花不过是文人的雅好而已，别人送给他兰花，也不过是“兰友”之间的交流，而这些兰花，随时可以到市场上变现，简直就是绿色的金子。这些收礼送礼的手段向来都是运用之妙，存乎一心。

赵长风在家里住了一个晚上，因为第二天下午要开常委会，所以他早早就起来，匆匆赶回邙北市。方佳怡对他这样来去匆匆意见很大，说早知道这样，还不如让赵长风继续在商业厅当副处长，也不用过这样望眼欲穿的牛郎织女似的生活。对于方佳怡的抱怨，赵长风只有苦笑，他其实可以请假不参加常委会，但是他担心在常委会上会讨论杨金花的问题，就决定一定要回去参加。他既然因为杨金花的事和付罡庭撕破了脸面，那么这件事就一定要坚持到底，不能够再退回去了。

下午三点，赵长风微笑着在会议室里坐下，环视一下四周，发现除了市委书记刘驰外，副书记白国庆的座位也是空着。刘驰一般是最后出现在会议室的，这不奇怪，但是怎么到现在白国庆也没有来呢？看常委会的日程安排，白国庆今天没有其他活动啊。

刘驰端着茶杯笑眯眯地走了进来，往中间一坐，说开始吧，国庆同志住院请假了，都到齐了。

赵长风本来以为要在会上讨论杨金花的事，但是终究没有讨论，看来纪委还有些工作没有做完。付罡庭倒是满面春风，心情好像丝毫没有因为纪委正在调查杨金花的事受到影响。

会议结束后，赵长风回到市政府大院，刘俊康连忙跟进来替他换茶。赵长风说："俊康，白国庆书记住院了，你从侧面打听一下，看看刘书记去医院看过了没有？"

刘俊康笑了笑，把茶杯放好，轻手轻脚地出去了。过了半个小时，刘俊康回到办公室，向赵长风轻声汇报："刘书记去过医院了，今天中午去的。另外付书记、钱书记和包书记也去过了。"

赵长风点了点头，没有做声，刘俊康站了一会儿，就回他的办公室了。赵长风其实只需要知道刘驰有没有去看过白国庆，至于其他几位副书记，对赵长风来说无所谓。

赵长风打听刘驰有没有去探病，是有原因的，按照官场的潜规则，只有刘驰先去看过白国庆了，他才能跟着去看。如果赵长风抢在刘驰面前去医院探望白国庆，刘驰知道了肯定认为赵长风在拉帮结派，笼络人心。如果赵长风硬要提前去看，那么他必须要事先向刘驰请示，当然语气不一定很正式，说我要到医院去看望一下白书记。如果到了医院，赵长风还要对白国庆说，刘书记很忙，一时抽不开时间，就委托我先过来看望一下白书记。这样的话，赵长风非但会让刘驰心中不舒服，也在白国庆这里没有落下人情，这样两头不落好的冤大头赵长风怎么会去做呢？至于付罡庭、钱兆均和包太龙三位副书记，虽然在党委排名比赵长风高一些，但是赵长风却不必像顾忌刘驰那样顾忌他们。这个道理看来刘俊康是不明白，否则他也没有必要把其他三位副书记的行踪也打听清楚。

快下班的时候，刘俊康来到赵长风办公室，拿起杯子又添了一次水，然后轻声问道："什么时候去医院？我去安排一下。"

赵长风略一沉吟，说道："吃过晚饭吧。八点钟你和老邢过来接我。"刘俊康应了一声，就出去了。

在市委招待所吃过晚饭，穿过侧门，走了几分钟，赵长风就回到了湖月山庄七号别墅。他打开电视看完新闻，又坐了一会儿，就听到外面有汽车的声音，然后就听到刘俊康的敲门声。他没有进来，只是站在门口轻声问道：“市长，就走吗?”

赵长风点了点头，拿起手包就出来了。刘俊康连忙接过手包，把赵长风让在前面，下了台阶，又抢一步拉开车门，护着赵长风进去，然后自己才绕到前面坐了进去，对司机老邢说：“走吧。”

出了湖月山庄向左一拐，十多分钟，车就到了邙北市人民医院，这也算是小城市的优点，去什么地方都不会花太长时间。

“停一下。”刘俊康让车在医院门口停下，他去旁边的商店把下午定好的花篮和水果拿了出来。邙北是个县级市，医院门口虽然也有鲜花店，但是到了晚上就关门了。刘俊康下午提前买好，放在一旁的商店里。这些事不用赵长风交代，刘俊康自然会办好。当然，这些鲜花和水果也只是一个意思，白国庆并不会在意这些，重要的是赵长风一定要到病房去，只要赵长风人到了场，就比什么都重要。这其实就是表明了一种态度，送什么东西是无所谓的。

病房里已经有几个人坐在那里，他们看到赵长风进来，连忙站起来，闪到一边，脸上堆着笑向赵长风问好。赵长风看了看，都是城建系统的人，于是就点头微笑。

白国庆坐在床头，赵长风大步上前握手，口中说道：“白书记，才知道消息，来晚了一步，不要见怪。”

“长风同志，又不是什么大病，惊动了你，用不着来看的。”白国庆说道，然后随口补充了一句，“刘驰同志中午的时候来过了。”

赵长风说道：“我到中州去办事，中午才回来。下午召开常委会时我没有看到你，问了一下，才知道白书记生病了。现在感觉怎么样？怎么不去天阳市人民医院？邙北市人民医院条件有限啊。”

白国庆说道：“没事，只是有点发烧，我说在家里歇歇就好，可是他们非让来医院。这种小毛病，来邙北市人民医院就兴师动众了，再到天阳市人民医院，岂不是更要闹笑话了。”

赵长风却是不信，白国庆也许不仅仅是发烧这么简单。做领导的都不愿意生病，生怕别人说自己身体不好，不能干革命工作。所以即使身体不好，也要硬扛着。现在邙北市市长的人选没有定下来，一切都有可能。白国庆这个时候自然不愿意就健康问题传出什么传闻来，所以他选择邙北市人民医院而不到天阳市人民医院去，也有他的考虑。

心里想着，赵长风笑着说："白书记身体一向很好，不会有什么问题的。估计是最近累了，抵抗力有些差，养两天就好了。"

白国庆叹气道："没办法啊。邙北市黄金地质公园、邙北市商品批发市场，还有罡庭同志牵头的香港利雅达集团的汽车配件制造公司，这三个项目一起上马，都牵扯到城建，不协调好，会出问题的。还好煤层气管网项目还没有开展，不然更有得忙了。"

"是啊，城建工作是重中之重啊。白书记担子重啊！"赵长风附和着说。

"长风同志，你这是和我开玩笑吧？要说担子重，我可比不过你啊。光辉同志在党校学习，市政府的工作全靠你一人挑着。"白国庆说道，"不说这个了，长风同志，你这么忙，专程跑过来干什么？"

几个城建系统的人开头还站在一旁赔着笑，后来终于发觉他们待在病房里不方便，于是纷纷告辞。见他们都走了，赵长风才说道："国庆书记，我是专程过来向你汇报工作的。"

白国庆摆手道："长风同志，你太客气了。汇报两个字我可当不起啊。"口中这样客气着，白国庆心里还是很受用的。毕竟在党委的排名，他还是要高于赵长风这个主持政府工作的常务副市长的。

赵长风说道："国庆书记，本来你住院休养，我不该和你谈工作，可是这次煤层气管网建设还需要你的大力支持，这次我到中州去专门拜访了一下建设厅的文厅长，效果不错啊！"

"你见到文厅长了？"白国庆眼睛一亮。文向雨是省建设厅常务副厅长，掌握着巨额建设资金的审批大权，是各地市领导重点讨好却总也讨不到好的建设厅二号人物。白国庆也见过文向雨几次，可是文向雨只用鼻子哼了几声，眼睛更是不曾在他身上停留过。赵长风竟然去拜访了文向雨，而且还说效果不错，怎么能不让白国庆惊讶？

"见到了。"赵长风说，"文厅长还送了我一本书。"说着他打开包把文厅长亲自题词的《落梅集》拿出来，递给白国庆。

白国庆接了过来，打开封面，一眼就看到了“小友长风雅鉴”几个字，心中不由得又羡又妒，赵长风能被文向雨称为“小友”，恐怕天阳市主管城建的王书记和李市长到了文厅长面前，也没有这样的待遇吧？

“到底是省里下来的干部，长风同志能力就是强啊，连文厅长亲笔签名的书都能搞得到。”白国庆羡慕地把书还给赵长风，“看来，刘驰书记决定让你主抓煤层气管网建设的意见是正确的，论起理顺上边的关系，还是需要长风同志这样省里下来的干部啊！当初刘书记征询我的意见时，我说长风同志来邙北市虽然才一年多，但是工作能力极强，成绩更是有目共睹的，这煤层气管网项目还是交给长风同志挂帅比较好。”

“白书记，你这是给我压担子啊！”赵长风一脸真诚地说，“多谢你的信任。白书记你是城建专家，这煤层气管网建设你可不能撒手不管，以后这方面的工作我还要多多向你汇报。”

白国庆很满意赵长风的态度，他说道：“长风同志，你在我面前可千万别一口一个汇报，我实在担当不起。”说着站起来就要去给赵长风倒茶。赵长风连忙拦住，说自己来，白书记还在养病，怎么敢劳动你的大驾。白国庆笑着摆手说不就是发个烧嘛，没什么大问题，倒杯水还是能做的。他坚持着要给赵长风倒茶，赵长风倒是不好再推辞，他双手接过茶杯，喝了一口，正想开口，白国庆又递了烟过来。赵长风就为难地说：“白书记，这是病房，方便抽烟吗？”

白国庆眼睛一瞪道：“怎么不方便？高干病房如果连这点优势都没有，还叫啥高干病房。”说着拿起打火机替赵长风点上。白国庆自己也点上一根烟，却没有坐回床头，而是坐在赵长风旁边的沙发上。

“长风，刘书记让我多过问一下城建方面的工作，我能做的也就是抓一下宏观，抓一下方向，具体工作还是需要市政府去做。比如煤层气管网的建设，就是一个非常具体的问题，你目前主持着市政府的工作，城建工作也由你分管，具体工作由你来抓是再合适不过了，所以煤层气管网的建设，还要靠你多操心啊。”白国庆推心置腹地说。

赵长风笑了笑，说：“白书记抓宏观工作，那是高瞻远瞩，你是出思想、绘蓝图的，实现思想和蓝图的具体工作，我们自然要多跑跑腿了。”赵长风说这句话时语气和表情都十分自然，听起来既谦虚真诚，又绝对不会失自己的身份。

“你啊你啊！”白国庆伸手虚点着赵长风，“到底是省里下来的干部，就是会说话，我们这些土老帽可是自愧不如啊。”

赵长风忙说道：“白书记，你太客气了。我一向都很敬佩你，也很支持你的工作，你也很支持我的工作啊。市政府的工作，离不开市委领导的支持啊。”

“互相支持，互相支持！”白国庆笑眯眯地和赵长风碰了个眼神，在邙北市，白国庆和赵长风两个人几乎没有发生过什么利益冲突，在常委会上两个人还有一定程度的默契，互相给了对方不小支持。白国庆不是没有当市长的野心，而是他知道这次市长竞争的斗争太过于残酷，他的硬件差了点，除非有天大的奇迹发生，要不然市长的位子绝对不会轮到他。所以白国庆也就提前偃旗息鼓，在赵长风、付罡庭和钱兆均三位有竞争力的候选人中支持一位。对于钱兆均和付罡庭，白国庆和他们共事多年，或多或少都有一些龃龉。而赵长风不同，对白国庆处处尊重，作为空降干部，又能带来白国庆所缺少的省里上层的政治资源。比如这次和文厅长的交往即是一例。这种事情要是换成白国庆，估计最多在文向雨面前获得几个“嗯、哼、啊”之类的鼻音，可是赵长风就有办法成为文向雨的“小友”，所以这种事情不服气不行，空降兵在上层的杀伤力要远远大于地方部队。而白国庆又拥有赵长风这种空降部队所缺乏的地方上的资源，这样双方互补，最终才能达到最理想的效果，实现资源配置最优化。

赵长风掸了掸烟灰，又说道：“白书记，今天下午的常委会你没有参加，我把会议内容简单向你汇报一下吧。”

白国庆听了更是受用，他摇头道：“长风同志，你客气什么！”

赵长风很精炼得体地把下午常委会会议的精神说出来，白国庆微笑着点头，听主持工作的常务副市长汇报工作，这种待遇除了刘驰，还有谁能享用？赵长风其实是无话可说了，如果这时候说要走，就显得很突兀，不如说一说下午常委会的会议情况，这样既显得尊重同僚，又避免了尴尬，更可以进一步润滑他和白国庆之间的关系。

谈完了之后，赵长风就笑着说："白书记，你身体不适，今天我就不向你多做汇报了。希望白书记早点出院，我们俩找个机会单独喝上几杯。说起来我到邙北市已经一年多了，还从来没有和你单独喝过酒呢。"

白国庆拊掌笑道："长风同志，喝酒倒是次要的，你我多在一起交流交流，倒是不错啊！"

赵长风起身告辞，白国庆起身要送，赵长风就连忙拦住，可是白国庆却依旧坚持要送，来回客气推让中，白国庆已经把赵长风送到病房门口，赵长风返身态度坚决地拦下了白国庆："白书记，留步，留步。你身体有恙，需要多多休养，我还等着你出院和我对酌呢。"

白国庆就不再坚持，对于赵长风的邀请，他笑着说一定一定。

纪委关于杨金花事件的调查结果终于出来了，付罡庭看到结果之后很是吃惊，他虽然也曾听说过杨金花仗着有他撑腰飞扬跋扈，可是确实没有想到杨金花竟然做下那么多事。看到这一桩桩证据确凿的事，付罡庭很是后悔，早知道如此，当初在常委会上他应该同意赵长风的提议，把杨金花调离法院就好了。可是现在纪委整出这么多材料，杨金花再想像以前那样平调出去，简直是天方夜谭，能够活动活动不被追究法律责任，已经是谢天谢地了。这个杨金花真是个蠢女人，虽然付罡庭以前也隐约听人说过，杨金花很蠢，可是他总是不肯相信。现在在铁一般的事实面前，付罡庭终于相信杨金花真是一个蠢女人了，因为他已经提前交代过杨金花，要她把那些乌七八糟的事抹平。如果杨金花够聪明，这些事早就处理得天衣无缝了，又怎么能让纪委的秦晓明抓到这么多把柄？

想到这里，付罡庭就面容严肃地看了秦晓明一眼，说道："晓明同志，这些材料除了刘书记，还有谁看到了？"

"只有刘书记看过。"秦晓明说，"刘书记看过后吩咐我送给付书记看一下。"

付罡庭沉吟着，盘算如何应对眼前的局面。显而易见，刘驰让付罡庭把这些材料先送给他看，说明还是留有缓和余地的，这么说来，事情还是可以商量的。

有位西方政治家曾经说过，政治是什么？政治就是妥协，人与人的利益交割与争夺，就是政治。所以说有人的地方不一定有政治，但是有利益的地方就一定有政治。其实这话可以说得更彻底、更赤裸裸一点，政治就是利益。不是还有一句话吗？没有永远的朋友，也没有永远的敌人，只有永远的利益。

事情的演变既出乎所有人的意料，却又在所有人的意料之中。在纪委一系列的大动作之后，杨金花被一撸到底，免去了党内外一切职务。但是事情也仅止与此。这件事刚开始在还邙北市民间被热议了一阵子，可是过了一段时间，人们的兴趣也就淡了。

这其实很正常，正如官方关注的热点不断变化一样，民间关注的热点也是不断变化的。就拿眼下来说，邙北市人最关心的事就是利雅达汽车配件制造公司的招工。如果说这个热点事件和上一个热点事件有什么关系的话，那就是都和付罡庭有些关系。目前付罡庭的弟弟付罡川是汽车配件制造公司的行政部副经理，掌握着招聘员工的人事大权。

三资企业是人们趋之若鹜的一个好去处，更何况利雅达汽车配件制造公司是邙北市第一家三资企业呢？根据利雅达公司发布的招聘公告，凡是被利雅达汽车配件公司正式录取的工人，根据技术能力和工作岗位的不同，月工资标准在一千元到三千元，也就是说，只要能进利雅达汽车配件公司成为一名正式的员工，哪怕是一名最低级别的技术工人，每月的工资收入也有一千元。这样的工资条件，对邙北市的人们来说太有吸引力了，甚至连三十公里外的天阳市都有很多人赶过来报名。可惜的是，利雅达汽车配件制造公司的招聘有着严格的条件限制。

利雅达汽车配件制造公司招聘以邙北市人优先，其中又以邙北市矿山设备厂的下岗工人优先。这个也是付罡庭当初和利雅达集团谈定的条件之一，能把邙北市矿山设备厂的一千多名下岗工人稳定住了，安置好了，就是一项了不起的政绩，是会被老百姓记在心里的，更是会被上边的领导看在眼里的。但是，又不是所有的邙北市矿山设备厂的工人都可以进入利雅达汽车配件制造公司，他们必须经过严格的技术考试，达到利雅达公司的招工标准之后，才会被录用，然后再根据技术考试时获得的分数确定薪资标准。利雅达公司举行的第一次技术考试中，邙北市矿山设备厂下岗工人报名人数达到一千一百多名，最后被录取的只有八百六十三人。那些没有通过录取考试的工人本来又想到政府门口去讨个说法，但是最终只是口头说说，并没有付诸行动。究其原因，主要还是这些工人自觉气短，政府不是没有给他们提供机会，只是他们技术水平差，没有通过利雅达公司的技术考试，怪得了谁？加上人数又少，更觉胆怯。后来他们还是推选了一个代表去谈了一下，利雅达公司同意，两个月后再给他们一次补考机会，如果能达到技术要求，公司还是会录用他们的。

除了邙北市矿山设备厂的下岗工人外，利雅达公司另外还拿出三百名招工名额，面对全社会招工，这些招工名额就成了抢手货，连天阳市的技术工人都排着长队过来报名。

由于利雅达汽车配件制造公司的厂房还在建设当中，这些被录取的工人就被利雅达公司集中起来进行培训，除了一些技术上的培训外，主要是学习香港先进的现代管理理念，以适应国有企业的主人向港资企业雇员的身份转变。

利雅达公司行政部副经理付罡川家里门庭若市，比哥哥付罡庭家还要热闹。每天不知道来多少人求付罡川跟香港老板说说，弄一个利雅达公司的招工指标。没有技术，干不了技术工种，当个勤杂工也行啊。勤杂工一个月听说也有千把块钱，比当国家干部还滋润。

赵长风刚回到邙北，一进到办公室，政府办李长根主任就跟了过来。

“赵市长辛苦了。”李长根笑着说。

“还好。”赵长风说，“家里没有什么事吧？”

李长根说：“没有什么事，就是利雅达公司技术考试刷下三百多名矿山设备厂的工人。听说他们有些想不通，后来付书记去做了做利雅达公司的工作，利雅达公司答应给这些工人两个月的缓冲时间，两个月后再举行一次技术考试。”

赵长风一边整理桌上的文件，一边问道：“利雅达公司的厂房地基刚开始动，怎么就开始招聘工人了？”

李长根笑着解释道：“利雅达公司说，内地的工人不适应香港先进的管理模式，必须要经过长时间的培训。另外利雅达公司的机器设备都很先进，都是从外国进口的，这些设备的操作都需要培训，现在提前培训好工人，将来工厂建成后就可以立即投产，工人也可以立即上岗。”

赵长风轻轻“哦”了一声，没有言语。

“赵市长，利雅达公司目前投资已经达到了三千多万，到了年底，总投资可以达到五千万。”李长根又汇报。

赵长风的眉头轻轻皱了一下，道：“都这么多投资了？这些投资都干了什么？”

李长根说：“大多数都买了机器，利雅达公司的设备都是从国外进口的。利雅达公司的钱伯斯总经理说这边工厂的建设也要加快进度，争取过了春节之后就投产。”

“哦，这样啊。”赵长风点了点头，心中觉得有些不妥，但这是付罡庭亲自抓的项目，他也不好说什么。因为杨金花的事，付罡庭对他意见越来越大，赵长风即使是好意，恐怕付罡庭也不会接受。

李长根看了看赵长风的脸色，问道：“赵市长，这次到省里，收获很大吧？”

赵长风笑着点了点头，说道：“计委这边没有什么问题了。建设厅那边再跑一跑，估计过了年就能立上项。”

“赵市长真是厉害啊！”李长根感叹道，“别的县市想要争取一个项目，三年两年都没有立上项，你抓一个煤层气管网建设，三四个月就办成了。”

赵长风笑着摇头道：“我只是这么估计，最终能不能成功，还不好说啊！”

李长根说：“赵市长这是谦虚，凡是在你嘴里说出的估计两个字，比别人说的肯定还要肯定啊。”

“老李，话可不能这么说。”赵长风摇头道，“你这样把我捧到云端，到时候我摔下来岂不是粉身碎骨？”

李长根就搓着双手笑了，一副憨厚的样子。

赵长风没有说话，拿起桌上的话机，抬头看了李长根一眼。李长根连忙说：“赵市长，您忙。”然后就出去了。

赵长风等李长根出去，就拨通了刘驰办公室的电话：“刘书记，是我。刚才中州回来。”

“长风啊，辛苦了。”刘驰笑眯眯地说，“中州之行效果如何？”

赵长风说：“托刘书记的洪福，计委这边已经差不多了。建设厅还需要再抓紧一下。”

“长风，你可别往我脸上贴金了。省里的关系你熟悉，跑起来自然得心应手。人家说计委是门难进、脸难看、事难办，你不是也办成了？”刘驰说，“对了，建设厅那边文厅长不是发话了吗？怎么还有问题？”

赵长风说：“这次文厅长到北京开会了，后天才能回来，我回来准备准备，后天再去。”

刘驰就笑着说：“长风，你放心去办吧，我在家里给你当好后勤司令，有什么需要尽管找我。等事情办成了，我给你庆功。”

赵长风到了中州，来到中原山水建设集团，阳江超早就在等着了。赵长风和阳江超寒暄了两句，就换了一辆丰田车，由司机老邢开着，载着赵长风和阳江超往山阳方向开去。

山阳市距离中州市不远，只是还没有修高速公路，不到一百公里的路竟然走了两个多小时。

车快到山阳市的时候，在赵长风的指挥下，老邢把车拐向北边一条柏油路，顺着柏油路一直向北，只见太行山就越来越近了。又走了二十多公里，进入了山区。太行山山脉本来地势较缓，不像南方的山那么陡峭。可是眼前这段太行山却又不同，一块一块峭壁如刀削斧砍一般笔直插入云霄，峭壁上寸草不生，只有顶部郁郁葱葱长着一些绿油油的灌木，凭空给这些峭壁增添许多生机和灵气。峭壁之下溪水淙淙，水量不大，瘦弱如蛇，在乱石之间穿梭。路上轿车很多，因为云台山的名气，连带着把整个太行山的旅游都带旺了。

山路不宽，司机老邢小心翼翼地避让着对面的车子。赵长风笑着说：“阳哥，这都是你的功劳啊。当初如果不是你力主开发云台山，这里又哪来这么多车子。”

阳江超摇了摇头，叹气道：“长风，有的时候我也不知道自己的选择是对是错，也许应该让这些美景隐藏在深山里。照现在这样的路子走下去，不出十年，太行山脆弱的生态系统就承受不住了，以后人们又如何来欣赏这些美景啊。”

赵长风也有些黯然，这里毕竟是他的家乡，当初他和同学们一到周日就往太行山里跑，那时候只要背一个军用挎包，装上两只烧饼，一罐头瓶咸菜，再灌一壶开水，就可以在山里玩一天。那时候进山主要是靠双腿，连自行车都很少骑。那时沿着山路走上大半天，也不会碰上一辆汽车，哪里像现在，车来车往络绎不绝。

感慨之间，前面出现一家餐馆，阳江超笑道：“长风，我们就在这里吃饭吧？”

赵长风点头说好，于是司机老邢就在餐馆旁停下车，大家下了车，四处环顾，都说这是一个好地方。餐馆非常简陋，用石块砌成，前面用几根柱子搭起一个棚子，上面铺着茅草，倒是像武侠小说中描写的鸡毛野店。

小溪潺潺地从餐馆门前流过，在下面形成一个三四亩大小的水湾，有一块巨大的天然岩石突入水湾，餐馆老板在岩石上摆了一张圆桌，放了几把椅子，还支了一顶宽阔的太阳伞，正好可以遮蔽阳光。

一个黑脸汉子笑嘻嘻地走了出来，掏出一盒红塔山招呼客人：“各位大老板，抽烟抽烟，烟不好，捏格一点。”

老邢听不懂“捏格”两个字是什么意思，就看刘俊康，刘俊康虽然也不懂，但是猜测应该是和“将就”差不多的意思。

赵长风和阳江超都是山阳人，猛然听到山阳的乡音，倍感亲切，就笑了起来。阳江超伸手从黑脸汉子手中接过烟，问道：“老板，你们这里有什么菜？”

黑脸汉子说道：“想吃野味，有野鸡、野猪、野兔、老鳖，还有泥鳅、山螃蟹和黄鳝。除了野味外，前面还有一个池子，里面养着红鳟鱼，味道也很鲜美。”

赵长风接口说道：“山韭菜有没有？”

黑脸汉子就说道：“有倒是有，六月韭，臭死狗。山韭菜要在春天刚长出来才好吃，现在这个时候味道就不好了。”

赵长风笑道："味道不好也比种的韭菜好吃，我就是要吃家乡的山韭菜。"

黑脸汉子连忙问道："大老板也是山阳人？"

赵长风笑道："是啊，山阳生山阳长的。"

"好好，既然是老乡，我今天给你八折优惠。"黑脸汉子笑道。

"我就点一个山韭菜炒土鸡蛋。"赵长风笑笑，"阳哥，其他的你看着安排。"

阳江超也不客气，点了几个菜，几个人就到那块临水的大石上坐下，听着水声潺潺，感受着山风徐徐吹来，顿时心旷神怡。

菜很快就上来了。早上从邙北市出发，赶到中州，然后又换车赶到这里，大家都没有吃饭，赵长风叫大家都不要客气。于是风卷残云，菜很快吃个精光。老邢和刘俊康一个劲地说好吃，说还不知道山阳有这么多好东西。

吃过饭，赵长风交代老板看着车，然后几个人徒步往山里走。赵长风有十几年没有来过这里了，在他印象中，到了这里，应该离那个大峡谷不远了。

大家一边往山上走，一边说着话。刘俊康问阳江超道："阳总，你们山阳的农民一定很富裕吧？开这么个店子，很赚钱的啊。"可不是么，刚才那么几盘野味就花了一千多。

阳江超笑了笑，说道："俊康，你怎么和我长风老弟一个观点啊？动不动就想着老百姓？告诉你吧，普通农民是轮不到来这里开餐馆的。你别看这么一个野店子，其貌不扬，但也是有根底的。"

"这么说这个老板不是农民了？"刘俊康问道。

"是不是农民我不知道，但是背景一定不简单。"阳江超笑道，他当过风景区管理局的局长，这里面的道自然是门儿清。

说话间已经到了山脚下，山势很陡，几乎没有路，山上没有什么大树，只有一些低矮的灌木和荆棘，只有手脚并用，才能慢慢往上爬。好在赵长风和刘俊康是年轻人，体力还好，阳江超虽然是大集团的老总，但是他经常坚持到风景区第一线去考察，体力比赵长风和刘俊康还好。倒是司机老邢，已经人到中年，整天握着方向盘，哪里爬过什么山路？加上满山都是松软的碎石，老邢穿的又是皮鞋，爬起来就分外吃力。虽然山风习习，但老邢还是气喘如牛，满头大汗。

赵长风也是满头大汗，虽然也有点喘气，但是气息还算均匀。他看了老邢一眼，说道："老邢，平时不注意锻炼吧？四十多岁的人了，身体开始走下坡路了，一定要注意锻炼。"

司机老邢喘着气说："我知道。以后我早上起来跑步。"

赵长风笑了笑，知道老邢也是说说而已。司机天天跟着领导，作息时间很不规律，几乎是随叫随走，抽个空就想靠在那里眯一下，哪里能有自己的时间起来跑步呢？赵长风心想，老邢也跟着他一年多了，对他一向忠心耿耿，自己要留心一下，有什么机会就帮老邢安排一下，也算是对老邢有个交代。

"老邢，你就别跟着我们去了，歇一下，然后下山到车里等吧。"赵长风说道，"我们三个人，够用了。"

老邢张了张嘴，还要逞强，赵长风板着脸说："好了，就这样。"老邢这才作罢。

赵长风一边往上爬，一边看着四周的景物，虽然十几年没有来，除了山下的小路换成了柏油路外，山上的景色倒没有什么改变，他还能根据记忆认出路来。登上了峰顶，赵长风坐在一块大石上喘息，阳江超站在赵长风身边，问道："长风，该往什么方向走了？"

赵长风指着不远处一座山峰说："翻过那座山峰，往下一走就到了。"

歇了几分钟，赵长风站起身说："走吧？"于是大家继续走，这一路稍微平坦一点，于是阳江超和赵长风就并排走着，刘俊康有意稍微落后一些。

阳江超见刘俊康落在了后面，这才低声对赵长风说："长风，欧阳应龙那小子很不地道。"欧阳应龙是刘驰的小舅子，当初刘驰硬要把欧阳应龙安插进黄金地质公园，阳江超没有办法，就给了欧阳应龙一个黄金地质公园副经理的虚职，就当是花钱养一个闲人，谁知道欧阳应龙就打着副经理的名号，在黄金地质公园里当起太上皇来了，什么事都想干涉。

这种情况阳江超对赵长风说过多次，赵长风说："随他了。只要不太过分，都依着他。"

阳江超沉吟了一下，说："长风，听琳达说，欧阳应龙想打黄金地质公园的主意。"

"什么？"赵长风的眉毛挑了挑，"欧阳应龙胃口不小啊。这黄金地质公园，他能吞得下吗?”

“人心不足呗。”阳江超说，“能不能吞下，只有试一试才知道。”黄金地质公园开业三个月了，每个月门票收入都有七八百万，难怪欧阳应龙看着眼红。

赵长风沉吟了一下，说：“阳哥，随他了。主动权在我们，不怕。他愿意吞，我们就让他吞去。”

阳江超有点明白赵长风的意思了，他笑着说：“想吞下黄金地质公园？撑死他!”

翻过第二座山峰之后，下面出现一条深谷，谷壁陡峭，几乎没有路。赵长风看了看，笑着说：“还好，十几年没有来，还没有记错，就是这里，咱们下去吧。”

“这太危险了，你不要下去了。”刘俊康说，“你说的那个什么兰，我下去找就行了。”

赵长风摆了摆手说：“俊康，你又不知道在什么地方，怎么找？还是我下去吧。”看刘俊康拦在前面没有动，赵长风就笑了起来，“俊康，这样的山路我从小就开始爬，闭着眼都能爬上爬下的，有什么危险啊？不信你问问阳总，是不是这样?”

阳江超却不帮赵长风的腔，说道：“长风，那是以前，不是现在。这样吧，你不要下去了，我和俊康下去就好。”

“你们俩什么时候合穿一条裤子了?”赵长风苦笑，见刘俊康梗着脖子就是不肯让路，赵长风只好同意，“行，阳哥，你和俊康两个人下去吧。下去之后往西走，一直走到山谷的尽头，在左侧有一块大石，绕过那块大石，就可以看到一大片三棱虾脊兰了。”一边说着，赵长风一边拿起树枝在地上画了一个简易的示意图。

“行，我记住了!”阳江超是搞风景区开发的，方位感极强，随便看一眼就可以记住，他望着刘俊康说：“俊康不是见过三棱虾什么兰的图片?”

刘俊康点了点头，说：“我跟市长去过一次文厅长家，见过三棱虾脊兰的模样。”

“那好，俊康，咱们下去吧。”阳江超说，“记住，你看着我走的路线，踩着我的脚印往下走。”刘俊康点头。

阳江超又对赵长风说：“长风，就麻烦你在这里等着了。”

赵长风气哼哼地说：“早知道这样，今天我就一个人过来了。”

刘俊康偷笑了一下，然后跟着阳江超手脚并用地往下爬。其实谷壁虽然陡峭，但是有很多岩石的裂缝可以借脚，岩缝里又长了很多灌木，只要用手抓牢，是没有什么问题的。

望着阳江超和刘俊康的身影消失在下边，赵长风就找了一块平坦的大石头，双手抱住后脑勺躺在上面，思索着欧阳应龙的事。黄金地质公园是赵长风和阳江超的心血，他们辛辛苦苦建立起来的，当然不会甘心对欧阳应龙拱手相让。虽然说现在这一切还没有什么具体行为表现出来，只是阳江超的推测，但是赵长风相信阳江超，他觉得有问题，那么就一定是有问题的。

想了半天欧阳应龙，赵长风又想到付罡庭，说起来付罡庭还真是做大事的人，平日里那么宠着杨金花，但是在关键时刻，该舍弃还是能舍弃得下的。眼下由于成功引进香港利雅达集团，付罡庭在邙北市的气势可谓是如日中天，连刘驰都要避让三分。照这样的趋势发展下去，付罡庭很有可能会成为邙北市的市长，当然前提是香港利雅达集团没有什么问题。

不知道为什么，赵长风对香港利雅达集团总有一种不好的预感，觉得这个集团一定有问题，付罡庭很可能会栽在上面。但是这种感觉赵长风最多只能和方佳怡说一说，连刘俊康、高胜强他都不会说的。因为他和付罡庭之间的关系很微妙，他如果说出这些，别人还以为他赵长风整天巴望着付罡庭出事呢！

赵长风就这么想着，山风吹拂，他竟然迷迷糊糊地睡着了。也不知道过了多久，赵长风忽然觉得耳边有人喊他，他睁开眼一看，原来刘俊康和阳江超已经上来了。刘俊康手里捧着一株兰花，兰花的根部带着厚厚的泥土，用塑料袋包裹着。

“市长，你看，是不是这个？”刘俊康捧着兰花让赵长风察看。由于这时候已经过了花期，只有肥厚的叶子，赵长风看了看叶子后面的三条叶棱，上面有黄色如星星状的斑点。

“不错，就是它了。”赵长风笑道，“阳哥，俊康，你们辛苦了！”

“是它就好，是它就好！”阳江超连声说，“长风，我们在下面找遍了，最后在山石缝里发现了这株兰花。”

“不是吧？下面有一大片，很好找啊！”赵长风说。

阳江超摇了摇头，说：“都没有了。”刘俊康也说：“是啊，很奇怪，你说的地方我和阳总找到了，但是却没有看到一株兰花。”

三棱虾脊兰虽然珍贵，但是赵长风相信阳江超还不至于为这一点钱去骗他，更何况还有刘俊康呢？可是怎么会没有了呢？赵长风记忆中那里长着郁郁葱葱一大片兰花呢？也许是后来有人过来挖走了？又或者三棱虾脊兰对环境变化敏感，这个深谷已经不适合它们的生长，所以自然灭绝了？

“呵呵，有这一株足矣！”赵长风笑道。是啊，有一株送给文厅长就好，其他的没有就没有了。赵长风又看了看手中这株兰花，它的植株又粗又壮，叶片呈墨绿色，肥厚异常，大小是文厅长家那株三棱虾脊兰的两倍。文厅长见了这株兰花，一定会喜欢的。

他们回到山下，在餐馆里找了一只坛子，把兰花小心翼翼地装了起来，然后开车返回中州。老邢虽然不明白这不起眼的植物是什么，但是想到远路迢迢来到这里，就是为了弄到这么一株野草，想来一定是不平凡的东西。

第十四章 放长线才能钓到大鱼，为利益难免落入陷阱

利雅达集团的投资项目看起来格外顺利，集团汪主席承诺，如果一期工程进行得顺利，将继续投资二期工程，规模将是一期工程的三倍。但赵长风心里总觉得凉风嗖嗖不踏实。果不其然，没过多久，利雅达集团汪主席便声称因有多个项目同时启动，目前资金吃紧，希望由邙北市担保贷款四千万。这到底意味着什么呢？当事人也许还在梦中。

赵长风在中州的时候，香港利雅达集团董事局汪主席也抵达了邙北市。市委书记刘驰、副书记付罡庭参加了欢迎汪主席的晚宴。刘驰知道，不光是付罡庭，在某种程度上，他的前途也与香港利雅达集团在邙北市的项目捆在了一起。邙北市今后的发展不光要靠黄金工业，更要靠香港利雅达集团这种先进的三资企业来拉动。刘驰听付罡庭说，利雅达汪主席承诺，如果一期工程进行得顺利，就准备继续投资二期工程，二期工程的规模将是一期工程的三倍。这从某种程度上预示了，利雅达集团的项目是前途无量的。

市委书记、主管党群的副书记两个人亲自陪同接待，这种规格已经是非常罕见了。可是汪主席似乎还是不满意，他问付罡庭道：“你们赵市长呢？怎么总是见不到？”

“赵市长出差了。”付罡庭连忙说道，他并不想让香港利雅达集团的人和赵长风多接触，这个项目是他拉过来的，他当然要全程掌控。再说，赵长风不过是一个常务副市长，见与不见有什么区别？也许汪主席还不知道，他将

来很有可能成为邙北市的市长呢！听天阳市栾书记说，在天阳市常委会上，魏新强书记和张培伦市长提起香港利雅达集团的项目时赞不绝口呢！

喝完酒，时间还早，汪主席就笑道："感谢刘书记、付书记的盛情款待。午夜场就算我的，我请大家喝茶。"看来汪主席真的是见过大场面，一顿饭吃完，就反客为主了。

付罡庭看了看刘驰，问道："刘书记，你看？"

刘驰哈哈一笑，说："去吧。邙山路新开了一家牡丹园，听说环境很好，茶很不错。"于是大家都说好，驱车去了牡丹园。这是新开的茶楼，装修得古色古香，汪主席一进去，就说道："这里很好，很不错，古典加一点罗曼蒂克，太浪漫了。"

付罡庭还是第一次来牡丹园，觉得这里果然不同于邙北市其他茶楼，环境优雅而宁静，一脚跨入楼内，好像就是从喧嚣的闹市一下子到了世外桃源一般。

茶艺师是一个十八九岁的小姑娘，她穿着一袭蓝色旗袍，不算特别漂亮，但是看起来清清爽爽的，有一股古典韵味，和茶楼的氛围很是般配。看起来她认识刘驰，笑吟吟地招呼道："刘书记，今天晚上喝什么茶？"

刘驰和蔼地笑着，摇了摇头，说道："这你得问汪主席了，今天晚上他买单。"小姑娘就不好意思地望着汪主席笑。汪主席大度地摆了摆手，对小姑娘说："铁观音吧。"汪主席略带东北口音的普通话听起来甚是悦耳，他笑着看了看刘驰和付罡庭，说："刘书记、付书记，今天我请你们喝正宗的功夫茶。"

刘驰笑着说好，付罡庭跟着附和。至于其他邙北市的官员，只有跟着赔笑的份儿，连附和说一声好的机会都没有。

邙北人喝茶，多是喝绿茶，有偏好信阳毛尖的，有偏好西湖龙井的。当然，这都属于档次比较高的，普通百姓多数喜欢喝茉莉花茶，茶水黄黄的，有着一股浓郁的茉莉花香精的味道。虽然邙北人喝茶根据身份不同，在茶叶的档次上有所讲究，但是具体到冲泡程序却并没有什么区别，都是用茶杯放上茶叶，然后往杯子里加满开水即可。这种方法简单，也最没有艺术，更没有所谓的茶道可言。当然，对于讲究一点的人，可能还多一道工序，在放茶叶之前事先用开水烫一下杯子，以起温杯的作用。

相比之下，铁观音的饮法就要多上很多花样了。小姑娘一边娴熟优雅地表演着茶艺，一边用清脆的声音为众人讲解着其中的规矩。铁观音还没有喝到嘴里，光听小姑娘妙音的讲解和欣赏玉手如舞的泡茶手法，就是一种难得的享受了。

张一磊在一旁看着，对刘驰说：“刘书记，这铁观音的喝法还真是讲究呢！这样看来，我平时喝茶只能算是牛饮了，真没有想到，喝茶还能喝出这样的艺术境界啊！”

刘驰笑着说：“一磊，这里是牡丹园，我看你不是牛饮，是牛嚼牡丹才对。”这个笑话其实并不好笑，可是所有人都夸张地笑了起来，连汪主席都微微点头，附和着笑了起来。

一番眼花缭乱的表演之后，众人面前小巧的茶杯中就加满了色如琥珀的浓郁茶汤，和小姑娘的芊芊玉手相映成趣，真是好茶美色，相得益彰。

汪主席做了个手势，笑着说：“刘书记，请。”刘驰笑道：“来，来，大家一起来。”其他人却只是微笑不动。刘驰就端起杯子，轻轻抿了一口，眉头却微微皱了起来。众人的目光一直注视着刘驰，这时候见他的眉头皱了起来，心中不由得微微一揪。幸好刘驰的眉头旋即就舒展开来，口中赞叹道：“好茶，的确是好茶啊！入口微苦，但是后味却甘甜。汪主席的推荐果然好啊！”

众人揪起来的心这才放下，争先恐后地端起茶杯品尝起来。

汪主席却微微一笑道：“刘书记果然是懂茶的人，我只是知道这茶好，要是让我讲这茶好在什么地方，我却不能像刘书记这样讲出这么细致入微的感受来。”

付罡庭也在一旁跟着笑着，汪主席虽然是他的客人，但是刘驰既然过来了，注定他这个副书记只是一个陪客。

喝过一轮茶，汪主席忽然说：“刘书记，我有一个想法，想跟你交流一下。”

刘驰放下茶杯，点了点头，说：“汪主席有什么建议，只管提就是。”

汪主席说：“最近我们香港利雅达集团要搞一个活动，就是组织内地和利雅达集团有合作关系的企业和官员到美国进行为期半个月的考察。不知道刘书记有没有兴趣?”

刘驰沉吟了一下，说道:“汪主席这个想法很好。内地的官员和企业家是需要走出国门，开阔一下眼界，感受一下西方现代管理思想和理念，要不怎么能冲出亚洲、走向世界呢?不过利雅达集团的项目是由付书记负责的，还是让付书记去吧，我就不去了。”

付罡庭连忙说:“刘书记，你是班子的班长，还是你去比较恰当。”

汪主席在一旁笑道:“刘书记、付书记，你们就不要谦让了。这次利雅达集团安排给邛北市到美国去考察的名额有十五个，刘书记和付书记一起去最好了。”

刘驰还真没有想到利雅达集团竟然有这么大的手笔，他笑吟吟地对付罡庭说:“罡庭同志，那这件事就由你负责跟汪主席沟通了……”

刘驰回到湖月山庄一号别墅，欧阳应龙正大模大样地坐在客厅的沙发上，看到刘驰回来了，只是说了一句:“姐夫，回来了?”却并不起身。

刘驰压抑着内心的一丝厌恶，微笑着点了点头，问道:“你姐呢?”

欧阳应龙说:“刚出去，也没有说干什么去了。”

刘驰眉头又是一皱，欧阳丹凤刚到邛北市的时候，还知道收敛，什么事情都很低调，一副贤内助的样子。随着自己在邛北市脚跟逐渐站稳，欧阳丹凤的本性也逐渐暴露出来，行事也越来越张扬，做什么事也不和他商量，想干什么就干什么。现在这么晚了，她又到外面干什么去了?想到这里，刘驰内心不由得一阵烦躁。他没有说什么，迈步向楼上书房走去。

欧阳应龙却不管刘驰高兴不高兴，他起身跟着刘驰进了书房，压低声音说:“姐夫，我发现了一个秘密。”

刘驰心里寻思着欧阳丹凤出去做什么了，根本没有心思听欧阳应龙说什么秘密不秘密的，他拉开椅子坐在书桌旁边，自顾自地整理着书桌上的东西。

欧阳应龙见刘驰的模样，暗自撇了撇嘴，当一个市委书记就拽了?如果没有我堂叔帮忙，你小子恐怕还在乡农机站开拖拉机呢。他凑近刘驰身边，笑嘻嘻地说："姐夫，你听我说嘛，我保证这个消息你听了以后肯定会感兴趣的。"

刘驰就懒洋洋地说："好嘛。你说吧。"

欧阳应龙神秘地说："姐夫，我一直怀疑山水建设集团的老总阳江超不地道。这不，我让省里的朋友帮我查了一下，你猜怎么着？"

刘驰整理文件的动作停了下来："嗯？"

欧阳应龙停顿了几秒钟，这才洋洋得意地说："阳江超其实就是一个老憨，除了有点钱外，并没有其他过硬的关系。"

刘驰沉吟了半天，哈哈一笑道："只要阳江超能赚钱，能够给邙北市带来财政收入就行了。其他的管他干什么！"

欧阳应龙知道刘驰肯定会这么说，他笑嘻嘻地站了一会儿，就出去了。刘驰望着欧阳应龙的背影摇头笑了笑，就靠在宽大的皮椅上沉思起来。

钱兆均这几天心里发闷，总觉得有一口气上不来似的，而且肋下与腹部的交界处还隐隐作痛，忍了几天之后，他最后还是到医院检查了一下。医生说是因为钱兆均抽烟喝酒不节制，诱发了胆囊炎，告诫他不要再喝酒抽烟，给他开了一些药进行治疗。

钱兆均口上答应着，心里却不以为然。他自己明白自己的病根，其实还是在付罡庭身上。他发觉，这次竞争邙北市市长，一开始把目标盯在赵长风身上绝对是失策，谁能够想到付罡庭会异军突起，靠一个香港利雅达集团的项目一下子占领制高点呢？这不，刘驰和付罡庭就在香港利雅达集团的安排下，率领着邙北市的企业家到美国考察去了。可以想见，刘驰和付罡庭肯定会在这半个月同吃同行的考察中进一步加深关系。将来在邙北市市长的人选上，付罡庭不但有天阳市副书记栾俊杰的一票，刘驰这一票恐怕也会投给他。

钱兆均这一段时间抓邙北市第一金矿的改制工作，本来也是一件比较风光的事，也做出了不少成绩，但是比起香港利雅达集团的汽车配件制造公司的公司项目，钱兆均就落了下风。眼见付罡庭一天天红起来，钱兆均怎么能不心中发闷呢？这样积累下来，身体难免会出问题。不过对于医生说的戒烟戒酒的建议，钱兆均还是准备认真执行的。身体是革命的本钱，在官场上更是如此。如果一个干部身体出了问题，前途也会大受影响。身体健康问题也是领导考虑干部人选时的一个重要参考。有很多条件过硬的干部什么关都闯过去了，却在提拔的前夕倒在了健康问题上，有了那么多前车之鉴，钱兆均当然不敢大意。可是钱兆均没有想到，他准备戒烟戒酒的打算在第一天就落了空——因为天阳市组织部部长王大奎来了。

王大奎是到方川省出差，在返回天阳市的时候，车却抛了锚。好在抛锚的地方就在邙北市境内，所以王大奎就顺便拐到邙北市来看看。

刘驰和付罡庭不在家，赵长风又在省城跑项目，钱兆均就顺理成章地成了主陪。他决定抓住这个难得的机会，套套王大奎的口风。要知道，在邙北市市长人选的问题上，王大奎也是有发言权的。目前天阳市领导有什么倾向，王大奎应该是心里有数。

钱兆均打算豁出去了，酒席一开始，钱兆均就让服务员拿了两只大玻璃杯，一杯装满，另一杯却浅浅地倒了一点，只盖住一个杯底。钱兆均把那只浅浅盖住杯底的玻璃杯给了王大奎，自己却端着那只满满的足有三两三白酒的玻璃杯说："王部长，我这杯酒是向您表示敬意，多喝少敬。我把这一满杯喝了，王部长您务必赏光，给部下一个机会。"

王大奎目光深邃地盯了钱兆均一眼，却用一种半开玩笑半认真的语气说道："兆均不错。人是要有一点精神的，在酒桌上最能体现这种精神啊。"

听到"兆均不错"这四个字，钱兆均就有点激动，眼中竟然泛起了一些亮晶晶的东西。他举着杯子说："还是王部长了解我啊！王部长，我是很敬佩您的。您这话讲得多好啊！精辟啊！咱邙北的酒场上讲究的是感情深，一口闷！组织部是干部的家，您就是家长。有首歌不是唱道：'这个人就是娘，这个人就是妈。'王部长，我今天就把您当妈了，我要学一学《红灯记》的李玉和，谢谢妈！这碗酒我把它喝下去！"说着他学着李玉和的动作夸张地拍了拍胸膛，举起酒杯就要一饮而尽。

偏生钱兆均新换了一个秘书，叫肖强军，是一个极有眼色的角色，心疼领导，他跑过来对王大奎说道："对不起，王部长，我们钱书记有病，这杯酒我替他喝了。”

钱兆均心里这个气啊！他当初之所以把肖强军调到身边当秘书，就是看中这个小子有眼色，会揣摩人的心思，谁知道这个小子却有眼色过了头。早知道这样，还不如让老秘书李新军多在身边待一阵子呢！

钱兆均把李新军调走，并不是李新军不称职，而是因为李新军跟他的年头够了，应该放出去独当一面了。否则一直跟在领导的身边没有进步，秘书是会有怨言的。这些怨言他们口中可能不说，但是心里一旦有了想法，使唤起来就不得心应手了。再说，领导也喜欢自己身边的人到外面去工作，这些人都是他的嫡系，成长起来后就是他的助力。所以聪明的领导身边的人就换得勤快，在一个地方工作时间长了，单单就是他身边出去的人，就是一股很雄厚的势力。而有些领导就想不明白这一点，逮着一个能干的秘书往傻里用，一用就是六七年，这样下来，在地方上的势力就小很多，身边的秘书心里也很有意见。

领导除了往外派秘书外，还喜欢往外派司机。相比起秘书，司机甚至和领导更亲近一层。领导换秘书的原因是提拔自己人，培养自己的势力。但是换司机的动机则往往是因为司机知道领导太多私密的事情，如果长期在身边工作，对领导很不利，所以领导每隔一段时间就换一个司机，频率比换秘书还要高一些。

钱兆均心里生气，他把酒杯重重地蹾在桌子上，酒花四溅：“肖强军，谁说我有病？胡说八道！”

肖强军被钱兆均一句话噎住了，他的手伸在半空中，惶恐万分地望着满脸怒色的钱兆均。他这才知道，自己闯了祸，惹得领导不高兴了。

在一旁作陪的邙北市组织部部长路大为暗自高兴。他是付罡庭的嫡系，自然乐得看钱兆均出糗，更何况让钱兆均下不来台的还是他的秘书呢？

钱兆均从容地抓起五粮液瓶子，把大玻璃杯补满，端起杯子大口地喝了下去，由于刻意做作，一下子喝急了，被酒呛了一口。他强忍着没有吐，眼泪却出来了，等一杯酒喝完，他又恨恨地白了肖强军一眼。

肖强军本来是想讨好钱兆均，没有想到却弄了这个下场，站在那里不知道该如何是好。他想出言解释，但是话到嘴边，却没有说出来。

王大奎久经沙场，见过无数次比这更尴尬的场面，他笑呵呵地打着圆场："兆均好酒量！我说小伙子，钱书记身体好得很啊，怎么能说他有病呢？下次一定要注意啊！"

"对，王部长批评得对。是我错了，我说错了。我掌嘴！"说着肖强军收回停留在半空中的胳膊，顺势往自己脸上打了一巴掌。于是大家都笑了起来，酒宴就继续下去，气氛热烈而融洽，仿佛都忘记了方才那一幕。

酒宴结束后，钱兆均就说请王部长唱歌，王大奎笑着摇了摇头，说："算了，我还是回天阳吧。"

钱兆均就说好，天阳市条件比邙北市好得多，那我陪王部长到天阳唱歌。王大奎说不必了吧？太兴师动众了。钱兆均笑着说没事，邙北市到天阳也就三十多分钟，陪陪领导是应该的。

众人都说好，王部长难得到邙北市一次，应该好好陪陪领导。王大奎就做了个无奈的表情，说道，好吧，随你们。不过先说好，到了天阳，可要让我请客啊。众人嘻嘻哈哈地答应下来，心里却都知道王大奎也就是做做样子，和下级在一起，什么时候能轮到他请客？

出了酒楼，王大奎看了看钱兆均，说道："兆均，来，坐我的车吧。"

刘驰从美国考察回来，就立即让张一磊通知各位常委，召开紧急常委会。在常委会上，刘驰情绪激动地谈着美国工业的发达和社会文明："同志们，和美国相比，我们落后太多了，已经不能用几年、几十年来度量，甚至可以说，在工业文明和社会文明方面，我们和美国相差了一个世纪。"

说到这里，刘驰有意停顿一下，环视了一下会场，接着说道："同志们，我这可不是危言耸听，这可是有大量事实支撑的。"又顿了一下，刘驰说，"看了美国，再联系到我们邙北市，同志们，我们有很多领导干部的思想观念很落后啊。无论是考虑问题、还是具体办事，总有一些领导干部思想上一直不开窍，观念上一直不更新、畏首畏尾、裹足不前。我们的利雅达汽车配件制造公司项目、我们的邙北市第一金矿改制项目，严格说都是比较滞后的，都有一些人为的、特别是领导干部的思想问题在里面。同志们，邙北市要在经济上实现大发展、大跨越，我看首先要从干部，特别是领导干部上找差距，找不足。只有领导干部的思想想通了，理顺了，把道理都弄明白了，都学会积极思考、破除阻力大胆改革了，邙北市才能继续保持在天阳市领先的地位，进而实现在中原领先的目标。”

说到这里，刘驰用手指有力地敲击着会议室的桌子：“在座的各位常委，我们大家都要深入地思考啊!”

会议室里没有人说话，大家都一本正经地往笔记本上记录着。赵长风也一脸严肃，专心致志地记录着，可是如果有人站在赵长风身后看，就会发现赵长风是在专心致志地画一只乌龟，也许是受了方佳怡的熏陶，赵长风画的乌龟活灵活现的，很是生动。

刘驰环顾了会议室一周，很满意这个认真的气氛。停顿了一会儿，刘驰说：“这个问题我就说这么多了。下面请大家把近期几个重点项目和重点工作谈一谈吧。一磊同志，你先吧。”

付罡庭和刘驰一起到美国考察，跟刘驰一起回来，自然不用做汇报。那么按照职务的顺序，应该由钱兆均先讲。可是付罡庭去考察期间，利雅达汽车配件制造公司的项目由张一磊临时负责协调。这时候刘驰让张一磊先说，显然是认为利雅达汽车配件制造公司项目是重中之重。钱兆均的脸上虽然挂着微笑，可是心中一股气总是上不来，肋下又隐隐作痛起来。

张一磊就把利雅达汽车配件制造公司项目的情况详细汇报了，刘驰听后连连点头，说道：“这个项目开展得很好，只是还需要继续加大投资力度，争取早日建成，早日投产。”

张一磊连连点头。付罡庭接口说：“汪主席正在鲁东省考察，他说过几天还要到邙北来，到时候我们再研究一下。”

钱兆均接着汇报了邙北市第一金矿改制的进展情况，最后他说：“前两天王部长来了邙北市，我也向他做了汇报，王部长很重视第一金矿改制工作。”

刘驰就说道：“邙北市第一金矿是我们邙北市国有企业改制的试点项目，这个项目能否顺利改制成功，对我们邙北市国有企业改制工作有着示范的意义。天阳市有关领导关心这个项目，正说明这个工作影响重大。兆均同志，你肩上的担子很重啊!”

钱兆均说：“请刘书记放心，我一定顺利完成这项任务。”

赵长风这边要汇报的是两项工作，一项是邙北市商品批发市场的项目。经过几个月的建设，邙北市商品批发市场项目马上就要竣工了，到时候省商业厅的领导会亲自过来验收。刘驰就连声说很好，这个工作由长风同志继续负责跟进。

赵长风汇报的另外一项工作就是煤层气管网的建设。

赵长风说：“经过这一段时间的努力，省计委终于同意邙北市煤层气管网建设项目的立项工作，报告这个月内应该能批复下来。一个县级市要建设煤层气管网，这不仅是在我们中原省是头一份，在全国也是第一家。”

“好！很好!”刘驰的眼睛亮了起来，他喜欢“第一”这个词，尤其是“中原省第一”、“全国第一”，这些词往往代表着工作能力，代表着政绩。这个项目虽然是赵长风一直在跑，但是一旦成功，谁又能够说这不是他刘驰的功劳?

赵长风继续汇报道：“在建设资金方面，计委准备负担百分之三十，建设厅也会拿出百分之三十，剩余的百分之四十就要靠我们邙北市自筹了。”

“好，太好了!”刘驰兴奋地合上茶杯，“长风同志，你真是为邙北市人民办了一件大好事啊!”刘驰当初同意上这个项目，主要是冲着“全省第一”、“全国第一”几个字去的，至于赵长风到省里跑煤层气管网立项，刘驰的目的也就是希望省里有关部门能够同意邙北市建设这个项目，至于建设资金，省计委和建设厅能象征性地拨付一点就行了，刘驰可没有抱什么希望省里会解决资金的大头。可是现在赵长风不但把这个项目跑成了，而且省里两个部门还负担这个项目的大头资金，邙北市只用负担百分之四十，这怎么能不让刘驰高兴呢?

会场内也是一片窃窃私语。所有的常委都没有想到，赵长风竟然完成了这个几乎不可能完成的任务。

“长风同志，这个项目你要继续抓紧跟进，越是接近成功，越是放松不得。”刘驰说，“总之，一定要白纸黑字，拿到了正式立项文件，才算是大功告成。”

会议结束后，刘驰春风满面，心情极为舒畅。是啊，利雅达汽车配件制造公司的项目正开展得如火如荼，邙北市商品批发市场马上就要竣工，邙北市第一金矿的改制工作引起了天阳市有关领导的重视，而即将上马的邙北市煤层气管网建设项目更将会创下“全省第一”、“全国第一”，从而让邙北市成为一个全国闻名的县市。

刘驰觉得这一切都归功于他在班子几个成员之间玩制衡术，正是因为制衡术，所以几个成员之间才会产生了竞争意识，有了竞争意识，才会相互促进、相互提高，邙北市的工作局面才会取得突破。

想到这里，刘驰决定还是要坚持他目前的做法。他甚至希望能一直维持目前这样的局面，最好上级不要决定邙北市市长的人选，即使要决定也不要这么早就决定。

可是刘驰知道，这只是他的一厢情愿。最近他到天阳市开会，魏新强书记和张培伦市长几次都征询了他对邙北市市长人选的意见。刘驰每次都以邙北市几个重大项目正处于关键时期，这个时候讨论市长的人选不利于邙北市的稳定为由，希望上级部门能考虑到邙北市的特殊情况，待邙北市这几个项目都稳定之后，再决定邙北市的市长人选问题。

回到家里，刘驰又看到欧阳应龙大模大样地坐在沙发上，跷着二郎腿在看电视。刘驰皱了皱眉头，问道：“小龙，你姐呢？又出去了？”

“是啊。接了王丽君一个电话，出去了。”欧阳应龙笑嘻嘻地说。

“王丽君？”刘驰的眉头又是微微一皱，欧阳丹凤什么时候和付罡庭的爱人王丽君混到一起了？不行，回头得问问她和王丽君在一起干什么。

“对，是王丽君。”欧阳应龙站起来说道，“姐夫，你坐，我去给你倒茶。”他难得地拿起茶杯去给刘驰倒茶。

刘驰知道，这小子肯定有事要求他，要不然不会这么殷勤。他把手包放在茶几上，静静地靠在沙发上，也不说话，等着看欧阳应龙这小子究竟在搞什么名堂。

欧阳应龙把茶杯用开水烫了两遍，这才冲上茶，端着茶杯回来，双手捧着茶杯放在刘驰的身边，口中殷勤地叫道：“姐夫，您喝茶。”

刘驰似笑非笑地看着欧阳应龙：“说吧，什么事？”

欧阳应龙挠了挠头，说：“姐夫，没事我就不能给你倒一杯茶？”

“你小子哪有这么勤快？”刘驰哂笑道。

“嘿嘿，还是姐夫了解我。”欧阳应龙被刘驰说破，也不尴尬，他嬉笑着坐在刘驰旁边，“姐夫，我想把黄金地质公园弄过来。”

“小龙，你这不是胡闹嘛！”刘驰一下子严肃起来，目光严厉地盯着欧阳应龙。

“姐夫，我哪里是胡闹了？”欧阳应龙根本不怕刘驰，他目光灼灼地回望着刘驰，“姐夫，你可知道，黄金地质公园每个月的门票收入都有七八百万啊。黄金地质公园本来是邙北市的资源，凭啥被阳江超一个外人赚去？”

刘驰看着欧阳应龙的眼睛，从里面看到无尽的贪婪……

赵长风坐在刘驰对面，说：“刘书记，这次煤层气管网项目立项进行得这么顺利，中都集团的史总帮了不少忙。将来煤层气管网项目招标的时候，是不是……”

“中都集团是一家实力很强的企业，这个问题我在书记办公会上沟通一下，应该问题不大。”刘驰一口答应下来。对于中都集团的大名，刘驰早已经听说过。尤其中都集团年轻的总经理史墨兰，是一个背景很神秘、但是能量极大的人物。在赵长风向刘驰汇报之前，刘驰已经接到五六个不同的电话了，电话的目的只有一个，就是中都集团。刘驰甚至可以想见，如果这个项目不安排给中都集团的话，甚至省建设厅和省计委安排好的款也不会顺利地拨付到邙北市的财政账户上。

谈过中都集团的事，刘驰又说：“长风同志，今天晚上利雅达集团的汪主席要过来，你是不是去见一见？”

赵长风心里对香港利雅达集团的感觉总是怪怪的，他不愿意和利雅达集团扯上关系，就为难地说：“刘书记，我今天晚上还要赶回中州，要陪建设厅计财处的李处长吃饭。这是事先联系好的。”

刘驰打了个哈哈，说道：“好吧。建设厅也是财神爷，得罪不得。只是汪主席上次来说要见你，我本来以为你有时间的。”

“来日方长。”赵长风说，“刘书记，省城那边的事安排好了，我就回来。到时候如果汪主席还在，我就过去专程拜访吧。”

“也好，也好，只有这样了。”刘驰低下头去找文件。赵长风笑了笑，站起身来告辞。

付罡庭在天阳市机场接到汪主席，一同来到市委招待所的套房。看看距离吃饭的时间还早，付罡庭就坐下来陪汪主席说话。扯了几句，汪主席忽然说道：“付书记，我这里有件事想向你汇报一下。”

付罡庭笑着说：“汪主席太客气了，有什么事情尽管说。”

汪主席说：“我们利雅达集团在邙北市的汽车配件制造公司项目已经全面铺开了，投入超过了四千万。这次在鲁东省我又签订了一个项目，投资也需要六七千万。我们在德国、美国和澳大利亚都有项目，这些项目都在启动。虽然利雅达集团家大业大，但是目前资金也有些吃紧。付书记，你能不能帮我想一点办法啊？也算是互相支持吧。时间不长，半年时间足够我周转了。”

“这……”付罡庭沉吟起来，过了半天，才问道，“汪主席，需要多少？”

“不多。”汪主席轻描淡写地说，“四千万就够了。”

付罡庭的眼睛望着天花板，又沉吟半天，才为难地说：“汪主席，怕有些困难。邙北市是个县级市，银行放贷的额度有限制啊。”

“这个好办。”汪主席靠在沙发上，脸上挂着笑意，“去年我在鲁东省那边另外一个项目，当地就动用了社保资金，我是按照银行利息结算的，到时候就还了。付书记，你看邙北市……”

“社保资金？我们这边规定很严格，怕不好动啊。”付罡庭的眉头微微皱了起来，过了一会儿，才又说道，“这事我要和刘书记商量一下，到时候再答复你，行吧？”

汪主席微微一笑，说道：“拜托付书记了。到时候给钱总说一声，或者给付经理说一声都行。”付经理就是付罡庭的弟弟付罡川，利雅达汽车配件制造公司的行政部副经理。

“市长，我敬您一杯。”赵长风举着酒杯，对刘光辉说。

刘光辉苦笑着摇了摇头，说：“长风，别市长市长地叫了，事到如今，除了你，还有谁记得我这个市长呢?”

“我不管别人，反正在我心目中，你永远都是我的市长。”赵长风执拗地说，“我先干为敬!”说着头微微一仰，杯中酒已经一饮而尽。

“长风，你呀，你呀。”刘光辉的眼眶就有些发热，省委党校的冷板凳不好坐，自从他到了省委党校学习之后，除了赵长风经常过来看他之外，那些邙北市的大小干部除了头一两个月还有人过来看看，随着时间的推移，这些干部再也没有在刘光辉面前出现过。刘光辉心里有气，虽说他在邙北市没有刻意提拔过什么嫡系，但是对几个干部还是很不错的，明里暗里给了不少照顾。其他人能忘记他，怎么这几个人也忘记他了？别说他现在还挂着邙北市市长的名头，即使他不是邙北市市长了，也不能如此过河拆桥吧？“患难见真情，这话一点不假。长风，经过这一次，我才发现，真正对我好的兄弟，只有你一个啊！当初邙北市谣言四起，也是你出来帮我稳定局面，好兄弟，好兄弟啊!”

赵长风替刘光辉满上酒，口中说道：“市长，当初没有你的帮助，哪里有我的今天？大家对你有点误会，我当然要想办法帮市长澄清一下了。”

刘光辉说的差不多是半年多前的事了，当时他到省委党校学习已经有三个月了，邙北市忽然传出市长刘光辉自杀的消息，消息传得有鼻子有眼的，说什么刘光辉因为涉及经济问题被省有关部门双规，就在省里某部队招待所，刘光辉自知案情重大，就趁看守的人不备，跳楼自杀了。

当初刘光辉和蔡国洪斗了个两败俱伤，最后蔡国洪到了平原市科委去任职，刘光辉则到省委党校去学习。唯一不同的是，邙北市老百姓知道蔡国洪调走了，而刘光辉却没有调走，还是邙北市的市长，至于是不是去党校学习，老百姓并不知道，也不关心。

蔡国洪调走了，邙北市电视新闻中没有蔡国洪的身影很正常，但是刘光辉还担任着邙北市的市长，竟然有三个多月没有出现在邙北市电视新闻中，用老百姓的话说，电视上没有影、广播里没有声，一些人就揣测市长刘光辉是不是被省纪委双规了？联系到前面被双规了很大一批干部，刘光辉被双规的可能性愈发真实。这些消息越传越真，传到后来，就传出刘光辉畏罪自杀的消息。

这些消息在邙北市传得满城风雨，刘俊康也听说了，但是刘俊康却不能把这话告诉赵长风。虽说秘书和司机是领导的耳目，但是什么话该说，什么话不该说，每个人心里都清楚着呢！在有些事情上秘书是要装聋作哑的，让领导知道了惹领导不高兴还不要紧，一不小心还会给领导惹下麻烦。也许领导从别的途径早就听说了，但是领导也在装糊涂，如果把话传给领导了，不是让领导无法再装糊涂了吗？

赵长风是偶然从一个退休的老干部那里听到这个传言的，老干部受过刘光辉的照顾，听了这个传言之后心中很是为刘光辉不平，就打电话问赵长风，为什么刘市长那么好的干部会被双规了？

赵长风听后大吃一惊，连忙问道，您是听谁说的？

老干部就说，还用听谁说吗？邙北市大街小巷都在议论这件事，只要站在马路边，伸着耳朵就听到了。他问赵长风，刘市长是不是真的被双规了？

赵长风沉吟了一下，说不可能，刘市长在省委党校学习，怎么会被双规了呢？您请放心，不要听信那些无聊的小道消息。

放下电话，赵长风就在想这个老干部说的传言会不会是真的呢？他有半个月没有去省委党校见刘光辉了，会不会是省里有关部门忽然发现刘光辉有什么问题，对他采取了双规措施呢？可是这个念头只是在赵长风脑海里一闪就消散了，赵长风自己都有点哑然失笑，他怎么会和老百姓一样相信这种子虚乌有的传言？对于刘光辉，他还是了解的，刘光辉在经济上不会有什么问题，即使是省里有关部门发现刘光辉有什么问题，也得有一套组织程序，在家的市委市政府领导能一点消息都不知道？

赵长风想了一想，就喊了一声："俊康！"

刘俊康应声进来，问道："什么事？"

赵长风说道：“你给古蔺打个电话。”古蔺是刘光辉的专职秘书，刘光辉在省委党校学习，古蔺就跟随在刘光辉的身边，照顾他的生活起居。

刘俊康抬头看了赵长风一眼，见他没有继续往下说，立即就明白赵长风的意思了，看来领导还是听说了关于刘光辉市长的传言，这是让他侧面向古蔺打听一下刘市长的消息呢。

刘俊康退到他的办公室，给古蔺拨了电话，天南地北地闲扯了几句，得到准确的消息，刘光辉一点事都没有，中午的时候古蔺还陪着他吃饭。刘俊康就来到赵长风办公室汇报。刚才这个电话他不能当着赵长风的面打，如果刘光辉什么事没有，那就无所谓。但是万一刘光辉真的被双规了，那么当着赵长风的面打这个电话就不合适了。

赵长风听了之后就望着刘俊康，问道：“俊康，你最近是不是听到什么说法？”

事情到了这一步，刘俊康不能再隐瞒下去，他就详详细细地把听到的关于刘光辉的小道消息都说了出来。赵长风一听勃然大怒，小道消息太离谱了，不但造谣说刘光辉被双规了，而且还说刘光辉畏罪自杀了，这还了得？

“俊康，你是什么时候听到这个消息的？”赵长风面色愠怒，“为什么不早点向我汇报？”

“我……”刘俊康欲言又止。

“你什么你？”赵长风拍了一下桌子，“下次这种事一定要在第一时间向我汇报！让这些谣言满天飞，是会破坏政府形象的！”

刘俊康连声承认错误，一副诚惶诚恐的样子。但是他心里知道，赵长风并不会因此真的生他的气，赵长风是生谣言的气。作为秘书，他也不能因为赵长风这次发怒了，以后就听到什么谣言都告诉赵市长，那是绝对不行的。什么应该说，什么不应该说，当秘书的永远要把握好分寸。

赵长风发了一通火之后，心里盘算着究竟该如何扭转这个局面，怎么样让这个谣言不攻自破。把刘光辉请回来肯定不合适，请刘光辉回来总得有个由头。他去向刘驰汇报，说因为关于刘光辉的谣言满天飞，所以要请刘光辉市长回来一下辟一下谣？这样做合不合适呢？刘驰听了后心里会怎么想呢？

说不定刘驰早就知道这个谣言了，但是却没有任何举动，现在一个主持市政府工作的常务副市长这么主动提议，刘驰会不会怀疑他有什么野心？那么如果不向刘驰汇报，他把正在省委党校学习的刘驰请回来就更不合适了。赵长风想来想去，觉得这个办法不好，还是要从别的地方入手。

赵长风盘算了半天，忽然想到过几天省黄金管理局要举行中原省重点黄金产区工作会议。邙北市是中原省第一大黄金产地，赵长风作为主持政府工作的常务副市长，又身兼邙北市振兴黄金工业领导小组的常务副组长，这个会议是一定要参加的。按照惯例，邙北市电视台也得跟两个记者去，对这次会议进行跟踪采访。赵长风心想，何不借此机会让邙北市电视台的记者去采访一下刘光辉，请他谈一下对振兴邙北市黄金工业的看法？回来这新闻往电视上一放，老百姓看到刘光辉在电视上露脸了，这谣言岂不是不攻自破？

于是赵长风就借着向刘驰汇报工作时谈到省黄金局这个会议，他请示道：“刘书记，光辉市长正好也在省党校学习，是不是也请光辉市长谈一谈对振兴黄金工业的看法呢？”

刘驰愣了一下，旋即说道：“好啊，让光辉同志讲一讲也好。”刘驰当时不明白赵长风究竟是什么意思，但是刘光辉目前毕竟还是邙北市的市长，赵长风提出这个建议是正大光明的，毕竟市里的记者要跟到省里去，顺便采访一下刘光辉也在情理之中。

果然如赵长风所料，刘光辉在电视里一出现，关于他的谣言立刻烟消云散。后来刘光辉不知道怎么知道了事情的原委，他一见赵长风就说，在邙北市，能够如此在意他的声誉、维护他的声誉的只有赵长风一个人了。

刘驰后来当然也知道了事情的原委，他心里觉得赵长风还不错，这个时候还能想到维护刘光辉的声誉，丝毫不担心刘光辉有没有可能从省委党校回来重新坐到邙北市市长的位子上。

赵长风这天晚上到了中州，请了建设厅的李处长吃饭之后，晚上就回家住下，第二天却不愿意返回邙北市，他不想见到那个香港利雅达集团的汪主席，所以就干脆就留在中州没有走，中午去党校找了刘光辉，两个人一起出来喝酒。

“长风，就别叫我市长了。”刘光辉摆摆手说，“这个挂名的市长我马上就当到头了。”

“啊……”赵长风停下来，吃惊地望着刘光辉。

刘光辉微笑道：“长风，吃惊什么？早晚有这么一天。我告诉你，下个月我就要到林业厅当处长了。”

“这几年国家在林业方面投入很大，林业厅也是个好单位啊。恭喜恭喜！”赵长风端起了酒杯，“刘哥，我敬你一杯。”

“这就对喽！”刘光辉点头道，“还是叫刘哥亲切。咱们兄弟，不论什么官衔。”

喝下这杯酒，刘光辉放下杯子，关切地问道：“长风，你那边怎么样？可要抓紧啊，我这一走，多少人盯着这个位子呢！”

赵长风苦笑着摇了摇头，说：“我还能怎么样？只有尽心尽力地做好本职工作。赵省长在中央党校学习，想请他说一句话，也是鞭长莫及啊！”

刘光辉目光灼灼地盯着赵长风，压低声音说：“长风，你真的不知道吗？”

赵长风愣了一下，摇头道：“知道什么？”

刘光辉点了点赵长风，说道：“你呀你，这么重要的消息都不知道。”顿了一顿，他又把声音再降低，说道，“本来最早听说，赵省长到中央党校学习，是为了回来接张老板班的。”张老板是指中原省省长张文利。

赵长风目光闪烁了一下，看来和他内心中的推测差不了多少，他知道赵强到中央党校学习是得到重用的前兆，只是不知道赵强会到什么重要的岗位上去。

“可是最近又有消息出来，说上边对赵省长的安排又有新的考虑，很可能会让老板到粤东去接任省委副书记。”刘光辉目光中透着一股神秘。

“到粤东去？”赵长风很是吃惊。粤东是经济重镇，一个省的国民生产总值占全国的十分之一左右，赵强如果到粤东担任省委副书记，看起来是比在中原省担任省长差了一些，实际上却是更受重用了，说不定在粤东省委副书记的位子上只是过渡一下，然后就出任粤东省的省长呢。只是这个消息对赵强来说虽然是好消息，对赵长风来说却并不是什么好消息，失去了赵强这个靠山，赵长风在工作中的压力肯定会加倍增大，他想在邙北市干出一番事业的心愿，不知道又要凭空多出多少波折。

“是啊，到粤东去。”刘光辉点了一下头，却又说道，“虽然没有最后确定下来，但听说是八九不离十了。”

说到这里，刘光辉看了赵长风一眼：“长风，你其实也不用沮丧。只管在邙北市大胆地干，真的干不好，大不了找省长说说，跟他一起到粤东去。省长一直很欣赏你啊！”

赵长风摇了摇头说：“你这不是拿我开玩笑吗？谁都知道，你才是省长最赏识的人啊。”

刘光辉有点落寞地笑了：以前赵强是最赏识他，但是经过邙北市一系列事情之后，刘光辉自己清楚，他在赵强心目中的地位已经大大降低了。

不知不觉，两个人把一瓶五粮液喝完了，赵长风看看时间，也差不多了，就问刘光辉：“刘哥，下午有什么安排吗？我请你到雁鸣水库钓鱼吧？”

刘光辉笑了起来，说：“长风，是不是邙北市有什么你不愿意见的人啊？以前你在中州一办完事情就急急忙忙地回邙北，今天怎么会忽然有这一份闲情逸致？”

赵长风摆了摆手说：“哪有，哪有啊！刘哥，你可别批评我啊！我今天是专门诚心请你去钓鱼的。”

刘光辉也摆手道：“长风，我知道你是诚心。下次吧，我现在实在是抽不开身。”赵长风知道刘光辉既然已经确定了林业厅的去向，肯定有些工作要提前做，所以也不强求，笑着说：“那就不打扰刘哥了，下次，下次刘哥可一定要给我面子啊。”

和刘光辉分手之后，赵长风打电话给阳江超，阳江超那边已经做好了准备，接到赵长风的电话，立即开车赶了过来，和赵长风一起到中州市西郊的雁鸣水库去。

雁鸣水库中心有个湖心岛，一般不对外开放，但是对于阳江超这样在中原省旅游界的大佬自然是例外。水库管理局派了一条船，把阳江超和赵长风送到湖心岛。赵长风笑着对阳江超说："阳哥，我今天可是借了你的光。"阳江超哈哈大笑，说长风，你就别调侃老哥了，我现在的一切还不都是拜你老弟所赐？

在湖心岛选了一个上好的钓位，赵长风和阳江超两个人抛下鱼竿，躺在遮阳伞下面的躺椅上，阳江超借着这个机会向赵长风汇报了一下中原山水建设集团的发展情况。正说着，忽然阳江超的电话响了起来，他接了，听了几句，就大声说道："什么？什么？又来要保护费啊？前两天不是刚给过？他们人呢？就在公园里？张口要多少？八万？胃口还真大啊！欧阳经理呢？他不是负责公园的安保吗？去把他叫过来，让他给我打电话！"说着气哼哼地挂断了电话。

赵长风就在一旁问道："怎么了？要什么保护费？"

阳江超摇头道："长风，我正要给你说呢！这一段时间，一直有一些不三不四的小痞子到公园去闹事，说要收保护费。这不，前天就去了一拨人，当时不想闹大，给了他们几千块钱打发走了。谁知道今天又过来了，张口就要八万，这不是敲诈勒索吗？"

"欧阳应龙怎么说？"赵长风问道。欧阳应龙是邙北市黄金地质公园的副经理，除了负责打点地方上的一切事务之外，还负责安保工作。

"欧阳应龙？这小子就一个字，说'给！'"阳江超气愤地还要往下说，他手中的电话又响了起来。阳江超接了电话："欧阳经理，这是怎么搞的？你不是负责安保工作吗？怎么来了这么多小痞子。你难道就没有办法了吗？"

欧阳应龙指天叫屈道："阳总，这些天我一直在挡着这些地痞啊，如果不是我拦着，咱们公园早就不得安生了。这不，我今天刚有点事出去了一下，他们的人就冲进来了。"

"欧阳经理，你要讲究点工作方法嘛！"阳江超强忍着怒气，"你个人毕竟精力有限，总不能不吃不喝一天二十四小时都守在公园吧？你和邙北市公安部门联系一下，把情况通报给他们，请他们过来处理。"

"阳总，这种事只能我们自己悄悄处理，怎么能惊动公安部门呢？"欧阳应龙说。

“为什么不行?”阳江超怒声道,“这些地痞流氓都闹到公园了,我们不向公安部门报案,反而要忍气吞声自己处理,哪里有这样的事?”

“阳总,你别生气,你听我把话说完啊。”欧阳应龙强忍着心中的笑意,做出一副推心置腹诚恳的样子,“这种事报警有用吗?我们报警了,来一帮警察,最多抓几个人进去。可是这些地痞人多势众,他们有的是人。要是他们下次过来不敲诈勒索了,就是进公园里耗着,甚至不用进公园,只要在公园的周围,看见外地游客就上去骚扰,这样即使警察来了也没有办法,只能警告一下,甚至拘留几天,不是还得放出来吗?这些地痞只要轮番过来骚扰,时间长了,外地游客们谁还敢到咱们黄金地质公园来呢?”

阳江超的手机按了免提键,欧阳应龙说的话赵长风听得清清楚楚,阳江超正要开口反驳,只见赵长风做了个手势,让他继续听下去,阳江超这才把冲到嘴边的话咽了下去。

欧阳应龙那边听阳江超没有说什么,以为是自己的一番说辞起了作用,就继续说:“阳总,你是搞旅游的,这道理比我清楚得多。如果我们一报警,有地痞流氓来公园骚扰,新闻记者得到这个消息,肯定会跟踪报道。只要这新闻一见报、一上电视,人们就都知道邙北市黄金地质公园的治安不好了。现在旅游景点竞争这么激烈,游客一听治安不好,躲都来不及,又怎么会来旅游呢?阳总,我是个粗人,这点浅显的道理我能想明白,阳总你肯定也能想明白,对不对?所以对于这些地痞,我们只能哄着供着,绝对不能向公安机关报案。不然事情闹大了,这些亡命之徒再铤而走险,弄出一些大动静来,咱们公园的名声可就全毁了啊!”

阳江超看了看赵长风,赵长风微微一点头,阳江超就领会了他的意思,于是故意长长地叹了一口气,问道:“欧阳经理,这样养着供着也不是办法啊?我们是正当做生意的,也不能一直供着这一帮吸血鬼啊。再说这些人的胃口会越来越大,长此以往,总有供养不起的一天。要不,你跟刘书记说说?看刘书记有什么办法没有?”

欧阳应龙心中窃喜,口中却诚恳地说:“阳总,我姐夫那人你又不是没有打过交道。他是个直来直去的炮仗脾气,告诉他了,他肯定会指示公安局过来抓人，结果和咱们报案没有什么区别了。”

“这……”阳江超为难起来，过了很久，他才又问道，“欧阳经理，他们这次要多少钱?”

“八万。”欧阳应龙说道。

“给他们，让他们以后不要过来捣乱了！否则我豁着这个公园不开，也要向公安机关报案!”阳江超恶狠狠地说。

“好！我一定把话给他们讲明白!”欧阳应龙说，“阳总，王总就在我身边，你要不要跟王总说一声?”王总是黄金地质公园总经理，支付这八万元必须经过王总的签字才行。

“你把电话给他。”阳江超说。

交代过王总之后，阳江超挂断电话，望着赵长风说：“长风，你为什么要让我顺着欧阳应龙这小子?”

赵长风靠在藤椅上，枕着双手，悠闲自得地望着湛蓝色的天空。听阳江超问他，赵长风慢条斯理地说：“阳哥，欧阳应龙这小子是想赶你走啊!”

“对，我知道!”阳江超冷笑一声，“就他这种做法，还嫩了一点!”

赵长风笑了起来，说道：“阳哥，生那么大气做什么?欧阳应龙想赶你走，你走就是了。”

阳江超愣了一下，看着赵长风说：“长风，你不会是真的忌惮欧阳应龙背后的那个人吧?”

赵长风轻轻摇晃着藤椅，摆了摆手道：“阳哥，有什么好忌惮的?我只是觉得没有必要和他们硬碰硬罢了。他们想吃，就给他们，就怕他们吞得下，消化不了，到时候不是还得求着咱们?等到了那个时候，他们是方是圆，还不是得由着咱们拿捏?”

阳江超脑子反应极快，一下子明白了赵长风的意思，他仰头哈哈大笑，说道：“长风，是啊，退一步海阔天空，我们就暂让一步好了。”

赵长风躺在藤椅上仰头看天，忽然湖面的浮漂猛地往下一沉，他不知怎么就感应到了，一下子坐了起来，笑道：“鱼上钩了，还是条大鱼……”